GOLDMANN

Buch

Die schöne blutjunge Serena schließt sich nach dem Tod ihrer Eltern dem Wagenzug des Mormonen Elder Greers an, der sich schon bald berufen fühlt, Serenas Seele zu erretten. Als sie sich dagegen wehrt, wird sie, ihres Hab und Guts beraubt, allein in der Wildnis zurückgelassen. Sie trifft auf den markant aussehenden Spieler Ward Dunbar, der sie für eine Abenteuerin hält. Gegen seinen Willen fühlt er sich zu ihr hingezogen und macht sie schließlich zu seiner Geliebten. Um sich jedoch zu beweisen, daß er sie weder liebt noch braucht, läßt er Serena immer wieder allein. Als sie eines Tages in Not gerät, kommt ihr Wards Freund Nathan zu Hilfe, der reichste Mann weit und breit. Er setzt alles daran, Serena für sich zu gewinnen. Sie ist hin- und hergerissen zwischen Ward, von dem sie inzwischen ein Kind erwartet, der sich jedoch nicht binden will, und Nathan, der ihr und ihrem Kind all das bietet, was sich eine junge schöne Frau erträumt...

Autorin

Jennifer Blake wurde in der Nähe von Goldonna, Louisiana, auf der Farm ihrer Großeltern geboren. Mit fünfzehn heiratete sie, mit zwanzig begann sie, Romane zu schreiben. Seitdem hat sie über dreißig Bücher veröffentlicht und sich kontinuierlich in die Spitzenränge der amerikanischen Unterhaltungsautorinnen emporgeschrieben.

Beim Goldmann Taschenbuch Verlag erschien bislang:

Zur Liebe verdammt. Roman (41246)
Wie Feuer auf meiner Haut. Roman (41250)
Ein Hauch von Paradies. Roman (9752)
Wie Feuer im Blut. Roman (9830)
Feuerlilien. Roman (9997)
Bitteres Paradies. Roman (9812)
Der Kreole. Roman (9463)
Mitternachtswalzer. Roman (9675)
Nacht über Louisiana. Roman (9684)
Strom der Sehnsucht. Roman (9814)
Träume des Südens. Roman (9467)

Im selben Programmzeitraum erscheint:

Im Sturm erobert. Roman (41281)

JENNIFER BLAKE

Willkür meines Herzens

ROMAN

Aus dem Amerikanischen
von Sabine Ivanovas

GOLDMANN VERLAG

Deutsche Erstausgabe

Originaltitel: Golden Fancy
Originalverlag: Ballantine Books

Umwelthinweis:
Alle bedruckten Materialien dieses Taschenbuches
sind chlorfrei und umweltschonend.
Das Papier enthält Recycling-Anteile.

Der Goldmann Verlag
ist ein Unternehmen der Verlagsgruppe Bertelsmann

Made in Germany · 3. Auflage · 5/93

Umschlaggestaltung: Design Team München
Umschlagillustration: Schlück/Daeni, Garbsen
Satz: Uhl + Massopust, Aalen
Druck: Elsnerdruck, Berlin
Verlagsnummer: 41366
Redaktion: Erna Tom/AK
Herstellung: Heidrun Nawrot/sc
ISBN 3-442-41366-4

ERSTER TEIL

1. Kapitel

Der trockene Abendwind raschelte über der Ebene. Er ließ die Planen der Wagen flattern, wirbelte zwischen den Pferden und dem Vieh Staub auf und vermischte ihn mit dem graublauen Rauch der Lagerfeuer. Er bewegte den wilden Salbei und das Büffelgras, pfiff über die Anhöhe, auf der die junge Frau stand, und fuhr durch ihr blauschwarzes Haar. Sie mußte die Augen zusammenkneifen, um seinem staubgeschwängerten Atem zu widerstehen.

Serena Walsh hüllte sich fester in ihr verblichenes Umschlagtuch. Der Wind kam von den Bergen, die wie eine weiche, lavendelblaue Wolke am Horizont lagen. Er war kühl und frisch nach der Hitze des Tages und brachte ein Gefühl von Herbst mit sich, auch wenn sich noch Sommerblumen unter ihren flatternden Röcken wiegten. In wenigen Tagen würden sie die Berge erreichen, und mit ihnen den markanten »Pikes Peak«, den damals die spanischen Eroberer als erste Weiße gesehen hatten. An seinem Fuß lag eine Stadt, beinahe eine Großstadt, in der lauter fröhliche, normale Menschen wohnten. Religiös waren sie schon, aber keine Fanatiker. Dort würde sie, so Gott wollte, diesen düsteren Wagenzug verlassen, diese unfreundlichen Männer, diese Frauen mit den gesenkten Blicken, diese Kinder, die nie lächelten.

Serena warf in einer befreienden Geste ihr Haar zurück. Ihre feinen Gesichtszüge trugen einen Ausdruck von Trotz, und in ihren blaugrauen Augen lag ein entschlossener Blick. Sie war keine Mormonin. Und sie würde auch keine werden. Sollten sie doch mit gerunzelter Stirn auf ihr offenes Haar und ihren unbedeckten Kopf, ihre unziemliche Unabhängigkeit und ihre einzelgängerischen Gewohnheiten herabschauen. Sollten sie doch schmollen, weil sie bunte, enganliegende Kleider trug. Es stimmte schon, daß ihre

Kleider etwas zu stramm saßen. Seit ihre Mutter sie genäht hatte, als Serena sechzehn war, war ihre Figur etwas runder geworden. Es schien ihr zwar unglaublich, aber es waren erst drei Jahre vergangen, seit sie ein Zuhause gehabt hatte und ein geregeltes Leben. Es kam ihr vor wie eine Ewigkeit.

Von den Wagen tönte ein schriller Ruf herüber. Als Serena ihren Namen hörte, wandte sie ein wenig den Kopf. Eine Frau sah mit auf die Hüften gestützten Händen zu ihr hinüber. Selbst auf diese Entfernung glaubte Serena den finsteren Ausdruck auf dem fahlen, von Rachsucht verzerrten Gesicht der Frau zu sehen. Elder Greers zweite Frau, Beatrice, betrachtete es als ihre Aufgabe, das Wesen zu zähmen, das ihr Mann ihr aufgezwungen hatte, sie an den Platz zu verweisen, der ihr als weibliches Wesen gebührte. Und sie sah nicht ein, warum Serena sich den Aufgaben entziehen sollte, die vor dem Abendessen für die Männer zu tun waren. Zweifellos glaubte Beatrice, daß Serena sich absichtlich zur Schau stellte. Aber Serena sah nicht ein, warum sie an der Aufmerksamkeit schuld sein sollte, die sie erregte. Die Männer beobachteten sie unter ihren nüchternen, schwarzen Hüten hervor nur deshalb, weil sie so völlig anders war als die grauen, unterwürfigen Frauen des Wagenzuges. Sie hatte niemals auch nur mit einem Gedanken versucht, einen von ihnen zu verführen, egal was sie alle sagen mochten. Man brauchte sich nur Elder Greer anzusehen, der gerade für sein Reitpferd eine kleine Ration Wasser ausgoß. Er hielt inne, tat so, als wische er sich mit einem schmierigen Lappen den Schweiß von der Stirn, und sah dabei herüber. Selbst er, der Anführer des Wagenzuges, schien sich nicht an ihren Anblick gewöhnen zu können. Höchstwahrscheinlich würde in seiner heutigen Abendpredigt wieder die Geschichte von der Versucherin Isebel und ihrem schrecklichen Ende zu hören sein.

Beatrice rief noch einmal mit schriller Stimme. Serena seufzte und tat so, als hörte sie nichts. Ihrer Meinung nach war sie den Mormonen gegenüber zu nichts verpflichtet. Sie hatte nicht darum gebeten, von den Greers aufgenommen zu werden, als ihre Eltern drei Wochen, nachdem sie in Missouri gewesen waren, an Typhus starben. Sie hatte ihre zweifelhafte Gastfreundschaft sogar abgelehnt. Aber die Ältesten hatten sich beraten und ihren Widerspruch ignoriert. Sie brauche Schutz, hatten sie gesagt. Sie sei nicht in der Lage, sich um ihre Tiere zu kümmern oder einen Wagen zu lenken. Sie brauche einen älteren, erfahreneren Menschen, der ihr Anweisungen gab, sie anleitete, das ordentliche Leben einer Frau zu führen und ihre unsterbliche Seele vor dem Bösen zu bewahren. Sie hatten Elder Greer dazu bestimmt, das heißt, er hatte sich selbst bestimmt, denn er war der Älteste der »Heiligen der letzten Tage«. Sie sollte sich seiner »Familie« anschließen, seiner alternden, bescheidenen, sanften ersten Frau Agatha, mit er er seit zwanzig Jahren verheiratet war, seiner zweiten, mausgrauen Frau Beatrice mit den trotzigen braunen Augen und seiner dritten Frau Lessie mit ihrem hellblonden Haar und ausgewaschen wirkenden blauen Augen, die immer verständnislos und kindlich dreinblickten, obwohl ihr Körper unter ihrem formlosen grauen Kleid voll gereift war. Serena war vielleicht ein oder zwei Jahre jünger als Lessie, so alt wie der erste Sohn des Ältesten. Trotzdem wurde sie nicht wie ein Kind behandelt, sondern wie eine von den älteren Frauen, was sie manchmal ziemlich nervös machte, besonders wenn Elder Greer zu ihr kam, seinen silbernen Kopf hinunterneigte und in salbungsvollem Ton davon sprach, daß ihr Körper und ihre Seele in seiner Obhut seien, wobei er mit feuchten, nachdrücklichen Fingern ihren Arm berührte. Er sagte einmal, sobald sie den Glauben der Mormonen angenommen habe, werde sie eins werden mit ihm und seiner Familie. Sie werde sicher sein in seinem Schoß, gesegnet durch eine heilige Verbindung. Sein Besitz werde dann ihr und ihr Besitz werde ihm gehören. Sie würde durchdrungen werden von der göttlichen Kraft Gottes im Manne, die Blume ihrer Jungfernschaft werde früh gepflückt werden, und er werde in Frieden im herrlichen Tempel ihrer weiblichen Pracht ruhen. Im Gegensatz zu diesen hehren Worten war der Ausdruck seiner Augen dabei so fleischlich gewesen, daß Serena sich seinem Griff entzogen hatte und davongelaufen war. Seit jenem Tag hatte sie ihr eigenes Lagerfeuer gemacht, ihr eigenes Geschirr gespült und mit fest zugebundener Plane in ihrem eigenen Wagen geschlafen.

Dennoch war sie oft gezwungen, die Gesellschaft des Ältesten zu ertragen, wenn er neben ihrem Wagen herritt oder sie zu seinen Predigten kommen mußte, in denen er sich darum bemühte, sie die Überlegenheit des Mormonenglaubens zu lehren. Doch das blieb erfolglos, und im Laufe der Wochen entstand unter den Heiligen eine wachsende Abneigung gegen sie, weil sie die ihr erwiesene Ehre nicht annehmen wollte.

Manchmal bäumte Serena sich auf und tat genau das, was die Ältesten und ihre Frauen mit Sicherheit ablehnten. Zum Beispiel ging sie aufrecht und blieb nicht immer bei den anderen Frauen. Außerdem hatte sie sich angewöhnt, wenn es heiß war, den Kragen ihres Kleides zu öffnen und ihre Ärmel bis über ihre wohlgeformten Ellenbogen aufzukrempeln. An manchen Abenden trug sie auch das Seidenkleid ihrer Mutter, die Satinschuhe mit den vergoldeten Absätzen dazu, und setzte sich auf den Sitz ihres Wagens, so daß das Licht vom Feuer auf ihre cremeweißen Schultern in dem ausgeschnittenen Kleid fiel und das schattige Tal zwischen ihren Brüsten zu erkennen war. Seltsam, wie die lüsternen Blicke der Männer und die verärgerten Bewegungen der Frauen das Abendkleid ihrer scheuen, zarten Mutter zu einem schändlichen Kleidungsstück machen konnten.

Mit aufgestecktem Haar, das in glänzenden Locken auf ihre Schultern fiel, sah Serena dem Miniaturbild ihrer französisch-kreolischen Mutter sehr ähnlich, die gemalt worden war, als sie noch ein schönes junges Mädchen in New Orleans gewesen war. Der Unterschied lag in dem entschiedenen Zug um ihren Mund und den Augen. Das irische Rauchblau ihrer Augen hatte sie von ihrem Vater geerbt. Ein eigenartiger Gedanke, daß Serena jetzt nicht hier stehen würde, wenn Félicité Crèvecoeur sich nicht in den weit unter ihrer Würde stehenden irischen Arbeiter, einen einfachen Zimmermann auf der Plantage ihres Vaters, verliebt und ihn gegen den Widerstand ihrer Familie geheiratet hätte. Ihr Vater, Sean Walsh, dem es nicht gelungen war, sich Respekt zu verschaffen oder zu dem Reichtum zu kommen, von dem er meinte, daß er seiner Frau gebühre, und der auch nicht lange genug an einem Ort bleiben konnte, um sie sich zu verdienen, hatte aus seiner Frau und seinem einzigen Kind Zigeuner gemacht. Sie hatten sich nie beklagt. Ihr Halt war der Mann gewesen, der das Leben als einen ironischen Scherz verstand und der sang, um ihnen die Zeit zu vertreiben.

Serena atmete tief ein, weil die Erinnerung schmerzte. Ihre Eltern waren nicht mehr da. Ihr Gefühl von Verzweiflung war zu tief, als daß sie einfach hätte weinen können, was die Mormonen weder verstehen noch verzeihen konnten und ihr entsprechend übelnahmen. Ihr Vater hatte geglaubt, sein Glück am Fuße jenes Berges namens Pikes Peak zu finden, in der neuen Goldgräberstadt Cripple Creek. Das Gold hatte ihn so angezogen, daß er seine ganze Habe verkauft, die wenigen Schmuckstücke seiner Frau versetzt, selbst bei seinen ehrwürdigen Schwiegereltern um Geld gebeten hatte. Dann hatte er sich auf den Weg in ein neues Leben gemacht. Er hatte nicht einmal etwas dagegen, sich dieser Gruppe von Pilgern anzuschließen, als er feststellen mußte, daß sein Geld für die Fahrt mit dem Zug nicht ausreichte. Wie viel besser wäre es doch gewesen, wenn er in jenem Sommer noch gewartet und gearbeitet hätte, um das fehlende Geld zu verdienen. Sie wären fast zur gleichen Zeit angekommen und wären dem verseuchten Wasser aus dem Weg gegangen, das ihn und seine Frau getötet hatte. Aber dazu war Sean Walsh zu ungeduldig gewesen, er mußte einfach immer in Bewegung sein.

Gleichmäßig, laut und unerbittlich modern ratterte die Eisenbahn irgendwo nördlich ihres Lagers durch den Abend. Serena konnte sie sich vorstellen, die schwarze Rauchfahne, die sie hinter sich herzog, und die von Lampen erhellten Fenster. Darin saßen Menschen, die lachten, aßen, tranken, sich auf die Nacht vorbereiteten. Es waren Händler, Bankleute, Minenbesitzer, Menschen, die schon mit Silber aus Colorado ein Vermögen gemacht hatten und jetzt nach Denver zurückkehrten oder vielleicht auch über Colorado Springs nach Cripple Creek fuhren, um es dort noch zu vermehren. Und bei ihnen waren ihre verwöhnten, gepflegten Frauen und Töchter, gekleidet nach der neuesten Mode aus New York und Paris.

Angesichts dieser schnellen, bequemen Reisemöglichkeit empfand Serena plötzlich deutlich ihre Ungeduld über das langsame Vorankommen mit dem Wagenzug – eine Eigenschaft, die sie unverkennbar von ihrem Vater geerbt hatte. Und vielleicht würde ja seine Tochter auch in Cripple Creek ihr Glück machen.

Eine Frau kam durch die zunehmende Dämmerung zu Serena hinauf. Sie ging unbeholfen, stolperte in dem holprigen Gelände. Es war Lessie, Elder Greers dritte Frau.

Serenas weiche Lippen wurden schmal bei ihrem Anblick. Lessie erwartete ein Kind; es war wirklich bösartig von den anderen, besonders von dieser widerspenstigen Beatrice, daß gerade sie die meiste Arbeit tun mußte. Lessie, mit ihren arglosen Augen und ihrem leeren Lächeln, war immer entgegenkommend, und weil man alles mit ihr machen konnte, wurde sie nicht wie eine Frau, sondern wie eine Dienerin behandelt. Schon öfters hatte Serena sich für sie eingesetzt, eines von den elf dreisten Kindern des Ältesten angehalten, die Arbeit zu tun, vorgeschlagen, Beatrice solle ihr Wasser oder ihr Holz selbst holen oder doch eines ihrer Blagen schicken. Lessie war ihr dadurch verbunden, aber sonst niemand.

»Serena? Bitte komm zum Wagen, sonst versäumst du das Abendessen.« Lessie schaute schnell über ihre Schulter zurück und hielt krampfhaft ihre Röcke fest.

»Ich habe keinen Hunger. Eßt ruhig ohne mich. Ich brauche kein Abendessen.«

»Bitte, Serena. Beatrice wird wütend auf dich und mich, weil Elder Greer nach dir fragen wird. Bitte!«

Das stimmte. Es gehörte zu seinen Regeln, daß alle sich vor dem Essen zum Gebet versammelten, ob sie etwas essen wollten oder nicht, selbst wenn sie krank waren, zur Strafe ohne Abendessen ins Bett mußten oder wie Serena allein aßen.

»Das ist doch sinnlos«, sagte Serena und hob die Schultern. »Ich kann auch allein beten.«

»Aber dann kann Elder Greer dich nicht beten sehen. Wie soll er es also wissen?«

»Das geht ihn gar nichts an«, sagte Serena heftig. »Was glaubt er, wer er ist, Gott?«

»Ich weiß es nicht, Serena.«

Serena seufzte, als sie den verwirrten Ausdruck in dem weichen, blaßblauen Blick der jungen Frau sah. »Mach dir keine Sorgen«, sagte sie. »Eigentlich ist es auch egal. Ich kann es bestimmt noch ein paar Tage ertragen.« Sie nahm Lessies Arm, um sie zu stützen, und dann wandten sie sich gemeinsam den flackernden, orangenen Lagerfeuern zu.

Die Nacht senkte sich herab, das Abendessen war vorüber. Die Mormonenfrauen trockneten ihre roten, nassen Hände an ihren Schürzen ab und legten sie dann beiseite, bürsteten ihr Haar und versteckten es unter engsitzenden Hauben. Umschlagtücher und Decken wurden hervorgeholt. Die Kinder wurden gewaschen und gekämmt, das Haar der Mädchen wie bei ihren Müttern geflochten und unter Hauben verborgen. Männer griffen nach ihren Mänteln und Bibeln. Alle machten sich auf den Weg in die Mitte des Lagers. Die kreisförmig aufgestellten Wagen dienten jetzt, im Jahr 1893, nicht mehr dazu, Indianer abzuwehren, sondern eher die streunenden Angeber aus den Reservaten, die vielleicht versucht waren zu plündern. Der Tag war zu Ende, Zeit für die Versammlung.

Serena hob den Blick von dem Buch, das sie im Licht einer kleinen Laterne las. Durch einen Schlitz im Verschluß der Plane konnte sie die Mormonen sehen. Sie schüttelte den Kopf, schaute wieder in ihr Buch. Einen Augenblick später fuhr sie zusammen, weil ihr Wagen sich bewegte. Als sie erschreckt hochsah, erkannte sie eine harte Hand, die die hintere Plane zurückschlug. Sie richtete sich kerzengerade auf und griff hastig nach ihrem Morgenrock, um ihr Hemd und ihren Unterrock zu bedecken, das einzige, was sie so kurz vor dem Schlafengehen in der Abgeschiedenheit ihres Wagens noch trug. Es blieb keine Zeit, die Ärmel überzuziehen. Sie konnte nur noch schnell die schwellenden Rundungen ihrer Brüste bedecken, da hatte Elder Greer schon sein Bein über den Rand des Wagens gehoben und kam herein.

Er stand da und sah sich um, betrachtete die schönen Möbelstücke, die Kästen und wunderschön gesteppten Decken ihrer Mutter, das mit feinem Leinen aus ihrer Aussteuer bezogene Lager, auf dem Serena saß. Dann fiel sein Blick auf sie. Seine Augen wanderten über die wilde Fülle ihres Haars, verschlangen ihre bloße Haut, die wie rosig getöntes Elfenbein errötet war, und betrachteten die schnelle Bewegung ihrer Brüste beim Atmen. Dann wandte er den Blick ab.

Er schluckte schwer. »Kommst du nicht zur Versammlung?«

»Nein.«

»Geht es dir nicht gut?«

»Ich – ich habe Kopfschmerzen«, antwortete Serena. Es war ihr egal, ob ihr der Älteste diese Entschuldigung abnahm. Tatsache war, daß sie keine seiner Predigten mehr ertragen konnte.

»Wir werden dich vermissen, und es ist sehr bedauerlich, daß du den guten Rat nicht hören willst, der dir deinen Weg weisen könnte.«

»Vielleicht morgen abend.«

»Ja, es gibt immer ein Morgen, und doch wollte ich heute abend über die heilige Mission sprechen, die wir mit diesem Wagenzug unternehmen. Welche Freude wird es sein, wenn wir endlich Salt Lake City in Utah erreichen, das Land Zions, das vor sechsundvierzig Jahren der Heilige Brigham Young gefunden hat! Schon seit beinahe zwanzig Jahren hat keine Gruppe wie wir mehr versucht, über die weiten Ebenen und Berge seine schwere Reise in jenes gelobte Land nachzuvollziehen. Ich wünschte so sehr, du könntest die Größe unseres Handelns verstehen. Ich möchte so gern, daß du dich uns anschließt, damit du daran teilhaben kannst.«

»Das ist – nett von Ihnen, aber ich glaube, ich muß meinen eigenen Glauben und den Lehren meiner Eltern treu bleiben.«

»Du bist zu hochmütig und zu stolz. Du blickst auf mein Volk herab.«

Serena erstarrte vor Schreck, als er einen Schritt auf sie zu machte, wobei seine Augen kalt glitzerten. »Nein«, sagte sie und befeuchtete ihre trockenen Lippen. »Nein, das bin ich nicht. Aber Sie müssen mir das Recht zugestehen, meinen eigenen Glauben zu haben.«

»Ich habe jetzt keine Zeit mehr, die Versammlung beginnt gleich. Wir reden ein anderes Mal weiter, wenn ich gebetet und darüber nachgedacht habe, was in deinem Fall zu tun ist.«

Er drehte sich um und ließ sie allein, und das Ende der Plane, die er offen gelassen hatte, flatterte im Wind. Erst nach einer ganzen Weile nahm Serena ihr Buch wieder zur Hand und blies erst spät ihre Lampe aus, um zu schlafen. Sie erwachte ganz plötzlich. Als sie angstrengt horchte, wiederholte sich das Geräusch, das sie geweckt hatte. Es war ein Scharren hinten an ihrem Wagen.

Leise und vorsichtig setzte sie sich auf. Vielleicht war es nur jemand, der nicht schlafen konnte oder der hinter die Wagen ging, um sich zu erleichtern. Aber ihre Unruhe blieb. Irgendwie hatte das Geräusch so nah an ihrem Wagen etwas Heimlichtuerisches. Ihre Haut prickelte von der kühlen Nachtluft über der Ebene. Sie schob ihr Haar, das sie zum Schlafen geflochten hatte, über die Schulter nach hinten.

Der unaufhörliche Wind streifte den Wagen, bewegte die Plane neben ihr. Im schwachen Licht des fast vollen Mondes erkannte sie undeutlich die vertrauten Gegenstände in ihrer Umgebung, die Möbel, den Kasten mit dem Werkzeug ihres Vaters, den Lederkoffer ihrer Mutter, die offene Kiste mit dem Geschirr und den Töpfen. Die Plane hinten am Wagen bewegte sich, dann ertönte ein schwaches Geräusch, wie wenn ein zugebundener Strick aufgeknotet wird.

»Wer ist da?«

Ihre leise Frage schien in der Luft zu hängen. Keine Antwort. Der Wagen schaukelte unter einem plötzlichen Gewicht auf seinem hinteren Rahmen. Der Schatten eines Mannes erschien vor dem Segeltuch.

»Wer ist da? Antworten Sie, oder – oder ich schreie!«

»Nein, tu das nicht«, ertönte ein rauhes, dringliches Flüstern. »Warte – warte nur eine Minute.« Die Plane beulte sich aus, und Elder Greer hob ein Bein über den Rand, um hereinzusteigen.

»Was wollen Sie?« Serenas Angst wurde schwächer, aber es blieb doch ein unbehagliches Gefühl in der Magengrube. Der Älteste richtete sich auf, stand in der Enge des Wagens hoch über ihr. »Ich bin gekommen, um dich zu erretten, meine liebe Serena.«

»Mich zu erretten?«

»So ist es. Um dich in meinen Schoß aufzunehmen und dich vor Schaden und vor der Gemeinheit der Welt zu bewahren. Ich möchte dich zur Frau nehmen, schöne Serena. Ich habe gebetet, und die Antwort ist ganz klar. Ich habe vor, dich zu mir zu nehmen, deinen und meinen Körper in göttlicher Vereinigung zu verbinden.«

Während er das sagte, kam er bis an ihr Lager. Serena zog die Knie an. »Ich habe Ihnen schon gesagt, daß ich meinen Glauben nicht ablegen will. Ich kann nicht so glauben wie Sie, und Ihre Propheten kann ich auch nicht annehmen.«

»Ja, und das schmerzt mich. Aber du bist jung und eine Frau. Du kannst nicht wissen, was du willst. Du brauchst Führung. Ich bin hier, um sie dir zu geben.« Seine Stimme klang etwas rauh und bebte wie von einem starken Gefühl.

»Können – können wir nicht morgen darüber reden?« Serena war nicht unbekannt, in welcher Gefahr sie sich befand. Der Älteste hatte gierige körperliche Gelüste. Es war nichts Ungewöhnliches, daß er mit einer kurzen Kopfbewegung eine seiner Frauen zu sich rief und für den Abend mit ihr in einem seiner Wagen verschwand. Das Quietschen der Wagen, das Knirschen der blockierten Räder war bei seinen älteren Kindern der Grund für viel Flüstern und Kichern gewesen, und manche schworen, sie hätten, als sie kleiner waren, öfters miterlebt, was bei der Empfängnis so alles Eigenartige geschah.

»Morgen?« Der Älteste schluckte hörbar. »Morgen ist es zu spät!«

Er fiel auf sie, streckte die Hände aus, griff nach ihrem weichen, in der Dunkelheit schimmernden Fleisch. Sie entwand sich ihm mit dem Drang zu schreien in der Kehle. Seine Arme klammerten sich um ihre Hüften, und einen Augenblick lang drückte sich sein bärtiges Gesicht an ihre Brüste. Sein tierischer Geruch nach Schweiß war ekelhaft, und Serena stemmte sich mit aller Kraft gegen ihn. Daß sie ihm wirklich Widerstand leisten würde, überraschte ihn, denn sein Halt lockerte sich. In diesem Moment glitt Serena vom Lager und richtete sich auf.

Mit einem zornigen Bellen stürzte der Älteste hinter ihr her, seine harten Hände packten den vom vielen Waschen spröden Batist ihres Nachthemds. Der Stoff riß am Ärmel, trotzdem gelang es ihm, sie zu sich heranzuziehen. Er riß sie sofort zu sich herunter und rollte mit ihr herum, bis sie unter ihm zu liegen kam. Mit einem triumphierenden Grunzen warf er ein Bein über ihre Knie und drückte seine harte Männlichkeit und seinen festen, runden Bauch an sie. Voller Schreck wurde ihr klar, daß er nur ein Paar knielange Unterhosen trug. Sie ächzte und wand sich vor Widerwillen, als seine Finger sie begrapschten, ihre Brust fanden, ihre volle Rundungen drückten. Sie stieß vor Zorn und Schmerz einen Schrei aus, und er schob sich höher hinauf. Sein feuchter, übelriechender Mund in seinem struppigen Bart rutschte über ihre Wange auf der Suche nach ihrem Mund, um sie zum Schweigen zu bringen. Serena wurde übel, sie versuchte sich abzuwenden. Eine Hand lag unter ihm, aber mit der anderen holte sie aus und traf ihn auf die Nase. Er japste vor Schmerz, dann ließ er von ihr ab und fluchte, als er spürte, wie feuchtwarm das Blut aus seinen Nasenlöchern rann.

Einen Augenblick lang dachte Serena, er würde den Kampf aufgeben in seinem Zorn darüber, daß sie seine Annäherung nicht willkommen hieß. Sie irrte sich. Er holte statt dessen aus und traf ihre Wange mit einer schallenden Ohrfeige. Während sie erschreckt und vor Schmerz unbeweglich nach Luft schnappte, machte sich seine zitternde Hand am Verschluß ihres Nachthemds zu schaffen. Er zerrte an den Knöpfen, riß sie aus den Knopflöchern, legte die Wölbungen ihrer Brüste bloß, so daß die Nachtluft darüberstrich, und zerriß dann den dünnen Batist bis zum Saum.

Dieses Geräusch schien durch Serenas Gehirn zu schneiden und vertrieb ihre Furcht und den letzten Rest von Unglauben, daß dies wirklich mit ihr geschah. Sie entzog sich seinen feuchten, tastenden Fingern und hob die Knie. Ihre Hände wurden zu Klauen, und mit der Schnelligkeit einer Schlange krallte sie nach seinem Gesicht, seinen Augen. Als er ruckartig ihren Fingernägeln zu entkommen versuchte, rollte sie sich mit den Fetzen ihres Nachthemds zur Seite, die jetzt nur noch wie ein Umhang über ihren Schultern hingen. Auf Händen und Knien hastete sie auf das hintere Wagenende zu. Der Älteste kroch hinter ihr her, griff sich eines ihrer Fußgelenke. Sie klammerte sich an die neben ihr stehende Kiste mit dem Kochgeschirr, damit er sie nicht zurückziehen konnte. Mit der Kraft der Verzweiflung gelang es ihr, den Arm über den Rand zu legen und auf ein Knie hochzukommen. Aber da ließ der Älteste ihr Bein los, packte weiter oben ihren Zopf, richtete sich hinter ihr auf und zog sie rückwärts, während er sich gegen sie preßte.

Als er sie nach vorn über die Kiste drückte, traf ihr suchender Arm auf eine Bratpfanne. Sie faßte mit beiden Händen den Stiel, drehte sich um und schlug dem Ältesten die Pfanne auf den Kopf. Er fluchte und ließ ihren Zopf los, um ihr die Pfanne zu entreißen. Dann begann er, einen Arm um ihre Taille geklammert, das Band seiner Unterhose zu lösen.

In wilder Hast versuchte Serena, einen Halt zu finden und der feuchten, streng riechenden Härte dieses an sie gedrängten Mannes zu entkommen. Es hatte sowieso keinen Sinn zu schreien, schließlich war es nichts Ungewöhnliches, wenn nachts eine Frau aufschrie. Als der Älteste sie jetzt noch weiter vorwärts drängte, berührten ihre ausgestreckten Finger einen Griff und schlossen sich darum.

Ihre Waffe war zu leicht für ein Messer. Es war nur eine dreizinkige Gabel. Sie fühlte sich ganz elend vor Enttäuschung, zögerte aber keinen Augenblick. Mit letzter Kraft rammte sie die Zinken in den Arm, der sie umklammerte, zerrte daran, riß die schweißfeuchte Haut auf.

Plötzlich wurde sie losgelassen. Sie rang nach Luft, warf sich auf die Seite, entkam dabei aber nicht dem Schlag des Ältesten nach ihrer Hüfte. Sie vergalt es ihm sofort und stach mit der Gabel nach seiner Brust. Befriedigt spürte sie, wie sie über seine Rippen kratzte. Er ächzte laut, griff nach ihrer Hand, und sie wandte sich hastig ab, riß sich hoch, machte einen Sprung nach hinten zur Öffnung in der Plane.

Sie hatte schon ein Bein über den Rand des Wagens gelegt und klammerte sich nur noch an den Zipfel der Plane, als er sie packte, und seine Finger sich eisern um ihren Arm schlossen. Sie biß die Zähne zusammen und ließ sich über den Rand rollen, um auch ihr Gewicht gegen ihn einzusetzen.

Der Älteste hatte die um seine Knie hängenden Unterhosen vergessen. Er stolperte, kippte nach vorn und stürzte mit dem Kopf voraus aus dem Wagen. Voller Schreck lagen sie in einem Gewirr nackter Glieder übereinander und sahen zum Himmel auf.

Ein schriller Schrei durchdrang die Nacht, hysterisch gellend, aus voller Kehle, ein Schrei voller Furcht und Zorn. Es war Beatrice, die ihren wimpernlosen Blick entsetzt auf die nackten, blutverschmierten Körper gerichtet hatte. In einer Hand hielt sie eine Laterne, die andere hatte sie krampfhaft um ihr wollenes Umschlagtuch geklammert. Stimmen erhoben sich in leisem Gemurmel, Lichter flackerten auf und warfen ihren Schein von innen gegen die Planen der Wagen.

Serena drückte gegen den über ihr liegenden Mann, versuchte, sich unter seinem Gewicht herauszuwinden. Schwer atmend stützte sich Elder Greer auf einen Ellbogen. Er sah sich um und erstarrte, als komme er plötzlich zu sich. Ein wilder Blick trat in seine Augen, und er sah Beatrice an.

»Hör auf mit dem Lärm, Frau«, schimpfte er und hielt, während er mühsam aufstand, eine Hand auf seine Brust. Als sie mit einem Geräusch wie einem schweren Schlucken gehorchte, befahl er: »Hol mir meine Hosen.«

Serena rappelte sich auf, hielt die Reste ihres Nachthemdes mit bebenden Händen über ihre Nacktheit, wobei sie die Gabel immer noch mit einer Faust umklammerte. Nach einem schnellen Blick auf die blutüberströmte Brust des Ältesten wandte sie sich den näherkommenden Leuten zu. Plötzlich stieg ihr heiß die Röte ins Gesicht, und sie drehte sich um, um in ihren schützenden Wagen zu steigen und den Blicken der Männer zu entkommen.

»Nein, das tust du nicht«, sagte Elder Greer und packte schnell ihr Handgelenk. Er hielt sie mit einer Hand fest, während er mit der anderen seine Unterhosen über seine kraftlose Nacktheit hochzog.

»Lasssen Sie mich los«, flehte Serena, und versuchte, sich seinem Griff zu entziehen. Aber seine Kraft schien zuzunehmen, während er sich bedeckte, ebenso wie der wilde, stiere Blick seiner Augen.

»Was ist los, Bruder Greer? Was geht hier vor?« fragte jemand aus sicherer Entfernung. Die Augen der Männer, die sich jetzt zusammendrängten, waren auf die weiße Gestalt des jungen Mädchens neben Elder Greer gerichtet. Das Licht der Laterne, die Beatrice bei ihnen stehengelassen hatte, durchdrang die dünnen Fetzen ihres Nachthemdes und erleuchtete Serenas schlanke, aber doch weiblich gerundete Gestalt mit einem geheimnisvollen, goldenen Licht.

»Die Liederlichkeit geht hier vor«, erwiderte der Älteste mit voller, fester Stimme. »Diese Frau gab vor, sie sei unwohl, als sie mich rief, um ihr zu helfen. Als ich zu ihr ging, versuchte sie mich, riß ihr Kleid auf und bot sich meinem Blick dar. Als ich ihr befahl, sich zu bedecken, weigerte sie sich.«

»Nein«, sagte Serena, und ihre Stimme klang ganz schwach vor Entsetzen. »Das ist nicht wahr.«

Die Finger des Ältesten griffen noch fester zu. »Doch, es ist wahr. Sie hat sich mir gegen Geld angeboten, einladend ihre Schenkel geöffnet, und als ich ablehnte, war sie so verärgert, daß sie mich zu verletzen versuchte.«

»Mit einer Gabel, Bruder?« ertönte eine verwunderte Stimme, als er auf die Spuren auf seiner Brust zeigte.

»Wenn eine andere Waffe zur Hand gewesen wäre, hätte sie mich vielleicht getötet.«

Serena schüttelte den Kopf. Sie wollte etwas sagen, da trat Beatrice aus dem Schatten mit der wollenen Hose des Ältesten in ihrem verkrampften Griff. »Hure«, flüsterte sie, während sie Serena haßerfüllt ansah. »Dirne, einen Mann derart zu versuchen. Isebel! Läufige Hündin!« Die Frau drückte voller Zorn ihrem Mann seine Hose in die Hand.

Der andere Mann meinte: »Ein solches Verhalten darf nicht ungestraft bleiben, auch wenn sie nicht zu uns gehört. Sie ist eine Gefahr für unser aller Körper und Seelen.«

Beatrice stellte sich, vielleicht sogar absichtlich, vor Serena, so daß die hitzigen Blicke der Männer sie nicht mehr treffen konnten. Dabei hielt sie sie fest, während Elder Greer in seine Hosen stieg.

»Sie ist in meiner Verantwortung«, sagte der Älteste, während er seine Hosenträger befestigte. »Ich verspreche euch, daß sie die Strafe spüren wird, bis sie zur Vernunft kommt. Ich werde persönlich die Peitsche über ihrem Rücken schwingen, nein, über ihrer nackten Haut.«

Beatrice sah plötzlich auf. »Du, mein Mann? Es ist besser, wenn sie sich vor der ganzen Versammlung verantworten muß und von allen verurteilt wird. Du – du bist zu gut, zu sanft, um sie ausreichend zu bestrafen.«

Der Älteste warf seiner Frau einen zurechtweisenden Blick zu. »Sie ist in meiner Verantwortung. Ich muß für ihre Sünden geradestehen.«

»Wenn dem so wäre, müßtest du ja die Peitsche auf deinem Rücken zu spüren bekommen, mein Mann. Nein, die Dirne soll in ihrer Schande vor uns allen stehen, denn wir alle könnten durch sie betroffen werden. Sie ist ein Gift, gegen das wir schnell und ohne Gnade vorgehen müssen.«

»Schweig jetzt, Frau!« rief Elder Greer, aber es war schon zu spät.

»Sie hat nicht unrecht, Bruder«, meinte der erste Mann.

»Ja«, sagte ein zweiter. »Sie hat schon so viel Einfluß auf dich, daß du ohne anständige Kleidung zu ihr gegangen bist. Was könnte geschehen, wenn du allein sie strafst?«

Serena sah sie an und spürte in ihren Worten eine Doppeldeutigkeit, die ihr Hoffnung machte. »Nichts war so, wie Elder Greer es gesagt hat. Er lügt! Ihr müßt mir glauben!« rief sie.

Die Männer schauten sie an und schnell wieder weg. »Es wird das beste sein, wenn wir uns versammeln, um ihrem Verbrechen auf den Grund zu gehen.«

»Ich habe kein Verbrechen begangen!« wehrte sich Serena, aber keiner hörte ihr zu.

»Schweig, du babylonische Hure!« zischte Beatrice. »Es reicht schon, daß du die unsterbliche Seele meines Mannes in Gefahr gebracht hast, indem du ihn in der Hoffnung auf Bezahlung zu dir gelockt hast. Mußt du auch noch seinen guten Namen in den Schmutz ziehen?«

Serena hatte geglaubt, Beatrice wüßte, daß sie Elder Greer nicht gerufen hatte, schließlich schlief sie gleich im nächsten Wagen. Aber es war nicht so. Sie hatte Serena nicht aus Eifersucht beschimpft, sondern weil sie wirklich glaubte, was ihr Mann behauptet hatte. Sie wollte einfach nicht wahrhaben, daß ihr Mann ohne Aufforderung in Serenas Wagen gestiegen war. Aber weil sie ihn schon des öfteren abgewiesen hatte, hätte sie es also nur tun können, weil sie sich eine Belohnung davon versprach, das blieb die einzig mögliche Antwort. Eine Ehe kam nicht in Frage, da Serena ihren Glauben nicht aufgeben wollte. Also blieb nur Geld als Erklärung. Weil Elder Greer etwas Derartiges angedeutet hatte, glaubte Beatrice wirklich, sie sei ein gefallenes Mädchen, das ihrem Gewerbe, dem ältesten der Welt, nachzugehen versuchte. Und angesichts des ernsten Ausdrucks auf den Gesichtern der Versammelten war anzunehmen, daß sie der gleichen Meinung waren.

Das war also das Verbrechen, das sie ihr unterstellten.

2. Kapitel

Sie läuteten die Kuhglocke, um die Versammlung einzuberufen. Sofort. Für eine solche Angelegenheit würde man keine wertvollen Stunden des Tages verschwenden, am Morgen mußten sie weiterziehen.

Die Anführer der Gruppe, unter ihnen Elder Greer, saßen mit einer Bibel, dem Alten Testament, und einer Laterne vor sich an einem improvisierten Tisch. Weitere Laternen hingen an den Wagen, so daß der Platz innerhalb des Wagenkreises erleuchtet war. Serena bekam Gelegenheit, sich etwas anzuziehen, aber die Zeit reichte nicht, um sich die Haare zu kämmen und zu ordnen oder auch nur Strümpfe und Schuhe anzuziehen. So mußte sie denn allein, bleich und voller blauer Flecken vor den versammelten Männern und Frauen stehen, die untereinander flüsterten und sie anstarrten. Aber erst nach einer endlos scheinenden Viertelstunde ließen sich schließlich die Ältesten, in ernstes Schwarz gekleidet, auf ihren Plätzen nieder.

Serena stand aufrecht da und starrte in die Nacht. Sie hörte zwar das Geflüster und Gekicher, versuchte jedoch, keine Notiz davon zu nehmen. Sie bemerkte auch, daß Elder Greer sie mit kaum verhohlener Lust ansah und seinen Blick dann wieder abwandte, verriet aber mit keiner Bewegung, daß sie auch nur seine Existenz zur Kenntnis nahm. Nur so gelang es ihr, vor diesem ungerechten, demütigenden Tribunal nicht einfach in die Nacht hinaus zu laufen.

Als einer der Richter sie fragte, ob sie wisse, aus welchem Grund sie hier stehe, antwortete sie wahrheitsgemäß mit »Ja«, fügte jedoch angesichts des zunehmenden Geflüsters sofort hinzu: »Aber ich habe Elder Greer nicht in meinen Wagen gerufen. Er kam herein, während ich schlief – ...«

»Lügen!« rief Beatrice von ihrem Platz zwischen den Frauen und Kindern des Ältesten herüber. Agatha saß aufrecht und unbeweglich da, Lessie, die neben ihr saß, rang die Hände.

Elder Greer brachte sie mit einer Handbewegung zum Schweigen und fragte mit sorgenvollem Blick und ernstem Ton: »Warum sollte ich das tun, mein Kind?«

»Sie sagten, ich müsse gerettet werden. Sie schienen anzunehmen, daß ich Ihre Frau werden würde, wenn ich erst – bei Ihnen gelegen hätte. Sie sprachen von einer heiligen Vereinigung und daß Sie sich nach einem Gebet dazu entschlossen hätten, zu mir zu kommen.«

»Das ist Blasphemie«, sagte der erste Älteste, und sein Gesicht rötete sich.

»Sie ist eine giftige, böse Viper«, warf Beatrice ein.

»Ruhe!« rief der erste Älteste und wandte sich dem Mann neben sich zu. »Wir haben gehört, was diese junge Frau gesagt hat, Bruder Greer. Jetzt sprich du.«

Er wandte sich Serena zu. »Ihre Anschuldigungen schmerzen mich sehr. Aber mein guter Name wird wohl den verzweifelten Behauptungen eines jungen Mädchens standhalten, das seine unerhörte Handlungsweise zu rechtfertigen versucht. Ihre Seele macht mir Sorgen. Aber durch Strafe, Kasteiung des Fleisches und Disziplin ist sie bestimmt noch zu retten. Und sie braucht einen Platz. Sie selbst hat von der Möglichkeit gesprochen, meine Frau zu werden. Wenn es Gottes Wille ist, daß sie auf diesem Wege gerettet werden kann, werde ich mich nicht dagegen wehren.«

»Du bist zu großzügig, Elder Greer.«

»Das stimmt!« erklärte Beatrice. »Wir sollten sie lieber als etwas Unreines verstoßen, sie allein mit ihren Sünden hier zurücklassen, wenn wir morgen früh weiterfahren.«

»Das ist unnötig grausam«, wies Elder Greer seine Frau zurecht. »Dadurch würden wir sie großen Gefahren aussetzen, Indianern, Gesetzlosen, dem Zorn der Elemente.«

»Immer noch besser, wenn sie solchen Gefahren ausgesetzt ist, als wenn sie weiter eine Gefahr für deine unsterbliche Seele bleibt. Warum sollte eine wie sie überhaupt Männer fürchten? Selbst einen Indianer wird sie in ihrem Wagen willkommen heißen.«

»Da hat sie nicht unrecht«, meinte der erste Älteste.

Serena trat einen Schritt vor. »Ich werde diesen Wagenzug gern verlassen. Nichts wäre mir lieber!«

»Siehst du, wie wenig sie deine Sorgen verdient?«

»Das darf nicht sein«, sagte Elder Greer und runzelte die Stirn.

»Nein! Nein«, ertönte eine andere Stimme. »Vielleicht stirbt sie, und ich will nicht, daß sie fortgeht. Was soll ich denn machen, wenn sie fortgeht?«

Es war Lessie, die gesprochen hatte. In ihren Augen standen Tränen.

»Sei still!« fuhr Beatrice sie an. »Es ist uns egal, was du denkst.«

»Das ist nicht wahr«, korrigierte sie Elder Greer. »Möchtest du diese Frau in die Familie aufnehmen, Lessie?«

»O ja, das möchte ich. Sie war immer gut zu mir.«

»Dann kann sie ja nicht ganz so schlimm sein.«

Der erste Älteste begann zu nicken. Beatrice schwieg, ihr trotziger Blick traf auf den vorwurfsvollen Blick ihres Mannes. Dann sah er zu Serena, und der unterschwellige Ausdruck in seinen Augen ließ sie schaudern, erinnerte sie an seine harte Hand auf ihrem weichen Fleisch.

»Nein!«

Das Wort rutschte ihr heraus, aber sie wiederholte es sogar. »Nein. So gern ich dir auch eine Schwester wäre, Lessie. Ich habe nicht den Wunsch nach dieser – Ehre.«

»Deine Wünsche sind hier unwichtig!«

»Ach ja? Ich verspreche Ihnen, Elder Greer, daß Sie es noch bereuen werden, wenn Sie mich zu dieser – Strafe zwingen. Ich werde keine gute Frau sein. Sie haben ja schon festgestellt, daß Sie von mir mehr Schmerz als Genuß zu erwarten haben. Ich werde wohl auch kaum widerstehen können und Sie bestimmt bei der ersten Gelegenheit betrügen!«

Entsetzte Stimmen erhoben sich angesichts dieser unverschämten Aussage.

»Sie ist eine Dirne!« kreischte Beatrice in zorniger Freude. »Ihr wolltet ja nicht auf mich hören. Laßt sie zurück, sage ich. Sie hat kein gnädigeres Urteil verdient.«

Elder Greers Gesicht verfärbte sich lilagrau vor Zorn. »Du hast gewählt«, sagte er rauh. »Aber vergiß nicht, daß du unter meinem Schutz stehst. Ich wurde zu deinem Vormund erklärt, sowohl durch die Versammlung als auch durch den Wunsch deines sterbenden Vaters. Dein Besitz gehört mir, denn ich habe mehrere Wochen für dich gesorgt. Ich beanspruche ihn für mich, weil du sowohl meiner Person als auch meinem guten Namen Schaden zugefügt hast. Wenn du meinen Schutz verläßt, wirst du nur mit deinem persönlichen Habe gehen, das heißt Kleidern und Proviant.«

»Das können Sie nicht machen!« Aber Serena wußte, daß er es konnte. Der Ausdruck in den Gesichtern der Umstehenden bestätigte das.

»Doch, das kann ich! Also überlege es dir gut. Willst du hierbleiben als meine Frau, in der Hoffnung, daß dir nach deinen Verfehlungen geholfen werden kann, oder willst du ohne alles hier zurückgelassen werden?«

Er dachte, jetzt hätte er sie, denn allein zu bleiben, war Wahnsinn. Aber sie zog den Wahnsinn vor.

»Gut, daß Sie mich warnen. Aber nach den letzten Wochen in eurer Gesellschaft ziehe ich es vor, allein zu sein. Mag sein, daß ihr meinen Besitz habt, aber ich werde meine Selbstachtung behalten und noch etwas anderes, das Sie mir sicher eher nehmen als bewahren werden: meine Keuschheit. Lieber riskiere ich die Gefahren, die mich erwarten, als daß ich bleibe. In diesem Falle ist mir der Teufel, den ich nicht kenne, bedeutend lieber als der, den ich kenne!«

»So sei es!« Elder Greer stand so hastig auf, daß sein Stuhl umkippte. Mit zorniger Miene sagte er: »Du wirst die Nacht in deinem Wagen verbringen und nachdenken. Wenn du nicht am Morgen zu mir kommst und auf Knien um Vergebung bittest, werden wir dich bei Tagesanbruch verlassen, und kein Flehen wird uns zurückhalten. Gute Nacht, Serena Walsh, und so Gott will adieu!«

Es wurde langsam Morgen. Serena sah mit brennenden Augen zu, wie es allmählich hell wurde. Als sie alles im Wagen klar erkennen konnte, zog sie den Koffer ihrer Mutter hervor und packte ihre drei Kleider, ihre Unterwäsche und ihre guten Schuhe hinein. Dann holte sie vorsichtig das Seidenkleid ihrer Mutter und die Schuhe mit den goldenen Absätzen hervor. Aus einer Lackschachtel nahm sie eine Miniatur ihres Vaters und ein paar Schmuckstücke. Diesen kleinen Schatz, der einmal ihrer Mutter gehört hatte, wickelte sie in ein Taschentuch und steckte es in die Spitze eines der Schuhe. Diese Dinge legte sie dann mit entschlossener Miene ganz unten in den Koffer. Darauf kam eine Steppdecke, und weil der Koffer immer noch nicht ganz voll war, ein grauer Wollumhang und ein paar von den vielen Büchern, die ihrem Vater gehört hatten. Dann bürstete sie ihr Haar und steckte es zu einem Knoten auf, legte Bürste, Kamm und Spiegel zuoberst in den Koffer und schloß den Deckel.

»Du bist fertig. Das ist gut, dann brauche ich mich schon nicht darum zu kümmern.«

Serena drehte sich erschreckt um, als sie Beatrices Stimme hörte. »Ja, ich bin fertig.«

»Du erinnerst dich daran, was Elder Greer gesagt hat. Du darfst nur deine persönliche Habe mitnehmen.«

»Ja, ich erinnere mich.«

Die Frau sah sich mit einem besitzergreifenden Blick zwischen den Möbeln im Wagen um. Dann sah sie wieder den Koffer an. »Den nimmst du mit? Ein häßliches Ding, und viel kann man damit nicht transportieren. Mach ihn auf, daß ich sehe, was du hineingetan hast.«

»Nein.«

»Nein? Wie kannst du es wagen, so mit mir zu reden? Aufmachen, sage ich!«

Serena sah sie nicht einmal an. Sie griff nach ihrem Umschlagtuch aus Kaschmir und legte es um. »Das werde ich nicht tun, und du auch nicht. Wenn du nur einen Finger drauflegst, werde ich den Ältesten, deinen Ehemann, rufen und ihm sagen, ich hätte es mir anders überlegt und wolle doch seine vierte Frau werden.«

»Das kannst du nicht«, sagte Beatrice tonlos, aber ihre Stimme klang unsicher.

»Willst du es drauf ankommen lassen?«

Beatrice wandte sich ab und fuhr sich mit der Zunge über die schmalen Lippen. »Ach, was interessiert es mich schon, was du mitnimmst, du läßt ja genug hier. Um deine schönen Kleider tut es mir wirklich nicht leid. Eine anständige Frau könnte sie wahrscheinlich sowieso nicht anziehen.«

»Wenn du damit meinst, eine Frau wie du, bin ich auch sicher, daß sie dir nicht stehen würden.«

Beatrice beherrschte ihren Zorn und zwang sich zu einem säuerlichen Lächeln. »Hast du etwas zu essen und Wasser?«

Serena nickte. In einem Beutel am Eingang waren Mehl, Schinken, getrocknetes Obst, eine tiefe Pfanne und eine große Blechflasche mit Wasser.

»Dann bleibt nichts mehr zu sagen. Ich weiß, daß du nicht erwartest, daß ich dir Glück wünsche.«

»Nein«, antwortete Serena ruhig. »Aber ich wünsche dir eine gute Reise – weit weg von mir.«

Und nur kurze Zeit später saß Serena auf ihrem Koffer im Büffelgras, während die Wagen mit den Mormonen, ihre Gesichter von ihr abgewandt und stur nach vorn blickend, an ihr vorbeirollten. Nur Lessie schaute mit Tränen in den Augen unter der Plane eines der Wagen hervor und winkte kurz. Serena hatte beim Anblick der zarten Frau mit dem dick geschwollenen Bauch das Gefühl, als lasse sie ihre Freundin im Stich, aber es war nicht zu ändern.

Der Wagenzug wurde in der Ferne immer kleiner. Als er in der flimmernden Hitze der Morgensonne fast völlig verschwunden war, stand Serena schließlich auf, legte ihre Vorräte auf den Koffer und begann, den Wagenspuren nachzugehen.

Die Sonne stieg höher hinauf, der Koffer wurde immer schwerer. Serena versuchte, ihre Vorräte hineinzupacken und ihn auf der Schulter zu tragen. Aber der Holzrahmen drückte gegen ihren Hals, und sie schob den Koffer auf den Rücken. Einmal stolperte sie und fiel auf die Knie, und das Gewicht des zu Boden kippenden Koffers hätte ihr beinahe den Arm ausgerenkt. Einmal entdeckte sie plötzlich keinen Meter von sich entfernt eine Klapperschlange und mußte lange, schmerzende Minuten stillstehen, bis das Tier sich auseinanderrollte und davonschlängelte. Um die Mittagszeit ruhte sie sich eine Weile aus, doch schon bald war sie wieder unterwegs und zog den Koffer an einem Griff hinter sich her.

Gerade war die Sonne noch grell und heiß gewesen, da ging sie auch schon purpurgolden unter, während der Himmel noch leuchtend blau war. Serena wanderte weiter, bis es dunkel wurde. Sie war zu müde, um noch etwas zu kochen, aß nur ein paar getrocknete Äpfel, rollte sich in ihre Decke und schlief erschöpft ein.

Irgendwann in der Nacht wurde sie wach. Im Gras bewegte sich etwas. Ein Kaninchen. Eine Eule auf der Jagd flatterte zwischen ihr und dem Sternenhimmel vorüber. Serena fühlte sich etwas unbehaglich, aber Angst hatte sie nicht. Das hätte ihr auch nichts genützt. Sie schloß die Augen, atmete tief und ruhig. Nach kurzer Zeit schlief sie wieder ein.

Der zweite Morgen unterschied sich kaum vom ersten, nur der Himmel war bedeckt, und während der Mittagsrast stellte sie fest, daß ihr Wasser langsam knapp wurde. Sie kam kaum voran. Sie wußte, daß es ohne den Koffer besser gehen würde, aber als sie sich wieder den in der Ferne schimmernden Bergen zuwandte, hatte sie ihn erneut auf dem Rücken.

Am Nachmittag brauten sich Wolken am Himmel zusammen; schließlich lagen sie wie eine große, dunkle Decke im Nordosten am Himmel. Der Wind wurde stärker, wirbelte Staub auf, blies Prärievögel und Grashüpfer vor sich hier. Serena spürte die Feuchtigkeit in seinem Atem und fing an zu rennen, doch bald ging sie wieder langsamer. Was nützte es, wenn sie sich beeilte? Weit und breit war kein geschützter Platz in Sicht. Sie sah nichts als baumlose, ebene Prärie.

Aber der Regen kam nicht. Der Abendhimmel wurde schon lavendelfarben, als sie das erste Donnergrollen hörte. Serena wußte, daß es am besten gewesen wäre, sich eine Senke im Boden zu suchen. Aber sie konnte sich nicht entschließen, solange auch noch ein Rest von Licht am Himmel war. Mit besorgt gerunzelter Stirn sah sie die schwarze Wolke näher kommen, die den Anblick der Berge verdeckte und den Himmel vollends verdunkelte bis hinunter zum Boden. Es donnerte immer öfter, Blitze zuckten, das beständige Grollen steigerte sich manchmal zu einem lauten Krachen.

Serena betrachtete die Ebene mit einem prüfenden Blick und schnupperte. Es roch nach der schwefligen Frische von Ozon und etwas, das sie an Rauch erinnerte. Und es war Rauch, denn dort hinten sah sie jetzt auch den Feuerschein dazu. Einen Augenblick lang dachte sie, der Blitz hätte das Präriegras entzündet, aber sein Licht war zu ruhig. Womöglich war es der Wagenzug der Mormonen? Aber sie mußten jetzt schon viel weiter sein. Also konnte es nur jemand anderes sein, aber wer?

Wilde Geschichten gingen ihr durch den Kopf. Sie dachte an entflohene Indianer, an Besitzlose und an Ausgestoßene. Wer außer solchen Kreaturen konnte jetzt hier draußen sein? Um ihrer eigenen Sicherheit willen sollte sie diesem Feuer wohl aus dem Wege gehen.

Aber trotz dieses vernünftigen Gedankens zog sie das fröhliche Licht dort in der stürmischen Nacht an wie ein Magnet. Sie ließ ihren Koffer stehen und näherte sich langsam dem Feuer.

Vorsichtig ging sie weiter. Gerade außerhalb des Feuerscheins waren an langen Leinen zwei Pferde angebunden, die einen gepflegten Eindruck machten. Am Feuer standen ein Kaffeetopf und eine Pfanne, die beide einen verlockenden Duft verströmten; daneben war unter einem geölten Segeltuch in einem Verschlag ein Lager bereitet. Menschen sah Serena in der Nähe dieses einladenden Lagers jedoch nicht. Sie nahm jedoch nicht an, daß jemand auf dem Lager eingerollt schlief, obwohl das nicht genau zu erkennen war.

Doch gewiß hätte sich niemand hingelegt, ohne das fertige Abendessen zu verzehren.

Ein Blitz zuckte grell durch die Nacht. Serena drehte sich ruckartig um, und plötzlich erstarrte sie und hielt den Atem an. Neben ihr, so daß sie ihn hätte ganz leicht berühren können, stand ein Mann. Vor dem vom Blitz erhellten Himmel sah sie, daß er groß und breitschultrig war. Er stand einfach da, ein Gewehr hing wie vergessen in einer Hand. Trotzdem wirkte er wachsam und gespannt, was einen Eindruck von zurückgehaltener Kraft erweckte. In seinem Schweigen und den harten Zügen schien ein tödlicher und grausamer Ausdruck zu sein.

Das Leuchten am Himmel verschwand. Serena wich einen Schritt zurück und wollte losrennen. Sofort schloß sich eine harte Hand um ihren Arm und stieß sie zurück. Sie stolperte, und ihre Schulter berührte eine Brust, die so hart und unnachgiebig war wie ein Eichenbrett.

»Wo wollen Sie so hastig hin?« Seine weich gedehnten Worte standen in scharfem Kontrast zu seinem Griff. »Ich bestehe darauf, daß Sie meine Gastfreundschaft annehmen.«

Wieder erhellte ein Blitz den Himmel und ließ goldene Lichter in Serenas Augen funkeln, als sie zu ihm aufsah. Einen Augenblick lang waren ihr Gesicht und ihr vom Wind zerzaustes, blauschwarzes Haar zu erkennen.

»Lassen Sie mich los«, sagte sie, fast unhörbar wegen des Donners.

»Das tue ich gern, sobald Ihre Freunde sich zeigen.«

»Ich habe keine Freunde«, sagte Serena, die den Spott in seiner Stimme wohl gehört hatte.

»Und das soll ich glauben?«

»Das werden Sie wohl müssen. Es ist die Wahrheit.«

»Was wissen Sie sonst noch Wahres?«

Serena versuchte, sein Gesicht im Dunkeln zu erkennen. »Mehr als Lügen. Ich bin nicht sicher, ob es nicht besser wäre, jetzt einen Freund zu erfinden, der irgendwo da draußen steht.«

Schweigend dachte er über ihre Worte nach. Sie spürte das gleichmäßige Heben und Senken seiner Brust beim Atmen. Plötzlich ließ er sie los und deutete mit einer knappen Geste auf das Feuer.

Serena ging vor ihm her und fühlte sich wie eine Gefangene, obwohl er keinerlei Bewegung mit seinem Gewehr gemacht hatte. Er wies sie an, am unteren Ende des Lagers Platz zu nehmen, wobei sie darauf achtete, nicht an die kurzen Stützen zu stoßen, die die Plane wie ein niedriges Zelt hielten. Angesichts der Wärme des Feuers schauderte sie ein wenig und merkte erst jetzt, wie kalt ihr war.

Von der anderen Seite des Lagerfeuers betrachtete sie der Mann mit ernster Miene. Als Serena seinen festen Blick spürte, sah sie auf und schaute in seine grünen Augen. Er war viel größer als sie, sein Gesicht war sonnengebräunt, seine Gestalt kraftvoll und entspannt. Er trug ein am Hals offenes Leinenhemd unter einer gut geschnittenen Lederjacke, dazu Hosen aus grobem Baumwolltuch, die in teure, weiche Lederstiefel gesteckt waren. Der Wind zerwühlte sein dunkelbraunes, welliges Haar. Zwischen seinen Augenbrauen stand jetzt eine finstere Falte, und die dichten, etwas gesenkten Wimpern verengten seinen prüfenden Blick.

Er deutete mit einer Kopfbewegung in die Nacht. »Haben Sie irgendwo da draußen noch Ihr Pferd?«

Serena schüttelte den Kopf.

»Allein und zu Fuß. Ich nehme an, Sie haben eine Erklärung dafür, und zwar wenn's geht eine möglichst gute.«

Der Klang seiner Stimme und sein Verhalten verwirrten Serena. »Ich sehe keinen Grund, warum ich Ihnen irgend etwas erklären sollte. Ich versichere Ihnen, daß ich keine Bedrohung für Sie bin. Wenn Sie das nicht glauben können oder wollen, werde ich gern gehen und mein eigenes Lager aufschlagen.«

»Das glaube ich nicht.«

»Sie – was meinen Sie damit?«

»Ich meine, ich werde Sie lieber hierbehalten, bis ich genau weiß, wer Sie sind und warum Sie sich hier draußen allein, ohne Begleitung, und zu Fuß herumtreiben.«

»Warum?« fragte Serena direkt.

»Weil mir meine Haut lieb ist. Es wäre nicht das erste Mal, daß ein hübsches Mädchen einen Mann ablenkt, während ihre Partner sich anschleichen und ihm alles abnehmen.«

»Ich habe keine Partner!« sagte Serena verärgert.

»Das sagen Sie.«

»Das ist doch lächerlich. Sehe ich aus wie eine Frau, die so etwas macht?«

Er betrachtete sie lange und genau. »Sie sind attraktiv genug, um die Aufmerksamkeit jedes Mannes zu fesseln. Wenn Sie Ihre Kleidung meinen – die paßt doch gut zu der Rolle des armen, unschuldigen Mädchens in Not. Es wäre ja auch dumm, hier elegant gekleidet herumzulaufen, oder?«

Sie errötete angesichts seiner Einschätzung und erhob sich auf die Knie. »Wenn Sie das glauben, lassen Sie mich bestimmt gern wieder gehen.«

»Nein.«

Das Wort klang ganz ruhig. Er bewegte sich nicht, aber Serena wußte, daß er sie daran hindern würde, wenn sie zu gehen versuchte. Angesichts seiner Beschreibung ihrer Reize und seines Gesichtsausdrucks, als er sie betrachtete, spürte sie, daß sie in Gefahr war. Also atmete sie tief ein und sagte: »Sie können mich nicht einfach hier festhalten.«

»Ach ja?«

Seine Selbstsicherheit war zum Verrücktwerden. Und ganz besonders, weil er recht hatte. Er konnte sie hier festhalten, mühelos. Wenn sie wegzulaufen versuchte, würde er sie höchstwahrscheinlich einholen, mit seinen Pferden ganz sicher. Wenn er nicht aufpaßte, würde sie vielleicht selbst eines der Pferde erreichen, aber sicher nicht aufsitzen und damit entkommen können, bevor er sie erwischte. Also war ihr Trotz sinnlos. Und sie hatte keine Lust, seine harten Hände noch einmal zu spüren.

Sie senkte die Augen, um ihren Zorn zu verbergen, und zuckte mit den Schultern. »Na gut, vielleicht können Sie es. Aber morgen früh werden Sie sich wie ein Narr vorkommen, wenn ich immer noch hier bin und immer noch allein.«

Er sah zu, wie sie sich auf seinem Lager zurücklehnte, wobei selbst der Ärger ihren Bewegungen nicht die Anmut nahm. Sein Blick wanderte über ihre fest gerundeten Brüste, die den Stoff des alten Kleides spannten, und hielt kurz inne bei ihrer schmalen Taille, die sich so weich zu den Hüften rundete. »Das mag schon sein«, antwortete er.

»Wenn Sie Augen im Kopf hätten, wäre Ihnen bestimmt gestern ein Wagenzug aufgefallen. Sie hätten sich denken können, daß ich – daß ich dazu gehörte.«

»Gehörte?«

Serena schaute zur Seite. »Ja. Ich habe ihn gestern morgen verlassen. Das beweist, daß Sie sich in mir täuschen.«

»Ich bin erst heute abend auf diesen Trail gestoßen, aber ich habe die Spuren gesehen.«

»Na also«, sagte sie triumphierend.

»Ich konnte kaum glauben, daß jemand so spät im Jahr noch hier vorbeikommt.«

Sie erzählte ihm kurz von Elder Greer und seinem Versuch, es den früheren »Heiligen der letzten Tage« nachzutun.

»Sie sind keine Heilige.«

Serena warf ihm einen kurzen, ärgerlichen Blick zu, konnte ihm aber trotzdem nur zustimmen.

»Da frage ich mich doch, wie es kommt, daß Sie sich hier draußen im Nichts entschlossen haben, die Mormonen zu verlassen – oder wurde Ihnen der Entschluß abgenommen?«

»Es war ein Mißverständnis«, sagte Serena kurz.

»Das ist immer so.«

»Sie wollen wohl nur das Schlimmste von mir denken?«

»Meiner Erfahrung nach spart einem das Zeit und Ärger, besonders im Umgang mit Frauen.«

»Sie müssen ein enttäuschendes Leben geführt haben. Dann wird es Sie sicher auch nicht überraschen, daß man mich verstoßen hat, weil ich einen der Ältesten in meinen Wagen gelockt habe?«

»Nein, gar nicht.«

»Ich wußte, daß Sie so etwas sagen würden! Also werde ich Ihnen mitteilen, daß es eine Lüge war, weil Elder Greer nur versuchen wollte zu vertuschen, daß er, während ich schlief, in meinen Wagen gekommen war, um mir Gewalt anzutun.«

»Gehe ich recht in der Annahme, daß Sie ihn davon abgehalten haben?« fragte er mit einem skeptischen Leuchten in seinen smaragdgrünen Augen, mit denen er sie über das Feuer hinweg genau beobachete.

»Ja, aber ich bezweifle, daß Sie mir glauben.«

»Was haben Sie gemacht? Um Hilfe gerufen? Er war entweder mutig oder dumm, wenn er darauf gewartet hat.«

»Ich habe mit einer Gabel nach ihm gestochen, wenn Sie es genau wissen wollen. Und als er mich nicht losließ, habe ich ihn mit mir aus dem Wagen gezerrt.«

Er starrte sie erstaunt an und lachte plötzlich. »Mit einer Gabel?«

»Ja«, sagte sie scharf.

»Faszinierend. Das kann ich fast glauben. Was hat er getan, sich geweigert, Sie zu heiraten?«

Serena sah ihn wütend an. »Hat er nicht! Deswegen war er ja überhaupt gekommen, um mich zu überreden, seine Frau zu werden.«

»Eine rauhe Werbung, nicht wahr? Oder hätten Sie Geld der Ehre vorgezogen? So ist das normalerweise bei Frauen in Ihrer Lage.«

Als sie ihn mit eiskaltem Ärger anstarrte, weil sie wieder demselben schlimmen Vorwurf ausgesetzt wurde, fing es an zu regnen.

Der Mann sah zum Himmel. »Wir sollten besser unter die Plane gehen.« Er sah kurz zu den Pferden hinüber und bückte sich, um Pfanne und Kaffee aufzuheben. »Sitzen Sie nicht ’rum«, sagte er ärgerlich. »Gehen Sie unter das Segeltuch.«

Serena gehorchte und hob dann ihre aufgerissenen Augen zu ihm. »Mein Koffer! Ich habe ihn da hinten stehenlassen!«

»Koffer?« Er klang, als hätte er das Wort nie gehört.

Sie nickte. »Wenn er naß wird, geht er kaputt.« Ohne auf seine Antwort zu warten, sprang sie auf und rannte in die windige Dunkelheit hinaus. Sie wußte nach ein paar Metern nicht mehr, wo sie war, blieb stehen und strich sich die Haare aus den Augen.

»Sie werden ihn nie finden. Warten Sie bis morgen!«

Sie mußte ihn aber finden. Er enthielt ihre ganze Habe. Dann sah sie ihn, als es wieder blitzte. Sie hastete los.

»Ich mache das.«

Der Mann war neben ihr, hob den Koffer hoch, als sei er federleicht. Dann ging er mit großen Schritten zum Feuer zurück und hatte sogar noch eine Hand frei, um sie zu halten, als sie stolperte, während sie sich bemühte, Schritt mit ihm zu halten. Vielleicht war er ihr ja nur gefolgt, um ihre Flucht zu verhindern, trotzdem hätte er den Koffer nicht für sie zu tragen brauchen. Seine Geste war so beiläufig und natürlich und doch so völlig anders als seine zynischen Äußerungen, daß es sie verwirrte.

Aber zum Nachdenken blieb keine Zeit. Er legte hastig ein Wachstuch über den Koffer und beschwerte es, dann zog er Serena mit sich unter die Plane.

Sie duckte sich hinein, stellte aber fest, daß sie nicht sitzen konnte. Es blieb nichts anderes übrig, als sich hinzulegen und die Beine, wenn sie nicht naß werden wollte, in den unteren Teil zu schieben. Zu ihrer Beunruhigung gerieten ihre Beine dann im Dunkeln unter die Decken, und noch bevor sie dies korrigieren konnte, lag der Mann neben ihr, und sein fester Schenkel drückte sich an sie.

Falls er ihre Nähe spürte, ließ er sich das nicht anmerken. »Ich habe das Brot und den Schinken gerettet«, sagte er, stützte sich auf die Ellenbogen und brach das Brot mit kräftigen Fingern. Dann legte er ein Stück Schinken aus der Pfanne darauf und bot es Serena an. Als sie es genommen hatte, goß er ihr Kaffee ein.

Der Regen klatschte naß und laut über ihren Köpfen auf die Plane. Ein Zipfel flatterte im Wind und spritzte ein paar Tropfen herein. Draußen standen die Pferde mit stoischer Ruhe im prasselnden Regen.

Es war eng unter der Plane, aber warm und trocken. Das Essen roch köstlich, der Kaffee auch. Also beschloß Serena, erst einmal zu essen und sich dann später Gedanken über die Lage zu machen, in die sie sich gebracht hatte.

Mit einem steifen Lächeln dankte sie ihrem Gastgeber, senkte die Augen und biß in das knusprige Brot.

3. Kapitel

Das Feuer brannte herunter. Der Mann neben Serena war nur noch ein Körper im Dunkeln. Es regnete weiter, und der Wind drang bisweilen eisig zu ihnen herein.

Serena genoß die belebende Hitze des Kaffees. Jetzt bemerkte sie, daß nur sie trank. »Ich habe Ihre einzige Tasse, nicht wahr?« sagte sie. »Ich werde sie schnell spülen.«

»Macht nichts«, sagte er. Er schien sich über ihr steifes Benehmen zu amüsieren. Er füllte die Tasse wieder und trank an derselben Stelle wie sie.

Diese Geste und ihre Intimität beunruhigten Serena. Sie starrte ins Dunkel hinaus und versuchte so unauffällig wie möglich, etwas zur Seite zu rutschen. Als sie das Gefühl hatte, er sehe zu ihr hinüber, spürte sie ihr Herz plötzlich schneller schlagen.

»Fertig?« fragte er. Als sie nickte, stellte er Pfanne und Tasse in den Regen hinaus. Serena wischte die Krümel von der Decke. Ihre Mahlzeit war beendet.

»Legen Sie sich hin«, sagte der Mann ganz dicht neben ihr. »Sie können es sich ruhig bequem machen.«

»Ich würde mir lieber meine eigenen Decken holen.« Nur mühsam hielt sie ihre Stimme ruhig.

»Gern, wenn Sie unbedingt naß werden wollen. Hier ist nicht genug Platz dafür. Ich könnte Ihnen natürlich auch anbieten, daß Sie allein auf meinem Lager bleiben können.«

»Nein, das könnte ich nicht annehmen«, sagte Serena hastig.

»Nett, daß Sie das sagen«, antwortete er trocken. »Ich gebe zu, daß es unter diesen Umständen auch unnötig höflich wäre.«

»Ich – verstehe nicht, was Sie meinen.«

»Aber ich bitte Sie, Sie brauchen sich nicht zu verstellen. Ich kenne genug Frauen, die mit dem Geld von Männern leben, die dumm genug sind, sie zu bezahlen.«

»Ich nicht! Ich habe niemals ...«

»Warum wollen Sie es weiter leugnen? Ich werde deswegen nicht schlechter von Ihnen denken, nicht angesichts meiner eigenen Lage. Ich habe nur etwas dagegen, wenn Sie mich auszutricksen versuchen. Wenn Sie bei diesem Spiel überleben wollen, mein liebes Mädchen, dann müssen Sie sich Ihre Opfer demnächst besser aussuchen. Nicht alle Männer sind so dumm, sich von einem schönen Gesicht und einer traurigen Geschichte einwickeln zu lassen.«

Der herablassende Ton in seiner Stimme ärgerte sie. »Ich verstehe. Nett, daß Sie mir das sagen. Herzlichen Dank.«

»So ist es besser. Vielleicht hätte ich Sie ja besser wegschicken sollen. Nächstes Mal versuchen Sie es lieber nicht mit dieser Geschichte von dem alten Mann in Ihrem Wagen. Schließlich weiß hier jeder, daß die ›Heiligen der letzten Tage‹ in solchen Dingen sehr streng sind. Wenn Sie wirklich unschuldig wären, hätten die anderen den alten Hund im Morgengrauen an den nächsten Baum gehängt. Aber bei diesem Geschäft haben Sie verloren. Ohne Grund hätten die Mormonen Sie nicht einfach zurückgelassen, und der beste Grund für sie ist unmoralisches Verhalten.«

»Sie kennen sich ja gut aus!« gab Serena zornig zurück. »Aber ich weiß sowieso nicht, weshalb ich angenommen hatte, Sie würden mir glauben. Die anderen haben es schließlich auch nicht getan. Aber ich sehe wirklich nicht den geringsten Grund, warum ich hierbleiben und mich beleidigen lassen sollte. Lieber werde ich naß!«

Sie rollte sich zur Seite und versuchte, sich aufzurichten. Doch er legte seinen Arm um ihre Taille und zog sie zurück.

»So leicht kommen Sie hier nicht weg«, sagte er finster.

»Sie sollten froh sein, wenn ich gehe«, antwortete Serena und spürte nur zu gut das schnelle Heben und Senken ihrer Brüste an seiner harten Brust.

»Wie kommen Sie denn darauf?«

»Wenn Sie – wenn Sie glauben, daß ich von dem Wagenzug stamme, müssen Sie wissen, daß ich allein bin. Also bin ich Ihnen nur im Weg, und Sie können mich ohne weiteres loswerden.«

»Das vielleicht schon, aber im Weg sind sie nicht.«

»Sie meinen . . .«

»Ich meine, daß ich es sogar sehr schön finde, daß Sie hier sind.« Sein Griff wurde fester. Er senkte den Kopf, und seine Lippen berührten die ihren. Sie waren warm und fest, kosteten, erforschten die zarten Lippen mit wachsendem Nachdruck. Ein paar Augenblicke lang hielt Serena erschreckt still. Noch niemals war sie so geküßt worden, noch nie hatte sie diese plötzliche Erregung in Verbindung mit einer so süßen Schwere gespürt. Das Glühen der Lust breitete sich in ihr aus, und doch war da auch noch die grelle Schärfe der Furcht.

Sie hob die Hände, stieß ihn von sich, entzog ihm ihren Mund. »Nein!« rief sie, aber es klang nur wie ein atemloses Flehen.

Er ließ sie nicht los. »Warum nicht?« murmelte er an ihrem Haar. »Das ist doch ein hervorragender Zeitvertreib.«

»Bitte, Sie verstehen mich nicht.«

»Ich brauche dich, und im Augenblick brauchst du mich auch, brauchst, was ich dir geben kann. Was gibt es da sonst noch zu verstehen?«

Seine Stimme war leise, überzeugend. Wie konnte er nur glauben, daß sie zustimmen würde? Warum wurde sie schon wieder so falsch eingeschätzt? Es blieb keine Zeit zum Denken angesichts des fordernden Brennens seines Mundes auf dem ihren. Sie drehte den Kopf hin und her, versuchte ihn wegzuschieben, zu treten, aber er drückte sie eng an sich, und die Decken waren ein zusätzliches Hindernis. Der Mann schien es gar nicht zu bemerken. Er zog sie noch näher heran, hielt ihre Handgelenke fest. Seine Lippen wanderten über ihre Wange abwärts zu ihrer empfindlichen Halsgrube, drückten einen zarten Kuß hinein und noch weiter abwärts über das bloße Stück Haut, das ihr Ausschnitt freiließ. Sein Atem ging schneller, und er strich mit einer Hand von ihrem Handgelenk über ihren Arm hinauf zu ihrer vollen Brust. Seine Finger berührten die Knöpfe, die ihr Kleid zusammenhielten.

»Nein, nein, nicht. Ich habe noch nie...«

Ihre Worte wurden von dem plötzlich veränderten Geräusch des Regens auf der Plane übertönt. Es dröhnte jetzt hundertmal so laut, trommelte schwer auf die Leinwand.

Sie hielten inne. Der Mann hob den Kopf, richtete sich auf. »Hagel!«

Er schlug die Plane zurück, und sie erkannte die großen Hagelkörner, die vom Boden hochsprangen. Sie prasselten mit wilder Gewalt herab, verbreiteten eine frostige Kälte, daß man kaum noch atmen konnte. Die Pferde wieherten gequält, rissen an ihren Leinen, um den eisigen Schlägen zu entkommen.

Die weißen Hagelkörner schienen das Licht zu speichern, die Nacht war plötzlich nicht mehr ganz so dunkel. Die aufgeregten Pferde wieherten, schlugen aus, versuchten dem Eishagel zu entkommen. Und noch während ihr Besitzer aufsprang, riß eine Leine, das Tier senkte den Kopf und galoppierte davon.

Der Mann fluchte, stürzte zu dem anderen Pferd, löste die Leine und sprang auf seinen Rücken. Im nächsten Moment waren beide in der Nacht verschwunden, nur die Hagelkörner trommelten noch.

Serena richtete sich auf und schauderte, als die Kälte unter die

Decken wehte. Die Plane über ihr schwankte unter dem Gewicht der Eisschicht und des beständigen Winds.

Der Hagel endete so plötzlich, wie er angefangen hatte, und mit ihm der Regen. Von der Plane rutschte das Eis, als Serena herauskroch. Die Nacht war still und kalt. Weiße Hagelkörner bedeckten den Boden. Der Himmel im Norden klarte sich auf, ein Stern funkelte.

Serena faßte einen Entschluß; sie zog das Wachstuch von ihrem Koffer und holte ihre Steppdecke heraus. Mit entschlossenen Bewegungen schob sie das Eis von einem Platz hinter der schwarzen Feuerstelle, legte das Wachstuch auf die Erde, wickelte sich in ihre Decke und legte sich darauf.

Zuerst war es feucht und kalt, doch dann wurde ihr unter der Decke langsam warm. Serena wußte nicht, was der Mann tun würde, wenn er sie bei seiner Rückkehr hier fand, aber es gab eigentlich keine andere Möglichkeit. Es hatte sowieso keinen Sinn wegzulaufen, und außerdem glaubte sie, daß der Fremde, der sein Essen mit ihr geteilt hatte, sie zu nichts zwingen würde, wenn sie ihren Widerwillen in dieser Weise deutlich machte. Es gab zwar keinen guten Grund, das zu glauben, aber sie war sich trotzdem so sicher, daß sie ihrer Müdigkeit nachgab und einschlief.

Sie erwachte schlagartig. Das Grau der Morgendämmerung tönte den Himmel, und neben ihr knackte es, während der Geruch von Rauch die kalte Luft durchdrang. Serena sah den Mann, auf ein Knie gestützt, das Feuer anzünden. Sein Gesicht wirkte müde und erschöpft, und auf den glatten Flächen seiner Wangen standen dunkle Bartstoppeln. Das Büffelgras begann sich wieder aufzurichten und duftete frisch. Die beiden Pferde grasten zufrieden am Ende ihrer Leinen, die Schrecken der Nacht schienen vergessen.

»Sie haben das Pferd wieder«, sagte Serena ruhig.

»Endlich.« Er sah nur kurz auf, füllte frischen Kaffee in die Kanne und stellte sie in die Nähe der Flammen. Dann schaute er Serena an, die sich auf einen Ellenbogen gestützt hatte. »Haben Sie gut geschlafen?« fragte er mit einer Spur von Ironie.

»Ja, danke«, antwortet sie und hob das Kinn.

»Da ich Ihre Gesellschaft ja nun wenigstens zum Frühstück genießen werde, könnten Sie mir vielleicht Ihren Namen verraten.«

Als Serena ihn genannt hatte, warf er ihr einen seltsamen Blick zu. »Das klingt erstaunlich echt.«

»Ist es auch. Warum sollte es anders sein?«

»Die meisten Frauen in Ihrer Position sind nicht so offen mit dieser Information.«

»Was meinen Sie damit?«

»Hier draußen geben sich die Frauen lieber einen Namen, den man leicht wieder vergißt. Sonst tun das die Goldgräber für sie, und das Ergebnis könnte vielleicht unangenehm sein. Nörgelnelly oder Schmuddelsally zum Beispiel.«

»Zwei Damen aus Ihrer weiten Bekanntschaft?« Serena lächelte herb.

»Damen wohl kaum, aber richtige Frauen sind sie.«

»Und den Unterschied kennen Sie natürlich genau?«

Seine Augen verengten sich angesichts ihrer sarkastischen Bemerkung. »Ich denke schon«, stimmte er zu.

»Das wage ich zu bezweifeln.«

»Ach ja?« sagte er und betrachtete mit einer Spur von Vorwurf in den grünen Augen ihr wirres Haar, die abgenutzte Decke, in die sie gewickelt war, und ihr zu eng sitzendes Kleid. Als sein Blick an ihrem Ausschnitt hängenblieb, sah Serena nach unten und bemerkte, daß sie die Knöpfe nicht wieder zugemacht hatte, die bei ihrem Kampf aufgegangen waren. Die cremeweiße Fülle ihrer Brüste schien die restlichen Knöpfe auch noch sprengen zu wollen.

Sie errötete beschämt, als sie sich plötzlich erinnerte, und zog hastig die Decke höher. »Eine Dame erkennt nur ein Gentleman, und das sind Sie sicher nicht!«

»Nein, so wahr ich Dunbar heiße, das bin ich nicht. Aber ich tue auch nicht so als ob.«

»Dunbar?« Das war ein bekannter Name am Mississippi. Den Dunbars aus Natchez gehörten nicht nur große Ländereien, sie hatten auch schon einmal einen Gouverneur und ähnlich wichtige Persönlichkeiten hervorgebracht.

»Ward Dunbar, zu Ihren Diensten.«

»Von den Mississippi-Dunbars?«

»Nein«, antwortete er, und seine Züge verhärteten sich. Aus der Art, wie er den Kaffee näher ans Feuer schob, schloß sie, daß er nicht weiter über dieses Thema sprechen wollte. Und gerade deshalb blieb sie dabei.

»Seltsam, ich hätte schwören können, daß Ihr Tonfall aus dieser Gegend stammt.«

»Sie täuschen sich.«

Aber Serena wurde sich zusehends sicherer, daß er log. »Ach ja?« fragte sie und legte den Kopf schräg.

»Ich bin Bürger von Cripple Creek, Colorado, und zusammen mit einem Partner Eigentümer des Eldorado Saloons und der dazugehörigen Spielhölle, sonst nichts.«

»Ein Spieler?« Sie war verblüfft.

»Genau.«

»Noch nicht sehr lange, scheint mir. Ich dachte, das Goldfieber gibt es in Cripple Creek noch keine drei Jahre.«

»Das kann eine lange Zeit sein.«

»Aber Sie haben doch sicher vorher woanders gelebt?«

»Nein«, sagte er kurz und unmißverständlich.

»Ich verstehe«, sagte sie. »Kann es sein, daß nicht nur eine gewisse Sorte Frauen hier eine Namensänderung schätzt?«

»Nein«, er warf ihr einen dunkelgrünen Blick zu. »Sauber oder nicht, der Name ist meiner. Einen anderen brauche ich nicht.«

Er erhob sich mit einer geschmeidigen Bewegung, holte zwischen seinen Sachen einen halbvollen Futtersack hervor und ging zu den Pferden, um sie zu füttern.

Serena stand auf und versuchte, die Falten aus ihren Kleidern zu klopfen. Es nützte nichts. Sie hätte auch gern ihre Haarbürste aus dem Koffer geholt, um Ordnung in ihre wilde Mähne zu bringen, aber sie wollte nicht, daß Ward Dunbar, falls das sein Name war, glaubte, sie mache sich für ihn schön. Ganz in der Nähe entdeckte sie in einer Senke einen kleinen Teich. Sie zog ihr Umschlagtuch aus der Decke hervor, legte es um und machte sich auf den Weg zum Wasser.

Als sie zurückkam, brutzelte Speck in der Pfanne. Ward sah auf. »Wie gut sind Sie im Pfannkuchenbacken?«

»Akzeptabel«, erwiderte sie.

»Gut«, er deutete auf eine Dose mit Mehl.

Nach dem Essen wischten sie das Geschirr erst mit Sand aus und spülten es dann ab. Serena packte ihre Decke ein und schüttelte das Wachstuch aus, auf dem sie geschlafen hatte, rollte es zusammen und gab es ihm, während er mit knappen Bewegungen seine Taschen einräumte. Er sah sie kurz an, sagte aber nichts.

Serena zog das Umschlagtuch fester zusammen, drehte sich um und betrachtete ihren Koffer, dann die bläulich in der Ferne schimmernden Berge. Die Pferde schnaubten ungeduldig und stampften, um die Fliegen zu vertreiben. Mit einer entschlossenen Bewegung wandte sich Serena wieder Ward zu. »Mr. Dunbar?«

»Ward. Mr. Dunbar wird lästig, bis wir in Colorado Springs sind.«

Serena spürte ein warmes Gefühl der Dankbarkeit, nicht so sehr wegen der darin ausgesprochenen Einladung, ihn zu begleiten, sondern wegen der Großzügigkeit, sie nicht erst fragen zu lassen. »Es macht Ihnen nichts aus, wenn ich mitkomme?«

Er hielt inne und sah sie an; sein Gesicht entspannte sich bis fast zu einem Lächeln. »Ich bin vielleicht kein Gentleman«, sagte er leise, »aber ich lasse eine Frau nicht allein in der Wildnis zurück.«

Eine Stunde vor Sonnenuntergang erreichten sie das lebhafte Colorado Springs am Fuße des Pikes Peak. Fast zwergenhaft klein wirkten die ein- und zweistöckigen Häuser der Stadt vor den mächtigen Granitfelsen und den vom Wind geformten Sandsteingebilden, die die Ebene begrenzten. Die Häuser waren umgeben von hohen Pappeln, Ulmen und Ahornbäumen, die auch die Straßen säumten. Am anderen Ende der Stadt gab es auch ein paar feine Häuser mit schindelgedeckten Türmchen und anderem Zierat.

Das Geschäftsviertel war groß und beherbergte eine Vielfalt von Geschäften: Eisenwarenläden, Bekleidungsgeschäfte, Kramläden und Mietställe neben Bergbaubüros, Banken, Restaurants und zahlreichen Hotels, darunter das berühmte Antlers Hotel, das laut Wards Aussage eines der wenigen westlich vom Mississippi war, das elektrisches Licht und fließend kaltes und warmes Wasser hatte.

Auf den Straßen wimmelte es von Pferden, Wagen und Kutschen aller Art. Geschäftsleute in Tweedjacken und Cordhosen drängten sich neben staubigen Bergarbeitern und Goldgräbern mit abgetragenen Hüten. Damen in bis zum Hals geschlossenen, von Staubmänteln geschützten Seidenkleidern und federbesetzten, breitrandigen Hüten waren unterwegs in Begleitung von Herren in dunklen Geschäftsanzügen, von denen einige sogar runde englische Bowlerhats trugen.

Die Lebhaftigkeit dieser Stadt am Ende der langen Straße nach Westen war für Serena faszinierend, anziehend und abstoßend zugleich. Das bunte Leben auf den Straßen und die ausgetrocknete, harte Landschaft der Umgebung waren ein herber Gegensatz zur paradiesischen Üppigkeit Louisianas.

»Wie gefällt Ihnen Klein-London?«

Serena wandte sich zu ihm um. »Ich dachte, das ist Colorado Springs.«

Er nickte. »Man nennt es so, weil sich in den letzten zwanzig Jahren so viele Engländer hier angesiedelt haben. Im Schatten des Pikes Peak ist der Fünfuhrtee ein Muß, als Ausgleich für die Nüchternheit der Stadt.«

Serena lächelte, während sie einem von Pferden gezogenen Omnibus voller Leute auswichen. Ihr Blick fiel auf einen Gemischtwarenladen, hinter dessen Eingang ein Mann und ein kleiner Junge in den runden Hüten und der dunklen Kleidung der Mormonen standen. Ein Schauder überlief sie. Die beiden drehten sich nicht um. Es gab eigentlich keinen Grund, so zu reagieren, sie hatte eben nur gehofft, daß die Heiligen inzwischen schon weitergezogen wären, das war alles. Bestimmt würde es ihr nicht schwerfallen, in einer Stadt wie dieser Elder Greer und seinem Gefolge aus dem Wege zu gehen.

Es fiel ihr schwer zu begreifen, daß sie jetzt endlich angekommen war. Und dabei hatte sie sich noch gar nicht überlegt, was sie hier tun würde. Ward hatte ihr eine Pension empfohlen, die nicht teuer war, und das durfte sie auch nicht sein, denn mehr als zwei Tage Unterkunft konnte Serena nicht bezahlen. Sie mußte sich sofort eine Stellung suchen. In einer schnell wachsenden Stadt wie dieser würde sie sicher irgendeine Arbeit finden, und sei sie auch noch so niedrig. Sie war kräftiger, als sie aussah, und vor allem wollte sie wirklich arbeiten.

Als sie das Pfeifen eines Zuges vernahm, sah Serena instinktiv den Mann neben sich an.

»Das ist bestimmt der Midland-Expreß. Als ich Cripple Creek im Juni verließ, waren sie gerade dabei, die Gleise ins Goldgräbergebiet weiter auszubauen. Ich frage mich, wie weit sie inzwischen gekommen sind.«

»Werden Sie damit fahren?«

»Das bezweifle ich. Als ich aufbrach, sah es so aus, als ob die Florence- und Canon-City-Linien aus Denver zuerst in Cripple Creek ankommen würden. Sie hatten vor, Schlafwagen einzusetzen, die um Mitternacht durch Colorado Springs kommen sollten. Das wäre genau richtig für mich.«

Das war nicht weiter erstaunlich, angesichts der Tatsache, daß der Spieler jetzt seit fast drei Monaten im Sattel gewesen war. Er hatte ihr erzählt, daß er jedes Jahr im Sommer ein paar Wochen in den Bergen verbrachte. Während der Wintermonate in geschlossenen, rauchigen Zimmern mit unzähligen ungewaschenen Menschen entwickelte er immer ein unbändiges Verlangen nach frischer Luft und Einsamkeit. Diesmal hatte er seinen Aufenthalt in den Bergen zugunsten einer Geschäftsreise abkürzen müssen, von der er gerade zurückkam, als ihm Serena begegnete.

Der Spieler wandte sich ihr mit nachdenklichem Blick zu. »Sie sind nach wie vor eingeladen, mit mir nach Cripple Creek zu kommen, das wissen Sie.«

Serena schüttelte den Kopf und zwang sich zu lächeln. Sie hatte es aufgegeben, ihn von ihrer Keuschheit zu überzeugen. Außerdem würde er sich dann womöglich für sie verantwortlich fühlen, und sie wollte auf keinen Fall wieder einen Mann, der sich als ihr Beschützer fühlte, schon erst recht keinen Spieler. Ihre Erfahrung hatte gezeigt, wohin das führen konnte. Sie hatte keinen Grund zur Klage bei ihm, er hatte nicht wieder versucht, sich ihr zu nähern, aber manchmal war etwas in der Art, wie er ihr vom Pferd half oder sie ansah, die klarmachte, daß er sich ihrer Weiblichkeit sehr wohl bewußt war. Das und ihre eigene Reaktion auf seine Nähe hinderten sie daran, ihm zu trauen. Sie wollte sich lieber um sich selbst kümmern.

»Gehe ich recht in der Annahme, daß Sie es auf einen der neuen Goldmillionäre abgesehen haben? Ich sollte Sie warnen, der Konkurrenzkampf ist hart.«

Serena ignorierte den Spott in seiner Stimme. »Kann ich mir denken.«

»Falls Sie das wirklich vorhaben sollten«, sagte er und runzelte die Stirn, »schlage ich vor, möglichst bald in eine neue Garderobe zu investieren. So attraktiv Sie auch als verlassenes Wesen sein mögen, reiche Männer ziehen Frauen vor, die nicht so aussehen, als müßten sie aus dem Armenhaus gerettet werden.«

»Vielen Dank für den wertvollen Rat«, sagte sie herablassend. »Haben Sie noch weitere auf Lager?«

»Ja, Sie können Ihre Jagd im Broadmoor Casino außerhalb der Stadt anfangen. Halten Sie sich vom Vergnügungsviertel in der Innenstadt hier die Straße hinunter fern. Die reichen Männer gehen dort zwar hin, aber ihre Geliebten suchen sie sich woanders. Warum sollten sie etwas Gebrauchtes nehmen, wenn sie woanders etwas Neues kaufen können?«

Serena wandte heftig den Kopf ab, als sie bis zum Haaransatz errötete. »Natürlich«, sagte sie etwas heiser.

Plötzlich beugte er sich vor und griff nach dem Strick, der als Zügel für ihr Pferd diente. Seine grünen Augen starrten sie an, als sie sich umwandte. »Sie werden ja rot«, sagte er verwirrt und gleichzeitig anklagend.

»Ich – das ist nur eine Folge meines Zorns. Ich brauche Sie nicht, um zu wissen, wie ich mich zu benehmen habe.«

«Nein«, sagte er und setzte sich zurück in den Sattel, »höchstwahrscheinlich nicht. Aber Sie hatten mich gefragt.«

Als sie vor der Pension angekommen waren, die der Spieler vorgeschlagen hatte, band er ihren Koffer los. »Hier gibt es sicher ein Zimmer für Sie.«

Das stimmte. Die Besitzerin, eine füllige Witwe mit grauen Strähnen im roten Haar und schwerem Busen, kam beim Klang der Klingel sofort herbeigeeilt. Ihre Augen strahlten, als sie den Spieler sah, und sie begrüßte ihn mit einem freudigen Ausruf. »Ward, wo warst du denn so lange? Es ist schon eine ganze Weile her, seit du deine Füße unter meinen Tisch gestellt hast. Ich hätte es ja immer lieber gesehen, wenn es deine Schuhe unter meinem Bett gewesen wären, aber wenn ich das schon nicht haben kann, dann wenigstens das andere!«

Ein Grinsen vertrieb den finsteren Ausdruck von Wards Gesicht, während er ihre Umarmung erwiderte. »Wenn ich mehr Zeit hätte, würde ich mich bemühen, dir in beiden Beziehungen gerecht zu werden«, scherzte er. »Mit nichts weiter als einer schnellen Kostprobe möchte ich dich nicht beleidigen.«

»Ach sei still! Du warst immer ein guter Lügner. Was führt dich wieder zu mir zurück?«

»Du, meine Liebste.«

»Man höre sich diesen Mann an!« sagte die Witwe, blinzelte zu Serena hinüber und drehte den Blick zum Himmel. »Und was noch, du schrecklicher Kerl?«

»Eine geschäftliche Angelegenheit mit Nathan Benedict.«

»Nun, wenn du dabei meine Hilfe brauchst, muß ich gestehen, daß ich mit dem Goldadel keinen Kontakt habe, mein Lieber. Außerdem dachte ich, Benedict wäre jetzt in Cripple Creek und hätte sich dort ein großes Haus gebaut.«

»Er wollte zu einer Versammlung der Minenbesitzer herkommen. Und wenn du wissen willst, ob ich inzwischen reich geworden bin, muß ich dich leider enttäuschen. Ich habe zwar ein paar Claims und Stollen, die mich berechtigen, zu dieser Versammlung zu gehen, aber eine gute Goldader habe ich noch keine gefunden.«

»Na ja«, sagte die Witwe tröstend. »Es wird schon werden. Und dann wirst du meinen Verführungskünsten bestimmt nicht mehr widerstehen können! Vielleicht solltest du mich jetzt lieber mit dieser jungen Dame bekannt machen, bitte.«

»Mrs. O'Hare, Serena Walsh. Diese junge Dame ist der Grund für meinen Besuch. Sie braucht ein Zimmer.«

Die Witwe schaute kurz zwischen ihnen hin und her. »Ich verstehe.«

»Das bezweifle ich«, sagte Ward und hob eine seiner dunklen Augenbrauen. »Ich bin nicht ihr Beschützer.«

»Ja, ja, natürlich nicht, du Teufel! Kommen Sie herein, meine Liebe, mal sehen, was wir für Sie tun können. Sieht ganz so aus, als wären Sie ein paar Tage unterwegs gewesen.«

»Wenn du ein Zimmer für Serena hast, werde ich sie jetzt dir überlassen. Ohne mich wirst du ihr ihre Lebensgeschichte sicher leichter entlocken.«

Die Witwe warf ihm einen gespielten zornigen Blick zu. »Wir kommen unter Garantie sehr gut ohne dich zurecht. Geh du nur zu deiner ersehnten Versammlung.«

Serena blieb mitten auf der Treppe stehen und drehte sich noch einmal zu Ward Dunbar um. »Falls wir uns nicht wiedersehen sollten, möchte ich Ihnen noch einmal sagen, wie dankbar ich Ihnen bin, daß Sie mich mitgenommen haben. Ohne Ihre Hilfe hätte ich es vielleicht nicht geschafft.«

»Es war mir ein Vergnügen«, sagte er mit einer Spur von Ironie, aber auch Bewunderung in den grünen Augen. »Aber übereilen Sie den Abschied nicht. Das Goldgräberviertel ist klein.« Er sah sie eine ganze Weile an, als überlege er sich, ob er sie wohl wirklich noch einmal treffen würde, nickte schließlich kurz und ging.

Das Vorderzimmer, in das die Witwe sie brachte, war gemütlich, mit gescheuerten Fußbodendielen und Flickenteppichen, einem eisernen Bettgestell und Sepiadrucken an der Holzwand. Serena sah sich zufrieden um, wandte sich dann aber sofort an die Witwe. »Ich will Ihnen lieber gleich sagen, Mrs. O'Hare, daß ich mir dieses Zimmer höchstens für zwei Tage leisten kann, wenn ich nicht sofort Arbeit finde.«

»Machen Sie sich darüber keine Sorgen. Ward Dunbars Freunde haben immer Kredit bei mir.«

»Ich möchte mich Mr. Dunbar aber nicht verpflichten.«

»Das ist vernünftig, meine Liebe. Aber wenn Sie glauben, er würde Sie eventuell unfair ausnutzen wollen, schätzen Sie ihn falsch ein. Ward traue ich mehr als jedem anderen Mann. Ich könnte Ihnen da Dinge erzählen – also wenn Ward Dunbar nicht gewesen wäre, würde ich jetzt irgendwo Fußböden schrubben, seit mein Owen vor zwei Jahren bei einem Minenunglück umkam. Wir machen immer Scherze miteinander, und selbst dazu hätte er sich sicher eine jüngere und hübschere Frau als mich suchen können. Und aus diesem Haus hätte er auch etwas anderes machen können als nur eine Pension. Wenn er gewollt hätte, wären Frauen und Alkohol hier eingekehrt, und er hätte verlangt, daß ich die Chefin werde und ihm einen Teil meiner Einkünfte abtrete. Aber daran hat er nie gedacht! Nein, er hat bezahlt, und anstatt den Profit abzusahnen, läßt er mich davon das Haus abbezahlen.«

»Vielleicht wußte er, daß Sie eine solche Stellung nie annehmen würden?«

»Gott segne Sie, mein Kind! Warum denken Sie das? Ich hätte gar keine andere Wahl gehabt, auch wenn es mir schwergefallen wäre. Was nützt einem die Tugend, wenn man am Hungertuch nagt?«

Die offene Art der Frau gefiel Serena. Sie lächelte und sagte schließlich: »Er – ist ein seltsamer Mann.«

»Dazu hat er allen Grund. Ich habe ihn in seinem ersten Winter in Cripple Creek gepflegt, als er mit einer Lungenentzündung zu Bett lag. Und wenn es jemandem schlecht geht, erfährt man viel von ihm. Ward Dunbar ist ein guter Mann, der manchmal zu vergessen sucht, was ihn zu dem gemacht hat, was er ist. Manchmal, wenn ihm alles zuviel wird, macht er sich auf, um zu beweisen, daß er schlimmer ist, als er es in Wirklichkeit ist, wenn Sie verstehen, was ich meine. Nein, ich sehe schon, das tun Sie nicht. Egal. Manchmal verstehe ich mich selbst auch nicht.«

Serena senkte den Blick. »Und wie könnte ich hier Arbeit finden?«

»Das wird schwierig werden. Viele Goldgräberfrauen helfen beim Verdienen, indem sie waschen, als Köchin oder Putzfrau arbeiten und ähnliches. Und in den Büros sitzen die Männer, denen das Goldgräberdasein doch zu hart ist.«

»Kochen und Putzen ist in Ordnung. Ich arbeite gern.«

»Das Einfachste wäre es«, sagte die Frau mit einem kurzen Lachen, »Sie würden hier bei mir bleiben, bis einer von den starken, jungen Goldgräbern auf Sie aufmerksam wird und Sie heiratet. Das dauert bestimmt nicht lange. Die Sorte, die den Männern nur ihr Geld abnimmt, gibt es in Mengen.«

Serena war der Witwe dankbar, daß sie sie trotz ihrer Kleidung zu den ersteren zählte. »Ich werde daran denken.«

»Das eilt nicht. Also, machen Sie es sich bequem. Sie wollen sicher den Staub erst einmal abwaschen. Ich lasse heißes Wasser ins Badezimmer am Ende des Flurs bringen. Und danach möchten Sie vielleicht etwas essen.«

Serena blieb nachdenklich stehen, als die Witwe fort war. Sie irrte sich, es eilte durchaus. Sie mochte ruhig Ward Dunbar trauen, aber Serena wollte nicht darauf warten, bei Gelegenheit von ihm mit

Beschlag belegt zu werden. Seine Worte, bevor er gegangen war, hatten einfach zu sehr nach Warnung geklungen.

Stunden später, auf ihrem Marsch durch die Stadt, war Serena nicht mehr ganz so zuversichtlich. Außer zweideutigen Angeboten war bei ihrer Suche nach Arbeit nichts herausgekommen. Mrs. O'Hare hatte recht gehabt. Es gab mehr Arbeitssuchende als freie Stellungen.

Bei Anbruch der Dunkelheit machten die Läden einer nach dem anderen zu. Aber Serena hatte ihre Hoffnungen jetzt auf die hell erleuchteten Hotels und Pensionen gerichtet. Doch auch hier hatte sie kein Glück. Es gab keine Arbeit für sie. Eine alte Vettel in einer Pension hatte Serena gefragt, ob sie Erfahrung im Anwärmen von Betten habe. Einen Moment lang hatte Serena geglaubt, sie spreche von einer wirklichen Aufgabe, erst dann wurde ihr die Bedeutung der Bemerkung klar, und sie ging so schnell sie konnte hinaus.

Es wurde dunkel. Nur noch ziellos umherstreifende, rauhe Kerle waren unterwegs, die vielsagend hinter ihr herpfiffen. Serena gab sich nur ungern geschlagen, aber es war Zeit, mit der Suche aufzuhören. Je später es wurde, desto mehr fiel sie auf. Eine anständige Frau war um diese Zeit nicht mehr allein unterwegs. Also würde es wohl das beste sein, zurück in die Pension zu gehen.

Sie war so müde. Sie mußte Meilen gelaufen und vor zahlreichen staubigen Ladentheken gestanden haben. Das Bad am Nachmittag hatte sie zwar erfrischt, doch der lange Ritt in einem provisorischen Sattel war noch nicht vergessen. Sie hätte doch etwas essen sollen, wie die Witwe ihr vorgeschlagen hatte. Aber sie hatte einfach beweisen wollen, daß sie doch eine Stellung würde finden können. Sie hatte sich gründlich getäuscht.

Sie war weit gelaufen. Sie hatte geglaubt, sie befände sich auf einer Straße, die zur Pension der Witwe führte. Aber die Häuser hier schienen zu groß. Sie mußte eine falsche Abzweigung genommen haben. Serena blieb stehen und drehte sich um. Aus der Dunkelheit hinter ihr ertönte ein scharrendes Geräusch. Einen Augenblick später kam eine maunzende Katze auf sie zu und strich um ihre Beine.

Serena lachte etwas unsicher und begann, wieder zurückzugehen. Die Katze folgte ihr ein Stück, dann fauchte sie plötzlich und verschwand in der Nacht. Serena ging schneller weiter.

Im Dunkeln kannte sie sich überhaupt nicht mehr aus. Ein Stück vor sich sah sie eine erleuchtete Hauptstraße. Von dort aus würde sie sicher ihre Unterkunft finden können.

Da kam auf dem hölzernen Gehweg ein kurzer, breiter Mann auf sie zu, bärtig, mit Anzug, steifem Kragen und einem Hut, der seinen Kopf zu klein wirken ließ. Seine fleischigen Hände reichten fast bis zu den Knien hinunter. Als er näher kam, sah Serena, daß er sie beobachtete. Sie wandte das Gesicht ab und ging so weit am Rande des Gehwegs wie möglich. Die spürbare Intensität seines Blicks ließ sie erschaudern, er schien in einem leicht schwankenden Gang die ganze Breite des Gehwegs zu beanspruchen, ohne ihr Platz machen zu wollen. Serenas Haut prickelte vor Anspannung, und im letzten Augenblick trat sie auf die Straße.

»He, warte, Mädchen! Wohin so hastig?« Er schloß mit festem Griff seine Finger um ihren Oberarm und brachte sie zum Stehen.

Serena unterdrückte einen Schrei und stützte sich mit einer Hand auf seiner faßrunden Brust ab, um nicht aus dem Gleichgewicht zu kommen. Er war umgeben von dem scharfen Geruch nach Alkohol, Schweiß und Eau de Cologne und strahlte eine animalische Hitze aus. Mit gepreßter Stimme sagte sie: »Das geht Sie gar nichts an. Lassen Sie mich sofort los.«

»Tue ich nicht. Du bist die hübscheste Puppe, die ich den ganzen Abend gesehen habe. Sei nett zum alten Otto, dann amüsieren wir uns miteinander.«

Serena wußte, daß es keinen Zweck hatte, zu beteuern, daß sie keine Hure war. Ihr fiel nur eine Entschuldigung ein. »Nein. Bitte, ich werde erwartet.«

»Das ist mir egal. So was Schnuckliges ist mir schon lange nicht mehr begegnet. Ich hab' da was für dich, und das bekommst du auch, ob du willst oder nicht.«

Er versuchte, sie mit sich zu zerren. Serena wehrte sich, aber der Mann verlegte nur seinen Griff zu ihrer Taille und hob sie hoch vom Boden, drückte so fest zu, daß sie kaum noch Luft bekam. Sie versuchte zu treten, den Ellenbogen in seinen Bauch zu rammen, genug Luft zum Schreien zu haben. Durch das dröhnende Rauschen des Blutes in ihren Ohren glaubte Serena Schritte zu hören. Plötzlich stolperte Otto, weil ihn jemand von hinten gestoßen hatte. Er ließ sie los, sie fiel, er stolperte mit einem Fluch über ihre Beine, wandte sich heftig zu seinem Angreifer um. Serena drehte sich um und sah gerade noch einen Schlag auf Ottos Kinn niedergehen, der seinen Hut auf die Straße rollen ließ.

»Steh auf, Frau«, ertönte eine harte, wohlbekannte Stimme. »Ich habe dich von diesem Sohn Satans befreit und werde dich jetzt zurückbringen zu meiner Herde wie ein verlorenes Lamm.«

Serena sah auf in das finster lächelnde Gesicht von Elder Greer. »Sie?« flüsterte sie.

»Als man mir sagte, du seiest endlich angekommen, mußte ich dich suchen, auch wenn sie sagten, du seiest bei einem anderen Mann. Es war Gottes Wille, daß ich dir gerade jetzt zu Hilfe kommen konnte.«

Der Mormone hätte seine Aufmerksamkeit nicht von dem Mann abwenden dürfen, den er geschlagen hatte. Mit einem stierähnlichen Brüllen stürzte sich der Goldgräber auf ihn und schlug ihm seine mächtige Faust ins Gesicht. Der ältere Mann fiel rückwärts auf die Bretter des Gehwegs, lag mit blutender Nase und gequetschten Lippen ächzend da.

Otto, der Sieger, grunzte zufrieden und wandte sich mit einem schwankenden Schritt Serena zu. In seinem Schweinsgesicht stand Mordlust, der formlose Mund war zu einem grausamen Grinsen verzogen.

Serena rollte sich zur Seite und kam hastig auf die Beine. Irgendwie gewahrte sie, daß eine offene Kutsche schnell die Straße herabfuhr. Die Wahrscheinlichkeit, daß ihr der Fahrer helfen würde, war gering, aber sie bestand. Sie zog sich vorsichtig in Richtung Straße zurück.

Plötzlich stieß Otto einen Arm vor und griff nach ihrer Brust. Serena machte einen Satz rückwärts, ihr Fuß rutschte von der Kante des Gehwegs. Otto hielt den dünnen Stoff ihres Kleides und den Zipfel ihres Umschlagtuchs, und als sie sich mit einem grellen Schrei zur Seite warf, hörte sie, wie das Oberteil des Kleides zerriß. Dann war sie frei, drehte sich um, ließ ihr Umschlagtuch in seiner Hand zurück, wollte losrennen.

Ein Mann rief, Pferde bäumten sich auf, ihre mit blinkenden Eisen beschlagenen Hufe näherten sich Serenas Schultern. Etwas traf sie an der Seite, und sie wurde in den Staub der Straße geschleudert. Noch bevor sie wieder zu Atem kam, schlossen sich harte Hände um ihre Taille und rissen sie hoch. Sie wand sich, trat, kämpfte voller Abscheu.

Über ihr ertönte ein hartes, knallendes Geräusch. Der Mann, der sie hielt, heulte vor Schmerz auf. Als das Geräusch wieder ertönte, ließ Otto sie los und wandte sich mit einem zornigen Aufschrei seinem neuen Herausforderer zu.

Es war Ward Dunbar. Er stand breitbeinig auf der Straße, eine hohe Gestalt in prächtigem, satingesäumtem Abendanzug. Das Weiß seiner Hemdbrust schimmerte im schwachen Licht. In den Händen hielt er eine Peitsche, hinter ihm lag ein seidener Zylinder, als hätte er ihn beim Sprung von der Kutsche verloren.

Die Pferde bewegten sich unruhig, und die Kutsche rollte ein Stück zurück. Ward wandte seinen Blick kurz dem schwarzen Kutscher in Livree zu. Als er sicher war, daß dieser die unruhigen Grauen würde halten können, wandte er sich wieder Otto und Serena zu.

»Dunbar, warum mischen Sie sich in meine Angelegenheiten?« wollte Otto mit zornigem Blick wissen und rieb sich den roten Striemen, der über sein Gesicht lief.

Ward Dunbar warf dem Mann einen Blick voller Abscheu zu und streckte seine Hand aus. »Serena«, sagte er.

Sie machte zögernd einen Schritt auf ihn zu, und als der andere sich nicht rührte, hastete sie an die Seite des Spielers. Sein freier Arm legte sich um sie, und bei seiner Berührung erfaßte sie ein heftiges Schaudern. Mit zitternden Händen versuchte sie die Fetzen ihres Kleides über den weißen Rundungen ihrer Brüste zusammenzuhalten, die über ihrem Hemd zum Vorschein gekommen waren. Es ging nicht. Ihr Umschlagtuch lag neben Otto, aber sie konnte sich nicht entschließen, den sicheren Arm des Spielers zu verlassen, um es zu holen. Sie kreuzte nur die Arme über der Brust und versuchte, das Zittern zu unterdrücken. Ward warf dem Fahrer mit einer schnellen Bewegung die Peitsche zu und zog sein Jackett aus, um es Serena um die Schultern zu legen.

»Ach, so ist das!« rief Otto und warf den Kopf zurück. »Wie, zum Teufel, hätte ich das wissen sollen? Ich hab' sie auf der Straße gesehen und für Freiwild gehalten.«

»Ihr Problem«, sagte Ward mit stählerner Stimme. »Tun Sie das noch einmal, peitsche ich Sie halb tot.«

Ein häßlicher Ausdruck erschien kurz auf dem Gesicht des Mannes. Er hob beschwichtigend eine Hand. »Hab' schon verstanden. Aber die Kleine hier gefällt mir. Ich meine, ist sie was Besonderes, wollen Sie sie für sich behalten, oder nehmen Sie sie mit zu Pearlie? Wenn Sie sie mit in das Freudenhaus nehmen, wäre ich bereit, dafür zu bezahlen, daß ich sie als erster bekomme.«

Serena wußte nicht, was ein Freudenhaus war, aber sie konnte es sich denken und drückte sich enger an Ward.

»Tut mir leid, aber sie gehört mir.«

»Wenn ich das geahnt hätte, hätt' ich sie bestimmt in Ruhe gelassen«, meinte Otto eifrig. »Hoffentlich wissen Sie, was Sie tun. Pearlie wird das bestimmt nicht besonders gefallen, wenn Sie mit 'ner anderen zurückkommen.«

»Ja, nicht wahr?« meinte Ward gedehnt und zuckte mit den Schultern. »Überlassen Sie die Sorge um Pearlie ruhig mir.«

Er drückte Serena noch fester an sich. Seit er behauptet hatte, sie gehöre ihm, schien er wirklich noch mehr Besitz von ihr ergriffen zu haben. Sie wollte seine Behauptung bestreiten, doch irgend etwas hielt sie davon ab.

»Aber falls es Ihnen mit ihr langweilig werden sollte...«

»Das ist nicht sehr wahrscheinlich«, sagte Ward mit hartem, ungeduldigem Ton, drehte sich der Kutsche zu und ließ Serena einsteigen. Da ertönte ein schwacher Ruf.

»Serena!« Es war Elder Greer. »Geh nicht! Hilf mir!«

Wards Hand lag fest auf ihrem Ellenbogen. »Schau nicht zurück«, sagte er, als Serena einen Augenblick zögerte.

Dann saß sie auf dem Bock zwischen Ward und dem Kutscher. Der Spieler legte seinen Arm um sie, der Kutscher schwang die Peitsche über den Pferden, und die Kutsche fuhr mit einem Ruck an.

Zornig stand der Älteste auf. »Hure!« rief er hinter ihr her. »Versucherin! Hündin! Isebel!«

Serena hielt sich die Ohren zu, schloß die Augen und drückte ihr Gesicht an Ward Dunbars Schulter. Sie sah nicht zurück.

4. Kapitel

Die Kutsche ratterte bergauf, bergab durch die Straßen der Stadt. Die Männer redeten miteinander, Serena hörte nicht zu. Ihr Körper fühlte sich wund an, als wäre sie geschlagen worden, und ihr Inneres war voller Anspannung. Der Mann, der sie festhielt, schirmte Stöße von ihr ab und seine Wärme sickerte in ihre eisige Haut. Serena bewegte sich nicht.

Schließlich hielt die Kutsche vor einem Gebäude mit der Aufschrift »Florence und Canon City Eisenbahn«, die Glastür war mit goldenen Initialen geschmückt. Es war noch Licht, und Männer mit grünen Augenschirmen saßen an ihrer Arbeit.

Kein Zug war zu sehen. Die leeren Gleise verschwanden im Dunkeln jenseits der Stadt. Auf einem Nebengleis standen einige Güterwagen und ein eindrucksvoller dunkelblauer Salonwagen mit Messingbeschlägen und Goldverzierungen.

»Was ist los? Warum halten wir hier?« fragte Serena mit geröteten Wangen und hielt Wards Jackett fest zusammen. Sie hatte gedacht, die Kutsche würde sie in ihre Pension bringen.

Jetzt stieg der Kutscher ab, ging zu dem Salonwagen, schloß ihn auf und verschwand darin. Schon nach wenigen Sekunden ging hinter schweren Vorhängen das Licht an.

»Nathan Benedict, der Mann, mit dem ich mich heute abend getroffen habe, besitzt einen bedeutenden Anteil dieser Eisenbahnlinie. Er bot mir zu meiner Rückkehr nach Cripple Creek seinen privaten Salonwagen an. Er wird heute nacht an den Zug aus Denver gehängt, dann kommt er für Nathans Rückfahrt wieder zurück nach Colorado Springs.«

»Ich verstehe. Das – das ist natürlich bequem für Sie.« Ihre Handflächen schmerzten, weil sie sich beim Fallen aufgeschürft hatte. Erstaunt sah sie das Blut daran.

»Ja, es ist angenehm. Und meine Pferde fahren im Viehwagen mit. Ich habe sie schon zurückgegeben.«

»Und die Kutsche?«

»Gehört auch Nathan.«

Sie wollte mit ihren Fragen nur Zeit gewinnen, um möglichst

diplomatisch die wichtigste Frage zu stellen. Doch bevor sie die richtigen Worte fand, kam der Kutscher zurück und sagte: »Es ist alles bereit, Sir«, während er darauf wartete, daß sie abstiegen.

Ward war sofort unten und drehte sich um, um Serena herunterzuhelfen. Sie starrte ihn an, biß sich auf die Unterlippe. Mit etwas rauher Stimme sagte sie: »Es ist nicht nötig, daß ich hier absteige.«

»Oh, es ist sehr wohl nötig.« Der Nachtwind zerzauste sein dunkelbraunes Haar, während er geduldig, aber unnachgiebig zu ihr aufsah.

»Ich – ich würde lieber in die Pension zurückkehren.«

»Nathan hat strenge Anweisungen gegeben, daß seine Kutsche gleich wieder zum Hotel zurückkehren soll, um seine anderen Gäste nach Hause zu bringen.«

Der Kutscher räusperte sich. »Das Pokerspiel der Herren wird bestimmt noch eine Weile dauern, Sir. Mr. Benedict hätte sicher nichts dagegen, wenn ich ...«

»Es ist nicht nötig«, erwiderte Ward mit finsterer Miene. »Danke.« Der Kutscher schnappte sich die Münze, die Ward ihm zuwarf, nickte und ging nach vorn zu den Pferden.

Serena starrte mit dunklem Blick auf Ward hinunter. »Ich weiß nicht, was Sie vorhaben, aber ich muß zur Pension zurück. Mrs. O'Hare wird sich Sorgen machen.«

»Wir schicken ihr morgen ein Telegramm aus Cripple Creek und sagen ihr, sie soll Ihren Koffer mit dem ersten Zug hinterherschikken.«

Serena konnte nicht klar denken, sie fror, seit Ward sie auf dem Kutschbock allein gelassen hatte. Trotzdem sagte sie: »Nein, ich kann nicht.«

»Sie werden müssen«, sagte er, schloß seine warmen Finger um ihren Ellenbogen und fügte mit rauher Stimme hinzu: »Sie brauchen einen Beschützer, sonst werden Sie in irgendeiner Absteige enden und alle nehmen, die kommen.«

Und bevor sie erkannte, was er vorhatte, zog er sie zu sich herunter, legte die Hände um ihre Taille und hob sie herunter. Als ihre Füße den Boden berührten, bückte er sich, legte seinen Arm unter ihre Knie und hob sie an seine Brust.

Serena fuhr erschreckt zusammen. Aber Wards Verhalten war so seltsam, daß sie nicht sicher war, ob sie Grund zur Beunruhigung hatte. Aber wenn sie jetzt schrie, würde das ihre Lage sicher nicht verbessern, das zeigten ihre letzten Erfahrungen mit den Männern, die um diese Zeit unterwegs waren. Also lag sie bewegungslos in Wards Armen, als er sie die Stufen zu Nathan Benedicts privatem Salonwagen hinauftrug und mit der Schulter die Tür aufstieß.

Das Innere des Wagens war luxuriös: dicker blauer Teppich, der weiche Schimmer von Brokat und Samt. Am anderen Ende führte eine Tür in eine kleine Küche. Ward wandte sich der zweiten Tür zu, erreichte sie mit wenigen Schritten. Dahinter befand sich ein Schlafzimmer. Ein vergoldetes Bett mit farbigen Kissen schien es fast ganz zu füllen und die zierlichen Stühle und kleinen Nachttische mit den dunklen Lampen zu verdrängen.

Serena erstarrte, krallte ihre Hand in den Stoff von Wards Hemd. Es nützte nichts. Er trat ans Bett und ließ sie auf die schimmernde Decke fallen.

»Nein, Ward...«, sagte sie und sah jetzt das Begehren in seinem ernsten Gesicht, das seinen nachdenklichen grünen Blick erwärmte.

»Ich weiß, daß das nicht dein Wunsch ist, aber besser als das, was dir bevorstand. Auch wenn ich kein Silberbaron oder Goldkönig bin, bin ich kein armer Mann.«

»Du verstehst mich nicht!«

»Ich verstehe, daß ich dich begehre. Ich kann einfach nicht mehr vergessen, wie du dich anfühlst, wie du schmeckst. Ich habe dich heute angesehen und mir gesagt, daß du nur eine von diesen Frauen bist, die ihr Glück bei den Goldgräbern machen will und die ich bestimmt vergesse, sobald ich sie nicht mehr sehe. Ich habe mich getäuscht. Das habe ich schon nach einer Stunde vermutet, aber als ich dich in Otto Bruins Händen sah, war ich sicher. Ich wollte ihn töten, ihn langsam und qualvoll totschlagen.«

»Du darfst das nicht tun! Es ist nicht richtig!« rief sie.

»Ach wirklich? Ich habe gesagt, du gehörst mir, und du wirst mir gehören, für einen Tag, eine Woche, einen Monat – bis dieses Verlangen nach dir aufhört. Nichts und niemand wird das verhindern, nicht jetzt. Später, wenn es vorüber ist, kannst du tun, was du möchtest. Ich werde dich nicht daran hindern.«

»Nein, ich kann nicht...«

»Du kannst und du wirst«, unterbrach er sie mit rauhen Worten. »Ich habe noch nie eine Frau gezwungen oder bezahlt, aber für dich, liebste Serena, werde ich eine Ausnahme machen!«

Sein Mund senkte sich mit drängender Hitze auf den ihren, suchte nach einer süßen Schwäche. Serena versuchte, den Kopf abzuwenden, aber die hoch aufgestapelten Kissen machten es unmöglich. Sie schlug nach ihm, wehrte sich, ohne Erfolg. Der Druck seiner Lippen nahm zu, und seine Zunge drängte sich in einer so intimen Bewegung an ihrer Verteidigung vorbei, daß sie nach Luft schnappte, den Rücken duchbog, es schaffte, ein Knie anzuziehen. Dadurch gelang es ihr, sich ihm doch zu entziehen. Mit einem unterdrückten Ächzen krabbelte sie über das Bett.

Aber das half ihr nicht. Ihr langes Haar war unter seinem Arm eingeklemmt. Noch bevor sie es herausziehen konnte, schloß er eine Hand um ihr Knie, zog sie zurück und schob gleichzeitig ihren Rock weiter hinauf, um das marmorne Weiß ihrer Schenkel freizulegen. Ein Schluchzen steckte in ihrer Kehle, als sie nach seiner forschenden Hand griff. Sofort senkte er den Kopf auf die volle Wölbung ihrer Brust, die das zerrissene Mieder frei ließ. Er hatte sich auf seinen rechten Ellenbogen gestützt und dabei ihren linken Arm unter seinem Gewicht eingeklemmt. Also konnte sie seine räuberischen Zärtlichkeiten nur mit einer Hand verhindern. Sie biß die Zähne zusammen, ließ seine Hand auf ihrem Schenkel los und grub ihre Finger in sein dunkles Haar.

Sein schmerzliches Ächzen, als sie kräftig zog, war zwar befriedigend für sie, aber gleichzeitig bewegte sich seine linke Hand an ihrem Schenkel entlang aufwärts.

Noch niemals war sie so berührt worden. Es war unerträglich. Sie ließ ihn los, stemmte sich mit zitternder Wut hoch. Sie würde sich nicht so einfach nehmen lassen. Sie hatte sich Elder Greer nicht unterworfen und würde sich auch von diesem Mann nicht niederringen lassen.

Aber die Kraft des Mormonen hatte im Laufe des Kampfs nachgelassen. Der Spieler war anders. Mit einer schnellen Bewegung schnappte er sich ihre Handgelenke, hielt sie hinter ihrem Rücken mit eisernem Griff fest und drückte sie langsam wieder zurück in die Kissen. Sein Bein lag über ihren und machte jede Bewegung unmöglich. Seine vor Leidenschaft dunklen Augen waren über ihr, dann ergriffen seine Lippen noch einmal Besitz von den ihren, wütend, aber doch zärtlich. Mit einer Hand hielt er ihre Handgelenke, mit der anderen schob er das Hemd zur Seite und strich mit seiner warmen Handfläche über ihre nackte Brust. Sie zuckte zusammen und erschauerte dann angesichts des seltsamen Gefühls aus Widerwillen und Genuß, das sie zu erfüllen begann. Sein Kuß wurde fordernder, seine Berührung eindringlicher. Dann hörte sie mit panischem Schrecken, wie er Ottos Werk beendete und das Kleid zerriß. Der Druck um ihre Taille ließ nach. Sie spürte, wie die Träger ihres Hemdes heruntergeschoben wurden und drehte in hoffnungsloser Weigerung den Kopf hin und her.

Er kümmerte sich nicht darum. Die kühle Luft berührte ihre nackte Haut. Wards Lippen waren im Vergleich dazu brennend heiß auf ihrem Weg nach unten, wo er weiche Küsse in das bebende Tal zwischen ihren Brüsten drückte. Und als sie seinen Mund auf einer vor Angst aufgerichteten Spitze ihrer Brust spürte, spielte ihr Bewußtsein nicht mehr mit. Es splitterte, teilte sich in der Weite des Raums, fand es einerseits unerträglich, wollte nicht anerkennen, was gerade mit ihr geschah, zog sich ins Dunkel zurück, während der andere Teil die zunehmenden Empfindungen erregend fand, die Verletzlichkeit, die dieser Angriff auf all ihre Sinne so deutlich machte.

»Ward, nein«, flüsterte sie kaum hörbar. »Nicht...«

Er unterdrückte ihre Worte mit seinem Mund, während er ihre Unterröcke über die Hüften nach unten schob. Sie schauderte, als sie verschwanden, sein Knie sich zwischen ihre Beine drängte. Seine Hände strichen über ihren Körper, berührten ihre Rundungen, legten sich in die Vertiefungen, drangen gnadenlos vor, streichelten sie ohne Unterbrechung.

Seine Berührung hörte auf. Halb von Sinnen spürte sie, wie er sich mit schnellen Bewegungen auszog. Einen Augenblick lang hätte sie sich losreißen können, wenn sie nicht so voller Schwere gewesen wäre. Am Rande des Verlangens spürte sie den Drang zur Flucht, aber die Sehnsucht nach seiner Rückkehr war stärker.

Und es dauerte nicht lange. Die harte Kraft seiner Schenkel lag auf ihr. Sie spannte sich, als sie die suchende Kraft seiner Männlichkeit spürte, bog den Rücken, um ihm zu entkommen, breitete die Finger auf seiner Brust aus. Seine Arme umgaben sie, hielten sie, drückten sie an die ganze Länge seines Körpers, hoben ihre Hüften an. Ein Beben erfaßte ihn, und mit einer langsamen Drehung seiner Lenden drang er in sie ein.

Serena verschlug es den Atem; der brennende Schmerz verstärkte die Enge in ihrer Brust. Tränen traten ihr in die Augen und liefen langsam über ihre Wangen.

Ward erstarrte. »Serena«, flüsterte er mit schmerzverzerrtem Gesicht.

Sie atmete in einem lautlosen Seufzer aus, als hätte dieses Anerkennen ihrer Not ihren Atem befreit. Da sammelte sich Ward, drang tiefer in sie ein, trug eine lindernde, sich ausbreitende Wärme in ihr Inneres. Das Gefühl pulsierte in Serena, steigerte sich zu einer Empfindung von Erwachen. Ihre Haut prickelte, als die langsamen Bewegungen seiner Lust zunahmen. Sie schien keinen Willen mehr zu haben, keinen Widerstand. Ihr Denken zog sich verwirrt zurück hinter den primitiven Drang, nachzugeben, ihn anzunehmen, weil es weniger schmerzte als sich zu wehren, weil in ihrer Hingabe tief und dunkelrot der Trost lag.

Er glitt von ihr herunter, ließ sie aber nicht los. Zärtlich strich er die feinen Haarsträhnen aus ihrem Gesicht. So nah er auch sein mochte, seine sich hebende und senkende Brust, sein nackter Körper neben ihr, wirkte er doch abwesend und in Gedanken versunken.

Endlich seufzte er. »Es tut mir leid, Serena. Ich habe keine Entschuldigung, außer vielleicht, daß ich schon lange keiner Frau mehr begegnet bin, die mir die Wahrheit gesagt hat.«

Sie rückte von ihm ab. »Es macht nichts«, antwortete sie mit gedrückter Stimme. »Wenn du es nicht gewesen wärst, dann womöglich Otto.«

Die Sekunden vergingen. »Eine vernünftige Einstellung«, sagte er gedehnt. »Soll ich daraus schließen, daß du mich als eine Spur über unserem affenartigen Freund stehend betrachtest?«

»Wenn du willst...«

»Ich will nicht! Ich habe dir schon gesagt, daß...«

»Ich weiß, du zwingst Frauen zu nichts!« Serena drehte sich um, weiter weg von ihm, und warf den dunklen Vorhang ihres Haars nach hinten. Das enthüllte die stolze Fülle ihrer Brust und die lange, glatte Rundung ihrer Hüften bis zum Schenkel. Sie stützte sich auf einen Ellenbogen.

Ward wandte hastig den Blick zur Decke. »Ich glaube langsam, daß mein Irrtum noch größer war, als ich zuerst angenommen hatte.«

»Das würde mich freuen!« sagte Serena scharf.

»Glaube ich gerne. Trotzdem bleibt die Frage, was jetzt mit dir zu tun ist.«

»Nichts ist mit mir zu tun! Ich kümmere mich um mich selbst!«

»Wie du es bisher so geschickt getan hast?«

»Nett, mich daran so freundlich zu erinnern.«

»Aber trotzdem wahr.«

Er hatte recht. Serena wandte sich schweigend ab und fing an, nach ihren Kleidern zu suchen. Ward beugte sich über die Bettkante und hob einen Haufen Stoff hoch. »Suchst du das hier?«

Sie sah ihn giftig an, riß ihm Kleid und Unterröcke aus der Hand und schüttelte sie. Das Kleid war fast völlig zerrissen. Sie betrachtete es verzweifelt.

»Mach dir keine Sorgen, ich kaufe dir ein neues«, meinte er mit einer Spur von Ungeduld in der Stimme.

Sie sah ihn zornig an. »Nein danke, ich will nichts von dir.«

»Findest du das nicht ein bißchen übertrieben?« Er streckte sich aus wie eine große Katze und sah sie interessiert an.

»Nein«, sagte sie mutig.

»Ich schon. Und meine Idee von vorhin ist immer noch gleich gut.«

Sie verzog den Mund, sah ihn aber nicht an, als sie ihr Hemd umkrempelte und über den Kopf zog. »Du willst mich mit nach Cripple Creek nehmen?«

»So ähnlich. Da du freundlicherweise gesagt hast, daß du mich Otto oder jedem anderen vorziehst, werde ich dich wohl bei mir behalten.«

»Ich habe nichts Derartiges gesagt!«

»Du bist vor Otto und deinem Mormonenältesten weggelaufen, mich mußt du erst noch verlassen.«

»Das habe ich versucht«, sagte sie, und ihre Hände legten sich wütend um die zerrissenen Bänder, mit denen sie ihre Unterwäsche zubinden wollte.

Er streckte die Hand aus, als wolle er sie berühren, dann hielt er inne. »Das hast du. Es tut mir leid. Ich meinte nur, daß du nach dem Hagel bei mir geblieben bist – und heute abend. Jetzt sitzt du da und machst ein Gesicht, als hätte Gott kein übleres Geschöpf erschaffen als mich, aber du bist noch nicht davongelaufen.«

»Ich – ich kann ja nicht nackt gehen!«

»Wenn du wirklich Angst hättest, könntest du schon.«

»Ich dachte, du hättest verstanden, daß ich – in Ruhe gelassen werden wollte. Und jetzt – was würde mir weglaufen schon nützen?« Sie zerrte sich den Unterrock über den Kopf.

»Genau«, sagte Ward, richtete sich auf und schloß eine kräftige Hand um ihre Finger. »Jetzt hast du nichts mehr zu verlieren, aber viel zu gewinnen. Bei mir findest du Sicherheit und Komfort, und das ist nicht wenig.«

»Wie lange?« fragte sie mit kaltem Vorwurf in der Stimme. »Einen Tag, eine Woche, einen Monat?«

»So lange du sie brauchst.«

Seine Worte klangen ehrlich, sein Blick war fest. Aber wie sollte sie ein solches Zusammensein ertragen? Er hatte nichts von Heirat gesagt, und das wollte sie auch gar nicht, aber ihre Erziehung ließ etwas anderes nicht zu. Also sagte sie entschlossen: »Ich brauche überhaupt nichts von dir.«

»Dann bist du selbst schuld«, meinte er leise.

Vielleicht hätte er noch mehr gesagt, aber in diesem Moment klopfte es leise an der Tür zum Salonwagen. »Da drinnen ist ein Badezimmer«, erklärte er nur kurz und deutete auf eine Tür neben dem Bett. Während sie ihr zerrissenes Kleid nahm und darin verschwand, ging er schon aus dem Schlafzimmer und schloß die Tür hinter sich.

Das Badezimmer war genauso luxuriös wie der Rest des Wagens. Die Badewanne war mit feinem Mahagoni verkleidet, die Armaturen bestanden aus geschnörkeltem Messing, auch wenn nur kaltes Wasser herauskam. Die türkischen Badetücher waren dunkelblau und trugen das Monogramm ihres Besitzers. Ihr eigenes blasses

Gesicht im Spiegel über dem Waschbecken wollte sie sich lieber nicht genauer ansehen.

Was sollte sie jetzt tun? Bleiben oder weggehen? Sie konnte mit Ward als seine – Begleiterin, ein besseres Wort fiel ihr nicht ein – mit nach Cripple Creek gehen oder zurück in die Pension mit der fast hoffnungslosen Absicht, doch noch Arbeit zu finden. Die eine Möglichkeit bot ihr Sicherheit, Nahrung und ein Dach über dem Kopf – für eine Weile. Die andere Selbstachtung – auch für eine Weile, eine kurze Weile, bis sie die Pension nicht mehr bezahlen konnte. Wenn sie mit Ward ging, würde sie seine Umarmungen hinnehmen müssen. Wenn nicht, vielleicht schon bald die Zudringlichkeit anderer Männer. Wie Mrs. O'Hare so richtig gesagt hatte: Tugend half nicht gegen Hunger.

Tugend. Sie hatte das Gefühl, als wäre sie ihr in den letzten drei Tagen Stück für Stück genommen worden. Und ihre Seele war genauso geschädigt wie ihr Körper. Sie fühlte sich verletzlich, als leichte Beute. In diesem Zustand war sie wirklich nicht sicher, ob sie nicht bald ihren Körper brauchen würde, um zu überleben. Würde da ein Mann nicht besser sein als viele? Nein, so schwach konnte sie einfach nicht sein. Mrs. O'Hare würde ihr helfen. Oder nicht? Sie war so sicher, daß Ward ein guter Mensch war, besser, als er selbst glaubte. Die Arme, sie hatte sich arg getäuscht.

Sie mußte etwas tun. Irgendeinen Ausweg mußte es geben.

»Serena?«

Ward klopfte leise an die Tür. Serena hatte noch nicht einmal versucht, das zerrissene Kleid anzuziehen. Und durch die Risse in der Unterwäsche sah man auch noch eine Menge nackte Haut. Auch wenn Ward sie schon nackt gesehen hatte, war sie besessen von dem Bedürfnis, sich zu bedecken.

An der Tür hing ein königsblauer Männerbademantel. Als Ward wieder nach ihr rief, gab Serena ihr Zögern auf, nahm ihn herunter und zog ihn an. »Was ist?« fragte sie tonlos.

»Du kannst wieder herauskommen.«

Sie zog den für einen großen Mann gemachten Bademantel wie eine lächerliche Schleppe hinter sich her. Als sie herauskam, war sie damit beschäftigt, die Ärmel aufzukrempeln, als würde sie ihre Umgebung gar nicht bemerken.

Wards Mundwinkel zuckten. Er hob ihr schweres Haar aus dem Kragen des Mantels und breitete es auf ihrem Rücken aus.

Serena fuhr nervös zusammen. Ward ließ die Hände sinken und errötete, dann wandte er sich ab.

Serena schluckte und fragte: »Was war los?«

»Nathans Kutscher. Er hat einen Korb mit den Grüßen seines Chefs abgegeben. Mein Gastgeber nahm vermutlich an, ich würde gern etwas essen, da ich schon einen Gast habe.«

Serena ignorierte den ironischen Ton. »Nett von ihm. Der Kutscher fand wohl, daß ich hungrig aussehe.«

Ward wandte sich ihr zu. »Hast du Hunger?«

Serena merkte erst jetzt, wie hungrig sie wirklich war. Erstaunt und voller Selbstzweifel starrte sie ihn an.

»Das ist nichts Ungewöhnliches«, sagte er zurückhaltend. »Es bedeutet nicht, daß du sittenlos bist.«

»Das habe ich auch nicht angenommen!« erklärte sie stolz, war aber doch dankbar für die Bemerkung.

»Wann hast du zum letzten Mal etwas gegessen?«

»Heute morgen. Mrs. O'Hare hat mir etwas zu essen gemacht, bevor ich ging, aber ich wollte unbedingt Arbeit suchen und habe nur einen oder zwei Bissen gegessen.«

Er nickte. »Sollen wir beim Essen Waffenstillstand halten? Auf leeren Magen Entscheidungen zu treffen, ist nie gut.«

Serena fand seine ernste Art verdächtig, hatte das Gefühl, wachsam bleiben zu müssen. Aber warum sollte sie nicht noch einmal mit ihm essen?

In dem Korb waren gebratenes Huhn, Brötchen mit Butter, Apfelküchlein und dazu eine Flasche Champagner. Das einfache Mahl duftete köstlich, Ward fand in der Küche Teller, Gläser und Besteck. Er öffnete die Flasche, und sie setzten sich an einen Tisch im Salon. Ward lehnte sich mit dem Glas in der Hand zurück.

»Willst du nichts essen?« fragte Serena.

»Nein, jetzt nicht. Du vergißt, daß ich schon gegessen habe.« Seine dunkelgrünen Augen hafteten kurz auf den Prellungen, die langsam an ihren Handgelenken erkennbar wurden. Dann sah er zur Seite und trank sein Glas in einem Schluck leer, beugte sich vor und füllte es wieder.

Serena kostete nur vorsichtig den Champagner. Er war sehr erfrischend und schien durch ihre Adern zu prickeln. Obwohl das Huhn köstlich war, fiel es ihr schwer, es unter Wards prüfendem Blick zu essen. So gut es ging, wandte sie den Blick ab von seiner breitschultrigen Gestalt, auf deren nackte Brust das warme Lampenlicht fiel. Lieber betrachtete sie den Salon und die Teppiche und die prächtigen Stoffe, mit denen er eingerichtet war. Auf einem der brokatbezogenen Mahagonisofas lag ein vertrauter Gegenstand. »Mein Umschlagtuch!« rief sie aus. »Woher kommt das?«

»Der Kutscher hat es zusammen mit meinem Hut auf der Rückfahrt zum Hotel aufgehoben und so gut es ging ausgeschüttelt. Sehr viel hat das aber nicht genützt.«

Serena nickte. So staubig das Tuch auch sein mochte, konnte sie damit ihr zerrissenes Kleid bedecken, bis sie bei ihrem Koffer war. Seltsam, daß sie beim Abendessen mit einem fast nackten Mann gerade daran denken mußte, aber nach allem, was zwischen Ward und ihr geschehen war, machte das auch nichts mehr.

Serena räusperte sich. »Ich habe dir übrigens noch nicht für die Rettung aus Ottos Händen gedankt. Ich war wirklich froh, daß du in diesem Augenblick vorbeikamst.«

»Du ›warst‹ froh?« fragte er und betrachtete sein Glas. »Na ja, das ist wohl eine genaue Beschreibung deiner momentanen Empfindungen. Aber ich kam nicht nur zufällig vorbei. Ich habe dich gesucht.«

»Mich?« Serenas Stimme klang erstaunt.

»Ich verließ das Hotel früher und ging zur Pension, wo mir Mrs. O'Hare erklärte, du seiest noch nicht zurück. Ich wanderte durch die Straßen und stellte mir vor, wie dich jemand in eins der Bordelle von Colorado Springs zieht. Da bat ich Nathan um seine Kutsche und machte mich auf die Suche. Als ich dich dann mit Otto sah, war ich so weit, meine Laune am nächsten besten auszulassen.«

Serena dachte, daß das sein Benehmen einigermaßen erklärte. »Ich weiß das Opfer zu schätzen, daß du wegen mir auf das Pokern verzichtet hast«, sagte sie betont gleichmütig. »Das bedeutet dir sicher viel.«

»Weil ich eine Spielhölle leite?« fragte er mit hartem Lächeln. »Das Spiel begann nach der Versammlung, aber es interessierte mich nicht. Außerdem habe ich durch meinen Beruf Vorteile. Wenn jemand ins Eldorado kommt, gehört das dazu, aber woanders ...« Er zuckte mit den Schultern.

Seine Haltung war verständlich, dennoch verblüffte sie der ironische Ton, mit dem er sprach. Sie aß schweigend weiter und sah sich wieder um. Schließlich fragte sie: »Dieser Mann, Benedict – ist er stolz darauf, reich zu sein?« Immerhin sah sie überall sein prächtig verschnörkeltes Monogramm, selbst auf den Vorhängen.

Ward schüttelte den Kopf. »Nein, nicht besonders, auch wenn Nathan sein Geld genießt oder besser gesagt, die Dinge, die er damit kaufen kann. Das meiste hier«, er deutete mit seinem Glas auf den Salon ringsherum, »hat seine Frau entworfen, nachdem sie zu Geld gekommen sind. Sie starb jedoch, bevor der Wagen fertig war. Nathan hat sehr darunter gelitten.«

»Das hört sich an, als würdest du ihn schon lange kennen.«

»Erst seit ich 91 hierhergekommen bin. Das war gerade zu der Zeit, als seine Mine besonders viel Gold hervorbrachte. Seine Frau starb ein paar Monate später. Wir können uns eigentlich erst drei Jahre kennen, es kommt mir nur so lange vor.«

Er erhob sich, ging zu einem Schränkchen mit geschliffenen Flaschen darauf, schenkte sich einen Brandy ein und kehrte zu seinem Stuhl zurück. In Serenas Glas goß er den Rest des Champagners.

Serena unterdrückte ein Gähnen. Sie schob ihren Teller zurück und warf einen Blick auf Ward. Sie fühlte sich jetzt nur noch erschöpft und wußte nicht recht, was sie davon halten sollte, daß Ward so viel trank. Er betrachtete ihre geröteten Wangen und die dunklen Schatten unter ihren Augen. Um seinem prüfenden Blick auszuweichen, nahm sie ihr Glas und trank den Rest des Champagners.

Er nahm ihr das Glas ab und sagte dann mit rauher Stimme: »Jetzt geh und leg dich schlafen. Es wird eine Weile dauern, bis ich nach der Kutsche geschickt habe, damit sie dich zur Pension zurückbringt. Nutze die Zeit.«

Sie wäre gern seinem Vorschlag gefolgt, wollte aber nicht zugeben, wie müde und zerschlagen sie sich fühlte.

»Sofort«, knurrte er, »bevor ich es mir anders überlege.«

Serena stand widerwillig auf und ging langsam ins Schlafzimmer.

Sie machte die Tür fest hinter sich zu und hängte den Bademantel wieder an seinen Platz. Sie nahm einen Waschlappen, machte ihn naß, wusch sich Gesicht und Arme. Dann ging sie damit zum Bett, hob die Decke und rieb an dem roten Fleck, der sich darauf ausgebreitet hatte. Als sie mit dem Ergebnis zufrieden war, hängte sie die Decke zum Trocknen über einen Stuhl, kletterte ins Bett und legte sich zwischen die frischen Laken.

Sie lag noch eine ganze Weile wach und dachte daran, was in den letzten zwei Tagen geschehen war. Die Mormonen, ihre Begegnung mit Ward, Colorado Springs, Otto und sein Kampf mit dem Ältesten, seine gierige Berührung. Und wieder Ward, der große Rächer, der besitzergreifende Sieger, der leidenschaftliche, zärtliche Liebhaber. Sie schloß die Augen, als ihr der Schmerz wieder einfiel, der ihre Jungfräulichkeit beendet hatte. Sie wollte Zorn, Kummer, Haß spüren. Aber sie brachte nur einen müden Seufzer zustande.

Ein klirrendes, metallisches Dröhnen riß sie aus dem Schlaf. Bremsen quietschten, Dampf zischte, eine mächtige Maschine schnaubte. Der Salonwagen wurde an den Zug angehängt und begann seine Fahrt nach Cripple Creek. Sie hatte nicht gesagt, daß sie mit Ward kommen wollte, doch jetzt war es zu spät. Ihr Zorn legte sich schnell wieder. Die Entscheidung war ihr abgenommen worden. Sie wollte sich auch nicht weiter aufregen.

Serena erwachte durch einen Ruck. Der Zug bewegte sich noch. Keine Spur von Helligkeit drang mehr durch die Oberlichter an der Decke. Das Schlafzimmer war dunkel und zugig. Irgendwo schwang eine Tür klappernd hin und her.

Sie richtete sich auf. Es war die Tür zur hinteren Wagenplattform. Durch die Öffnung hörte man laut das Knirschen der Räder auf den Gleisen, die stampfende Maschine. Draußen sah sie die Silhouette eines Mannes vor dem Nachthimmel. Es war Ward. Er stand, immer noch ohne Hemd, in der rauchgeschwängerten, windigen Dunkelheit.

Serena stand auf und ging zu der offenen Tür hinüber. »Ward?« sagte sie ruhig, damit er ihre Angst nicht hörte.

Er drehte sich langsam um und wandte sich wieder ab, als er ihr weißes Hemd erkannte.

»Warum bist du hier draußen? Du wirst dich erkälten. Komm

wieder herein.« Sie trat einen Schritt vor und legte eine Hand auf seine nackte Schulter. Die Berührung erzeugte ein Prickeln in ihrem Arm und ohne es zu bemerken, festigte sich ihr Griff.

Er nahm mit einem kurzen Blick wahr, daß sie neben ihm stand. »Lügen, Serena«, sagte er ruhig. »Wie sehr wir uns doch immer anlügen. Ich war einmal ein Gentleman – ein aufrechter Bürger, der ohne zu zögern einen Mann erschossen hätte, der eine Frau gegen ihren Willen nimmt. Trotz alledem habe ich mir gesagt, daß ich immer noch ein Gentleman bin. Aber das stimmte nicht. Also, was verdiene ich für das, was ich dir angetan habe, süße Serena?«

»Du – es war ein Irrtum«, flüsterte sie voller Mitleid angesichts des schmerzlichen Tons in seiner Stimme. Obwohl er deutlich sprach und aufrecht stand wie ein Fels, hielt sie ihn für ziemlich betrunken.

Langsam drehte er sich um. »Suchst du etwa eine Entschuldigung für mich?«

»Nein, aber ich kann auch die Gründe für dein Handeln nicht beiseite schieben, nicht, wenn sie wichtig sind.«

Er hob die Hände, legte sie auf ihre Wangen, hielt ihr Gesicht. »Sie sind wichtig«, sagte er mit weicher Stimme, aber sein Gesicht war im Dunkeln nicht genau zu erkennen. »Doch, bestimmt sind sie das. Aber können sie meine Sehnsucht nach dir rechtfertigen, mein Verlangen, dich noch einmal zu besitzen, dasselbe wieder zu tun, obwohl ich weiß, daß ich dir deine Unschuld geraubt habe? Und dieser Drang, dich bei mir zu behalten, obwohl ich weiß, daß du das nicht willst. Was bin ich nur für ein Mann?«

»Ich weiß es nicht«, flüsterte sie und spürte eine Enge im Herzen, die mit dem Druck von Tränen in ihre Kehle stieg.

»Vielleicht ist es besser, wenn ich es ein für allemal herausfinde...« Er drückte seinen Mund mit zartem Feuer auf den ihren. Die Flamme flackerte hoch auf zwischen ihnen, während ihre Lippen sich berührten, lebendig und hell, verzehrte alle kleinlichen Gedanken von Schuld und Zweifel, wuchs weiter. Er schob seine Finger tief in die dunkle Fülle ihres Haars, während er ihre bebenden Mundwinkel kostete, eine feurige Spur über ihr Kinn abwärts bis in ihre Halsgrube küßte. Eine Hand glitt über ihren Rücken nach unten und drückte ihre Hüften gegen seine Lenden. Ihr Puls raste, als sie die Hitze seines Verlangens spürte, und sie klammerte sich an seine Schultern, breitete die Finger auf den Muskeln seines Rückens aus. Sie hatte erwartet, daß er sich kalt anfühlte, aber seine Haut war glühend heiß, so daß sie schauderte, weil ihr selbst der Wind kühl erschien.

Er schob sie durch die Tür, weg vom rauchigen Wind und dem Lärm. Ihr Kopf lehnte an seiner Schulter, ihr Haar floß über seinen Arm. Er hob ihr Kinn mit einem Finger hoch, küßte ihre Augenlider, dann bückte er sich, hob sie hoch, drückte sie eng an sich und legte sich mit ihr auf das zerwühlte Bett.

Langsam und vorsichtig zog er ihr das Hemd und den Unterrock aus, befreite sich von seiner Hose. Seine Hand umschloß ihre Brust, spürte ihren Herzschlag, glitt abwärts über ihren Bauch, dessen Muskeln in einer seltsamen Mischung aus Furcht und Erwartung angespannt waren. Er zog sie fest an sich, ließ sich mit ihr von den Schaukelbewegungen des Zugs in ihrem stetigen, sanften Rhythmus wiegen, während ihre Lippen warm aufeinanderlagen. Seine Lippen schmeckten nach Brandy, sein Körper war von der Frische der Nachtluft umgeben. Mit wachsender Erregung spürte Serena das Drängen seiner Zunge, dem sie scheu und zögernd mit der ihren begegnete. Der Druck seiner Arme wuchs, nahm ihr fast den Atem. Seine Hände griffen nach der Rundung ihrer Hüften, und sie spürte keine demütigende Scham mehr in seiner Nähe. Ihre Brüste drückten sich gegen seine Rippen, mit ihren Fingern fuhr sie sanft über seinen starken Hals, spürte, wie in ihrem Innern das Verlangen wuchs. Es war wie das Öffnen einer Blüte, überwältigend, es verdrängte alle anderen Empfindungen. Sie fühlte sich noch ein wenig wund, als er in sie eindrang, doch dann war es, als hätte sie das einzige empfangen, was die wachsende, schmelzende Lust steigern konnte, die sie erfüllte. Er drang tiefer ein, seine Bewegungen wurden schneller, und in einer plötzlichen Verzückung klammerte sie sich an ihn, bäumte sich auf in grenzenloser Lust, ritt auf einer Welle, kehrte erst langsam wieder in die Wirklichkeit zurück, als seine Bewegungen nachließen und schließlich aufhörten.

Sie lösten sich nicht voneinander, sondern blieben mit ineinander verschlungenen Gliedern liegen, während der Zug immer höher in das nächtliche Gebirge hinaufkletterte.

5. Kapitel

Die Berge mit dem spanischen Namen Sangre de Cristo, Blut Christi, waren klar am südwestlichen Horizont zu erkennen, und doch wirkten sie geheimnisvoll fern. Im Norden erhoben sich die schneebedeckten Rocky Mountains und im Osten das Granitgrau von Pikes Peak. Der Zug hatte Serena und Ward auf die andere Seite des Gebirges gebracht, dessen westliche Abhänge das Goldgräbergebiet bildeten.

Die Stadt Cripple Creek lag in der Tiefe eines alten Vulkankraters. Außer dem bißchen Gras am oberen Kraterrand gab es nur aufgerissene Erde und Halden von felsigem Abraum aus den Minen. In dieser Gegend fand man Gold nicht wie an anderen Orten. Hier gab es keine Nuggets aus purem Gold wie in Kalifornien im Jahr 49, sondern es kam in mineralischen Verbindungen mit Silber und anderen Stoffen vor. Man mußte senkrechte Schächte in die Felsen treiben, die den Wegen der goldführenden Risse im Gestein folgten. Die Minenarbeit im harten Felsen war schwer und gefährlich und erforderte enorme Investitionen – nichts für arme Leute.

Diese Art der Minenarbeit war der Grund dafür, daß die Stadt umgeben war von Abraumhalden und hohen Gebäuden, die wie Wohnungen von Riesen aussahen. Mit zerkleinerten Steinen aus den Minen hatte man auch die schlammigen Straßen von Cripple Creek bedeckt. Da sie noch Spuren von Gold enthielten, konnte man sagen, daß hier das Gold regelrecht auf der Straße lag.

Die Straßen der Stadt hoben und senkten sich über die hügelige Innenseite des Kraters. Die meisten Häuser waren nur aus grob bearbeitetem Holz gebaut, an denen man vorn verschönernde Fassaden angebracht hatte. Hier und da stand auch ein Ziegelhaus, zum Beispiel das Palast Hotel, aber die Holzhäuser, die zum Teil einen groben Lehmputz hatten, ließen die Stadt roh wirken. Immerhin waren entlang der Hauptstraße Telegrafendrähte gespannt, viele Läden hatten gestreifte Markisen über ihren Schaufenstern, und die Seitenflächen waren mit bunten Reklamesprüchen bemalt. Und fast überall wurden in dieser Stadt voller alleinstehender Männer möblierte Zimmer angeboten.

Es gab zwei Hauptstraßen, die nach den beiden Männern, Bennett und Myers, benannt waren, die die Stadt mitten auf ihrer Kuhweide gegründet hatten. In der Bennett Avenue gab es Gemischtwarenläden, Minenbüros, Banken, Hotels, Barbiere und Speiserestaurants. Darüber, im Norden, lagen Schulen, Kirchen und die Häuser der wohlhabenden Familien. Zwei Häuserblocks weiter unten war die Myers Avenue, wo das Halbweltviertel begann.

Serena hatte zwar schon in den Zeitungen gelesen, daß gewisse Gegenden von New Orleans so genannt wurden, aber was das bedeutete, wußte sie nicht so genau. Auf ihrem langsamen Ritt neben Ward bekam sie jetzt eine klare Vorstellung davon. Um diese frühe Morgenstunde, wo der Tag eigentlich beginnen sollte, war hier nichts los. Aber die Stille war nicht friedlich, sondern glich einer erschöpften Schläfrigkeit. Zerbrochene Bierflaschen glitzerten braun, abgestandener Schnapsgeruch hing in der Luft. Die unebenen Gehwege waren leer bis auf ein paar Betrunkene und Wäscherinnen mit Körben voller schmutziger Bettwäsche. Barkeeper fegten schmutziges Sägemehl aus den Türen der Saloons auf die Straße und kippten den Inhalt der Spucknäpfe hinterher. Nur bei den kleinen Häusern mit Frauennamen über den Türen weiter unten an der Straße war alles fest geschlossen, und die roten Laternen an den Pfosten davor waren heruntergebrannt. An der Tür eines Hauses sah Serena eine junge Frau lehnen, ihr Umschlagtuch klaffte vorn auf und enthüllte ein unanständig tief ausgeschnittenes schwarzes Korsett, dessen Ausschnitt noch tiefer wurde, als sie sich streckte und sich mit ihren krallenartigen Fingern durch das messingfarbene Haar strich. Serena sah schnell zur Seite.

Dann gab es noch Häuser, vor denen bunte Schilder die darin gebotenen Darbietungen von Oper über Revue bis zu Tanz in französischer Unterwäsche anpriesen. Daneben befanden sich Saloons und Bars der unterschiedlichsten Kategorien.

Das Eldorado gehörte zur feineren Sorte. Serena und Ward blieben vor der Stange zum Anbinden von Pferden stehen. Sie zog ihr Umschlagtuch fest über dem zerrissenen Kleid zusammen und ließ sich von Ward vom Pferd helfen. Als sie sich umsah, spürte sie plötzlich einen heftigen inneren Widerstand: Was wollte sie eigentlich hier?

Ward nahm ihren Arm. Die Stufen, die zu den breiten doppelten Türen des Saloons führten, lagen direkt vor ihr. Also ließ sie sich von Ward hinaufbegleiten.

Die beiden Barkeeper kamen mit breitem Lächeln auf Ward zu und hießen ihn willkommen. Die wenigen Gäste gesellten sich dazu und wollten wissen, wo er so lange gewesen sei. Niemand beachtete Serena, und sie war Ward dankbar, daß er sie nicht einzubeziehen versuchte.

Stück für Stück arbeitete sich Ward auf die Treppe mit dem Mahagonigeländer an der Seite vor, dann lehnte er das letzte Angebot zu einem Kartenspiel ab, versprach, später zurückzukommen, und zog Serena mit sich die Treppe hinauf.

Im ersten Stock gingen sie hastig durch einen schmalen Flur mit nacktem Holzboden. Ward hielt vor einer Tür, holte einen Schlüssel aus der Tasche und schloß auf. »Alles in Ordnung?« fragte er mit gerunzelter Stirn.

Sie drückte eine Hand gegen die Brust. »Ja, ich glaube schon. Ich bin nur etwas außer Atem.«

Sein Gesicht hellte sich auf. »Das liegt an der Höhe. Entschuldige, daran habe ich nicht gedacht. Man gewöhnt sich daran. Die letzten tausenddreihundert Meter Höhenunterschied hast du in nur einer Nacht überwunden. Immerhin liegt Cripple Creek über dreitausend Meter hoch.«

Er ließ sie vor sich ins Zimmer gehen. Gleich hinter der Tür blieb sie stehen.

Sie befand sich in einem überladenen Männerappartement, das sie mit seinen persischen Teppichen, weiten, goldenen Seidenvorhängen mit fransenbesetzten Brokatstores darüber, die kaum das Sonnenlicht hereinließen, an ein Serail erinnerte. An der Tür vom Wohnzimmer zum Schlafzimmer hingen die gleichen Stoffe, ebenso in fülligen Mengen um das Seidenbett. Im Wohnzimmer standen flache Liegen voller Seiden- und Satinkissen, daneben lederbezogene Sessel und Hocker mit goldener Prägung. Auf einem der runden Tische stand eine Wasserpfeife, auf einem anderen eine große Messingvase mit Pfauenfedern darin. Gleich an der Tür stand auf einer Marmorplatte über einen Elefantenfuß aus Porzellan eine bunte Schüssel mit Früchten.

»Mein Gott«, ächzte Ward. Auf seinem gebräunten Gesicht zeichnete sich ungläubiges Staunen ab.

»Du – du wohnst hier?« fragte Serena schließlich.

»Das dachte ich wenigstens«, antwortete er grimmig.

»Ward! Ward, du bist wieder da!«

Der glückliche Schrei ertönte aus dem Flur. Gleich danach stürmte eine Frau ins Zimmer. Als Ward sich umdrehte, warf sie sich in seine Arme, schlang die Hände um seinen Nacken, legte ihren Kopf mit dem wallenden roten Haar unter einem schwarzen Strohhut zurück und drückte ihren roten Mund auf seine Lippen. Sie preßte ihren fülligen, in ein enges, schwarzweißes Kleid gegossenen Körper mit einem leisen Ächzen an ihn. Einen Augenblick lang schien er darauf zu reagieren, dann hob er die Hände, legte sie um ihre Handgelenke und schob sie von sich.

»Du bist ja schon früh auf«, sagte er gedehnt, »oder noch spät?«

Die Frau verzog das Gesicht. »Ich mußte eine Ladung Wein für das Freudenhaus prüfen, die mit dem Zug gekommen ist. Ich konnte nicht glauben, daß du angekommen bist, also bin ich hier. Ich dachte, diesmal kehrst du nie zurück!«

»Du weißt, daß ich immer wieder auftauche, Pearlie. Aber was hast du mit meinem Zimmer gemacht?«

»Gefällt es dir nicht? Ich dachte, es würde dir gefallen, zu leben wie ein persischer Prinz.« Sie sah sich um, weil sie ihr Werk betrachten wollte, und ihr Blick fiel auf Serena. Das Lächeln verschwand aus ihrem Gesicht, und der zuerst leere Ausdruck in ihren blaßblauen Augen verwandelte sich in Zorn. »Wer ist diese Person, und was tut sie hier?« fragte sie giftig.

Ward hob eine Augenbraue. Mit ironischem Ton sagte er: »Darf ich vorstellen?« Wie beiläufig stellte er sich zwischen die beiden Frauen. »Serena, Liebes, das ist meine Geschäftspartnerin. Sie läßt sich Pearlie nennen.«

«Guten Tag«, sage Serena ruhig und vorsichtig.

Die Rothaarige warf mit eisigem Blick den Kopf zurück, als hätte sie sie gar nicht gehört, und sagte zur Ward: »Du hast nicht gesagt, was sie hier macht.«

»Ich verstehe auch nicht, was dich das angeht«, meinte er.

»Ach nein? Dann werde ich es dir sagen. Ich will wissen, ob sie geschäftlich hier ist oder zum Vergnügen, speziell zu deinem Vergnügen!«

Ward drehte sich zu ihr um, und der Ausdruck von Abscheu in seinem Gesicht war so groß, daß Pearlie etwas von ihrem Selbstvertrauen verlor. »Für deine Geschäfte ist sie nicht hier«, sagte er ruhig.

»Es mag ja sein, daß du nichts von den Einkünften des Freudenhauses willst, aber das hat dich doch nicht davon abgehalten, gelegentlich hinzugehen!« meinte sie trotzig und mit einem giftigen Blick in Serenas Richtung.

»Bis jetzt«, sagte Ward endgültig.

Pearlie erbleichte unter ihrem Puder und Rouge. »Wie edelmütig, aber bei der ersten Frau, die du hierherbringst, hättest du dir doch eine mit etwas mehr Klasse aussuchen können. Diese hier scheint nicht sehr willig und noch viel weniger in der Lage zu sein, deine Aufmerksamkeit für längere Zeit zu fesseln. Was hast du gemacht? Sie entführt und vergewaltigt?«

Ward ging zu der offenstehenden Tür und legte die Hand an den Griff. »Wir können vielleicht später weiterreden. Serena und ich haben eine lange Fahrt hinter uns.«

Pearlie betrachtete Serenas errötetes Gesicht, streckte eine Hand aus und zog ihr das Umschlagtuch herunter, so daß das zerrissene Mieder des Kleides sichtbar wurde.

»Mein Gott, ich hatte recht!« sagte sie und brach in schrilles Lachen aus.

»Das reicht«, sagte Ward hart.

»Das muß man sich mal vorstellen!« sagte die Frau und schnappte nach Luft. »Gerade du, der all den anderen lasterhaften Menschen so überlegen ist. Mein lieber Ward ein Vergewaltiger! Und wahrscheinlich war sie auch noch Jungfrau. Das würde dir gefallen.«

»Ich sagte, das reicht!«

»Ach, wirklich? Wird es wirklich je reichen?«

Serena ordnete ihr Tuch. Es war, als hätten sie sie vergessen bei diesem seltsamen Gespräch, dessen eigentlichen Sinn nur sie verstanden. Serena war beunruhigt, nicht nur beschämt. Sie spürte plötzlich, daß sie die Rothaarige nicht leiden konnte, ging zum Fenster, hob die Gardine und sah mit steifer Haltung hinaus.

»Später«, sagte Ward, als wäre es ein Zugeständnis.

»Ja, natürlich, später«, antwortete Pearlie und rauschte hinaus. Serena hörte Wards Schritte näher kommen. Er blieb direkt hinter ihr stehen. Ohne es zu wollen, machte sie sich auf etwas Unbekanntes gefaßt.

»Ich entschuldige mich für das, was Pearlie gesagt hat. Ich hatte nicht die Absicht, dir einen solchen Empfang zu bereiten.«

»Dieser Otto hat gesagt, sie würde mich nicht gern hier sehen. Ich verstehe jetzt, was er gemeint hat. Vielleicht sollte ich doch besser gehen.«

Es klang wie eine Warnung, als er sagte: »Was Pearlie gern sieht und was nicht, hat nichts mit dir zu tun, mach dir darüber keine Sorgen. Und wohin solltest du auch gehen?«

»Irgendwohin. Es muß sich doch etwas finden, was ich tun kann.« Sie hatten bisher noch nicht darüber gesprochen, daß er sie sozusagen entführt hatte.

»Ja, bestimmt«, erwiderte er, nahm eine Locke, die aus ihrem Knoten gefallen war, und legte sie sanft über ihre Schulter. »Aber würdest du das wollen?«

Sie schluckte schwer. »Ich werde wohl müssen.«

»Und was ist mit meinem Seelenfrieden? Ich müßte mich fühlen, als würde ich Bluthunden ein Kätzchen vorwerfen.«

»Ich habe Krallen.«

»Dann laß sie mich spüren«, sagte er mit eindringlichem Blick und ruhiger Stimme. »Ich habe die Absicht, ihr Anführer zu sein.«

Sie drehte sich ruckartig zu ihm um. »Mag sein, daß du mich dazu gebracht hast, mit nach Cripple Creek zu kommen, aber du kannst mich nicht hier festhalten.«

»Nein? Verzeih, wenn ich dich daran erinnere, aber unter deinem Tuch bist du doch so gut wie nackt. Du hast kein Geld, keine Freunde, und dein einziger Besitz, deine Schönheit, ist höchstens eine Gefahr. Zweifellos wärest du mich gern los, aber du hast nicht bestritten, an den Millionären von Cripple Creak interessiert zu sein.«

Er machte ein Pause, als rechne er damit, daß sie ihm widersprach. Sie wollte nicht, daß er die Verantwortung für sie behielt, weil er sie gezwungen hatte. Sie wollte ihm nicht dankbar sein müssen. Sobald sie wieder etwas Vernünftiges zum Anziehen hatte, würde sie für sich selbst sorgen.

Er sprach weiter. »Nun gut, wir wissen, woran wir sind. Du magst es nicht so gewollt haben, aber auf jeden Fall ist es so besser für dich.«

»Und du denkst natürlich nur daran, was das beste für mich ist?« fragte sie scharf.

»Nein, sicher nicht. Nach den Ereignissen der letzten Nacht müßtest du wissen, daß mein Mitleid unzuverlässig und meine guten Absichten leicht zu untergraben sind.«

Sie wollte eine bissige Antwort geben, aber er streckte die Hand nach ihr aus, zog sie zu sich und drückte einen Kuß auf ihre halb geöffneten Lippen. Genauso plötzlich ließ er sie dann auch wieder los.

»Ich muß mich um die Pferde und das Telegramm an Mrs. O'Hare kümmern. Solange du nicht versuchst, ein Stockwerk weiter hinunterzugehen, bist du hier in Sicherheit. Denke daran, denn das werde ich auch dem Barkeeper sagen. Er würde es sicher genießen, dich nach meiner Anweisung wieder hinaufzubringen, du wahrscheinlich weniger. Brauchst du noch irgend etwas?«

»Nein«, antwortete sie, dann überlegte sie es sich anders. »Gibt es hier irgend etwas zum Nähen?«

»Bezweifle ich, aber du kannst dich ja umsehen. Doch mach dir keine Mühe, ich werde dir etwas zum Anziehen mitbringen, was du anziehen kannst, bis deine Sachen kommen.«

»Ich will nichts von dir.«

Er lächelte spöttisch. »Das hast du bereits gesagt. Schade. Du wirst es trotzdem bekommen, auch wenn ich dabei auf deine Dankbarkeit verzichten muß.«

Er ging mit geschmeidigem Schritt zur Tür, die er leise hinter sich schloß. Serena runzelte die Stirn. Dieser Ward Dunbar war ein seltsamer Mensch. So wie er sich heute morgen verhalten hatte, schien es, als erinnere er sich überhaupt nicht mehr an seine reuigen Worte auf der Zugplattform in der letzten Nacht. Was bedeutete sein vorwurfsvoller Blick, als er von ihrer Jagd nach den Millionären der Stadt gesprochen hatte? Sie fand es schrecklich, daß er vielleicht glauben könnte, sie wolle sich verkaufen.

Und hatte er wirklich die Absicht, sie hier gefangenzuhalten? Sie konnte es sich nicht vorstellen. Aber abgesehen von der Frage, warum er das wollen könnte, würde ihm das nicht leichtfallen. Sie brauchte nur ein Fenster aufzureißen und um Hilfe zu schreien, dann konnte sie ihn seines Verbrechens bezichtigen. Aber ob ihr wirklich jemand helfen würde? Hier waren kreischende Frauen nichts Ungewöhnliches. Und wenn sie sich überwinden könnte, von dem zu sprechen, was geschehen war, würde man ihr glauben? Man würde vielleicht denken, sie hätte sich ihre Schwierigkeiten selbst eingebrockt, indem sie nicht im Schutz Elder Greers geblieben war. Was war schon so schlimm daran, daß sich jetzt ein anderer Mann um sie kümmerte?

Für sie war es der Verlust ihrer Freiheit. Aber das würde bestimmt keiner der Goldgräber da draußen einsehen. Und Ward wollte sie schließlich beschützen. Oder? Alles andere ergab keinen Sinn. Er hatte ihr geholfen und sich die ihm passend erscheinende Belohnung dafür genommen. Die Entdeckung, daß der Preis, den er von ihr verlangt hatte, viel höher war, als er verdiente, hatte ihn tatsächlich schockiert. Jetzt versuchte er, sich in gewisser Weise zu revanchieren, indem er sie versorgte und beschützte. Und so etwas wie die rettende Wohlanständigkeit einer Ehe war von einem Mann wie ihm nicht zu erwarten. Aber was erwartete sie dann?

Sie ließ plötzlich ihr Tuch fallen, hastete zum vorderen Fenster, wühlte sich zwischen den üppigen Vorhängen und Gardinen hindurch und riß es auf, so daß die kühle Gebirgsluft hereinkam, und lehnte sich hinaus. Aber dann zog sie sich hastig zurück, denn unten ging gerade Ward über die Straße. Die Sonne schimmerte in rötlichen Lichtern auf seinem welligen Haar. Er bewegte sich mit leichten, federnden Schritten zwischen Betrunkenen und Nachtschwärmern, ein Mann mit einem festen Ziel.

Dann war er fort, und Serena war allein. Sie drehte sich um, bedeckte sich mit ihrem Tuch und ging leise in den Flur hinaus. Unten hörte sie leises Gemurmel, die Bewegungen eines Besens, jemanden, der Gläser einräumte. Sie griff nach dem Treppengeländer und ging langsam ein, zwei, drei Stufen hinunter. Im Barraum wurde es still. Ein Mann mit einer Schürze und glänzender Glatze erschien.

»Wünschen Sie vielleicht etwas?« knurrte er ungeduldig.

Serena blieb stehen. »Nein – ich dachte nur, ich könnte vielleicht ein bißchen spaziergehen.«

»Warten Sie damit besser auf Mr. Dunbar.« Er kreuzte die Arme vor der Brust. Seine Worte waren weiterhin höflich, aber seine Augen glitzerten erwartungsvoll.

Serena senkte den Blick. Ward hatte seine Drohung wahr gemacht, den Barmann zu ihrem Wächter zu bestellen. Und eigentlich hatte sie das auch erwartet. »Vielleicht haben Sie recht«, antwortete sie. »Will er lange fortbleiben?«

»Ich glaube nicht, er weiß ja, daß Sie auf ihn warten.«

Serena ging so würdevoll wie möglich wieder hinauf. Der Barmann blickte ihr nach, bis sie verschwunden war.

In den Zimmern roch es nach einer Mischung aus neuem Stoff und den Gerüchen aus der Bar. Mit entschlossenen Bewegungen ging sie von einem Fenster zum anderen, schob die Vorhänge auf, öffnete die Fenster und ließ die kühle Luft herein. Plötzlich war es in der kleinen Wohnung nicht mehr so finster und bedrohlich.

Überall lag eine dicke Staubschicht, sie hätte ihren Namen auf den Schreibtisch im Schlafzimmer schreiben können. In einer Art Ankleidezimmer hinter dem Schlafzimmer standen ein Wandschirm aus Sandelholz und in dem Alkoven dahinter eine auf Füßen stehende Wanne mit Wasserhähnen.

Derartige Möglichkeiten hätte Serena hier nicht erwartet. Nicht einmal im Haus ihres Großvaters, einer luxuriösen Villa am Mississippi, hatte es etwas Derartiges gegeben. Sie hatte sich immer in der runden Holzbütte gewaschen, die ihre Mutter auch zum Waschen von Kleidern nahm. Eine Porzellanwanne wie diese hatte sie noch nie gesehen. Auch bei Mrs. O'Hare hatte nur eine Art Regenfaß gestanden, für das das heiße Wasser aus der Küche gebracht werden mußte.

Serena lehnte sich über die Wanne und drehte den Hahn auf. Nach wenigen Sekunden begann tatsächlich warmes Wasser herauszufließen. Sie holte tief Luft. Dieser Versuchung konnte sie einfach nicht widerstehen. Sie sehnte sich danach, sich die Haare zu waschen, sich zurückzulehnen und den Schmutz der langen Fahrt abzuspülen. Schon wenn sie daran dachte, prickelte ihre Haut.

Sie drehte das Wasser ab und richtete sich auf. Diese Dinge gehörten Ward. Sie hatte kein Recht, sie zu benutzen.

Als sie sich abwandte, begegnete sie in einem Spiegel einem schlanken jungen Mädchen in einem schmutzigen, zerrissenen Kleid und mit wirrem Haar. Unter ihren Augen lagen dunkle Schatten. Kein Wunder, daß Ward Dunbar dachte, er könnte alles mit ihr machen. Sie sah genau aus, wie er gesagt hatte, wie eine heimatlose Streunerin, ohne Stolz oder Willenskraft. Kein Wunder, daß Pearlie gelacht hatte.

Das war untragbar. Keine Minute länger wollte sie so aussehen. Sollte Mr. Dunbar doch zurückkommen und denken, was er wollte. Sie hatte nicht darum gebeten, hiergebracht oder hier eingesperrt zu werden. Wenn sie sich hier häuslich einrichtete, würde er es nicht ändern können.

Serena seifte sich immer wieder das Haar ein, als sie in der Wanne saß. Der seidige Schaum glitt langsam über ihre Schultern und die rosigen Spitzen ihrer Brüste abwärts. Sie schrubbte jeden Zentimeter und lehnte sich schließlich genießerisch im warmen Wasser zurück, fühlte sich frisch und sauber, genoß den Duft der Seife.

Einmal glaubte sie ein Geräusch zu hören und erschrak. Ihr Herz schlug so heftig, daß die feucht schimmernde Rundung ihrer Brüste erschüttert wurde. Aber es war nichts. Vielleicht hatte irgendwo jemand eine Tür zugeschlagen.

Schließlich wurde das Wasser kalt. Serena spülte den letzten Schaum aus ihrem Haar, stand anmutig auf, zog es über ihre Schulter nach vorn und drückte das Wasser heraus. Dann griff sie nach einem dicken Handtuch und stieg aus der Wanne. Sie trocknete sich sorgfältig mit dem weichen Handtuch ab, aber ihr Haar machte ihr immer wieder den Rücken naß. Also beugte sie sich vor und begann, es trockenzureiben.

Plötzlich sah sie in den Spiegel, der nicht von dem schützenden Wandschirm verdeckt wurde, hinter dem sie stand. Er zeigte das Abbild eines Mannes, der auf dem mit Brokat bedeckten Himmelbett ausgestreckt lag, voll bekleidet, an die Kissen gelehnt, die Hände hinter dem Kopf verschränkt. Es war Ward. Seine Lider waren halb gesenkt, und er starrte sie an. Erst in diesem Augenblick wurde ihr klar, daß er sie ebenfalls sehen konnte.

Sie hüllte sich hastig in das Handtuch, ihr Gesicht erwärmte sich unter plötzlicher Röte. Es ärgerte sie, daß sie die Zipfel nicht fand, um sie über ihren Brüsten übereinanderzulegen, und daß er sie in dieser Situation beobachtet hatte. Schnell schloß sie die Tür zum Schlafzimmer.

Dieser Mann hatte Nerven, wie ein biblischer König auf dem Bett zu liegen und ihr beim Baden zuzusehen, als sie sich allein glaubte! Das war schlimmer, als wenn er hereingestürmt wäre. Aber wo waren die Kleider? So ungern sie sie auch wieder anziehen wollte, besser als ein Handtuch waren sie allemal. Sie hatte sie auf der Bank vor dem Ankleidetisch liegengelassen, aber sie waren nicht mehr da.

Es klopfte. Serena reagierte nicht, sah sich zornig mit suchendem Blick um.

Es klopfte wieder, diesmal fester.

»Verschwinde!« rief sie.

Aber die Tür öffnete sich langsam, und Ward lehnte am Türrahmen. »Wenn du nach Kleidern suchst«, sagte er gedehnt, »kannst du's ja mal damit versuchen.«

Ein Morgenmantel aus dunkelblauem Satin mit lavendelfarbenem Schimmer darauf hing an einem seiner Finger. Halblange, spitzenbesetzte Ärmel über einer hohen, mit einem Band zu schließenden Taille, darunter ein weiter, fließender Rock mit einer kurzen Schleppe.

»Was ist das?« fragte sie und hielt eisern ihr Handtuch fest.

»Ich habe dir doch gesagt, daß ich dir etwas zum Anziehen mitbringe.«

»Wem gehört das?«

»Es gehört dir.«

»Als Bestechung?« fragte sie hart.

»Nennen wir es Ersatz für dein Kleid, das ich – beschädigt habe.«

Serena hob ein wenig das Kinn. »Nein, so nennen wir es nicht. Wo sind meine Kleider?«

»Ich weiß nicht genau«, sagte er mit unschuldiger Miene. »Ich habe Sanchow gesagt, er soll sie verbrennen – er ist der Chinese, der uns das Frühstück gebracht hat, das übrigens gerade kalt wird.

Aber du weißt, wie Chinesen sind, sie verschwenden nichts. Seine Frau wird sie entweder herrichten oder dem Lumpensammler verkaufen.«

»Du hast meine Kleider weggegeben?«

»Ich wußte ja nicht, daß dir so viel daran lag«, erwiderte er in gespielter Entschuldigung.

»Ich habe nichts anderes anzuziehen!« brüllte sie.

»Wie kannst du das sagen? Du hast doch dies hier.« Er deutete noch einmal auf den Morgenmantel.

»Das würde dir wohl gefallen, wenn ich so vor dir herumliefe, wie eine dieser – dieser Halbweltdamen.«

»Nett gesagt. Woher kennst du nur den Ausdruck? Und was meinen Geschmack betrifft: mir wäre es lieber, wenn du gar nichts anziehst. Ich hatte in diesem Fall eher an deine Gefühle gedacht.«

Sie schwieg, fühlte sich im Nachteil. Sie erwartete immer wieder zivilisiertes Benehmen, und er drängte ihr seine Nähe auf. Sie rechnete damit, daß er sich ihr noch weiter nähern würde, aber er gab plötzlich auf.

»Wenn du lieber bei deinem Handtuch bleiben willst, habe ich nichts dagegen.« Ein leises Lächeln flog über seine Lippen, während er sie mit gekonnter Lässigkeit betrachtete, von den Schultern über ihre nur halb bedeckten Brüste, ihre schmale Taille mit den darunter weich gerundeten Hüften, die schlanken Beine bis zu den Knöcheln und kleinen Füßen. Sein gebräuntes Gesicht wurde eine Spur blasser, und ein angespannter Ausdruck erschien in seinen grünen Augen. »Und ich schlage vor, daß du dich möglichst bald entscheidest.«

Das war vernünftig. Serena biß die Zähne zusammen, nahm den Morgenrock und schlug ihm die Tür vor der Nase zu.

Sie legte das Handtuch weg und schob die Hände in die Satinärmel. Der Morgenrock paßte genau. Unter ihrer rechten Brust machte sie eine kleine Schleife, dann fiel der Stoff übereinander, und sie band ihn mit dem langen Satinband zu. Allerdings war das der einzige Verschluß. Der mit einer kleinen Rüsche gesäumte Ausschnitt war umgekehrt herzförmig und enthüllte mehr von ihrem Busen, als ihr lieb war. Der Rock blieb vorn ordentlich geschlossen, so lange sie sich nicht bewegte, aber sobald sie einen

Schritt machte, waren ihre Beine bis über dem Knie zu sehen, vor allem wegen der kurzen Schleppe, die die Öffnung noch weiter auseinanderzog. Der Morgenrock bestand zwar aus deutlich mehr Stoff, bedeckte sie aber nicht annähernd so gut wie das Handtuch.

Wieder klopfte es. »Ich dränge dich ungern, aber ich weiß nicht, ob man das Frühstück kalt noch essen kann.«

Deutlich war das Vergnügen in seiner Stimme zu hören. Serenas Lippen wurden schmaler. Ward Dunbar hatte gedacht, er hätte sie in Schwierigkeiten gebracht. Das stimmte auch, aber sie wollte lieber sterben, als es ihn wissen lassen. Zumindest hielt der Morgenrock sicher zusammen, sagte sie sich, als sie sich versuchsweise vorbeugte, er würde nicht so leicht herunterrutschen wie das Handtuch. Die weiße Haut, die zu sehen war, gehörte immer noch ihr, und es gab keinen Grund, sich dafür zu schämen. Unbehaglich würde es nur werden, wenn sie es zuließ.

»Serena?«

»Ich komme«, sagte sie, holte tief Luft und machte schnell die Tür auf, bevor sie es sich wieder anders überlegen konnte.

6. Kapitel

Ward sah sie mit gespielt ernstem Gesicht an und sagte: »Großartig. So hatte ich es mir auch vorgestellt.«

»In solchen Dingen hast du ja zweifellos Erfahrung«, antwortete sie. »Ich nehme an, du hast auch daran gedacht, mich mit einem Kamm auszustatten?«

»Nein, aber du kannst gern meinen benutzen.« Fast als wolle er den Blick nur ungern abwenden, drehte er sich um und nahm einen Kamm von seiner Kommode, den er ihr gab.

Sie bedankte sich und wandte ihm ihren wohlbedeckten Rücken zu. Sie zog den Kamm durch ihre wirren Locken und ging dabei ins Wohnzimmer. Dort stand ein Tablett mit Speisen auf einem der Tische. Als Ward die Deckel von den Schüsseln hob, sagte sie: »Warte nicht auf mich.«

Er antwortete nicht, sondern wartete, die Hände auf die Rückenlehne des Stuhl gelegt, den er für sie herangezogen hatte, bis ihr Haar wie ein feuchter schwarzer Vorhang um ihre Schultern hing.

Sie legte den Kamm weg und kam herüber, um sich zu setzen. Ihr Morgenrock begann sich über ihren Beinen zu öffnen, und sie griff mit einer Hand hastig nach den beiden Seiten, während sie mit der anderen den Stuhl unter den Tisch zog. Erst als das mit Paisleymuster bedruckte Tischtuch über ihrem Schoß lag, löste sie ihren Griff.

Mit unnatürlich ernster Miene nahm Ward ihr gegenüber Platz. Serena warf ihm einen kurzen mißtrauischen Blick zu und fragte: »Hast du hier keine Möglichkeit zum Kochen?«

Er schüttelte den Kopf. »Mein Essen kommt immer aus dem chinesischen Restaurant – das diese Bezeichnung eigentlich nicht verdient – nicht weit von hier.«

»Wie angenehm«, meinte sie dazu.

»Ich schließe aus dem Klang deiner Stimme, daß du mich für faul und gleichgültig hältst, aber ich würde es eher als umsichtig bezeichnen. Ich bin nicht wählerisch, was das Essen betrifft, nur manchmal, wenn ich gerade in Denver bin, esse ich gut. Abgesehen davon wollte ich nicht, daß Pearlie hier für mich kocht oder gar, was wahrscheinlicher gewesen wäre, eine Köchin anstellt, die sie beaufsichtigt hätte, und die immer gerade dann mit ihren Töpfen klappert, wenn ich nach einer langen Nacht unten im Eldorado schlafen will.«

»Ihre Liebe muß ja wirklich ermüdend sein«, kommentierte Serena mit gespieltem Mitleid.

»Sagst du eigentlich nie, was du denkst?« fragte Ward. »Ich muß zugeben, daß sich meine Geschichte ziemlich eingebildet anhört, doch es steckt mehr dahinter, als es den Anschein hat.«

Serena nahm einen Teller, schöpfte von der Rindfleischsuppe und gab ihn Ward. Dann nahm sie sich selbst ebenfalls von der Suppe. »Ist Pearlie deine Partnerin?«

»Ihr gehört die Hälfte des Eldorado.«

»Und sie wohnt in der Nähe?«

»Nebenan, in dem Freudenhaus, das sie mit eigenen Mitteln gebaut und ausgestattet hat, da du ja alles genau wissen willst. Und du brauchst gar kein so mißbilligendes Gesicht zu machen. Dieses Haus besteht nicht nur aus den Schlafzimmern im ersten Stock. Man kann in freundlicher, warmer Umgebung etwas trinken, und Männer, die ein hartes, unfreundliches Leben fern von zu Hause führen, finden dort angenehme, weibliche Gesellschaft.«

»Die sie bezahlen müssen.«

»Stimmt. Aber das tun die meisten Männer gern. Die Frauen in solchen Häusern sind keine Damen, aber Damen findet man hier draußen auch kaum. Die meisten ehrbaren Frauen hier sind verheiratet oder zu jung oder zu alt, um interessant zu sein. Die meisten anständigen Frauen, selbst unattraktive, werden hier vom Fleck weg geheiratet, außer wenn sie ausdrücklich auf der Suche nach reichen Männern sind. Hier leben mehr als fünfzigtausend Menschen, und schätzungsweise dreißtigtausend davon sind Männer ohne Frauen, von denen manche vielleicht auch irgendwo verheiratet sind. Aber alle haben Geld in der Tasche, und alle wollen Liebe.«

»Du verteidigst sie wirklich geschickt. Oder gilt die Verteidigung Pearlie?«

»Pearlie braucht keine Verteidigung; sie lebt, wie sie will. Vielleicht bin ich es selbst, für den ich hier spreche.«

In seinen grünen Augen lag ein eigenartiger Ausdruck, zusammen mit einer Wärme, die nichts mit der zwischen ihnen entstehenden Vertrautheit zu tun hatte. Sein Blick ruhte kurz auf den marmornen Schultern von Serena, huschte über den Schimmer auf ihrem Haar, das nach vorn über ihre Brüste gefallen war, und berührte die vollendete Form ihrer Lippen. Sein Gesicht nahm einen entschlossenen Ausdruck an, als er seine Aufmerksamkeit wieder seinem Teller zuwandte.

Serena spürte plötzlich ein Beben im Innern und senkte ebenfalls schnell den Blick. Es war lächerlich, daß sie versuchte zu verstehen, warum dieser Mann sie so behandelte, ebenso lächerlich wie ihre Sensibilität gegenüber seinen Stimmungen. Sie wußte, daß er sie begehrte. Irgend etwas an ihr mußte sein Verlangen geweckt haben, vielleicht nur die Tatsache, daß sie da war und verfügbar war. In der Hoffnung, ihn abzulenken, sagte sie: »Gehe ich recht in der Annahme, daß du mit – Pearlie darüber gesprochen hast, daß ich hierbleiben soll?«

Er nickte kurz.

»War sie damit einverstanden?«

Er sah mit hartem Blick auf. »Sie braucht nicht einverstanden zu sein. Sie mag meine Geschäftspartnerin sein, aber sie hat genausowenig Anspruch auf mich wie ich auf sie.«

»Seltsam«, meinte sie und legte den Kopf zur Seite.

»Was meinst du damit?«

»Ihr Verhalten wirkte alles andere als desinteressiert. Und dann dies hier«, sie deutete mit einer Handbewegung auf ihre Umgebung. »Es ist nicht sehr wahrscheinlich, daß sie sich die ganze Mühe nur um deiner Bequemlichkeit willen gemacht hat. Ich finde, es sieht aus, als hätte sie ihr Werk mit dir teilen wollen, vor allem da das Ganze wohl mehr ihrem als deinem Geschmack entspricht.«

»Das kann nicht sein, nach so langer Zeit. Du verstehst das nicht.« Doch sein Gesichtsausdruck war weniger überzeugt als seine Worte.

Serena zuckte kurz mit den Schultern. »Offensichtlich.«

»Aber was immer auch zwischen Pearlie und mir sein mag«, sagte er weich, »du brauchst dir darüber keine Gedanken zu machen.«

»Willst du damit sagen, ich soll mich nicht einmischen?« fragte sie und zwang sich zu lächeln.

»Nein, nur daß du von Pearlie nichts zu befürchten hast.«

»Das klingt, als hieltest du mich für eifersüchtig.«

Er betrachtete ihre gerunzelte Stirn und lächelte. »Ich hoffe, daß ich nicht so dumm sein werde, so etwas zu behaupten.«

»Was für eine Antwort! Aber ich bin nicht eifersüchtig.« Sie sprach klar, um keine Mißverständnisse aufkommen zu lassen. »Ich würde meinen Platz sogar liebend gern an Pearlie abtreten.«

»Das mag sein, aber mir würde das gar nicht gefallen.«

»Das verstehe ich nicht!«

»Du kennst eben meinen – Standpunkt nicht.«

Sie konnte den leuchtend grünen Spott in seinen Augen nicht ertragen. Und dann lag noch ein anderer Ausdruck darin, der so brennend wirkte und so sehr wie ein Versprechen, daß sie errötete. »Nein«, sagte sie mit einem kleinen Beben in der Stimme. »Du meinen aber auch nicht.«

Er schwieg, und minutenlang war nur das Klappern des Bestecks zu hören. Schließlich legte Ward seine Gabel weg. »Du hast mir erzählt, daß deine Eltern tot sind. Aber hast du keine anderen Verwandten, die sich um dich kümmern könnten? Onkel, Tanten, Großeltern?«

»Niemanden. Die Eltern meines Vaters habe ich nie kennengelernt. Er hat sie in Irland zurückgelassen, als er in die Vereinigten Staaten kam. Und die Verwandten meiner Mutter waren gegen ihre Heirat. Sie wollten meinen Vater nicht in ihrem Haus haben. Meine Mutter und ich haben sie manchmal besucht, solange meine Großmutter noch lebte. Danach hat mein Großvater gesagt, wenn meine Mutter bei ihrem Mann bliebe, anstatt für ihn, ihren Vater, zu sorgen, wie er es für ihre Pflicht hielt, dann wolle er uns niemals wiedersehen. Mein Vater war ein unruhiger Geist, er konnte nie längere Zeit an einem Ort bleiben. Vor drei Jahren habe ich zum letzten Mal ein richtiges Zuhause gehabt. Unser letztes Geld wurde in die Finanzierung der Fahrt in den Westen gesteckt. Mein Vater wollte hierher nach Cripple Creek kommen, um hier Gold zu finden. Er wollte reich werden, uns endlich all das geben, was wir seiner Meinung nach verdienten.« Sie wandte den Blick ab.

»Ich nehme an, jeder Mann – und jede Frau –, der hierherkommt, denkt dasselbe.«

Spielte er damit auf sie an? Sie sagte nichts dazu.

»Die meisten landen schließlich unter Tage mit einem Tageslohn von drei Dollar. Das heißt die Männer. Die Frauen haben weniger Glück.«

Serena hörte kaum, was er sagte. Erst jetzt glaubte sie zu verstehen, warum er gefragt hatte. Wenn sie reiche Verwandte gehabt hätte, wäre es nicht so leicht für Ward gewesen, sie hier festzuhalten, er hätte sie gehen lassen müssen. Aber nun hatte sie sich ihm ausgeliefert. Er konnte sie einsperren, solange er wollte. Sie wurde bleich, ihre Hände ballten sich zu Fäusten.

Ward schob seinen Teller zurück und lehnte sich mit einem Unterarm auf den Tisch. »Hast du Angst vor mir, Serena?«

Sie richtete sich ganz gerade auf. »Natürlich nicht!«

»Du hättest mich leicht vom Gegenteil überzeugen können.«

»Nur weil ich nicht das – das Objekt deiner Zuneigung sein will? Ich wußte nicht, daß das ein Zeichen für Feigheit ist.«

»Du weißt, daß ich es nicht so gemeint habe.«

Das wußte sie schon, aber vor lauter Stolz und uneingestandener Furcht wollte sie es nicht zugeben.

»Wenn du keine Angst hast, wird es wohl auch nicht so schlimm sein, wenn du hier bei mir bleibst, oder? Ich bin nur ein Mann. Ich werde dir nicht weh tun und dich auch keiner Gefahr aussetzen, solange du bei mir bist. Ich werde dich nicht beleidigen, indem ich so tue, als würde ich dich lieben; aber ich begehre dich mehr, als ich je eine andere Frau begehrt habe.« Er runzelte kurz die Stirn, als sei ihm erst jetzt klargeworden, was er da gesagt hatte, und daß es stimmte.

»Du hörst dich so an, als könnte ich es auch anders wollen. Ich hatte eigentlich den Eindruck, als hätte ich keine andere Wahl.« Sie sah ihn unter den Wimpern hervor an.

»Ich würde mich wohler fühlen, wenn du nichts dagegen hättest.«

»Freiwillig gefangen zu sein? Das ist ein Widerspruch in sich. Du erwartest zu viel.«

»Ich habe nicht deinen Aufenthalt in diesem Zimmer gemeint.«

»Du meinst, es wäre dir lieber – wenn ich nichts dagegen hätte, dein – Bett zu teilen?«

Er nickte. »So könnte man es ausdrücken.«

»Tut mir leid, dich enttäuschen zu müssen.«

»Das bezweifle ich«, sagte er, »und ich frage mich, ob dir klar ist, daß ich unter diesen Umständen wenigstens versuchen muß, dich vom Gegenteil zu überzeugen.«

»Bemühe dich nicht!« sagte sie scharf, als er aufstand und auf sie zukam. Sie erhob sich und versuchte, ihm auszuweichen, aber er griff nach ihrem Handgelenk. »Das macht mir gar keine Mühe«, sagte er, »nicht die geringste.«

»Ward, nein, du hast doch nicht vor...«

Er hielt sie fest und antwortete leise, aber entschlossen: »O doch, das habe ich.«

»Das kannst du nicht tun, doch nicht am hellichten Vormittag!« Sie mußte protestieren, auch wenn der dunkelgrüne Ausdruck in seinen Augen ihr wenig Hoffnung ließ. Und als ihre Waden an die Polster eines der Sofas stießen, verstand sie, warum er sie nicht wirklich festgehalten hatte. Er hatte sie eher sanft zu der kissenbedeckten Weiche der Polster hingelenkt.

»Welche Zeit könnte besser geeignet sein?« murmelte er mit einem Lächeln, ließ ihr Handgelenk los, legte die Hände auf ihre Schultern und drängte sie hinab. »Und welcher Ort?«

Er drückte sie nach hinten in die Kissen. Ihr Morgenmantel öffente sich und legte die weichen Rundungen ihrer Hüften und Schenkel frei. Ihr Haar lag um sie ausgebreitet wie ein dunkler Umhang. Die Bänder, die den Morgenrock zusammenhielten, hinderten ihn nicht im geringsten. Als sie nackt und rosig dalag, kniete Ward neben dem Sofa nieder, nahm eine ihrer Haarsträhnen, wikkelte sie um einen Finger und betrachtete dann das Bild, als er sie vorsichtig als Locke um die Spitze einer ihrer Brüste gelegt hatte.

»Du bist so schön. Wahrscheinlich wäre es gut für meine Seele, wenn ich deiner unschuldigen Herausforderung widerstehen könnte. Aber ich glaube, süße Serena, ich wähle lieber die Verdammnis.«

»Ward?« flüsterte Serena mit einer Frage in den blaugrauen Augen, während sie sein Gesicht betrachtete. Seine Worte schienen darauf hinzudeuten, daß er sich besser an die vergangene Nacht erinnerte, als sie gedacht hatte. Aber es blieb keine Zeit, länger darüber nachzudenken. Seine Arme legten sich um sie und drückten sie an die kühlen Hornknöpfe seiner Jacke, sein Mund nahm den ihren mit brennendem Fordern in Besitz. Das plötzliche, wilde Aufflackern seines Verlangens rauschte über sie hinweg, und er nahm sie dort in der dekadenten, orientalischen Fülle bei vollem Tageslicht.

Danach lag Serena an seine Seite geschmiegt, die Wange auf seinen Unterarm gelegt, während der Rock des Morgenrocks sie teilweise bedeckte. Sie spürte das gleichmäßige Heben und Senken seines Atems an ihrem Rücken und hatte den Eindruck, als würde er gleich einschlafen. Sie wollte so etwas wie Widerwillen oder Zorn empfinden, aber ihre Glieder waren zu schwer und ihre Gedanken zu sehr von Mattigkeit umfangen. Sie seufzte und schloß die Augen, dabei merkte sie nicht, daß die Finger ihrer einen Hand immer noch um die braune Hand des Mannes geschlossen waren, in dessen Armen sie lag.

In den folgenden Tagen entwickelte sich so etwas wie ein Alltag. Ward verbrachte die Abende unten in der Bar mit Gesprächen,

Kartenspielen, er spielte die Rolle des Gastgebers für die Männer, deren bevorzugte Bar das Eldorado war. Am frühen Morgen kam er dann in sein Bett zu Serena. Gewöhnlich erwachten sie am späten Vormittag, wenn der Chinese mit einem Frühstückstablett kam, zu dem auch eine Kanne mit heißem Kaffee und eine Zeitung gehörten. Bei der zweiten Tasse Kaffee lasen sie die neuesten Nachrichten aus Politik sowie über Tagesereignisse. Eine Sensation war der Tod einer Frau von der Myers Avenue, die man erschlagen, aber nicht ausgeraubt hatte. Sie hatte keine Feinde gehabt. Den Berichten in der Zeitung entnahm Serena, daß es nichts Ungewöhnliches war, wenn eine der Frauen aus dem Rotlichtbezirk an Lungenentzündung, Tuberkulose, einer Überdosis Opium oder in Folge einer Abtreibung starb, aber Mord war ungewöhnlich. Es wurde angedeutet, daß der Mörder höchstwahrscheinlich ihr Zuhälter war; einen Kunden als Täter hielt man für unwahrscheinlich, also kein Grund zur Panik für die anderen Frauen in der Stadt.

Dann wandte sich Ward wieder Serena zu; in seltenen Fällen stieg er auch gleich nackt aus dem Bett, um zu baden und sich zu rasieren. Er schien nie zu bemerken, daß Serena ihn beobachtete, oder wenn er es tat, störte es ihn nicht. Er bewegte sich mit der selbstverständlichen Grazie eines Tieres, die Muskeln glitten wie fließend unter seiner Haut entlang, voller Kraft und unverkennbarer Männlichkeit.

Die Nachmittage verbrachte Ward mit Geschäften, die er Serena jedoch nicht genauer erklärte. Er war immer vor dem Abendessen wieder zurück. Wenn er Besuch bekam, bat er die Männer nie herein, sondern ging mit ihnen immer hinunter in die Bar. Serena war es sowieso lieber, wenn sie nicht als Wards Geliebte vorgestellt wurde, außerdem hatte sie immer noch nichts anderes anzuziehen als den Morgenrock von Ward. Ihr Koffer war noch nicht angekommen. Also trug sie den ganzen Tag meist gar nichts, lieh sich gelegentlich eines von Wards Hemden oder lag ohne Kleider mit einem Buch in der Hand im Bett und las.

Die Bücher gehörten Ward und wurden in einer Kiste unter dem Bett aufbewahrt, wo sie wahrscheinlich während der Neueinrichtung des Zimmers gelandet war. Darunter befanden sich eine komplette Reihe von juristischen Büchern, einschließlich einer Ausgabe des Code Napoleon für Louisiana von 1825, die Serena lange nachdenklich betrachtete. Sie fand Klassiker und Groschenromane. Die Klassiker kannte sie bereits aus der Bibliothek auf der Plantage ihres Großvaters, also verschlang sie jetzt die Groschenromane voller Westernabenteuer und war so gefesselt von den Indianer- und Trappergeschichten, daß sie Ward oft nicht rechtzeitig hereinkommen hörte, um sich schnell zuzudecken.

Gelegentlich sah sie aus dem Fenster und betrachtete all die Chinesen, Japaner, Mexikaner und Schwarzen, die zusammen mit einem halben Dutzend anderer Nationalitäten dort draußen vertreten waren. Selbst die dunklen Mormonen gingen manchmal unten vorbei. Sie schaute auch hinaus, als der Leichenzug mit dem Sarg des ermordeten Mädchens vorüberkam, keine große Sache, aber doch lagen Blumen auf dem Sarg in dem schwarzen, mit Federn verzierten Wagen des Bestatters. In dem Wagen dahinter saßen Frauen in ihren besten Kleidern, modisch bis zum Hals geschlossen, mit Hüten und Handschuhen. Erstaunlicherweise folgten nur wenige Männer dem Sarg.

Doch die Frauen interessierten Serena ohnehin am meisten. Wenn sie sie so sah, mit ernsten Gesichtern, von denen sie die Tränen wischten, während sie leise miteinander sprachen oder schweigend ins Leere starrten, schienen sie sich nicht von anderen Frauen zu unterscheiden.

Es war schwer, sie in Verbindung zu bringen mit jenen Ausdrücken, die sie in den letzten Jahren hatte manchmal flüstern hören. Sie verkauften also ihren Körper, um Geld zu verdienen. Aber welche andere Möglichkeit hatten sie schon? Wäre darben besser gewesen oder irgendwelche niederen Arbeiten für einen Hungerlohn – falls man so etwas finden konnte? Für das, was sie zu bieten hatten, gab es keinen anderen Markt als das Verlangen der Männer. Und doch entkamen die Männer, die diese Frauen bezahlten, der Ächtung durch die Gesellschaft. Die Ächtung traf nur die Frauen, ebenso wie Schwangerschaften und Krankheiten. Für sie gab es keine Gerechtigkeit. Und sie selbst hätte wohl kaum darüber nachgedacht, wenn sie jetzt nicht in einer ganz ähnlichen Lage gewesen wäre.

Im Laufe der Zeit wurde ihr immer klarer, was mit ihr geschehen war. Oft saß sie abends auf den obersten Stufen der Treppe zur Bar, weiter unten zu sitzen hatte Ward ihr verboten, und verglich die Frauen unten bei ihrer Arbeit mit dem, was sie selbst tat. Sie forderten die Männer zum Spielen auf, brachten ihnen Getränke, warfen beim Tanzen die Beine hoch, so daß man ihre Unterwäsche sah, lachten zu laut. Würde auch sie eines Tages so enden? Würde auch sie um die Männer wetteifern, ihnen verzweifelt zu gefallen versuchen, nur noch in starken alkoholischen Getränken Vergessen finden? Oder voller Stolz irgendeinen grinsenden Goldgräber zur Hintertür und die roten Stufen hinauf zu Pearlies Freudenhaus nebenan bringen?

Ihre Anwesenheit dort am Eingang zu Wards Privatzimmern blieb nicht unbemerkt. Die neugierigen, neidischen Blicke der Frauen verwandelten sich allmählich in Abneigung. Sie betrachteten ihren einzigen Morgenrock mit höhnischem Grinsen. Ein nicht unbedeutender Grund für ihren Ärger waren die Blicke der Männer in der Bar, wenn sie schweigend dasaß, die Füße geschlossen, die Ellenbogen auf die Knie gestützt, und auf alle hinuntersah. Ein paarmal hatte irgendein Goldgräber versucht, zu ihr hinaufzugehen, wurde aber immer von einem Mann abgehalten, der unten an der Treppe stand. Das Lächerlichste daran war, daß der breitschultrige Kerl, der sie so eifersüchtig bewachte, Otto Bruin war. Er war ein paar Tage nach Serena hier angekommen und stand jetzt da unten wie eine gefährliche Bulldogge, die den Besitz ihres Herrn bewacht. So ungern sie selbst sich als Wards Besitz betrachtete, wurde es doch immer klarer, daß dies alle anderen hier taten.

Alle außer Pearlie. Wards Partnerin hatte Serena zuerst einfach übersehen, als würde diese Verirrung sowieso nur ein oder zwei Nächte dauern. Verärgert hatte sie am Ende der ersten Woche festgestellt, daß Serena immer noch da war, und am Ende der zweiten Woche war der Ärger einer Art Verwirrung gewichen. Nach der dritten Woche wurde daraus schwelender Zorn, der zusehends weiterwuchs.

Eines Abends kam die Frau in einem pfirsichfarbenen Taftkleid mit Federbesatz und glitzernden Perlen im Haar auf die Treppe zu. Otto zögerte, als wisse er nicht so recht, ob er ihr in den Weg treten solle. Mit einem Blick, der nichts als kalte Verachtung ausdrückte, ging sie an ihm vorbei, hob ihre Röcke und stieg die Treppe hinauf, bis sie über Serena stand.

»Was glaubst du, wie lange du hier auf deinem hübschen kleinen Hintern sitzen kannst? Geh und zieh dir ein Kleid an, wir brauchen dich unten.« Sie machte dabei eine so ruckartige Bewegung mit dem Kopf in Richtung Bar, daß eine Perle aus ihren Locken fiel, die sie sofort zurücksteckte.

Als Serena zu ihr aufsah, breitete sich ihr dunkles Haar auf ihren Schultern aus, und ihre Locken fielen über ihre Brust. »Das könnte ich nicht, selbst wenn ich wollte. Erstens habe ich kein Kleid, und zweitens würde Ward es nicht erlauben.«

»Du hast keine Kleider?«

»Mein Koffer ist noch nicht angekommen.«

Die Augen der anderen Frau verengten sich zu Schlitzen. »Ich hätte schwören können – aber sei's drum, komm so, wie du bist.«

»Ich habe doch schon gesagt, Ward ...«

»Ist mir egal, was Ward sagt oder will. Ich sehe nicht ein, warum du hier ohne Gegenleistung verpflegt werden solltest.«

Serena errötete. »Ich würde gern dafür bezahlen, wenn ich könnte.«

»Unsinn!« Pearlie schnitt ihr das Wort mit einem spöttischen Grinsen ab. »Ich habe dir gesagt, was du tun kannst. Mag sein, daß du unschuldig warst, als du Ward begegnet bist, aber das kannst du jetzt ja wohl kaum noch behaupten. Wie ich Ward kenne, hat er dich ausführlich mit der Lust des Fleisches vertraut gemacht, und es wird Zeit, daß du die Methoden der anderen Männer kennenlernst. Wer weiß, vielleicht gefällt es dir sogar.«

»Das bezweifle ich«, sagte Serena mit harter Stimme. Pearlie selbst schien die einzige zu sein, bei der es so war, was vielleicht auch daran lag, daß sie als Miteigentümerin des Eldorado sich die Männer aussuchen konnte. An manchen Abenden wies sie auch alle mit dem gleichen Glitzern in den hellblauen Augen ab. Bei anderen Gelegenheiten nahm sie vier oder fünf Männer hintereinander mit hinauf. Harte Männer schienen sie am meisten zu reizen. Ab und an verschwand sie mit Otto Bruin in der Nacht. Dann kam er nach etwa einer Stunde leicht schwankend und mit einem selbstzufriedenen Lächeln auf den fleischigen Lippen wieder zurück.

»Du brauchst dich gar nicht so hoffärtig zu geben. Was immer Ward jetzt auch für dich empfinden mag, du wirst doch irgendwann herunterkommen, denn es wird nicht andauern. Das hat es bei ihm noch nie getan.«

»Mag sein«, sagte Serena langsam angesichts der Bitterkeit, die aus der Stimme der anderen Frau zu hören war. Ward hatte Pearlies Anspruch auf ihn zurückgewiesen, aber er hatte nicht behauptet, daß sie noch nie einen gehabt hatte. Hatte sie sein Interesse nicht halten können?

»Ich weiß es. Du kannst es mir ruhig glauben. Jetzt erhebe dich von deinem Hintern und geh nach unten.«

»Ich glaube nicht, daß sie das tun wird.«

Die Worte klangen tief und leise, und die Stimme war so bestimmt, daß sie nur Ward gehören konnte.

Pearlie drehte sich hastig um und bekam zwei rote Flecken auf beiden Wangen. »Das hat überhaupt nichts mit dir zu tun!« fuhr sie ihn verärgert an.

»Ach nein? Du mischst dich in meine persönlichen Angelegenheiten ein, Pearlie, und das dulde ich nicht, das weißt du.« Während er sprach, kam er die Treppe hinauf und blieb auf der Stufe stehen, auf der Serena saß, so daß es aussah, als lehne sie sich an seine Beine.

»Deine Angelegenheiten! Meinst du diese Streunerin, die du aufgelesen hast und die wir hier durchfüttern?«

»Ich allein trage die Verantwortung für Serena«, sagte Ward mit gefährlich ruhiger Stimme. »Sie kostet das Eldorado nichts.«

»Wenn das so ist«, rief Pearlie, »dann wirst du betrogen. Sie verbringt so viel Zeit damit, aus dem Fenster zu sehen und hier auf der Treppe zu sitzen, daß ich mir kaum vorstellen kann, was sie tun könnte, um deine zartfühlende Besorgnis zu verdienen.«

»Kannst du dir das wirklich nicht vorstellen?«

Der Unterton in seinen leisen Worten war unmißverständlich. Pearlies Hände ballten sich zu Fäusten. »Verdammter Kerl!«

»Tut mir leid«, murmelte Ward und senkte den Kopf, »aber ich wollte nur deine Neugierde befriedigen.« Er streckte die Hand aus, und als Serena ihre Finger hineinlegte, zog er sie hoch. Er legte einen Arm um ihre Taille, drückte sie an sich und schob seine Hand wie beiläufig über ihre Rippen aufwärts, bis sie fast über ihrer Brust lagen.

»Ward...«, ächzte Pearlie fast schmerzlich.

»Du wirst uns verzeihen, wenn wir jetzt gute Nacht sagen, nicht wahr, Pearlie? Ich warte heute schon seit mehr als einer Stunde ungeduldig auf das Ende des Abends hier unten. Da du mich zu Serena geführt hast, kann ich der Versuchung jetzt nicht mehr widerstehen, sie in mein Bett zu bringen.« Er wartete nicht auf eine Antwort, festigte seinen Griff und ging mit Serena davon.

In ihrem Zimmer ging er zu einer schwach leuchtenden Petroleumlampe, drehte sie höher und sagte dabei: »Tut mir leid, wenn ich dich in eine peinliche Situation gebracht habe. Aber Pearlie reizt mich einfach!«

»Das macht mir nichts aus«, sagte Serena, ging ans Fenster und sah in die Nacht hinaus.

»Mir macht es aber etwas aus«, sagte er plötzlich.

»Dir als Gentleman?« fragte sie trocken.

»Ja, verflucht noch mal!«

Sie bemerkte, wie er sich dicht hinter sie stellte, aber solange er sie nicht berührte, konnte sie immer noch so tun, als wisse sie es nicht. Sie hörte den Stoff seiner Jacke rascheln, als hebe er die Hand, um sie auf ihre Schulter zu legen. Aber er ließ sie wieder fallen.

»Tust du das oft?« fragte er finster.

»Was?«

»Aus dem Fenster starren, wie Pearlie gesagt hat.«

Der Themawechsel verwirrte sie. »Ich habe ja nichts anderes zu tun.«

»Daran hatte ich nicht gedacht. Vielleicht sollte ich ihr danken, weil sie mich darauf aufmerksam gemacht hat.«

»Ich glaube, das wäre im Augenblick keine gute Idee.«

»Mag sein, aber es muß sich ändern, daß du keine Beschäftigung hast. Ich möchte nicht, daß du unzufrieden bist. Und von der Stadt und den Minen hast du auch noch nichts gesehen.«

»Ich bin kein Kind. Du brauchst mir keine Belohnung zu versprechen, damit ich zufrieden bin. Wenn du dir wirklich Gedanken machen würdest, müßtest du mich gehen lassen.«

»Müssen wir das schon wieder besprechen? Ich dachte, du hättest verstanden, daß es nur zu deinem Schutz ist.« Er legte seine Hände behutsam auf ihre Taille und streifte sanft ihren Nacken mit den Lippen. »Oder möchtest du wirklich abends hinuntergehen, wie Pearlie vorgeschlagen hat? Ist es das?« Er begann, seine Jacke auszuziehen.

»Nein!« Schon bei dem Gedanken daran schauderte sie. Sie rieb ihre Oberarme, um die Gänsehaut zu vertreiben, die sie bekommen hatte. Die Nächte wurden kälter. Ihre nackten Füße waren kalt wie Eis.

»Das habe ich auch nicht geglaubt, aber man weiß ja nie.«

»Das bedeutet noch nicht, daß ich statt dessen hier zu deiner ständigen Verfügung stehen und warten möchte, bis du mich zur Kenntnis nimmst!«

»Wartest du denn auf mich, Serena?« fragte er, knöpfte sein Hemd auf und zog die Hose aus, während er sie mit einem eindringlichen Blick aus seinen grünen Augen ansah.

»Sei nicht albern.«

»Ich habe nur versucht, dich zu verstehen. Eigentlich hätte ich erwartet, dich irgendwann wieder einfangen zu müssen. Es erstaunt mich, daß du nicht schon versucht hast, mir zu entkommen.«

Serena wandte sich ab. »Wozu? In diesem Ding, das ich anhabe, sehe ich doch aus wie die wandelnde Einladung, mich ins Bett zu zerren. Ich bin jetzt schon oft genug für etwas gehalten worden, das ich nicht bin! Und ich habe auch kein Geld und keine Freunde und daher keine Chance, von hier wegzukommen. Das heißt, diese ganze Stadt hier fern von allem in den Bergen ist ein einziges Gefängnis für mich.«

»Ich stelle fest, du hast darüber nachgedacht. Eigentlich bin ich eher an Frauen gewöhnt, die handeln anstatt zu denken.«

Sie sah ihn mit erhobenem Kinn an. »Ich nehme an, solche Frauen, die nur fühlen und nicht denken, sind dir lieber.«

»Das würde ich nicht sagen.« Er zog sein Hemd aus und warf es aufs Bett.

»Aber du bestreitest es auch nicht.«

»Nein, ich finde es viel zu interessant, daß du dir Gedanken darüber machst, welche Art von Frauen mir wohl lieber ist.«

»Das tue ich nicht!« Sie trat mit einer heftigen Bewegung an den Schreibtisch, nahm die Bürste mit dem silbernen Griff und drehte sie in der Hand herum.

Er ging ins Wohnzimmer zu dem Stiefelknecht neben dem gußeisernen Ofen mit dem vernickelten Gitter. Während er seine weichen Halbstiefel auszog, sagte er: »Nein? Es hat sich aber ganz so angehört.«

Sie zerrte ärgerlich die Bürste durch ihr Haar. »Wenn du glaubst, daß ich bemüht bin, dir zu gefallen, dann hast du nicht viel Einfühlungsvermögen!«

»Das ist nett«, murmelte er, »wo ich seit einer Stunde darüber nachdenke, wie ich dir gefallen könnte.«

Serena wußte, daß er das im körperlichen Sinne meinte. Sie sah ihn finster an, konnte aber doch nicht verhindern, daß ihr Herzschlag plötzlich schneller ging.

»Glaubst du mir nicht?« fragte er mit seidiger Stimme.

»Du – du verschwendest deine Zeit«, sagte sie kurz und sah im Spiegel, wie er langsam näher kam.

»Das glaube ich eigentlich nicht.«

Eine dunkle Röte überzog ihre Wangen, aber ihre Augen blieben hart. »Wenn du damit sagen willst...«

»Nein, nein, Serena, wie könnte ich das?« fragte er mit erkennbarem Vergnügen in der Stimme. Er umschloß ihre Schultern mit den Händen und strich langsam über ihre Oberarme abwärts, während er sie an sich zog.

Aber er tat es doch, sie wußte, daß es so war. Er wollte sie daran erinnern, daß sie sehr wohl Lust in seinen Armen verspürte und daß sie bei seinen Zärtlichkeiten nicht ungerührt blieb, so sehr sie sich auch bemühte. Nicht jedesmal, aber oft genug durchbrach er ihren Widerstand und schaffte es, daß sie gegen ihren Willen auf ihn reagierte. Mit sanfter Zärtlichkeit oder plötzlicher, rauher Leidenschaft durchbrach er die Schranken, die sie zwischen ihnen errichtet hatte, und war doch nie wirklich damit zufrieden. Und weil sie wußte, daß er noch mehr von ihr wollte, konnte sie jetzt seinen grünen Augen standhalten.

»Du könntest ohne weiteres«, antwortete sie mit rauchiger Stimme.

Scheinbar beschäftigt mit dem Satinband ihres Morgenrockes, sagte er: »Was hast du doch für eine schreckliche Meinung von mir.«

»Und das nicht ohne Grund.« Sie versuchte, ihre Stimme giftig klingen zu lassen, aber es fiel ihr schwer, während er sie mit starken Armen an seine nackte, breite Brust drückte. Der Morgenrock öffnete sich, und er umfaßte ihre schlanke Taille mit den Händen, so daß seine Fingerspitzen sich berührten.

Seine Augen wurden dunkler, während sich der Morgenrock noch weiter öffnete, und er ließ seine Hände aufwärts gleiten zu der rosaweißen Fülle ihrer Brüste. »Ich glaube«, sagte er, »daß ich dir sogar noch mehr geben muß.«

7. Kapitel

Es klopfte laut und kurz. Serena sah auf. Ward war erst seit ein paar Minuten fort. Wenn er etwas vergessen hatte, würde er sich sicher nicht die Mühe machen zu klopfen. Aber sie konnte sich kaum vorstellen, wen der Barmann unten sonst noch vorbeilassen würde. Also band sie ihren Morgenrock fest zu und ging zur Tür.

Draußen stand Pearlie, ein Ausdruck von Vorsicht in den blaßblauen Augen. Sie schien die Lippen nur ungern zu öffnen, als sie sagte: »Ich will mit dir reden.«

»Worüber?« sagte Serena und blieb ungerührt stehen, obwohl Pearlie sich an ihr vorbeidrängen wollte.

»Es gibt ein paar Dinge, die du über Ward Dunbar wissen solltest.«

Es wäre dumm, nicht alles über den Mann in Erfahrung zu bringen, der sie hier festhielt. Serena nickte und ließ Pearlie eintreten, dann schloß sie die Tür.

Pearlie wanderte durchs Wohnzimmer und schaute ins Schlafzimmer, wo die beiden Kopfkissen noch dicht beieinander in der Mitte des ungemachten Bettes lagen. Sie drehte sich abrupt um. »Nun«, sagte sie mit angespannter Stimme, »willst du mir keine Erfrischung anbieten?«

»Tut mir leid, aber ich habe nichts. Ward hat den letzten Kaffee getrunken, bevor er ging.«

»Ich hatte eigentlich an etwas Stärkeres gedacht. Angesichts der Lage dieser Zimmer ist das doch wohl nicht zuviel verlangt. Aber mach dir keine Mühe. Wenn ich es mir genau überlege, ist dies ja auch kein Höflichkeitsbesuch.«

»Also werde ich dich auch nicht auffordern, dich zu setzen«, erwiderte Serena und wartete mit fest vor dem Bauch gefalteten Händen darauf, was Pearlie zu sagen hatte.

Pearlies bleiches Gesicht zeigte einen Anflug von Ärger. Sie sah Serena widerwillig an. »Du wirst bestimmt nicht mehr so ruhig sein, wenn ich dir erzähle, daß Ward des Mordes beschuldigt wurde, bevor er nach Cripple Creek kam.«

Serena erstarrte. Sie spürte, wie das Blut aus ihrem Gesicht wich. Dann sah sie das kleine zufriedene Lächeln auf Pearlies Lippen. »Du lügst«, sagte sie atemlos.

»Nein. Ich versichere dir, daß das die Wahrheit ist. Ward wurde ins Gefängnis gebracht und vor Gericht gestellt wegen Mordes an meinem Mann.«

»An deinem – Mann?«

»Schockierend, nicht wahr? Es kommt mir sogar selbst manchmal unglaublich vor. Soll ich dir mehr erzählen?«

Serena sagte nichts, sondern deutete nur auf eines der Sofas. Pearlie breitete sorgfältig ihre Röcke aus, als sie sich setzte, und sah Serena mit strahlenden Augen an. »Also, mein Mann und Ward hatten eines der gutgehendsten Anwaltsbüros in Natchez. Sie waren bereits als Kinder gute Freunde gewesen. Nachdem Wards Eltern gestorben waren, waren Jims Eltern immer besonders nett zu Ward. Und als die beiden dann erwachsener wurden, machten sie sich auch gemeinsam auf die Suche nach Mädchen. Als junge Männer gingen sie schließlich auch gemeinsam auf Brautschau – bei mir.«

»Und was geschah dann?« Serenas Stimme war voller Grauen.

»Jim, so hieß mein Mann, hielt zuerst um meine Hand an. Ward, als echter Gentleman, zog sich zurück, als er sah, wie sehr Jim in mich verliebt war. Er tat nichts, was Jims Chancen bei mir gefährdet hätte, obwohl ich ihn bestimmt genug ermutigt hatte. Ward meinte es ebenfalls ernst mit mir, das weiß ich, aber er hatte sich immer schon zurückgehalten, wenn es um Jim ging. Er wußte, daß er der Stärkere war, eine beeindruckendere Persönlichkeit als Jim. Und ich glaube, ein Teil der Schwierigkeiten damals und später war, daß Jim das auch wußte.«

»Wenn du Ward haben wolltest und so sicher warst, daß er dich auch gern hatte, warum hast du dann nicht einfach den Antrag seines Freundes abgelehnt?«

»Du verstehst das nicht. Sie waren beide reiche Männer, beide gutaussehend, beide gehörten zur Elite von Natchez. Die anderen Mädchen haben mich so endlos beneidet! Damals hieß ich nicht Pearlie. Meine Mutter würde schaudern, wenn sie diesen vulgären Namen kennen würde. Wir waren ebenfalls Aristokraten, verstehst du, aber überhaupt nicht reich. Ich konnte mir nicht leisten, ein so gutes Angebot abzulehnen wegen einer Möglichkeit, die vielleicht niemals Wirklichkeit werden würde. Ich hielt Jim hin, solange es nur ging, aber Ward schwieg, selbst als ich ihm am Abend meines achtzehnten Geburstages allein mit hinaus in die Dunkelheit nahm. Auf meine Andeutungen in bezug auf Heiraten sprach er nur davon, was für ein guter Ehemann Jim sein würde. Ich war so verärgert, daß ich noch am selben Abend Jims Antrag annahm. Also heirateten wir. Ward war Trauzeuge. Der Kuß, den er mir nach der Trauung gab, war aufregender als alles, was in meiner Hochzeitsnacht geschah.«

Mißbilligung flackerte kurz in Serenas Blick auf. »Aber dein Mann, wie...«

»Nach sechs glücklichen Ehejahren erschoß er sich«, sage Pearlie mit einem Schulterzucken.

»Er erschoß sich? Aber du hast doch gesagt...«

»O nein, ich habe nicht gesagt, Ward hätte ihn umgebracht. Ich habe nur gesagt, daß er wegen Mordes an ihm festgenommen wurde.« Ihr Lächeln war voller Haß.

Serena schluckte schwer und konnte sich nur mit Mühe beherrschen. »Ich verstehe nicht.«

»Ich habe es auch nicht verstanden«, antwortete die andere provozierend, wenn auch mit einem kleinen Stirnrunzeln. »Ich habe Jim niemals irgend etwas verweigert. Ich habe den Haushalt einwandfrei geführt, die Bediensteten erfüllten ihm jeden Wunsch. Es gab immer seine Lieblingsgerichte. Ich kümmerte mich um seine Eltern, und ich habe mich ihm nie verweigert. Vielleicht wäre es anders gewesen, wenn wir Kinder gehabt hätten, aber wir hatten keine.«

»Aber irgend etwas muß doch gewesen sein«, meinte Serena, ohne Mitgefühl zu empfinden.

»Du meinst, ich muß irgend etwas getan haben«, sagte Pearlie und hob heftig den Kopf. »Nun gut, ich habe mich gelangweilt, aber ich denke immer noch, daß es dumm von Jim war, so eifersüchtig zu sein. Ich hatte einfach keine Lust mehr zum Spitzenhäkeln. Diese schrecklichen Teeparties, wo man nur von Schwangerschaft und den ewigen Rotznasen der Kinder spricht. Ich wollte etwas unternehmen, aber die einzigen Menschen, die das taten, waren entweder Huren oder Männer. Frauen durften sich beiden Gruppen nur unter einer Voraussetzung anschließen.«

»Du warst deinem Mann untreu.«

Pearlie lachte. »Untreu. Was für ein sonderbarer Ausdruck. Aber doch, darauf lief es schließlich hinaus. Es war aufregend. Ich fühlte mich lebendig und begehrt und wunderbar unmoralisch.«

»Und Ward?« Serena hatte das gar nicht fragen wollen.

»Ward? Er blieb ein Gentleman, verdammt noch mal. Er wies meine Verführungsversuche von sich. Einmal hat er mir sogar ausdrücklich erklärt, er wolle nicht seinem Freund Hörner aufsetzen, wie es alle anderen taten. Deswegen ist es ja so komisch, wie die Sache dann ausging.« Schließlich verstummte ihr rauhes Lachen wieder, und sie zuckte nachlässig mit den Schultern. »Es geschah beim Erntedankfest. Ward und ich hatten das Gespräch in der Bibliothek geführt, es war eine warme Nacht, und die Fenster und Türen des großen alten Hauses standen alle auf. Wir bemerkten nicht, daß Jim einen Teil unseres Gesprächs hörte. Er ging direkt in unser Schlafzimmer, wo er eine Pistole hatte, ließ einen Wagen anspannen und fuhr in sein Büro. Er schrieb einen Abschiedsbrief, der alles erklärte, dann setzte er die Pistole an seine Schläfe und drückte ab.«

»Aber dieser Abschiedsbrief«, sagte Serena, »wenn es ihn gab, wie konnte man dann Ward beschuldigen?«

»Es war einfach Pech. Als Ward an dem Abend ging, beschloß er, noch kurz beim Büro vorbeizugehen, um etwas nachzulesen. Er fand Jim und las den Brief. Er wußte, daß es grauenhaft für Jims

Eltern sein würde, wenn sie erfahren müßten, daß er sich das Leben genommen hatte, und der Grund dafür, der so klar in dem Brief genannt wurde, hätte auch noch einen Skandal verursacht, der Jims Mutter sozusagen umgebracht hätte. Die Folgen für mein Leben kannst du dir ja denken. Wenn der Tod Jims sozusagen mir anzulasten war, würde ich mich nie mehr vor die Tür wagen können. Also tat Ward das, was ihm als die einzige Lösung erschien. Er nahm den Brief und die Pistole und richtete es so, daß es aussah, als wäre Jim nach einem Kampf im Büro erschossen und beraubt worden. Die Idee war gut, aber leider hat jemand Ward gesehen, als er in jener Nacht aus dem Büro kam.«

»Ich vermute, daß über dich auch getuschelt wurde.«

»Ja, und natürlich hatten auch mehrere Leute gesehen, daß ich mit Ward zusammen von dem Fest verschwand.«

»Also nahm man an, daß er und Jim einen Streit um dich hatten, als man den Toten fand?«

»Nicht nur das, der Sheriff fand auch die Pistole in Wards Kutsche.«

»Die Pistole, aber nicht den Brief.«

»Gut beobachtet! Nein, den fand er nicht, und Ward schwieg und weigerte sich, sich zu verteidigen. Er hätte sich vermutlich sogar hängen lassen, wenn ich ihn nicht gerettet hätte. Ward hatte nicht bemerkt, daß Jim zwei Briefe hinterlassen hatte, einen davon an mich persönlich, in dem stand, daß er mich trotz allem liebe, und den zweiten für die Öffentlichkeit, um mich zu bestrafen, weil ich seinen Traum vom glücklichen Heim zerstört und mehr gewollt hatte, als er mir geben konnte.«

»Also hast du um Wards willen den anderen Brief dem Gericht vorgelegt?«

»Hätte ich zulassen sollen, daß man ihn hängt? Das wäre dumm gewesen. Außerdem wußte ich, daß er sich nach diesem Opfer nicht mehr von mir würde fernhalten können. Es gab natürlich immer noch Leute, die behaupteten, Ward hätte Jim getötet, um mich zu bekommen, aber eine Durchsuchung brachte den anderen Brief in Wards Jackentasche zum Vorschein, und das Gericht war endgültig zufrieden. Doch das war noch nicht alles. Es dauerte nicht sehr lange, bis Ward und ich aufgrund der Gerüchte und des Geflüsters unserer Freunde endgültig wußten, daß unser Leben in Natchez zu Ende war. Niemand war da, um uns zu trösten, nur wir selbst.«

»Aber wenn Ward unschuldig war, hätte er doch bleiben und warten können, bis sich die Unruhe gelegt hatte?«

»Das hätte er tun können, aber trotz seiner Unschuld verzieh er sich nicht, daß er für Jims Tod mitverantwortlich gewesen war. Er wollte weg, woanders neu anfangen. Und er fühlte sich für mich verantwortlich.«

Serena nickte langsam. »Aber ich verstehe wirklich nicht, warum du mir das alles erzählst. Wenn du mir Ward in einem schlechten Licht zeigen willst, fängst du es irgendwie falsch an.«

»Das hatte ich überhaupt nicht vor«, sagte Pearlie mit einem finsteren Blick. »Es ist mir egal, was du für ihn empfindest. Ich wollte dir nur klarmachen, daß du nichts von ihm zu erwarten hast. Diesen Mann kann man nicht halten, selbst wenn er frei wäre, und das ist er nicht. Das, was zwischen mir und Ward liegt, geht tiefer, als du dir vorstellen kannst. Wir haben so viel zusammen erlebt, in guten und in schlechten Zeiten. Wir waren zusammen, als wir uns verletzt fühlten und Angst vor der Zukunft hatten. Wir sind Ausgestoßene, fern von unseren Familien und unserer Heimat. Aber niemand kann uns voneinander trennen. Du nicht und auch niemand sonst.«

Wieviel von dem, was Pearlie erzählt hatte, mochte wahr sein? Die Geschichte hörte sich echt an, aber die Schlüsse, die sie daraus zog, waren vielleicht nur Ausdruck ihrer Hoffnungen. Falls wirklich so etwas wie Liebe im Spiel war, warum waren sie jetzt nicht mehr zusammen? Warum gab Pearlie sich in Orgien der Erniedrigungen jede Nacht anderen Männern hin? Und warum hatte Ward Serena hierhergebracht?

Sie sah Pearlie klar an. »Du hättest dir meinetwegen nicht so viel Mühe zu geben brauchen. Ich will nichts von Ward Dunbar. Ich bin bestimmt keine Gefahr für dich.«

»Gefahr?« Pearlie lachte höhnisch. »Glaubst du, das wüßte ich nicht? Ich wollte nur sichergehen, daß du Ward nicht mißverstehst. Manchmal nimmt sein Beschützerinstinkt überhand, aber der Schutzpanzer, der in den letzten Jahren um ihn herum gewachsen ist, ist zu dick, um von einem so weichen Gefühl wie Liebe durchbrochen zu werden. Weil ich das weiß, erwarte ich nichts, darum passen wir so gut zusammen.«

Pearlies Worte klangen noch lange in Serena nach, als sie wieder fort war und nur noch ihr schweres Patchouliparfüm in der Luft hing. Sie wollte nichts von Ward, vor allem keine Liebe. Und sie brauchte ihn auch nicht zu verstehen, ganz besonders nicht, wenn das Verständnis von einer derart quälenden Sympathie begleitet wurde. Sie konnte sich kein Mitleid leisten, höchstens für sich selbst.

Die seltsame Geschichte kehrte aber immer wieder in ihre Gedanken zurück. Sie stellte sich Ward als jungen, erfolgreichen Anwalt in Natchez im Staat Mississippi vor. Also stammte er doch von jenen Dunbars ab, jener alten Patrizierfamilie, deren Heimat unten im Süden war. Das hatte er abgestritten. Hatte ihn die ungerechtfertigte Anklage so sehr verletzt? *Ich war einmal ein Gentleman*, hatte er ihr mit Schmerz und Haß gegen sich selbst in der Stimme erklärt. Und Serena begann zu verstehen, was das bedeutet hatte.

Aber es blieb ihr nicht viel Zeit zum Nachdenken. Innerhalb einer Stunde nach Pearlies Besuch klopfte jemand plötzlich heftig mit der Faust an die Tür. Draußen stand Otto Bruin und wollte gerade noch einmal klopfen. Er ächzte, während sein Blick über ihr halbnacktes Bein abwärts wanderte. »Ein Paket für Sie.«

Serena zog ihren Rock zusammen und betrachtete das dicke, in Papier gewickelte Paket in der Hand des affenartigen Mannes. »Für mich?«

»Das hat die Frau vom Schneider gesagt. Hier ist auch Ihr Name drauf und so weiter. Seh'n sie?«

Serena nahm langsam das Paket in Empfang. »Danke, Otto«, sagte sie, ohne weiter darüber nachzudenken.

»Ist das alles, was ich bekomme?« fragte er und lehnte sich im Türrahmen ein Stück vor. »Schließlich ist es nicht meine Aufgabe, Pakete herumzuschleppen.«

Serena sah ihn kühl an. »Ich habe kein Geld, sonst würde ich Sie gern für die Mühe bezahlen.«

»Na ja, Mädchen, Sie müßten doch wissen, daß ich es anders gemeint habe.«

»Tja, dann werden Sie sich wohl mit Ihrer Beschwerde an Mr. Dunbar wenden müssen, dafür ist er zuständig.«

Sie wartete nicht auf eine Antwort, sondern schloß die Tür vor seiner Nase. Als sie ihn leise fluchen und fortgehen hörte, nickte sie zufrieden.

Dann nahm sie das Paket und legte es vorsichtig aufs Bett. Es enthielt ein Ausgehkleid aus grauem, feinem Wollstoff mit kleiner, dunkelblauer Satinstickerei. Die Ärmel waren bis zum Ellenbogen weit und dann schmal bis zum Handgelenk. Der Stehkragen und das Revers waren mit blauem Satin besetzt. Der Rock fiel vorn glatt und hinten in dichten Falten. Dazu gehörte ein glattes, leinenes Unterkleid, ein Paar hochgeknöpfte Schuhe aus schwarzem Leder und ein kleines, graues Barett mit einer blauen Kokarde darauf. Darunter fand sie noch ein paar spitzenbesetzte Batistunterröcke mit hellblauem Bändchen in der Spitze, ein mit Bändern besetztes Mieder und ein Paar passende Batistunterhöschen, ebenfalls mit Spitze daran. In einem blumenbestickten Stoffsäckchen fand sich noch ein schmales Korsett für die Taille, daran waren, wie es der neuesten Mode entsprach, Strumpfhalter für die dazugehörigen Seidenstrümpfe angenäht, die zuunterst in dem Paket lagen. Als Serena sie hochhob und bewunderte, wie durchsichtig und glänzend sie waren, fiel noch eine mit Wards Initialen versehene Karte heraus, auf der stand: »Ich hoffe, die Sachen passen. Ich hole dich zu der versprochenen Spazierfahrt ab, sobald ich eine Kutsche gemietet habe.«

Serena zögerte, weil sie sich ja vorgenommen hatte, kein Geschenk von Ward anzunehmen, besonders nicht etwas derart Persönliches wie Kleidung. Sie war hin- und hergerissen zwischen dem Bedürfnis nach frischer Luft und dem taktisch klügeren Vorgehen, sich seinen Anordnungen zu widersetzen. Aber die Aussicht auf Freiheit überwand schließlich ihre Zweifel.

Das Kleid paßte wie angegossen. Die Farben paßten genau zu ihr, und der hohe Kragen und die schmalen Ärmel gaben ihrer Erscheinung etwas Königliches. Sie staunte, daß Ward sogar an die Schuhe gedacht hatte. Nur ein Problem bekam sie nicht in den Griff. Das Barett hätte vor einem hochgesteckten Haarknoten sitzen müssen, aber die zwei Haarnadeln, die sie noch besaß, hielten ihre Haarfülle einfach nicht. Sie durchsuchte alle Schubladen von Wards Kommoden, fand aber nichts Geeignetes.

So stand sie mitten im Zimmer, eine Hand über den Haarknoten auf ihrem Oberkopf gelegt, als Ward hereinkam. Er blieb in der Tür stehen und sah sie an.

»Noch nicht fertig?« fragte er mit spöttischem Blick.

»Wegen meiner Haare«, erklärte sie verzweifelt. »Ich bekomme es einfach nicht hin.«

»Ich finde, es sieht gut aus.«

»Aber es hält nicht. Ich habe nicht genug Haarnadeln!«

Er zog die Hand aus der Tasche. Darin hielt er eine kleine Metallschachtel. »Diese hier habe ich zufällig im Laden entdeckt.«

»O Ward«, sagte sie atemlos und mit glänzenden Augen. Mit ausgestreckter Hand ging sie auf ihn zu.

»Nicht so hastig«, sagte er und zog die Hand weg. »Kein Wort des Dankes und kein anderes Zeichen deiner Anerkennung?«

»Natürlich danke ich dir für die Kleider«, sagte sie, errötete ein wenig und ließ die Hand sinken. »Ich kann mir nicht vorstellen, wie du es gemacht hast, daß sie so gut passen.«

»Ich habe einfach der Schneiderin vor ein paar Tagen ein Kleid von dir gegeben und ihr gesagt, daß sie es hier und da ein wenig weiter machen soll.«

Serena runzelte die Stirn. »Aber du hast doch gesagt, du hättest Sanchow das Kleid gegeben.«

Ward senkte seinen leuchtendgrünen Blick. »Da muß ich wohl gelogen haben. Aber wir waren gerade dabei, die Möglichkeiten zu diskutieren, mit denen du deine Dankbarkeit zum Ausdruck bringen könntest.«

»Du – du bist genauso schlimm wie Otto!«

»Otto?« fragte er und sah plötzlich auf. »Was hat der damit zu tun?«

»Er dachte auch, ich wäre ihm eine Belohnung schuldig, weil er mir das Paket gebracht hat«, sagte sie vorwurfsvoll.

»Und hat er sie bekommen?«

»Nein! Genausowenig, wie du sie bekommen wirst.«

Wards Gesicht spannte sich kurz. »Um Otto kümmere ich mich später. Aber uns unterscheidet ein wesentlicher Punkt: Ich habe noch etwas, das du willst.« Und er schüttelte die Schachtel, so daß die Haarnadeln klapperten.

Serena ließ ihr Haar los, so daß es über ihre Schultern herabfiel. Ihre Finger legten sich an die Knöpfe des grauen Kleides. »Wenn es darum geht, für das zu bezahlen, was du mir gegeben hast«, sagte sie mit zitternder Stimme, »kannst du es zurückhaben. Alles.«

»Nein«, sagte er, trat schnell einen Schritt vor und legte seine Hand auf ihren Unterarm. »Du weißt genau, daß ich das nicht gemeint habe. Ich wollte nur, daß du einmal zu mir kommst und mir freiwillig gibst, was ich mir bis jetzt immer gewaltsam nehmen mußte. Es macht mir keine Freude, dich zu jeder Berührung zu zwingen. Ich würde wirklich gar zu gerne herausfinden, wie du wärst, wenn du wolltest.«

Bei anderer Gelegenheit hätte Serena auf diesen Vorschlag vielleicht mit Verachtung reagiert, aber jetzt schien sie in dem tiefen, gleichmäßigen Klang seiner Stimme den vielversprechenden jungen Anwalt zu hören, der versucht hatte, den guten Namen seines Freundes zu schützen und dessen Eltern vor der grauenhaften Erkenntnis seines Selbstmordes zu bewahren. Sie sah ihm lange und prüfend in die Augen, bemerkte zum ersten Mal die goldenen Pünktchen, die in ihren grünen Tiefen glitzerten. Langsam, fast ohne eigenen Willen, drehte sie ihre Hände in seinem Griff, und als er sie losließ, streckte sie die Arme aus und schob die Finger unter das Revers seiner Jacke. Dann stellte sie sich auf die Zehenspitzen, während ihre Wimpern den Ausdruck ihrer Augen verdeckten.

Er hielt die Luft an, als ihre Lippen die klar geformten Linien seines Mundes berührten, aber er rührte sich nicht, auch nicht, als sie ihre weichen Rundungen an seinen Körper drückte, ihre Hände nach oben schob und um seinen Nacken legte. Dann erst zog er sie mit einem leisen Ächzen in der Kehle an sich, so fest, daß sie kaum noch Luft bekam. Er vergrub seine Finger in ihr seidiges Haar, sein Kuß wurde fordernder, fast schmerzhaft in seiner Kraft.

Plötzlich hob er den Kopf. Schwer atmend, mit verschlossener Miene schob er sie von sich. Er hielt ihre Unterarme noch einen Augenblick fest, bis sie sich gefangen hatte, dann wandte er sich ab. Geistesabwesend legte er die Haarnadeln auf die Kommode und sagte: »Wenn wir wirklich fahren wollen, wird es Zeit, daß wir uns auf den Weg machen.«

»Ja«, sagte Serena leise, aber erst als er aus dem Zimmer gegangen war, steckte sie mit zitternden Fingern ihr Haar fest und setzte das Barett auf. Im Spiegel sah sie die Röte ihrer Lippen, die Wards Kuß bewirkt hatte. Im nachhinein wunderte sie sich über ihr Vorgehen und fragte sich dann, warum sie so verzweifelt gewesen war, als er zuerst so steif und kühl gewesen war. Aber wenn er erwartete, daß sich ihr Verhalten von jetzt an änderte, irrte er sich. Aus irgendeinem Grund wußte sie, daß es gefährlich sein würde, wenn sie dabei blieb. Mit entschlossener Miene ging sie aus dem Zimmer.

Das Sonnenlicht erfüllte die kristallklare Höhenluft, deren Geruch deutlich den Herbst verriet. Sie fuhren an dem mit lila Astern geschmückten Friedhof vorbei. Etwa eine Meile außerhalb der Stadt sahen sie rechter Hand ein Haus, riesig, aus Holz gebaut und weiß gestrichen. Es hatte Türmchen und an Lebkuchen erinnernde Holzverzierungen. Eindrucksvoll. Serena drehte sich um und betrachtete es voller Bewunderung.

»Das ist Nathan Benedicts Haus«, sagte Ward, als er ihre Blickrichtung bemerkte. »Das schönste und beste in der ganzen Gegend. Es ist dem Antlers-Hotel unten in Colorado Springs nachgebaut, hat zwei Veranden und für jedes Schlafzimmer ein eigenes Bad.«

»Aber es liegt ziemlich einsam hier.«

»Nathan gefällt das.«

Nathan Benedict. Das war der Mann, der Ward seinen privaten Salonwagen geliehen hatte, ein Witwer, der gern viel Platz hatte und gern allein war. Angesichts des Rauchs, der aus einem der vielen Schornsteine stieg, sagte sie: »Er scheint zu Hause zu sein.«

»Möchtest du ihn gern kennenlernen?« fragte Ward etwas spitz. »Das läßt sich bestimmt einrichten.«

Serena warf ihm einem kurzen Blick zu. »Nein danke, heute nicht. Ich möchte diesen Ausflug auf keinen Fall verkürzen.«

Schweigend fuhren sie weiter, höher und höher den Berg hinauf. Graue Eichhörnchen schimpften schnatternd aus den Bäumen zu ihnen herab. Die hängenden Zweige der Espen waren kahl, die Pferde trotteten durch die auf der Straße liegenden trockenen Blätter. Der Wind zerwühlte die Mähnen der Pferde und zerrte an Serenas Barett. Sie hob ihm das Gesicht entgegen, ihre Brust schien sich zu weiten, und eine Freude begann sie zu erfüllen, die schon beinahe Zufriedenheit war. »Ein herrlicher Tag«, sagte sie zu Ward, als er den Wagen anhielt, damit die Pferde ausruhen konnten. »Und ich bin wirklich froh, daß du diese Fahrt mit mir machst«, fügte sie noch hinzu, bevor sie es sich recht überlegt hatte.

»Du brauchst mir nicht zu danken«, antwortete er. »Ich hätte das schon längst tun sollen.«

Auch auf diese Idee hatte ihn Pearlie gebracht, dachte Serena. Und um das Thema zu wechseln, sagte sie: »Ich hatte heute morgen Besuch. Pearlie hatte wohl das Gefühl, es wäre an der Zeit, mich mit deiner und ihrer Geschichte bekannt zu machen.«

Es dauerte einen Augenblick, bevor er etwas sagte. »Ich nehme an, du hast dich nicht gelangweilt.«

»Nein. Ich war regelrecht fasziniert.«

»Das kann ich mir kaum vorstellen.«

»Warum nicht? Mir ist dadurch vieles klargeworden.«

»Zum Beispiel?«

»Warum du deine Abstammung aus dem Süden verleugnet hast. Wie aus einem Mann wie dir ein Spieler werden konnte.«

»Was ist verkehrt daran, ein Spieler zu sein? Es ist ein Beruf wie jeder andere, in dem man mit dem Kopf statt mit den Muskeln arbeitet.«

»Das meinst du doch nicht im Ernst!«

»Warum nicht? Auf welchem hohen Roß sitzt du, daß du so redest? Du bist selbst eine Spielerin, wie es dein Vater war und wie es alle sind, die hierherkommen und dabei ihren letzten Dollar riskieren, nur um den ungewissen Reichtum zu suchen.«

»Aber das tun wir ja nicht für nichts.«

»Ich auch nicht. Jedesmal, wenn ich spiele, riskiere ich zu verlieren. Keiner wird gezwungen, gegen mich zu spielen. Jeder tut das freiwillig und in der Hoffnung, reich zu werden, ohne dafür arbeiten zu müssen.«

Während sie darüber nachdachte, fiel ihr erst auf, daß er es geschafft hatte, ihren möglichen Fragen über seine Vergangenheit in Natchez auszuweichen.

Sie fuhren noch ein Stück weiter und stiegen dann zu Fuß das letzte Stück auf den Gipfel des Mount Pisgah hinauf. Von dort bot sich ihnen ein herrlicher Blick auf die näheren und fernen Berge, die wie Spielzeug wirkenden Goldgräberstädtchen dazwischen, bis weit hinüber zu den Rocky Mountains. Überall lagen wie gelbbraune Narben die Goldminen an den Hängen, und der Rauch aus den Erzschmelzöfen fleckte hier und da den leuchtendblauen Himmel. Ward erklärte ihr, wie die Gruben hießen und wieviel Gold sie produzierten. Viele Gruben und viel Gold.

Vorausblickend, wie er war, hatte Ward einen Picknickkorb mitgebracht, denn es war schon früher Nachmittag, als sie den Gipfel verließen. Sie breiteten das Essen auf einem weichen Lager aus Kiefernnadeln aus und aßen mit Genuß den Kartoffelsalat und die gegrillten Koteletts. Dazu tranken sie eiskaltes Wasser aus einer Quelle ganz in der Nähe.

Nach dem Essen streckte Ward sich auf dem Boden aus und war schon nach wenigen Minuten eingeschlafen. Serena packte die Reste des Picknicks ein und setzte sich dann mit angezogenen Knien neben ihn. Es war so still, daß sie einen Grashüpfer deutlich springen hören konnte. Sie genoß den Duft der Kiefernnadeln und die warme Sonne. Schließlich legte auch sie sich zurück und betrachtete eine Weile lang die Wolken, die über die Berge dahinzogen. Trotzdem schien die Sonne noch warm. Sie legte einen Arm über die Augen.

Plötzlich wurde sie wach. Warme Lippen drückten sich auf die ihren, und am Hals spürte sie kühl die Luft auf ihrer Haut. Sie bewegte sich verschlafen und langsam und legte eine Hand auf Wards Schulter. Ein Gefühl von Genuß so zart und schläfrig wie der Nachmittag überkam sie, und sie ließ ihren Mund mit einem Gefühl von schmelzender Süße gegen den seinen gepreßt.

Wards forschende Finger trafen auf den Gürtel ihres Kleides, der an den Stoff genäht und nicht zu öffnen war. Die Haken zum Öffnen des Kleides waren an der Seite. Er seufzte, hob langsam und widerwillig den Kopf, stützte sich auf einen Ellenbogen und sah sie mit einem Glitzern in den Augen an. »Ich wußte es doch«, sagte er und lächelte vielsagend, »daß es ein Fehler war, dir Kleider zu kaufen.«

Es drängte sie so sehr danach, ihm zu helfen, daß sie die Hände zu Fäusten ballen mußte, um es nicht zu tun.

»Was ist los, Serena? Ist es dir zu hell hier? Wir wissen doch beide, daß du keine Makel hast. Und kaum jemand in Cripple Creek hat die Energie, hier an einem Arbeitstag heraufzukommen.«

»Das – das ist es nicht.«

»Wenn du dir Sorgen um das Kleid machst – je eher du es ausziehst, um so besser. Und wenn es meine Berührung ist, die dir Schwierigkeiten bereitet – du solltest doch inzwischen wissen, wie du sie ertragen kannst.« Seine Stimme klang endgültig, und doch war ihr noch nicht klar, ob er wirklich vorhatte, sie hier am Berghang zu lieben. »Wenn dir natürlich ein paar kleine Risse nichts ausmachen«, fuhr er fort, »mir auch nicht.«

»Nein, Ward«, sagte sie atemlos und hielt seine Hand fest, als er über die Rundung ihrer Hüfte strich und den Rocksaum faßte, um ihn hochzuheben. Sein Gesicht war von einer bleichen Linie umrahmt, aber sein Gesicht war entschlossen und die Sehnen seiner Hand stahlhart unter ihrem Halt.

»Nun, Serena?« fragte er angespannt.

Es hörte sich beinahe so an, als bereue er seine Drohung, wolle sie aber jetzt nicht mehr zurücknehmen. Würde er ihr wirklich das Kleid herunterreißen, wenn sie nicht seinen Wünschen folgte? Eigentlich wollte sie es nicht wissen, wollte diesen Schmerz nicht ertragen müssen.

Sie schluckte, denn sie verspürte eine quälende Enge in ihrer Kehle. »Willst du wieder sichergehen, daß ich einverstanden bin?«

»Anders scheint es nicht zu gehen.«

»Das stimmt vielleicht«, flüsterte sie. Sie richtete sich auf, ließ erst dann seine Hand los, hob die Arme und nahm vorsichtig das Barett ab. Mit abgewandtem Gesicht öffnete sie das Kleid und zog es im Knien über den Kopf. Dann kamen Hemd und Unterröcke. Nur in ihrem Korsett und den weiten Unterhosen sah sie Ward wieder an, der sie mit unergründlichem Blick betrachtete. Er schien sich nicht ausziehen zu wollen. Sie schämte sich, fast nackt zu sein, während er noch völlig angezogen war, und errötete, obwohl sie es eigentlich hätte inzwischen gewöhnt sein müssen.

»Nun, worauf wartest du?« wollte sie wissen.

»Ich wußte nicht, daß du es so eilig hast.«

»Falls du es dir natürlich anders überlegt hast...«

»Nein, ich habe nur gerade überlegt, wie es wäre, wenn du auch mich ausziehen würdest...«

»Du bist verrückt!« sagte sie entrüstet.

»Ja, wahrscheinlich«, meinte er finster.

Seine vor unterdrücktem Begehren dunkel wirkenden Augen brannten sich in die ihren, als er sie an sich zog. Sein Mund ergriff Besitz von ihren Lippen und er legte sie wieder auf die Kiefernnadeln, öffnete die Knöpfe ihrer langen Unterhosen und zog sie aus. Mit ein paar schnellen Bewegungen hatte er auch seine Kleider abgelegt, dann zog er sie unter sich.

Erschreckt stellte Serena fest, daß sie immer noch ihren Strumpfhaltergürtel und die Strümpfe trug. Aber schon spürte sie Wards harte Schenkel auf ihrer Haut, und sie wurde von einer unglaublichen Welle von Lust erfaßt. Seine Finger umschlossen die Fülle ihrer von dem Korsett nach oben gedrückten Brust. Serena hob eine Hand zu seiner muskulösen Schulter, spürte, wie ihr innerer Widerstand zu zerfließen drohte, als er ihren Mund kostete, feurige Küsse auf ihre Wange bis hinunter zum Hals drückte und nach kurzem Zögern fortfuhr, bis er ihre Brust erreicht hatte. Seine Hand strich über ihre satinbedeckte schmale Taille abwärts bis unter die straffgespannten Bänder des Strumpfhalters. Ihre Haut schien zu glühen. Sie hörte mit fest geschlossenen Augen noch das Rauschen des Windes in den Bäumen, spürte, wie er ihre Haut streifte. Sie fühlte plötzlich so viel drängendes Leben in sich, das nur darauf wartete, ihn zu umschließen, dann spürte sie seine tiefe, stoßende Kraft in sich. Ihre Sinne weiteten sich, trieben willenlos dahin, erhoben sich zu dem uralten, primitiven Rhythmus. Sie fühlte sich frei, und trotzdem spürte sie ihren Körper wie nie zuvor, hinaufgewirbelt von dem stoßenden Drängen, das sie am Boden hielt, stieg noch höher hinauf, selbst als er sie zum letzten, schaudernden Fall ganz eng an sich drückte.

Ward strich die gelösten Haarsträhnen aus ihrem Gesicht, umfaßte mit einer Hand ihre Wange, strich mit den Lippen über ihren Mund. Mit einem erschütternden Seufzer erhob er sich. Serena hörte seine Kleider rascheln, als er seine Hose anzog, sah durch schmale Augenschlitze zu, wie er das Hemd überstreifte und mit gerunzelter Stirn zuknöpfte.

Serena schauderte plötzlich. Die Sonne war hinter einer Wolkenbank verschwunden. Der Wind wurde kühl.

Sie richtete sich auf, griff nach ihren Kleidern, versuchte trotz der Enge des Korsetts tief Luft zu holen.

Schweigend zogen sie sich an. Die Spannung nahm zu. Schließlich sagte Ward. »Serena...«

Sie sah auf. Seine Stimme klang widerwillig.

»Ich wollte dir noch sagen, daß ich morgen früh nach Denver fahre. Nur ein paar Tage, geschäftlich.«

Ihre Finger fühlten sich plötzlich kalt und ungeschickt an. »Und dann kommst du wieder zurück?«

»Natürlich«, sagte er und sah sie erstaunt an. »Darüber brauchst du dir keine Sorgen zu machen. Du wirst in den Zimmern über dem Eldorado alles haben, was du brauchst.«

»Ja, natürlich.« Sie sah hinaus in die Weite der Berge.

»Ich packe heute abend und nehme den Frühzug, wenn das Eldorado schließt. Ich – ich würde dich ja mitnehmen, aber bei den geschäftlichen Besprechungen würdest du dich nur langweilen. Ich dachte, du bist vielleicht auch froh, mich für eine Weile los zu sein.«

Seine Worte klangen ausweichend. War es ihm vielleicht auch lieber, sie für eine Weile nicht zu sehen?

»Ich – ich komme schon zurecht«, antwortete sie.

»Ja«, sagte er mit finsterer Stimme, während seine Augen hart und dunkel wirkten wie Smaragde. »Ich auch.«

8. Kapitel

Das lange Pfeifen des Zuges riß Serena aus dem Schlaf. Das war der Nachtzug aus Denver, mit dem Ward fahren wollte. Eigentlich war sie ein wenig beleidigt, daß Ward so einfach und ohne Abschied fortging.

Sie fragte sich, was er wohl tun würde, wenn sie sich anzog und zum Bahnhof ginge, um ihm adieu zu sagen? Würde er sich freuen oder ärgern? Oder wäre es ihm womöglich egal? Manchmal glaubte sie, er habe sie gern, manchmal schien sie nur dazu da zu sein, um sein Bett zu wärmen, ein Körper, bei dem er seine Anspannung loswerden konnte.

Nein, sie würde nicht gehen. Das würde aussehen, als wäre sie traurig, daß er sie verließ, oder als wolle sie ihn darum bitten, sie mitzunehmen. Das würde sie nie tun. Sie war zufrieden damit, hier in Ruhe gelassen zu werden, das gefiel ihr, wirklich. Zuerst würde sie noch eine Runde schlafen, da der Lärm aus der Bar und den anderen Tanzlokalen unten endlich aufgehört hatte.

Der Tag verging langsam. Sanchow stellte wie immer das Frühstück vor die Tür, mehr als genug für zwei. Beim Fortgehen mußte er dann wohl von Wards Abwesenheit erfahren haben, denn zum Mittagessen kam er nicht. Vermutlich ein Versehen, dachte Serena, als sie draußen im Flur noch die Reste des Frühstücks stehen sah. Sanchow würde sich beim Abendessen sicher dafür vielmals entschuldigen, weil er Ward als guten Kunden nicht verlieren wollte.

Aber auch nach Einbruch der Dunkelheit kam der Chinese nicht, und hungrig zog Serena ihr graues Kleid an und ging hinunter in den Barraum, um nachzufragen.

»Na, wen haben wir denn da!« rief Pearlie, die mit einem Drink in der Hand an der Mahagonibar stand. »Welchem Ereignis haben wir diese Ehre zu verdanken?«

Trotz der nahen Essenszeit saßen eine Menge Leute in der Bar. Ein paar Männer schauten herüber, als sie neben Pearlie stehenblieb, und der Geräuschpegel im Raum machte es unmöglich, etwas zu sagen, ohne auch von anderen gehört zu werden.

»Ich wollte fragen, ob jemand Sanchow gesehen hat. Er hat mir seit heute morgen nichts mehr zu essen gebracht.«

»Und jetzt willst du dein Abendessen?«

Serena gefiel Pearlies Lächeln nicht. »Genau.«

»Ich fürchte, ich habe schlechte Nachrichten für dich. Zum Mittagessen gab es Lamm, aber das ist zufällig Ottos Lieblingsessen. Und der arme Kerl war so hungrig, daß er alles gegessen hat, was auf dem Tablett stand. Das Abendessen mochte Otto nicht, also hat er es weggeworfen.«

»Weggeworfen? Was soll ich denn essen?«

»Das liegt ganz bei dir. Es gibt eine Menge Lokale in der Stadt. Nur nach Sanchow brauchst du nicht zu suchen. Als er dir eine zweite Portion Abendessen bringen wollte, ist Otto etwas grob geworden. Er hat ihm erklärt, daß du es nicht willst. Weißt du, er kann Chinesen nicht leiden. Und deswegen wird Sanchow jetzt eine Weile lang wohl nicht mehr kochen.«

»Wenn das stimmt, kann ich nicht essen gehen. Ich habe kein Geld.«

Pearlie lachte. »Wie knickerig von Ward! Aber ich bin sicher, wenn du vernünftig bist, finden wir eine Möglichkeit für dich, etwas Geld zu verdienen.«

»Was meinst du damit?« fragte Serena voller Vorahnung.

»Ich meine«, sagte Pearlie mit eiserner Miene, »wenn du essen willst, mußt du deinen Elfenbeinturm verlassen und herunterkommen, um es dir wie wir zu verdienen. Eine oder zwei Nummern auf der Bühne zum Beispiel wären ein guter Anfang. Und sei dir nicht so sicher, was Ward betrifft. Wir hatten ein langes Gespräch letzte Nacht. Es ist ausgesprochen egoistisch von ihm, dich ganz für sich zu beanspruchen. Als ich ihn darauf hinwies, hat er eingesehen, daß es viel besser wäre, wenn du hier unten gelegentlich etwas trinken und dich amüsieren würdest. Und wir brauchen noch etwas Kleines, um die Show zu beleben, ein neues Gesicht zum Beispiel. Unten im Goldenen Horn haben sie ein neues Mädchen, das angeblich direkt aus Paris kommt. Die hat natürlich Frankreich noch nie gesehen, aber was macht das schon, wenn die Goldgräber es glauben? Ich dachte, wir könnten dich als den letzten Schrei aus London verkaufen. Die Männer stehen auf exotische Frauen.«

»Du täuschst dich, wenn du glaubst, daß ich hier auf eurer Bühne auftrete!«

»Ach wirklich? Nun ja, ich denke, wenn du hungrig genug bist, wirst du's dir noch mal überlegen.«

»Ich kann immer noch woanders hingehen.«

»Nein«, sagte Pearlie. »Das einzige, was du woanders bekommen kannst, wäre das gleiche wie hier. Und wenn ich dich gehen ließe, würde Ward denken, ich hätte dich rausgeschmissen. Das kann ich nicht zulassen.«

»Wie willst du mich denn daran hindern?« Serena wandte sich zur Tür.

»Otto!«

Angesichts des Befehls der Frau erhob sich Otto drohend von einem Tisch in einer dunklen Ecke und schlenderte auf Serena zu.

Da Serena sich nicht mit dem Rausschmeißer anlegen wollte, drehte sie sich wieder zu Pearlie um.

»Siehst du?« sagte die andere Frau mit einem unangenehmen Lächeln. »Na komm schon, Süße, ich weiß, daß du vernünftig sein kannst. Deine Phantasie reicht bestimt aus, dir vorzustellen, was passiert, wenn ich Otto erlaube, dich ins Hinterzimmer zu bringen, oder? Eine schreiende Frau stört ihn überhaupt nicht. Und dann sind da natürlich noch andere Möglichkeiten. Hat dich schon mal jemand betäubt? In diesem Zustand ist eine Frau ja so schrecklich hilflos! Es gibt natürlich noch andere Methoden, mit denen in Freudenhäusern temperamentvolle Frauen gefügig gemacht werden, aber ich fand sie nie sonderlich gut, weil sie die Ware verderben, die man verkaufen will.«

Pearlies glasiges Grinsen drehte Serena den Magen um. Hatte sie wirklich keine andere Wahl, als Pearlies Vorschlag anzunehmen?

»Selbst wenn ich wollte, würde das nicht viel nutzen«, sagte sie schließlich. »Ich habe nämlich außer diesem Kleid hier nichts anzuziehen. Und das finden die Goldgräber sicher nicht besonders aufregend.«

»Das stimmt«, meinte Pearlie mit einem Blick auf das Kleid. »Dann muß ich dir wohl eins von mir leihen. Oder ist vielleicht etwas in deinem langersehnten Koffer, was sich eignet? Den kann ich dir, glaube ich, besorgen.«

»Mein Koffer?« Serena konnte es nicht glauben, hatte ihn für längst verschollen gehalten.

»Unser teuflischer Ward«, sagte Pearlie grinsend und bestellte sich noch einen Drink, »hat ihn hinten ins Lager bringen lassen. Wahrscheinlich wollte er dich nach seinem Geschmack an- oder ausziehen.«

»Du meinst, er ist schon länger hier?«

»Seit dem Tag nach deiner Ankunft. Willst du ihn haben? Dann schicke ich ihn dir hinauf. Komm runter, wenn du fertig bist. Ich bestelle dir schon was zu essen.« Wards Partnerin hob das Glas an die Lippen, trank einen Schluck und fügte noch hinzu. »Ich denke, es wird gleich nach dem Ende der ersten Show hier sein.«

Der Inhalt des Koffers war offensichtlich durchsucht worden. Serena war nicht überrascht, daß ihr Geld und ihre Vorräte fehlten. Dann holte sie die Kleider heraus. Es war erstaunlich, wieviel verblichener und abgetragener sie aussahen, seit sie sie zum letzten

Mal gesehen hatte. Es war, als hätte sie sie seit Jahren nicht getragen, Jahre, in denen sie vom Kind zur Frau geworden war.

Nur das elfenbeinfarbene, seidene Ballkleid ihrer Mutter schien sich nicht verändert zu haben. Mit Liebe und Sorgfalt legte sie es zusammen mit den Schuhen mit den vergoldeten Absätzen aufs Bett, dazu die Halskette mit den Zuchtperlen und den bemalten Seidenfächer aus Elfenbein. Jetzt, da sie all diese verloren geglaubten Dinge wiederhatte, fühlte sie sich plötzlich viel besser, so als hätte sie sich selbst wiedergefunden.

Wie hatte Ward es wagen können, sie ihr wegzunehmen? Wie auch immer sie in den engen Sachen ausgesehen haben mochte, das hätte er nicht tun dürfen. Er nahm sich wirklich zu viel heraus. Vielleicht war es ganz gut, seiner Gewaltherrschaft zu entkommen. Und er hätte ihr auch ruhig selbst sagen können, daß sie ihn langweilte, anstatt das Pearlie zu überlassen. Möglicherweise stellte er sich auch noch vor, sie dann bei passender Gelegenheit wieder in Besitz zu nehmen. Aber das würde ihm nichts nützen!

Er hatte sich gestern nachmittag auf dem Berg schon so seltsam benommen, sie hatte es geahnt. Und genau das war es wahrscheinlich gewesen. Seltsam, und sie hätte schwören können, daß Ward nicht zu denen gehörte, die vor derart unangenehmen Aufgaben zurückschreckten, wie ihren langweilig gewordenen Geliebten die Wahrheit zu sagen.

Die Tür öffnete und schloß sich laut. Pearlie kam herein und riß Serena aus ihren Gedanken. Sie hatte ein gelbgrünes Kleid über dem Arm. »Hast du deinen Koffer?«

»Ja.«

»Da du solange nicht heruntergekommen bist, dachte ich, du hättest vielleicht immer noch nichts anzuziehen. Darum habe ich dir das hier gebracht.«

»Das ist – nett von dir«, sagte Serena trocken und nahm zögernd das gefährlich tief ausgeschnittene Kleid entgegen, dessen Rock vorn nur knielang war. Man erkannte deutlich, daß es nicht dazu gedacht war, Unterröcke oder Mieder dazu zu tragen. Das wurde Serena auch klar, als sie bemerkte, daß Pearlie das gleiche Kleid in Eisblau trug.

»Vielleicht paßt es nicht hundertprozentig«, sprach Pearlie weiter, »aber für heute abend wird es reichen. Und mit Timothy am Klavier habe ich auch gesprochen, damit du zur Feier des Abends ein Solo bringen kannst. Du brauchst ihm nur zu sagen, was er spielen soll, er kommt mit so ziemlich allem zurecht.«

»Ein Solo? Das ist nicht dein Ernst!«

»Warum nicht?« fragte Pearlie mit einem Lächeln angesichts von Serenas Unmut.

»Das kann ich nicht. Ich habe überhaupt kein Talent, selbst wenn ich wüßte, was ich singen soll.«

»Talent haben die anderen auch nicht, aber sie kommen zurecht. Du brauchst nur zu seiner Begleitung Lärm zu machen, zu lächeln und dich genug auf der Bühne zu bewegen, daß die Männer etwas von dir sehen können.«

»Ich kann nicht«, sagte Serena mit wankender Stimme.

»Du wirst es schaffen«, sagte Pearlie und ging zur Tür. »Es bleibt dir nichts anderes übrig.«

Serena stand noch eine ganze Weile bewegungslos da und starrte das Kleid in ihrer Hand an. Sie wußte, was Pearlie vorhatte. Sie wollte sie beschämen und gleichzeitig verfügbar darstellen, als möglichen Zugang für das Freudenhaus. Sie hatte schon bei den anderen Mädchen gesehen, wie sie lächelten, sich vorbeugten, um die Männer in ihren Ausschnitt schauen zu lassen, oder sich schnell drehten, so daß ihre Röcke hochflogen. Eine von den Frauen war sogar so weit gegangen, ihre Beine im echt französischen Stil hochzuwerfen – ohne ihre langen Unterhosen. Die Bergarbeiter hatten vor Begeisterung fast den Saal gesprengt. Doch schon nach dem zweiten Abend hatte ein Besuch des Sheriffs ihrer Bühnenkarriere ein Ende gesetzt.

Mit einer heftigen Geste warf Serena das anstößige Kleid auf ein Sofa. Das würde sie nicht tun. So ein Kleid würde sie nicht anziehen, und wenn sie in Unterröcken und Mieder ihr Debüt geben mußte, die wenigstens nicht dazu gemacht waren, ihren Körper jedem beliebigen Zuschauer zu präsentieren. Entschlossen wandte Serena sich wieder dem Ballkleid auf dem Bett zu. Es hatte einmal eine Zeit gegeben, als Serenas Mutter ihr beigebracht hatte zu singen und sich selbst am Klavier zu begleiten. Da ihre Mutter als Kind in den Genuß einer französischen und einer englischen Gouvernante gekommen war, wollte sie das, was sie konnte, ihrer Tochter vermitteln, auch die Liebe zur Musik. Die beiden hatten heimlich Konzerte für Serenas Vater vorbereitet. In einem Seidenkleid aus Mutters alten Sachen hatte Serena die süßen Lieder aus dem tiefsten Süden gesungen. Das war natürlich schon lange her. Aber was ihrem Vater einst gefallen hatte, würde vielleicht mit ein paar kleinen Veränderungen auch den anderen Männern gefallen.

Doch schon wenig später, als sie im Kleid ihrer Mutter die Treppe hinunterstieg, schien es ihr verrückt, die Goldgräber und Bergarbeiter mit weichen, süßen Liedern reizen zu wollen. Männerstimmen schallten ihr entgegen, zusammen mit dem Klirren von Bierkrügen, dem Klatschen von Spielkarten auf die Tische, dem Klappern von Würfeln und dem monotonen Singsang beim Roulette und beim Faro. Selbst die Messingspucknäpfe gaben Geräusche von sich, wenn die tabakkauenden Kunden hineinspuckten. Tabakrauch vermischte sich mit dem Holzrauch des rundbauchigen Ofens mitten im Zimmer, dem Geruch von saurem Bier und dem tierischen Gestank vieler ungewaschener Männer auf engem Raum. Die Männer, die nicht spielten, hingen auf ihren Stühlen, lachten, fluchten, beäugten die Bardamen, die zwischen ihnen unterwegs waren, und kniffen sie in jeden erreichbaren Körperteil.

Serena hob die Hand zu der Kette an ihrem Hals. Konnte sie wirklich eine derart ungehobelte Horde mit dem fesseln, was sie zum besten geben wollte? Sie waren sicher nur durch dreiste, laute Darbietungen zum Zuhören zu bewegen.

Und wenn sie doch zuhörten, was dann? Angesichts dessen, was sie erwarteten, würden sie sie vielleicht beschimpfen und von der Bühne scheuchen oder gar mit irgend etwas bewerfen. Abgesehen davon war ihr Korsett zwar vorteilhaft für die weiblichen Rundungen, aber es engte sie derart ein, daß es ihr sicher schwerfallen würde zu singen.

Doch es war nicht mehr zu ändern. Die Männer in der Bar begannen schon, sich zu ihr umzudrehen. Sie mußte weitergehen. Auch wenn Otto Bruin unten auf sie wartete.

Er grinste und zeigte gelbe Zähne. »Mann, bist du hübsch heute abend.«

»Danke«, erwiderte Serena so kühl wie möglich und sah ihn nicht an.

Er legte eine Hand auf ihre Schulter und sagte: »Ich find' es viel besser, wenn du hier unten bist statt immer nur da oben ganz allein.«

»Nett, daß Sie so denken. Aber mir ist das egal.«

Sie entzog ihre Schulter seinem Griff und ging entschlossen durch den Raum, zwischen den Tischen hindurch, und vermied die Stellen, wo die Männer am dichtesten saßen. Dabei warf sie noch einen kurzen Blick über die Schulter auf Otto. Er hatte die Hände auf die Hüften gestützt und starrte aus seinen kleinen schwarzen Augen hinter ihr her.

Als sie sich wieder umdrehte, konnte sie gerade noch einem Mann ausweichen, der in der Nähe der Bühne gerade einen Stuhl unter einem Tisch hervorzog. Er war groß, schmal, Mitte Dreißig, trug einen graugestreiften Anzug mit Lederflicken auf den Ellenbogen. Auf seinem kantigen Gesicht lag ein schräges Lächeln.

»Entschuldigung«, sagte Serena und holte tief Luft. »Ich hatte Sie nicht gesehen.«

»Ich muß mich entschuldigen, Madam, weil ich starr wie ein Denkmal stehengeblieben bin, obwohl ich Sie habe kommen sehen.«

Sie errötete kurz angesichts der Bewunderung in seinen nußbraunen Augen, entschuldigte sich noch einmal und hastete weiter.

Die kleine, mit rotem Samt gerahmte Bühne an der Rückwand des Eldorado konnte zwischen den einzelnen Darbietungen mit einem bemalten, mit Seifenwerbung versehenen Leinwandvorhang geschlossen werden und wurde mit am Rand aufgestellten Öllampen beleuchtet. Darunter stand schräg das Klavier, so daß Timothy sehen konnte, was oben geschah. Er war um die Fünfzig, stammte aus Wales, hatte eine gebrochene Nase und ein hängendes Augenlid. Er sang hin und wieder, kündigte die nächsten Nummern an und trank gern warmes Bier. Er benahm sich abwechselnd leidend und angeberisch und hatte eine Schwäche für Musik und Frauen, jedoch nicht unbedingt in dieser Reihenfolge.

»Sie sehen wirklich hübsch aus heute abend«, sagte er, ohne dabei aus dem Takt zu kommen. »Wirklich eine Freude, Sie heute hier unter uns zu sehen.«

Sein hängendes Augenlid, fast wie ein Blinzeln, wirkte zusammen mit dem Grinsen fast, als würde er über einen Witz lachen. »Ich danke Ihnen, Timothy«, sagte Serena und bemühte sich zu lächeln. »Pearlie hat Ihnen gesagt, daß ich heute abend singe?«

»Hat sie, Süße.«

»Ich habe mir überlegt, was ich singen will.«

Timothy sah sie zweifelnd an, als sie es ihm erklärt hatte. »Wollen Sie das wirklich? Wissen Sie, Liebes, das ist 'n ziemliches Risiko.«

»Wer geht ein Risiko ein?«

Die Frage kam von einer Frau, die sich hinter Timothy gestellt hatte und ihm vertraulich eine Hand auf die Schulter legte. Sie hieß die spanische Connie und war das, was man am ehesten den Star des Eldorado nennen konnte. Serena hatte ihr oft zugesehen, wie sie mit feurigen Bewegungen die Bühne beherrschte. Sie verstand sich nicht besonders gut mit den anderen Mädchen, nicht einmal mit Pearlie. Sie trug ein strenges Kleid aus enganliegendem Samt, dessen Saum an einer Hüfte hochgesteckt war, so daß zahlreiche Lagen scharlachroter Unterrockspitzen und ein atemberaubend in einem Netzstrumpf gehülltes Bein darunter zum Vorschein kamen. Ihr langes Haar und ihre Augen waren schwarz. An ihren Ohrläppchen funkelten ein Paar goldene Kreolen. Wegen ihres wilden Temperaments war sie besonders beliebt bei den Goldgräbern, und da sie die Menge zu fesseln verstand, hatte sie eine sichere Stellung. Daher konnte sie auch wählerisch sein mit den Männern, die sie auf ihr Zimmer mitnahm. Das gefiel zwar den Männern nicht, aber sie akzeptierten es. Auch die Mädchen ließen sie weitgehend in Ruhe. Der Grund dafür war nicht schwer zu erraten. Wenn sie tanzte, sah man ein am Heft mit Edelsteinen verziertes Stilett, das über ihrem Knie in einem spitzenbesetzten schwarzen Strumpfband steckte.

Timothy sah die Spanierin über die Schuler an. »Serena glaubt, sie könnte mit dem Fächer wedeln, den Jungs ein paar alte Balladen vorsingen, und dann wären sie zufrieden.«

Die dunkle Frau betrachtete Serena eingehend und sagte dann zu Timothy, als wenn sie gar nicht da wäre: »Glaubst du, sie werden es nicht sein?«

»Ich bezweifle es. Außerdem hat Pearlie gesagt, sie soll etwas Lebhaftes singen und zeigen, was sie hat.«

»Bah! Was weiß Pearlie denn schon? Es wäre ihr auch lieber, wenn ich mich genauso kindisch und albern benehmen würde wie die anderen, damit sie herumstolzieren kann wie ein Pfau und als die einzige, die sich nicht dumm benimmt.«

»Mag sein. Und was ist jetzt mit Serena?« Timothys Klavierstück kam zum Ende. Er klimperte weiter.

»Ich weiß nicht«, sagte Connie, »sie sieht schön aus, irgendwie rein und jungfräulich.«

»Wie eine Dame«, sagte Timothy zustimmend.

»Genau. Wie eine Dame, für die ein Mann viel bezahlen würde, um sie zu besitzen. Nicht nur den Körper, sondern auch die Seele. Und auch wegen der Erinnerungen, die sie wecken wird.«

»Aber Connie, die Männer wollen vergessen, wenn sie hier sind, nicht erinnert werden.«

»Das müssen wir ändern. Die Bühne könnten wir bis auf ein paar Kerzen abdunkeln. Du spielst leise, so daß es ihnen ins Ohr geht. Serena könnte selbst die Kerzen anzünden und dann mit niedergeschlagenem Blick zu singen anfangen – was wirst du singen, Serena?«

Serena überlegte einen Augenblick, weil sie so unerwartet plötzlich ins Gespräch gezogen worden war, und schlug dann ein paar alte Balladen vor.

»Ja, und kannst du dann nicht noch ganz langsam und traurig euren ›Dixie‹ aus dem Süden singen?«

»Ja«, sagte Serena mit einem warmen Lächeln. »Das könnte ich machen.«

»Ich glaube, wir können von Glück reden, wenn sie überhaupt dazukommt, den Mund aufzumachen. Auch die Goldgräber aus dem guten alten Süden, der einst so reich war und jetzt so arm ist, wollen was geboten bekommen, nicht Erinnerungen an ihr Liebchen und ihre Mutter zu Hause.«

»Du irrst dich, mein Freund. Jeder fühlt sich gern mal ein wenig traurig. Und wenn ich danach herauskomme und meinen Flamenco tanze, der sie wieder auf andere Gedanken bringt, werden sie mir besonders dankbar sein!«

»Ach, Connie, in dir steckt ein Teufel.«

Die Spanierin warf ihr Haar zurück und lächelte. »Der steckt doch in allen von uns, mein Freund, besonders in Serena, aber sie weiß es noch nicht.«

Das überlegene Gehabe der anderen gefiel Serena nicht besonders, aber sie war ihr doch dankbar für ihre Hilfe. Connie winkte sie hinter die Bühne und ließ aus dem Freudenhaus Kerzenständer aus Messing als Requisiten holen. Außerdem hielt sie die anderen Mädchen auf Abstand, die sich ärgerten, daß Serena eine besondere Rolle bekam. Serena sah dann von der Seite zu, als die Show begann. Einer der Barkeeper führte zu den Klängen von ›Die alte Schindmähre‹ eine Gruppe an einen Karren gespannter Mädchen über die Bühne und schwang die Peitsche über ihren runden Hüften. Die Männer im Publikum lachten, und das Lachen steigerte sich, als die Mädchen den Spieß umdrehten, ihre eigenen, kleinen, mit Bändern umwundenen Peitschen hervorholten und den armen Mann von der Bühne scheuchten.

Dann sang Timothy ein paar irische Lieder, um das Tempo etwas zu verlangsamen, und gab schließlich dem Barkeeper ein Zeichen, der die Lichter herunterzudrehen begann. Von den Kartentischen wurden Proteste laut. Dann spielte Timothy einen Tusch und kündigte Serena an. Sie hörte in wachsender Panik etwas von »Schönheit aus dem alten Süden, direkt aus New Orleans, der Königin der Städte an der Mündung des Mississippi, wo sie große Begeisterung geweckt hat. Die unvergleichliche Serena!«

Der Vorhang hob sich langsam und gab den Blick frei auf die abgedunkelte Bühne. Die spanische Connie zündete ein Streichholz an, gab dann Serena den brennenden Fidibus und schubste sie sanft nach vorn.

Als sie auf die Bühne kam, verstummten die Männer, nur einer rief betrunken immer wieder: »Die Mädchen sollen auftreten! Die Mädchen sollen auftreten!«

Timothy spielte die Einleitung zu dem Lied, das sie singen wollte, leise, weich, in Moll. Als sie die Kerzen anzündete, warfen sie einen goldenen Schimmer auf ihr bleiches Gesicht und ihre bloßen Schultern, er glitzerte in ihrer Perlenkette und schimmerte in den seidenen Falten des Kleides. Sorgfältig stimmte sie ihre Bewegungen auf den Rhythmus des Liedes ab, blies schließlich den Fidibus aus und breitete langsam ihren seidenen Fächer auseinander. Auf ein Zeichen Timothys begann sie, mit klarer, süßer Stimme das alte Liebeslied zu singen.

»Schwarz, ach so schwarz, ist meines Liebsten Haar ... und hell, ach hell seiner Augen Schein ...«

»Was ist denn hier los? Macht sofort wieder Licht! Sie soll da runterkommen!« Das war Pearlie, die gerade zur Hintertür der Bar hereingekommen war und durch das Halbdunkel zwischen den Tischen stolperte. Als die Männer ihren Ärger hörten, stimmten auch sie ein und verlangten mehr Licht. Und »*– die Mädchen sollen auftreten –*«

Aber noch lauter waren die Pfiffe und Rufe um Ruhe. Serenas Stimme wurde unsicher, schwankte.

In diesem Augenblick stand ein Mann an einem der nah an der Bühne stehenden Tische auf und stellte sich zwischen Pearlie und die Bühne, so daß sie nicht weitergehen konnte. Er berührte sie nicht, doch blieb sie stehen, als hätte sie jemand zurückgerissen. Der Mann neigte in einer kurzen Verbeugung den Kopf.

»Mir persönlich wäre es lieber, wenn Sie nicht die Show unterbrechen. Ich möchte sie gern singen hören.«

Seine Worte waren nicht laut, aber deutlich zu hören. Pearlies Antwort ging im allgemeinen Gemurmel unter, aber ihr verwirrter Blick genügte. Das Schweigen um sie breitete sich langsam aus wie die Wellen auf einem kleinen Teich.

Der Mann, der sie gerettet hatte, war derselbe, mit dem sie vorher beinahe zusammengestoßen war. Er wandte sich von Pearlie ab, als hätte er ihre Existenz vergessen, und setzte sich wieder, ohne den Blick von Serena auf der Bühne abzuwenden. Voller Dankbarkeit und Erstaunen über seinen Erfolg warf sie ihm ein warmes Lächeln zu. Der Ausdruck seiner Augen war so schüchtern und trotzdem voller Bewunderung, daß ihr Selbstvertrauen wuchs. Ohne es recht zu wollen, sah sie immer wieder zu ihm hinüber. Während sie so ihre Lieder für einen Mann sang, der es offensichtlich zu schätzen wußte, bemerkte sie gar nicht die Stille unter den anderen aufmerksamen Zuhörern. Die Goldgräber folgten jeder ihrer Bewegungen bis ins kleinste, hielten den Atem an, als sie die Röcke ein wenig hob, um einen Schritt nach vorn zu machen, wobei nur ein winziges Stückchen ihres Knöchels und des Schuhs mit dem vergoldeten Absatz zu sehen war. Welche Wirkung sie auf die Männer hatte, wurde ihr erst langsam klar, als sie bemerkte, wie die Männer bei der ersten Strophe von »Dixie« begannen, ihre Hüte abzunehmen und aus Respekt vor dem Lied und der Sängerin aufzustehen. Aus einem unerklärlichen Grund spürte sie plötzlich, wie Tränen in ihr aufstiegen. Und mit dem tränenvollen Klang ihrer Stimme endete sie schließlich ihre Vorstellung.

Das Pfeifen, der Beifall und die Hurrarufe hallten durch den Raum. In der Nähe der Bühne stieß ein Bergarbeiter seinen Nachbarn in die Rippen und sagte: »Das wär 'n Mädchen für mich – als würd' ich in ein Beet voller Rosen fallen.«

Sein Kumpan schnaubte. »Du spinnst wohl, du Saufkopf. Hast du nicht das Gold an ihren Schuhen gesehen? So eine können wir uns nicht leisten, nicht mal, wenn wir einen Monat lang was rausschaffen würden!«

»Rausschaffen« bedeutete, heimlich in den Taschen, Eßgefäßen oder Rockaufschlägen goldhaltiges Erz aus den Minen zu schmuggeln, um sich heimlich zu bereichern. Das war zweifellos ein Kompliment. Als Serena sich Pearlies Reaktion auf diese Einstellung der Bergarbeiter dachte, mußte sie lächeln. Sie war allerdings nicht mehr ganz so erfreut, als sie feststellte, daß die eben gehörte Beschreibung des Mannes von ihr auch von anderen aufgegriffen und wiederholt wurde.

»Gold'ne Schuhe«, sagte der erste Mann und lachte. »Sie ist wirklich was Besonderes. Und ›Goldschuh‹ ist genau der richtige Name für sie.«

Serena machte einen tiefen Knicks angesichts des großen Beifalls und hörte, wie der Name gleich einem Lauffeuer durch den Raum lief. Ward hatte wohl damals in der Nacht vor vielen Wochen draußen im Freien recht gehabt. Die Goldgräber vergaben schnell Namen an Leute, die das nicht selbst taten.

Serena ging von der Bühne und nahm sich vor, nie auf diesen neuen Namen zu hören, auch wenn andere sie so nannten. Sie hatte nicht um diese Bekanntheit gebeten. Was immer Pearlie und Otto oder sogar Ward wollten, es mußte einen Ausweg für sie geben. Sie mußte ihn nur finden.

9. Kapitel

Otto wartete mit eifrigem Blick bei den Stufen von der Bühne zur Bar auf sie. »Hier ist dein Abendessen. Pearlie hat nichts dagegen, wenn du es lieber oben essen willst.«

»Danke, das werde ich tun«, sagte Serena und wollte ihm das Tablett abnehmen.

Otto hielt es fest. »Ich trage es dir nach oben.«

»Ich komme schon zurecht.«

»Nee, ich möchte aber gern. Außerdem hat Pearlie gesagt, ich könnte dir Gesellschaft leisten.«

Serena hielt ebenfalls das Tablett fest und sagte vorsichtig: »Ich weiß eure Aufmerksamkeit zu schätzen, aber ich möchte jetzt lieber allein sein.«

»Das kann ich nicht zulassen«, sagte Otto und schüttelte den Kopf. »Wer weiß, was du alles machst, wenn ich das tue. Lieber mache ich, was Pearlie gesagt hat.«

Serena gefiel der feuchte Schimmer auf seinen Lippen nicht. Aber wenn sie essen wollte, schien es wohl nicht ohne seine Gesellschaft zu gehen. Ärgerlich ging sie vor Otto die Treppe hinauf, deutete in ihrem Wohnzimmer auf einen Tisch, auf den Otto das Tablett stellen sollte, und setzte sich. Otto warf sich auf das Sofa ihr gegenüber. Serena nahm die Serviette von dem Tablett, legte sie auf den Schoß und begann zu essen. Das Steak mit den Kartoffeln und Brot schmeckte so köstlich, daß sie beinahe fand, es sei seinen Preis wert gewesen. Aber diesen Mann, der sie beobachtete wie ein Tier seine Beute, konnte sie nicht einfach ignorieren. Alle paar Minuten setzte er sich anders hin und zog den Schritt seiner Hose zurecht, als wäre sie ihm zu eng. Oder er wischte sich mit dem Handrücken über den Mund und zog dann an seinem Kragen.

Schließlich schob Serena den Teller zurück, behielt aber das Glas in der Hand. »Ich soll wohl heute abend unten erscheinen, oder?«

»Pearlie hat nichts davon gesagt.« Er stand auf und kam um den Tisch herum auf sie zu, nahm ihr das Glas aus der Hand, so daß das Wasser überschwappte, und sagte: »Aber so bald erwartet sie dich bestimmt noch nicht.«

Serena sprang hastig auf und wischte über ihren naßgewordenen Rock. »Was haben Sie vor?« rief sie.

»Das, was ich schon lange vorhatte«, knurrte er und stieß ihren Stuhl zur Seite. »Schon seit ich dich damals in Colorado Springs gesehen habe.«

»Das werden Sie nicht tun. Wenn Sie mich auch nur anrühren, sind Sie Ihren Job los, falls Ward Sie nicht gleich umbringt!« Trotz der mutigen Worte wich sie langsam zurück.

»Pah, du bist nicht mehr Dunbars Liebling. Er hat dich endlich vor die Tür gesetzt und zu den anderen Mädchen nach unten geschickt.«

»Das stimmt nicht.«

»Ich weiß es aber, Pearlie hat's gesagt, und die weiß immer, was Dunbar denkt. Sie hat gesagt, daß es keinen kümmert, wenn ich dir unter deine Röcke fasse, und genau das werde ich jetzt auch tun.«

»Das möchten Sie vielleicht«, sagte Serena mit harter Stimme, drehte sich um und hastete durch die Sofas und Ottomanen davon.

Otto fluchte und stolperte hinter ihr her, während sie geschickt versuchte, die Tür in den Flur zu erreichen. Die Messingvase mit den Pfauenfedern schwankte, als sie mit dem Blick auf den brünstigen Otto an den Tisch stieß, auf dem sie stand. Ohne auch nur einen Augenblick zu zögern, packte sie die Vase und warf sie ihm an den Kopf. Sie traf in einem Regen von schimmernden Federn und hinterließ eine Platzwunde auf seiner Stirn, aus der das Blut in seine Augen floß. Er knurrte und versuchte, das Blut mit den Ärmeln abzuwischen.

Serena blieb nicht stehen, um ihm zuzusehen. Sie stürzte zur Tür, riß sie auf und stürmte in den Flur hinaus. Hinter ihr bellte Otto vor Zorn. Sie hörte das Beben seiner Schritte, als er ihr folgte. Mit klopfendem Herzen rannte sie, als könne sie seinen heißen, stinkenden Atem im Nacken spüren. Die Treppe schien so weit entfernt.

Dann hatte sie sie erreicht. Schwer atmend griff sie nach dem Geländer und sah, wie sich durch den Tabakdunst die Gesichter zu ihr hoben.

Ein dumpfes Krachen ertönte, als Otto hinter ihr die Stufen hinunterstürmte. Eine Hand senkte sich auf ihre Schulter und riß sie zurück, so daß sie gegen die faßrunde Brust des Affenmannes fiel.

»Nein!« schrie sie und stieß ihn mit aller Kraft von sich, holte mit einer Hand aus und ließ eine schallende Ohrfeige auf seiner Wange landen. Er bohrte seine Finger in ihre Arme, zerrte sie zu sich. Sie spürte seinen faulen Atem im Gesicht. Sein Arm umfaßte sie, drückte ihre schlanken Rundungen gegen seine feiste, kurzbeinige Gestalt. Sie hörte, wie er zufrieden grunzte, sah seine gelben Zähne und spürte, wie seine Finger an der Seide über ihrer Brust fummelten. Sie wand sich voller Wut, versuchte, seinem eisernen Griff zu entkommen. Im nächsten Augenblick wurde die Hand weggerissen, die sie begrapschte.

»Loslassen. Sofort.«

Die Stimme klang weder laut noch rauh, dennoch hatte sie den unverwechselbaren Klang von Autorität und Macht. Otto erstarrte, ein unsicherer Ausdruck kam in sein Gesicht. Er schien den großen, sandblonden Mann im grauen Anzug nur ungern anzusehen, der seinen Arm hielt.

»Ich sagte loslassen.«

Ottos Kraft verließ ihn. »Mr. Benedict«, jammerte er, »Sie haben kein Recht, das zu tun.«

»Es wäre eine Schande, den Sheriff zu rufen, aber wenn Ihnen das lieber ist, können wir das machen. Das könnte ich ohne weiteres durchsetzen.«

Otto ließ Serena so schnell los, daß sie schwankte. Übelkeit drückte ihr die Kehle zu, das Bild vor ihren Augen verschwamm. Sofort war der Mann mit dem Namen Benedict neben ihr, derselbe, der Pearlie gezwungen hatte, sie singen zu lassen. Ohne sich weiter um Otto und seine leisen Flüche zu kümmern, half er ihr die letzten Stufen hinunter.

Aber Serena hörte Otto leise knurren: »Beim nächsten Mal entkommst du mir nicht.«

»Möchten Sie etwas trinken?« fragte der Mann neben ihr besorgt.

Serena schüttelte den Kopf. »Nein danke. Ein wenig frische Luft wäre mir lieber.«

»Natürlich.«

In beinahe wundersamer Weise öffnete sich die Menge vor ihnen, kaum mehr als ein Flüstern war noch zu hören. Dann waren sie schon draußen in der frischen, windigen Dunkelheit.

Serena atmete tief durch, und die Übelkeit wich einem überwältigenden Bedürfnis, dem Eldorado zu entkommen. Ohne eine Vorstellung davon zu haben, wo sie hinwollte, ging sie los, die Arme fest um ihren Oberkörper gelegt, schaudernd von dem kalten Wind. Der Mann, der ihr an diesem Abend schon zweimal geholfen hatte, blieb neben ihr. Sie war ihm dankbar, auch dafür, daß er nichts sagte oder unternahm. Der scharfe Wind zerrte an ihrem Haar, trieb Tränen in ihre Augen, ließ ihren Rock flattern wie eine Fahne.

Sie ging weiter, an Türen vorbei, hinter denen Musik zu hören war. Irgendwo bellte ein Hund. Als sie etwas an der Schulter berührte, zuckte Serena zusammen, wandte sich mit weit aufgerissenen Augen dem Mann neben sich zu. Er zog sofort die Hand zurück.

»Hier«, sagte er und zog seinen Rock aus. »Ziehen Sie das an.«

Als sie sich nicht rührte, trat er zu ihr und legte ihr die Wolljacke um die Schultern. Die Wärme, die noch von seinem Körper stammte, umhüllte sie zusammen mit dem Duft von Pfeifentabak.

»Sie – Sie werden frieren.« Es war, als nehme sie ihn zum ersten Mal bewußt wahr. Er schüttelte den Kopf.

»Ich bin Kälte gewöhnt.«

»Ich bin Ihnen wirklich dankbar. Die meisten Männer hätten sich die Mühe nicht gemacht. Nicht für jemanden wie...«

»Jemanden wie was? Jeder Mann hätte Ihnen gern geholfen.«

Sie zweifelte nicht daran, daß er das ernst meinte. Sie war gerührt und sagte: »Aber ich kenne Sie nicht einmal.«

»Verzeihen Sie«, sagte er. »Ich hätte mich schon vorher vorstellen sollen. Ich bin Nathan Benedict.«

Nathan Benedict, der reichste Mann von Cripple Creek, Wards Freund, der Millionär, der ihm seinen privaten Salonwagen zur Verfügung gestellt hatte.

»Sie waren mehr als einmal freundlich zu mir, Mr. Benedict. Ich bin Ihnen wirklich sehr dankbar.«

Sie dachte, er hätte eine kurze Bewegung in ihre Richtung gemacht, sie aber sofort unterdrückt. »Nicht dankbarer, als ich Ihnen für Ihre Gesellschaft bin.«

Plötzlich spürte Serena, wie etwas Kaltes, Feuchtes ihr Gesicht berührte. »Es regnet«, sagte sie.

»Nein«, widersprach ihr Nathan Benedict. »Sehen Sie.«
Sie schaute in Richtung auf die letzten Straßenlaternen, auf die er deutete. In ihrem Licht wirbelte etwas Feines, Pudriges, Weißes. Serena betrachtete es eine Weile schweigend.
»Sehen Sie?« fragte er.
»Ja«, flüsterte sie. »Es schneit.«

Der Schnee fiel weiter bis in den nächsten Tag hinein. Er verhüllte die Felsen der Umgebung, trieb durch die Straßen, häufte sich an den Wänden der Häuser, lag fedrig glitzernd an den Türen und auf den Fensterbänken, wurde vom Wind wieder fortgetragen.
Serena schlief lange, konnte sich einfach nicht entschließen, aufzustehen. Es gab keinen Grund dafür. Im Zimmer war es kalt, unter der Decke warm. Die Welt draußen war grauweiß und still, so still, daß sie glaubte, die Schneeflocken am Fenster entlanghuschen zu hören.
Sie fühlte sich so klein in dem großen Bett. Sie drehte den Kopf zur Seite, wo Ward gewöhnlich schlief, strich mit der Hand über das unberührte Kopfkissen. Seltsam, wie leicht man sich daran gewöhnen konnte, neben einem Mann zu schlafen, sich an ihn zu drücken, seine Wärme zu genießen. Solche Bewegungen bargen natürlich eine gewisse Gefahr in sich. Ward schlief nicht sehr fest. Wenn sie sich dicht zu ihm legte, reichte das aus, um ihn zu wecken, dann drehte er sich um und nahm sie in den Arm. Er ging zwar großzügig mit seiner Wärme um, aber oft verlangte er auch etwas dafür. Doch eigentlich konnte sie sich nicht beklagen, schließlich wurde ihr durch die Bewegung warm.
Mit einem verzerrten Lächeln drückte sie sich fester in die warme Stelle in ihrem Bett. Sie vermißte ihn bestimmt nicht. Sie hatte es genossen, das Bett für sich zu haben, zu wissen, daß Ward nicht irgendwann kommen und nach ihr greifen würde. Es machte ihr nicht das geringste aus, allein zu sein. Sie freute sich darauf, genau das zu tun, wozu sie Lust hatte und wann immer sie Lust hatte.
Sie hätte gern noch ein wenig geschlafen, aber es ging nicht. Ward hätte inzwischen schon ein Feuer im Ofen gemacht. Sie mußte zugeben, daß es Vorteile hatte, mit einem Mann zu leben.
Sie sprang mit zusammengebissenen Zähnen aus dem Bett, ha-

stete zum Schrank, zog Wards warmen Morgenrock und seine Wollhausschuhe an. Dann eilte sie ins Wohnzimmer, stapelte Holz in den Ofen und zündete es an.

Bald knackte und knisterte es, und Serena hockte noch eine Weile vor dem Feuer. Als die Temperatur im Raum erträglich wurde, stand sie auf, zog sich an und machte das Bett. Jemand hatte unten wohl das Feuer im Boiler ausgehen lassen, denn als sie sich das Gesicht wusch, kam nur eiskaltes Wasser aus dem Hahn. Kaum war sie fertig, hörte sie draußen auf dem Flur Absätze klappern. Das war sicher Pearlie. Sie hastete ins Wohnzimmer und schob schnell und leise den Tisch und das Sofa zur Seite, die sie vor die Tür geschoben hatte, damit niemand hereinkommen konnte. Leider hatte sie nämlich erst gestern nacht festgestellt, daß sie keinen Schlüssel zu diesen Zimmern besaß. Aber sie wollte nicht, daß Pearlie bemerkte, daß sie Angst gehabt hatte.

Draußen stand die spanische Connie. *»Buenos dias«*, sagte sie und lächelte.

Serena war erstaunt, faßte sich aber sofort wieder und bat Connie hereinzukommen.

»Du hast es wirklich schön hier«, sagte sie. »Ich bin voller Neid. Aber man erkennt natürlich deutlich den Stil der Dame des Hauses, Madam Pearlie.«

»Ja«, antwortete Serena. »Ich würde dir gern etwas zu essen oder zu trinken anbieten, aber ich habe nichts hier.«

»Ich weiß. Darum komme ich ja. Ich dachte, du würdest vielleicht gern mit mir einkaufen gehen.«

»Das geht nicht. Otto wird mich daran hindern.«

Die Spanierin lächelte. »Heute morgen nicht. Die Katze ist nicht da. Und die Mäuse... Die Bar ist leer und die Hintertür nicht abgeschlossen.«

»Ich würde gern ...«, begann Serena, hielt dann aber inne. »Aber ich habe kein Geld.«

»Hat Ward dir nichts hiergelassen? Wie unaufmerksam.«

»Er dachte, Sanchow würde mir das Essen bringen.«

»Auch dann ist es lächerlich. Ohne Geld bist du nicht mehr als eine Gefangene! Ach – entschuldige.«

»Du kannst ja nichts dafür. Nett, daß du mir helfen wolltest.«

»Keine Ursache, aber sei nicht so – so niedergeschlagen. Wir geben noch nicht auf. Hat Ward denn gar kein Kleingeld hier, ein Säckchen Goldstaub oder Nuggets für Notfälle?«

»Ich weiß es nicht. Aber ich will ihm auch nichts stehlen.«

»Ich habe auch nicht vorgeschlagen, daß du stehlen sollst. Aber du hast doch bestimmt in den letzten Wochen vieles getan, was eine Bezahlung verdient, oder?«

»Ich erwarte keine Bezahlung. Dann wäre ich ja nicht mehr als eine...« Sie hielt plötzlich inne.

Die Spanierin sah sie an. »Ja, nicht mehr als eine Hure. Dummes Zeug! Wenn Männer und Frauen noch im Paradies leben würden, wäre nur Gutes und Natürliches zwischen ihnen. Da es aber nicht so ist, wird um alles gehandelt – ob es dabei nun um Bargeld oder einen Ehering geht, der Essen und Schutz für Frau und Kinder bedeutet, ist doch egal. So ist nun mal die Welt, und so wird sie bleiben, bis Frauen ihr Geld genauso verdienen können wie Männer.«

»Mag sein«, antwortete Serena. »Aber die meisten Leute sehen das anders, und das sind diejenigen, die die Regeln festlegen.«

»Vielleicht. Aber willst du hungern und der Gnade einer Frau wie Pearlie ausgesetzt bleiben wegen einer Regel, die irgendein Mann aufgestellt hat, der nie in deiner Lage war? Du hast auch Rechte und Bedürfnisse. Ich habe gesehen, wie Otto dich hier festgehalten hat, zum Vergnügen eines anderen Mannes. Wieviel Rücksicht schuldest du einem Mann, der dich deiner Freiheit beraubt und dich zu seinem Vergnügen barfuß und fast nackt herumlaufen läßt?«

»Das verstehst du nicht«, protestierte Serena.

»Doch, ich verstehe. Nur das Gefühl, das dich und diesen Mann verbindet, kenne ich nicht und will ich auch nicht kennen. Ich frage dich nur eins: Willst du mitkommen?«

Serena wußte, daß Geld da war, denn Ward trug nicht gern Münzen in den Taschen mit sich herum, weil sie so klimperten. Sie seufzte. »Ich glaube, ich komme mit.«

Es hatte aufgehört zu schneien, nur der schneidende Wind wehte noch Schnee von den Dächern. Es war bitter kalt. Rauch von den vielen Feuern der Stadt wirbelte um sie her. Eisblumen zierten die

Schaufenster, die frischen Pferdeäpfel im Schnee dampften. Wenn die beiden Frauen miteinander sprachen, umwirbelte sie ihr Atem wie Nebel.

Schon bald forderte die Spanierin Serena auf, sie Consuelo zu nennen, denn das war ihr wirklicher Name. Dann überlegten sie, wohin sie zuerst gehen wollten. Consuelo wollte Stoff kaufen und zur Schneiderin bringen, dann bei der Drogerie ein Tonikum für eine Freundin holen, die sich mit Poleiminzenöl beinahe vergiftet hatte, um abzutreiben. Dann wollten sie zum Gemischtwarenhändler gehen, um die Sachen für Serena zu besorgen.

Der Mann in dem Stoffladen betrachtete Consuelo eingehend und fragte dann: »Sie kommen aus dem Eldorado, oder?«

Die Spanierin nickte und betrachtete eine Rolle Spitze.

»Ich habe Ihre Vorstellung ein paarmal gesehen. Sie sind verdammt gut.« Er sah Serena, dann wieder die Spanierin an. »Wissen Sie, daß Sie Schwestern sein könnten?«

»Mir ist noch keine Ähnlichkeit aufgefallen.«

»Doch. Das liegt an dem schwarzen Haar, nehme ich an, und an der Haltung, die Sie beide haben, aufrecht und stolz.«

Consuelo sah Serena mit einem schelmischen Blick an und sagte harmlos: »Sehr nett von Ihnen.«

Der Mann faltete den Stoff zusammen und begann ihn einzupakken. »Ich wäre gern noch viel netter.«

»Wie bitte?«

»Ich sagte, ich wäre gern noch viel netter zu Ihnen«, wiederholte er und reichte Consuelo das Päckchen, hielt es aber fest, als sie danach griff. »Ich könnte zum Beispiel vergessen, was Sie mir für dieses Päckchen hier schulden, wenn Sie das Richtige sagen.«

»Und was wäre das Richtige?«

Serena hatte das Gefühl, daß die Stimme der Spanierin eine Note tiefer wurde.

Der Mann schluckte. »Das könnten wir besprechen, wenn ich Ihnen dieses Päckchen heute abend bringe.«

Plötzlich riß Consuelo ihm das Päckchen aus der Hand, griff mit der anderen in ihre Börse und warf eine Handvoll Geldscheine auf die Theke. »Ich bin noch nie so beleidigt worden. Wenn Sie glauben, dieser billige Satin sei soviel wert wie eine Nacht bei einer

Frau, dann schlage ich vor, Sie gehen in einen von den billigeren Puffs!«

Sie drehte sich auf dem Absatz um, schnappte sich Serena an einem Arm und fegte aus dem Laden.

»Hundesohn«, murmelte sie verärgert. »Wegen solcher Männer tut es mir manchmal leid, daß ich eine Frau bin. Bei jeder Gelegenheit betatschen sie einen und glauben, daß man sie auch für den kleinsten Gefallen mit ins Bett nimmt. Wahrscheinlich hat so einer auch letzte Nacht Stiefelchen umgebracht.«

Serena hatte Mühe, in ihrem Ärger Schritt mit ihr zu halten. »Stiefelchen?« wollte sie wissen.

»Ein Mädchen aus einer der Hütten unten Richtung Armenviertel. Sie trug immer ein Paar Stiefelchen, manchmal sogar im Bett, weil sie ihr die Füße warmhielten, sagte sie. Sie hatte einen Freund, der sich immer darum kümmerte, daß sie genügend Kunden hatte. Er kam jeden Morgen, um sie zu sehen. Heute morgen fand er sie tot. Jemand hatte sie erst geschlagen und dann erdrosselt.«

»Wie schrecklich. Das ist schon die zweite, die in den letzten paar Wochen ermordet worden ist.«

Consuelo verzog den Mund. »Die zweite, dritte, vierte, das ist egal. Es kümmert sich sowieso keiner drum.«

»Das klingt bitter.«

»Stimmt. Frauen in unserem Beruf haben eine Menge Gründe, um bitter zu sein. Es gibt keine andere Möglichkeit, ein vernünftiges Gehalt zu verdienen, und doch haben wir keinen Platz in der Gesellschaft, keinen Wert. Keiner kümmert sich darum, wenn wir sterben. Aber wehe, eine von uns macht Schwierigkeiten – schon sitzt die Polizei uns im Nacken wie der Terrier der Ratte. Ich hätte manchmal nicht übel Lust, Hosen anzuziehen und mich den Frauenrechtlerinnen anzuschließen, doch in Colorado dürfen die Frauen schon seit einem Jahr wählen. Das Problem ist nur, daß die Gesetze, über die abgestimmt wird, nur anständige Frauen betreffen.«

»Kümmert sich der Sheriff denn gar nicht um den Mord?«

»Doch, er behauptet, er untersuche ihn. Man hat Stiefelchens Freund vernommen. Er hat drei Zeugen, daß er die ganze Nacht am Pokertisch gesessen hat.«

Sie gingen die Straße hinunter und kamen an einem der wenigen

Ziegelgebäude der Stadt vorüber, der Börse. Männer standen an den Fenstern und schauten auf die Straße hinab. Als Serena aufsah, hob einer von ihnen die Hand und winkte. Sie konnte ihn nicht genau erkennen, weil das Fenster teilweise beschlagen war, glaubte aber, daß es Nathan Benedict war. Sie neigte den Kopf mit einem kleinen Lächeln und ging hastig weiter.

Als sie bei der Schneiderin fertig waren, gingen sie durch den langsam tauenden Schnee zurück zur Myers Avenue. Nach der Helligkeit draußen schien es im Innern des Gemischtwarenladens dunkel wie in einer Höhle. Ein Ofen in einer Ecke verbreitete Wärme und ließ den Ledergeruch der Pferdegeschirre durch den Raum ziehen, die an der Decke hingen. Er mischte sich mit dem Aroma von Kaffee und Gewürzen auf den Regalen, der Seife auf der Theke und der Säure aus dem Faß mit den sauren Gurken an der Tür.

Serena, der das Wasser im Mund zusammenlief, kaufte Schinken und Bohnen, Käse und Zwieback, Wurst, Mehl, Salz und Backpulver, aber für solchen Luxus wie Rosinen und Kaffee reichte ihr Geld einfach nicht. Auch den Emailtopf konnte sie sich nicht leisten. Die Pfanne, die sie noch in ihrem Koffer gefunden hatte, mußte reichen, nicht nur zum Braten, sondern auch, um die Bohnen zu kochen.

Als sie mit ihren Einkäufen wieder auf die Straße kamen, warf die Spanierin Serena einen langen Blick zu. »Ich stelle fest, daß ich nicht die einzige bin, die einen Verehrer hat. Der nette Mann da drin hat sich nicht nur die Mühe gemacht, eine Tüte für dich zu finden, er hat dir auch eine saure Gurke umsonst gegeben. Den hast du erobert.«

Serena verzog das Gesicht. »Immerhin hat er nicht erwartet, dafür – nett zu mir sein zu dürfen.«

Sie lachten und sahen den langen, mageren Mann auf dem Bürgersteig vor ihnen nicht.

Aber da donnerte schon seine Stimme: »Serena!«

Der rauhe Befehl war unmißverständlich. Sie blieb plötzlich stehen.

»Elder Greer...«

»Ja, genau. Wie ich erwartet hatte, machst du nicht den Eindruck, als würdest du dich freuen, mich zu sehen. Ist das wirklich dein Ernst: Du, die Geliebte eines Spielers, gehst neben einer Hure durch die Straßen?«

»Wer ist das?« wollte Consuelo verärgert wissen.

»Er ist Mormone, einer der Heiligen der letzten Tage.«

»Das hätte ich wissen müssen«, sagte sie finster. »Komm, Serena, diese Typen schimpfen immer über irgend etwas.«

Der Älteste trat vor Consuelo. »Sie geht noch nicht. Ich muß mit ihr reden.«

Die Spanierin betrachtete ihn mit schiefem Mund. »Sagen Sie ihr, was Sie wollen, alter Mann, aber schnell und leise. Wenn Sie noch weiter so laut reden, daß alle herschauen, werde ich sagen, daß Sie versuchen, uns zu belästigen.«

Der Älteste schaute zornig, versuchte aber nicht, es darauf ankommen zu lassen. »Für dich ist dieses böse Leben neu. Gib es auf, und kehre mit mir zum Wagenzug zurück. Ich verspreche, daß ich dir nichts vorwerfen, sondern dich in meinem Schoß willkommen heißen werde.«

»Das kann ich nicht.«

»Das sagst du jetzt, aber wenn dein Spieler deiner müde ist, wirst du es dir anders überlegen. Wir werden den Winter über am Fountain Creek bleiben, damit die Männer etwas Geld verdienen können, um neue Vorräte zu kaufen. Bis zum Frühling wirst du jederzeit willkommen sein.«

»Nein, danke«, sagte Serena.

»Warum dankst du diesem Mann?« fragte Consuelo böse. »Das war eine Beleidigung!«

Der Mormone ignorierte sie. »Da ist noch etwas. Lessie war krank und hatte eine Frühgeburt, das Kind war tot. Da ist sie vor Schmerz verrückt geworden. Sobald sie aufstehen konnte, ist sie davongelaufen. Ich suche sie seit Wochen. Man hat mir gesagt, jemand hätte sie mit einem Mann gesehen, der Patentmedizin verkauft, und er sei auf dem Weg nach Cripple Creek. Hast du sie gesehen? Ihr wart doch Freundinnen.«

Lessie, die ruhige, kindliche Lessie, hatte den Wagenzug verlassen und war mit einem anderen Mann davongelaufen. »Was haben Sie mit ihr gemacht?«

Der Älteste wich ihrem klaren, blauen Blick aus. »Nichts. Nichts, das nicht mein Recht war.«

»Ich habe Lessie nicht gesehen. Und wenn ich sie gesehen hätte, würde ich es Ihnen nicht sagen. Nicht nach dem, wie ihr sie alle behandelt habt.«

»Sie ist meine Frau. Es ist eine Sünde, wenn sie mit einem anderen Mann davonläuft. Sie wird zu den ewigen Feuern verdammt werden.«

»Ach ja? Wieso unterscheidet sich das, was sie jetzt tut, von dem, was sie vorher getan hat? Sie sagen, sie sei Ihre Frau, aber die Gesetze dieses Landes erlauben einem Mann nur eine Frau. Dem Gesetz nach ist sie nicht mehr als Ihre Konkubine. Wie können Sie sie verdammen, wenn sie lieber bei einem anderen Mann sein will?«

»Bravo, Serena!« sagte Consuelo und klatschte in die Hände. »Und jetzt gehen wir.«

»Das ist nicht richtig«, schimpfte der Älteste. »Nach den Lehren der Mormonen ist es mein Recht, mehr als eine Frau zu haben.«

»Und haben die Frauen auch das Recht auf mehr als einen Mann? Nein? Das dachte ich mir. Diese Lehre hört sich sehr angenehm an – für die Mormonenmänner.« Serena ging um ihn herum und setzte ihren Weg mit Consuelo hinter sich fort.

»Wir sind noch nicht fertig miteinander!« rief Elder Greer hinter ihr her. »Ich bin berufen, mich um Frauen wie dich zu kümmern. Ich bin berufen, diesem Sodom das Wort des Herrn zu bringen, die Seelen der unzüchtigen Versucherinnen hier zu retten. Du wirst mir nicht entkommen, hörst du? Ich werde dich erretten! Du wirst noch mir gehören!«

Serena wäre am liebsten vor seinem fanatischen Geschrei davongelaufen. Aber Consuelo hielt sie zurück. »Hundesohn. So einer hat uns hier gerade noch gefehlt! Erst ein Mörder, jetzt noch ein Prediger. Wer weiß, was schlimmer ist.«

»Hoffentlich findet er Lessie nicht.«

»Kennst du sie gut, diese Lessie?«

Serena erklärte ihr, wie sie zu den Mormonen gekommen war, und fragte schließlich: »Glaubst du, wir können sie finden?«

»Ich weiß nicht. Es gibt fast dreißigtausend Leute in dieser Stadt. Aber vielleicht landet sie irgendwann in der Myers Avenue. Ich kann mich umhören.«

»Es wäre wirklich schön, wenn du sie finden würdest«, sagte Serena und legte ihr spontan die Hand auf den Arm.

Die Spanierin lächelte. »Das ist doch nichts Besonderes. Wenn ich dir helfen kann, wirst du vielleicht irgendwann einem anderen helfen. So ist es im Leben.«

»Nicht bei allen«, sagte Serena und wandte sich ab.

10. Kapitel

Consuelo verließ Serena am Eingang zum Eldorado. Sie war so nett, dachte Serena, so unkompliziert und freundlich. Gefiel ihr ihre Lebensart oder nicht? Man konnte es nicht sagen. In ihrer Gesellschaft konnte man sich auch nicht vorstellen, daß sie Männer für Geld mit in ihr Bett nahm. Angesichts ihrer aufrechten Haltung konnte Serena kaum glauben, daß Consuelo sich jede Nacht für Geld vor einem halben Dutzend Männer auszog und nackt aufs Bett legte und ihren Körper darbot.

Serena schüttelte den Kopf, stieß die Tür des Eldorado auf und ging hinein. Sie blieb einen Augenblick stehen, um sich an die Dunkelheit zu gewöhnen. Der abgestandene Geruch von Bier und Tabak hing in der Luft. Es war so düster im Raum, daß Serena erst nach einer Weile Pearlie bemerkte, die auf der Treppe stand.

»Aha«, sagte Pearlie, als Serena sich in ihre Richtung wandte. »Also bist du zurückgekommen. Angesichts der Art, wie du gestern abend mit Nathan Benedict verschwunden bist, war ich mir da nicht so sicher.«

»Tut mir leid, wenn ich dich enttäusche. Ich bin schon gestern abend zurückgekommen, aber du warst gerade anderweitig beschäftigt.«

Die andere Frau zuckte mit den Schultern. »Wenn das so ist, bist du selbst schuld. Ich habe bemerkt, wie Benedict dich angesehen hat. Er ist ein reicher Mann. Wenn du es richtig machst, kannst du ein bequemes Leben führen und dazu ein Einkommen fürs ganze Leben haben. Er ist bekannt für seine Großzügigkeit. Schmuck, Pelze, alles was du dir vorstellen kannst, könntest du bekommen.«

»Ich habe den Mann doch gerade zum ersten Mal gesehen.«

»Das macht nichts. Hier draußen gehen solche Dinge schnell. Es ist wirklich eine große Chance für dich. Vielleicht würde er dich sogar heiraten. Das würde Ward recht geschehen, nicht wahr?«

»Ich verstehe dich nicht«, sagte Serena unbehaglich.

»Sei nicht so dumm! Schließlich hat Ward dich entehrt, oder? Oh, ich weiß schon, er hat sich auf seine Art revanchiert, aber dir ist ja wohl klar, daß das alles ist, was du von ihm zu erwarten hast. Von ihm bekommst du keinen Ehering, und das wäre schließlich die einzige Art, alles wieder in Ordnung zu bringen, oder?«

»Er braucht nichts ›in Ordnung zu bringen‹.« Die Absicht der anderen Frau war so offensichtlich, daß Serena sich ärgerte.

»Wie lieb von dir. Ich wäre an deiner Stelle nicht so großzügig. Ich würde es ihm irgendwie heimzahlen.«

»Mag sein«, sagte Serena, »aber wenn ich Nathan Benedict vorzöge, würde das Ward nur verletzen, wenn er sich etwas aus mir machte, nicht wahr? Und du selbst hast mir schließlich versichert, Pearlie, daß er das nicht tut.«

Pearlie trat zur Seite, weil Serena die Treppe hinaufzugehen begann. »Du würdest Ward auch deiner Gesellschaft berauben.«

»Damit du endlich freie Bahn hast, um ihn – wie hast du das genannt? – zu trösten? Ich versichere dir, daß das wirklich eine Art Strafe wäre, aber mich würde sie wahrscheinlich nicht besonders befriedigen.«

Pearlies Gesicht rötete sich vor Ärger, dann versuchte sie es aber noch einmal anders. »Wenn ich das richtig sehe, hast du eine ganze Menge Geld ausgegeben. Hast du das von Benedict bekommen?«

»Das geht dich nichts an.«

»Nein, aber Ward wird es interessieren.«

»Das macht nichts«, antwortete Serena und ging, ohne zurückzuschauen, in ihre Zimmer.

Jetzt konnten sie sie nicht mehr mit Hilfe ihres Hungers erpressen, aber die Bedrohung durch Otto blieb. Am besten ging sie am Abend wieder hinunter, dann hatte Otto keine Entschuldigung, zu ihr hinaufzukommen. Sie hatte seine Drohung nicht vergessen. Und so lange sie in der Öffentlichkeit waren, würde er bestimmt nichts mehr unternehmen. Am frühen Morgen konnte sie ja dann wieder mit den Sofas die Tür verbarrikadieren. Wenn Ward zurückkam, würde sie ihn um einen Schlüssel bitten. Aber möglicherweise mußte sie sich ja sowieso nach einer anderen Unterkunft umsehen, wenn Ward zurückkam. Doch im Moment konnte sie nur abwarten.

Serena stellte ihre Einkäufe auf einen Tisch im Wohnzimmer und sah sich um. Selbst wenn Pearlie nicht gerade von hier oben heruntergekommen wäre, bewies ihr Patchouliparfüm, das noch im Zimmer hing, daß sie hiergewesen war.

Was hatte sie hier gesucht? War sie nur neugierig, oder war es etwas anderes?

Serena hatte vergessen, sich ein Messer für den Schinken zu besorgen. Aber als sie Wards Schreibtisch durchsuchte, fand sie eines. Nachdem sie ein paar Scheiben gebraten hatte, machte sie in dem Fett, das in der Pfanne blieb, noch ein paar Pfannkuchen. Beides zusammen schmeckte köstlich. Sie aß alles auf und leckte auch noch ihre Finger ab.

Dann briet sie noch etwas Schinken und gab Bohnen und Wasser dazu, um sie fürs Abendessen kochen zu lassen.

Am Nachmittag senkten sich die Schneewolken wieder über die Stadt. Es wurde so dunkel, daß man Licht machen mußte. Der Schnee trieb dicht wie Nebel vor den Fenstern. Serena suchte sich einen der Tische im Wohnzimmer aus, breitete ein Tuch darüber und legte ihre Nahrungsmittel darauf. Es war nichts dabei, was verderben konnte. Und wenn sie doch noch vor Wards Rückkehr so etwas wie Milch kaufen wollte, brauchte sie sie nur auf die Fensterbank zu stellen.

Während die Bohnen kochten, probierte Serena noch einmal die Wassertemperatur im Badezimmer. Aber keiner hatte den Boiler angewärmt. Serena wunderte sich, daß das eisige Wasser noch nicht in den Leitungen gefroren war.

Mutig ging sie die Treppe hinunter und durchsuchte den Lagerraum hinter der Bar, wo der Alkohol und die wenigen Dinge zur oberflächlichen Reinigung des Raums aufbewahrt wurden. Sie fand, was sie suchte, und trug den Blecheimer triumphierend die Treppe hinauf. Als sie fertig gegessen hatte, gab es heißes Wasser zum Spülen und etwas später auch zum Baden.

Während sie angesichts der Kälte im Badezimmer hastig badete, fragte sie sich, was Ward wohl von ihren neuen Vorkehrungen halten würde. Vielleicht hatte er etwas gegen Essensgeruch in seinen Zimmern oder gegen die herumstehenden Dinge. Außerdem würde es ihm bestimmt nicht schwerfallen, wieder von Sanchow sein Essen zu bekommen. Aber es hatte doch auch etwas für sich, essen zu können, wann man wollte, nicht erst, wenn das Essen endlich kam. Aber wahrscheinlich würde ihr sowieso bald egal sein, wie, wann und wo Ward essen würde.

Ihr zweiter Auftritt im Eldorado glich dem ersten. Timothy, der gerade ein munteres Lied sang, blinzelte ihr zu, und Consuelo, in einen langen Samtmantel gehüllt, winkte sie zu sich herüber. Sie deutete auf einen Stuhl an dem Tisch, an dem sie saß und fragte: »Möchtest du einen Brandy? Der hält dich warm.«

Serena lächelte und schüttelte den Kopf. »Mir ist nicht kalt.«

»Erstaunlich«, sagte Consuelo und schauderte. »Ich fühle mich völlig erfroren. Ich hasse diesen Schnee. Eines Tages, wenn ich genug Geld verdient habe, werde ich zurück nach Mexiko gehen, mir einen Mann kaufen, alles essen, was ich möchte, und den ganzen Tag in der Sonne liegen.«

»Dann wirst du fett und faul.«

»Genau das habe ich vor. Glaubst du mir nicht? Wirklich! Mein Vater war Engländer, meine Mutter Spanierin. Er hat sie verlassen, als ich noch ein Baby war. Sie hat in den Puffs von Aspen und Leadville gearbeitet und Männer mit in ihr Bett genommen, während ich mich darunter versteckte. Aber wir hatten nie genug Geld. Eines Tages, als ich zwölf war, kam ein Mann, als meine Mutter nicht da war. Seitdem arbeite ich. Und ich habe eine Menge gelernt. Ich habe nie einen Mann so nah an mich herangelassen, daß er mir erst schöne Worte macht und mir dann alles wegnimmt, was ich verdient habe. Ich habe gespart, selbst wenn ich Hunger hatte, und nie mehr ausgegeben als unbedingt nötig. Und deshalb wird meine Zukunft irgendwann so aussehen, wie ich eben gesagt habe.« Consuelo tat, als bemerke sie Serenas entsetzten Blick nicht, und sprach weiter. »Bald habe ich genug Geld, um mir selbst ein Haus zu bauen, und dann wird es nicht mehr lange dauern. Noch ein paar Jahre, und ich bin reich, reich genug, um zu essen, was ich will, und zu lieben, wen ich will. Und ich werde ganz sicher niemals in den Bergen leben, wo es neun Monate lang im Jahr schneit.«

»Ein Haus? Meinst du ein Zuhause?«

»Nein, du kleine Unschuld. Ich meine ein Freudenhaus.«

»So wie das von Pearlie?«

»Pearlie? Bah! Sie weiß nichts davon, wie ein Freudenhaus sein sollte. Sie führt es nicht mit dem Kopf, sondern mit dem, was zwischen ihren Beinen ist. Sie ist dumm und gierig und jämmerlich. Sie läßt alle Männer herein und nimmt ihnen das Geld ab, bevor sie sie ranläßt. Darum ist ihr Haus nicht mehr als ein Bordell. Es hat keine Klasse.«

»Was soll das heißen? Ein Bordell ist ein Freudenhaus!«

Consuelo lachte. »Auf keinen Fall! In einem echten Freudenhaus geht man ganz anders mit den Kunden um. Im Old Homestead zum Beispiel werden Kunden nur auf Voranmeldung genommen, wer sie auch sein mögen. Dafür muß der entsprechende Herr mit Madame ein Gespräch führen, Referenzen bringen von Herren, die sie kennt, und fünfzig bis hundert Dollar zahlen. Oft auch mehr. Denn die Männer, die dort hingehen, sind nicht Bergleute, die monatlich einen Lohn bekommen, sondern Männer, die ein Vermögen haben. Sie bezahlen dabei nicht nur für den Körper einer Frau, sondern für die Mitgliedschaft in diesem exklusiven Club. Es gibt dort gutes Essen, ausgezeichnete Getränke und hübsche, kluge junge Damen, mit denen man auch reden kann und bei denen sie sich zu Hause fühlen. Und wenn der Herr es wünscht, kann er sich eine Frau für ein Abenteuer in die sinnlichen Genüsse aussuchen. Und sie tut für ihn, was ihm am meisten Spaß macht, auch das, was seine Frau nicht tun will.«

»Ich glaube nicht«, sagte Serena bleich, »daß ich noch mehr darüber wissen will.«

»Warum? Du brauchst dich jetzt nicht mehr tugendhaft zu geben. Warum sollen Frauen tugendhaft sein, während die Männer bei ihren alten Sünden bleiben?«

Serena dachte an Elder Greer und nickte.

»Wo war ich? Ach ja. Wenn ein Mann nicht weiß, welche Frau er sich aussuchen soll, gibt es das Schauzimmer. Dorthin gehen auf Anfrage die gerade nicht beschäftigten Frauen und ziehen sich ganz aus. Hinter einem Fenster steht der Mann und kann aussuchen. Wirklich angenehm.«

»Ich verstehe nicht, was daran angenehm sein soll.«

»Wie oft habe ich mir, wenn irgendein Kerl mir befahl, mich auszuziehen, gewünscht, ich hätte wenigstens diesen kleinen Schutz vor seiner direkten Anwesenheit.«

Wie leicht es Consuelo fiel, von solchen Dingen zu sprechen. Serena fragte sich, ob sie wohl auch eines Tages ihr Bestes geben würde, um irgendwelche Männer zu reizen. Außerdem konnte man sie bestimmt nicht zu einem solchen Leben zwingen. Aber in ein paar Wochen konnte sich so viel ändern. Vor einem Jahr hätte sie sich nie träumen lassen, daß sie einmal die Mätresse eines Spielers sein würde, die in dem feinen Kleid ihrer Mutter eine rauhe Horde von Goldgräbern unterhielt.

Sie wollte lieber an etwas anderes denken. »Aber egal, wieviel die Frauen in einem solchen Freudenhaus bezahlt bekommen, muß der Verdienst doch begrenzt sein.«

»Warum? Es gibt fast ein Dutzend Millionäre in der Gegend und eine Menge andere, die reich genug sind, um es sich auch gern gemütlich zu machen. Und es werden jeden Tag mehr. Die Dame eines solchen Hauses, wie ich es auch sein möchte, ist oft die erste Wahl bei den Herren und verdient entsprechend gut. Außerdem bekommt sie noch einen Teil des Geldes von den anderen Frauen. Dann gibt es natürlich auch Geschenke von den Bewunderern, Juwelen, Pelze und andere kleine Schätze. Manchmal verliebt sich auch ein Mann ernsthaft, so daß er sogar ein Haus für sie kauft, um sie für sich zu haben. Oder er heiratet sie womöglich.«

»Das glaube ich nicht.«

»Hast du denn nicht von Baby Doe Tabor gehört?«

»Ich glaube nicht.«

»Sie war eine junge, verheiratete Frau, die vor ungefähr zwanzig Jahren während des ersten Goldrausches hierherkam. Ihr Mann war eine Zeitlang erfolgreich, aber dann ging er pleite, spielte, hatte andere Frauen. Also nahm sich Baby Doe selbst auch einen Liebhaber. Irgendwann ließ sie sich dann von ihrem Mann scheiden und war dadurch in den Augen der anderen nicht besser als eine Hure. Sie ging mit ihrem Liebhaber nach Leadville und traf dort den König der Silberminen, Horace Tabor. Er verliebte sich in sie, bezahlte den anderen Mann, damit er verschwand, und nahm Baby Doe als Geliebte. Irgendwann hat er sich dann von seiner Frau scheiden lassen und Baby Doe geheiratet.«

»Aber sie war niemals ein Freudenmädchen«, stellte Serena fest.

»Stimmt. Aber es wäre möglich, hier draußen, wo die Frauen rar sind und die Zivilisation mit ihren Regeln ziemlich weit weg ist. Doch ich habe das nur am Rande erwähnt. Ich will gar nicht heiraten. Ich will nur in den nächsten paar Jahren so viel Geld wie möglich verdienen und dann neu anfangen. Wenn ich einen reichen Mann heiraten und hierbleiben würde, wäre ich doch immer die Frau aus der Myers Avenue. Da bin ich schon lieber unabhängig.«

Die Spanierin verstummte, als Pearlie durch die Hintertür hereinkam. Sie ging mit raschelnden Röcken durch den Raum. »Nun?« fragte sie barsch. »Habt ihr nichts Besseres zu tun? Herumsitzen und tratschen! Ihr solltet unterwegs sein.«

Timothy beendete sein Lied mit einem lebhaften Finale und sagte: »Scheuch die Mädchen nicht weg, Pearlie, die Show fängt in zwei Minuten an.«

Pearlie kniff die Lippen zusammen und sagte dann: »Serena, ich hatte vorher eine interessante Anfrage nach dir.«

»Was für eine Anfrage?« wollte Consuelo wissen.

»Genau die, an die du auch denkst. Das war natürlich nicht die einzige. Den ganzen Tag haben Männer bei mir geklopft, um zu fragen, wann die süße Serena frei ist. Aber diese spezielle Anfrage war etwas Besonderes.«

»Wirst du uns Genaueres sagen, oder müssen wir raten?«

»Ich sehe eigentlich nicht ein, was dich das angeht, Consuelo. Aber ich werde es euch natürlich sagen. Der Mann, der so interessiert war an Serenas Stellung hier im Eldorado, ist kein anderer als Nathan Benedict. Er war wohl ein paar Wochen geschäftlich weg und hat dich gestern abend hier zum ersten Mal gesehen. Er war enttäuscht, als er erfuhr, daß du Wards Mädchen warst, aber er hat sich schnell wieder gefaßt und darum gebeten, den Abend mit dir verbringen zu dürfen. Außerdem hat er gefragt, ob ein Zimmer im Freudenhaus frei ist.«

»Das – das ist nicht dein Ernst«, flüsterte Serena.

»Doch. Ich habe ihm gesagt, daß du immer noch in Wards Zimmern wohnst, aber er schien den Gedanken nicht gut zu finden, sich dort mit dir zu treffen. Also habe ich ihm das hintere Séparée versprochen und werde für alle Fälle ein Schlafzimmer oben reservieren.«

»Du – hast ihn glauben lassen, daß ich mit ihm ...?« fragte Serena entrüstet.

»Du brauchst ja nur mit ihm zu reden und dir sein Angebot anzuhören.«

»Das kann ich nicht. Unmöglich!«

»O doch, bestimmt kannst du«, sagte Pearlie mit einem gefährlichen Unterton. »Und ich werde dafür sorgen, daß du es auch tust.«

»Aha, das ist es also, was du von Anfang an vorhattest, daß Serena im Freudenhaus landet, bis Ward zurückkommt.«

Pearlies Wangen wurden fleckig. »Sei still!«

»Nein, ich bin nicht still! Du glaubst, daß Ward so empfindlich ist, daß er nichts mehr von Serena wissen will, wenn er sie nebenan wiederfindet. Egal, wie sie dahingekommen ist oder warum.«

»Das ist lächerlich. Du bist nur neidisch, weil Nathan Benedict in diesem Sommer ein- oder zweimal mit dir nach oben gegangen ist. Du siehst deine große Chance schwinden und gönnst Serena ihr Glück nicht. Das habe ich schon gestern abend gesehen, als er mit Serena hinausgegangen ist.«

»Das ist nicht wahr«, sagte Consuelo und stand auf.

Serena schaute verwirrt zwischen den beiden hin und her. Wer hatte recht, Consuelo oder Pearlie? Mit einem elenden Gefühl im Magen dachte sie, daß wahrscheinlich beide recht hatten. Bedeutete das, daß Pearlie ohne Wards Zustimmung handelte, daß sie gelogen hatte, als sie behauptete, er sei ihrer müde geworden? Oder warf Consuelo ihr das nur vor, damit sie Nathan Benedicts Interesse nicht verlor? Aber egal. Wenn sie sich mit Benedict traf, dann hier, vor aller Augen, und nicht in irgendeinem Séparée. Er würde bestimmt das bestellte Schlafzimmer nicht brauchen.

Pearlie starrte Consuelo an. »Paß auf, was du sagst, sonst mußt du dir woanders Arbeit suchen.«

»Ladies«, sagte Timothy und begann das allabendliche Vorspiel zur Show. »Keine Zeit zum Streiten. Showtime!«

Zuerst gab es einen provokativen Tanz mit Schirmen, hinter denen Stück für Stück die Röcke der Mädchen verschwanden. Dann sollte Serena kommen. Sie wartete im Dunkeln neben der Bühne, da kam ein Barkeeper zu ihr und sagte: »Timothy hat gesagt, ich soll Ihnen das geben. Soll gut sein gegen einen trockenen Hals.«

»Was ist das? Doch nicht etwa warmes Bier?«

»Nein, Madam, nur ein Bitter mit etwas Brandy.«

Serena nahm das Glas mit zweifelndem Blick. Die Mischung hörte sich unschön an, und so schmeckte sie auch. Timothy sah zu ihr hinauf, blinzelte ihr zu und nickte. Sie lächelte, er wollte ihr schließlich nur helfen, hob das Glas und trank es mit einem Schluck leer.

Sie hatte keine Schwierigkeiten auf der Bühne. Einmal erschrak sie kurz, als sie hinten im dunklen Teil des Raums die hohe Gestalt von Nathan Benedict sah. Sie wandte den Blick ab und verbarg kurz das Gesicht mit einer koketten Bewegung hinter dem Fächer. Sie war ein bißchen enttäuscht von Wards Freund. Sie hatte mehr von ihm erwartet. Es kam ihr wie ein Verrat vor, daß er sich an Pearlie gewandt und ein Zimmer hatte reservieren lassen, obwohl er sich in der vergangenen Nacht so verständnisvoll gegeben hatte. Sie wußte nicht, was sie sagen würde, wenn sie ihm wieder begegnete, aber so einfach wollte sie es ihm nicht machen.

Das Gebrüll der Männer, die Pfiffe und der Beifall mit Rufen nach Zugaben waren durch nichts zu befriedigen. Als Serena ihren letzten Knicks machte, wurde ihr plötzlich seltsam zumute. Sie schwankte, als sie sich erhob, sagte sich, das sei die Anspannung des Auftritts, vielleicht die Enge des Korsetts. Am vergangenen Abend war ihr gar nichts aufgefallen, aber da waren es auch nicht ganz so viele Männer gewesen. Sie mußte an die frische Luft.

Aber noch bevor sie sich bewegen konnte, beugte sich ein Mann in der ersten Reihe vor und warf etwas in ihre Richtung. Es traf ihre Röcke und rollte auf den Boden. Es war Geld, ein Zwanzigdollarstück. Im nächsten Moment war die Luft von fliegenden Münzen erfüllt. Es traf ihr Mieder und ihre Arme, klingelte in einem Regen von Reichtum um sie her, der im Licht der Lampen zu ihren Füßen glitzerte. Serena zog sich zurück. Sie wußte, daß es ein Kompliment war, wenn sie ihr solche Reichtümer zu Füßen warfen, aber sie war voller Grauen. Sie lächelte matt, knickste noch einmal und hastete von der Bühne.

»Gut gemacht«, flüsterte Consuelo und drückte sie kurz, bevor sie ihren wilden Flamenco begann. »Und mach dir keine Sorgen, ein Barkeeper wird das Geld für dich aufsammeln.«

Serena murmelte ein Dankeschön, blieb aber nicht stehen. Ganz hinten hinter der Bühne, zwischen den Seilen, mit denen die Kulissen bewegt wurden, war die Tür zum Lagerraum, und der hatte auch noch eine Tür nach draußen. Dort würde sie etwas Luft schnappen können, ohne sich durch die Menge drängen zu müssen.

Es war dunkel in dem Lagerraum und kalt. Es roch nach Staub und verschüttetem Bier. Serena wurde immer schwindliger, während sie sich zwischen den Kisten und Fässern hindurchwand. Sie mußte bis zur Tür kommen.

Jetzt spürte sie das Holz der Tür unter der Hand, tastete nach dem Griff. Hinter sich hörte sie etwas scharren, dann ein Krachen und einen Fluch. Sie mußte die Tür aufmachen. Aber das Holz schien sich unter ihren Fingern zu bewegen, während von weitem der Flamenco von Consuelos Tanz herüberscholl. Doch dann dröhnte das Rauschen in ihren Ohren und das Klopfen des Bluts in den Adern lauter.

Da war der Türgriff. Sie versuchte ihn zu drehen, aber ihr fehlte die Kraft. Mit einem Schluchzen in der Kehle klammerte sie sich daran. Sie hörte Schritte hinter sich, spürte die animalische Wärme eines Körpers, beißenden Schweißgeruch. Dann gruben sich brutale Hände in ihr Fleisch.

In den dunklen Kammern ihres Gehirns hallte ein schriller Schrei wider, dann verblaßte er zu Schweigen. Sie erfuhr nicht, daß er ihre Lippen nicht erreichte.

11. Kapitel

»Serena?«

Sie lag ganz still, atmete kaum. Ihre Knochen fühlten sich wie festgeschraubt an, sonst spürte sie nichts. Die Stimme kam von sehr weit her. Der ruhige, männliche Ton klang besorgt, aber nicht sehr hoffnungsvoll.

»Serena? Bitte öffnen Sie doch die Augen. Bitte, es tut mir so leid.«

Diese Stimme war ihr so vertraut. Wenn sie nur – ihre Augenlider waren bleischwer. Ihre Gedanken arbeiteten fieberhaft. Nathan. Nathan Benedict. Enttäuscht ließ sie sich wieder in die Dunkelheit zurücksinken.

»Hier. Trinken Sie das, Serena. Trinken Sie.«

Der kalte Rand eines Glases lag an ihren Lippen. Etwas Flüssiges berührte sie, rann über ihre Wange hinab.

»Diese dumme Frau. Wie konnte sie nur glauben, daß ich so etwas gutheißen konnte. Wenn davon etwas zurückbleibt, dann werde ich ...«

Langsam öffnete Serena die Lippen, um ein wenig von der Medizin zu trinken. Sofort hustete sie wegen des scharfen Alkohols. Ein starker Arm unter ihren Schultern hob sie höher. Ihr Kopf lag an der Brust eines Mannes.

»Noch einen Schluck, bitte, Serena.«

Sie versuchte es, diesmal erfolgreich. Trotzdem konnte sie die Augen nicht öffnen und sich nicht abstützen. In der Ferne klang Musik, eine Frau lachte schrill.

»Wachen Sie auf, Serena, Sie müssen aufwachen.«

Sie wurde wieder hingelegt, dann rieb ihr jemand die Hände. Es schien wichtig, zu tun, was man ihr sagte, egal, wie mühsam es war. Plötzlich schauderte sie. Sie fror. Ihr war, als striche die eisige Luft von einem offenen Fenster über ihre Wangen. Sie hörte Papier rascheln, dann berührte seidiger Satin und weiches Fell sie unter dem Kinn.

Langsam öffnete Serena die Augen. Sie lag auf einem Sofa. Man hatte es unter ein offenes Fenster gezogen, und eisige Schneeluft hob die Spitze des Vorhangs. Sie schien von schwarzem, schimmerndem Biberpelz in Form eines Umhangs bedeckt. Neben ihr kniete Nathan Benedict, und seine Augen betrachteten in einer Mischung aus Erleichterung und Besorgnis ihr Gesicht.

»Was – ist geschehen?« flüsterte sie fast unhörbar.

»Man hat Sie betäubt«, sagte Nathan. »Mit Laudanum, glaube ich.«

Plötzlich erinnerte sich Serena. Der Bitter, den sie getrunken hatte. Pearlie und dieser Mann, das Zimmer im Freudenhaus. »Wo bin ich?«

»Bei Pearlie, leider. Es tut mir leid, Serena, mehr als ich sagen kann. Ich hatte sie nur um einen Raum gebeten, wo ich allein mit Ihnen sprechen wollte. Ich hatte nicht so etwas erwartet, hätte es nie gewollt. Sie müssen mir glauben.« Seine nußbraunen Augen wirkten betroffen, aber ihr Blick war fest. In den kantigen Linien seines Gesichts lag etwas Sicheres, Verläßliches, zusammen mit einem Ausdruck von Einfachheit, der unmöglich vorgetäuscht sein konnte.

»Glauben Sie mir?« fragte er ruhig.

»Ja«, flüsterte sie.

»Gott sei Dank«, sagte er erleichtert, beugte den Kopf und drückte ihre Finger an seine Lippen. Nach einem Augenblick sah er auf. »Ich – können Sie gehen?«

»Ich kann es versuchen.«

»Sie sind schon lange hier, mindestens drei Stunden. Als ich hereinkam und Sie so bleich sah, dachte ich, Sie wären tot. Wir mußten Ihr Kleid öffnen, damit Sie atmen konnten.«

Serena hatte es nicht bemerkt, aber jetzt spürte sie, daß das Kleid locker saß, sie ohne Schwierigkeiten atmen konnte. »Ist schon gut«, sagte sie langsam.

»Wenn Sie erlauben, werde ich Ihnen helfen, das Kleid zu schließen, und dann gehen wir weg von hier.«

Serena nickte und versuchte, sich hinzusetzen. Schließlich mußte er ihr helfen. Die Bewegung machte sie schwindlig. Sie saß mit geschlossenen Augen da, hielt den Pelz in ihrem Schoß fest und drehte ihm den Rücken zu. Er knöpfte die kleinen Knöpfe am Kleid ihrer Mutter zu, als plötzlich Lärm an der Tür entstand und ein Schwall noch kälterer Luft ins Zimmer drang.

Die Tür, die den Vorraum vom Flur trennte, fiel krachend ins Schloß. Der Kronleuchter an der Decke klirrte durch die Erschütterung. Serena schrak zusammen, riß die Augen auf und drehte sich zur Tür.

Dort stand Ward. Sein schwerer Mantel war mit Eis bedeckt. Als er seinen breitrandigen Hut abnahm, rieselte Schnee hinunter auf den Boden.

»Nun ja«, sagte er gedehnt, und warf den Hut mit einer verärgerten Geste auf einen Tisch neben Nathan. »Was für ein hübsches Bild! Bist du hier nicht auf meinem Claim, Nathan?«

»Ward«, sagte Nathan und stand auf. »Es ist nicht so, wie du denkst.«

Als Antwort kam Ward auf ihn zu, holte aus und schlug seinem Freund die Faust ins Gesicht. Nathan fiel rückwärts gegen das Sofa. Als Ward ihn packte und wieder ausholte, hob er die Hand, ohne sich wehren zu wollen.

»Nein, Ward!« rief Serena und versuchte seinen Arm festzuhalten.

Er schüttelte sie ab, und sie war so schwach, daß sie vom Sofa rutschte und auf dem Boden zusammensank. Eine Bewegung entstand in der Tür, Röcke raschelten, und Consuelo kam herein.

»Por Dios!« rief sie, stürzte sich entsetzt auf Ward, zog mit beiden Händen an seinem Arm, riß ihn herum. »Du dummer Kerl! Siehst du denn nicht, daß nichts zwischen ihnen ist? Verdammt noch mal, Ward Dunbar, du müßtest Nathan wirklich besser kennen!«

Ward sah die Spanierin unsicher an, schaute dann zu seinem Freund und zu Serena hinunter.

»Ich kann verstehen, wenn du das Bedürfnis hast, jemanden umzubringen«, fuhr sie fort, »aber ich dachte, du wärest klüger und würdest Pearlie nicht alles glauben.«

Ward wandte sich ihr wieder zu. »Mag sein, daß Pearlie mir gesagt hat, was los ist, aber ich habe gesehen, was Nathan gemacht hat. Und den Ausdruck in seinem Gesicht.«

Die Spanierin sah ihn mit bitterem Vorwurf an. »Und warum eigentlich nicht, wenn es so wäre? Du bist schließlich einfach weggegangen und hast Serena der Gnade dieser Hündin überlassen, die deine Partnerin ist. Welcher Mann würde eine Frau wie deine schöne Serena nicht beschützen wollen? Aber nein, Nathan hat nicht versucht, ihre Schwäche auszunutzen. Ich weiß das, weil ich bis vor einer halben Stunde, als ich in der letzten Show tanzen mußte, auch hier war. Er hat mich holen lassen, um Serenas Kleid zu öffnen. Ich weiß nicht, was du gesehen hast, aber ich weiß, daß du dich irrst.«

»Er hat gesehen, wie ich Serenas Kleid geschlossen habe«, sagte

Nathan, stand auf und ordnete seinen Rock und seine Krawatte. Ohne einen Blick in Wards Richtung beugte er sich zu Serena und half ihr, sich wieder aufs Sofa zu setzen.

Serena dankte ihm leise. Sie warf Ward einen Blick zu. Der Ärger, der langsam in ihr aufstieg begann den Nebel zu verdrängen, der sie zu umgeben schien, aber sie fühlte sich noch so fern. Der finstere Blick zwischen seinen Brauen, das Mißtrauen in seinem grünen Blick steigerten nur ihr Gefühl, mißbraucht worden zu sein.

»Und das da?« fragte Ward und deutete auf den schimmernden Pelz zu Serenas Füßen.

»Das habe ich für sie gekauft«, gab Nathan zu. »Der dünne Mantel, den sie trug, war für dieses Wetter völlig ungeeignet, und ich sah keinen Grund, warum sie sich eine Lungenentzündung holen sollte. Dieses hier habe ich ihr auch gekauft, ich hatte das Gefühl, daß sie es braucht.«

Nathan bückte sich und nahm eine Mahagonischachtel von einem Tisch neben dem Sofa. Er klappte sie auf, und man sah eine kleine Pistole in einem grünen Samtbett. Sie hatte einen versilberten Lauf und Perlmutt am Griff, eine feine Arbeit des Waffenschmiedes, so schön wie todbringend. Er drehte sich um und gab Serena die Schachtel, dann wandte er sich wieder Ward zu.

»Gehe ich recht in der Annahme, daß das etwas zu bedeuten hat?« Ward riß ärgerlich die Schnallen auf, die seinen Mantel vorn zusammenhielten.

»Allerdings, es hat aber nichts mit dir zu tun.«

»Womit dann?«

»Ich glaube, das sollte Serena dir besser erklären. Ich werde jetzt gehen und euch die Klärung der Situation überlassen. Das heißt, wenn Serena das möchte?« Er sah sie fragend an.

Serena nickte. »Sie waren wirklich sehr nett zu mir«, sagte sie mit einem weichen Blick. »Das werde ich nicht vergessen.«

»Wann immer Sie mich brauchen«, sagte Nathan mit rauher Stimme, »stehe ich zu Ihrer Verfügung.« Er warf Ward einen herausfordernden Blick zu, drehte sich steif um und ging hinaus. Sie hörten die Tür zufallen.

Es herrschte tiefes Schweigen. Schließlich sagte Consuelo: »Er –

er hat seinen Hut vergessen. Ich will sehen, ob ich ihn noch einholen kann.« Sie nahm den Hut vom Tisch und eilte hinaus.

»Wenn du schon dabei bist, kannst du ihm das auch zurückgeben«, sagte Ward. Er bückte sich gelenkig, hob den Pelzumhang auf und warf ihn der Spanierin zu.

Sie runzelte die Stirn und sah den Pelz an. »Ja«, sagte sie und warf Ward einen scharfen Blick zu. »Seit du weg warst, hat Serena ohne eigene Schuld viel erdulden müssen. Daran solltest du denken.«

»Ich verstehe nicht, was das dich angeht.«

Consuelo zuckte kurz mit den Schultern. »Ich eigentlich auch nicht, aber es ist so. Daran solltest du auch denken.« Ohne auf eine Antwort zu warten, wirbelte sie aus dem Zimmer.

Ward kam mit langsamen Schritten herüber und stand vor Serena. »Mir scheint«, sagte er mit nachdenklichem Ton, »daß du nicht einen, sondern zwei neue Freunde hast.«

»Stört dich das?« fragte Serena.

»Wie sollte es, da du offensichtlich Verteidigung gebraucht hast? Ich wußte nicht, daß du so hilflos bist.«

Serena warf ihm einen Blick voller kalter Abneigung zu. »Manche Dinge sind eben schwer zu bekämpfen.«

»Wie zum Beispiel?«

»Hunger und Laudanum.«

Ihre Worte hingen zwischen ihnen in der Luft. Der leere Ausdruck auf Wards Gesicht wurde ernst. »Das solltest du mir wohl besser erklären.«

»Das werde ich gern tun«, sagte Serena scharf. Über ihnen ertönte ein Lachen, das in einem unterdrückten Kreischen endete. »Aber nicht – nicht hier.«

Sie hielt die Schachtel mit der Pistole immer noch in einer Hand und stand auf. Ihr wurde wieder schwindlig, und sie blieb einen Augenblick mit geschlossenen Augen stehen.

Ward nahm ihren Ellenbogen, sein Griff war warm und fest. »Geht's dir gut?«

Sie schüttelte ihn ab und machte als Antwort ein paar Schritte auf die Tür zu.

Ward blieb stehen und sagte: »Dein Kleid ist immer noch nicht zugeknöpft.«

»Das ist mir egal«, antwortete Serena und ging hinaus.

Glücklicherweise gab es im Freudenhaus auch eine hintere Treppe, so daß die Männer kommen und gehen konnten, ohne durch die Bar gehen zu müssen. Serena öffnete dankbar die Hintertür. Der Vorhang davor flatterte, und der eisige Wind traf sie wie ein Schlag. Es hatte aufgehört zu schneien, und Serena sah Nathans und Consuelos Spuren im Schnee. Sie führten in die entgegengesetzte Richtung und verschwanden in der blauen Dunkelheit.

Als sie ein Geräusch hinter sich hörte, holte sie tief Luft und stürzte in die Nacht hinaus. Sie würde nicht eine Minute länger in dem Freudenhaus bleiben.

Der Schnee rutschte in ihre Schuhe und durchnäßte sie, klebte in einer dicken Schicht am Saum ihres Kleides und machte es so schwer, daß sie die Schachtel mit der Pistole unter den Arm klemmte und mit beiden Händen die Röcke bis über die Knie hob. Sie schauderte, biß die Zähne zusammen, damit sie nicht klapperten, und fing an zu rennen. Hinter sich hörte sie schnelle Schritte in der eisigen Nacht.

»Wo willst du eigentlich hin?« fragte Ward. Seine Hand schloß sich um ihren Unterarm, hielt sie an, drehte sie so schnell um, daß sie gegen ihn fiel.

In diesem Augenblick kam der Mond aus den Wolken hervor. Sein Licht traf Serenas Gesicht und ließ ihre klaren Züge marmorn wirken. Nur die Augen blieben geheimnisvoll im Schatten. Das zerwühlte Dunkel ihres vom Wind durcheinandergewirbelten Haars bekam einen Silberschimmer, und Schneeflocken glitzerten auf ihren Schultern.

Wards Griff wurde fester. Er wartete nicht auf eine Antwort. Mit einem leisen Ächzen, als wäre er geschlagen worden, senkte er den Kopf und nahm die Süße ihrer Lippen in Besitz.

Die Wärme seiner Arme umhüllte sie. Sie schob ihre Hände unter seinen Mantel, angelockt von der Hitze seines Körpers und erfüllt von dem plötzlich überwältigenden Bedürfnis, ganz nah an ihn gedrückt zu werden. Hier war sie sicher, und ihr Gefühl von Geborgenheit war so groß, daß es in ihrer Kehle schmerzte. Sein Kuß war hart und verzehrend und doch voller Zärtlichkeit; sie hatte nicht das geringste Bedürfnis, ihn von sich zu weisen.

Dann hob er den Kopf und atmete tief durch. »Als ich fortging, wußte ich, daß ich dich vermissen würde«, sagte er mit belegter Stimme, während seine Hände über die nackte Haut ihres Rückens strichen. »Aber ich habe nicht geahnt, wie sehr.«

Bei seiner Berührung erschauerte sie, nicht nur wegen der Kälte. Sie lehnte sich etwas zurück. »Ward...«

»Nein. Keine Erklärungen, Serena, jetzt nicht. Mein Gott, jetzt nicht.«

Sein Gesicht lag im Schatten, aber seine Stimme klang angespannt. Mit einer plötzlichen Bewegung bückte er sich, hob sie hoch und trug sie zur Hintertür des Eldorado.

Drinnen wurden sie von plötzlichem Schweigen empfangen, gefolgt von einer Woge von Bemerkungen, die meisten anzüglicher Art. »Er hat nicht lange gebraucht, um sich ihre goldenen Schuhe anzueignen! Sieht ganz so aus, als wenn unsere hübsche kleine Goldschuh bald keine Schuhe mehr anhat! Es gibt doch ein paar Leute, die sie sich leisten können! Ich wünschte, ich könnte es auch! Wenn Sie Hilfe brauchen, Dunbar, brauchen Sie's nur zu sagen...«

Pearlie saß an einem grünbespannten Tisch und spielte Faro. Ihr Gesicht wurde plötzlich fahl, als sie Ward mit Serena sah. Sie stand langsam auf, aber der graubärtige Goldgräber, dessen Wange von einem Stück Kautabak ausgebeult war, sah auf und griff sich Pearlies Arm. »Wo willst du hin, Süße? Wir haben hier noch ein Spiel zu spielen. Du brauchst nicht aufzustehen. Dunbar ist wieder da und hat sein goldbeschuhtes Vögelchen, wo er es haben will. Und so wie ich das sehe, geht dich das nix an und mich auch nich'. Spielen wir.«

Serena betrachtete Wards Gesicht, das ihr ganz nah war, während er zwischen den Tischen hindurchging. Die goldenen Pünktchen waren in seinen grünen Augen deutlich zu erkennen, die Muskeln in seinem Unterkiefer waren angespannt. Falls er Pearlie wahrnahm und die Bemerkungen hörte, ließ er es sich nicht anmerken. Serena bemühte sich, es ihm gleichzutun.

Das Feuer im Ofen in ihrem Wohnzimmer war ausgegangen. Auf den Scheiben lag eine dicke Schicht Eis, das im Mondlicht schimmerte. Serena schauderte nach der Wärme in der Bar. Dann schauderte sie noch einmal und noch einmal, bis ihr ganzer Körper bebte. Ward murmelte einen Fluch und schob mit der Schulter die Tür ins

Schlafzimmer auf. Er hielt sich nicht damit auf, Feuer oder Licht zu machen, sondern stellte Serena hin, nahm die Schachtel aus ihren erstarrten Fingern, warf sie auf den Schreibtisch, drehte Serena um und knöpfte eilig die restlichen Knöpfe ihres Kleides auf. Mit schnellen, sicheren Bewegungen zog er es ihr über den Kopf, befreite sie von den nassen Schuhen, warf die Bettdecke zurück und schob Serena ohne weitere Umstände hinein.

Er folgte ihr bald, zog nur schnell die Stiefel aus und legte den Mantel über das Fußende des Bettes. Er legte sich zu ihr, zog die schweren Steppdecken bis über ihre Köpfe und drückte Serena ganz eng an sich. Sie lagen eine ganze Weile bebend unter den Decken, und in der Ferne tönte Timothys Musik.

Allmählich hörte Serena auf zu zittern. Sie spürte Wards Hände in ihrem Haar, als er die Haarnadeln herausnahm und dann die gelösten Locken über das Kopfkissen ausbreitete. Er drückte seine heißen Lippen auf ihre Stirn und strich mit den Fingern über ihre Wange und hinunter zum Hals. Dann hob er ihr Kinn mit einem Daumen und drückte seinen Mund auf den ihren, forschend, fest und doch so zärtlich, daß sie wußte, wie er sich beherrschte.

War er böse auf sie, trotz der Dinge, die er draußen gesagt hatte? Oder hielt er sie nicht fester, weil er nicht mehr für sie empfand? Ein Gefühl von Unzufriedenheit war in ihr, und sie bewegte ihre Lippen auf den seinen. Er hielt einen Augenblick ganz still, aber seine Arme blieben schützend um sie gelegt.

Angetrieben von einer Empfindung, die sie nicht verstand, legte Serena ihre Handflächen auf seine Brust. Zögernd spielte sie mit den Knöpfen an seinem Hemd. Fast zufällig ging der oberste auf. Mutig wandte sie sich dem nächsten zu.

Nein, sie wurde ihren Grundsätzen nicht untreu, nur weil er sie einmal darum gebeten hatte. Und sie erfüllte auch nicht seine Wünsche, sondern tat das, was sie selbst wollte. Auch wenn sie nicht froh darüber war, von ihm ausgehalten zu werden, schien es doch deutlich besser, als dem Meistbietenden angeboten zu werden, wie es beinahe mit Nathan Benedict geschehen wäre.

Sein Hemd war offen, auch die oberen Knöpfe des wollenen Overalls, den er wegen der Kälte als Unterwäsche trug. Ihre Finger trafen auf seine Gürtelschnalle, und sie zog mit ihrer freien Hand daran. Es dauerte eine ganze Weile, bis sie sie geöffnet hatte. Ward half ihr nicht, er lag nur da und strich zart mit den Fingerspitzen über die weiche Rundung ihrer Brust, deren Ansatz über ihrem Hemd zum Vorschein kam.

Ihre Bewegungen wurden langsamer, als sie die obersten Knöpfe seiner Twillhose erreichte. Nicht, daß sie besonders schwer zu öffnen gewesen wären. Es wurde nur zusehends deutlicher, daß ihre Bemühungen ihn nicht kalt ließen. Und die unteren Knöpfe an seiner Unterwäsche erforderten noch mehr Sorgfalt. Schließlich wurde es unmöglich zu verhindern, daß ihre Finger sich an seine Haut drückten. Und sie versuchte es auch nicht mehr.

In diesem Augenblick wurde der Druck seiner Arme fester, und er preßte sie an sich. Tief in ihrem Innern spürte sie ein Glücksgefühl aufflammen. Sie legte ihre Arme um seinen Hals, hielt ihn ganz fest, ließ es zu, daß ihre Brüste gegen die Muskeln auf seinen Rippen gedrückt wurden. Ihre Münder preßten sich hungrig aufeinander, bewegten sich voller Verlangen, und das süße Aroma des Begehrens war auf ihren Zungen.

Ihr Atem wurde schneller. Serena spürte das kräftige Klopfen von Wards Herz an ihrer Brust. Ein Teil seines Körpers war schon bloßgelegt, und mit einem beruhigenden Gefühl von Lust wollte sie auch die anderen Kleider beseitigen, die verhinderten, daß ihre nackten Körper sich überall berührten. Als sie seine Finger an den Knöpfen ihres Hemds spürte, durchlief sie ein lustvoller Schauder. Sie half ihm, wand sich aus dem dünnen Hemd, drehte sich um, so daß er auch die Schnüre ihres Mieders erreichen konnte. Dann hakte sie ihre Unterröcke auf und schob sie über die Hüften hinunter, während er sich in der Enge unter der Decke aus seinen Kleidern wand.

Und wieder kamen sie zusammen, wiegten sich miteinander, seufzten voll sinnlicher Begierde, weil nichts mehr ihre Berührung störte. Ward strich mit den Händen abwärts über ihre Hüften, zog sie noch enger an sich. Er atmete den Duft ihres Haares ein, seine Lippen brannten auf ihrem Hals, ihren Schultern und begannen einen Pfad aus Feuer abwärtszuziehen bis zu der bebenden Wölbung ihrer Brust. Hingerissen von den Empfindungen, die sie durchströmten, breitete sie die Hände auf seinen Rückenmuskeln aus. Sie hatte keinen Willen, sich seiner innigsten Berührung zu entziehen, warum sollte sie?

Ihre Lust wuchs weiter, es blieben keine Gedanken mehr. Ihre Leidenschaft schien wie ein Rausch. Hart und weich, männlich und weiblich drängten sich aneinander, umeinander, verbanden sich. Ihre Augen waren geschlossen, ihr Blut raste, sie versuchten, den Schmerz der Vergangenheit durch die Lust der Gegenwart zu verdrängen. Es war ein endloses Gefühl, eine überwältigende Verzückung, die zwischen ihnen wuchs, strömte, sie erfüllte, immer lauter wurde, endlich explodierte, sie dahintreiben ließ und dann versank und Ruhe in ihren Körpern und Seelen hinterließ. In dieser vorübergehenden Erschöpfung, warm in der kühlen Schwärze der umgebenden Nacht, schliefen sie ein.

Abrupt wachte Serena auf, aber ihre Brust hob und senkte sich weiter gleichmäßig wie zuvor, und ihre Wimpern lagen wie Fächer auf ihren Wangen. Es war Morgen. Selbst hinter den geschlossenen Lidern spürte sie das grelle Licht des Tages. Sie war nicht allein im Bett. Sie spürte, daß sich Wards lange Schenkel an sie drückten, und das war nicht alles. Seine Hand umschloß ihre Brust, und sein warmer Atem bewegte ihr Haar. Sein Arm legte sich fester um ihre Taille. Er drückte sie an sich, bis sie ihm ganz nah war, und es kam ihnen vor, als hätten sie sich während der Nacht nicht getrennt. Die Wogen der Empfindungen erhoben sich um sie. Die Metallfedern unter der Matratze knarrten, und ab und zu drang ein eisiger Lufthauch unter die warmen Decken. Als Ward sich schließlich von ihr löste, hielt sie seinen Arm fest, so daß er ganz dicht bei ihr blieb.

Eine Weile lang bewegte er sich nicht, streichelte nur ihre schmale Taille. Serena wäre beinahe wieder eingeschlummert, als er sich schließlich auf einen Ellenbogen stützte. Sie bemerkte, wie er ihr Haar unter ihren Schultern hervorzog, und ihre Lider bebten, als sie spürte, wie er sie betrachtete. Als er weiterhin schwieg, kam es ihr plötzlich so vor, als wäre seine Hand auf ihrer Schulter nicht mehr ganz so zärtlich, als durchdringe ein Gefühl von Nachdenklichkeit ihre kurze, körperliche Verständigung.

»Goldschuh«, sagte er leise, als koste er die Worte auf der Zunge, als stelle er ihre Bitterkeit fest. »Goldschuh...«

Serena öffnete plötzlich die Augen, drehte sich zur Seite, starrte ihn an, und um ihr Herz wurde es plötzlich kalt, als sie den nachdenklichen Ausdruck in seinem grünen Blick sah. »Du verstehst das nicht«, sagte sie leise.

»Ach wirklich? Ich wünschte, ich würde es nicht verstehen. Du bist so wunderschön, Serena, die Verkörperung der Schönheit für jeden Mann. Der Gedanke, daß du hier allein bist, hat mich in Denver verfolgt. Ich habe mich verflucht, weil ich dich zurückgelassen habe. Als meine Geschäfte beendet waren, habe ich sofort den nächsten Zug zurück nach Colorado Springs genommen. Ich war zu ungeduldig, um auf den Nachtzug zu warten. Eigentlich hätte ich gestern bei Anbruch der Dunkelheit hier sein müssen, aber ich hatte nicht mit dem Schnee gerechnet. Wir waren erst nach Mitternacht hier, und was fand ich, als ich im Eldorado ankam? Draußen drängten sich die Männer, um hereinzukommen und den neuen Star der Myers Avenue zu sehen, ein Mädchen, das sie Goldschuh nannten. Und sie wollten selbst dann nicht weggehen, als Pearlie ankündigte, Goldschuh werde in der zweiten Vorstellung nicht auftreten, weil sie eine Sondervorstellung für einen reichen Gast gebe. Du kannst dir unmöglich vorstellen, was ich empfand, als ich feststellte, daß du ›Goldschuh‹ warst.«

»Ich habe nicht um diesen Namen gebeten«, sagte Serena mit einem schmerzlichen Schatten in den graublauen Augen, während sie seine gebräunten Züge betrachtete. »Das kam durch die Schuhe, die ich von meiner Mutter habe. Die Bergarbeiter haben die Vergoldung für echt gehalten.«

»Das ist nicht überraschend«, sagte er mit einem ironischen Lächeln. »Ich befand mich wohl in der Gefahr, dasselbe zu tun. Aber was mich wundert, ist, warum du überhaupt unten warst. Du mußt diese Zimmer hier so leid gewesen sein, ein so großes Bedürfnis nach den Lichtern der Nacht gehabt haben, daß du es kaum abwarten konntest, bis ich außer Sicht war.«

»Nein«, antwortete sie und schüttelte den Kopf. »Ich mußte gehen, es gab keine andere Möglichkeit.«

»Das hast du schon einmal gesagt. Hunger, war die eine Erklärung dafür, nicht wahr? Das verstehe ich nicht, schließlich kommt Sanchow dreimal am Tag.«

»Nein. Er kam eben nicht. Das heißt, er kam zweimal, aber das Essen habe ich nicht bekommen.« Mit hastigen, sich überstürzenden Worten erklärte sie ihm, was geschehen war. Als sie von Pearlies Ultimatum erzählte, erschien ein derart finsterer und gefährlicher Ausdruck auf seinem Gesicht, daß sie plötzlich verstummte.

»Also hast du gesungen, um dein Abendessen zu bekommen?« fragte er mit einer wortlosen Drohung im Blick. »Und dann?«

Serena war verärgert angesichts dieser barschen Befragung. Welches Recht hatte er dazu? Warum wollte er, daß sie sich schuldig fühlte, wenn es keinen Grund dafür gab? Sie wandte sich von ihm ab, schob sich ein Stück zur anderen Seite und stützte sich auf einen Ellenbogen. Die Decke rutschte von ihren Schultern, aber sie bemerkte es kaum. »Was meinst du damit?« fragte sie.

»Genau das, was du glaubst, was ich meine.«

»Du bist weder mein Wächter noch mein Ehemann. Was gibt dir das Recht, danach zu fragen?«

»Meine überlegene Kraft«, sagte er finster und legte seine Hände um ihre Schultern. »Wirst du es mir sagen?«

»Willst du so tun, als hätte das etwas zu bedeuten?« fragte Serena scharf, während sie sich genau erinnerte, wie Pearlie erzählt hatte, daß Ward ihrer müde geworden sei, und meinte, sie könne sich jetzt selbst ihren Lebensunterhalt verdienen. Daher kam auch der Sarkasmus in ihrer Stimme.

»Es hat etwas zu bedeuten«, sagte er kurzangebunden. »So viel, daß, wenn du klug bist, du lieber... Was ist das?«

Der Griff seiner Hand lockerte sich. Er runzelte die Stirn und betrachtete die dunkelroten Flecken und halbmondförmigen Einschnitte in ihrer Haut, die Ottos fester Griff und seine Fingernägel hinterlassen hatten.

»Der Preis für eine Portion Essen«, antwortete Serena trocken. »Der Preis wäre vielleicht auch noch viel höher geworden, wenn dein Freund Benedict Otto nicht hätte davon überzeugen können, daß es nicht fair ist, mich zweimal für dasselbe Essen bezahlen zu lassen.«

»Das war Otto?«

»Wie hätte er wissen sollen, daß es dich stören könnte? Du hast Pearlie gesagt, es sei an der Zeit, daß ich zu den anderen Mädchen käme, und sie gab ihm zu verstehen, daß sie ihm dankbar wäre, wenn er – mir den richtigen Einstieg verschaffen würde.«

»Mein Gott«, sagte Ward tonlos.

»So ist es. Jetzt kannst du wenigstens verstehen, warum ich gegenüber Nathan Benedict so etwas wie Dankbarkeit empfinde, die allerdings nicht so weit ging, das kann ich dir versichern, daß es mir gefallen hätte, als sie mich betäubt und ihm in die Arme geworfen haben. Es ist jedoch möglich, daß ich es mir vielleicht anders überlegt hätte, wenn du noch länger weggeblieben wärst.«

Ward starrte sie an. Plötzlich warf er die Decke zurück, stand wortlos auf, zog sich hastig an und stampfte aus dem Zimmer, während er sich noch das Hemd in die Hose steckte.

»Ward, wo gehst du hin?« rief Serena. Aber sie hörte nur, wie die Tür in den Flur krachend zufiel.

Was hatte er vor? Der Ausdruck in seinem Gesicht war unheilvoll gewesen. Serena zögerte nur einen Augenblick und sprang dann auch aus dem Bett. Sie griff sich eilig ihre Unterwäsche und zog das erstbeste Kleid aus dem Schrank. Ottos und Pearlies Verhalten mußte ihn so wütend gemacht haben. Sie spürte eine Enge in der Brust.

Als Serena gerade ihr Haar zu einem hastigen Knoten drehte, durchdrang der schrille Schrei einer Frau die dünnen Wände des Hauses. Sie hielt den Atem an und horchte. Das war hinter dem Eldorado, kam aus Richtung des Freudenhauses.

Serena schob im Laufen die Nadeln in ihr Haar, rannte, so schnell sie konnte, ans Ende des Flurs, wo am oberen Treppenabsatz ein Fenster den Blick auf die Rückseite des Eldorado ermöglichte. Das Fenster war zugefroren, mit viel Kraft riß sie es auf, so daß sie in den Hof hinaussehen konnte.

Ward hatte gerade den Hof überquert und verschwand hinter dem Lagerraum. Pearlie stand bis zu den Knöcheln im Schnee, in ihrem kirschroten Satinmorgenrock mit viel Spitze und Lochstickerei, durch die hell ihre Haut schimmerte. In diesem Licht wirkte das Hennarot ihres Haars zu grell über ihrem vor Furcht und Zorn verzerrten Gesicht.

»Ward!« kreischte sie. »Komm zurück, laß mich doch erklären! Das kannst du nicht mit mir machen! Das lasse ich nicht zu! Lieber bringe ich mich um! Hörst du mich? Ich bringe mich um! Ward!«

Die letzten Worte klangen gequält wie ein verzweifeltes Jammern. Dabei ließ Pearlie sich im Schnee auf die Knie fallen, legte die Hände vors Gesicht und wurde von ihrem Schluchzen geschüttelt.

Da Serena von unten Schritte näher kommen hörte, drehte sie sich um. Als Ward den Fuß der Treppe erreichte, stand sie an der obersten Stufe, hob in einer unbewußten Geste der Verteidigung das Kinn, während sie seinem Blick begegnete, konnte aber nichts sagen.

Er kam mit langsamen Schritten herauf, blieb mitten auf der Treppe stehen. »Du wirst dich freuen zu erfahren«, sagte er ruhig, »daß Otto nie wieder einen Fuß in das Eldorado setzen wird.«

»Ja«, sagte Serena leiser, als ihr lieb war.

»Und was Pearlie betrifft: Ich habe unsere Partnerschaft gelöst. Von heute ab hat sie nichts mehr mit dem Eldorado oder irgend jemandem darin zu tun.«

»Ich verstehe.«

»Mir ist klar, daß ich das nicht wiedergutmachen kann, was dir angetan worden ist, aber vielleicht weißt du jetzt, daß ich nicht wollte, daß du meine Zimmer oder mein Bett verläßt. Ich bin deiner nicht müde, Serena, ich frage mich eher, ob ich das überhaupt je sein werde. Und was den Vorschlag betrifft, du solltest deinen eigenen Lebensunterhalt verdienen, habe ich das Gefühl, daß ich dich ausreichend beschäftigen werde. Es ist nicht nötig, daß du noch einmal auf der Bühne des Eldorado auftrittst.«

»Wenn das wahr ist«, sagte Serena langsam, »warum hast du dich dann so seltsam benommen, bevor du nach Denver gefahren bist? Warum wolltest du mich nicht mitnehmen?«

»Ich habe mich seltsam benommen«, sagte Ward mit einem kleinen, schrägen Lächeln in den Augen, »weil ich nicht fortgehen wollte. Und zurückgelassen habe ich dich, um mir zu beweisen, daß ich es konnte.«

Serena sah zur Seite. »Das scheint dir gelungen zu sein.«

»Ja«, sagte Ward und kam langsam weiter zu ihr hinauf, »doch der Preis dafür war höher, als ich ihn je wieder zu zahlen bereit bin.«

»Ja, du hast eine Partnerin verloren.« Serena trat zur Seite, wollte ihn nicht verstehen.

Er blieb neben ihr stehen, seine Hände legten sich um ihre Taille, zogen sie näher heran. »Willst du es Wort für Wort hören? Ich brauche dich, brauche dich mehr als Nahrung oder Ruhe in einer eiskalten Nacht, und ich habe nicht die Absicht, dich mit irgendeinem anderen Mann zu teilen.«

Der schnelle, harte Kuß, den er auf ihre Lippen drückte, bevor er sie wieder in seine Zimmer führte, war wie ein Siegel für dieses Versprechen, das fast ein Schwur war. Sie verstand es genau, aber er hatte kein Wort von Liebe gesprochen. Das erwartete oder verlangte sie auch nicht, doch einen Augenblick lang hatte sie geglaubt, er würde es sagen. Das war lächerlich. Wozu brauchte ein Spieler Gefühl? Er wollte sie in seinem Bett, immer greifbar, und es gefiel ihm nicht, wenn sich dabei irgend jemand einmischte. Das war alles.

»Hol deinen Mantel, dann gehen wir etwas essen«, sagte Ward und blieb vor der Tür stehen.

»Das ist nicht unbedingt nötig, wenn du nicht sehr hungrig bist. Ich kann Schinken und Pfannkuchen machen, aber Butter und Sirup gibt es leider nicht dazu.«

Sie schob die Tür auf und zeigte auf ihre Vorräte neben dem Ofen.

»Was ist das?« fragte Ward aus der Mitte des Zimmers, die Hände auf die Hüften gestützt.

»Ich hielt nichts vom Verhungern, also habe ich ein paar Dinge zu essen gekauft. Ich – hatte kein Geld, also habe ich deins genommen.«

Er betrachtete ihre Vorräte und fragte: »Was hast du?«

»Ich habe dein Geld genommen«, erwiderte Serena mit klarem Blick. »Dein Kleingeld, hinten aus dem Schrank.«

»Und das alles hast du dafür bekommen?«

Er klang nicht verärgert. Serena lächelte ihn unsicher an. »Ich hätte auch gern Eier und Kaffee und eine Kaffeekanne gekauft, aber dazu hat es nicht gereicht.«

»Ist das alles?«

»Ja. Nein, wie ich schon gesagt habe, wären Butter und Sirup nicht schlecht dazu. Und mit einem kleinen Backofen könnte ich Kekse und...«

»Moment! Um Himmels willen, Serena, ich fühle mich schon

schuldig genug, daß ich dich allein und allem ausgeliefert hiergelassen habe, auch wenn du dich nicht anhörst, als hättest du nichts mehr gegessen, seit ich weg war.«

»Oh, ich brauche das nicht alles nur für mich, aber wenn ich für dich koche...«

»Das tust du nicht. Das heißt«, fuhr er fort, als das Leuchten aus ihrem Gesicht verschwand, »ich erwarte nicht, daß du das tust, mit dem wenigen Arbeitsgerät, das du hier hast.« Ein Lächeln ließ sein herbes Gesicht weich wirken. »Ich gebe allerdings zu, daß es nett wäre, wenn wir zum Frühstück nicht ausgehen müßten, oder immer einer mit dem Essen kommt und uns im Schlaf stört oder bei dem, was wir sonst gerade tun. Aber das reicht. Ich frage Sanchow, ob er uns das Abendessen bringt, sonst arrangiere ich etwas anderes.«

Serena war damit einverstanden.

»Und jetzt würde ich gern Kaffee trinken und etwas essen. Ich habe mir gestern abend keine Zeit dazu genommen und verhungere bald.«

Serena nickte und holte mit einem seltsam leichten Gefühl, fast wie Glück, ihren Mantel, den Ward mit einem kurzen Blick begutachtete. Dann aßen sie in einem deutschen Restaurant Apfelpfannkuchen und tranken heißen Kaffee dazu. Später kauften sie im Lebensmittelgeschäft die Dinge, die ihnen noch fehlten, um ein gutes Frühstück zuzubereiten. Als sie auf dem Rückweg in die Myers Avenue einbogen, kam eines der Mädchen aus dem Eldorado mit nur halb zugeknöpftem Mantel, unter dem sie nur ihre Unterwäsche trug, auf sie zugerannt. Sie war bleich, und ihre Stimme krächzte, als sie sie erreicht hatte.

»Mr. Dunbar, oh, Mr. Dunbar. Sie müssen kommen, schnell! Pearlie hat eine ganze Schachtel Morphiumtabletten geschluckt.«

»Woher weißt du das?«

»Ich hab's gesehen. Kommen Sie schnell, sonst stirbt sie.«

»Hat sie vielleicht noch erwähnt, daß sie mich sehen will, bevor sie – von uns geht?«

»O ja, das hat sie! Sie wollte Sie noch um Verzeihung bitten, bevor es zu spät ist.«

»Es ist schon zu spät dazu«, sagte Ward hart. »Wenn Pearlie dich hat zusehen lassen, wie sie die Tabletten nahm, dann wollte sie auch, daß du sie rettest. Ich schlage vor, du holst ihr einen Arzt, den braucht sie, nicht mich.«

»Das ist grausam, daß sie Pearlie das antun«, sagte das Mädchen mit Tränen in den Augen.

»Und sie ist dumm, wenn sie glaubt, sie könnte mir das antun – und du auch, wenn du hier herumstehst und Zeit verschwendest.«

Das Mädchen starrte ihn haßerfüllt an, dann drehte sie sich mit einem halb schnaubenden, halb jammernden Ton um und rannte davon.

12. Kapitel

Pearlie starb nicht. Der Arzt kam, gab ihr ein Brech- und Abführmittel, zog sie nackt aus und rieb sie erst mit Schnee ab und dann mit Alkohol. Dann nutzte er den Vorteil der Stunde, schickte die anderen Mädchen hinaus und untersuchte sie eingehend, wobei er auch seine eigenen Kleider auszog. Als er dafür gesorgt hatte, daß alle denkbaren belebenden Methoden angewandt worden waren, stellte er eine Rechnung für seine Dienste und ließ Pearlie in ihrer Schwäche und ihrem Zorn allein.

So wenigstens berichtete es Consuelo. Sie besuchte Serena in der ersten Woche nach Wards Rückkehr. Sie war seit jenem Abend nicht mehr ins Eldorado zurückgekehrt. Ein gewisses Strahlen erfüllte sie, als sie Serena erzählte, daß sie die Geliebte von Nathan Benedict geworden war. Nach der ersten Nacht hatte er ein kleines Haus für sie gemietet, richtig elegant, mit vier Zimmern, einer Veranda davor und geschliffenem Glas in der Haustür. In seinem Salonwagen waren sie nach Colorado Springs gefahren und hatten Möbel dafür gekauft. Er war nett und großzügig, dieser Nathan Benedict, und die Spanierin war noch nie so glücklich gewesen. Nur manchmal, nachts, wenn er sie in den Armen hielt, nannte er sie Serena.

»Oh, Consuelo«, flüsterte Serena, »das tut mir leid!«

Die andere junge Frau schüttelte den Kopf und lächelte. »Du kannst ja nichts dafür. Und es macht mir ehrlich nichts aus. Du – du mußt mich einmal besuchen.«

»Das würde ich gern. Aber lieber dann, wenn Nathan – Mr. Benedict – nicht da ist.«

»Das ist einfach«, sagte Consuelo mit dunklem Blick. »Er kommt nur nachts.« Serena dachte, daß es wohl besser wäre, Ward nichts von diesem Gespräch zu erzählen. Seit jener Nacht hatte er sich nicht mehr sehr gut mit seinem Freund verstanden, obwohl sie nicht glaubte, daß er eifersüchtig war.

Im Gegenteil. Sie und Ward waren noch nie so gut miteinander ausgekommen wie jetzt. Er verbrachte fast seine gesamte freie Zeit, die er nicht unten an den Spieltischen saß, mit ihr. Sie sprachen von tausenderlei Dingen, und nachts, wenn der Ofen ausgegangen war, zogen sie sich vor der Kälte ins Bett zurück, lachten und liebten sich. Die Tage und Wochen vergingen, und es wurde richtig Winter. Serena fehlte eine Beschäftigung, und so überredete sie Ward dazu, Nähmaterial kaufen zu dürfen, so daß sie sich ein oder zwei neue Kleider machen und die alten überarbeiten konnte.

»Muß das sein?« fragte er sie. »Ich kaufe dir gern noch ein paar Kleider, die du draußen anziehen kannst. Aber wenn ich hier bei dir bin, wäre es mir lieber, wenn du nur deinen Morgenrock oder gar nichts anziehen würdest.«

»Das bezweifle ich nicht. Ist ja auch viel praktischer«, sagte sie und warf ihm einen gewagten Blick zu. »Aber auch etwas zugig. Und ich bin davon überzeugt, daß die Wirkung verlorenginge, wenn ich darunter deinen wollenen Overall trage.«

»Ja, das kann ich mir vorstellen«, sagte er und seufzte theatralisch. »Aber wenigstens ein Weilchen hatte ich dich so, wie ich es wollte.«

»Das habe ich nicht vergessen.«

»Ich weiß, und das macht mir Sorgen. Jeden Abend erwarte ich, daß ich komme und mein Schrank leer ist.«

»Ich werde nicht so dumm sein, dir derart entgegenzukommen! Dir würde das garantiert gefallen.«

»Mag sein. Aber du, Serena, war es wirklich so schlimm für dich?«

Sie sah zu Boden. »Nicht solange ich glaubte, mein Koffer wäre verlorgengegangen.«

»Er war nur einen Tag länger unterwegs. Und als er schließlich kam, dachte ich, es wäre am besten, alles so zu lassen, wie es war.«

»Am besten für wen?« Ihr graublauer Blick war hart.

»Für mich. Die Antwort hattest du doch auch erwartet, oder? Aber auch für dich. Wenn du Kleider gehabt hättest, wärest du vielleicht wirklich losgezogen, um dir einen dieser Goldmillionäre zu suchen, von denen du gesprochen hast.«

»Jetzt habe ich Kleider, das Kostüm, das du mir gekauft hast, ist sogar recht manierlich. Warum denkst du, daß ich jetzt nicht mehr ausbreche?« Ihre Worte zeugten von dem Ärger über seine wenig schmeichelhafte Einschätzung ihres Charakters.

»Das denke ich nicht«, sagte er mit belegter Stimme. »Aber ich verspreche dir, daß ich mein Bestes tun werde, damit du keine Gelegenheit dazu hast.«

»Und zwar in welcher Form?«

»Indem ich dich so beschäftige«, sagte er leise und kam auf sie zu, »daß du keine Zeit oder Gedanken dafür hast. Soll ich dir zeigen wie?«

Aber diese Unterhaltung blieb nicht die letzte zu dem Thema. Die Situation zwischen ihnen hatte sich äußerlich kaum geändert. Serena trat nicht mehr auf der Bühne des Eldorado auf. Sie durfte Wards Wohnung verlassen und kam fast jeden Abend hinunter und sprach mit Timothy oder den neuen Mädchen. Ward hatte verboten, daß die Mädchen aus dem Freudenhaus nebenan ihre Kunden suchten. Manchmal blieb sie in Wards Nähe, um ihm Glück zu bringen. Sie fand im Laufe der Zeit heraus, daß sie eine beruhigende Wirkung auf die Bergarbeiter und Goldgräber in der Bar hatte. Sie waren ausgesucht höflich zu ihr und kümmerten sich sogar darum, daß ihr kein betrunkener Draufgänger zu nahe trat. Trotzdem blieb Ward immer in der Nähe, wollte sie bei sich haben. Manchmal hielt er ihre Hand oder spielte mit den Locken auf ihrer Schulter, wenn sie neben ihm saß.

Um so ungewöhnlicher war es, daß er eines Nachts plötzlich verschwand. Serena hatte ihn nicht fortgehen sehen. Zuletzt hatte er mit Nathan Benedict gesprochen, dann hatte sie ihn nicht mehr gesehen, weil sie sich hinter der Bühne um ein Mädchen mit verknackstem Fuß gekümmert hatte.

Niemand belästigte sie danach in der Bar, aber es war doch seltsam ohne Ward, denn die Männer warfen ihr Blicke zu und lachten anders als sonst. Sie ging zwischen den Tischen hindurch und langsam die Treppe hinauf, um nicht den Eindruck zu erwekken, als laufe sie davon.

Als sie im Flur vor Wards Zimmer stand, hörte sie drinnen Stimmen. Also hier war Ward. Sie wollte nicht stören, aber in die Bar zurück wollte sie auch nicht gehen.

Es erwies sich als unnötig, eine Entscheidung zu treffen, denn in diesem Augenblick öffnete sich plötzlich die Tür, und Ward kam mit finsterer Miene und funkelnden Augen heraus, sah Serena einige Sekunden an und trat dann zur Seite, um Nathan aus dem Zimmer gehen zu lassen.

»Du wirst mir deine Entscheidung mitteilen?« fragte Nathan und drehte sich noch einmal zu ihm um.

»Das werde ich tun«, knurrte Ward.

Nathan verbeugte sich kurz vor Serena, bevor er ihnen beiden eine gute Nacht wünschte und mit einem langen Blick in Serenas Richtung fortging.

»Ich wußte nicht, daß ihr hier oben wart«, sagte Serena und ging an Ward vorüber ins Zimmer.

»Nathan hatte etwas mit mir zu besprechen, das er aus verständlichen Gründen geheimhalten wollte.«

In seiner Stimme war ein spöttischer Klang, als wolle er andeuten, Serena müsse wissen, um was es dabei ging.

»Ach ja?«

»Ich bitte dich, das solltest du besser können. Du solltest überraschter sein oder wenigstens so tun.«

»Ich weiß nicht, wovon du sprichst. Deine Geschäfte gehen mich nichts an.« Serena wandte sich ihm mit verwirrtem Blick zu.

»Wie du wohl weißt, geht es dich in diesem Fall sehr wohl etwas an.«

»Ich weiß nicht, was ich dazu sagen soll.«

Ward starrte sie an. »Das ist zuviel verlangt, wenn ich das glauben soll. Ich weiß, daß du wirklich nicht allein mit Nathan gesprochen hast, seit ich wieder hier bin, aber ich dachte, er hätte dir vielleicht einen Brief oder irgend so etwas Romantisches geschickt.«

»Nein, nichts Derartiges. Ich weiß nicht, was du mir eigentlich vorwirfst, aber es gefällt mir nicht.«

Wards Blick wirkte verschlossen. »Wenn Nathan aufgrund einer so unwahrscheinlichen Möglichkeit so viel einzusetzen bereit ist, muß er wohl verliebter sein, als ich dachte. Ich wünschte, ich hätte das gewußt.«

»Was gewußt? Wovon redest du?«

»Nathan hat mir vor ein paar Minuten hier angeboten, mir seinen Anteil an einem der vielversprechenden Claims der Gegend zu überlassen, dazu ein Paket Aktien im Wert von zusammen Tausenden von Dollars, vielleicht Hunderttausenden.«

»Einfach so?«

»Natürlich nicht. Du kannst dir wohl denken, daß er dafür etwas von mir verlangt hat.«

Der ironische Klang seiner Stimme war quälend. »Nämlich?«

»Er will, daß ich – daß ich offiziell meine Beziehung zu dir abbreche.«

»Was – was will er?« Serena war plötzlich sehr kalt.

»Wenn du die Wahrheit sagst, dann hat er mir ohne jede konkrete Hoffnung darauf, dich für sich zu gewinnen, eine große Summe Geldes angeboten, damit ich dich freigebe. Das sieht so aus, als würde er glauben, du fühltest dich zu mir hingezogen, jedoch nicht so sehr, daß er nicht glaubt, dich für sich gewinnen zu können, wenn ich nur dazu überredet werden kann, dich ein wenig in seine Richtung zu schubsen.«

Serena schluckte. »Ich verstehe. Und was hast du gesagt?«

»Ich sagte, meine liebe Serena, daß ich darüber nachdenken müsse.«

»Was gibt es da nachzudenken?« fragte Serena, wandte sich heftig ab und hielt die Hände über den Ofen. »Wenn dir so viel Geld geboten wird, kannst du unmöglich ablehnen.«

»Ach wirklich? Du wärest überrascht, was ich alles tun könnte, wenn ich die richtigen Gründe habe.«

Serena hörte ihn vor lauter Verzweiflung kaum. »Und außerdem seid ihr Freunde. Darauf würdest du doch nicht verzichten wollen nur wegen einer – einer...«

»Wegen einer schönen Frau, die wir beide wollen? Das wäre nicht das erste Mal, daß Freunde sich aus einem solchen Grund trennen. Aber das zählt alles nicht. Worauf es jetzt ankommt, ist, wie du denkst. Suchst du Entschuldigungen für mich, damit es mir leichter fällt, dich an ihn abzutreten? Das ist deine große Chance, Serena. Hier hast du den Minenmillionär, der bereit ist, dir die Welt zu Füßen zu legen. Du brauchst nur ja zu sagen.«

»Und du würdest mich einfach so gehen lassen?«

»Wenn du mir sagst, daß du Nathan und sein Geld willst, dürfte mir das nicht schwerfallen.«

Serena sah in die andere Richtung. »Und wenn ich das richtig verstanden habe, hat Nathan auch noch Consuelo.«

»Das ist ja wohl ihr Problem.«

»Und was Nathan betrifft – mir gefällt der Gedanke nicht, daß er mich so einfach – kaufen will.«

»Ein vernünftiger Einwand.«

Er würde ihr nicht helfen. Sie richtete sich auf und drehte sich zu ihm um, schaffte es, trotz seines aufmerksamen Blickes zu lächeln. »Außerdem würde ihm etwas, was er so leicht bekommen kann, nicht gefallen. Ich glaube, du mußt Mr. Benedict mit Nein antworten. Vorausgesetzt natürlich, du bist ganz sicher, daß sein Angebot dich doch nicht so sehr reizt, daß du nicht widerstehen kannst?«

»Du willst wirklich ablehnen?«

Sie spürte die Eindringlichkeit seines Blickes, den Unglauben in seiner Stimme. »Das muß ich wohl.«

»Auch wenn du weißt, daß du bestimmt kein besseres Angebot bekommst?«

»Meinst du damit, ich bemühe mich um einen, der mich heiratet? Ich versichere dir, daß ich weiß, wie aussichtslos das ist.«

»Serena...«, begann er und schwieg dann.

»Ja?« Sie sah ihm fest in die Augen. Sein Gesicht wirkte unentschlossen, als wolle er noch etwas fragen, überlegte es sich aber anders.

»Ach, es ist egal«, sagte er schließlich. »Nichts ist wichtig, nur das hier.« Er nahm sie in seine Arme, zog sie ganz eng an sich und hielt sie so fest, als wolle er sie nie wieder loslassen. Sein Kuß war lang und voller Verehrung, endete auch nicht, als er sich vor dem Ofen auf die Knie herunterließ, wobei er sie mit sich zog. Langsam, wie in Trance, zogen sie einander aus, legten sich auf die verschwenderische Wärme und Weiche des persischen Teppichs, bewegten sich in unglaublicher Harmonie miteinander. Kostend, erforschend ertrugen sie es, den Weg bis zum letzten Gipfel des Begehrens hinauszuzögern, bis es einfach nicht länger ging, dann stürzten sie sich mit fast schmerzlicher Lust in die taumelnde Befriedigung.

Später betrachtete Serena die schwankenden Schatten an der Wand, die die Öllampe auf dem Tisch warf. Der Vorschlag, den Nathan Benedict gemacht hatte, auch wenn er für eine Frau mit Grundsätzen nicht sehr schmeichelhaft war, war doch ein Kompliment. Und so ungern sie daran dachte, daß sie als Handelsware betrachtet wurde, mußte sie bedenken, daß Nathan nicht gewollt hatte, daß sie von seinem Angebot erfuhr. Denn sonst hätte er ihr zweifellos einen entsprechenden Vorschlag gemacht, ohne sich um die Gefühle seines Freundes zu kümmern. Er schien offensichtlich wirklich zu glauben, daß sie etwas für den Mann empfand, mit dem sie lebte. Das war natürlich ein Fehler Nathans. Aber ebenso schien er anzunehmen, daß Ward nichts für sie empfand.

War das möglich? Konnte er sagen, sie sei schön, erklären, wie er sie vermißt habe, sie mit soviel Zärtlichkeit lieben und doch nicht mehr als nur Lust für sie empfinden? Der Gedanke war beunruhigend. Nicht, daß sie etwas anderes gewollt hätte. Aber wenn er sie gern hatte, wäre es eine gute Strafe gewesen für das, was er ihr angetan hatte. Sie schloß die Augen und versuchte, den Gedanken zu verdrängen. Rache war eine gemeine Angelegenheit. Aber befriedigend.

»Bist du sicher, daß sie hier wohnt?« fragte Serena besorgt und blieb mitten auf der gefrorenen Straße stehen. Es war vor nicht allzu langer Zeit gebaut worden, ein winziges Holzhäuschen mit einem windschiefen Dach. Es hatte keine roten Vorhänge, war aber zweifellos doch eines jener Häuser, in denen Frauen, die selbständig oder die zu unattraktiv, zu krank, zu alt waren, um in ein Freudenhaus zu gehen, ihre Kunden empfingen.

»Deine Beschreibung«, antwortete Consuelo, »paßt auf sie, und sie spricht oft von einem toten Baby, aber nie von einem Mann. Ein Mann besucht sie oft, gewöhnlich am Morgen.«

»Ich bin dir so dankbar für die Mühe, die du dir gemacht hast, selbst wenn sie es nicht ist.«

Die Spanierin schüttelte den Kopf. »Das war doch nichts Besonderes. Tut mir nur leid, daß es so lange gedauert hat. Sie hat nicht viele Freunde, diese Lessie, bleibt immer zu Hause. Der Mann bringt ihr sogar das Essen.«

»Vermutlich hat sie Angst, daß Elder Greer sie findet.«

»Das kann ich gut verstehen.«

»Vielleicht will sie mich nicht sehen.«

»Das läßt sich sicher feststellen.« Consuelo stellte sich auf den Stein, der als Stufe diente, und klopfte. Während sie warteten, betrachtete Serena Consuelo. Sie hatte nicht mehr mit ihr gesprochen, seit Nathan Ward sein Angebot gemacht hatte. Und irgendwie hatte sie das Gefühl, als hätte sich das Verhalten der Frau ihr gegenüber verändert. Nichts Auffälliges, ihre zynischen Bemerkungen gehörten ebenso zu ihr wie ihr Stolz und ihre unaufdringliche Hilfsbereitschaft. Und doch schien sie kürzer angebunden. Nathan hatte doch wohl seiner Geliebten nicht gesagt, daß er vorhatte, sie durch Serena zu ersetzen?

Die lose Brettertür vor ihnen öffnete sich einen Spalt breit. »Was wollen Sie?« fragte eine leise Stimme.

»Lessie?« fragte Serena zweifelnd.

»Serena!« Lessie öffnete mit einem Ausdruck von Erstaunen die Tür, griff nach Serenas Hand und zog sie hinein. Sie wollte erst protestieren, als Consuelo ihr folgen wollte, aber Serena stellte sie ihr gleich vor.

»Wie geht es dir, Lessie?« fragte Serena zuerst.

»Gut, aber ich habe dir so viel zu erzählen.« Die weißblonde junge Frau saß auf der Kante des ungemachten Bettes und winkte Serena neben sich. Nach einem Blick auf den wackligen Stuhl entschied Consuelo, stehen zu bleiben.

Als sie sich gesetzt hatten, strich Lessie ihr rosa Kleid glatt und fing an: »Zuerst war ich krank, und mein Baby kam auf die Welt, aber Beatrice hat es getötet. Sie haben mir gesagt, es wäre tot, aber das stimmt nicht, ich habe es schreien hören, also hat es gelebt. Ich habe das zu Agatha gesagt, aber sie hat mich geschlagen und gesagt, Beatrice würde so etwas nicht tun. Dann hat sie zu Elder Greer gesagt, ich sei verrückt, und er hat es ihr geglaubt. Dann betete er tagelang und beschloß schließlich, daß – daß der einzige Weg, mein

Leid zu beenden, nur der sein könne, daß ich ein neues Baby bekäme.«

Serena sah Consuelo finster an. »Ich wußte, daß er ein Hundesohn ist«, sagte die Spanierin ruhig.

»Ja«, sagte Lessie mit plötzlicher Entschlossenheit. »Und ich wollte nicht, ich wollte absolut nicht, nicht mit ihm. Also bin ich weggelaufen.«

Serena konnte sich all die Gefühle von Haß und Eifersucht und Lüsternheit gut vorstellen, die hinter Lessies einfachen Worten steckten. »Das war bestimmt richtig.«

»Ja, denn dann habe ich Jack getroffen. Er war nett zu mir. Er hat mir Bonbons und Haarbänder gekauft und mich mit dem Zug fahren lassen. Eine Weile haben wir in einem großen Hotel gewohnt, aber dort waren zu viele Leute, und deshalb hat er dieses süße kleine Haus für mich gefunden, wo ich in Sicherheit bin.

Serena sah sich um, betrachtete die mit Zeitungspapier beklebten, ungestrichenen Wände, das durchhängende Bett mit dem dünnen Bettzeug, den Nachttopf mit dem Riß und dem Deckel, den wackligen Waschtisch. »Es – ist bestimmt schön, daß du es mit niemandem zu teilen brauchst.«

Lessie sah sie an. »Bei Jack macht mir das nichts aus. Ich wünschte, die anderen Männer brauchten nicht zu kommen, aber Jack sagt, es ist keine Sünde und wird nicht lange so gehen. Also lasse ich sie – tun, was sie wollen. Wir werden bald genug Geld haben, um zusammen fortzugehen.«

»Ist das wichtig für dich? Möchtest du das?«

»O ja, ich liebe ihn. Ich möchte nicht mehr ohne ihn leben.«

»Willst du vielleicht mitkommen und bei mir wohnen?« fragte Serena. Lessie sah sie erstaunt an. Wie Ward auf diese schnellgefaßte Entscheidung reagieren würde, wußte Serena nicht.

»Bei dir wohnen?« sagte Lessie verwundert. »Das würde ich gern tun, Serena, niemand war je so gut zu mir wie du. Aber ich weiß nicht, was Jack dazu sagen würde. Ich glaube, er würde es nicht gut finden, wenn mich abends die Goldgräber nicht mehr besuchen könnten.«

»Und ich bin sicher«, sagte Consuelo entschieden, »daß Ward das nicht gefallen würde.«

»Ward?« Lessie sah fragend die beiden Frauen an.

»Das ist – der Mann mit dem ich lebe«, antwortete Serena und errötete.

»Du hast auch einen Mann? Das freut mich für dich. Dann wirst du sicher verstehen, was ich meine.«

Serena sah die Spanierin jetzt lieber nicht an. »Nicht genau.«

»Ist ja auch egal. Ich könnte auch nicht kommen, wenn er da ist, ich meine dein Mann. Das wäre nicht gut, ich würde mich überflüssig fühlen. Und wenn er etwas gegen die Goldgräber hätte, dann vielleicht auch gegen Jack. Und ich kann nicht in einem Haus wohnen, wo Jack mich nicht besuchen kann. Ich gehe gerne ins Bett mit Jack, aber mit Elder Greer hat es mir nie gefallen.«

»Oh, Lessie.« Serena fühlte sich so hilflos, weil sie ihr ihre Lage nicht erklären konnte. Aber was konnte sie ihr schon bieten, das besser war als das, was sie hatte? Selbst wenn sie ihr eine Arbeit im Eldorado besorgen würde, würde höchstwahrscheinlich das gleiche dabei herauskommen, und der nächste Mann, der sie ausnutzte, würde vielleicht nicht so nett zu ihr sein. Was mochte geschehen, wenn dieser Jack sie eines Tages nicht mehr wollte? Ein neuer Mann? Endlos viele Männer? War ihre Lage nicht dieselbe? Was würde aus ihr werden, wenn Ward sie nicht mehr wollte? Wie wollte sie Lessie helfen, wenn sie nicht einmal sich selbst helfen konnte?

»Sei nicht traurig, Serena. Du kannst mich ja besuchen, und wir unterhalten uns.«

»Du kannst mich im Eldorado besuchen. Ich sage dir, wo es ist, dann kannst du immer zu mir kommen, wenn du einmal Hilfe brauchst«, sagte Serena und drückte Lessies Hand.

»Im Eldorado bist du also jetzt? Wir hatten gehört, daß man dich mit einem Mann gesehen hat. Ich – ich glaube, ich hätte nie den Mut gehabt, den Wagenzug zu verlassen, wenn du es nicht vorher getan hättest.«

»Ach Lessie, kommst du mich besuchen?« fragte Serena und fühlte sich schuldig daran, daß Lessie jetzt hier war und nicht bei dem Wagenzug, wo sie doch sicher gewesen wäre, wenn schon nicht glücklich.

»Das würde ich gern, Serena, aber ich habe vor ein paar Tagen Elder Greer gesehen. Er sucht mich, das weiß ich. Wenn er mich fände, müßte ich wieder zurück. Schön, daß du mich besucht hast, aber wenn du mich finden kannst, dann kann es jeder. Ich muß jetzt vorsichtiger sein als vorher.«

Serena versicherte ihr, daß nur sie diese besonderen Kontakte durch die anderen Frauen hätte, und Consuelo bestätigte dies. Lessie wirkte erleichtert, wollte ihr Haus aber nicht einmal für ein paar Minuten verlassen. Also mußte Serena sie dortlassen.

»Glaubst du, daß es ihr hier gutgehen wird?« fragte sie Consuelo voller Zweifel, als sie zurückschaute zu der vom Wind gepeitschten Hütte.

»Wer weiß?« Die Spanierin zuckte mit den Schultern. »Manchmal hat es den Anschein, als würde Gott sich um solche Menschen wie sie kümmern. Vielleicht geht es ihr besser als uns beiden. Aber bestimmt wird ihr der Segen zuteil, daß sie nicht soviel leidet wie wir.«

Einen Augenblick lang sah Serena der Frau in die Augen, die sie die spanische Connie nannten. Sie wandte den Blick zuerst ab.

Der Winter hielt an. Die Schneewolken des Hochgebirges legten sich über den großen Vulkankrater, bedeckten ihn mit kristallener Weiße, dann folgte in unendlichem Zyklus die Sonne, und die kalte Fülle schmolz. Immer wieder gab es an verschiedenen Straßenecken Unruhen, weil Elder Greer versuchte, den Männern ins Gewissen zu reden. Er übertönte die Reklameschreier der Vaudevilletheater, oft gesellte sich noch ein großer, dünner Mann in Sacktuch zu ihm, der mit vielen Drohungen das kommende Ende der Welt in nur sechs Jahren verkündete – am Ende des Jahrhunderts. Der unermüdliche Heilige predigte auch vor den Hütten der Huren und wurde einmal sogar vom Sheriff abgeführt, weil er versucht hatte, sich gewaltsam Einlaß in ein Freudenhaus zu verschaffen.

Weihnachten kam und verging, ohne daß man es so recht bemerkte. Ward kaufte Serena einen neuen Mantel mit Biberkragen und passendem Muff – vermutlich als Ersatz für das Geschenk von Nathan, das er ihr weggenommen hatte, dachte Serena. Sie bestickte sorgfältig einen Satz Taschentücher mit seinem Monogramm, die unbedeutend wirkten im Vergleich zu den Manschettenknöpfen in Form von Goldnuggets, die Pearlie ihm schenkte. Es war jedoch tröstlich, daß Ward eines der Taschentücher einsteckte, während die Manschettenknöpfe hinten im Schrank verschwanden. Die Feiertage waren insgesamt nicht sehr glücklich, weil Serena immer wieder an das letzte Weihnachtsfest denken mußte, als ihre Eltern noch gelebt hatten.

Zum unglücklichen Höhepunkt kam es, als eine Schlägerei im Freudenhaus ausbrach, weil ein Kunde eines von Pearlies Mädchen als Diebin bezeichnet hatte. Ward kam mit dem Sheriff gerade noch rechtzeitig, um ein kleines Feuer zu löschen, das durch ein umgeworfenes Kohlebecken in dem betreffenden Schlafzimmer entstanden war.

Weil Pearlie Partei für ihre Mädchen ergriffen hatte, brachte Ward sie sicherheitshalber ins Eldorado, damit sie nicht den Sheriff provozierte, der dann auch sie eingesperrt hätte. Noch lange nachdem der Frieden wieder eingekehrt war, stand sie an der Bar, schwenkte ein Glas und fluchte auf die Männer im allgemeinen und die des Sheriffs im besonderen. Am Schluß wurde sie ohnmächtig, und als Ward sie zurück ins Freudenhaus trug, murmelte sie undeutlich zärtliche Worte an seinem Hals.

Nach Neujahr erschienen dann die Schlitten mit den schellenbesetzten Pferden in den Straßen und erfüllten sie mit fröhlichem Klingeln und stiebenden Schneewolken.

Gegen Ende des Winters schmolzen die Schneehaufen zu grauen Flecken in dem an den Bergflanken erscheinenden zarten Grün. Die Bären kamen aus den Bergen hinunter, um in den Müllhaufen zu wühlen, und an den Seiten der Häuser hingen zum Trocknen die Bärenfelle für die warmen Decken des nächsten Winters und verbreiteten den ranzigen und ekelhaft süßlichen Geruch des Todes. Doch irgendwann blühten dann die wilden Rosen und rosa Storchenschnäbel zwischen den Häusern und kündigten den Sommer an.

Serena stand an der Hintertür des Eldorado und genoß den Duft, der zu ihr herüberwehte und sich mit dem Duft der Kiefernnadeln von den Bergen mischte. Das erinnerte sie an den Tag, als sie mit Ward zum Picknick hinaufgefahren war und er sie dort geliebt hatte am Tag vor seiner Abfahrt. Das schien schon so lange her und doch wie gestern. Damals waren sie sich noch fremd gewesen. Nicht, daß sie sich jetzt so viel besser kannten, aber es lag keine solche Spannung mehr zwischen ihnen. Ward hatte im Frühling zusehends entspannter gewirkt, und Serena hatte begonnen, ihm zu vertrauen, weil sie nicht den Eindruck hatte, daß er ihrer müde wurde. Doch das war nicht der einzige Grund für ihre äußerliche Ruhe.

Serena drückte die Lippen zusammen und schloß die Augen. Manchmal war sie alles andere als ruhig. Ihr Körper hatte sich langsam an die Veränderungen gewöhnt, die das Kind bewirkte, das in ihr wuchs, aber ihre Gedanken waren voller Unruhe.

Sie hatte es Ward noch nicht gesagt. Erst hatte sie gewartet, bis sie ganz sicher war, dann hatte sie es verschoben, weil eines der Mädchen aus dem Freudenhaus an einer verspäteten Abtreibung gestorben war. Es schien nicht vernünftig, so bald nach einer solchen Tragödie ihren Zustand zu verraten, denn sie wollte nicht, daß jemand vorschlug, sie solle das Kind abtreiben. Jetzt, im dritten Monat, dachte sie, war es auch schon beinahe zu spät dafür. Und auf einmal hatte sie das eigenartige Bedürfnis, darauf zu warten, bis Ward es von allein merkte.

Wie konnte es möglich sein, daß er die Veränderungen an ihrem Körper nicht bemerkt hatte? Zugegeben, ihr war morgens nicht übel gewesen, sie hatte sich nur etwas matt gefühlt und reagierte besonders empfindlich auf Gerüche, aber ihre Taille war immer noch schlank und ihr Bauch flach, aber es waren doch viele Veränderungen da, die jeder sehen konnte, der sich etwas aus ihr machte.

Und das war die eigentliche Frage. Machte er sich genug aus ihr? Es war schwer zu glauben, daß er monatelang mit ihr leben, neben ihr im Bett liegen, sie in den Armen halten konnte, ohne es zu bemerken. Manchmal bemerkte sie, wie er sie mit einem dunklen Blick betrachtete. Danach nahm er sie oft in die Arme oder stand auf und ging aus dem Zimmer, kam erst Stunden später wieder. Sie lernte, ihm keine Fragen zu stellen. Nicht, daß er ärgerlich wurde, aber sein Schweigen war so finster, daß sie wußte, es hatte keinen Sinn.

Jemand pfiff, und sie sah einen gebeugten Schwarzen mit zwei Maultieren um die Ecke biegen.

»Morgen, Madam«, sagte er. »Ich soll diese beiden Viecher hier abgeben. Wo soll ich sie anbinden?«

»Wer hat gesagt, Sie sollen sie hier abgeben?«

»Nun, Mr. Dunbar, Madam. Er nimmt immer zwei Maultiere mit, wenn er in die Berge geht. Auf manchen Wegen kommt man mit Pferden einfach nicht zurecht.«

»Hat – hat Mr. Dunbar gesagt, wann er aufbrechen will?«

»Ich glaube, er hat gesagt, am frühen Morgen. Er sagte, er hätte seine Packsättel schon fertiggemacht.«

Mechanisch zeigte Serena ihm, wo er sie anbinden konnte, und sah ihm dabei zu. Sie war offensichtlich nicht die einzige, die ein Geheimnis hatte. Also ging Ward auch in diesem Sommer wieder hinaus in die Berge auf Goldsuche wie in den vergangenen Jahren. Eigentlich seltsam, daß sie das überraschte. Er hatte kein Wort davon gesagt, keine Pläne gemacht, nicht gesagt, was sie in seiner Abwesenheit tun sollte. Sie hatte auch von den Packsätteln nichts gesehen. Wenn er etwas zu essen eingepackt hatte, dann stammte es nicht aus ihrer provisorischen Küche, auch Kleidung hatte er keine aus seinem Schrank genommen.

Ward war heute morgen nach dem Frühstück ausgegangen, und es war eigentlich nichts Ungewöhnliches, daß er nicht gesagt hatte wohin. Aber er kam zum Mittagessen nicht nach Hause, auch nicht bei Einbruch der Dunkelheit. Serena nahm an, er sei mit Nathan oder einem anderen seiner reichen Bekannten zum Essen gegangen. Höchstwahrscheinlich waren auch deren Ehefrauen anwesend, von Diamanten glitzernd, mit Spitze geschmückt.

Ein Blitz flackerte hinter dem Vorhang auf. Serena räumte die Reste ihres kleinen Abendessens weg, ging ins Schlafzimmer und zog die Vorhänge auf. Das helle, silberweiße Flackern wiederholte sich über den Bergen. Ein Regen würde der staubigen Stadt guttun. Sie ließ den Vorhang fallen und ging ins Badezimmer. Sie konnte sich eigentlich schon fertigmachen, um ins Bett zu gehen.

Das Badewasser war heiß und entspannend. Serena seifte sich nachdenklich ein. Schließlich war es kein Weltuntergang, daß Ward fortging. Sie wußte nicht, warum ihr die Vorstellung so viel ausmachte, außer vielleicht, weil er es geheimhielt. Ob er befürchtete, sie würde ihm eine Szene machen und ihn anflehen, nicht zu gehen? Oder war er einfach so lange allein gewesen, daß er es für unnötig hielt, andere von seinen Plänen zu unterrichten? Oder hatte es mehr zu bedeuten? Vielleicht wollte er sie freigeben, bevor er fortging.

Und wenn sie ihm sagte, daß sie sein Kind erwartete, würde das etwas ändern? Obwohl sie jetzt schon so lange mit ihm lebte, war sie nicht sicher. Das Leben, das er hier führte, befriedigte ihn nicht, das war klar. Wenn er glücklich wäre, würde er diese jährlichen Ausflüge in die Berge nicht brauchen. Er sagte, er gehe, um nach Gold zu suchen, aber das hätte er auch hier in der näheren Umgebung mit den Schürfrechten tun können, die er beim Spiel gewann. Warum spielte er eigentlich? Wegen des Geldes als Ersatz für das, was er verloren hatte, oder weil es die einzige Herausforderung war, vielleicht irgendwann so etwas wie das Ansehen zurückzugewinnen, das er von Geburt an eigentlich gehabt hatte?

Eigentlich hätte sie sich nach so langer Zeit seiner Gefühle ihr gegenüber sicherer sein müssen. Sie wußte, daß er gern mit ihr zusammen war, ihren Körper genoß und sie schön fand. Manchmal dachte sie, daß das eigentlich ausreichen müßte. Lag es an ihr oder an Ward, daß dem nicht so war?

Was würde sie tun, wenn er sie nicht mehr wollte? In Cripple Creek gab es keinen Platz für Frauen in ihrem Zustand, die kein Heim und keinen Mann hatten. Eine Weile lang würde sie vielleicht noch arbeiten können, aber nur, wenn sie Arbeit fand. Elder Greer und seine Leute würden wahrscheinlich sagen, daß Gott sie bestrafe in ihrem Schicksal. Seltsam, aber sie fühlte sich nicht schuldig. Sie empfand nur eine ungeheure Hilflosigkeit.

Mit einer plötzlichen, schwungvollen Bewegung stieg Serena aus der Wanne und trocknete sich gründlich ab. Rosig und erhitzt von dem heißen Wasser ließ sie den Morgenrock offen, als sie aus dem Badezimmer kam.

Die Blitze flackerten immer noch und waren das einzige schwache Licht in dem dunklen Schlafzimmer. Serena löste ihr Haar und trat wieder ans Fenster. Die feurigen Zickzacklinien blitzten über den Himmel, der Donner grollte und hallte zwischen den hohen Felswänden wider. Sie schob die Vorhänge zur Seite und starrte hinaus. Die wilden, elementaren Kräfte, die draußen in der Nacht tobten, hatten etwas Faszinierendes an sich. Ihr Herz schlug erregt schneller, es lag auch eine Spur von Furcht darin.

Als sie hinter sich ein Geräusch hörte, wie wenn jemand tief einatmet, drehte sie sich schnell um. Die dunkle Gestalt eines Mannes stand in der Tür. Sie erstarrte, atmete kaum. Ein grelles Flackern beleuchtete sie mit ihrem gelösten Haar, zeichnete ihre schlanken Arme und die stolzen Wölbungen ihrer Brüste nach wie schimmernden Marmor. Aber es war auch hell genug, um den Mann zu erkennen, der unbemerkt hereingekommen war.

»Ward«, sagte Serena tonlos.

»Ich hoffe, du hast nicht jemand anderen erwartet in dieser Kleidung.« Er kam auf sie zu, und seine Stimme klang humorvoll, obwohl sie hätte schwören können, daß sein Gesicht einen Augenblick zuvor noch wie eine Maske aus Schmerz gewirkt hatte. Als er näher kam, im Dunkeln eine Hand nach ihr ausgestreckt, ließ Serena mit einer plötzlichen Bewegung den Vorhang los, zog ihren Morgenrock zusammen und trat zur Seite. Wieder blitzte es, und der Donner rollte erschütternd durchs Zimmer. Ward war kaum zu verstehen.

»Ich wollte dich nicht erschrecken.«

»Hast du auch nicht, nur ganz kurz.«

Er schwieg so lange, bis sie die Lampe aus dem Badezimmer geholt hatte. »Mir war noch nie aufgefallen, daß dir Gewitter etwas ausmachen.«

»Es ist nicht das Gewitter«, sagte sie, ohne ihn anzusehen.

»Also muß dir etwas anderes Sorgen machen. Was ist los?«

Serena zögerte. »Nichts. Es ist nichts.«

Er zog seinen Rock aus, wobei sein grüner Blick fest auf sie gerichtet blieb. Als er sein Hemd aufzuknöpfen begann, drehte sich Serena zur Kommode um, nahm die Bürste und zog sie mit ein wenig zitternden Fingern durch ihr Haar nach vorn über die Schulter. Die Erwartung fühlte sich an wie ein Knoten in ihrem Bauch, als er sein Hemd zur Seite legte und sich dicht hinter sie stellte. Er hob die Hand, schloß seine starken braunen Finger um die Bürste und nahm sie ihr ab, begann sie mit einer seltsam tröstlichen Bewegung und zärtlicher Berührung durch die schwarze Fülle zu ziehen, die er über ihren Rücken fallen ließ. Sein Gesicht war nachdenklich. Serena wagte kaum zu atmen. In der Stille hörte sie die Lampe flackern.

»Ich gehe morgen fort.«

Die Worte hingen in der Luft, ein Donner schien ihre Wirkung zu verstärken. Serena schluckte. »Ich weiß.«

»Das dachte ich mir.« Ward legte die Bürste weg.

»Ich habe deine Packtiere gesehen.«

Er nickte langsam. »Ich hätte es dir wohl sagen sollen, aber bis gestern war ich nicht sicher, daß ich diesen Sommer gehen würde.«

»Warum?« fragte Serena und betrachtete sein Gesicht im Spiegel.

»Aus mehreren Gründen. Du, zum Beispiel. Und Pearlie. Ich mache mir Sorgen um sie. Sie trinkt zuviel und kann angeblich auch ohne ihr tägliches Morphium nicht schlafen.«

»Sie ist eine erwachsene Frau. Was willst du da machen?«

Er lächelte matt. »Es gäbe schon eine Möglichkeit, aber ich kann mich nicht dazu aufraffen.«

»Du meinst – mit ihr zu leben?« Serena drehte sich langsam zu ihm um.

»Entweder das oder ein klarer Bruch. Ich frage mich manchmal, ob es nicht grausamer war, die Verantwortung für sie zu übernehmen, als sie sich selbst zu überlassen.«

»Sie hat dein Leben gerettet.«

»Das stimmt«, meinte er und rieb sich den Nacken.

Es war dumm von ihr, Entschuldigungen für ihn zu finden, besonders in bezug auf Pearlie. Serena ging zum Bett und schlug es auf. »Wirst du lange unterwegs sein?«

»Ein paar Wochen. Bevor es schneit, bin ich wieder da.«

Langsam, aber deutlich fragte sie: »Und was soll ich inzwischen tun?«

»Was meinst du? Wolltest du gern mit mir kommen?«

Er hatte sich auf einen Stuhl geworfen, um seine Stiefel auszuziehen. Serena schaute zu ihm hinüber und wandte den Blick wieder ab. »Nein, bestimmt nicht.«

»Schade. Deine Gesellschaft hätte mir vielleicht Spaß gemacht«, sagte er und warf ihr einen prüfenden Blick zu. »Wenn du nicht mitkommen willst, wirst du wohl hierbleiben müssen, bis ich wiederkomme. Ich besorge noch ein paar Romane für dich und lasse dir genug Geld da. Du brauchst nichts zu tun, als herumzuliegen und zu lesen, kannst dick und faul werden.«

Serena warf ihm einen scharfen Blick zu, aber sein Gesichtsausdruck war nur humorvoll. »Hört sich verführerisch an.«

»Ja. Wenn ich zu lange darüber nachdenke, bleibe ich vielleicht doch hier.«

»Das bezweifle ich«, sagte Serena und fragte dann nüchtern: »Gibt es – könnte ich vielleicht einen Schlüssel haben?«

»Zu diesen Zimmern? Das hängt davon ab.«

»Wovon?«

»Ob du mich damit aussperren willst.«

Sie legte den Kopf auf die Seite. »Keine schlechte Idee.«

Er stand auf und kam auf sie zu, nahm ihr das Kissen aus der Hand, das sie aufschüttelte, und zog sie in seine Arme. »Aber sag mir die Wahrheit, hast du Angst, allein hierzubleiben?«

Otto war fort, Pearlie mußte im Freudenhaus bleiben. Sie würde genug zu essen haben und sicher sein. »Nein. Nicht wenn du nicht zu lange fortbleibst.«

»Ich glaube«, sagte er mit einem ernsten Blick, »daß ich dir das versprechen kann.«

Seine Lippen waren warm und fest, seine Arme ein Hafen der Geborgenheit. Er schob die Finger einer Hand durch die Fülle ihres Haars, hielt ihren Kopf in seiner Hand, während die andere die Schleife unter ihren Brüsten löste. Seine suchenden Finger wanderten unter den Morgenrock, strichen aufwärts, umfaßten die schwellende Fülle ihrer Brust. Mit unendlicher Zärtlichkeit streichelte er ihre rosa Spitzen, so daß sie sich unter seiner Hand aufrichteten.

Dann ließ er sie langsam und widerwillig los, streckte die Hand zum Licht aus und löschte es, schob ihr im beängstigenden Flackern der Blitze den Morgenrock von den Schultern und ließ seine Hose fallen. Ihre nackte Haut berührte sich, als sie zum Bett gingen, er legte sie mit langsamen Bewegungen seiner eisernen Muskeln neben sich. Sein Mund bewegte sich über den ihren, er drang in ihre Sinne ein mit unaufhaltsamer Süße, brachte sie so weit, sich ihm mehr und mehr hinzugeben, drängte sie der fernen Lust entgegen. Sie wandte sich ihm aus eigenem Willen zu, in einem fatalistischen und geheimen Abschied.

Er war umgeben von der kühlen Frische der Nacht und ihrer dunklen Erregung. Hingerissen berührte sie die feste Lebendigkeit seines Haars, als sein Mund brennend durch ihre zarte Halsgrube wanderte, hinab zu dem warmen Tal zwischen ihren Brüsten. Sie spürte das verlockende Schnellen seiner Zunge, mit dem er die Spitze erklomm. Seine Hand glitt hinab über die empfindliche Haut ihrer Rippen bis zu ihrem flachen Bauch, schien einen Augenblick länger dort auf der seidigen Oberfläche liegenzubleiben. Ihre Bauchmuskeln spannten sich voller Erwartung an, beinahe wie eine Verteidigung gegen die drohende Auflösung in der Lust.

Aber es blieb nicht aus. Keine zarte Rundung, keine weiche Höhlung blieb unerforscht, keine Barriere der Scham ungebrochen. Die Nacht war erfüllt vom pulsierenden, geschmolzenen Feuer, das auch durch die Adern strömte. Ihre Lenden drängten, sie spürte Wards harten Schenkel an sich gedrückt und die straffe Kraft seines Verlangens. Sie wollte ihn umfangen und halten, ganz tief in sich aufnehmen. Schwer atmend klammerte sie sich in der quälenden Ekstase ihres Begehrens an ihn.

Als er das spürte, hob er sich über sie, kam sofort in sie, drang ganz tief ein. Hingerissen von seinen eigenen Empfindungen, legten sich seine Arme fest um sie, und sein Atem wurde rauh. Serena drückte sich an ihn und wurde fortgerissen von einer sich ausbreitenden, vernichtenden Feuersbrunst.

Es war wie ein verzehrender Brand, tobende Flammen, blutrote Hitze. Eine erdrückende, fordernde Macht, ein verschlingendes Inferno, das über sie hinwegrauschte und sie schwer atmend und ausgepumpt zurückließ.

Serena lag in dem schweigenden, erschöpften Nachhall, von Wards Armen noch umschlungen. Die Nacht war dunkel und still. Die Blitze hatten aufgehört, der Donner war verklungen. Das Gewitter hatte zuviel versprochen. Der befreiende Regen war ausgeblieben.

ZWEITER TEIL

13. Kapitel

Der Sommer in Cripple Creek ging so schnell vorüber, daß kein Tag verschwendet wurde. Es gab Baseballspiele in dem neuen Park außerhalb der Stadt, Pferderennen im Nachbarort und Rodeos auf vielen Ranchen der Umgebung. Natürlich auch Festzelte, Boxkämpfe, politische Veranstaltungen, bei denen es immer so viele Speisen gab, daß sich die Tische bogen. Die Jüngeren gingen zum Tanz, und manchmal gab es formelle Feste, die als Bälle bezeichnet wurden. Aber man machte auch Ausflüge in die Berge, um wilde Blumen zu pflücken oder in den kleinen, fast alpin anmutenden Städtchen in den Bergen die Sommergäste zu betrachten.

Am vierten Juli wurde ein bunter Umzug veranstaltet, in dem die Feuerwehr, die Musikvereine und alle anderen Vereine durch die Straßen zogen, die mit blau-weiß-roten Fähnchen geschmückt waren. Eines der beliebtesten Feste war die Blumenparade, vor allem deswegen, weil dabei auch die hübschesten Mädchen der Stadt zu sehen waren.

Serena und Consuelo betrachteten von einem Platz vor dem Eldorado die vorbeiziehenden, über und über mit Blumen bedeckten Wagen, in denen die jungen Mädchen in ihren zartesten, flatterndsten Kleidern saßen, mit großen, weißen, blumenverzierten Strohhüten, in Begleitung von Herren in weißen Anzügen. Consuelo war eine besonders geeignete Begleiterin, denn sie konnte die jungen Damen der feinen Gesellschaft und die Töchter der Minenbesitzer genau von den Damen aus der Myers Avenue unterscheiden. Und das war nicht immer einfach, weil mitunter die gefragtesten und begehrtesten Männer neben jenen Kutschen herritten.

Eine Dame, die im Winter in Colorado Springs wohnte, fuhr in ihrem mit Wicken und Geranien prächtig geschmückten offenen

Wagen vorüber, der von vier weißen Pferden gezogen wurde. Darin saßen die Mädchen aus dem Old Homestead, dem exklusivsten der Freudenhäuser, auf mit rosa Rosen bestreuten, burgunderfarbenen Samtsitzen. Die Frau eines Minenbesitzers fuhr samt Tochter in einem mit goldenen Ringelblumen verzierten Wagen vorüber. Sie fielen besonders deshalb auf, weil der überwältigende Duft des Wagens die Gesichter der Insassinnen leicht grünlich färbte.

Auch Pearlie fuhr in der Parade mit. Ihre Kutsche war mit orangefarbenem Mohn geschmückt. Sie trug ein weißes, mit orangefarbenen und blauen Blumen bedrucktes Kleid und fuhr allein, nur ein lebendiger, bunter Papagei hockte auf ihrer Schulter. Der Mann, der im weißen Anzug mit grünschimmerndem Zylinder ihren Wagen lenkte, war Otto. Serena war nicht überrascht, ihn zu sehen. Er hatte, nachdem Ward ihn hinausgeworfen hatte, anfangs eine Weile in den Minen gearbeitet und bei Boxkämpfen mitgemacht, war aber schließlich Pearlies rechte Hand im Freudenhaus geworden. Und solange er dem Eldorado fernblieb, hatte sie nichts dagegen einzuwenden.

Dicht dahinter kamen die Fahrradfahrerinnen in weißen Kleidern, mit weißen Hüten, die Fahrräder mit weißen Margariten geschmückt. Ein herrlicher Anblick im strahlenden Sonnenlicht.

»Sieh mal«, sagte Serena und reckte den Hals, um über die Leute vor sich schauen zu können, »ist das nicht Lessie?«

Sie war es wirklich, und sie fuhr mit dem Fahrrad, als hätte sie noch nie etwas anderes getan. Ein kräftiger junger Mann lief neben ihr her und versuchte angestrengt, einen weißen Schirm über ihren Kopf zu halten. Lessie winkte, als sie Serena erkannte, und wäre beinahe gegen einen Pferdetrog gefahren, der plötzlich vor ihr auftauchte.

»Ich habe gehört, der Wagenzug der Mormonen ist aufgebrochen. Ich denke, das ist der Beweis«, sagte Serena mit einem amüsierten Blick zu Consuelo.

»Ich weiß nicht«, sagte die Spanierin, »ich habe von deinem verrückten Heiligen nichts mehr gesehen, aber irgend jemand hat gesagt, er hätte seinen Wagenzug allein weiterziehen lassen, während er noch in Colorado Springs als Zimmermann arbeiten soll.«

»Warum sollte er das tun?«

»Wer weiß?« Consuelo hob eine Schulter. »Er hat schließlich zwei von seinen vier Frauen verloren, oder? Vielleicht will er hierbleiben, bis er euch beide zurück in seinem, äh, Schoß hat?«

»So etwas darfst du nicht einmal im Spaß sagen«, meinte Serena und schüttelte sich theatralisch.

»Vielleicht spürt er auch die Berufung, den Frauen der Myers Avenue das Wort Gottes zu verkünden, zusammen mit den verschiedensten anderen Herrlichkeiten?«

»Wenn dem so ist, hat er seine Pflicht vernachlässigt.« Doch diese Worte, so leicht dahingesprochen sie auch waren, verfolgten Serena, denn noch vor Ende des Monats war der Älteste zurückgekommen und hatte einen Stand vor dem Eldorado aufgebaut. Er schüttelte seine Faust und schimpfte gegen ein Haus, das dem teuflischen Mammon geweiht war.

Auch seit Ward fort war, war Serena jeden Abend eine oder zwei Stunden hinunter in die Bar gegangen. Die Barkeeper hatten eine schützende Haltung ihr gegenüber eingenommen; ob das ihrem Zustand oder Wards Anordnungen zuzuschreiben war, wußte sie nicht. Gelegentlich waren Situationen eingetreten, die die Männer nicht in den Griff bekamen, und Serena hatte jedesmal die Lösung gefunden. Als Timothy betrunken fast eine Woche verschwunden blieb, hatte sie seinen Platz am Klavier eingenommen; sie hatte auch die Show neu zusammengestellt und dem Lieferanten, der schlechten Whiskey lieferte, sein Geld verweigert. Eigentlich war es Timothys Aufgabe, Wards frühere Partnerin zu ersetzen, aber da er das nicht schaffte, ohne sich regelmäßig zu betrinken, ging die Verantwortung langsam in Serenas Hände über. Also kamen sie zu ihr, als die Unruhe vor dem Eldorado begann.

»Was sollen wir mit diesem Seifenkistenprediger tun, Miss Serena? Er schadet unserem Geschäft und macht einen fürchterlichen Aufstand. Das stört die Männer schon bei ihrem Bier.«

»Ich weiß nicht, was wir tun sollen«, sagte Serena unglücklich, »er verstößt damit nicht gegen das Gesetz.«

»Er beschimpft eine nette Frau, nämlich Sie«, sagte der Barmann und errötete. »Die Jungs könnten ihn doch vorsichtig an den Armen nehmen und mit ihm hinten in der Gasse verschwinden...«

»Ich glaube nicht, daß das eine gute Idee ist.«

»Warum denn nicht? Meiner Meinung nach braucht der Kerl einfach eine Lektion in gutem Benehmen, und Mr. Dunbar wäre bestimmt nicht damit einverstanden, wenn wir sie ihm nicht verpassen.«

»Das ist nett von euch«, sagte Serena hastig, »aber nicht notwendig. Was der Mann sagt, tut mir nicht weh.«

»Aber mir tut es weh, wenn ich es höre«, sagte der Mann hinter der Bar und schüttelte kräftig sein Poliertuch.

Doch schließlich brauchten sie nichts zu unternehmen. Er störte nämlich nicht nur das Eldorado, sondern hielt auch die Kunden von Pearlies Freudenhaus fern. Irgendwann erschien Otto draußen neben dem Ältesten und tippte ihm auf die Schulter. Keiner wußte, was er sagte, aber Elder Greer verließ seinen Posten und verschwand in dem Haus nebenan. Den Rest der Nacht wurde er nicht mehr gesehen und gehört.

Erst nach ungefähr einer Woche, in der Serena immer wieder an Lessie auf ihrem Fahrrad gedacht hatte, begab sie sich zu ihr. Vielleicht wußte sie ja nicht, daß Elder Greer noch in der Stadt war. Und der Gedanke, daß der Älteste Lessie finden könnte, ließ Serena keine Ruhe. Serena wußte nicht, ob Lessie ihm nicht trotz ihrer neuen Unabhängigkeit vielleicht doch folgen würde. Er durfte möglichst gar nicht mit ihr sprechen. Bestimmt würde er es irgendwann aufgeben, wenn er sie beide nicht zurückgewinnen konnte.

Serena legte sich ein Tuch um die Schultern und machte sich auf den Weg. Die Sonne war gerade erst untergegangen. Ein Zug schnaufte mit schwarzen Dampfwolken den Berghang gegenüber hinauf. Eine schrille Pfeife verkündete das Ende der Schicht in einer Mine. Hier oben war es um diese Zeit schon im Spätsommer sehr kühl. Alles war staubig und trocken, kein einziger grüner Grashalm mehr nach der langen Trockenheit.

Sie fühlte sich schwerfällig, auch wenn ihr Bauch eigentlich noch nicht sehr dick war. Sie ging schnell und kam atemlos bei Lessies Hütte an. Sie verschnaufte einen Augenblick und klopfte dann an.

Keine Antwort. Ob Lessie ausgegangen war? Serena stand da und horchte. Es war nichts zu hören. »Lessie?«

Serena klopfte noch einmal. Dann drehte sie den Türknopf. Sie konnte Lessie ja vielleicht eine Nachricht hinterlassen, falls sie einen Stift fand.

Die Tür ließ sich öffnen. »Ist jemand hier?«

Es war düster in der Hütte. Man hörte das laute Summen von Fliegen in der Stille, und ein unangenehmer, ekliger Geruch hing in der Luft. Der einzige Stuhl war umgekippt. Der Krug vom Waschtisch lag zerbrochen auf dem Boden. Überall lagen zerrissene Kleider herum. Das Bett in der Ecke stand schief, die Matratze war halb gekippt. Es sah aus, als hätte jemand hier wirklich gewütet, und Serena bekam eine Gänsehaut.

Es sah nicht so aus, als würde Lessie wieder hierherkommen können. Serena drehte sich um und wollte gehen. Da bemerkte sie den Schwarm von Schmeißfliegen zwischen dem Bett und der Wand.

Dort lag Lessie auf dem Boden, ihr weißblondes Haar verklebt mit getrocknetem Blut, ihre hellen Augen weit geöffnet und starr. Ihr Gesicht war blaurot und mit tiefen Schnitten übersät, ihre Zunge hing zwischen den Zähnen heraus. An ihrem Hals, ihren nackten Schultern und Brüsten waren große schwarze Prellungen. Um ihre Taille hing noch ein Rest von ihrem Nachthemd. Ihre Hüften und Schenkel, voller schrecklicher Schnitte, waren übersät von summenden Fliegen.

Serena schnappte nach Luft. Zitternd und mit Tränen in den Augen, die Hände auf den Mund gepreßt, trat sie noch einen Schritt näher heran.

Es konnte keinen Zweifel geben. Lessie war tot, schon seit einer Weile. Sie konnte ihr nicht mehr helfen, niemand konnte es. Serena wirbelte herum und rannte aus dem Haus in die kühle, frische Abendluft hinaus.

Da sie die Leiche gefunden hatte, wurde Serena vom Sheriff und seinen Leuten vernommen. Mit ernsten Gesichtern schrieben sie sich die Fakten aus Lessies kurzem Leben auf, und Consuelo trug noch den Namen des Mannes dazu bei, der ihr Beschützer gewesen war. Die Angelegenheit sei äußerst unerfreulich, sagten sie, und Cripple Creek bekomme dadurch einen schlechten Ruf. Bald würde niemand mehr hier leben wollen. Und das wollten sie natürlich nicht. Sie versprachen, unverzüglich eine gründliche Untersuchung durchzuführen, und gingen fort.

Am nächsten Tag fand die Beerdigung statt. Es war ein warmer, klarer Nachmittag. Serena stand im trockenen Gras auf dem Friedhof und starrte auf den Haufen Erde neben dem Grab. Man roch das frische Holz des Sarges und den Duft der Blumen, die bunt und mit hängenden Köpfen in der Sonne lagen und nur zu sehr an die vor kurzem stattgefundene Blumenparade erinnerten. Lessie war an jenem Tag so glücklich gewesen, vielleicht glücklicher als je in ihrem Leben.

Serena war nicht allein. Consuelo war bei ihr und auch Nathan Benedict. Und auch der Mann, der Lessies Zuhälter gewesen war, etwas weiter hinten, halb verborgen von der schwarzen Kutsche des Bestatters. Noch ein paar andere, rauh wirkende Bergarbeiter standen an der anderen Seite des Grabes, dahinter die Musiker des Bestatters, die schwitzend einen Trauermarsch spielten.

Und da war Elder Greer, mit einer Bibel in der Hand. Er stand mit ekstatischem Blick am offenen Grab und sprach die Gebete, die sich langsam zu einer Ansprache über die Heiligkeit der Ehe und das Verhalten von Frauen entwickelten. Niemand hatte ihn eingeladen, er war einfach erschienen und hatte die Tote als zu ihm gehörig erklärt.

Serena wollte protestieren, und der Drang zu schreien wurde immer stärker in ihrer Brust. Der Ausdruck von wahrem Kummer und doch auch leiser Befriedigung auf seinem Gesicht bereitete ihr Übelkeit. Sie hielt nur deshalb an sich, weil sie wußte, daß nichts, was er sagte, Lessie noch etwas anhaben konnte, und seine hitzigsten Bemerkungen ihr galten.

Sie blieb stehen, solange sie konnte, und als sie das Gefühl hatte, sie müsse sich auf den Ältesten stürzen und ihm das Gesicht zerkratzen oder wahnsinnig werden, drehte sie sich um und ging zu Nathans Kutsche, die hinter dem Wagen des Bestatters wartete. Schon nach ein paar Schritten war Nathan neben ihr und nahm ihren Arm. Als er ihr in die Kutsche geholfen hatte, war Consuelo auch bei ihnen.

Da der wichtigste Teil seines Publikums fort war, endete Elder Greer schnell seine Ansprache und rief zum Gebet. Noch bevor der

Kutscher die Pferde hatte wenden lassen, fiel die erste Handvoll Erde auf den Sarg, und die Musiker marschierten zurück zur Stadt.

»Wollen Sie noch warten?« fragte Nathan, und sein schmales Gesicht wirkte besorgt, während er auf Serena hinuntersah.

Nein, sie wollte auf keinen Fall gezwungen sein, mit diesem Mann zu reden, der sich Lessies Ehemann nannte. Nathan gab mit kurzem Nicken den Befehl zum Aufbruch, und sie fuhren hinter den Musikern her. Serena schaute sich um und sah, daß die Totengräber eifrig Erde ins Grab schaufelten, beaufsichtigt von dem alten Mann mit dem grauen Bart. Als die Musiker ein Lied zu spielen begannen, das aus einer der Bars in der Myers Avenue stammte, weinte sie. Es hieß: »Heut' abend wird's heiß in der Altstadt.«

Die Kutsche hielt vor dem Eldorado. Consuelo nahm Serenas Hand. »Ich wünschte, du würdest es dir noch einmal überlegen und mit in mein Haus kommen«, sagte sie besorgt.

»Nein, es ist schon gut. Es war schön, daß ihr mitgekommen seid zur Beerdigung.«

Nathan räusperte sich. »Ich wünschte – wir könnten mehr für Sie tun. Ich mache mir Sorgen, wenn Sie hier so allein sind. Was denkt sich Ward nur dabei, daß er Sie so lange allein läßt.«

»Wenn Sie damit auf meine Schwangerschaft anspielen«, sagte Serena mit einem matten Lächeln, »er weiß nichts davon.«

»Er weiß es nicht? Sie meinen, Sie haben ihm nichts davon gesagt?«

Serena schüttelte den Kopf.

»Das wird ihm nicht gefallen, und das kann ich ihm auch nicht übelnehmen. Warum haben Sie es ihm nicht gesagt?«

Nathans Stimme klang so streng, daß Serena ihn überrascht ansah. »Aus mehreren Gründen. Ich wollte seine Pläne nicht durcheinanderbringen.«

»So ein Unsinn!«

»Aber nein«, sagte Consuelo und hob das Kinn. »Ich verstehe das gut. Wenn er schon deinetwegen nicht bleiben wollte, warum sollte man ihm dann die Gelegenheit geben, wegen des Kindes zu bleiben? Sollte es für ihn wichtiger sein als du?«

Auf Nathans kantigem Gesicht zeigte sich ein leises Lächeln. »Geschlagen«, sagte er. »Ihr Frauen haltet doch immer zusammen.«

»Warum auch nicht«, wollte Consuelo wissen, »da ihr Männer ja auch ständig gegen uns zusammenhaltet?«

»Ich nicht«, widersprach er so heftig, daß beide Frauen lachen mußten. Einen kurzen Augenblick lang sah Serena in Nathans nußbraune Augen. Die Wärme darin erinnerte sie deutlich an sein Angebot, Ward seine Schürfrechte abzutreten, damit er Gelegenheit bekam, sie für sich zu gewinnen. Serena wußte nicht, wie Ward seine Antwort formuliert und ob er ihm auch ihre Ablehnung mitgeteilt hatte. Nathan hatte das Thema ihr gegenüber niemals angesprochen. Mit keinem Hinweis hatte er angedeutet, was doch immer in der Luft lag, wenn sie zusammen waren.

»Wann kommt Ward zurück?« fragte Consuelo und wandte sich ihr so zu, daß Nathan Serena wegen ihres breiten Hutes nicht mehr sehen konnte.

»Ich weiß nicht genau. Er sagte, bevor es schneit.«

»Er sollte sich besser beeilen. Die Espenblätter sind schon gelb und fallen ab«, sagte Consuelo.

»Ja, wirklich«, meinte Nathan. »Es ist nicht gut, daß Sie allein sind, solange dieser Mörder hier herumläuft.«

»Ich bin ja nicht allein, zumindest nicht bei Nacht. Aber ich finde es schrecklich, daß der Mörder immer noch frei herumläuft. Irgend etwas müßten wir doch tun können.«

»Das stimmt natürlich«, sagte Nathan langsam. »Ich habe schon daran gedacht, eine Belohnung auszusetzen. Die meisten Leute, die da draußen wohnen, wo auch die Hütte Ihrer Freundin war, legen zwar nicht viel Wert darauf, mit dem Sheriff zu sprechen, aber vielleicht tun sie es für Geld.«

»Das ist eine wunderbare Idee«, sagte Serena.

»Ja«, meinte Consuelo trocken. »Und brandmarkt dich sicherlich als Freund der Huren.«

»Das ist egal«, antwortete Nathan und sah sie kaum an.

»Du denkst vielleicht anders darüber, wenn dich die feinen Damen der Stadt in der Öffentlichkeit schneiden.«

»Glücklicherweise interessieren mich die feinen Damen überhaupt nicht, sondern nur die schönen, so wie ihr beide«, sagte er.

»Als nächstes machst du dann ein Heim für ehemalige Damen des Rotlichtbezirks auf!«

»Keine schlechte Idee«, erklärte Nathan seiner amüsierten Geliebten, dann wandte er sich an Serena. »Versprechen Sie mir, Serena, daß Sie zu mir kommen, wenn irgend etwas nicht in Ordnung ist?«

Consuelo runzelte die Stirn, sah zwischen den beiden hin und her und lächelte dann traurig. »Ja, Serena, tu das.«

Serena stiegen die Tränen in die Augen. »Ich glaube, das wird nicht nötig sein.«

Doch noch bevor der Tag zu Ende war, war sie sich nicht mehr ganz so sicher. Denn als sie in ihre Zimmer kam, hatte jemand Wards Schreibtisch aufgebrochen und durchwühlt. Der Inhalt sämtlicher Schubladen lag zusammen mit Stiften, Briefmarken und Büroklammern auf einem Haufen. Serena zögerte. Sie konnte zwar wieder eine scheinbare Ordnung herstellen, aber viel Sinn hatte das nicht, da sie sich ja nicht auskannte. Da sie nicht wußte, was dagewesen war, konnte sie auch nicht sagen, was fehlte.

Nachdenklich schloß sie den Schreibtisch und ging zum Schrank. Das Geld, das Ward ihr gegeben hatte, wurde immer weniger, doch das wenige befand sich noch an seinem Platz in ihrem Schuh mit dem goldenen Absatz. Aber sie bildete sich nicht ein, daß ein entschlossener Dieb es dort nicht gefunden hätte. Da alles andere in der Wohnung unberührt geblieben war, konnte es also nicht einfach ein Dieb gewesen sein. Wer immer es gewesen war, hatte etwas Bestimmtes gesucht. Pearlie war schon einmal hiergewesen, also war es nur logisch, daß sie wiedergekommen war. Auch die Tür sah nicht so aus, als hätte sie jemand aufgebrochen.

Beim ersten Mal hatte sie mangels eines Beweises und wegen ihrer eigenen Unsicherheit die Sache durchgehen lassen, aber diesmal wollte sie das nicht tun. Anstatt über Lessies Mord zu grübeln, wollte sie sie zur Rede stellen.

Die Empfangsdame im Freudenhaus erklärte ihr, Madame Pearlie sei nicht da und werde auch erst in ein paar Stunden zurückerwartet. Serena könne ihr ja eine Nachricht hinterlassen, nein, zum Schreiben habe sie nichts.

In diesem Augenblick kam eine brünette Frau die Treppe hinunter, die früher auf der Bühne des Eldorado getanzt hatte. Sie erkannte Serena.

»Wen suchst du, Darling? Pearlie? Die raucht eine Traumpfeife beim Doktor, in dem Schuppen, die Straße hinunter, nicht weit von hier. Du weißt schon. Sieht nicht aus wie ein Glückspalast, nicht wahr?« Sie kicherte übertrieben.

»Danke«, sagte Serena.

»Keine Ursache, Darling. Welches Problem du auch immer hast, ich bin auf deiner Seite, vor allem deshalb, weil es nicht Pearlies Seite ist. Bis bald also.« Sie hob eine Augenbraue, als sie den verblüfften Blick der Empfangsdame sah, und entschwand.

Diese sagte kein Wort mehr und schloß wortlos die Tür hinter Serena. Der Schuppen, zu dem Serena gewiesen worden war, lag fast genau hinter dem Eldorado. Er war heruntergekommen und windschief und sah aus, als würde er gleich umfallen. Serena hatte Pearlie schon öfters in diese Richtung gehen sehen. Man hatte ihr in seltsamem Ton erklärt, es sei die Praxis eines Arztes, als sie danach gefragt hatte; seine Patienten kamen, das wußte Serena, hauptsächlich aus den Bordellen und Freudenhäusern. Sie hatte schon des öfteren überlegt, ob sie nicht einmal zu einem Arzt gehen sollte, aber irgendwie war ihr der Gedanke unangenehm gewesen, zu diesem Mann zu gehen.

Die Empfangsdame hatte gesagt, es würde ein paar Stunden dauern, bis Pearlie zurückkam, aber so lange wollte Serena nicht warten.

Die Tür des Doktors war abgeschlossen, doch da sich seitlich an einem Fenster ein Vorhang bewegt hatte, klopfte Serena und wartete. Nach einer langen Zeit kam ein Mann mit einem fröhlichen, aber müden Lächeln an die Tür.

»Was kann ich für Sie tun?« fragte er und rieb sich die Hände. Man hörte ein leises Stöhnen aus einem Hinterzimmer. Er warf einen flüchtigen Blick über die Schulter, aber sein Lächeln blieb unverändert.

»Ich suche jemanden«, antwortete Serena.

»Wir alle suchen doch jemanden oder etwas«, erwiderte der Doktor, ein kleiner Mann mit Schnurrbart. »Wer hat Sie zu mir geschickt?«

»Niemand, wirklich. Ich will mit Pearlie reden.«

»Ach ja, Pearlie, eine prächtige Frau, aber so verloren. Gehe ich recht in der Annahme, daß sie Ihnen von mir erzählt hat?«

»Nein, das war Cora in ihrem Freudenhaus, wenn Sie es genau wissen wollen«, sagte Serena kurzangebunden.

»Ah ja, ein feines Mädchen, und so verständig. Dann kommen Sie doch bitte herein. Ich will sehen, was ich für Sie tun kann.«

»Ich will nur mit Pearlie reden«, wiederholte Serena, als er sie am Arm nahm und zum Hinterzimmer führte.

»Das werden Sie, das werden Sie. Ich hätte nie angenommen, so wie Sie aussehen, daß ihre Neigungen in diese Richtung gehen, aber ich bin sicher nicht derjenige, der die Bedürfnisse anderer in Frage stellt. Kommen Sie herein, meine Liebe, kommen Sie herein.«

Die Tür schloß sich laut hinter ihnen, und der Doktor legte seine Hand fest um ihren Arm und drängte sie vorwärts.

Das Zimmer war nicht groß. Bunte Orientteppiche bedeckten Wände und Fußböden, so daß alles noch enger wirkte. Flache Sofas, neben denen jeweils ein kleiner Tisch mit einer Wasserpfeife darauf stand. Auf den Sofas lagen drei Frauen, darunter Pearlie, ihr rotes Haar um sie ausgebreitet. Blauer Dunst hing in der Luft, und aus den vier Kohlebecken drang eine erdrückende Hitze, die allerdings nötig war, denn die liegenden Frauen waren völlig nackt.

»Hier ist ein Platz für Sie, meine Liebe«, sagte der Doktor leise. »Machen Sie es sich so bequem, wie sie möchten, ich bringe Ihnen eine Pfeife.«

Eine Pfeife. Eine Traumpfeife. Dieser Ort, an dem sie sich befand, war nicht die Praxis eines Arztes. Die Frauen, die auf dem Sofa lagen, rauchten Opium. Dies war eine Opiumhöhle.

Serena hatte von solchen Orten gehört. Dann und wann führte der Sheriff eine Razzia durch und brachte die dort Angetroffenen ins Gefängnis. Nach Aussagen der Zeitungen waren diese Orte noch schlimmer als die Freudenhäuser. Das Opium versklavte die Sinne derer, die es rauchten, machte seine Opfer süchtig nach dem tödlichen getrockneten Saft, der in den Pfeifen war, und verzehrte ihren Willen, so daß sie völlig dem Willen des Opiumlieferanten verfielen. Es gab Geschichten von Frauen, die sich völlig ruinierten, weil sie ihrer Sucht verfielen, und angesichts der Art, wie der Doktor seinen Blick auf die eine, auf dem Bauch liegende Frau richtete, war ihr klar, welche Richtung ein solcher Ruin nehmen konnte.

Sobald sich die Tür hinter dem Doktor schloß, trat Serena zu dem

Sofa, auf dem Pearlie lag. Sie legte eine Hand auf ihre Schulter und schüttelte sie kurz.

»Pearlie? Pearlie!«

Unglaublich langsam hoben sich die Wimpern der Frau. »Oh«, sagte sie ohne Überraschung, »du bist es.« Sie warf ihr ein glückliches Lächeln zu. Serena bezweifelte jetzt, ob Pearlie überhaupt ansprechbar war, aber sie wollte trotzdem versuchen, mit ihr zu reden. Eine bessere Gelegenheit würde sie vielleicht nicht bekommen.

»Ich will wissen, ob du heute nachmittag in meinen Zimmern warst und Wards Schreibtisch durchsucht hast.«

»Wards Schreibtisch? Halb meiner. Wir waren Partner. Er hatte kein Recht, gar keines. Ich zahl' es ihm zurück.«

»Was hast du mitgenommen? Ich weiß, daß du etwas mitgenommen hast.« Da Pearlies Lider sich langsam wieder senkten, schüttelte sie sie noch einmal.

Pearlie kicherte. »Mitgenommen? Die Eigentumsurkunde, du Dummes. Was sollte ich sonst wollen?«

»Die Eigentumsurkunde? Aber warum?«

So plötzlich die Frau begonnen hatte zu lachen, so plötzlich verwandelte sich ihr Gesicht in eine Maske des Schmerzes. »Er will mich nicht mehr als Partnerin, nur wegen dieses Mädchens. Was habe ich getan? Was habe ich nur getan, daß die Männer, die ich liebe, mich verlassen?«

»Die Eigentumsurkunde«, erinnerte sie Serena weicher.

»Wenn ich das Eldorado nicht haben kann, soll er es auch nicht haben. Ward hat einen dummen Fehler gemacht dafür, daß er ein Anwalt ist. Er hat mich ausbezahlt für meine Hälfte des Eldorado, aber er hat mich nicht unterschreiben lassen – nichts. Die Eigentumsurkunde ist immer noch auf meinen Namen ausgestellt. Das heißt, ich kann meine Hälfte verkaufen. Und wenn er nicht zurückkommt, kann ich seine Hälfte auch verkaufen.«

»Wenn er nicht zurückkommt?« Serena richtete sich gerade auf und starrte die nackte Frau an.

»Letzte Woche kam ein alter Goldsucher aus den Bergen herunter. Er sagte, die Indianer hätten ihm erzählt, ein Mann, der aussehe wie Ward, sei von einem Felsen gestürzt.«

»Und – ist er verletzt?«

»Vielleicht ist er tot. Wahrscheinlich. Das würde er mir wahrscheinlich antun. Alle tun mir das an. Ich will nicht, daß sie sterben, das will ich gar nicht!«

Pearlies Stimme klang so gequält und laut, daß Serena nicht hörte, wie der Doktor wieder hereinkam. Als er neben ihr sprach, drehte sie sich erschreckt zu ihm um.

»Hier bin ich, meine Liebe, ich habe genau das, was Sie brauchen. Ich helfe Ihnen, Ihr Kleid zu lockern. Wollen Sie vielleicht, daß ich nachher komme und mich neben Sie setze?«

»Ich brauche Sie, Doktor«, sagte Pearlie und riß plötzlich die Augen auf. Serena nutzte die Gelegenheit, zog ihr Tuch fest zusammen und trat hinter das Sofa außer Reichweite des Doktors.

»Nicht so sehr wie diese Dame, die neu bei uns ist. Ich weiß, daß sie gesagt hat, sie will lieber bei dir sein, aber das ist wirklich ein Jammer. Ich fürchte, sie weiß nicht, daß Männer nicht immer hart und verletzend sind. Ich glaube, ich sollte ihr zeigen, daß es nicht immer so sein muß.«

»Sie mögen sie lieber als mich«, warf Pearlie ihm vor.

»Nein, nein. Ich gebe zu, daß sie selbst in ihrem Zustand reizvoll ist, und ich freue mich, sie in die Geheimnisse der Pfeife einweihen zu können, aber wie sollte ich sie lieber haben als dich?«

»Doktor«, sagte Serena und unterbrach ihn mit fester Stimme. »Sie irren sich. Ich bin nicht deswegen gekommen.« Sie hielt ihm die verzierte Wasserpfeife über das Sofa hinüber hin.

»Sie sind verwirrt. Sie müssen sich hinlegen«, sagte er und lehnte die Pfeife sanft ab. »Ich werde bald zu Ihnen kommen, und Sie werden entspannter sein, als Sie es sich je haben träumen lassen. Ich werde Ihnen unvorstellbare Freuden zeigen.«

»Zeigen Sie sie mir!« flehte Pearlie, griff nach seinem Arm und zog ihn mit verzweifelter Kraft zu sich herunter.

Als der Doktor umfiel, stellte Serena hastig die Pfeife auf den kleinen Tisch und flüchtete. Der Schlüssel steckte in der Vordertür. Sie drehte ihn um, riß die Tür auf und rannte hinaus. Sie blickte nicht zurück, um festzustellen, ob er ihr folgte. Mit weit aufgerissenen Augen lief sie fort aus dem Haus der Erniedrigung, fort vor den dahindämmernden Frauen, die sich ihrer Demütigung nicht bewußt waren. Sie lief davon vor Pearlie und ihrer schamlosen, nackten

Lust, ihrem bösen Willen, sich zu rächen, und ihrem mitleiderregenden Mangel an Verständnis, davon vor der rauchigen Finsternis und dem Mann mit den streichelnden, verlockenden Händen, der sich Doktor nannte. Aber besonders rannte sie davon vor sich selbst, vor dem quälenden Schmerz, den sie bei dem Gedanken an Wards Tod verspürte, vor der vernichtenden Erkenntnis, daß sie den Spieler, dem das Eldorado gehörte, liebte.

14. Kapitel

Ende September schneite es in Cripple Creek. Im November legte sich eine geschlossene weiße Schicht auf die Landschaft der Umgebung und verwandelte die Berge in Eiskegel. Ward kam immer noch nicht zurück.

Die Untersuchung von Lessies Tod ergab keinerlei neue Hinweise. Am Abend bevor Serena sie gefunden hatte, an dem sie auch gestorben sein mußte, hatte jemand einen Mann aus ihrer Hütte kommen sehen, aber im Dunkeln war er nicht zu erkennen gewesen. Es hieß, daß es kein Goldgräber gewesen war, doch sonst gab es keine Beschreibung von ihm. Trotz der Belohnung, die Nathan ausgesetzt hatte, ergaben sich keine weiteren Hinweise. Die Polizei mußte den Fall als abgeschlossen betrachten. Aber es gab auch keine weiteren Angriffe auf die Frauen des Rotlichtbezirks.

Die Tageszeitung der Stadt hatte sich anfangs auf das Thema gestürzt, den Mann den ›Jack the Ripper von Colorado‹ genannt, obwohl alle drei Frauen erdrosselt worden waren. Es wurde sogar geflüstert, der geheimnisvolle Mörder, der London erst vor sieben Jahren terrorisiert hatte, sei nach Amerika gekommen und setze jetzt seine grausige Tätigkeit fort. Schließlich, so stellte man fest, seien sowohl hier wie dort die Opfer immer Prostituierte gewesen.

Doch langsam ließ das Interesse nach. Andere Nachrichten eroberten die Titelseite, und der Bericht über ein Grubenunglück, bei dem in einem Förderkorb vier Männer hundert Meter tief in den Tod gerissen wurden, verdrängte den Fall sogar aus den Tagesnachrichten.

Serena sah Pearlie nach dem Ereignis in der Opiumhöhle eine Weile nicht mehr. Es war beunruhigend, daß sie die Eigentumsurkunde der Bar besaß, aber daran war wohl wenig zu ändern. Die Gefahr, daß Pearlie ihre Hälfte verkaufen würde, war gering, so lange die Möglichkeit bestand, daß Ward zurückkehrte und sie zur Verantwortung ziehen würde. Und wenn er aus irgendeinem Grunde nicht zurückkehrte, war das Eldorado sowieso unwichtig. Serena hatte keinen Anspruch darauf, und direkte Erben hatte er vermutlich keine. Wenn Ward tot war, konnte Pearlie mit dem Eldorado tun, was sie wollte.

Der Zugang zur Bar war Pearlie nie ausdrücklich verboten gewesen, aber nach dem Streit wegen Serena war sie freiwillig nicht mehr wiedergekommen. Jetzt kam sie immer öfter herein, meistens ziemlich betrunken. Dann saß sie irgendwo in einer Ecke und jammerte über den Tod ihres Mannes und die Rolle, die Ward dabei gespielt hatte. Genausooft lachte sie hysterisch und riß Witze darüber, daß Ward sie und Serena verlassen hatte. Gelegentlich stand sie auch schimpfend an der Theke, kommandierte die Angestellten herum und verkündete, was sie alles ändern würde, wenn ihr der Laden gehörte. Sie sagte nichts mehr von ihrem Recht zu verkaufen, sprach aber davon, in nicht allzu ferner Zukunft eine große Summe Geldes zu besitzen. Dazu ließ sie hier und da Bemerkungen fallen, wie wohl die Gesichter gewisser Matronen in Natchez aussehen würden, wenn sie ihr wieder begegneten.

Otto allerdings war es verboten worden, wieder in die Bar zu kommen. Da er jedoch gewöhnlich Pearlie zurück ins Freudenhaus transportierte, war es schwer, ihm den Zutritt völlig zu verwehren. Beim ersten Versuch wurde einem Barkeeper der Unterkiefer gebrochen. Auch Serena trat ihm einmal in den Weg, aber das Gefühl seiner Hände auf ihrer Haut, als er sie beiseite schob, reichte einmal. Also schien es vernünftiger, dieses kleine Zugeständnis zu machen, als zu riskieren, daß ihr die Goldgräber zu Hilfe kamen und dabei alles zu Bruch ging.

Pearlie schien Serenas Ekel vor Otto zu gefallen, und die beiden kamen öfter und schienen immer länger zu bleiben. Serena war recht froh, daß ihr zunehmender Umfang es ihr erlaubte, immer häufiger in ihren Zimmern zu bleiben. Hinter ihrer verschlossenen Tür fühlte sie sich weitgehend sicher, auch wenn sie manchmal in den frühen Morgenstunden die Schritte des affenartigen Mannes draußen im Flur hörte. Vermutlich hielt er sich nur zurück, weil sie weiterhin beliebt war als die Herrin des Eldorado und weil nicht sicher war, ob Ward wirklich nicht mehr lebte.

Dann kam die erste Dezemberwoche. Der letzte Schnee war an vielen Stellen getaut, nicht jedoch auf den Nordseiten der Häuser. Gegen Abend schien zwar die Sonne, aber im Nordwesten lag eine bedrohlich dunkle Wolkenbank.

Serena war die Enge ihres Zimmers leid und zog sich an. Jetzt, als die Geburt des Kindes so nah bevorstand, besaß sie nur noch ein passendes Kleid, eine Mischung aus Hemd und weitem Überwurf, das sie aus ihren alten Kleidern genäht hatte. Es sah nicht schlecht aus, solange sie darüber den pelzbesetzten Mantel trug, den sie von Ward bekommen hatte.

Sie brauchte jetzt einfach Bewegung, um sich die Gedanken zu vertreiben, vielleicht sogar einen schnellen Spaziergang. Sie hatte in letzter Zeit niemanden mehr getroffen, nicht einmal Consuelo, denn die hatte eine Woche lang Fieber gehabt und Serena verboten, sie zu besuchen, weil sie nicht wollte, daß Serena sich ansteckte. Diese Unbeweglichkeit der letzten Tage war sicher auch nicht gut für das Kind, genausowenig wie ihr ständiges Nachdenken über den Tod und das Sterben.

Trotzdem machte sie sich, als sie das Eldorado verließ, auf den Weg zum Friedhof. Sie war schon seit geraumer Zeit nicht mehr bei Lessies Grab gewesen, sie hatte einfach keine Kraft dazu gehabt. Irgendwo hatte sie gehört, daß viele Frauen kurz vor der Geburt einen ungewöhnlichen Bewegungsdrang verspüren, sie hatte sich nichts dabei gedacht. Das Baby freute sich über die frische Luft scheinbar genauso sehr wie sie, denn es strampelte heftig, aber trotzdem gab es keine Anzeichen dafür, daß die Geburt früher als Mitte des Monats zu erwarten war. Sie schüttelte den Kopf und lächelte, während sie die Hände in ihrem Muff auf den runden Bauch legte und mit gemessenem Schritt und majestätisch über den Bürgersteig wanderte.

Der Friedhof war verlassen. Im Schnee sah sie die Spuren, die zu Lessies Grabhügel führten, wo ein Stein aus weißem Marmor stand, auf dem nur schlicht der Name stand und sonst nichts. Davor lag auf dem gefrorenen Boden etwas, das aussah wie eine rote Papierrose, aber bei genauerer Untersuchung war es eine echte Rose, die vom Frost steifgefroren war.

Eine rote Rose, das Symbol der Liebe. Wer hatte sie so zartfühlend hierhergelegt? Angesichts der Spuren mußte es wohl ein Mann gewesen sein. War es Lessies Jack, bei dem sie wenige Wochen lang glücklich gewesen war?

Wie auch immer, irgend jemand hatte sie geliebt. Der Anblick dieser Rose, die auf dem Grab lag, durchdrang Serenas sorgfältig gehütete Abwehr wie ein Messerstich. Tränen stiegen ihr in die Augen und strömten über ihre Wangen.

Lag Ward irgendwo unter der gefrorenen Erde? War es möglich, daß er für immer von ihr gegangen, das Leuchten und der kluge Ausdruck für immer aus seinen grünen Augen verschwunden war? Und wenn nicht, warum kam er dann nicht zurück?

Er war bestimmt tot. Sie würde nie wieder den zärtlichen Spott in seinem Blick sehen, nie mehr seine Arme um sich spüren oder ihm sagen können, daß sie ihn gern hatte. Und noch schlimmer: Er würde niemals sein Kind sehen.

Genug, Kummer war ein Luxus, den sie sich nicht leisten konnte. Die Geburt stand kurz bevor, und sie hatte noch keine Vorkehrungen getroffen. Auch wenn sie das Kind gern ohne fremde Hilfe zur Welt gebracht hätte, wollte sie es nicht gefährden. Der Tod von Lessies Kind hatte Lessie vom Wagenzug der Mormonen befreit, aber zu welchem Preis? Wäre sie, wenn es gelebt hätte, bei ihnen geblieben? Unglücklich vielleicht, aber doch noch am Leben?

Lessie hatte den Vater des Kindes nicht geliebt, keine Freude an seinen Umarmungen gehabt. Sie konnte sich jetzt nach all dem, was zwischen Ward und ihr geschehen war, beides eingestehen.

Oder? Vielleicht war das nur eine Illusion, um ihrem Zustand wenigstens eine Spur von Anstand zu verleihen. Vielleicht hatte sie, da sie ganz allein auf der Welt war, auch nur das Bedürfnis, sich wenigstens zu einem Menschen zugehörig zu fühlen, und der Mann, der sie in sein Bett gezwungen hatte, mit dem sie so eng zusammengelebt hatte, war dafür am geeignetsten? Vielleicht würde sie auch gar nichts empfinden, wenn er morgen zurückkäme.

Plötzlich fror sie. Warum stand sie eigentlich hier und quälte sich? Sie wandte sich mit einem letzten Blick auf Lessies Grab ab, und erst als der Friedhof längst hinter ihr lag, kam ihr der Gedanke, daß womöglich Lessies Mann, der Älteste der Mormonen, die Rose dort hingelegt hatte.

Als sich Serena dem Eldorado näherte, konnte sie schon von weitem Timothys Klavierspiel hören, das warme Licht durch die jetzt tief wie Nebel hängenden Wolken schimmern sehen. Sie war froh, zurückzukommen. Der Spaziergang war vielleicht doch länger gewesen, als gut für sie war. Ihre Schritte waren schleppend, als sie sich der Doppeltür mit dem Milchglas näherte.

Sie schauderte, als sie die helle Bar betrat. Nur an ein paar Tischen saßen Gäste, wenig angesichts der Tageszeit. Aber ein paar Häuser weiter, so hieß es, sollte eine Attraktion zu sehen sein, der Harem eines Sultans.

Pearlie stand an der Bar. Sie richtete sich auf und wandte sich mit einem harten Zug um die roten Lippen zu ihr um. Sie war ganz in Schwarz gekleidet und trat Serena in den Weg, als sie auf die Treppe zuging. »Wo gehst du hin?«

»In mein Zimmer.« Serena ließ sich nicht anmerken, wie bedrohlich sie Pearlies feindseligen Blick fand.

»Du hast kein Zimmer hier«, sagte Pearlie höhnisch. »Jetzt nicht mehr.«

»Ich bin müde, Pearlie, und ich habe heute abend keine Lust zum Streiten. Bitte mach mir Platz . . .«

»Wohl kaum. Ich habe dir lange genug Platz gemacht. Du gehörst hier nicht mehr hin. Ward ist tot, und die Bar gehört mir. Ich habe mir einen neuen Partner genommen und bin heute abend oben eingezogen. Du brauchst jetzt nur noch von hier zu verschwinden!«

»Du hast etwas von Ward gehört? Du weißt, daß er – nicht zurückkommt?«

»Wenn er kommen wollte, wäre er jetzt schon hier.« Pearlies Züge wirkten einen flüchtigen Augenblick lang verzweifelt. Das Hellblau ihrer Augen war von den durch Belladonna geweiteten schwarzen Pupillen fast verdrängt. Ihre Augen schimmerten feucht. »Er ist nie so spät zurückgekommen.«

»Also hast du nichts von ihm gehört«, sagte Serena dumpf.

»Von Toten hört man auch nichts! Jetzt dreh dich um und verschwinde! Ich will dich nicht mehr sehen.«

»Und wo soll ich hin?« fragte Serena und sah Otto an einem der hinteren Tische aufstehen und auf sie zukommen.

»Das geht mich nichts an. Ich will dich nur loswerden. Ich bin es leid, dich und deinen Bauch ständig vor Augen zu haben!« Ihr Gesicht war bleich vor Kummer und Zorn, ihre Hände zu Fäusten geballt.

»He, Pearlie, was ist los?« rief ein Goldgräber vom nächsten Tisch herüber. Serena sah, daß einige Männer voller Mitgefühl in ihre Richtung schauten.

»Ich übernehme das Eldorado wieder. Es gehört mir, und ich schmeiße den letzten alten Müll raus!«

»Halt mal, Pearlie!«

»Kümmere dich um deinen eigenen Kram, Freund!« fuhr Pearlie ihn an. »Otto! Tu was für dein Geld und schmeiß sie raus!«

»Aber Pearlie...« sagte der Goldgräber.

Pearlie drehte sich mit einem Ruck zu ihm um. »Ward ist weg, und ich habe keinen Bedarf für seine Hinterlassenschaft. Du kannst sie haben, wenn du willst. Wenn nicht, halt dich da raus, außer du willst es mit Otto zu tun bekommen.«

»Das ist nicht nötig«, sagte Serena und hob das Kinn. »Ich gehe. Laß mich nur noch meine Sachen holen.«

Pearlie wandte sich ihr wieder zu. »Ich habe deine ganzen Sachen in deinen alten Koffer geworfen. Und den kannst du jetzt nicht durch die Gegend schleppen. Du kannst ihn abholen lassen, aber wenn er übermorgen noch hier ist, verbrenne ich ihn!«

Der junge Goldgräber stand auf. Otto kam mit in einem Grinsen entblößten Zähnen auf sie zu. Im Vergleich zu diesem Boxer war der junge Mann ein Wicht. Er würde ganz umsonst verprügelt werden. »Also gut, Pearlie«, sagte sie und bemühte sich, ihre Stimme fest klingen zu lassen. »Pfeife deinen Hund zurück. Vielleicht hast du recht. Ich bin lange genug hiergewesen.« Sie drehte sich um und griff nach der Türklinke. Noch bevor sich die Tür wieder hinter ihr geschlossen hatte, hörte sie eine kummervolle männliche Stimme: »Ohne Goldschuh wird es hier nicht mehr so sein, wie es war.«

Sie fühlte sich taub. Das war alles so schnell gekommen. Sie hätte wissen müssen, daß so etwas auf sie wartete. Aber sie hatte eben nicht begreifen wollen, daß Ward nicht mehr wiederkommen würde.

Wer mochte wohl Pearlies neuer Partner sein? Er hatte ihr auf jeden Fall freie Hand gegeben, da sie sofort in Wards Zimmer gezogen war. Womöglich Otto, als Belohnung für seine treuen Dienste? Würde dieser brutale Kerl jetzt in dem Bett schlafen, in dem sie mit Ward gelegen hatte? Würden er und Pearlie sich jetzt dort amüsieren?

Nein. Pearlie war nicht dumm. So viel Macht würde sie einem solchen Mann nicht geben. Dazu legte sie zuviel Wert auf ihre Freiheit. Eigentlich gab es keinen vernünftigen Grund dafür, warum sie sich einen neuen Partner genommen hatte, vor allem nachdem Ward sie ausbezahlt hatte. Aber sie hatte sich in letzter Zeit nicht viel um ihr Geschäft gekümmert. Vielleicht hatte das Freudenhaus Schulden.

Aber was machte das schon? Sie mußte sich um sich selbst Gedanken machen. Sie hatte ihr restliches Geld in ihrem Zimmer gelassen, als sie ausging. Hotels und Pensionen wollten im voraus bezahlt werden, vor allem von einer alleinstehenden Frau ohne Gepäck, wenn sie sie überhaupt nahmen. Aber sie mußte irgendwohin. Die armen Unglücklichen, die in dieser Jahreszeit draußen zu übernachten versuchten, fand man gewöhnlich am nächsten Morgen erfroren auf.

Serena schauderte bei dem Gedanken, hüllte sich fester in ihren Mantel und sah zum Himmel. Es begann zu schneien, die eisigen Flocken wirbelten aus der Dunkelheit herab. Sie wanderte ziellos umher, sah durch die Fenster einer Tanzbar, wie die Männer mit den Mädchen tanzten, und als die Musik aufhörte, stürmten alle zur Bar, um den Drink in Anspruch zu nehmen, für den sie mit dem Tanz bezahlt hatten.

Als sie weiterging, stieg ihr plötzlich der Duft von Mais, heißem Öl und scharfen mexikanischen Gewürzen in die Nase. Ihr lief das Wasser im Mund zusammen. Sie hatte seit dem Mittag nichts mehr gegessen, daher wahrscheinlich auch das wacklige Gefühl in den Knien.

Sie durfte nicht fallen. Vorsichtig stieg sie die Stufen hinauf und trat auf die unebenen Bretter des Bürgersteigs. Die immer dicker werdende Schneeschicht machte das nicht einfacher, und über den dicken Bauch konnte sie den Boden direkt vor sich auch nicht sehen.

Aufgrund der Pfiffe, des Lärms und des Applauses schloß sie, daß sie sich dem Theater näherte, in dem heute abend der Harem auftrat. Überall standen Kutschen, Wagen und gesattelte Pferde. Ein Hilfssheriff mit dienstlichem Gehabe nickte ihr zu, sagte aber nichts. Serena wollte sich erst an ihn wenden, aber wohin sollte er sie bringen außer ins Gefängnis? Freundliche Gesten erwartete sie von niemandem hier, dazu kannte sie die Leute zu gut. Sie wollte nicht in einer eisigen Zelle vergessen, oder womöglich sogar belästigt werden. Es gab nur einen Ort, wo sie hingehen konnte, das hatte sie die ganze Zeit gewußt. So unangenehm es ihr war, sich jemandem aufzudrängen, jetzt ging es nicht anders.

Der Lärm und die Musik verklangen hinter ihr, es herrschte eine eigentümliche Ruhe. Der Bürgersteig endete und Serena trat hinunter in die Stille des Schnees.

Aber schon nach ein paar Metern hörte sie den Schritt schwerer Stiefel auf dem Bürgersteig hinter sich. Ein Goldgräber wahrscheinlich, auf dem Weg nach Hause zu seiner Frau, sagte sie sich. Wenn sie die Abzweigung zu Consuelos Haus erreicht hatte, würde er einen anderen Weg nehmen.

Als die Schritte plötzlich nicht mehr zu hören waren, weil der Mann auch in den Schnee gestiegen war, erschrak sie wieder, schauderte. Nur ein kleines Stück weit, sagte sie sich noch einmal.

Auf der dem Wind abgewandten Seite der Häuser lag noch kein Schnee, und die feinen Granitsplitter knirschten unter Serenas Füßen. Sie stolperte immer wieder, wo der Regen die Steinchen weggespült und Rinnen hinterlassen hatte. Es gab nur wenig Licht aus den Häusern, viele waren schon ganz dunkel. Der Schnee fiel dichter. Sie hatte trotz des warmen Muffs kein Gefühl mehr in den Fingern und auch nicht in den Füßen.

Ein knirschendes Geräusch hinter sich im Dunkeln ließ sie zusammenfahren. Sie versuchte, noch schneller zu gehen, stolperte aber wieder wegen ihrer unbeholfenen Schwere und schwankte. Als sie sich aufrichtete, spürte sie ein Ziehen im Unterbauch.

Im Dunkeln sahen alle Häuser gleich aus. Consuelos Haus würde sie an der Veranda erkennen, wenn sie es erreicht hatte, aber sie wußte nicht, wo sie jetzt war. Ihr Herz klopfte schwer, und sie hatte Seitenstechen. Die dünne Eisluft tat weh beim Einatmen. Sie sah sich kurz um, bemerkte aber nichts. Quälend kam die Erinnerung an den Abend, als sie in Colorado Springs verfolgt worden war. Damals hatte sie sich nicht so hilflos gefühlt wie jetzt, ihr Körper war nicht so unbeholfen gewesen. Damals hatte Otto sie angehalten. Folgte er ihr etwa auch jetzt, entschlossen zu vollenden, was er vor so langer Zeit begonnen hatte? Damals war Ward ihr zu Hilfe gekommen, heute würde er das nicht tun, nie mehr.

Da, war das nicht Consuelos Haus? Serenas Herz sank, als sie die Kutsche neben dem Zaun stehen sah. Rauch stieg aus dem Schornstein auf, aber die Fenster waren dunkel. Consuelo mußte wohl einen Kunden haben. Ob sie ihr Klopfen überhaupt hören würde?

Die Schritte kamen näher, stetig und immer lauter. Sie überlegte, ob sie zum erstbesten beleuchteten Haus rennen sollte, schreien, an die Tür hämmern. Würde man sie einlassen? Rechtzeitig?

Ein Schatten bewegte sich unter dem Vordach auf Consuelos Veranda. Mit einem erstickten Schrei hastete Serena in diese Richtung. Der Schatten wurde zu einem Mann in Hut und Mantel, der entschlossen auf seine Kutsche zuging. Er sah auf, als sie näher kam.

»Serena!« rief er. »Was, um Himmels willen . . .«

»Nathan«, sagte sie, »Nathan!«

Er fing sie auf, als sie fiel. »Meine Liebe, Sie zittern ja! Was ist denn nur los?«

»Ein Mann verfolgt mich«, sagte sie und schnappte nach Luft. Nathans Arme um sie waren etwas unbeholfen, aber tröstlich. Langsam ließ ihre Furcht nach.

»Ich sehe niemanden.«

Tatsächlich. Das kleine Stück, das in der Dunkelheit zu übersehen war, war leer. Nur die geisterhaften Silhouetten der Häuser hoben sich vor der Schwärze der Nacht ab.

»Na also«, sagte er und klopfte ihr auf die Schulter. »Das haben Sie sich bestimmt nur eingebildet. Kein Wunder, hier draußen mitten in der Nacht bei diesem Wetter. Was tun Sie denn nur hier?«

Die Besorgnis in seiner Stimme war tröstlich. In kurzen, abgehackten Sätzen beantwortete Serena seine Frage.

»Das ist schlimm. Man müßte diese Frau auspeitschen. Aber ich sollte Sie auch nicht einfach hier draußen stehenlassen. Sie sollten ins Warme, möglichst bald.«

»Ich hatte gehofft, ich könnte bei Consuelo wohnen, bis ich eine neue Unterkunft gefunden habe.«

»Ich fürchte, das ist unmöglich.« Serena hörte, wie sorgfältig er seine Worte wählte. »Consuelo hat nicht eine Grippe, wie wir zuerst dachten, sondern Scharlach. Das Haus steht unter Quarantäne.«

»Scharlach!«

»Sie brauchen sich ihretwegen keine Sorgen zu machen. Sie ist schon wieder auf dem Weg der Besserung. Ich habe eine Krankenschwester für sie besorgt und schaue jeden Morgen und jeden Abend vorbei, aber selbst ich darf nicht weiter als bis zur Tür.«

»Und Sie sind sicher, daß es ihr schon besser geht?«

»Ja. Erst vor ein paar Minuten hat man mir gesagt, sie schlafe friedlich wie ein Baby. Jetzt müssen wir uns aber Gedanken um Sie machen.«

»Ich – ich habe kein Geld. Es ist mir unangenehm, darum zu bitten, aber vielleicht könnten Sie mir welches für ein Hotel leihen...« Etwas anderes fiel Serena im Moment nicht ein. Sie kannte in der Stadt sonst niemanden, der sie aufnehmen würde.

Nathan schüttelte den Kopf. »Sie würden Sie nicht hineinlassen, auf jeden Fall nicht in einem Haus, wo Sie gut untergebracht wären. Ich habe eine bessere Idee.«

Ohne ein weiteres Wort drängte er sie zu der offenen Kutsche und half ihr auf den Sitz. Sie war unglaublich dankbar, sich hinsetzen zu können, auch wenn ihr eine geschlossene Kutsche lieber gewesen wäre. Sie war dankbar für die Felldecke, die Nathan um sie wickelte, und für den Arm, den er fest um ihre Schultern legte, dankbarer, als sie zu sagen vermochte. Sie schloß die Augen und lehnte sich an ihn, während die Pferde die Kutsche durch die dunklen, verlassenen Straßen zogen.

Es dauerte eine Weile, bis Serena darüber nachdachte, wo er sie hinbrachte. Sie bemerkte, wie still es um sie herum war. Sie waren außerhalb der Stadt, keine Lichter waren mehr zu sehen. Der Schnee wirbelte auf sie zu, sammelte sich in ihrem Schoß, wurde immer dichter auf der Büffeldecke.

»Nathan«, sagte sie unsicher.

»Wir sind schon beinahe da. Dort drüben ist das Tor.«

Es war der steinerne Bogen, der die Einfahrt zu seinem Haus bildete, die sie damals auf ihrer ersten Fahrt mit Ward gesehen hatte. »Aber – aber hier ist doch Ihr Haus.«

»Ja. Macht Ihnen das etwas aus?«

»Ich möchte mich Ihnen nicht aufdrängen.« Sie versuchte den Kopf von seiner Schulter zu heben und sich gerade hinzusetzen, aber er ließ es nicht zu.

»Ich bestehe darauf«, sagte er leise. »Ich wollte Sie schon lange in meinem Haus willkommen heißen. Ich möchte mich um Sie kümmern, Ihnen meinen Schutz anbieten, jede Bequemlichkeit. Das werden Sie mir doch nicht abschlagen?«

Sie hatte wohl keine andere Wahl. Eine flüchtige Erinnerung an den Tag, als Nathan Ward Geld geboten hatte, um sie freizugeben, kam ihr in den Sinn, aber sie kümmerte sich nicht darum. Sie hatte keine Kraft zu widersprechen.

»Aber nur für eine Nacht«, erklärte sie. »Morgen ...«

»Morgen sehen wir weiter.«

Ein angenehmer Gedanke, jemanden zu haben, der sich um sie kümmerte. Seit Ward nicht wiedergekommen war, als sie ihn erwartet hatte, war ihr die Zukunft so bedrohlich und ungewiß erschienen. Jetzt hatte sie nur noch den Wunsch, sich treiben zu lassen, bis sie zur Ruhe kam. Morgen war morgen, da würde sie wieder Mut und Kraft haben. Aber jetzt seufzte sie nur, schloß die Augen und ließ sich von der Kutsche zu Nathan Benedicts Haus tragen.

Eine Laterne erhellte die breiten Ziegelstufen am Eingang, schimmerte auf dem Türklopfer an der schweren Holztür.

Nathan half Serena die Stufen hinauf. Eine Frau in weißer gestärkter Schürze und mit grauem Haar unter der weißen Haube öffnete ihnen die Tür. Mit besorgtem Blick eilte sie Nathan zu Hilfe und half Serena in die Eingangshalle.

»Ich komme zurecht, danke, Mrs. Anson«, widersprach Nathan. »Sie können ein heißes Bad für Miss Walsh einlassen und sich darum kümmern, daß ein Schlafzimmer bereitgemacht wird.«

»Sie wissen doch, daß wir im grünen Zimmer immer ein Feuer für unangemeldete Gäste haben.«

»Ich glaube, ich ziehe das goldene Zimmer für Miss Walsh vor.«

»Aber Sir, das ist doch ...«

»Ich weiß das«, unterbrach sie Nathan.

Die Frau starrte Serena an und schwieg einen Moment. »Jawohl, Sir«, sagte sie dann und huschte mit sehr geradem Rücken davon, die breite Eichentreppe hinauf.

Es war wunderbar warm im Haus. In dem an die Eingangshalle anschließenden Zimmer brannte in einem marmornen Kamin ein großes Feuer. Das milde Licht des Kronleuchters an der Decke spiegelte sich in den polierten eichenen Wandpaneelen und dem gewachsten Parkettboden, dessen Weite durch einen Orientteppich unterbrochen wurde. In der Mitte stand ein runder Tisch mit einer japanischen Porzellanschüssel voller Münzen. An einer Seite erhob sich eine riesige gotische Garderobe mit einem geschnitzten Satyrkopf darauf, einem Sitz aus rosa Marmor und Messinghaken in Form von Widderhörnern. In der Luft hing der Geruch von Bienenwachs und Kampfer.

Zur Rechten befand sich ein Salon mit steifen, formellen Roßhaarsofas und Sesseln, mit Kleinkram bestellten Tischen und dicht geschlossenen Vorhängen. Dahinter schloß der nächste Raum an, in dem ebenfalls ein Feuer brannte. Die hohen stuckverzierten Decken und die Größe der Zimmer weckten in Serena ein Gefühl, am falschen Ort zu sein. Was tat sie nur hier?

»Schaffen Sie es die Treppe hinauf?« fragte Nathan.

Serena wandte sich den breiten Stufen zu und flüsterte: »Ich denke schon.«

Schließlich mußte Nathan sie doch halb hinauftragen. Serena sah den oberen Flur mit der grüngoldenen Tapete nur noch durch einen undeutlichen Dunst von Erschöpfung. Die Haushälterin kam ihnen an der Tür zum Schlafzimmer entgegen und übernahm Serena mit einem Blick auf ihr bleiches Gesicht. Dann bat sie Nathan um ein Glas warme Milch für Serena und erklärte ihm gleichzeitig, sein Abendessen warte unten auf ihn. Dorcas werde es ihm servieren. Dann machte sie die Tür vor seiner Nase zu, legte einen kräftigen Arm um Serena und brachte sie ins Badezimmer mit der dampfenden Zinkwanne, die von Wandpaneelen aus Nußbaumholz umgeben war.

Das heiße Wasser ließ das Gefühl wieder in Serenas eisige Füße zurückkehren, nahm ihr aber auch den letzten Rest von Willen und Kraft. Sie bemerkte kaum noch, daß ihr die Haushälterin aus der Wanne half, sie mit dicken türkischen Badetüchern abtrocknete, mit süßduftendem Talkumpuder einstäubte und ihr ein weiches Flanellnachthemd über den Kopf zog.

Gewärmte Leinenlaken und eine heiße Bettflasche unter der Decke empfingen Serena wohlig in dem Bett. Serena legte ihre Füße daneben, seufzte und schloß die Augen.

»Ihre warme Milch, Miss.«

Serena trank mühsam aus dem Glas, das die Frau ihr an die Lippen hielt, und legte sich dann wieder zurück.

»Wenn Sie in der Nacht irgend etwas brauchen, Miss, brauchen Sie nur auf den Knopf am Nachttisch zu drücken.«

»Danke«, murmelte Serena. »Für alles.«

»Also gute Nacht, Miss.«

Serena glaubte zwar zu antworten, aber sicher war sie nicht. Sie hörte das Schließen der Tür nicht mehr.

Darauf folgte ein Gewirr von Stimmen, die sich über sie beugten und flüsterten, schwaches Licht und schattenhafte Gestalten, die kamen und gingen. Nathan war das, der sich vorbeugte und ernst und flehend zu ihr sprach, der neben ihr stand und ihre Hand hielt, während eine andere, ruhige Stimme sprach, fragte, und sie antwortete, wie man es von ihr verlangte. Heiße Getränke kamen, Dampf erhob sich im Zimmer wie aus der Hölle, so daß sie fiebrig zu schwitzen begann. Dann war da noch das quälende Frieren und der quälende Husten, in dem sie nach Luft rang, während ein schweres Gewicht auf ihrer Brust zu liegen schien. Und dann breitete sich der Schmerz aus ihrem Oberkörper nach unten aus, traf mit stechendem Schmerz ihre Mitte, pulsierte in hartem, krampfhaftem Schmerz, während die Haushälterin sie mit besorgtem Blick ansah. Und ein Mann in schwarzem Rock kam und ging, und Nathan sprach draußen im Flur. Dann kam eine lange Dunkelheit, unterbrochen von kurzen Phasen des Halbdunkels, in dem sie durchdrungen war von einem eigenartigen Gefühl, über und außer sich zu sein, an ein loses Band gebunden, das doch gut befestigt war.

Ganz langsam wurde Serena schließlich wieder wach. Das Zimmer lag im hellen Licht der Nachmittagssonne, die durch die Gardinen aus belgischer Spitze schimmerte. Ihr gelbes Licht schien im Zimmer zu glühen, brachte die goldenen Vorhänge an den Fenstern und den Teppich in Rosa, Grün und Gold zum Leuchten. Die Tapete war grüngolden, die Stuckdecke war mit weißgelben Margeriten vor einem grünen Hintergrund verziert. In der Mitte hing ein rosafarbener Leuchter aus böhmischem Glas, in einer Ecke stand ein Wandschirm mit vergoldetem Rahmen im französischen Stil. An der Wand zwischen den beiden Fenstern brannte ein lustiges Feuer in einem Kamin aus rosa Marmor. Der Toilettentisch im Renaissancestil an der gegenüberliegenden Seite hatte einen riesigen Spiegel und eine große Sammlung von Porzellanhündchen auf den kleinen Regalen an seiner Rückseite. Das Bett, das sie umgab, war in demselben Stil gebaut.

Serena lag genau in der Mitte des Bettes, und das Laken auf ihrer Brust war mit einem unleserlich verschnörkelten Monogramm verziert. Sie war mit mehreren Decken zugedeckt, die oberste war aus Seide und Samt und von goldener Seide umrahmt. Doch das Erschreckendste war, daß die Decken ganz flach über ihrem Bauch und ihren Rippen lagen.

Ganz plötzlich waren Tränen in ihren Augen und liefen über ihre Schläfen in ihr Haar. Sie hob die Hand, um sie abzuwischen, schaffte das aber nur mit sehr großer Mühe und sah ihre Finger weiß und schmal, fast wie bei einem Skelett. Sie starrte sie an, als sich die Tür leise öffnete und eine Frau hereinkam, die ihr irgendwie bekannt vorkam, aber Serena wußte nicht genau, woher und wie sie hieß.

»Sie sind wach, meine Liebe, wie schön«, sagte sie lächelnd und nahm ihre Hand mit warmem festem Griff.

»Ja«, antwortete Serena, aber ihre blaugrünen Augen wirkten verwirrt.

»Sie sehen schon viel besser aus. Ich glaube, Ihre Wangen haben sogar etwas Farbe bekommen.«

Serena strich sich mit der Zunge über die trockenen, rissigen Lippen. »Es tut mir leid ...«, begann sie.

»Sie kennen mich nicht, nicht wahr? Ich bin Mrs. Anson, die Haushälterin von Mr. Nathan Benedict. Sie waren sehr krank seit jenem Abend, an dem er Sie hierhergebracht hat. Und Sie sind jetzt schon seit fast zwei Wochen hier in Bristlecone.«

»Zwei Wochen«, wiederholte Serena flüsternd. Sie konnte es nicht glauben.

»Sie waren in der Kälte draußen gewesen und ganz durchgefroren. Sie haben eine Lungenentzündung bekommen, und eine Weile sah es wirklich sehr schlecht aus. Sie waren so schwach, wissen Sie, und insgesamt kaum in der Verfassung, einer Krankheit . . .«

»Aber – aber mein Baby«, sagte Serena mit angsterfülltem Blick.

»Oh, meine Liebe, wie dumm von mir, daß ich es Ihnen nicht gleich gesagt habe, wo ich doch wußte, daß Sie in den letzten Tagen nicht bei Bewußtsein waren. Ihr Kind ist vor einer Woche geboren worden. Es ist ein Junge, ein schöner, gesunder Junge.«

Wieder standen Tränen in Serenas Augen, diesmal Tränen des Glücks. »Kann – kann ich ihn sehen?«

»Was für eine Frage! Natürlich. Sein Kinderzimmer befindet sich nur zwei Türen weiter. Ich werde ihn für Sie holen.«

Doch nicht die Haushälterin kam kurze Zeit später mit einem Bündel auf den Armen ins Zimmer, sondern ein junges Mädchen mit rotgoldenem Haar, Sommersprossen und einem schüchternen Lächeln. Sie trug die gleiche Schürze und Haube wie Mrs. Anson.

Die Haushälterin kam gleich nach ihr herein. »So, Mary, bringe das Kind zum Bett, damit seine Mutter es auch richtig sehen kann. Miss Serena – ich hoffe, Sie haben nichts dagegen, daß ich so frei mit Ihrem Namen umgehe, aber Mr. Benedict sagte, ich solle Sie vorerst so nennen –, dies ist Mary. Wir haben sie als Amme und Kindermädchen für Ihren Sohn eingestellt, weil Sie noch zu schwach und krank sind.«

Serena lächelte dem jungen Mädchen zu und schob die Decke zur Seite, so daß sie ihren Sohn neben sich ins Bett legen konnte. Dann vergaß sie alles andere um sich her und wickelte das Baby vorsichtig aus. Sie betrachtete seine fuchtelnden rosa Händchen, seinen runden Kopf und die winzigen muskelartigen Öhrchen, die feinen, unglaublich langen Wimpern, die auf den Wangen ruhten und das dunkle Haar, das sich auf seinem Kopf kringelte.

»Ich kann es nicht glauben«, flüsterte sie.

Bei diesem Geräusch öffnete das Kind die Augen und sah mit einem geheimnisvollen, blaugrauen Ausdruck zu ihr auf. Neugier lag in seinem Blick, und die Augen waren eine Spiegelung ihrer eigenen blaugrauen Augen. Plötzlich machte er ein leises, gurrendes Geräusch und begann zu strampeln, schloß seine kleine Hand zur Faust und versuchte sie sich in den Mund zu schieben.

»Ist er nicht ein Schatz?« fragte Mrs. Anson und lächelte. »Wir haben uns alle in ihn verliebt, Mary, meine Tochter Dorcas, ich und Mr. Benedict. Er hält ihn stundenlang auf dem Arm, dabei runzelt er nicht einmal die Stirn, wenn er die Windeln und dazu noch die Hosen seines besten Anzugs durchnäßt!«

Serena lächelte. »Kann er eine Weile bei mir bleiben?«

»Ja, sicher. So gern wir ihn alle haben, gehört er doch Ihnen. Wenn er anfängt zu schreien, brauchen Sie nur zweimal kurz nach Mary zu klingeln. Ach ja, was Mary betrifft. Ich hoffe, Sie wollen sie auch behalten, auch wenn Sie bei ihrer Einstellung nicht gefragt worden sind. Sie ist ein liebes Mädchen und braucht die Stellung. Ihr Mann und ihr kleiner Junge sind vor noch nicht drei Wochen bei einem Unfall ums Leben gekommen; als ihre Kutsche sich überschlug, wurden sie darunter begraben. Mary wurde zur Seite geschleudert, aber sie verlor das Kind, das sie unter dem Herzen trug. Ihr Baby war ihr eine große Hilfe, den Verlust zu überwinden. Und natürlich trinkt es auch ihre Milch.«

Serena sah die junge Frau an, aber sie beugte sich ungerührt über das Kind und lächelte.

»Oh, Sie brauchen sich keine Sorgen zu machen, daß ich ihre Gefühle verletzen könnte. Sie ist seit ihrem zweiten Lebensjahr taub. Aber sie spürt es, wenn das Baby schreit. Sie läßt ihn auch nie aus den Augen, Sie brauchen sich keine Sorgen zu machen, daß Ihr Sohn vernachlässigt werden könnte. Eher wird er wahrscheinlich völlig verzogen.«

»Das macht mir nichts aus«, sagte Serena ernst. »Er wird es später schwer genug haben. Aber was Mary betrifft – ich weiß nicht, wie lange ich sie behalten kann. Ich – ich habe wenig Geld, und Nathan möchte ich nur ungern darum bitten. Ich frage mich, ob ich ...«, sie verstummte, weil sie husten mußte.

»Der Doktor hat gesagt, Sie dürfen es in keinem Fall selbst versuchen, meine Liebe. Sie sind schwächer, als Sie glauben. Sie brauchen Ruhe, um wieder zu Kräften zu kommen. Machen Sie sich inzwischen keine Sorgen wegen des Geldes. Sie brauchen sich wegen gar nichts Sorgen zu machen. Es wird schon alles ins Lot kommen.«

Das konnte sie leicht sagen. Aber wie konnte Serena anders als sich Sorgen zu machen? Sie betrachtete ihr Baby, als die anderen fort waren. Armer kleiner Kerl. Was würde aus ihnen beiden werden? Sie hatte Nathans Gastfreundschaft jetzt schon viel zu lange in Anspruch genommen. Doch was würde sie später tun, wenn sie sich noch um einen kleinen Jungen kümmern, ihn ernähren und zum Mann erziehen mußte?

Und sah ihr Kind Ward ähnlich? Mit einem dumpfen Ziehen in der Herzgegend mußte sie zugeben, daß seine Nase und sein Kinn seinem Vater ähnelten. Die graublauen Augen jedoch, die vielleicht erst in einem Monat ihre endgültige Farbe bekommen würden, ließen ihn viel mehr aussehen wie sie oder wie ihren Vater.

»Ich werde dich Sean nennen«, sagte sie leise. »Sean Walsh. Mir wirst du gehören und keinem sonst. Mein Sean.«

Aber sie irrte sich. Das Kind sollte niemals Sean Walsh heißen. Und auch sie sollte nie wieder Serena Walsh sein.

15. Kapitel

Es war kurz vor dem Abendessen, die Sonne war bereits untergegangen. Mary hatte Sean geholt, um ihn zu füttern und ins Bett zu bringen. Das Feuer im Kamin war heruntergebrannt. Serena dachte im Halbschlaf daran zu klingeln, damit jemand Holz nachlegte, aber selbst dafür fehlte ihr die Kraft. Dank der Sonne lag draußen kein Schnee mehr. Sie wußte jedoch, daß es draußen immer noch kalt war, denn ab und zu kam ein kalter Luftzug vom Fenster. Und hier in diesem schönen Zimmer mit den warmen Farben war es so angenehm. Doch sie selbst hatte sich sehr verändert; sie war so viel dünner und leichter, daß sie kaum glauben konnte, daß sie noch dieselbe Frau war, die hinaus in den Schneesturm geschickt worden war. Sie durfte sich nicht zu sehr an diesen Luxus gewöhnen. Sie mußte sich allein in dieser Welt zurechtfinden, mit ihrem Sohn. Sie betrachtete das schöne, nach Bienenwachs duftende Holz, von dem sie umgeben war. Nein, solche Dinge würden sie und ihr Sohn noch lange nicht haben. Natürlich brauchte sie sie auch nicht, aber um Seans willen wünschte sie sich diese Dinge.

Nutzlose Gedanken. Ebensogut hätte sie sich wünschen können, die Uhr zurückzudrehen, um Ward, bevor er starb, zu sagen, daß er ein Kind haben würde. Was hätte er von ihrem gemeinsamen Kind gehalten? Wäre er froh gewesen, oder hätte es ihm leid getan, wäre er stolz gewesen oder gleichgültig?

Es klopfte leise an die Tür. Als sie antwortete, kam Nathan langsam ins Zimmer und trat ans Fußende des Bettes.

»Mrs. Anson sagte, daß es dir schon besser geht. Ich mußte kommen und selbst nachsehen.«

»Ja«, sagte Serena und betrachtete verwundert sein Gesicht, das hager und übernächtigt wirkte. »Ich bin so dankbar, daß hier so gut für mich gesorgt worden ist.«

»Die Dankbarkeit ist unnötig, Serena. Ich sollte dir danken, daß ich dieses Privileg hatte. Geht es dir wirklich besser?«

»Ich glaube schon.«

»Ich – ich hätte es mir nie verziehen, wenn dir oder dem Baby etwas zugestoßen wäre.«

»Ich war selbst schuld daran, daß ich an diesem Abend draußen herumgelaufen bin«, protestierte sie.

»Wenn es nach mir ginge, würde es dir immer gut gehen.« Nathan wandte den Blick ab, ging hinüber zum Kamin und legte wieder Holz auf die Glut.

»Ich – ich bin wirklich für mich selbst verantwortlich, Nathan. Ist das so schwer zu verstehen?«

»Das ist aber einfach nicht wahr«, sagte er, ohne sie anzusehen.

»Ich weiß nicht...«, sagte sie, dann brachte der Husten sie zum Schweigen.

»Du solltest nicht versuchen zu sprechen«, sagte Nathan und stellte das Funkengitter wieder vor den Kamin. »Und ich weiß, daß ich dir wahrscheinlich keine Sorgen bereiten sollte. Aber ich muß dir etwas sagen, was mit dem Thema zu tun hat, über das wir gerade sprechen. Nein, unterbrich mich nicht. Vielleicht brauche ich eine Weile, um das Wesentliche auszusprechen, aber ich werde es tun.«

Serena, gefesselt von dem angespannten Ausdruck in seinen Augen und der Entschlossenheit in seiner Stimme, sah zu, wie er wieder ans Fußende des Bettes trat.

»Ich habe dich nicht hierhergebracht, Serena, nur weil ich ein gutes Herz habe, sondern weil ich dich hier haben wollte, weil ich schon seit Monaten davon geträumt hatte, dich hier zu haben. Ich dachte, wenn du erst hier wärst, könntest du nicht wieder fortgehen, bevor ich nicht hätte mit dir reden, dich für mich gewinnen, dich und das Baby verwöhnen können. Wenn alles andere nicht funktionierte, wollte ich dir sogar ein Geschäft vorschlagen: deine Gesellschaft gegen mein Geld. Und dann wurdest du so krank. Es hatte plötzlich den Anschein, als würdest du mir auf ganz andere Weise entkommen, als ich geahnt hatte. Der Arzt sagte, du seiest nicht so stark, wie du sein müßtest. Seiner Meinung nach war jeden Augenblick mit der Geburt zu rechnen. Also beschloß ich, alles zu wagen. Wenn ich gewinnen sollte, würdest du und dein Kind für den Rest eures Lebens mir gehören, wenn ich verlieren sollte, würdest du ebenfalls mir gehören, wenn auch nur dem Namen nach.«

Als ihre Augen sich weiteten, nickte er langsam. »Du hast es erraten. Ich habe einen Priester geholt. Ich erklärte ihm, du hättest zugestimmt, mich zu heiraten, wärest aber zu krank, um dich noch daran zu erinnern. Er schien es zu glauben, nachdem ich ihm ein hohes Bestechungsgeld gegeben und ihn einen kurzen Blick auf die Braut hatte werfen lassen. Die Zeremonie wurde in diesem Zimmer vorgenommen. Mrs. Anson und ihre Tochter waren Zeugen. Es tut mir leid, Serena, aber du bist jetzt Mrs. Nathan Benedict. Nein, das nehme ich zurück. Nicht die Tatsache tut mir leid, nur daß es in dieser Weise dazu gekommen ist.«

»Das ist unmöglich«, flüsterte sie.

»Nein. Da du nicht dazu fähig warst, hat Mrs. Anson dir beim Unterschreiben geholfen. Die Heiratsurkunde befindet sich beim Standesamt.

»Aber eine Ehe, Nathan? Das war doch vollkommen unnötig, oder nicht?«

»Doch, es war notwendig, denn ich wußte, wenn ich dein Kind anerkenne, sichere ich mir deine Dankbarkeit, eine Dankbarkeit, die sich vielleicht eines Tages in ein wärmeres Gefühl verwandeln wird.«

»Und jetzt, da ich die Wahrheit kenne?«

»Ich weiß es nicht. Ich empfinde immer noch genauso, aber ich möchte nicht, daß wir unser Leben mit einer Erpressung beginnen. Ich will keine Dankbarkeit, und ich will dich zu nichts zwingen. Ich will dich, und ich bin mit dem zufrieden, was du mir gibst. Ich will dich nicht drängen oder dich um etwas bitten, was du mir nicht geben kannst. Und ich schwöre, dir auch nicht mehr zuzumuten, als du zu nehmen bereit bist.«

Das war ein unglaublich großzügiges Angebot, das die meisten Frauen mit beiden Händen zugleich ergriffen hätten. Nathan war ein gutaussehender Mann und ein Gentleman. Er war freundlich und mitfühlend, großzügig und reich. Die meisten normalen Männer wären davon ausgegangen, daß sie ihr einen Gefallen taten, indem sie sie heirateten, ganz zu schweigen von einem, der der Traum einer jeden ledigen Frau der Gegend war. Warum also fühlte sie diese Unruhe, als stecke noch mehr hinter der Sache, als sie jetzt erfahren hatte? Angesichts der Art, wie diese Ehe zustande gekommen war, brauchte sie sich natürlich nicht zu wundern, wenn sie sich dabei nicht wohlfühlte. Schließlich sagte sie: »Aus welchen Gründen auch immer du das getan hast – du hast meinem Sohn einen Namen gegeben, einen Namen, auf den er stolz sein kann. Dafür danke ich dir.«

Er winkte ab. »Ich habe dir auch etwas gegeben. Kannst du dich daran erinnern?«

»Nein, ich glaube nicht.«

»Das ist auch unwahrscheinlich, wenn du dich schon nicht an die Trauung erinnerst.« Er lächelte unsicher, ohne Bitterkeit. Dann richtete er sich auf, schob eine Hand in die Tasche und holte eine kleine, mit rotem Samt bezogene Schachtel heraus. Dann setzte er sich neben sie auf die Bettkante und öffnete die Schachtel.

Ein riesiger, achteckiger Saphir, umgeben von prachtvollen Diamanten, lag darin und leuchtete in blauem Feuer. Ein unvergleichlich kostbares Juwel.

»Er ist wunderschön«, sagte Serena atemlos.

»Ich fand, daß er gut zu dir paßt.« Nathan nahm den Ring aus der Schachtel, hob ihre Hand und schob sein kühles Gewicht auf den Mittelfinger ihrer linken Hand.

»Oh, Nathan, so etwas kann ich nicht annehmen«, widersprach Serena und versuchte, ihm ihre Hand zu entziehen.

Er ließ sie nicht los. »Das hast du schon. Ich gebe dir nur dein Eigentum zurück. Ich gab dir diesen Ring zusammen mit meinem Ehegelübde. Ich habe ihn schon vor langer Zeit gekauft in der Hoffnung, Gelegenheit zu bekommen, ihn dir zu geben. Jetzt hatte ich ihn nur wieder an mich genommen, weil du in der letzten Woche so viel Gewicht verloren hast, daß die Gefahr bestand, du könntest ihn verlieren. Mrs. Anson fand ihn im Bett und gab ihn mir zur Aufbewahrung.«

»Das ändert nichts«, begann Serena, aber der Husten brachte sie wieder zum Schweigen.

Nathan stand auf. »Ich hätte dich nicht so lange reden lassen sollen. Du mußt jetzt ruhen. Ich hoffe, daß es dir in ein paar Tagen so gut geht, daß wir hier zusammen essen können.«

Serena schaffte es zu lächeln und zu nicken. Als er sich zum Gehen wandte, stützte sie sich auf einen Ellenbogen. »Nathan, warte.«

»Ja, Serena?« Er drehte sich wieder zu ihr um.

»Meine Sachen im Eldorado – Pearlie sagte, ich könnte sie holen lassen, nur, sie sagte, sie – werde sie nach zwei Tagen verbrennen. Kannst du jemanden hinschicken, um zu sehen, ob noch etwas davon da ist«

»Ich gehe selbst«, sagte er mit ernster Miene.

Serena legte sich wieder hin. »Tut mir leid, daß ich dir soviel Mühe mache«, sagte sie heiser. Dann kam eine undeutliche Erinnerung, und sie sagte: »Ich hoffe, ich habe dich nicht aus deinem Zimmer vertrieben?«

»Nein. Das hier war das Zimmer meiner Frau oder besser gesagt, meiner ersten Frau.« Mit einem kurzen Lächeln ging er hinaus.

Serena lag still und starrte auf die geschlossene Tür. Mrs. Nathan Benedict. Die Worte klangen unwirklich. Es konnte nicht sein und war doch so. Sie ließ den Blick auf den Ring sinken, das wertvolle Symbol einer mystischen, bindenden Vereinigung. Er bedeutete das Ende ihrer Sorgen, die Antwort auf ihre Gebete. Warum war sie nicht glücklicher darüber? Und was war mit seiner Geliebten geschehen? fragte sie sich nachdenklich.

Die Antwort ließ auf sich warten. Nathan besuchte Serena oft, blieb aber nicht lange und schien sich auch immer zu bemühen, das Gespräch unpersönlich zu halten. Sie sprachen über ihre Gesundheit, über Sean und sein Lächeln.

Er brachte ihr alles, was von ihren Sachen noch übrig war, ihren Schmuck, ein paar Bücher, die Pistole, die er ihr geschenkt hatte. Der Rest war im Feuer gelandet, auch das Ballkleid ihrer Mutter und die Schuhe mit den goldenen Absätzen. Nein, hatte er mit hartem Blick gemeint, es sei kein Problem gewesen, die Sachen von Pearlie zu bekommen.

Während er sich in ihrer Gesellschaft langsam entspannte, sprach er mehr, auch um sie vom anstrengenden Reden abzuhalten, dachte Serena. Er sprach von Ereignissen in der Stadt und gelegentlich von Schwierigkeiten in den Minen. Die Minenarbeiter kämpften zur Zeit für eine Altersversorgung und für Gesetze gegen Kinderarbeit. Auch Unfälle gab es des öfteren, zum Beispiel mit den zwei Meter hohen Dampfhämmern, genannt »Witwenmacher«, mit denen das Erz gelöst wurde. Auch die Goldadern bereiteten Schwierigkeiten, da sie ständig unvorhergesehen ihre Richtung wechselten und manchmal überhaupt nicht wiedergefunden werden konnten.

Nathan selbst gab zu, daß er dafür war, die Arbeitsbedingungen der Bergarbeiter zu verbessern. Immerhin hatte er schon vor dem letzten Streik den Achtstundentag eingeführt, auch wenn die anderen Minenbesitzer für neun Stunden waren. Doch zur Zeit waren die Fronten verhärtet, besonders zwischen der öffentlichen Meinung von Cripple Creek, die auf der Seite der Arbeiter stand, und der von Colorado Springs, wo sich im besonderen die Minenbesitzer niedergelassen hatten. Da die Stimmung sehr angespannt war in diesem Krieg der Besitzer gegen die Habenichtse, konnte Nathan, der durch seine Stellung nun einmal zu den Minenbesitzern gehörte, nicht so ohne weiteres handeln, wie er wollte.

»Es ist schlimm, daß die kleinen Jungen in den Minen arbeiten«, sagte Serena dazu. »Sie sehen aus wie kleine Männer, wie uralte Kinder. Ihre Gesichter machen den Eindruck, als hätten sie das Lachen vergessen. Ich kann den Gedanken nicht ertragen, daß Sean vielleicht eines Tages ebenfalls in die Minen gehen muß, eingeschlossen in der Erde und fern vom Licht der Sonne.«

»Darüber brauchst du dir keine Sorgen zu machen«, meinte Nathan sofort. »Er wird nie den Förderkorb besteigen, außer wenn er es selbst will.«

»Was meinst du damit?« fragte Serena, verwundert über den beinahe trotzigen Ton in seiner Stimme.

»Ich meine, daß ich Sean in meinem Testament zu meinem Erben gemacht habe, natürlich zusammen mit dir. Ich habe keine Verwandten, die auch nur einen Penny verdient hätten, auch wenn immer mal wieder irgendein Neffe aus dem Nichts auftaucht. Und falls ich – du und ich – irgendwann eigene Nachkommen haben, wird das nichts ändern. Sean wird immer gleichberechtigt mit unseren Kindern sein.«

Er hatte das Gesicht abgewandt, als wolle er ihre Reaktion lieber nicht sehen. »Ich weiß nicht, was ich sagen soll«, erklärte sie.

»Du brauchst gar nichts zu sagen. Das ist nur eine vernünftige Vorsichtsmaßnahme und verpflichtet dich zu nichts.«

Sie war ihm dankbar für diese letzten Worte, obwohl sie spürte, daß sie doch beeindruckt war von seiner Großzügigkeit. Im Vergleich zu Ward war er keine besonders starke oder männliche Persönlichkeit, aber unter seiner ruhigen Art lag eine feste Grundlage der Kraft und Macht, die Serena beinahe bedrohlich fand.

Serena kam allmählich wieder zu Kräften. Sie setzte sich in einen Stuhl ans Fenster und sah zu, wie die grauen Nachmittage zu verschneiten Abenden wurden. Man stellte einen Schaukelstuhl und eine Wiege neben den Kamin, und Serena wiegte Sean in den Schlaf und rief nur nach Mary, wenn er hungrig war. Zusammen mit ihrer Kraft kehrte auch ihr Appetit zurück. Deshalb freute sie sich ganz besonders darüber, daß Nathans Koch ein Franzose aus New Orleans war, der alle ihre Lieblingsgerichte kochte. Nathan wirkte sowohl erfreut als auch nachdenklich, als sie davon erzählte, wie gern sie wieder einmal Austern und Fischsuppe wie in New Orleans essen würde. Kaum eine Woche später erschien er zusammen mit dem ganzen Hauspersonal in ihrem Zimmer. Sie breiteten eine wahre Festtafel für sie aus, auf einem prachtvoll mit Kristalleuchtern und Silber gedeckten Tisch. Dann entfernten sich alle außer Nathan und der Haushälterin. Sie half Serena in ein Kleid und zündete dann die Kerzen auf dem Tisch an.

Voller Begeisterung saß Serena vor dem mit besticktem Leinen bedeckten Tisch, als Mrs. Anson den ersten Gang auftrug – Austern. »Wo, um alles in der Welt, hast du sie um diese Jahreszeit bloß aufgetrieben?«

Er lächelte und nahm seine kleine dreizinkige Gabel. »Ein Sonderzug hat sie gebracht. Man kann alles bekommen, wenn man Geld hat – und es nur wirklich will.«

Serena sah ihn einen Augenblick an, bemerkte einen Schatten in seinen Augen. »Es gibt Leute, die das bestreiten würden«, meinte sie vorsichtig.

»Die haben gewöhnlich kein Geld.«

Der Schatten verschwand aus seinem Blick. Serena lächelte und wandte sich ihrem Essen zu. Den Austern folgten nicht nur die ersehnte Fischsuppe, sondern zahllose andere Köstlichkeiten und erlesene Weine.

Auch wenn Serena nicht einmal alles kosten konnte, war sie voll des Lobes. Es rührte sie, welche Mühe Nathan sich ihretwegen gemacht hatte. Sie empfand am Ende des Festmahls ein Gefühl warmer Freundlichkeit für ihn, das vielleicht durch den Wein noch verstärkt wurde. Das leise Kerzenlicht schuf eine sanfte Nähe zwischen ihnen, dazu das prasselnde Feuer neben ihnen, das Schimmern von Silber und Kristall. Das Gefühl schien noch zuzunehmen, als die Haushälterin ihnen zum Abschluß einen Likör einschenkte und hinausging.

»Ich freue mich auf nächste Woche«, sagte Nathan mit einem Blick auf Serenas etwas fades Kleid.

»Warum denn?«

»Weil dann Weihnachten ist und ich eine Ausrede habe, dir Kleider und andere Dinge zu schenken, damit du nicht länger die Sachen meiner Haushälterin zu tragen brauchst. Sie passen einfach nicht zu dir.«

»Ich – mir wäre es lieber, wenn du das nicht tun würdest«, sagte Serena ruhig.

Er sah sie mit einem schelmischen Lächeln an. »Das weiß ich, aber ich werde es trotzdem tun.«

Es hatte keinen Sinn, mit ihm zu streiten, das wußte Serena inzwischen schon. Also wechselte sie das Thema.

»Ich kann mir nicht vorstellen, daß es schon Weihnachten ist.«

»Möchtest du einen Weihnachtsbaum? Mrs. Anson und Dorcas können ihn schmücken. Du brauchst nichts zu tun.«

»Ich weiß nicht«, sagte Serena langsam. »Tu, was du tun möchtest, wie immer. Ich bin nicht sehr festlich gestimmt.«

»Seit meine Frau Nora gestorben ist, habe ich mir die Mühe nicht mehr gemacht. Aber jetzt, seit ich wieder so etwas wie eine Familie habe, freue ich mich sehr darauf.«

Letztes Jahr um diese Zeit war sie mit Ward zusammen gewesen, und sie waren mit Nathan und Consuelo essen gegangen.

»Was ist los?« fragte Nathan. »Habe ich etwas Falsches gesagt?«

»Nein, ich – dachte nur gerade an das letzte Weihnachtsfest mit Ward und Consuelo. Wie geht es ihr? Ist sie wieder ganz gesund?«

Nathan starrte in sein Likörglas. »Ich habe sie nach der Krankheit nach Manitou Springs geschickt, damit sie dort das Heilwasser trinken kann. Auch die Luft ist dort besser. Sie fühlte sich sehr angegriffen. Sie hat allerdings geschrieben, dort sei überhaupt nichts los, und ich denke, sie wird in den nächsten Tagen zurückkommen.«

Serena nickte und lächelte bei dem Gedanken daran, wie die schillernde Spanierin Mineralwasser schlürfte.

»Ich weiß, daß eine Ehefrau gewöhnlich nicht über die Geliebte ihres Mannes Bescheid weiß oder das Thema zumindest nicht mit ihm diskutiert, aber Consuelo ist meine Freundin, und ich weiß, daß sie dich sehr gern hat. Ich möchte nicht, daß sie verletzt wird. Sie weiß von unserer Heirat und ist nicht sehr glücklich darüber, aber sie hat sich wohl damit abgefunden.«

»Sie muß glauben, ich hätte dich ihr hinter ihrem Rücken weggeschnappt. Vielleicht hat sie von deinen Gefühlen für mich gewußt, hat aber sicher nicht angenommen, daß wir heiraten könnten.«

»Du hast recht«, stimmte er mit nachdenklichem Blick zu.

»Ich muß sie besuchen gehen, sobald ich kann.«

Er sah mit ernstem Blick auf. »Glaubst du wirklich, daß das klug ist?« Serena war erstaunt, wie abweisend seine Stimme klang. »Ich meine, das wird doch sicher nicht schön für dich. Außerdem könnte man dich erkennen.«

»Was macht das aus, wenn mich jemand erkennt? Ich bin nicht anders als Consuelo.«

»Du bist jetzt meine Frau, und das hat in jeder Zeitung der Umgebung gestanden.«

Serena lehnte sich zurück. »Soll ich mich jetzt etwa wie eine respektable Gattin verhalten und meine Nase über all diejenigen rümpfen, die ich bisher kannte? Das tue ich nicht, Nathan. Du magst mich ohne meine Zustimmung geheiratet haben, aber ich bin ganz sicher einverstanden, wenn du dich scheiden lassen willst.«

»Das habe ich nicht gemeint. Aber wenn du die Frauen der anderen Minenbesitzer kennenlernst, triffst du die Leute aus der Myers Avenue wahrscheinlich immer seltener.«

»Die Minenbesitzersfrauen haben so jemanden wie mich bekannterweise noch nie akzeptiert, ob verheiratet oder nicht. Sie sind doch wohl eher damit beschäftigt, kurz nach Europa hinüberzufahren und sich Schlösser zu kaufen. Nein, danke, ich habe wenig Lust, nur mit Frauen zu tun zu haben, die nur darüber reden, wieviel Geld ihre Männer verdienen.«

»Bist du da so sicher? Schließlich hast du unser Mahl heute abend genossen, und das ist nur ein kleines Beispiel dafür, was man mit Geld alles tun kann.«

»Ich lasse mich nicht bestechen, Nathan! Wenn du mir zeigen willst, was man mit Geld alles tun kann, dann setz es für einen guten Zweck ein.«

»Also gut, Serena. Was schlägst du vor, wo ich anfangen soll?«

Seine schnelle Kapitulation erstaunte sie, aber sie faßte sich gleich wieder. »Du – könntest mit dem Geld, das du als Belohnung im Fall Lessie ausgesetzt hattest, ein Heim für Frauen bauen, die nirgendwo anders hinkönnen, einen Ort, wo sie immer etwas Warmes zu essen bekommen und einen Platz zum Schlafen. Nicht ein Haus, in dem fromme Leute Predigten halten, sondern ein Ort, wo Frauen einander helfen können. Dann kannst du noch ein Waisenhaus bauen und dann ein Heim für die Alten und die Minenarbeiter, die bei Unfällen verletzt worden sind.«

»Wohltätigkeit, Serena? Die meisten Leute wollen davon nichts wissen, und diejenigen, die sie in Anspruch nehmen, nutzen sie aus.«

»Das stimmt nur teilweise. Vor nicht allzu langer Zeit habe ich deine Hilfe gebraucht. Ohne sie wäre ich vielleicht gestorben. Aber so dankbar ich dir für deine Wohltätigkeit bin, Nathan, möchte ich doch nur ungern für immer darauf angewiesen sein.«

»Nein«, antwortete er. »Und das finde ich sehr bedauerlich.«

Aber damit war das Thema noch nicht beendet. Am nächsten Tag kam Nathan zu ihr und ließ lächelnd ein Dokument in ihren Schoß fallen.

»Was ist das?« fragte Serena und warf ihm einen langen Blick zu, bevor sie es las.

»Etwas, das du haben wolltest«, antwortete er.

Es sah aus wie eine Besitzurkunde für ein Grundstück. Als Serena den Kaufpreis sah, runzelte sie die Stirn.

»Ich verstehe nicht«, sagte sie.

»Das ist das Grundstück für dein Frauenhaus oder was du sonst darauf bauen möchtest. Du sagtest doch, damit wäre mein Geld gut angelegt.«

»Aber ich hatte nicht geglaubt, daß es so teuer sein würde!«

»Land ist zur Zeit teuer in Cripple Creek. Hast du bemerkt, daß es auf deinen Namen ausgestellt ist? Ich hoffe, du hast nichts dagegen, wenn wir es dabei belassen. Und das Haus wird auch in deinem Namen gebaut werden. Ich möchte lieber nicht als der Minenbesitzer bekannt werden, der sich um Frauen in Not kümmert. Das könnte peinlich werden.«

»Was für ein Haus?«

»Die Bauarbeiten haben heute morgen begonnen. Bei der Mannschaft, die ich eingestellt habe, müßte es bis Ende Januar fertig sein.«

»O Nathan«, sagte Serena und sah zu ihm auf. »Das ist wunderbar. Du bist so großzügig.«

Als Antwort beugte er sich über ihren Sessel und drückte seine festen, schmalen Lippen auf die ihren. Der Kuß war nur kurz, aber sein Gesicht war gerötet, als er sich wieder aufrichtete.

»Und du bist so schön! Jedesmal, wenn ich dich sehe, bist du wieder schöner geworden.«

»Bitte, Nathan, du hast es versprochen . . .«, sie verstummte.

»Das stimmt. Ganz schön dumm von mir übrigens«, sagte er und lächelte. Nur seine Augen blieben dunkel.

Aber das Land war nur das erste seiner Geschenke. Nathan brachte ihr jetzt jeden Tag etwas Neues mit. Als sie protestierte, meinte er, das sei überhaupt nichts. Und dann brachte er ihr am nächsten Tag einen Kanarienvogel in einem vergoldeten Käfig. Und an den kommenden Tagen einen silbernen Füllfederhalter, dazu ein silbernes Tintenfaß und in einer passenden Schachtel Visitenkarten dazu, auf die in wunderschöner Schrift ihr Name gedruckt war. Und dann kam noch eine dunkelblaue Damenkutsche mit abnehmbarem Dach und silbernen Beschlägen. Und dann ein glänzend lackiertes, wunderschönes Klavier, auf dem sie sich beim Singen begleiten konnte.

»Aber Weihnachten ist doch erst in ein paar Tagen!« stellte Serena fest.

»Für uns ist Weihnachten dann, wenn ich es will«, antwortete Nathan.

Aber er bewahrte doch noch ein paar Geschenke für den Weihnachtsmorgen auf. Serena erwachte zwischen einer Vielzahl von Schachteln in allen Größen und Formen. Die Haushälterin stand mit Kaffee an ihrem Bett und erklärte, Nathan bitte um die Erlaubnis, mit ihr frühstücken zu dürfen. Und als sie ja sagte, erschien er in einem langen, königsblauen Morgenmantel aus Satin mit Samtrevers. Serenas Lächeln schwankte einen Augenblick, denn er sah genauso aus wie der, den Serena an jenem Abend vor so vielen Monaten in Nathans Salonwagen getragen hatte.

Nathan betrachtete prüfend die Schachteln, nahm eine heraus und gab sie ihr.

»Was mag das denn wohl sein?« fragte er in gespielter Verwunderung. »Du solltest sie besser gleich öffnen, noch bevor das Frühstück kommt.«

Angesichts der Länge der Schachtel und Nathans Bemerkungen hatte Serena schon eine Ahnung, was darin war. Und sie bestätigte sich, als aus ihren seidenpapierenen Tiefen ein Morgenrock aus schwarzer Spitze ans Licht kam. Er war mit schwarzer Seide gefüttert, damit er auch wärmte. Dazu gehörten ein durchsichtiges schwarzes Seidennachthemd und ein paar seidene Schuhe mit hohen Absätzen.

»Bist du sicher, daß eine ehrbare verheiratete Frau so etwas trägt?« fragte Serena und hob eine Augenbraue.

»Ja, das bin ich. Natürlich nur, wenn sie die entsprechende Haut und Figur dazu hat. Wirst du es anziehen?« Dabei deutete er mit dem Kopf auf den Wandschirm in der Ecke des Zimmers.

Serena zögerte einen Augenblick und betrachtete das Etikett des berühmten Pariser Modehauses, das mit feinen Stichen hineingenäht war. Sie konnte der Versuchung nicht widerstehen. Als sie hinter dem Wandschirm den Traum in schwarzer Seide anzog und Mrs. Anson ihr anschließend das Haar bürstete, wurde ihr klar, wie erschreckend leicht man sich an Luxus gewöhnen konnte.

Als sie mit offenem Haar hinter dem Wandschirm hervortrat, stand Nathan langsam auf.

»Es ist genauso, wie ich gehofft hatte«, sagte er mit belegter Stimme.« Als er Serenas zweifelnden Blick sah, fragte er noch: »Gefällt er dir nicht?«

»Doch. Aber jetzt muß ich mich schon wieder bei dir bedanken.«

»Ich schlage vor, wir verschieben das, bis du alle Geschenke ausgepackt hast«, sagte er mit ernster Miene. »Und wenn du Dankesworte nicht magst, dann bring doch deinen Dank einfach durch etwas anderes zum Ausdruck. Wie wäre es zum Beispiel, wenn du mir einfach eine Tasse Kaffee eingießen würdest?«

»Einverstanden«, sagte Serena, nahm die Hand, die er ihr hinstreckte, und wandte sich wieder dem Bett zu.

In den hochaufgestapelten Päckchen fand sich die gleiche Ausstattung noch einmal in Cremefarben und in Dunkelrosa. Dazu eine kleine Sammlung französischer Parfüms in geschliffenen Flakons, ein schwarzes Lederköfferchen mit silbernen Flaschen, Nagelnecessaire, Bürsten und Kämme, selbst ein silberner Zahnstocher gehörte dazu. Als nächstes kam ein Grammophon mit einem Trichter und Musikrollen dazu. Dann ein Zobelpelzmantel mit passendem Hut und Stola, ein Dutzend Paar weiche, lederne Handschuhe in verschiedenen Farben, eine Decke zum Ausfahren mit der Kutsche aus schwarzem Satin mit farbigem Besatz, ein großer Opernfächer aus schwarzer Seide und Marabufedern, der Serena nicht ganz so gut gefiel, Haarschmuck aus Jet, Horn und Schildpatt und schließlich eine ganze Schachtel mit den letzten Ausgaben eines schicken Modemagazins.

Serena dachte, das sei alles gewesen, doch da zog Nathan aus seiner Tasche ein großes, samtbespanntes Etui und überreichte es ihr, wie er es auch bei dem Ring getan hatte. In dem Etui befanden sich ein schmaler diamantbesetzter Ring, der zu dem Saphir getragen werden konnte, und ein kompletter Satz Saphirschmuck: eine Halskette, ein Armband, Ohrringe, eine Brosche und sogar ein kleines Krönchen. Es funkelte und glitzerte herrlich, ein Geschenk für eine Kaiserin.

Als könne er ihre Gedanken lesen, sagte Nathan: »Sie gehörten einmal Katharina der Großen von Rußland. Jetzt gehören sie dir.«

»Ich – ich bin überwältigt. Das ist einfach viel zuviel«, sagte sie und schaute von dem Schatz in ihrer Hand auf all die anderen Dinge, die um sie herum ausgebreitet waren. »Ich weiß nicht, was ich sagen soll.«

»Ich denke, wir hatten da ein Übereinkommen getroffen.« Als Serena sich ihm überrascht zuwandte, deutete er auf den Servierwagen mit dem Frühstück, der ins Zimmer gebracht worden war. »Jetzt wirst du zum Frühstück den Kaffee eingießen.«

Nathan war nicht weniger großzügig zu Sean und zu seinen Angestellten, so als spiele Geld überhaupt keine Rolle. Das Baby bekam Unmengen von Spielzeug, sogar ein graugeflecktes Schaukelpferd. Die Frauen bekamen Fahrräder und weite Hosen dazu, um auch darauf fahren zu können, pelzbesetzte Wollmäntel, warme Strümpfe und duftenden Puder, dazu ein paar Dinge, die ihre Zimmer im zweiten Stock des Hauses verschönern sollten. Der Kutscher bekam ein eigenes Pferd, denn so moderne Dinge wie Fahrräder lagen ihm nicht, dazu einen Büffelledermantel, neue Lederstiefel und warme Unterwäsche. Der Stalljunge bekam kaum weniger, der Küchenchef entschieden mehr.

Entsprechend wurde Nathan mit einer Vielzahl kleiner Geschenke überhäuft, die meisten davon selbstgemacht. Serena hatte mit Mrs. Ansons Unterstützung einen weichen Lederbeutel für Nathans Pfeifentabak genäht und bestickt.

»Das ist nicht viel im Vergleich zu den vielen Dingen, die du mir geschenkt hast«, sagte Serena, als sie es ihm gab.

»Ich schätze es im Augenblick mehr als alles andere, denn du hast es gemacht. Ich habe dich nur beschenkt, weil es mir Spaß macht, zuzusehen, wenn du die Geschenke auspackst.«

»Ich freue mich wirklich über all die vielen schönen Dinge und danke dir dafür.« Serena stand vom Tisch auf, beugte sich zu ihm hinunter und hauchte einen flüchtigen Kuß auf seine Lippen, während Mrs. Anson mit einem wohlwollenden Lächeln danebenstand. Als sie sich wieder gesetzt hatte, griff Nathan nach ihrer Hand und drückte sie so fest, daß die Diamanten des Ringes schmerzhaft in ihre Finger gepreßt wurden.

Am Abend, nach dem Abendessen, zog Serena das Grammophon mit dem dunkelblauen Trichter auf und ging zum Fenster. Sie hatte ein Stück aus ›La Gioconda‹ aufgelegt.

Draußen spiegelte sich das Mondlicht auf dem Schnee und warf lange Schatten. Der Wind pfiff mit einem verlorenen Klagelaut durch die Bäume und ließ den Schnee auf den Bäumen als glitzernden Puder zu Boden rieseln.

Sie spürte eine innere Unruhe, die sie jedoch für ein Zeichen der Genesung hielt. Ihre Brust schmerzte immer noch, wenn sie tief einatmete, und sie ermüdete leicht, aber der Husten hatte fast völlig aufgehört. Genaugenommen fühlte sie sich, als könne sie jetzt gleich ihren Mantel anziehen und das goldene Schlafzimmer verlassen.

Doch draußen warteten neue Schwierigkeiten auf sie. Solange sie in ihrem Zimmer und ihrem Bett blieb, mußte sie nicht entscheiden, ob sie in Bristlecone bleiben oder versuchen sollte, sich allein zurechtzufinden, ob sie versuchen sollte, Nathans Frau zu sein und auch die körperliche Nähe hinzunehmen, die dazugehörte, oder ob sie seine Geschenke zurückgeben, ihr Kind nehmen und fortgehen sollte.

Sie schuldete Nathan so viel, vielleicht sogar ihr Leben und das ihres Kindes. Sie hatte ihn gern, denn er besaß viele Eigenschaften, die sie bewunderte. So schlecht würde es nicht sein, in all dem Luxus zu leben, gehegt und gepflegt, ohne je selbst einen Finger rühren zu müssen. Sie würde nicht mehr Serena Walsh sein, sondern die Frau eines reichen Mannes, schwach, abhängig, sorgsam darum bemüht, ihm zu gefallen, damit er sich nicht von ihr abwandte. Würde sie dadurch nicht auch nur eines der vielen Spielzeuge werden, das er kaufte? War das nicht der eigentliche Sinn all der schönen Dinge, mit denen er sie überschüttet hatte – eine Bezahlung für etwas, das er sich als Gegenleistung von ihr erhoffte? Diesmal versuchte er sie zu bestechen anstelle von Ward, aber das Prinzip war doch dasselbe.

Der Gedanke war unangenehm, aber es war besser, sich darüber klar zu werden, bevor sie sich darauf einließ.

Die Musik endete. Erst als sie sich umdrehte, bemerkte Serena, daß Nathan im Zimmer war, der jetzt das Grammophon abstellte.

»Möchtest du es noch einmal hören?« fragte er.

Als sie den Kopf schüttelte, räumte er den Wachszylinder mit der Aufnahme zurück in seine Schachtel. »Gut, daß du noch auf bist. Ich möchte mit dir reden.«

»Ja?«

»Ich habe nachgedacht. Wie würde es dir gefallen, eine Reise nach Europa mit mir zu machen? Wir könnten erst ein paar Wochen in New York bleiben, dann nach England fahren, von dort aus nach Frankreich. Dort würden wir die besten Schneider besuchen, Kleider, Ballkleider, Mäntel bestellen, was immer du wünschst. Dann könnten wir weiterfahren nach Rom, Venedig, Athen oder nach Norden nach Österreich und Deutschland, wenn dir das lieber ist. Wenn wir nach Paris zurückkehren, wären deine Kleider fertig, und du könntest sie schon auf der Heimfahrt tragen.«

»Nathan, das klingt wunderbar, aber ich bin mir nicht sicher.«

»Selbst wenn du in Paris groß einkaufen willst, brauchst du nicht in Lumpen dorthinzufahren. Ich habe in New York mehrere Kleider und Kostüme für dich bestellt. Ich war sicher, sie würden schon zu Weihnachten hier sein, aber es gab Verzögerungen. Doch sie müßten in den nächsten Tagen ankommen, zusammen mit der Schneiderin, die sie dir anpassen wird.«

Serena konnte es kaum ertragen, ihn anzusehen, seine hoffnungsvolle Begeisterung, mit der er ihr seine Pläne darlegte, denn was sie empfand, war Mitleid.

Sie drehte sich wieder zum Fenster um und sagte: »Erinnerst du dich daran, Nathan, wie du im letzten Winter Ward Anteile an Goldminen und – und andere Dinge angeboten hast dafür, daß er mich freigibt?«

Es dauerte einen Augenblick, bis er antwortete. »Du wußtest davon?«

»Ward hat es mir erzählt. Er meinte, ich solle Gelegenheit haben, das Angebot anzunehmen oder abzulehnen, da ich bei der Sache ebensoviel zu gewinnen hatte wie er.«

»Und du hast abgelehnt?«

»Ja. Weißt du, ich habe Ward geliebt, auch wenn ich mir damals noch nicht darüber klar war. Aber vor allem wollte ich nicht behandelt werden wie ein Stück Vieh oder ein vielversprechendes Schürfrecht, wenn du weißt, was ich meine?«

»Was willst du damit sagen? Glaubst du, ich versuche jetzt noch einmal dasselbe?«

Sie wandte sich zu ihm um und sah ihm mit ihren graublauen, klaren Augen ins Gesicht. »Willst du das bestreiten? Abgesehen davon, daß du gern Geschenke machst, was ich nicht bestreiten möchte, versuchst du nicht, mich zu beeindrucken mit all den Dingen, die du mir geben kannst, die du unternehmen kannst, um mein Leben reich und bequem und interessant zu gestalten?«

»Falls es so ist, habe ich den Eindruck, daß ich nicht sehr erfolgreich damit bin«, sagte er mit rauher Stimme.

»Da bin ich mir nicht so sicher«, sagte sie mit einem unsicheren Lächeln. »Aber ich würde gern meine Entscheidung treffen, ohne von all den vielen Dingen bedrängt zu sein.«

»Das verstehe ich, und ich werde versuchen, deinen Wunsch zu respektieren, auch wenn es mir nicht leichtfallen wird. Die Kleider, die demnächst kommen, werden mein letztes Geschenk sein. Ich hoffe, du wirst sie noch annehmen?«

Serena nickte zögernd. »Ich wollte dich nicht verletzen oder undankbar sein. Und wenn ich dir wirklich unrecht getan habe, möchte ich mich entschuldigen.«

»Nein, ich sollte mich bei dir entschuldigen. Ich wußte nicht, daß du Ward geliebt hast. Pearlie sagte, er hätte sich dir mehr oder weniger aufgedrängt. Außerdem wäre mir natürlich niemals der Gedanke gekommen, er würde dir von meinem Angebot erzählen. Ich verstehe, daß das beleidigend für dich war.«

»Ich glaube, für Ward war das eine Art von Prüfung, weil er glaubte, ich sei vor allem auf der Suche nach einem reichen Ehemann. Er wollte herausfinden, wie – wie sehr ich darauf aus war.«

»Und du hast ihm gezeigt, daß Geld für dich nicht die geringste Rolle spielte«, sagte Nathan mit ausdrucksloser Stimme.

Serena blinzelte, weil ihr Tränen in die Augen stiegen. »Ja – sozusagen.«

Sie schwiegen, und Nathan betrachtete sie mit ernstem, prüfendem Blick. Plötzlich drehte er sich um, verschränkte die Hände hinter sich und ging hinüber zum Kamin, dem er den Rücken zuwandte. »Ein interessanter Zufall, daß du dieses Thema gerade heute zur Sprache bringst. Ich habe schon den ganzen Tag immer wieder an Ward gedacht.«

»Ach ja?« Das hatte sie auch, aber warum sollte sie das Nathan erzählen?

»Ich habe mich gefragt, was er wohl denken wird, wenn er feststellt, daß du jetzt mit mir verheiratet bist.«

»Was?«

Serena drehte sich zu ihm um, und jede Farbe verschwand aus ihrem Gesicht.

»Das ist durchaus möglich. Er kann jeden Tag eine Zeitung in die Hand nehmen und die Anzeige sehen, vielleicht erzählt es ihm auch jemand vom Eldorado. Vielleicht weiß er es schon jetzt. Pearlie wird ihn sicher nicht sehr lange im unklaren lassen.«

»Was sagst du da?« flüsterte Serena.

»Ich versuche dir schonend beizubringen«, sagte Nathan, und seine nußbraunen Augen ruhten mit dunklem Blick auf ihr, »daß Ward am Leben ist. Er ist vor zwei Tagen nach Cripple Creek zurückgekommen.«

16. Kapitel

In der ersten Woche des neuen Jahrs erfuhr es die ganze Stadt. Die Zeitungen berichteten davon, als wäre Ward von den Toten auferstanden. Er war irgendwo in dem Gebiet südwestlich von South Park gewesen, als sein Pferd gestolpert und mit seinem Reiter gestürzt war. Ward hatte sich ein Bein gebrochen und eine Schulter ausgerenkt, aber vor allem hatte er eine schwere Gehirnerschütterung erlitten. Wenn ihn nicht eine Gruppe umherstreifender Indianer in der Wildnis gefunden hätte, wäre er sicherlich verhungert. Die Indianer hatten ihn mitgenommen bis weit hinauf in die Berge und ihn dort gesundgepflegt. Da sie unerlaubterweise ihr Reservat verlassen hatten, als sie Ward fanden, wollten sie nicht, daß seine Anwesenheit bei ihnen bekannt wurde. Also leiteten sie auch seine Nachrichten nicht weiter. Aber Ward hatte sich sowieso erst zu Ende des Sommers so weit erholt, daß er überhaupt wußte, wo er sich befand und was mit ihm geschehen war. Erst zu Beginn des Winters hatte er wieder reiten können. Er konnte den Häuptling überreden, ihm ein Pferd zu geben, mit dem er schließlich zurückritt.

Serena wurde von Tag zu Tag unruhiger, sie schwankte zwischen Verwirrung und unerträglicher seelischer Mattigkeit. Sie gewöhnte sich an, wenn Nathan nicht zu Hause war, ihr Zimmer zu verlassen und in den langen Fluren und zahlreichen Zimmern des großen Hauses umherzugehen und sich alles anzusehen. Mrs. Ansons Tochter Dorcas, ein etwas zurückgebliebenes, aber freundliches Mädchen, dem man alles mindestens dreimal sagen mußte, fing jedesmal an zu kreischen und ließ alles fallen, was es in den Händen hatte, wenn es Serena in ihren langen, fließenden Gewändern begegnete. Selbst Mrs. Anson schimpfte mit ihr, wenn sie sie in irgendeinem kalten Flur traf, und war voller Mißbilligung, als sie ihr einmal in Nathans Arbeitszimmer begegnete, wo sie die unter Glas hängende erste Ausgabe der ersten Zeitung der Gegend betrachtete.

Das Haus war riesig, das stand fest. Der Haupteingang lag nicht in der Mitte, sondern an einem Ende. Man konnte ihn sowohl vom Ende der Auffahrt als auch über eine Treppe erreichen, die vom Vorgarten über die Veranda heraufführte. Eine Schaukel aus Weidengeflecht und mehrere Schaukelstühle befanden sich auf der langen, luftigen Holzterrasse mit dem verzierten Geländer davor. In den Sommermonaten war es sicher schön, hier zu sitzen und die frische Luft zu genießen, aber jetzt war es dort kalt und windig, und der schmelzende Schnee verwandelte die Holzdielen in eine Rutschbahn. Das gleiche galt für das Gartenhäuschen, das unten in der Nähe des Baches im Garten stand.

Von der Eingangshalle führte auf der linken Seite die Treppe ins obere Stockwerk, direkt darunter war die Tür zu Nathans Arbeitszimmer. In dem Turmzimmer, was ihm an einer Ecke vorgelagert war, war eine Bibliothek aus dicken Lederbänden mit Golddruck untergebracht, deren Regale bis hinauf zur Decke reichten und nur über eine Leiter zugänglich waren. Ebenfalls vom Arbeitszimmer aus kam man ins Eßzimmer, einem düsteren Raum mit senfgelben Vorhängen und einem fast schwarzen Nußbaumtisch. Über dem schwarzen Marmorkamin hing ein großes Bild mit einer lebensechten Darstellung mehrerer Fasanen. Aus dem Eßzimmer konnte man weitergehen in den Anrichteraum, wo die Speisen vor dem Auftragen warmgehalten und das gebrauchte Geschirr zwischen den einzelnen Gängen des Menüs aufbewahrt wurden. Darunter lag im Untergeschoß die Küche, aus der die Speisen mit einem Aufzug hinauftransportiert wurden. Im Untergeschoß gab es auch noch die Wäscherei.

Man konnte aus dem Eßzimmer auch in den großen Salon gehen, ein Zimmer voller steifer Förmlichkeit, dessen grüngoldene Vorhänge immer fest geschlossen blieben, damit der belgische Teppich nicht ausblich. Daran schloß ein Wohnzimmer an, in dem sich die Dame des Hauses entspannen konnte. Hierhin hatte man das Klavier gestellt, das Nathan ihr geschenkt hatte, und auch ihr Nähkästchen, das auf einem der Beistelltische stand. Im Zimmer standen außerdem ein kleiner Schreibtisch mit einem Stuhl davor und mehrere Etageren, die vollgestellt waren mit allen Arten von Schnupftabaksdosen, Figürchen, Muscheln, Elfenbeinschnitzereien und anderem Kleinkram. Es herrschte eine fast erdrückende Enge in dem Zimmer, obwohl der Raum eigentlich hübsch war mit den weißgelben Seidenvorhängen und den floralen Mustern auf den Bezügen der Polstermöbel. Sie fanden eine Fortsetzung in den Töpfen mit Farnen und Palmen, die in dem Turmzimmer standen, das an dieses Wohnzimmer angeschlossen war.

Im ersten Stockwerk befanden sich fünf Schlafzimmer, zu denen jeweils wie bei Serenas Zimmer ein Bad gehörte, und im Stockwerk darüber lagen die Räume der weiblichen Bediensteten mit einem Badezimmer an jedem Ende des Flurs und einem Ruheraum in der Mitte. Dort oben befand sich auch ein Raum, der mit Schachteln und Kästen und allerlei Möbelstücken gefüllt war. Daran schloß der Wäscheraum an, in dem die dreizehn Dutzend Garnituren Bettwäsche und Handtücher und eine ganze Menge Stoffballen untergebracht waren.

Nathans männliche Angestellte schliefen nicht im Haus. Der

Kutscher hatte sein Zimmer über dem Stall, und der Küchenchef wohnte in seinem eigenen kleinen Häuschen hinter dem Kühlhaus. Daneben befanden sich das Quellhaus, aus dem ihr Wasser kam, und der Maschinenschuppen, aus dem das Gas für die Beleuchtung zum Haus gepumpt wurde.

Erst im gerade vergangenen Dezember war zu der bisher vorhandenen Bahnlinie, auf deren Schmalspur nur kleine Züge verkehrten, der Anschluß von Cripple Creek an die große Midland Terminal Eisenbahnlinie fertiggestellt worden. Dadurch hörte der Kutschenverkehr, der die Straße vor Bristlecone bevölkert hatte, fast völlig auf. Auch die Transportwagen und der damit verbundene Staub waren selten geworden. Dennoch hörte man gelegentlich Hufgeklapper und Wagenrasseln, wenn Lieferungen oder die Umzugswagen neuer Stadtbewohner vorbeirollten. Darum fiel auch diesmal der Wagen, der ankam, nicht auf, bis der Kutscher vor dem Haus anhielt und heraufrief.

Serena hatte sich im Wohnzimmer ein Feuer machen lassen und saß mit einem Buch aus Nathans Bibliothek davor, als sie den Wagen hörte. Sie stand hastig auf und huschte durch den Salon, weil sie annahm, Nathan bekomme Besuch, während Mrs. Anson zur Tür ging. Sie eilte die Dienstbotentreppe hinten im Haus vom Anrichtezimmer in den ersten Stock hinauf und war schon oben angekommen, als sie bemerkte, daß sie ihre Schuhe vor dem Kamin hatte stehenlassen.

Aber das war unwichtig. Sie war kaum zu Atem gekommen, als Mrs. Anson bei ihr klopfte. »Die Schneiderin aus New York ist da, Madam«, sagte sie so förmlich wie möglich. »Was soll ich dem Kutscher sagen, wo er das Gepäck hinbringen soll?«

»Gepäck? Sie meinen die Kleider, die Mr. Benedict bestellt hat? Auf jeden Fall nicht hierher. Vielleicht in eines der anderen Schlafzimmer?«

»Eine gute Idee, Madam. Das rote Zimmer müßte sich eigentlich als Nähzimmer eignen. Wo wünschen Sie, daß die Dame untergebracht werden soll, während sie bei uns ist?«

Der Ausdruck »Dame« in diesem Zusammenhang war bezeichnend. »Vielleicht sollte sie auch in dem roten Zimmer schlafen und nicht im zweiten Stock. Was meinen Sie dazu?«

»Das ist genau das richtige für sie«, meinte die Haushälterin und lächelte. »Soll ich sie zu Ihnen heraufschicken? Sie wartet noch in der Halle.«

Das erklärte alles. Von der Halle aus war ihr Gespräch wahrscheinlich zu hören, und die Haushälterin wollte deutlich machen, daß es sich hier um einen ordentlichen Haushalt handelte. Die etwas gehobenere Stellung der Schneiderin wurde auch daraus deutlich, daß sie nicht draußen wartete, sondern im Haus, aber noch nicht wie ein Gast, der in den Salon gebracht worden wäre.

»Wie heißt sie?« fragte Serena.

»Mademoiselle Dominic de Buys«, sagte die Haushälterin mit schrecklicher Aussprache, aber einem Gesichtsausdruck, der voller Respekt war. Serena unterdrückte ein Lächeln. »Ja, ich möchte Mademoiselle de Buys gern sehen.«

Serena verstand sich hervorragend mit der Schneiderin. Trotz des Titels, den sich das Fräulein verliehen hatte, war sie nur eine einfache, aber gute Näherin, die in den Häusern der Kundschaft arbeitete. Das war zwar in diesem Falle etwas weiter entfernt von dem Schneidersalon in New York als üblich, aber Mademoiselle war auch schon zu ähnlichen Gelegenheiten in Denver und anderen Städten gewesen.

Während sie sich abwechselnd englisch und französisch unterhielten, verging die Zeit der Anproben schnell, auch wenn eine Unzahl von Tageskleidern, Ausfahrkostümen und Kleidern zu anderen Zwecken nebst passenden Hüten aus den riesigen Kisten quollen, die heraufgebracht wurden. Dazu gab es Unterwäsche und Toilettenmäntel, Mieder und Korsetts in allen möglichen Farben und Ausführungen, dazu die gewagt kurzen Höschen, die in Frankreich gerade neueste Mode waren, und Seidenstrümpfe, dünne Hemdchen und spitzengesäumte Taschentücher; man hatte an alles gedacht.

»Wie hat Mr. Benedict es nur geschafft, das alles von hier aus zu bestellen?« fragte Serena.

»In seinem Telegramm hieß es nur, wir sollten an alles denken, was eine Dame braucht, dazu Farben und ungefähre Größe. Geld spiele keine Rolle.« Das französische Fräulein blinzelte. »Wenn man diese Worte hinzufügt, ist das alles kein Problem.«

Nach fünf Tagen war Mademoiselle de Buys wieder fort, mit einem guten Trinkgeld in ihrem Strumpfband. Und Serena war wieder allein. Der Haushalt lief perfekt auch ohne sie. Mrs. Anson war es gewöhnt, sich um Nathans Wohl zu kümmern, und solange Serena noch nicht endgültig entschieden hatte, ob sie Nathan Benedicts Frau bleiben wollte oder nicht, wollte sie sich nicht weiter einmischen. Wenn sie blieb, war noch genug Zeit, dem Tagesablauf ihre eigene Note zu geben.

Nach dem Schneewetter folgte endlich wieder ein sonniger Tag. Serena, die Nathan mit dem Kutscher davonfahren sah, erinnerte sich an die Kutsche, die sie geschenkt bekommen hatte. Sie stand im Kutschenhaus neben den Ställen. Tageskleider besaß sie in Mengen. Eine Decke zum Schutz der neuen Kleidung gehörte zur Ausstattung der Kutsche. Warum sollte sie also nicht einfach ausfahren? Wer konnte sie daran hindern?

Mrs. Anson versuchte es. Serena solle lieber auf Mr. Benedict warten. Sie sei noch nicht kräftig genug, um allein auszufahren. Man würde sie womöglich überfallen und ausrauben, oder die Pferde würden mit ihr durchgehen, weil sie jetzt solange ohne ordentliche Bewegung im Stall gestanden hatten. Serena versuchte ihr zu erklären, daß sie wußte, wie man einen Wagen lenkt, und daß Nathan nichts dagegen haben würde, wenn sie etwas unternahm, solange sie sich dabei nur wohlfühlte. Um die Ängste der Frau zu besänftigen, nahm sie die Pistole, die sie von Nathan bekommen hatte, lud sie und ließ sie in ihr mit Glasperlen besetztes Täschchen fallen. Da das die Haushälterin noch weit mehr zu beunruhigen schien, kehrte Serena ihr schließlich ärgerlich den Rücken zu und ging hinaus.

In einem bläulich-roten Kleid mit schwarzer Spitze und Goldstickerei, dazu Zobelmantel und Pelzkappe, fühlte sich Serena allen Unsicherheiten gewachsen. Sie atmete die frische, saubere Luft tief ein, zog ein Paar schwarze Lederhandschuhe über und ging zum Stall.

Der Stalljunge holte widerspruchslos ihre Kutsche heraus und spannte die Pferde an, wischte sogar mit dem Ärmel noch kurz über die etwas angelaufenen Silberbeschläge. Dann half er ihr auf den Sitz und gab ihr mit einem mißtrauischen Blick die Zügel in die Hand. Serena bedankte sich bei ihm, nahm die Zügel und vergaß den

Jungen. Sie löste die Bremse, schlug das Ende der Zügel locker auf die Kruppen der beiden Grauen und ließ sie losgehen. Mit erhobenem Kopf rollte sie aus dem Hof. Sie fuhr durch das Tor auf die Straße, so daß auf beiden Seiten genau der gleiche geringe Abstand zwischen Wagenrad und Tor war.

Sie hatte nichts verlernt. Die Grauen bemühten sich zwar, ihr die Arme auszureißen, aber sie kam doch gut mit ihnen zurecht.

Beim Anziehen hatte sie beschlossen, wo sie hinfahren würde. Sie wollte einen Blick auf die Fortschritte beim Bau ihres Frauenhauses werfen. Nach Nathans Aussage mußte es inzwischen fast fertig sein. Sie hatte es schon längst sehen wollen. Nathan hatte es ihr genau beschrieben und ein paar Änderungsvorschläge ihrerseits angenommen, aber sie hätte es doch gern selbst begutachtet und sich darum gekümmert. Sie war dankbar, daß sie während ihrer Krankheit so gut versorgt worden war, aber im Augenblick fühlte sie sich eingeengt. Sie hatte keine Lust mehr, sich immer sagen lassen zu müssen, sie sei zu schwach, um zu tun, was sie tun wollte.

Sie fuhr einen Hügel hinauf, überquerte auf einer Brücke den Bach, der bei Bristlecone vorbeifloß, fuhr den zweiten Hügel hinauf, und dann lag Cripple Creek vor ihr.

Wie sehr es in den zwei Monaten gewachsen war, seit sie es zum letzten Mal gesehen hatte! Es wirkte, als wäre es ein Drittel größer geworden. Die Stadt war wirklich im Aufschwung. Natürlich hatte es darüber nie einen Zweifel gegeben, aber angesichts dieser Veränderungen war es wirklich ganz unbestreitbar.

Als Nathan das Grundstück gekauft hatte, war in der Straße, in der das Frauenhaus entstand, noch fast nichts anderes gewesen. Jetzt war es auf allen Seiten von schnell fertiggestellten Häusern aus grünem Holz umgeben. Bei ihrem Frauenhaus war das nicht anders, einfach weil es so schnell gar kein anderes Holz gab. Man konnte sich zwar besseres Holz bringen lassen, aber das würde Monate dauern.

Serena hielt vor dem großen Gebäude. Es war zweistöckig, hatte eine Veranda, die vor der ganzen Vorderseite entlanglief, und eine doppelte Tür mit Milchglasfenstern. Man hatte es weiß und grün gestrichen. Auf einem Messingschild neben der Tür stand: *Haus der Ruhe für Frauen.*

Serena befestigte die Zügel an der Peitsche, die in ihrem Sockel stand, öffnete ihre Kutschierdecke und stieg ab. Während sie die Grauen an einen Busch band, sah sie, wie Löcher für einen Zaun gegraben wurden. Sie lächelte und stieg zur Veranda hinauf.

Über ihr öffnete sich die Tür. Eine Frau trat auf die Veranda hinaus. Serena konnte sie zuerst im Schatten nicht erkennen. Dann sah sie, wer es war.

»Consuelo!«

Die Frau drehte sich langsam zu ihr um. Sie trug ein elegantes Kleid in Burgunderrot mit Schwarz. »Hallo Serena«, sagte sie mit unbeweglicher Miene.

»Es ist – schön, dich wiederzusehen.« Serena stieg die letzten Stufen hinauf und blieb stehen.

»Ja«, sagte Consuelo und wandte sich den zwei Frauen zu, die in der Tür standen. »Schwester Elizabeth, Schwester Gloria, darf ich euch Mrs. Nathan Benedict vorstellen, die Dame, die für die Gründung dieses Hauses verantwortlich ist? Serena, diese beiden sind Nonnen Unserer Lieben Frau. Sie sind ausgewählt worden, um sich um das Haus und um die Stiftung zu kümmern, die Nathan in deinem Namen für das Frauenhaus eingerichtet hat.«

Die Spanierin hatte die Silben ihres neuen Namens sehr langsam und bewußt ausgesprochen, so als müsse sie den Schmerz erst endgültig verkraften, doch ihr Gesichtsausdruck verriet nichts. Serena wandte sich den beiden Frauen in ihren schwarzen Habiten und weißen Schleiern zu und begrüßte sie. Sie fragte sich, warum sie wohl von ihrer Anwesenheit nichts erfahren hatte. Sie hatte ausdrücklich gesagt, religiöse Vereinigungen sollten mit dem Haus nichts zu tun haben.

»Sie sind verständlicherweise verwirrt«, stellte die erste Nonne fest. »Kommen Sie herein, mein Kind, dann werden wir Ihnen bei einer Tasse Tee erklären, warum wir hier sind. Soviel können wir Ihnen inzwischen schon anbieten.« Sie wandte sich an Consuelo. »Möchten Sie auch eine Tasse, meine Liebe?«

»Nein, danke, ich muß gehen.« Consuelo hob ihre Röcke und wandte sich der Treppe zu.

Sie wollte wirklich so einfach gehen. Serena ließ sich davon nicht einschüchtern und blieb unbewegt stehen, so daß Consuelo nicht vorbeikonnte. »Da sind eine Menge Dinge, über die wir reden sollten. Ich würde mich freuen, wenn du mich bald besuchen würdest.«

»In Bristlecone?«

Das Erstaunen in der Stimme der jungen Frau war deutlich zu hören. Serena hob das Kinn. »Ja, genau.«

»Das wird Nathan aber nicht gefallen.«

»Im Augenblick betrifft ihn das wohl kaum.«

Consuelo legte den Kopf zur Seite, und zum ersten Mal trat ein kleines Leuchten in ihre dunklen Augen. »Eine interessante Feststellung. Ich glaube, ich muß das wohl einmal näher ergründen, falls du es wirklich ernst meinst mit der Einladung.«

»Ich meine es ernst.«

»Dann werde ich mich vorher anmelden.« Sie lehnte auch die zweite Einladung zum Tee ab und war schnell verschwunden.

In ihrer Verwirrung hörte Serena erst nach ein paar Minuten dem zu, was die Nonnen erzählten. Aufmerksam wurde sie erst, als sie in dem Zimmer, das als Kinderzimmer benutzt wurde, eine Matratze auf dem Boden entdeckte, auf der zwei Babys schliefen.

»Die Mutter des kleinen Mädchens rechts kam vor drei Tagen, als die Handwerker noch im Haus waren. Die Männer fragten Mr. Benedict um Rat. Mr. Benedict hatte auch von unseren Schwierigkeiten gehört. Wir sind nach Cripple Creek gekommen, um der Kirche zu dienen, aber es gab keine Unterkunft für uns, nur ein Haus für den Priester. Wir wohnten zuerst im Hotel und warteten auf Geld, um eine Unterkunft für uns zu bauen. Da schickte Mr. Benedict nach uns und bat uns, uns um die arme Frau zu kümmern. Sie gebar das Kind in diesem Zimmer mit der Hilfe Gottes und unserer Hände.«

»Und wo ist sie jetzt?«

»Wahrscheinlich in der Küche. Sie war Küchenhelferin in Colorado Springs, bevor sie schwanger wurde. Als sie ihre Stellung verlor, kam sie hierher, um bei ihrer Schwester zu wohnen. Doch die starb letzte Woche an Lungenentzündung. Der Mann blieb allein zurück mit einer ganzen Schar von Kindern. Er bat die junge Frau, ihn zu heiraten, und als sie ablehnte, wurde er gewalttätig. Sie hörte von diesem Haus, und darum kam sie hierher. Ich glaube, sie wird eine hervorragende Köchin werden.«

»Sie sehen, mein Kind«, fuhr Schwester Gloria fort, »wir sind auch nur Frauen, die Schutz brauchen wie jede andere. Aber ich glaube, ich kann in unserer beider Namen sagen, daß wir sehr gern hierbleiben und uns um die armen Seelen kümmern würden, die hierherkommen auf der Suche nach Schutz, natürlich nur, wenn die Kirche dem zustimmt.«

Serena hatte daran gedacht, eine Haushälterin einzustellen, denn schließlich mußte sich ja jemand darum kümmern, daß gekocht und geputzt wurde und eine gewisse Ordnung erhalten blieb. Sie hatte nicht geglaubt, daß schon so bald auch Kinder hierherkommen würden. Aber da sie nun einmal hier waren, mußte auch für ihre Bedürfnisse gesorgt werden. Diese beiden freundlichen Frauen waren dafür vielleicht besser geeignet als eine Angestellte, denn in dieser Stellung brauchte man Mitgefühl, und das konnte man nicht kaufen.

»Ich bin froh, daß Sie hier sind«, sagte Serena mit warmer Stimme, »und überglücklich, daß Sie gleich gekommen sind, als Sie gebraucht wurden. Wenn Sie die Erlaubnis Ihrer Kirche erhalten haben, sprechen wir über alles Weitere. Aber Sie haben mir noch nichts über das andere Baby erzählt.«

»Gestern abend hat man uns das arme Wesen gebracht. Man hat es in einer Gasse gefunden, wo irgendein unglückliches Wesen es geboren und zurückgelassen hatte. Glücklicherweise wurde es schnell gefunden. Noch eine Stunde länger in der Kälte, und es wäre zu spät gewesen.«

Was die Nonne meinte, aber nicht aussprechen wollte, war, daß die Mutter das Kind ausgesetzt hatte, damit es starb. Was für eine Frau konnte so etwas tun? fragte sich Serena, setzte die lautlose Frage dann aber gleich fort: Was war das nur für eine Gesellschaft, in der sie lebten, in der die Schande, ein uneheliches Kind zu haben, größer war als die Qual, die Schuld an seinem Tod tragen zu müssen?

Serena holte beim Tee einen Stift aus ihrer Tasche, vorsichtig, um nicht an den Abzug der Pistole zu kommen, und notierte eine Liste mit den Dingen, die sie brauchen würden, angefangen von Möbeln, denn sie saßen noch nebeneinander auf Brettern, aus denen die Zimmerleute eine provisorische Bank angefertigt hatten. Dann versprach sie, sich sofort darum zu kümmern, und verabschiedete sich. Als sie wegfuhr, schaute sie stolz zu dem Haus zurück, das auf ihren Wunsch gebaut worden war, und war voller Dankbarkeit für Nathan, der das alles ermöglicht hatte.

Sie wußte, daß sie eigentlich hätte nach Hause fahren sollen, trotzdem lenkte sie die Pferde in die entgegengesetzte Richtung, nur um ein Stück durch die Stadt zu fahren und zu sehen, was es dort Neues gab.

Sie dachte, die Unruhe der Pferde komme daher, daß sie solange stillgestanden hatten, doch plötzlich roch sie den Rauch und sah die schwarze Wolke am Rand der Stadt. Sie hielt die Pferde ganz ruhig, als gleich darauf wegen des Feuers der erste Schuß ertönte. Als der dritte Schuß verklungen war, waren die Straßen bereits voller Menschen, die alle nach der Ursache für die Unruhe fragten.

»Wo ist die Feuerwehr? Wenn es um Wettkämpfe geht, sind sie immer schnell, aber wenn man sie wirklich braucht, sind sie ganz schön langsam!« sagte eine Frau laut.

»Vielleicht sollten wir zur Zisterne gehen, da wären wir sicher!« rief eine andere Frau.

»Ich warte erst mal ab, was eigentlich los ist.«

Noch bevor Serenas Graue die nächste Kreuzung erreicht hatten, wandten sich die Leute schon wieder ab. Die Stimmung war eine Mischung aus Erleichterung und Abscheu, denn es war nichts anderes gewesen als ein außer Kontrolle geratenes Müllfeuer. Der Rauch war bald nicht mehr zu sehen. Nur einige Männer, vor allem Minenarbeiter der Nachtschicht, standen noch in Gruppen auf den Straßen oder bewegten sich langsam in Richtung auf die Bars und Saloons an der Südseite der Stadt zu.

Plötzlich löste sich ein Mann aus einer dieser Gruppen. Er kam im Dauerlauf auf die Kutsche zugerannt, hielt sich an einer Strebe fest und schwang sich auf das Trittbrett. Die plötzliche Bewegung und das unerwartete Gewicht erschreckten die Pferde, und Serena hatte alle Hände voll zu tun, sie zu beruhigen. Schon ein Blick hatte genügt, um ihr klarzumachen, wer der Mann war – niemand anderes bewegte sich so affenartig.

»Sieh an, wen haben wir denn da!« sagte Otto grinsend. Sein Atem roch faulig, er war ziemlich betrunken. Seine Kleidung sah aus, als habe er tagelang darin geschlafen und die Ärmel als Serviette, vielleicht sogar als Taschentuch benutzt.

»Verschwinde, Otto«, sagte Serena mit kalter Stimme.

»Wie mächtig und überlegen sie ist, in ihrer Kutsche und ihren Pelzen. Ich habe die Kutsche vor dem Haus stehen sehen, das dein Mann hat bauen lassen. Die ganze Stadt weiß von diesem Fahrzeug, wir haben es ankommen sehen, als einzige Ladung eines ganzen Eisenbahnwagens.«

»Wie interessant.«

»Damals habe ich mir gleich gesagt, daß ich mal mit dir reden sollte, wir sind schließlich alte Bekannte.«

»Wir haben nichts zu bereden. Verschwinde!«

»Tja, ich glaube nicht. Erst sage ich, was ich zu sagen habe. Ich brauche Arbeit, Serena, eine nette, bequeme Arbeit wie zum Beispiel die Bedienung eines Förderkorbes in einer der Minen deines Mannes.« Er versuchte, ganz locker zu reden, aber es klang wie ein Jammern.

»Warum?« fragte Serena giftig. »Hat Pearlie dich hinausgeworfen?«

»Hast du nichts davon gehört? Ward ist wieder da, hat alle Zügel in der Hand, und Pearlie liegt ihm zu Füßen, hat ihrem neuen Partner seinetwegen sogar sein Geld zurückgegeben. Ward hat mich rausgeworfen.«

»Schön für Ward.«

»Du tönst ja mächtig laut für eine, die ihren Bastard im Bett eines anderen geworfen hat. Ich wette, ich könnte Mr. Nathan Benedict ein paar Dinge über seine Frau erzählen, von denen du nicht willst, daß er sie hört. Und du könntest ihn bestimmt dazu überreden, daß er dem guten Otto eine gute Stellung gibt, wenn du wolltest.«

Serena sah ihn aus kalten Augen an. »Du könntest ihm nichts sagen, was er nicht schon weiß. Und jetzt verschwinde, oder ich nehme die Peitsche, wie Ward es in Colorado Springs gemacht hat.«

»Du Hündin! Immer tust du so, als könntest du kein Wässerchen trüben, dabei treibst du es mit der Hälfte der Männer in der Stadt. Und der alte Otto ist nicht gut genug, hä? Aber ich werd's dir schon zeigen, du ...«

Er faßte nach den Zügeln. Während er nur noch an einer Hand

hing, nahm Serena schnell die Peitsche, holte aus und traf ihn am Hals. Ihr zweiter Schlag hinterließ einen roten Streifen auf seinem Handgelenk. Er versuchte, nach dem Lederriemen zu greifen, aber Serena drehte die Peitsche um und stieß ihm den schweren Holzgriff gegen die Brust. Die Pferde waren nahe dran durchzugehen. Vor ihr war eine Kreuzung. Serena ließ das Gespann nach rechts laufen, so daß die Kutsche eine scharfe Kurve machte.

Otto schwankte nach außen und verlor den Halt. Mit einem unterdrückten Fluch fiel er auf die schlammige Straße. Er fluchte weiter, während er seine Faust drohend hinter ihr herschüttelte und die Pferde davongaloppierten.

Serena bremste die Pferde langsam wieder. Ein Glück, daß sie nicht auf einer der belebteren Straßen wie der Myers Avenue gewesen war, aber dort hätte Otto sicher auch nicht gewagt, einfach aufzuspringen. Also Ward war wieder zurück im Eldorado. Dann hatte Pearlie wohl nie den Mut aufgebracht, seinen Anteil zu verkaufen. Serena fragte sich, was sie ihm wohl erzählt hatte, warum sie verschwunden war. Bestimmt nichts Gutes. Und entsprechend mußte Ward wohl von ihr denken.

Was hatte er empfunden, als er feststellte, daß sie fort war? Wußte er, daß sie mit Nathan verheiratet war? Nach Ottos Worten zu schließen, mußte er es wohl wissen. Wußte er auch, daß er einen Sohn hatte? Bedeutete es ihm etwas?

Obwohl sie so in Gedanken versunken war, spürte sie die Blicke, die ihr folgten, als sie die Hauptstraße hinuntertrabte und bei der neuen Bahnstation umkehrte. Sie fragte sich, wo Nathan wohl sein mochte. Ob er sie hatte fahren sehen? Mrs. Anson hatte recht, das würde ihm bestimmt nicht gefallen. Aber dann hätte er ihr eben die Kutsche nicht schenken sollen. Was ihren Ruf betraf, hatte sie sowieso nichts zu verlieren, eine fast beruhigende Erkenntnis.

Mit aufrechter Haltung bog sie erst links ab und dann rechts in die Myers Avenue ein. Amüsiert über ihre eigene Aufregung betrachtete sie die zu dieser Tageszeit fast verlassenen Vergnügungslokale. Manche von ihnen stammten schon aus den frühen 90er Jahren, und das Holz der Häuser wirkte trocken und spröde. Serena ertappte sich bei dem Gedanken, wie prächtig sie wohl brennen würden, wenn ein Feuer einmal außer Kontrolle geriet.

Da war das Eldorado. Die Tür mit dem bunten Glas war geschlossen, innen brannte nur eine einzige Lampe. Die Vorhänge im ersten Stock hingen schief hinter den fest zugezogenen Gardinen. Bei Pearlies Freudenhaus waren die Fensterläden geschlossen. Eine Frau fegte die Bretter vor der Tür, sonst war niemand zu sehen.

Ein paar Straßen weiter zügelte Serena die Pferde. Sollte sie umdrehen und noch einmal die Myers Avenue hinunterfahren?

Verärgert über sich selbst schüttelte sie den Kopf. Sie war doch kein Schulmädchen, das Liebeskummer hatte und das immer wieder an der Wohnung seines Angebeteten vorüberging. Wenn Ward sie sehen wollte, konnte er sie ja besuchen. Und wenn er es nicht wollte, hatte es keinen Sinn, wenn sie sich zum Narren machte. Schließlich hatte Otto gesagt, jeder kenne ihre Kutsche. Und wenn Ward sie gesehen und einfach hatte vorüberfahren lassen?

Die Vergangenheit war tot. Ihr Stolz mußte sie davon abhalten, sie wiederbeleben zu wollen. Das Klügste war, wenn sie nach Bristlecone ging und sich bemühte, Nathan eine gute Frau zu sein. Sie würde alles tun, was von der Frau eines reichen Mannes erwartet wurde, und irgendwann würde man vergessen, daß ihr Mann sie aus einem Saloon geholt hatte und sie einmal die offizielle Geliebte eines Spielers gewesen war. Sie würde eine Dame werden und eine gute Mutter, würde vergessen, daß sie je etwas anderes gewollt hatte. Sie würde alt und grau und tattrig werden, bis sie eines Tages auf ihrem Totenbett läge und sich fragen würde, was wohl aus dem Mann geworden war, den sie liebte. Wo war Ward?

Doch daß im Augenblick an so etwas wie Anerkennung in der Gesellschaft wirklich nicht zu denken war, wurde ihr klar, als sie der Kutsche einer der angesehenen Damen von Cripple Creek begegnete. Diese betrachtete Serena, ihre Kutsche und ihre Kleidung, doch dann wandte sie sich mit unbewegter Miene ab, als wäre sie nicht vorhanden.

Serena lächelte amüsiert. Da sah man also, was von Nathans Behauptung zu halten war, man würde sie bestimmt akzeptieren. Erstaunlicherweise war ihr das völlig egal. Vielleicht war auch ihr Kleid eine Spur zu ausgefallen für Cripple Creek. Und Serena gefiel der Gedanke, sich ein wenig von der Menge abzuheben. Vielleicht würde sie sich das sogar als ganz eigenen Stil angewöhnen. Dann hatten alle etwas, worüber sie reden konnten: die Frau aus der Myers Avenue, die mit ihrem Reichtum prahlt.

Es war doch seltsam, wie Geld Menschen veränderte. Vielleicht war es aber auch wie mit dem Alkohol; er brachte nur Dinge zum Vorschein, die sowieso schon vorhanden waren.

Sie wurde langsam müde. Offensichtlich strengte sie das Ausfahren doch mehr an, als sie erwartet hatte. Die Sonne erwärmte die Luft, und ihr Pelzmantel fing an, sie zu drücken. Also nahm sie die Zügel abwechselnd in nur eine Hand und schlüpfte aus den Ärmeln. Die Pferde wurden wohl ebenfalls müde, denn während der ganzen Aktion trabten sie unbeirrt weiter bergauf Richtung Bristlecone.

Die Kutsche ratterte über die Brücke, um eine Kurve, über einen Hügel. Von der Kuppe aus konnte Serena schon die Türme des Hauses erkennen, vom nächsten Tal dann nicht mehr. In ein paar Minuten würde sie zu Hause sein.

Da ertönte zu dem stetigen Klappern der Hufe ihrer Grauen noch ein weiteres Geräusch hinter ihr. Es war ein galoppierendes Pferd, ungewöhnlich für diese Gegend, denn die meisten Reiter schonten ihre Pferde für die noch folgenden Steigungen.

Serena sah kurz zu dem Mann hinüber, als er an ihr vorübergaloppierte. Dann richtete sie sich plötzlich auf. Aber noch bevor sie irgendwie reagieren konnte, erreichte Otto Bruin die Köpfe ihres Gespanns, griff hinunter in die Zügel und brachte die Pferde mit Gewalt zum Stehen.

Sein Gesichtsausdruck war häßlich und von Triumph erfüllt. Serena faßte unter die Kutschierdecke nach ihrem Täschchen mit der Pistole und fluchte innerlich über die Handschuhe, die ihren Griff so ungeschickt machten.

»Was bildest du dir eigentlich ein?«

»Wie wäre es, wenn du aus deiner Kutsche steigen würdest?« knurrte er. »Jetzt gleich.«

Serena zog an dem Verschluß ihres Täschchens, aber sie brauchte beide Hände, um es zu öffnen. »Das tue ich nicht. Du bist wohl verrückt!«

»Wenn du dein hübsches Hinterteil nicht gleich in Bewegung setzt, schlitze ich den Viechern mit genau diesem Messer hier die

Gurgel auf. Dann brauche ich sie nicht mehr festzuhalten und kann dich persönlich herunterholen.«

Serena sah, wie er ein großes Taschenmesser herauszog und es mit den Zähnen öffnete. Dann wendete er sein Pferd und setzte einem der Grauen das Messer an die Kehle. Blut quoll hervor und floß über das glänzende Fell. Das Tier wieherte und versuchte auszuweichen, aber Otto hielt es eisern fest.

»Nicht!« rief Serena erschreckt. »Ich steige ja schon aus.« Sie warf die Decke zurück und sprang hinunter; dabei hielt sie ihr Täschchen weiter fest.

»Klug von dir. Ein gutes Pferd ist schwer zu finden.«

»Erspare dir deinen Humor. Was willst du von mir?«

Otto schwang sich aus dem Sattel, nahm einen großen Stein und legte ihn auf die Zügel der Kutsche, sein eigenes Pferd ließ er einfach los, duckte sich unter seinem Hals hindurch und machte einen Satz auf sie zu.

»Nathan Benedict wird dich dafür zur Verantwortung ziehen, was du hier tust«, drohte ihm Serena und trat einen Schritt zurück. Jetzt war ihr Täschchen endlich offen.

»Bis du ihm davon erzählen kannst, habe ich mir genommen, was ich wollte, und bin über alle Berge. Das wollte ich schon lange, und diesmal wird mich keiner dran hindern!«

Er machte noch eine heftige Bewegung und griff hart nach ihren Handgelenken. »Warte!« flehte Serena mit nur halb gespieltem Entsetzen.

»Ich warte nicht mehr«, knurrte er und zog sie an sich. Sein stinkender Atem berührte ihr Gesicht, seine heißen, feuchten Lippen strichen wie Gummi über ihre Wange. Serena wehrte sich, um ihren Mund von ihm abzuwenden. »Warte«, sagte sie schwer atmend. »Ich gebe dir alles was du willst, meinen Schmuck, mein Geld ...«

»Ich will kein Geld«, murmelte er, »ich will dich nackt vor mir sehen, ich will ...«

Er sagte noch mehr, aber sie hörte nicht hin. »Ich habe Geld ...« sagte sie und griff in ihr Täschchen. Ihre suchenden Finger berührten den glatten Griff der Pistole. Er drückte sie noch fester an sich, die Seitenwand der Kutsche lag an ihrem Rücken, und sie wurde rhythmisch dagegengepreßt, weil Otto gegen ihren Schenkel stieß. Er legte eine Hand auf ihre Brust und drückte sie mit Gewalt.

»Da drüben im Gras«, drängte er.

»A–also gut«, flüsterte sie mit geschlossenen Augen.

Als sein Griff sich einen Augenblick lang lockerte, schob sie einen Finger in den Abzug, entsicherte die Pistole, ohne sie aus dem Täschchen zu holen, setzte den kurzen Lauf an seine Brust und drückte ab.

Die Waffe ging mit einem Knall los, der von den Bergen widerhallte. Otto wurde wie durch die Hand eines Riesen von ihr weggeschleudert. Ein roter Fleck erschien auf seinem Hemd, zusammen mit einem erstaunten Ausdruck auf seinem Gesicht. Er fiel mit ausgestreckten Armen nach hinten, rollte herum und blieb auf dem Gesicht liegen.

Die Grauen scheuten und rissen die Kutsche vor und zurück, bevor sie sich beruhigten, Ottos Pferd galoppierte ein Stück davon und blieb dann zitternd stehen.

Serena zitterte ebenfalls und starrte auf das Loch in der einen Ecke des Täschchens hinunter, aus dem ein graublaues Wölkchen Pulverdampf drang. Der beißende Geruch drang in ihre Kehle. Sie machte ein paar schnelle Schritte zur Seite und holte tief Luft. Dann legte sie ihr Täschchen auf den Sitz der Kutsche und ging zu den Pferden, um sie zu beruhigen.

Otto lag auf der Erde und rührte sich nicht. Serena sah zu ihm hinüber und wandte sich mit finsterer Miene wieder ab. Die Erde unter seiner Brust färbte sich dunkel. Sie mußte irgend etwas unternehmen. Sie tätschelte noch einmal die Pferde und ging zu dem Mann am Boden hinüber.

Sie kniete neben ihm und legte eine Hand auf seine Schulter, als sie wieder Hufschläge hörte. Sie sah hastig auf. Was sollte sie tun? Nathan würde sie wohl kaum vor einer Mordanklage bewahren können. Sie konnte auf versuchte Vergewaltigung plädieren, aber dafür gab es keine Zeugen, und bei einer Frau aus der Myers Avenue würde das wohl kaum jemand ernst nehmen, besonders da ja bekannt war, daß sie den Mann kannte. Wer würde da schon an Selbstverteidigung glauben?

Aber es blieb keine Zeit. Ein Reiter kam über die Hügelkuppe und galoppierte auf sie zu. Während er sich näherte, stand Serena auf. Die Erde spritzte zur Seite, als er heftig sein Pferd zügelte, und dann aus dem Sattel glitt.

»Serena«, sagte Ward, »geht's dir gut?«

»Ja«, antwortete sie kühl.

Er kam langsam näher, sein grüner Blick betrachtete prüfend ihr bleiches Gesicht. »Was ist passiert?«

»Otto hat meine Kutsche angehalten. Er wollte ... Ich habe ihn erschossen.«

»Und du bist unverletzt?«

Serena nickte.

»Bist du sicher?«

Serena sah ihn verärgert an. »Ja, ich bin sicher!«

Ein kleines Lächeln erschien auf seinem Gesicht. »Gut. Ist er tot, oder hast du die Sache verdorben?«

»Ich weiß nicht genau. Ich glaube, er ist tot.« Beim letzten Wort klang ihre Stimme etwas wacklig.

»Mal sehen«, sagte Ward und wandte sich dem Mann zu, der auf dem Boden lag. Mit einem kräftigen Stoß drehte er Otto auf den Rücken. »Er ist tot genug«, sagte er dann.

Serena drehte sich zu ihrer Kutsche um. Ward kam zu ihr.

»Nimm es dir nicht zu Herzen. Er hatte es bestimmt nicht besser verdient.«

»Ich – ich habe noch nie jemanden getötet.«

»Na hoffentlich! Aber es stimmt schon, wenn du es schon tun mußtest, dann war das hier ein guter Platz dafür.«

Sie hatte das Gefühl, er wolle sie in seine Arme ziehen, doch dann wandte er sich plötzlich ab und sah sich auf der Straße um.

»Wir können nicht den ganzen Tag hier stehenbleiben«, sagte er mit ungeduldiger Stimme. »Der nächste, der vorbeikommt, sieht die Sache vielleicht nicht nur als einfache Körperverletzung an.«

»Wie kommt es, daß du gerade jetzt hier vorbeikamst?«

»Ich sah dich durch die Stadt fahren und Otto direkt hinter dir her. Das gefiel mir nicht, also beschloß ich, euch zu folgen. Ich wäre schon früher hiergewesen, wenn dieser Idiot im Mietstall nicht gerade draußen auf der Koppel gewesen wäre. Ich habe dem Pferd da ganz schön die Sporen gegeben, als ich den Schuß hörte.«

»Ich verstehe. Danke, daß du gekommen bist«, sagte sie kurz, aber mit einem warmen Gefühl im Innern.

Ward sah auf die glitzernde Kutsche und den Pelz darin. »Ich durfte doch nicht zulassen, daß der Frau meines besten Freundes etwas passiert.«

Serena hob das Kinn angesichts seines sarkastischen Untertons. »Nathan wird dir sicher sehr dankbar sein.«

»Das sollte er auch«, meinte er scharf. »Aber wenn sie dich wegen Mordes einsperren, wird er nicht viel davon haben. Also schlage ich vor, du kletterst wieder in dein schönes Fahrzeug und machst dich auf den Heimweg. Sofort!«

Sein Blick ruhte einen Moment lang auf ihrem Gesicht und wanderte dann zu dem großen Ring an ihrem Finger. Hastig wandte er sich ab und ging zu seinem Pferd.

»Was passiert mit der Leiche?« rief sie hinter ihm her.

»Kümmere dich nicht darum. Fahr einfach los.«

»Aber wir können ihn doch nicht hier liegenlassen!«

»Habe ich auch nicht vor«, antwortete er und schwang sich in den Sattel. »Wenn du es unbedingt wissen willst: Ich werde sein Pferd einfangen und ihn über den Bach auf die andere Seite ziehen. Wenn es dunkel ist, bringe ich ihn zu einem alten Minenschacht, den ich kenne, dem Drachenloch. Es ist schön tief. Bis ihn da jemand findet, wird keiner mehr an dich denken. Und jetzt fahr los.«

»Ja. Ich – vielen Dank, Ward.« Hastig und ohne ihn anzusehen stieg sie in die Kutsche.

Er kam mit seinem Pferd dicht an sie heran, stützte sich auf dem Sattelknauf auf und sagte: »Spar dir deine Worte, Serena, die brauche ich nicht. Ich ziehe eine greifbarere Belohnung vor.«

»Was meinst du damit?« sagte sie und atmete tief ein.

Ward antwortete nicht. Er legte nur kurz eine Hand an die breite Krempe seines Huts und machte sich auf den Weg zu Ottos Pferd, das ein Stück weiter hinten graste.

Serena nahm langsam die Zügel in die Hand und ließ mit fest zusammengedrückten Lippen die beiden Grauen losgehen. Die Sonne kam hinter einer Wolke hervor, und eine frische Brise umfächelte ihr gerötetes Gesicht. Sie zitterte fast gar nicht mehr, der Ärger und die Verwirrung hatten den Schreck verdrängt.

Kurz vor der nächsten Kurve drehte sie sich noch einmal um. Otto lag unbeweglich auf der Straße. Ward saß unbeweglich auf seinem Pferd und starrte hinter ihr her.

17. Kapitel

Das Abendessen dauerte unendlich lange. Mrs. Anson servierte im Eßzimmer. Serena hätte zwar lieber wie üblich in ihrem Zimmer gegessen, aber sie änderte die neue Anordnung nicht, um keine unangenehmen Fragen zu provozieren. Denn dazu wäre schon genug Grund gewesen, weil sie am Vormittag nach ihrer Rückkehr nichts gegessen und sich sofort in ihr Zimmer zurückgezogen hatte. Es war ihr nicht gelungen zu schlafen, denn der Anblick des toten Otto ging ihr nicht aus dem Sinn. Und jetzt gab sich die Haushälterin viel Mühe, Serena zum Essen zu bewegen, weil sie ein schlechtes Gewissen hatte, sie nicht am Ausfahren gehindert zu haben. Vielleicht hatte sie ja ihre Kräfte doch überschätzt? Serena nahm sich von allem, konnte aber kaum etwas essen.

»Schmeckt Ihnen das Essen vielleicht nicht? Soll ich Ihnen etwas anderes aus der Küche holen lassen?« fragte Mrs. Anson besorgt.

Auch Nathan sah auf. »Fühlst du dich nicht wohl? Ich hoffe, du hast dich heute morgen nicht überfordert.«

»Nein, es geht mir gut. Aber vielleicht war es wirklich etwas zuviel.« Es war besser, dieses kleine Zugeständnis zu machen, um weitere Fragen zu vermeiden. Die Haushälterin verschwand zufrieden, weil Nathan auf den Zustand seiner Frau endlich aufmerksam geworden war.

»Du hättest mir sagen sollen, daß du ausfahren wolltest. Ich hätte dich gern begleitet.«

»Natürlich, Nathan. Aber es war nur eine Laune, sonst nichts.«

»Vielleicht solltest du in Zukunft besser jemanden mitnehmen.«

Serena sah ihn lange an. »Das ist doch nicht nötig.«

»Da bin ich nicht so sicher. Man hat mir gesagt, einer der Grauen wäre unterwegs am Hals verletzt worden. Aber das wird schon wieder heilen.«

»Da bin ich froh. Ich weiß wirklich nicht, wie es dazu kommen konnte«, sagte Serena und sah auf ihren Teller. »Wahrscheinlich während des Feueralarms. Plötzlich waren so viele Menschen auf den Straßen.«

»Ich habe die Schüsse auch gehört«, sagte Nathan und nickte. »Ich meine ja nur, daß jemand, der einem Pferd so etwas antut, sicher auch eine Gefahr darstellen könnte für eine Frau, die allein unterwegs ist.«

»Das verstehe ich. Aber ich bin gern unabhängig.«

Nathan wollte etwas sagen, überlegte es sich dann aber anders. Aus seinem Gesichtsausdruck schloß Serena, daß er sehr wohl wußte, wie wenig Freiraum Ward ihr damals gelassen hatte. Schließlich meinte er: »Ich wünschte, du würdest auf meinen Rat hören, Serena, nur um deiner eigenen Sicherheit willen, nicht aus Selbstsucht meinerseits.«

»Bist du ganz sicher, daß dein Besitzanspruch nicht auch eine Rolle spielt?« Irgend etwas trieb sie dazu, ihm zu widersprechen. Ihre Hand zitterte, als sie ihr Glas hob.

Was würde Nathan sagen, wenn er gewußt hätte, daß sie Otto getötet hatte? Würde er auch so reagieren wie Ward? Oder würde er auf einer polizeilichen Untersuchung bestehen? Also schwieg sie lieber. Sie wußte, daß ihm viel daran lag, wenigstens an der Oberfläche sein Leben so zu gestalten, wie seine Bekannten es erwarteten. Vielleicht würde er zum Sheriff gehen, um sich über unsichere Straßen zu beschweren. Und die Folgen wären dieselben: Fragen, Peinlichkeiten, die Gefahr einer Anklage. Nein, sie konnte es ihm nicht erzählen.

»Ich verstehe nicht genau, was du mit dieser Frage meinst«, sagte Nathan.

»Ich möchte wissen, ob du dir nicht eher Gedanken über das Gerede der Leute machst als über meine Sicherheit.«

»Das ist absurd!«

»Wirklich? Ich bin da nicht so sicher. Heute morgen hat man mir zu verstehen gegeben, daß es unwahrscheinlich ist, daß mich die Damen der Gesellschaft von Cripple Creek akzeptieren könnten, egal wie ich mich benehme.«

»Was meinst du damit?« fragte Nathan stirnrunzelnd.

Serena erzählte ihm, wie die Frau in der Kutsche sie geschnitten hatte.

»Aber das ist doch kein Grund, meine Motive anzuzweifeln«, erwiderte Nathan.

»Du gehörst zu ihnen, und ich bin eine Außenseiterin. Und so wird es immer sein.« Zu ihrem Schrecken spürte Serena, wie ihr Tränen in die Augen stiegen.

»Serena!« rief Nathan, legte seine Serviette weg und kam zu ihrer Seite des Tisches hinüber. »Ich wußte ja nicht, daß dich die Sache so mitgenommen hat. Ich verspreche, daß sich das alles ändern wird, aber sicher nicht von heute auf morgen. Du mußt den Leuten ein wenig Zeit lassen, damit sie dich kennen und lieben lernen so wie ich. In einem Jahr bist du sicher der Liebling von Cripple Creek.«

Er beugte sich über ihren Sessel, legte eine Hand auf ihre Schulter, und sein Daumen streichelte die weiche Haut unter ihrem Schlüsselbein. Serena warf ihm einen schnellen Blick zu. »Du hast bestimmt recht. Ich – ich bin wohl nur etwas gereizt heute abend.«

»Das ist verständlich. Du warst lange krank und hast dich heute übernommen. Wir müssen uns besser um dich kümmern.«

»Wie kannst du das sagen? Ich bin in meinem ganzen Leben noch nie so verwöhnt worden wir hier.« Serena bemühte sich zu lächeln und ihrer Stimme einen heiteren Klang zu geben.

»Du weißt, daß ich gern noch viel, viel mehr für dich tun würde.«

»Nathan, bitte«, sagte Serena, die deutlich hörte, wie der Klang seiner Stimme tiefer geworden war. Der Druck seiner Finger auf ihrer Schulter verstärkte sich.

»Du weißt, wie sehr mich nach dir verlangt. Ich habe nie ein Geheimnis daraus gemacht. Ich habe versprochen, dich nicht zu drängen, aber die Lage hat sich verändert.«

Er meinte Wards Rückkehr. »Nein – eigentlich nicht«, antwortete Serena.

»Ich bin doch nicht dumm, Serena. Heute morgen bist du in die Stadt gefahren, und jetzt bist du mit den Nerven am Ende. Der Grund dafür ist nicht schwer zu erraten.«

»Ich bin nicht in die Stadt gefahren, um Ward zu treffen, falls du das damit sagen willst.« So weit stimmte die Aussage immerhin.

»Ob du so mitgenommen bist, weil du ihm begegnet bist oder

weil du ihm nicht begegnet bist, ist doch egal. Es ist aber offensichtlich, daß er dir immer noch viel bedeutet, daß er dich durcheinanderbringen kann. Die beste Lösung für dieses Problem wäre, daß wir fortgehen von hier. Ich habe eine Geschäftsreise nach New York geplant und werde wahrscheinlich ein paar Wochen fort sein. Der Arzt hat gesagt, du seist wieder völlig gesund. Ich möchte, daß du mitkommst, Serena.«

Ward hatte sie nie darum gebeten, mitzukommen, wenn er fortging. Ihm war es wichtiger gewesen zu beweisen, daß er ohne sie auskommen konnte. »Ich weiß nicht, Nathan«, sagte sie langsam.

»Wir werden in aller Ruhe in meinem privaten Salonwagen reisen, keiner wird uns stören ...«

Serena stand so plötzlich auf, daß sie an den Tisch stieß und den Wein umkippte. Als sie den sich ausbreitenden roten Fleck auf dem Tischtuch betrachtete, wurde ihr beinahe übel. Wie das Blut in der Erde heute morgen, wie das Blut auf dem Brokatbezug des Bettes in jener Nacht in Nathans privatem Salonwagen.

»Serena!« sagte Nathan mit einem schmerzvollen Blick, der bewies, daß auch er sich wieder an den Korb mit Speisen erinnerte, den er damals Ward und der Frau in seinem Salonwagen geschickt hatte, eben jener Frau, die dann länger als jede andere in Wards Zimmern über dem Eldorado gewohnt hatte. »Serena, ich ...«

»Nein, bitte, Nathan«, sagte Serena und entfernte sich von ihm. »Ich kann nicht. Wirklich nicht.« Und fort war sie.

Das Feuer brannte noch im Kamin in ihrem Zimmer. Sie kniete davor auf den Teppich, hielt ihre zitternden Hände vor die warme Glut.

Der arme Nathan. Er konnte nichts dafür. Er hatte sich solche Mühe gegeben. Sie wünschte, sie könnte ihn glücklich machen. Sie wollte ihn nicht verletzen, aber im Augenblick ging es wohl einfach nicht anders.

Sie war eine Mörderin. Selbst wenn der Mann es wirklich verdient hatte zu sterben, hatte sie ihn doch getötet, ihm das Leben genommen. Während sie an Otto dachte und wie er sie verfolgt hatte, versuchte Serena sich selbst zu überreden, daß er kaum mehr gewesen war als ein Tier, daß er vielleicht sogar der Mann gewesen war, der die Frauen der Myers Avenue getötet hatte. Für seine grausamen, großen Hände war es ein leichtes gewesen, eine Frau zu erwürgen und sie dann so zuzurichten, wie der Mörder es mit seinen Opfern getan hatte. Es hatte jetzt schon seit einigen Wochen keinen Mord mehr gegeben, aber erst wenn kein weiterer mehr geschah, würde sie es wirklich wissen. Erst dann würde sie vielleicht wieder etwas mehr Frieden finden.

Frieden. Das war es genau, was Nathan ihr angeboten hatte. Sie wünschte sich plötzlich so sehr, daß sie sein Angebot annehmen könnte. Aber was für eine Ehe würden sie führen? Sie konnte ihm nichts erzählen, nicht weil sie ihm nicht vertraute, sondern weil sie das Urteil fürchtete, das aus seinen ernsten Zügen zu erkennen sein würde. In diesem Augenblick hörte sie Hufschläge in der Auffahrt. Sie ging zum Fenster und sah hinaus. Nathan saß auf dem Bock des Wagens, der sonst benutzt wurde, um Einkäufe zu erledigen. Er trieb die Pferde zu einem schnellen Trab an und verschwand in Richtung Cripple Creek.

Spätestens am nächsten Tag wußte Serena genau, wohin Nathan gefahren war, denn am späten Nachmittag bekam sie Besuch. Sie sah auf, als Mrs. Anson hereinkam, während sie mit Sean spielte, der nach seinem Bad schon sehr müde war.

»Da ist eine Person, die Sie besuchen will, Madam.«

Eine Person. Das hörte sich nicht gut an. Serena nickte Mary zu und hielt ihr das schläfrige Kind hin. Als sie gegangen war, fragte Serena die Haushälterin: »Was für eine Person?«

»Ein Straßenmädchen, wenn Sie meine Meinung hören wollen«, sagte Mrs. Anson und errötete ein wenig. »Sie sieht aus wie eine Spanierin.«

»Oh.« Serena wandte sich ab. »Bringen Sie sie bitte herein.«

»Ja, Madam.« Mit steifer Haltung verließ die Haushälterin das Zimmer und kam wenige Minuten später mit Consuelo zurück.

»Bringen Sie uns bitte Tee«, sagte Serena freundlich zu Mrs. Anson. »Und vielleicht etwas Gebäck dazu.«

Die ältere Frau nickte und verschwand.

»Consuelo«, sagte Serena lächelnd und streckte die Hand aus. »Ich bin so froh, daß du da bist. Ich war nicht sicher, ob du wirklich kommen würdest.«

»Ich auch nicht«, sagte Consuelo. »Und das, obwohl ich schon immer gern in das Innere dieses Hauses sehen wollte.«

»Ich zeige es dir gern, wenn du möchtest«, sagte Serena und ging auf die Tür zu.

»Nein, ich habe schon genug gesehen«, meinte Consuelo hastig. »Manche Dinge sollte man besser nicht zu genau kennen, und ich habe auch gar nicht so viel Zeit.«

»Dann komm und setz dich.« Serena kehrte zu ihrem Sessel zurück und bedeutete Consuelo, sich neben sie zu setzen.

»Zuerst möchte ich dir das hier geben.« Consuelo gab ihr ein kleines Päckchen in braunem Papier und fügte etwas unbeholfen hinzu: »Das ist für das Baby.«

»Wie lieb von dir! Möchtest du ihn sehen? Ich habe Mary gesagt, daß sie ihn zu Bett bringen soll, aber sie kann noch einmal zurückkommen.«

»Lieber ein anderes Mal, Serena. Ich möchte heute nicht so lange bleiben. Um ehrlich zu sein, wäre es mir lieber, wenn Nathan mich nicht hier antreffen würde.«

»Ach so, ja, ich verstehe.« Serena wickelte das Päckchen aus. Es war ein kleiner silberner Löffel darin, genau in der richtigen Größe für ein Baby. »Er ist wirklich hübsch, vielen Dank, Consuelo.«

»Das war doch selbstverständlich.« Consuelo saß etwas unsicher auf der Kante ihres Sessels. Ihr Blick streifte das mit Veilchen bedruckte Chiffonkleid Serenas und das passende Kaschmirtuch. Sie selbst trug das übliche Schwarz, nur auf ihrem zu einer Acht geschlungenen Haar am Hinterkopf saß ein kleines Hütchen mit einem roten Band.

»Wir konnten uns gestern kaum unterhalten«, sagte Serena und legte das Geschenk zur Seite. »Wie ist es dir ergangen? Hast du dich gut von deinem Fieber erholt?«

»Ja. Ich war nämlich nie so krank wie Nathan – vorgegeben hat.« Das waren seltsam gewählte Worte. Serena sagte jedoch nichts weiter dazu. »Ich habe mir oft gewünscht, du wärest an jenem Abend nicht so krank gewesen. Weißt du, was ich meine?«

»Ja, ich habe davon erfahren«, antwortete Consuelo kurz. »Tut mir leid, daß ich nicht vorher angekündigt habe, daß ich heute kommen würde. Ich habe mich ganz plötzlich entschieden.«

»Das war auch nicht nötig«, meinte Serena.

»Ich bin nicht nur wegen des Geschenks für das Baby gekommen, sondern weil Ward mich darum gebeten hat. Er wollte, daß ich dir dies hier gebe.« Sie öffnete ihr Täschchen, nahm einen Umschlag heraus und gab ihn Serena.

»Ward?« In dem Umschlag war offensichtlich nur ein Bogen Papier.

»Ja«, die Spanierin stand auf. »Doch das ist noch immer nicht der letzte Grund, warum ich dich besuche.«

Serena sah verwirrt von der Nachricht in ihrer Hand auf, während Consuelo in das Turmzimmer hinüberging und die Farne auf den Blumenständern aus Teakholz betrachtete. »Was?«

»Nathan war gestern abend bei mir. Und darum mußte ich heute zu dir kommen, Serena, um herauszufinden, was du eigentlich mit ihm machst.«

»Ich – ich verstehe nicht, was du meinst.«

Consuelo drehte sich heftig um. »Ich habe schon einmal gesagt, daß ein Teufel in dir ist, Serena, ein Teufel, der deshalb so gefährlich ist, weil du nichts von ihm weißt. Aber jetzt mußt du ihn doch verstanden haben. Ich glaube, daß dieser Teufel in dir es ist, der Nathan umbringt.«

»Was sagst du da, Consuelo? Ich verstehe nicht.«

»Nein? Er quält sich, Serena. Er war immer schon schmal, aber jetzt besteht er nur noch aus Haut und Knochen. Sein Herz blutet deinetwegen, er weint deinetwegen, und es bricht mir das Herz. Warum tust du das, warum folterst du seine Seele, indem du ihn ganz nah an dich herankommen läßt und ihn dann wieder wegstößt? Tust du es, weil er dich dazu gebracht hat, zu ihm zu kommen? Wenn du Rache wolltest, dann ist dir das gelungen. Er haßt sich dafür, daß er dich belogen hat, daß er die Ursache deiner Krankheit war, viel mehr als du es je tun könntest.«

»Daß er mich belogen hat?« wiederholte Serena mit tonloser Stimme.

Die Uhr auf dem Kaminsims begann leise zu schlagen, jeder Ton fiel klingend in die Stille.

»Du hast es nicht gewußt«, sagte Consuelo, als der letzte Ton verklungen war.

»Was? Du kannst es mir jetzt ja sagen.« Serenas Stimme war unnatürlich ruhig. Mit bleichem Gesicht sah sie die andere Frau an, als hätte sie sie noch nie zuvor gesehen.

»Ich – ich kann nicht«, sagte Consuelo leise.

»Wenn du es nicht tust, brauche ich nur Nathan zu fragen.«

»Er wird mir niemals vergeben.«

»Was immer es auch sein mag, er wird nicht erfahren, daß ich es von dir weiß.«

Consuelo hob den Kopf. »Das ist egal. Ich werde es wissen.« Sie schwieg und fuhr dann in abgehackten Sätzen fort: »Nathan war Pearlies Partner im Eldorado, bis Ward zurückkam. Er hat sich dort eingekauft mit der Übereinkunft, daß Pearlie dich zu einem bestimmten Zeitpunkt hinauswirft.«

»Er wußte, daß ich zu dir kommen würde.«

»Ja. Und so stellte er eine Krankenschwester an, die mir Laudanum geben mußte. Und er wählte jenen Tag aus, weil ich krank war, das kam ihm sehr gelegen. Um Himmels willen, Serena, sieh mich nicht so an.«

»Ich hätte umkommen können. Hätte mein Baby verlieren können.«

Die Spanierin kam hastig zu Serenas Sessel und kniete sich daneben. »Aber es kam nicht dazu. Denk doch nur, immerhin hat er dich zu seiner Frau gemacht und deinem Kind einen Namen gegeben. Er hat dich hierhergebracht als die Herrin seines Hauses, dir Pelze, Juwelen und tausend andere Dinge geschenkt. Er hat alles getan, was ihm nur möglich war, um seinen Fehler wiedergutzumachen. Und er hat furchtbar gelitten. Als er glaubte, du würdest vielleicht sterben, hat er solche Ängste um dich ausgestanden, so auf deine Liebe gehofft. Oh, Serena!«

Draußen ertönten Schritte. Als die Haushälterin mit dem Tee hereinkam, stand Consuelo schon wieder am Kamin. »Und dein Elder Greer«, sagte sie gerade mit falscher Fröhlichkeit in der Stimme, »ist sehr angesehen bei den Damen der feinen Gesellschaft. Sie wollen ihm seine Vielweiberei verzeihen, weil er sich gegen die Frauen des Rotlichtbezirks einsetzt. Und ich bin sicher, daß sie ihm ohne das Wissen ihrer Männer auch kleine Spenden geben.«

Serena faßte sich langsam wieder, deutete auf den Platz, wo das

Tablett hingestellt werden sollte, und wandte sich dann Consuelo zu. »Wie interessant. Hat er schon jemanden bekehren können?«

»In gewisser Weise. Er hat eines der Mädchen vor seiner Hütte erwischt und sie vor sich in den Schlamm knien lassen, während er die Hände in ihren Haaren vergrub und über ihr betete. Sie sagten, nach diesem Ereignis sei sie fast verrückt geworden, und man mußte sie zwei Tage ins Gefängnis sperren, damit sie sich nichts antat. Dann kam ihre Familie aus dem mittleren Westen und holte sie ab.«

»Ich fürchte, ich muß mich klar von ihm lossagen«, erklärte Serena etwas unsicher. »Denn er ist bestimmt nicht ›mein‹ Elder Greer.«

»Der Mann ist ein Hundesohn«, sagte Consuelo leidenschaftslos. »Wenn er nicht vorsichtig ist, wird ihn irgendwann jemand teeren und federn.«

»Keine schlechte Idee«, antwortete Serena und nahm die Teekanne, während Mrs. Anson mit steinernem Gesicht aus dem Zimmer ging.

Serena wollte Consuelo mit zitternder Hand ihre Tasse geben, stellte sie aber wieder ab. »Zucker und Milch?« fragte sie.

»Zucker.«

Serena nahm die Zange und ließ zwei Würfel in den Tee fallen. Beim zweiten Mal konnte sie ihn hochheben, ohne zu zittern. Sie goß sich selbst auch eine Tasse ein, nahm sie, lehnte sich zurück und nippte an dem dampfenden Getränk.

»Was wirst du jetzt tun?« fragte Consuelo, setzte sich wieder in ihren Sessel und beugte sich zu Serena hinüber.

»Tun? Nichts werde ich tun. Was sollte ich auch tun können?«

»Sei nicht so grausam, Serena. Du weißt, was ich wissen will. Willst du Nathan vergeben und seine Frau werden, oder willst du weitermachen wie bisher und ihm nichts von dir geben?«

»Du mußt ihn ja sehr lieben«, sagte Serena und starrte ins Feuer.

»Was hat das damit zu tun? Bitte antworte mir.«

»Ich weiß es nicht. Ich kann einfach nicht glauben, was er getan hat.«

»Ich weiß, daß es ein großer Betrug war, aber er hat es wirklich nur gut gemeint.«

»Hat er es auch nur gut gemeint, als er dich fortschickte, um dich aus dem Weg zu räumen? Und als er gestern abend Trost bei dir gesucht hat? Du denkst soviel an sein Glück, aber hat er je an deines gedacht?«

»Er liebt eben dich und will dich.«

»Dafür kann ich nichts, Consuelo. Ich bin nicht für seine Gefühle verantwortlich. Ich wünschte, ich könnte dich an meine Stelle setzen. Du solltest seine Frau sein, nicht ich.«

»Aber er hat dich gebeten, ihn zu heiraten.«

»Wirklich? Ich erinnere mich nicht daran, daß ich zugestimmt habe, aber ich muß es wohl getan haben.«

»Kannst du es nicht wenigstens aus Mitleid für ihn tun, Serena?« fragte Consuela mit einer Spur von Verzweiflung in der Stimme, eine Hand zur Faust geballt.

»Wäre das denn genug? Wäre Nathan mit so wenig zufrieden?«

»Ach, diese verdammten Skrupel, Serena! Hast du denn kein Herz, keine Gefühle?«

»Doch Consuelo, die habe ich, aber sie gehören einem anderen Mann!« Serena starrte die Spanierin mit Tränen in den Augen an.

Consuelo lehnte sich mit ausdruckslosem Gesicht zurück. »Oh! Das hätte ich wissen müssen.«

Serena wandte sich ab, ihre Kehle schmerzte. Sie trank schweigend ihren Tee. Als sie sich wieder umdrehte, stellte Consuelo gerade ihre Tasse ab und stand auf, während sie langsam ihre Handschuhe anzog.

»Du gehst doch noch nicht?« fragte Serena.

»Doch, es wird Zeit«, antwortete Consuelo leise. »Es tut mir leid, wenn ich so ungeschickt war. Ich wollte dich nicht verletzen. Ich wollte nur...«

»Ich weiß«, sagte Serena einfach.

Consuela nickte, schien noch zu zögern. »Nathan hat gesagt, er hätte dich gebeten, mit ihm in den Osten zu fahren, aber du hättest abgelehnt. Hättest du etwas dagegen, wenn ich statt dessen mitfahre, natürlich vorausgesetzt, er nimmt mich überhaupt mit?«

»Das ist eine ungewöhnliche Frage an eine Ehefrau«, meinte Serena, während ein kleines Lächeln über ihre Lippen huschte.

»Ja, aber wir sind eben beide ungewöhnliche Frauen, glaube ich«, antwortete Consuelo mit strahlenden Augen.

»Da hast du vielleicht recht. Nein, Consuelo, ich habe nichts dagegen. Und ich wünsche dir viel Glück.«

»Danke, Serena.«

Mit anmutigen und stolzen Bewegungen ging die Spanierin zur Tür und drehte sich dort noch einmal um. »Nach dem, was du mir erzählt hast, solltest du deinen Brief sorgfältig lesen und gut überlegen, bevor du dich zu einer Antwort entschließt.«

»Weißt du, was in dem Brief steht?« fragte Serena und nahm den Umschlag aus ihrem Schoß.

»Ward hat es mir nicht erzählt, wenn du das meinst. Aber du wirst sehen, daß der Brief nicht gut zugeklebt ist, und ich bin eine sehr neugierige Frau, besonders, wenn soviel auf dem Spiel steht.« Als Serena aufstand, sagte sie nur: »Bemühe dich nicht. Ich finde schon hinaus.«

Ein letztes leises Lebewohl, und schon war sie fort. Serena stellte ihre Tasse weg. Sie drehte den Umschlag immer wieder um. Ihre Verwirrung war so groß, daß sie sie nicht noch steigern wollte. Was mochte Ward ihr zu sagen haben? Zwischen ihnen war alles vorbei. Es war dumm, sich durch nichts und wieder nichts beunruhigen zu lassen.

Serena beugte sich zum Feuer vor und wollte den Umschlag schon hineinwerfen. In diesem Augenblick kam ihr eine spöttische Bemerkung in den Sinn. Was hatte Ward doch gleich gesagt? Ach ja, *»Ich ziehe eine greifbarere Belohnung vor...«*

Serena lehnte sich wieder zurück und riß den Umschlag auf. Sie nahm das Blatt Papier heraus, drehte es zum Feuer, so daß sie in der zunehmenden Dämmerung die Schrift erkennen konnte und die kurze Mitteilung, die nur mit ihrem Namen überschrieben war:

Unbewiesene Schuld ist so gut wie Unschuld, der Unterschied besteht nur darin, zu wissen, welche Beweise es gibt. Wenn auch dir das klar ist, kommst du am Mittwoch morgen um 11 Uhr ins Eldorado.

Der Brief war mit Wards Initialen unterzeichnet.

Serena starrte die Worte an, bis sie vor ihren Augen tanzten. Dann ging sie auf die Knie und legte das Blatt sorgfältig auf die brennenden Scheite. Sie bewegte sich nicht mehr, bis die aufsteigende Hitze auch das letzte Stückchen Asche im Schornstein hatte verschwinden lassen.

18. Kapitel

Am Dienstag nachmittag verließ Nathan Bristlecone in Richtung Bahnhof. Der Kutscher brachte ihn in die Stadt. Serena bot ihm nicht an, ihn zu begleiten, er bat sie auch nicht darum.

Er fuhr in den Osten, um sich eine neue Art von Förderkorb anzusehen. Der alte sei überholt, meinte Nathan, man habe eine sicherere Art gefunden, Männer in Minenschächte hinabzulassen. Der neue Förderkorb wurde Käfig genannt und mit einem besonders guten elektrischen System bewegt, was kein Problem mehr war, denn die ganze Gegend verfügte jetzt über Strom. Er bot auch an anderen Stellen mehr Sicherheit, zum Beispiel durch die Gitter an allen Seiten, die die Minenarbeiter vor einer Berührung der Granitwand schützten. Zusätzlich dazu gab es noch eine automatische Bremse, die in Kraft trat, sobald der Förderkorb zu schnell abwärts fuhr. Nathan war fasziniert von der neuen Erfindung und hatte beschlossen, daß seine »Jahrhundertmine« die erste sein sollte, in der der neue Förderkorb benutzt wurde.

Serena winkte von der Veranda aus und fragte sich, ob Consuelo wohl am Bahnhof auf ihn wartete. Sie hoffte es. Sie hatte über den Besuch der Spanierin lange nachgedacht und war überzeugt, daß sie nicht wirklich wollte, daß Serenas Beziehung mit Nathan wärmer oder gar intim wurde. Serena hatte schon lange bemerkt, daß das herbe Äußere Consuelos nur dazu diente, ihr weiches Herz zu verbergen. Und sie war sicher, daß die Spanierin sie nicht wirklich in Nathans Armen sehen wollte. Nein, Consuelo machte sich Sorgen um Nathan, aber sie war durchaus in der Lage, sich selbst darum zu kümmern, daß er getröstet wurde.

Der Gedanke war eine Erleichterung für Serena. Seit sie erfahren hatte, wie Nathan ihre Ehe eingefädelt hatte, fühlte sie sich ihm gegenüber zu nichts mehr verpflichtet. Sie war ihm in den letzten zwei Tagen soviel wie möglich aus dem Weg gegangen und hatte sich bemüht, ihm seine Schuld nicht direkt ins Gesicht zu schleudern.

Mrs. Anson hatte angedeutet, Sean werde gut versorgt sein, falls seine Mutter verreisen wollte, aber Serena hatte das ignoriert. Kein Wunder, daß die Haushälterin auf seiten Nathans stand. Schließlich kannte sie Serena kaum, und der Hausherr schlief nach wie vor in seinem alten Zimmer, trotz aller Ehegelübde. Und das mußte in ihren Augen natürlich Serenas Schuld sein, denn es war ganz offensichtlich, wie verrückt er nach ihr war.

Serena hatte ihre Blicke bemerkt, wenn sie morgens das Bett machte. Angesichts Serenas Vergangenheit empfand sie es als Zumutung, ihr aufzuwarten. Anfangs war sie deshalb so freundlich gewesen, weil Serena krank gewesen war. Jetzt war sie wieder gesund. Vielleicht wäre Mrs. Anson auch jetzt freundlicher gewesen, wenn sie hätte annehmen können, daß Serena Nathan glücklich machte. Aber das Gegenteil war der Fall. Er sah schlechter aus denn je, seit Serena im Haus war. Natürlich war erst wenig Zeit vergangen, seit es ihr so gut ging, daß sie den Anforderungen des Ehebettes wieder gewachsen gewesen wäre, und man konnte noch kein endgültiges Urteil fällen. Aber lange würde es nicht mehr dauern.

Beim Essen brachte sie kaum einen Bissen hinunter, ihr Magen war vor Unruhe wie zugeschnürt. Nathan war fort, und morgen um elf sollte sie Ward im Eldorado treffen. Warum gerade dann? Wußte Ward, daß Nathan nicht da sein würde? Was hatte seine eigenartige Nachricht zu bedeuten? Was wollte er von ihr? Wollte er wirklich seine »greifbare Belohnung« von ihr fordern, und wenn ja, in welcher Form? Aber auch sie hatte ihm ein paar Dinge zu sagen, ein paar Antworten von ihm zu bekommen. Der Gedanke an den nächsten Tag würde ihr den Schlaf nehmen.

Und so war es auch. Ihr Haar war wirr, und unter ihren Augen lagen dunkle Ringe, als Dorcas mit ihrem Frühstückstablett hereinkam. Serena ächzte leise, als sie sich im Spiegel sah. Sie fühlte sich Ward Dunbar in keiner Weise gewachsen. Sie würde nicht hingehen. Sie würde ihm eine Nachricht schicken, daß sie ihn haßte und nie wiedersehen wollte, daß sie nicht kommen konnte, egal, was er wollte, fühlte oder vorhatte.

Trotz all der guten Vorsätze war sie um zehn Uhr fertig. Sie trug einen Rock mit schmaler Taille, eine Bluse und engsitzende kurze Jacke. Es hatte fast den gleichen Schnitt wie das graue Kostüm, das Ward ihr geschenkt hatte, war aber aus meerblauem Samt. Auf dem Kopf trug sie ein satingesäumtes Samthütchen, das von ihrer Brosche mit Saphiren und Diamanten gehalten wurde. Ward sollte ruhig sehen, daß sie jetzt als Frau des reichen Nathan völlig unabhängig von ihm war.

Draußen war es sonnig und nicht kalt, auch wenn es erst Februar war, deswegen zog Serena auch ihren Pelz nicht an, der ihr doch nur den Samt der Jacke zerdrücken würde.

Die Grauen waren munter, hatten sich schon an ihren festen Griff gewöhnt. Es dauerte nicht lange, bis sie die Stadt erreichte. Unter dem Vorwand, sie habe viel einzukaufen und wollte ihr Gespann nicht so lange stehenlassen, ließ sie es beim Mietstall zurück. Der Mietstall lag ganz in der Nähe des Eldorado und kam ihren Plänen dadurch sehr entgegen. Sie überlegte, wie sie das Eldorado am unauffälligsten erreichen konnte, und kam zu dem Schluß, daß ihr das nicht völlig unbemerkt gelingen würde. Aber Nathan würde schon nichts davon erfahren. Also wählte sie den kürzesten Weg und betrat das Eldorado durch die Hintertür.

Das wohlbekannte kalte Zwielicht, der Geruch von abgestandenem Bier und Rauch bestürmten ihre Sinne. Sie bliebt verwirrt stehen, spürte die Aufregung, die der vertraute Sand unter ihren Füßen, dieselben Lampen an den Wänden in ihr weckten. Rechts von ihr lag mit geschlossenen Vorhängen die Bühne, und dahinter war die Treppe zu Wards Zimmer. Nichts hatte sich verändert, nur sie selbst.

Von oben hörte sie Schritte. Sie durfte keine Angst zeigen. Also richtete sie sich auf und trat selbstbewußt in die Mitte des Raums. Ihre behandschuhten Hände umklammerten ihr Täschchen, während sie sich interessiert umsah und sich erst umdrehte, als sie hörte, wie die Schritte das untere Ende der Treppe erreicht hatten.

Ward stand auf der untersten Stufe, eine Hand auf dem letzten Geländerpfosten. Er sah aus, als wäre er noch nicht lange auf. Sein dunkelbraunes Haar war noch feucht, und sein gebräuntes Gesicht wirkte frisch rasiert. Er trug kein Hemd, so daß die mahagonifarbene, muskulöse Brust unbedeckt war, seine grauen Kordhosen waren frisch gebügelt, und das Leder seiner Stiefel glänzte. Seine Augen wirkten hell und wach. Ihr lebhafter grüner Blick war aufmerksam, fast hart.

»Guten Morgen, Ward«, sagte Serena und war froh, daß ihre Stimme tief und gefaßt klang.

Er neigte den Kopf. »Serena.«

»Wie du siehst, habe ich deine Nachricht bekommen.«

»Ich wußte ja, daß du eine kluge Frau bist.«

»Ein wirklich überwältigendes Kompliment«, sagte sie mit ebenfalls spöttischem Ton.

Er sah ihr direkt in die Augen und senkte dann seinen Blick prüfend auf die Rundungen ihres Körpers und das Samtkleid, das sie umhüllte. »Du siehst gut aus – und wohlhabend.«

»Das sollte dich wohl kaum überraschen.«

Er runzelte kurz die Stirn, als fände er ihre Antwort beunruhigend, dann nickte er. »Mag sein. Du hast ja nie ein Geheimnis daraus gemacht, was du wolltest, nicht wahr?«

Auf eine solche Bemerkung hatte Serena gewartet. »Du verstehst mich falsch. Ich habe eigentlich das Geld gemeint, das du von Nathan bekommen hast, um dich so lange in den Bergen versteckt zu halten, bis er mich sicher dazu gebracht hatte, ihn zu heiraten.«

Sein Gesicht wurde streng. »Was?«

»Ich hoffe, er hat dich gut bezahlt, denn durch deine Abwesenheit hättest du nicht nur beinahe das Eldorado verloren, sondern Nathan erhielt auch das Recht, deinem Sohn seinen Namen zu geben.«

Wenn sie erwartet hatte, ihn durch ihre Breitseite zu treffen, wurde sie enttäuscht. Einen Augenblick lang bekam seine Haut einen grauen Schimmer, und sein Griff um den Geländerpfosten wurde hart, doch dann stand er schon wieder aufrecht und groß vor ihr.

»Das denkst du also?« fragte er weich.

»Eine ganz klare Schlußfolgerung.«

»Obwohl du weißt, daß ich Nathans Geld schon einmal abgelehnt habe?«

»Damals habe ich es ebenfalls abgelehnt, was du wohl auch nicht bedacht hast, bevor du mich schuldig gesprochen hast.«

»Warum sollte ich an vergangene Zeiten denken, wenn ich dich hier vor mir sehe als die Frau eines reichen Mannes? Nathan hat dir ein offenes Angebot gemacht, und du hast es angenommen. Das ist auch klar.«

»Ja, ich habe es angenommen, eine Woche, bevor mein Kind geboren wurde. Es schien mir besser, wenigstens so etwas Ähnliches wie einen Vater für ihn zu haben. Und was ist deine Entschuldigung dafür, Nathans Angebot beim zweiten Mal angenommen zu haben?« Serena sah ihn durchdringend an.

Ward kümmerte sich nicht um die Frage. »Zumindest hast du dich nicht billig verkauft, nicht wahr?«

»Wenigstens das habe ich gelernt«, antwortete sie scharf.

Er hob seinen Blick von dem funkelnden Armband. »Das bezweifle ich nicht«, sagte er finster.

»Was ich jedoch nicht verstehe«, sagte Serena und trat in selbstverständlicher Anmut näher zu ihm heran, »ist, warum du zurückgekommen bist. Warum bist du nicht einfach tot und verschollen geblieben, hast woanders neu angefangen, vielleicht sogar als Rechtsanwalt? Mit Nathans Geld wäre dir das doch sicher ganz leicht gefallen.«

»Ich hatte immerhin Besitz hier. Es gab hier unter anderem Dinge, die ich schätzte. Ich gebe nicht so leicht auf, was mir gehört.«

Ein bitteres Lächeln erschien auf ihren Lippen. »Bravo, Ward. Du hast deinen Saloon gerettet und deinen Sohn verloren!«

»Ich hatte nie die Hoffnung, mir beides zu erhalten«, antwortete er mit ausdrucksloser Stimme. »Das habe ich erkannt, als ich halb tot auf einem Felsen lag. Und ich war sicher, als ich in einem Indianerdorf wieder zu mir kam.«

Serena wurde bleich. »Du wußtest, daß ich ein Kind bekommen würde, bevor du fortgegangen bist?«

»Dein Körper war mir so vertraut wie mein eigener«, antwortete er mit rauher Stimme. »Wie hätte ich es übersehen können?«

»Du wußtest es und hast nichts gesagt? Du wußtest es und hast mich allein gelassen?«

»Ich hatte meine Gründe.«

»Was für Gründe? Was konnte unwichtiger sein – außer Geld?«

Er hob die Hand und ließ sie wieder sinken. »Geld, Gold, irgendwann endet alles wieder dabei, nicht wahr? So kommen wir zu nichts. Die Vergangenheit ist geschehen. Jetzt sollten wir uns lieber mit dem beschäftigten, was noch nicht solange vergangen ist, genauer gesagt vier Tage. Oder hast du das schon vergessen?«

Ihre Lippen wurden schmal. »Da du mich daran erinnert hast, ist das wohl kaum wahrscheinlich.«

Es gefiel ihr nicht, wie er ihre Fragen einfach überging, aber sie versuchte nicht, dem Thema auszuweichen. Vielleicht würde sie wenigstens dazu eine klare Antwort bekommen.

Mit spöttischem Lächeln sagte er: »Diese Angelegenheit ist noch nicht abgeschlossen. Wenn du mit nach oben kommst, werde ich es dir genauer erläutern.«

»Oben?«

»Hier kann man ja doch nie wissen, wer uns vielleicht zuhört.«

Er ließ sie vor sich die Treppe hinaufgehen. Sein Wohnzimmer war schäbiger, als sie es in Erinnerung hatte, vermutlich weil Pearlie hier gewohnt hatte. Sonst hatte sich kaum etwas geändert. Die Teppiche und die weichen Sofas waren dieselben, selbst die Pfauenfedern waren noch da. Sie betrachtete den Staub darauf und wandte sich dann wieder Ward zu.

»Sieh mich nicht so ängstlich an«, sagte er gedehnt. »Ich werde nicht über dich herfallen.«

»Das habe ich auch nicht erwartet!«

»Nein? Dann habe ich mich getäuscht. Möchtest du etwas trinken?«

Sie unterdrückte das Bedürfnis, ihn sofort zu fragen, was er im Sinn hatte. In einer entspannteren Atmosphäre würde es vielleicht leichter werden. Also setzte sie sich auf eines der Sofas und bat um einen Sherry.

Er brachte ihr das Glas mit der blaßgoldenen Flüssigkeit und goß sich selbst einen Whiskey ein. Serena zog den rechten Handschuh aus, steckte ihn in ihr Täschchen und nahm das Glas. Während sie den Sherry kostete, betrachtete sie Ward. Seine Hände waren braun und kräftig, sein dunkelbraunes Haar lockte sich im Nacken, und sein breiter muskulöser Rücken schien dunkler gebräunt als früher. Selbst wenn er sie nicht ansah, spürte sie die Kraft seiner männlichen Ausstrahlung. Unvermutet zogen sich plötzlich ihre Bauchmuskeln zusammen, und ihre Nerven spannten sich, als erwarte sie Schmerzen.

Ward drehte sich zu ihr um, sein Blick hielt den ihren. Dann hob er schweigend und mit ironischer Miene das Glas, trank ihr zu. Das Schweigen wurde unerträglich. Serena räusperte sich. »Du – du scheinst durch den Aufenthalt bei den Indianern nicht gelitten zu haben.«

»Sie haben mich gut behandelt«, antwortete er. »Das einzige Problem war, daß ich niemanden benachrichtigen konnte. Aber mein gebrochenes Bein ist gut verheilt, und mein Kopf auch, falls du noch danach fragen wolltest. Ich hatte eine ganze Weile Kopfschmerzen, doch sie verschwanden vermutlich schneller, als es mit »Hilfe« eines der hiesigen Knochenklempner der Fall gewesen wäre.«

»Also hast du kaum ernsthaft Schaden genommen.«

»Das würde ich wieder nicht behaupten«, widersprach er und setzte sich ans andere Ende des Sofas, auf dem sie saß. »Schließlich hatte Pearlie meine Wohnung besetzt, als ich zurückkam, und eine Hälfte des Eldorado zum Verkauf freigegeben. Ich mußte feststellen, daß mein bester Freund nicht nur meinen Besitz übernommen, sondern auch dich zu seiner Frau gemacht hatte. Das alles würde ich nicht gerade Glück nennen.«

»Aber ich bitte dich«, sagte Serena ungeduldig.

»Ja, stimmt, ich vergaß, daß du glaubst, ich wäre bezahlt worden, nicht nur verkauft.«

»Ich weiß genau, wer hier verkauft worden ist«, sagte Serena erbittert, »und das warst nicht du. Wußtest du, daß Nathan das Eldorado ausdrücklich gekauft hat, um mich vor die Tür setzen zu lassen? Daß er dann noch dafür gesorgt hat, daß ich nicht zu meiner einzigen Freundin Consuelo gehen konnte, so daß er der einzige blieb, an den ich mich noch wenden konnte? Der Mann, mit dem ich verheiratet bin, hat gute und schlechte Eigenschaften, aber den Wert von Geld kennt er genau.«

Ward sah sie mit gerunzelter Stirn an. »Ich dachte, Nathan hätte den Anteil am Eldorado gekauft, weil er nicht wollte, daß ein anderer ihn kaufte und es bei meiner Rückkehr dann Schwierigkeiten gegeben hätte.«

»Und in dem sicheren Wissen, daß du ihm sein Geld zurückgeben würdest, nehme ich an?«

Ward nickte kurz.

»Na wunderbar. Er hat bekommen, was er wollte, indem ich hinausgeworfen wurde, und es hat ihn nichts gekostet.«

»Ja, wunderbar«, wiederholte Ward. Sein Gesicht war wieder glatt, der Ausdruck in seinen Augen verschlossen.

Serena beugte sich vor und legte eine Hand auf ihr Knie. »Macht dir das alles gar nichts aus? Ist es dir egal, daß Nathan dich angelogen und Pearlie benutzt hat, um dir wegzunehmen, was dir gehörte?«

»Hast du mir denn gehört, Serena?«

»Was macht das schon?« rief Serena und hob ihre Hand. »Wir sprechen über Nathan!«

»Genau. Die Antwort auf deine Frage lautet nein. Nein, ich glaube nicht, daß es etwas ausmacht, nicht einmal, wenn es wahr wäre.«

»Das hätte ich wissen müssen!« Serena schlug das Glas auf den Tisch und sprang auf. Mit Zornestränen in den Augen nahm sie ihr Täschchen und ging zur Tür.

Ward verstellte ihr den Weg, streckte die Hände aus und schloß sie um ihre Unterarme.

»Laß mich los.«

Er schüttelte den Kopf und sah auf ihr gerötetes Gesicht und die tränenerfüllten Augen. »Ich habe dir doch schon gesagt, daß ich nicht so einfach aufgebe, was mir gehört.«

»Ich gehöre dir aber nicht!«

»Wirklich?«

»Ich lasse mich nicht als Spielball in diesem Spiel zwischen dir und Nathan mißbrauchen. Du hast doch ganz klar zum Ausdruck gebracht, daß du mich verachtest. Warum sollte dir etwas daran liegen, wohin ich gehe oder was ich tue?«

»Es liegt mir eben etwas an dir«, sagte er mit dunklem Blick.

Serena stemmte mit vorwurfsvoller Miene die Hände gegen seine Brust. »Wie ist das möglich, wenn es dir egal ist, was Nathan getan hat?«

»Gerade weil mir etwas an dir liegt, kann ich verstehen, warum Nathan das alles getan hat, um dich zu gewinnen. Ich bin sogar froh, daß es so gekommen ist, denn das macht mir mein Vorhaben viel leichter.«

Seine Stimme klang so entschlossen, und sein Gesichtsausdruck war so eindeutig, daß Serena verstummte. Sie spürte das wilde Schlagen ihres Herzens in ihrer Brust, sah seinen angespannten Unterkiefer. Ihre Finger auf seiner Brust schienen zu brennen. »Ward . . .«

Er ließ sie so plötzlich los, daß sie schwankte. Er wandte sich ab und goß sich noch einen Whiskey ein. »Ich werde mich dir nicht mit Gewalt aufdrängen, falls du das glauben solltest, zumindest nicht sofort.«

»Was soll das heißen?«

»Erpressung, einfach ausgedrückt.«

Serena holte tief Luft und versuchte, ihre Fassung zu bewahren. »Hast du die Absicht, mir das zu erklären?«

»Natürlich, wenn nötig. Irgendwie dachte ich, du würdest erraten, was ich meine.«

Das war auch so, aber sie konnte es einfach nicht glauben. »Nein, absolut nicht.«

Ward leerte das Glas und sah sie an. »Vor vier Tagen hast du einen Mann erschossen. Ich war der einzige Zeuge deines – Verbrechens.«

Otto, tot auf der Straße, bleich, mit einem Einschußloch in der Brust. Serena hob eine Hand an die Lippen, ließ sie wieder sinken. Sie sah voller Schmerz zu Wards grünen Augen auf, die nachdenklich und dunkel wirkten.

»Stimmt«, sagte sie leise. »Und?«

»In diesem Teil des Landes sind noch nicht viele Frauen wegen Mordes gehängt worden, aber doch ein paar.«

»Ich habe niemanden ermordet. Ich habe Otto in Notwehr erschossen.«

»Aber du kannst nicht behaupten, Otto hätte vorgehabt, dich zu töten. Das war sicher das letzte, was er vorhatte.«

»Du weißt genau . . .«

»Ja«, sagte er und schnitt ihr das Wort ab. »Ich weiß es, aber wird der Sheriff dir glauben?«

Das war eine höfliche Erinnerung daran, daß ihre Herkunft

durchaus berücksichtigt werden würde, wenn sie behauptete, sie habe in Verteidigung ihrer Ehre getötet.

»Worauf willst du hinaus?«

»Oh, Serena, ich biete dir mein Schweigen an als Gegenleistung für – deine Gegenwart? Deine Zeit? Dein Einverständnis?«

Sie hob den Kopf. »Du meinst, wenn ich mich – einverstanden erkläre mit dem, was du von mir verlangst, wirst du nicht zum Sheriff gehen?«

»Ich hatte dir ja gesagt, es geht um Erpressung.«

»Und du glaubst nicht, der Sheriff wird es seltsam finden, daß du die Leiche beseitigt und solange gewartet hast?«

»Ich mußte schließlich erst einmal die Gefühle unserer gemeinsamen Vergangenheit überwinden, denn du hast mich wegen eines reicheren Kunden verlassen. Die Leiche habe ich nicht beseitigt. Ich sah den Mord von weitem. Wahrscheinlich hast du jemanden beauftragt, um die schmutzige Arbeit für dich zu tun.«

»Ich könnte behaupten, du wärest mein Komplize gewesen.«

»Nicht ohne deine Schuld einzugestehen. Und du hast keinen Beweis, kennst das ›Drachenloch‹ nicht, in das ich die Leiche gebracht habe.«

Er war sich seiner so unverschämt sicher, daß sie ihn am liebsten geschlagen, gekratzt und gebissen hätte, um den sanften Spott aus seinem Lächeln zu vertreiben. Es kostetete sie größte Mühe, ruhig zu bleiben.

»Wer wird dir, einem Spieler, schon glauben?«

»Vergiß nicht, daß ich früher Rechtsanwalt war. Die Gerichtssprache ist mir in Fleisch und Blut übergegangen.«

Sie wandte sich ab, halb blind vor Zorn, und merkte erst nach ein paar Schritten, daß sie in Richtung Schlafzimmer ging. Also machte sie kehrt und blieb vor dem Ofen stehen.

»Wenn ich dich richtig verstehe«, sagte sie mit erstickter Stimme, »verlangst du von mir, daß ich mein Ehegelübde gegenüber Nathan breche?«

»Das scheint mir eigentlich fair«, antwortete er gnadenlos. »Abgesehen davon wirst du mir wohl verzeihen, wenn ich deine Treue zu einer Ehe bezweifle, die noch nicht vollzogen worden ist.«

Serena schwieg und sagte dann nur: »Consuelo.«

»Genau. Sie schien anzunehmen, daß ich daran interessiert sein könnte.«

Serena starrte den Ofen an. Würde er das wirklich tun? Würde er dem Sheriff wirklich alles erzählen? Sie konnte es nicht glauben. Seine Gefühle ihr gegenüber schienen eine seltsame Mischung aus Verlangen und Vorwurf zu sein, vielleicht wollte er, wenn sie nicht mitspielte, daß sie gedemütigt wurde, daß sie ihren Reichtum nicht würde behalten können, daß Nathan sie ebensowenig bekommen sollte wie er.

»Ward ...« Sie hielt inne. Was nützte es, ihn zu bitten? Sie hatte wohl wirklich keine andere Wahl.

»Ja, Serena?«

»Nichts.« Sie glaubte zuerst, er hätte eine Bewegung auf sie zugemacht, doch sie hatte sich geirrt. Ihr Zorn fühlte sich kalt an. Ward Dunbar hatte gedacht, er könne mit ihr machen, was er wollte, sie erst gegen Gewinn an Nathan abtreten und dann, wenn er unzufrieden mit der Vereinbarung war, zur alten Beziehung zurückkehren. Und das alles, ohne nach ihren Gefühlen zu fragen. Er wollte nichts als ihre körperliche Anwesenheit, ihre Zeit. Das war ein Handel, wie ein Mann ihn mit einer Hure machte, ein Handel ohne Zärtlichkeit, ohne Liebe, ohne Respekt. Nun gut, wenn er so etwas wollte, würde er es auch bekommen.

Langsam und entschlossen zog sie ihr Armband und den linken Handschuh aus, den sie noch trug, steckte sie in ihr Täschchen und schloß es. Mit fließenden, anmutigen Bewegungen ging sie zu dem Tischchen hinüber, auf dem sie früher ihre Speisen aufbewahrt hatten, und ließ es darauffallen.

Ohne Ward anzusehen, hob sie die Arme, zog die Hutnadel aus ihrem Haar und legte den Hut zu ihrem Täschchen. Mit leidenschaftsloser Miene löste sie die Haarnadeln und ließ ihr Haar herunterfallen, wandte sich dann den kleinen Knöpfen an ihrer Samtjacke zu.

Sie hörte das Klirren eines Flaschenhalses auf dem Rand eines Glases. Serena warf einen schnellen Blick auf Ward. Seine Lippen waren eine schmale Linie, doch seine Hand blieb fest, als er sein Glas noch einmal füllte. Als er sich wieder zu ihr umdrehte, senkte sie die Augen schnell zu den Knöpfen.

Das Jabot ihrer Bluse machte ihr Schwierigkeiten, bis sie an den zusätzlichen Haken dachte, mit dem sie geschlossen wurde. Darunter trug sie ein cremefarbenes Hemdchen aus Rohseide mit aprikosenfarbenen Bändchen über einem aprikosenfarbenen Satinmieder mit cremefarbener Spitze. Ihre Unterröckte paßten zu dem Hemdchen.

Auf eine Weise hatte Serena erwartet, daß Ward sie zurückhalten würde. Das tat er nicht. Ihre Entschlossenheit nahm noch zu.

Ihre französischen Seidenhöschen waren sehr kurz, so daß die ganze Länge ihrer weißen Schenkel zu sehen war. Sie glaubte zu hören, wie Ward tief Luft holte, als sie aus ihrem letzten Unterock stieg, aber sein Gesichtsausdruck war undurchschaubar. Nur das Knacken des Feuers im Ofen durchbrach die Stille.

Angetrieben von einem beinahe dämonischen Impuls, wie Consuelo ihn schon bei ihr vermutet hatte, legte sie den Unterrock über eine Stuhllehne und ging in ihren Strümpfen zu Ward hinüber.

»Du wirst mir mit dem Mieder helfen müssen«, sagte sie leise.

Einen Moment lang begegneten sich ihre Blicke. Serena betrachtete ihn herausfordernd. Seine Augen wirkten hart und unergründlich wie Jade. Er sagte nichts, sondern stellte nur sein Glas zur Seite und begann ihr Mieder aufzuschnüren, nachdem sie ihm den Rücken zugewandt hatte. Als er fertig war, ging Serena zum Sofa und setzte sich. Mit der einen Hand hielt sie noch das Mieder unter ihren Brüsten fest, und mit der anderen begann sie ihre Schuhe aufzuknöpfen.

Plötzlich ließ Ward sich auf ein Knie hinunter. Ein gequälter Schatten lag in den bewegungslosen grünen Tiefen seiner Augen, und dann bewegte er sich, schob seine Hände unter den Rand des Mieders, breitete die Hände aus, dehnte es. Mit sicheren Fingern löste er den Halt ihrer Hände und hob sie nach oben. Serena ließ es zu, daß er ihr das Mieder über den Kopf zog.

Ward warf es beiseite, streckte seine Hand aus und zog Serena hoch. Er umfaßte ihre schmale Taille, massierte mit seinen Fingern die roten Streifen, die der Druck des Mieders auf ihrer Haut hinterlassen hatte. Ohne Hast zog er sie an sich, und seine Brust dehnte sich, als er seine Hände über ihren Rücken aufwärts gleiten ließ. Ihre immer empfindlicheren Sinne verdrängten jeden Gedanken und jede Vernunft, als der so lange vermißte Genuß sie durchströmte.

Er verlagerte seinen Griff, schob eine Hand in ihr Haar, um ihren Kopf hochzuheben, so daß sie sich nicht mehr bewegen konnte. Als Serena klar wurde, wie schwach sie war, empfand sie etwas wie einen kalten Luftzug. Sie hatte nicht vorgehabt, sich Ward Dunbar einfach zu unterwerfen und in einen Traum des brennenden Verlangens hineinzufallen. Sie wußte, wenn durch seine Berührung bei ihr solche Empfindungen ausgelöst wurden, mußte es bei ihm genauso sein.

Serena drückte ihre Handflächen gegen seine Brust, schob sie aufwärts, verschränkte die Finger in seinem Nacken. Sie drückte die festen Spitzen ihrer Brüste an ihn, bewegte sich ganz langsam, rieb die Seide ihres französischen Höschens an ihm.

Sie hörte, wie er scharf einatmete. Er trat etwas zurück, um sie zu betrachten, und runzelte die Stirn.

»Leidenschaft, Serena?« fragte er rauh.

»Das wolltest du doch, oder?« fragte Serena und sah ihn mit unschuldigem Blick an.

»Ohne den geringsten Zweifel, aber bist du sicher, daß du das auch willst?«

»Ich wußte nicht, daß mein Wille auch von Interesse ist. Du hast die Mittel, mir Befehle zu erteilen, und ich befolge sie, wie jede andere Frau von der Straße es täte.«

Er erstarrte. »So etwas habe ich nicht erwartet.«

»Nein? Warum dann die Erpressung?«

»Ich glaubte, du würdest sonst nicht zu mir kommen.«

»Hätte ich auch nicht getan. Aber da ich schon einmal hier bin, kann ich mich auch bemühen, dir Genuß zu bereiten, wenn schon nicht mir selbst. Schließlich steht meine Zukunft auf dem Spiel.«

»Paß auf, daß du nicht zu hoch einsteigst. In diesem Spiel bekommt der Gewinner alles. Ich kann dir keine Gnade versprechen, wenn du deine Karten überschätzt.«

Meinte er damit, daß sie, wenn sie vorgab, leidenschaftlich zu sein, vielleicht ihren eigenen Gefühlen unterliegen würde? »Ein Risiko besteht immer«, antwortete sie. »Das muß man eben mit einberechnen.«

»Manchmal zahlt es sich aus, mit dem Risiko zu rechnen, aber man kann am meisten gewinnen, wenn man sich nur auf sein Gefühl verläßt.«

»Ich persönlich«, sagte Serena mit dunklem Blick, »spiele nur, wenn ich ein sicheres Blatt habe.«

»Das gibt es nicht«, sagte Ward und senkte seinen Mund auf den ihren. Ihre Lippen drückten sich in verzehrender Wildheit aufeinander, stürmisch schürten sie das Feuer der Leidenschaft. Sie waren schmerzhaft eng aneinandergepreßt, seine Hände glitten über ihren Rücken zu ihren Hüften hinunter und zogen sie an sich, als wolle er sie seinem Gedächtnis für alle Zeiten einprägen.

Das Sofa stand neben ihm. Er setzte ein Knie darauf und zog sie mit angespannten Muskeln auf die weiche Unterlage hinab. Er schleuderte seine Stiefel von den Füßen, schlüpfte aus seiner Hose, zog ihr die französische Seide aus, die sie noch anhatte. Ihr Haar fiel schwarz und schimmernd über seinen Arm bis hinunter zum Boden. Ihre geschlossenen Wimpern bebten, ihre Lippen waren halb geöffnet. Seine Hände strichen über sie, erregten sie, erweckten ihre Lust. Seine Lippen verschlangen den Nektar ihres Mundes, wanderten brennend über ihren Hals, ihre Brüste, ihren Bauch, bis kein Teil ihres Körpers unberührt geblieben war. Braun und elfenbeinweiß begegneten sich ihre Körper. Sie drängten sich zueinander, mit angehaltenem Atem verschmolzen sie in glühender Hitze und bebend vor Lust.

Serena fühlte sich hinweggerissen vom Strudel ihrer Empfindungen, geblendet von dem blutroten Wirbel des Zorns und der Ekstase, zerrissen von dem Verlangen, ihren Schmerz zu lindern, indem sie ihn verletzte, und dem gleichzeitig wilden Begehren, ihn tief in sich aufzunehmen. Es war Zorn und Freude zugleich, eine gewaltsame Lust, die ihr Blut in Wallung brachte. Sie war umlodert vom Feuer des Begehrens, und doch lag in ihrem Innern das schwarze, bittere Eis eines frostigen Winters. In diesem Strudel der Gefühle auf ihre Sinne wurden ihre Finger zu Klauen, die über die festen Muskeln seines Rückens strichen, während sie gleichzeitig spürte, wie glühendheiße Tränen unter ihren Wimpern hervortraten.

19. KAPITEL

Serena kam am folgenden und zahlreichen weiteren Tagen der nächsten Wochen immer wieder ins Eldorado. Ward war ernst und unersättlich. Wie sie schon angenommen hatte, wußte er, daß Nathan fort war. Er begehrte sie und ließ keine Entschuldigung, keine Weigerung gelten. Immer wieder war Serena nahe daran, seine Drohung auf die Probe zu stellen, immer wieder entschied sie sich anders. Es würde nicht nur ein unnötiges Risiko sein, sondern auch eine Erleichterung für ihn. Sein Verlangen nach ihr war wirklich so groß, daß sie ihn quälen konnte, indem sie sich ihm verweigerte, aber es war eine noch wirksamere Strafe für ihn, wenn sie folgsam in seinen Armen lag und dabei äußerlich ungerührt blieb, doch es gelang ihr nicht immer, so kühl zu bleiben. Ihre kleinen Zugeständnisse reichten gerade aus, um Ward klarzumachen, was er hätte sein nennen können, wenn er sie nicht um Geld verspielt hätte.

Sie empfand kein Schuldgefühl bei ihrem Tun. Manchmal spürte sie so etwas wie Panik, wenn sie an Nathans Rückkehr dachte, aber sie hatte kein schlechtes Gewissen wegen des Gelübdes, das sie ihm gegeben haben mußte. Es war unter falschen Voraussetzungen zustande gekommen. Nathan hatte sie genauso gezwungen, zu ihm zu kommen wie Ward, nur weniger ehrlich als dieser. Was für eine Treue schuldete sie ihm schon?

Aber es konnte nicht so weitergehen. Die Leidenschaft, die sie in Wards Armen verspürte, war weder für ihn noch für sie befriedigend. Sie wollte lieber nicht darüber nachdenken, daß sie genauso süchtig machte wie Pearlies Opium. Doch ob Serena es nun zugab oder nicht, das Begehren durchströmte ihre Adern. Sie war erfüllt von Tagträumen, war erstaunt und schockiert über ihre eigene Sinnlichkeit. Sie war voller Unruhe, wenn sie nicht bei Ward war. Gelegentlich wurde sie von Wogen der Zärtlichkeit gegenüber Sean überschwemmt, und dann nahm sie das Baby auf den Arm und drückte ihr Gesicht an seinen weichen Hals. Nicht nur ihr Ärger lag so dicht unter der Oberfläche, sondern auch dieser seltsame Jubel, verbunden mit dem Drang, leise in sich hineinzuweinen. In Wards Gegenwart allerdings verhielt sie sich diszipliniert und kühl.

Zwischen all den Bemühungen, ihre wahren Gefühle zu verbergen, wußte sie oft selbst nicht mehr, was sie empfand. Sie haßte Ward für das, was er ihr antat, gleichzeitig empfand sie Mitleid mit ihm, weil sie wußte, wie groß sein Verlangen nach ihr war. Die Liebe, die sie für ihn empfand, war wie ein ständiger Schmerz, der noch tiefer wurde, weil sie sie verleugnete. Und doch gab sie ihr auch die Kraft, weiterzumachen – und die Grundlage für ihren schrecklichen Zorn.

Bei ihrem dritten Besuch im Eldorado begegnete sie an der Hintertür Pearlie. Sie schwankte und starrte Serena unter wirrem Haar hervor giftig an. »Also lebst du doch noch«, warf sie ihr entgegen.

Serena sah sie vorsichtig an. »Es scheint so.«

»Ich habe daran gezweifelt, als ich Wards Zorn sah, nachdem er erfahren hatte, du seiest mit Nathan zusammen.«

»Du hast es ihm sicher auch auf die häßlichste Art erzählt, die dir eingefallen ist«, antwortete Serena kalt. »Aber in bezug auf das Eldorado scheint dir das nichts genützt zu haben. So wie du dich verhalten hast, ist es auch kein Wunder, daß er dir nicht so leicht verzeiht.«

»Aber du warst schließlich fort und mit deinem Millionär verheiratet. Warum konnte er das nicht einfach hinnehmen und zu mir zurückkommen? Er ist einfach besessen von dir. Nur deinetwegen hat er mich hinausgeworfen. Es ist deine Schuld, ganz allein deine Schuld!«

Speicheltröpfchen lagen auf Pearlies roten Lippen, und sie starrte Serena aus geweiteten Pupillen an.

»Du bist verrückt«, sagte Serena tonlos.

»Ich? Er ist verrückt, weil er unbedingt eine kalte kleine Goldgräberin wie dich will. Und du bist verrückt, weil du wieder herkommst und es mit Ward treibst wie eine läufige Hündin, anstatt dich um deinen reichen Ehemann zu kümmern!«

Damit nicht Ward ihre Auseinandersetzung hörte, beschloß Serena, der Sache ein Ende zu setzen. »Was ich tue, geht dich gar nichts an«, sagte sie mit überlegener Miene und drängte sich an Pearlie vorbei zum Ausgang.

»Das glaubst auch nur du! Aber ich bin gespannt, wie stark du dich fühlst, wenn ich deinem Mann erzähle, was du hier so treibst.«

Serena blieb stehen. »Das kannst du nicht machen.«

»Ach ja? Wirklich? Wart's nur ab, dann wirst du's ja sehen. Es würde mich nicht wundern, wenn Nathan Benedict versuchen würde, Ward umzubringen!«

»O nein«, flüsterte Serena.

»O doch«, sagte Pearlie spöttisch. »Das würde dir gefallen, oder? Du würdest zusehen, wenn sie wie die Wölfe um dich kämpfen. Und du wärest bereit, für den Sieger die Beine breit zu machen, wer es auch sein mag, nicht wahr? Genau darauf wartest du doch!«

Es hatte keinen Sinn, mit Pearlie zu streiten, sie war kaum noch ansprechbar. Serena hob ihre Röcke und verschwand erhobenen Hauptes in Richtung Mietstall.

Während sie darauf wartete, daß die Grauen angespannt wurden, sah sie kurze Zeit später Pearlie noch einmal. Sie ging mit einem Gesichtsausdruck voller Leid und Selbstverachtung den Hügel hinab zur Opiumhöhle, schleppte sich die Stufen hinauf und verschwand hinter der Tür des tröstenden Vergessens.

Serena lag auf dem Bett und starrte zur Decke. Sie atmete tief und ungleichmäßig. Ward, in dessen sehnigen Arm sie lag, zog die Decke höher hinauf, denn es war kalt im Zimmer.

Ward legte seine Hand auf ihren Bauch und streichelte sanft ihre glatte Haut. Seine Stimme klang nachdenklich, als er sagte: »Du bist wirklich eine sture Frau.«

Serena schloß die Augen. »Warum?«

»Du bist wie geschaffen für die Liebe, aber du schließt alles fest in deinem Innern ein. Du gibst nur soviel und nicht mehr, weigerst dich, dich hinzugeben, außer wenn ich dich dazu zwinge. Du betrügst mich um mein Vergnügen, ja, aber ist dir nicht klar, daß du dich selbst genauso betrügst?«

»Du darfst meinen Körper benutzen, ich komme, wenn du nach mir schickst. Ist das nicht genug?«

»Aber ich bitte dich, du bist doch gar nicht wirklich hier. Und das ist nicht genug und wird es auch nie sein. Irgendwann habe ich das einmal geglaubt, aber jetzt nicht mehr. Vor einem Jahr wäre es mir ein paarmal beinahe gelungen, dich wirklich ganz zu besitzen, ich bin dem so nahe geraten, daß mich diese Möglichkeit seither verfolgt. Und ich werde nicht nachlassen, bis ich alles empfangen habe, was du zu geben hast.«

Sie drehte den Kopf zu ihm um und öffnete die Augen. »Was du willst, kann man sich nicht gewaltsam nehmen. Man bekommt es geschenkt als Gegenleistung für ein Geschenk gleichen Wertes. Du mußt dich zufrieden geben mit dem, was man für Drohungen erhalten kann.«

»Das kann ich so nicht hinnehmen.«

»Dann wirst du wohl deine Vorgabe ändern müssen, wenn du nicht zufrieden damit bist, nicht wahr?«

»Wärest du dann zufrieden?« Seine Stimme klang rauh.

Serena antwortete verärgert: »Meine Gefühle sind doch bisher auch noch nicht von Belang gewesen. Aber abgesehen davon sind noch andere Faktoren zu berücksichtigen.« Und dann berichtete sie von ihrer Begegnung mit seiner ehemaligen Partnerin und von ihrer Drohung, Nathan zu informieren.

Ward schüttelte langsam und mitleidig den Kopf.

»Ja«, stimmte ihm Serena zu, »mir tut sie auch manchmal leid. Aber was sollen wir tun?«

»Machst du dir Sorgen, daß Nathan davon erfahren könnte? Dann sag ihm doch einfach, ich hätte dich erpreßt«, empfahl ihr Ward.

Sie schob sich im Bett etwas höher hinauf und bemerkte kaum, daß Wards Hand dadurch weiter unten zu liegen kam. »Du verstehst mich falsch. Ich mache mir nicht meinetwegen Sorgen, sondern deinetwegen. Nathan könnte dich töten, und keiner würde es ihm übelnehmen.«

»Deine Besorgnis ist wirklich rührend.«

»Wie schön, daß du das so siehst! Unglücklicherweise finde ich die Vorstellung, für den Tod eines zweiten Mannes verantwortlich zu sein, nicht sehr amüsant!«

»Serena, du glaubst doch nicht, daß Nathan wirklich etwas derart Melodramatisches tun könnte, oder daß ich es mir einfach gefallen lassen würde? So wie ich Nathan kenne, ist es wahrscheinlicher, daß er versuchen würde, mich aus Cripple Creek zu drängen.«

»Soll das ein Trost sein?«

»Ich dachte, daß dich eher die Vorstellung beunruhigt, daß ich tot sein könnte, als daß ich fortgehe.«

Serena zupfte an der Decke. »Ich würde mich auch nicht freuen, wenn du meinetwegen ruiniert würdest.«

»Ich hätte vermutet, du würdest es für ein gerechtes Schicksal halten.«

»Das wäre es bestimmt auch«, antwortete sie bissig.

»Ganz sicher wäre es das nicht«, sagte er ruhig, und sein Blick wanderte in die Ferne. Serena schwieg überrascht und wußte nichts mehr zu sagen. In der Ferne ertönte der Pfiff eines Zuges.

Wards Hand strich über ihren Schenkel und hielt inne. »Wann kommt Nathan zurück?«

»Ich glaube, in ein paar Tagen. Er ist sowieso schon länger fort, als er ursprünglich vorhatte.«

»Hast du dir schon einmal überlegt, daß er vielleicht auch gar nichts unternimmt, selbst wenn Pearlie ihm alles sagt, weil er eigentlich kein Recht hat, dich zu beschuldigen?«

»Du meinst – wegen Consuelo?«

»Du weißt also, daß Nathan noch mit ihr zusammen ist? Könnte es vielleicht sein, daß du deswegen so wenig Skrupel hast, ihm Hörner aufzusetzen?«

Es klang, als frage er aus purer Neugierde, aber Serena ließ sich nicht täuschen. »Meine Gefühle Nathan gegenüber können dir doch egal sein.«

»Gefühle?« Seine Hand legte sich fester um ihren Oberschenkel. »Ich bin nicht sicher, ob du überhaupt Gefühle für irgend jemand hast.«

»Das ist ungerecht!« widersprach Serena hitzig und vergaß ihre Distanziertheit.

Er sah sie mit unbarmherzigem Blick an. »Ja, ja, da ist dein wohltätiges Frauenheim, das wirklich ein guter Beweis dafür ist, wie sehr du Nathan faszinierst. Aber wie lange wird es diese Einrichtung geben? Jetzt erinnerst du dich vielleicht noch an die schweren Zeiten, aber es wird bestimmt einmal der Tag kommen, an dem du gern vergessen möchtest. Und dann wirst du es schließen lassen.«

»Wenn du das glaubst, verstehst du mich überhaupt nicht!«

»Ich habe schon oft beobachtet, was Geld aus Menschen macht.

Die Männer finden Gold, und zunächst ändert sich nichts. Aber dann beginnen sie zu verstehen, daß sie reich sind. Und wenn sie sich genügend schöne Dinge gekauft haben, begreifen sie, daß Geld Macht ist, daß sie sich damit einen Platz in der Gesellschaft erkaufen können. Und genau den wollen sie. Sie ziehen nach Denver oder New York, fahren nach Europa, erforschen ihren Stammbaum. Dann lassen sie sich ganze Schlösser hierherbringen und entwerfen sich ein Wappen, das sie sich auf die Türen ihrer Kutschen malen lassen. Sie bestellen Champagner aus Frankreich, Kaviar aus Rußland, Austern direkt von der Küste...«

»So bin ich aber nicht«, unterbrach ihn Serena gequält.

»Nein, aber so wirst du sein. Nathan wird dich herzeigen wollen, und du wirst mitspielen, denn das ist leichter, als es abzulehnen, und mit irgend etwas mußt du ja deine Zeit verbringen.«

»Ward...«

»Komm zurück zu mir, Serena. Hol Sean und komm zu mir zurück.«

Serena hätte nie geglaubt, daß er sie darum bitten würde. Sie hatte angenommen, daß es ihm egal war, ob sie mit Nathan verheiratet war, solange er sie nur besitzen konnte, wann immer er wollte. Und so fühlte sie sich plötzlich mit all ihren Erwartungen ins Unrecht gesetzt, und sie sah ihre neue Sicherheit plötzlich gefährdet. Er wollte, daß sie in die Myers Avenue und ins Eldorado zurückkehrte, und er versprach ihr nichts dafür, keine Liebe, keine Sicherheit und natürlich im Leben nicht die Ehe. Trotzdem spürte sie in ihrem Innern eine Sehnsucht, es wirklich zu tun, eine Sehnsucht, die ihre Gedanken wie ein Gift zu verdrängen schien. Die Verwirrung, die daraus entstand, ließ ein ärgerliches Glitzern in ihren Augen erscheinen.

»Hierher soll ich zurückkommen?« fragte sie mit gefährlich ruhiger Stimme. »Ich soll Sean mitbringen, damit er über einem Saloon aufwächst? Aber vielleicht würden wir ja nicht so lange zusammenbleiben. Und dann? Dann könnte er ja vielleicht beim Spiel die Karten geben oder Lehrling bei irgendeinem Minenbesitzer werden, mit alten Augen und einem weißen Gesicht, weil er die Sonne nie sieht, nicht wahr?«

Sie warf die Bettdecke zurück und wollte aufstehen. Seine Finger gruben sich in ihr Bein und hielten sie fest. »Nein, Serena, so würde es niemals werden.«

»Wie denn dann?« rief sie, drängte ihn zur Seite und sprang aus dem Bett. »Würdest du mich wieder allein lassen, während du dein Glück suchst? Geld, Gold, Goldminen. Ich will nichts mehr davon hören! Ich will mich nicht mehr hin und her zerren lassen. Ich will in Ruhe gelassen werden!«

»Ich brauche nicht mehr nach Gold zu suchen. Ich habe es schon, ich habe eine Goldmine beim Spiel gewonnen.«

»Erzähl mir nichts davon«, sagte sie heftig und zog sich eilig an. »Ich will es nicht hören. Was nutzt schon eine Mine, wenn man kein Geld hat, um zu fördern? Was nutzen dir die paar Tausender, für die du sie verkaufen kannst, wenn du nicht von hier wegkommst? Du machst dich lustig über diejenigen, die nach einem besseren Leben suchen, aber was ist denn daran verkehrt? Warum sollen die anderen nicht mehr wollen als für sich und ihre Kinder? Ich will sicher nicht mit irgendwelchen Königen an einem Tisch sitzen, aber das ist bestimmt eine bessere Alternative, als mich mit der Myers Avenue abzufinden!«

Ward öffnete den Mund und schloß ihn wieder, warf sich mit einem finsteren Blick in den grünen Augen der Länge nach aufs Bett, die Hände hinter dem Kopf verschränkt, sah ihr beim Anziehen zu und schwieg.

Serena ging zum Spiegel hinüber, um Ordnung in ihr wirres Haar zu bringen. Sie wußte, daß sie recht hatte. Also warum ärgerte sie dann sein verhaltener Zorn so sehr? Sie setzte den Hut auf und stieß die Hutnadel hinein, ohne noch einmal in den Spiegel zu sehen. »Es wird bald schneien«, sagte sie. »Ich werde jetzt besser gehen.«

Er antwortete nicht. Sie nahm ihren Pelzmantel und ihr Täschchen und verließ nach ganz kurzem Zögern das Zimmer.

Als sie in der Kutsche saß, drängte sich der Gedanke an Ward wieder vor, aber sie wollte nicht an ihn denken. Sie schuldete ihm nichts, dachte sie wütend. Er hatte die Tatsache ausgenutzt, daß sie ganz allein auf der Welt war, hatte sich ihr mit Gewalt aufgedrängt, sie zu seinem Vergnügen wie eine Gefangene gehalten, geschwängert und dann verlassen. Und als er dann zurückgekommen war, hatte er sie wieder gezwungen, als Preis für ihre Freiheit. Er war wirklich ein schlechter Mensch. Daß er ihr Unterkunft und Schutz gewährt hatte, daß er sanft und rücksichtsvoll, manchmal sogar zärtlich gewesen war, änderte daran nichts. Sie schuldete ihm nichts.

Heute hatte er seit ihrer ersten Begegnung im Eldorado zum ersten Mal wieder sein Kind erwähnt. Was mochte das bedeuten? Tat es ihm leid, daß es den Namen eines anderen trug? Alles war so furchtbar unübersichtlich geworden. Serena konnte sich einfach nicht vorstellen, wie sie je wieder würde glücklich sein können.

Es war schon später, als sie gedacht hatte. Sie fuhr durch die Straßen der Stadt und hoffte, noch vor Einbruch der Dunkelheit zu Hause zu sein. Vor ihr war eine Ansammlung von Menschen um einen Mann, der auf einer Kiste stand und eine Rede hielt. Sie mußte anhalten, um den entgegenkommenden Lastkarren vorüberzulassen. Die harte, laute Stimme des Redners, gezeichnet vom schrillen Ton des Fanatismus, kam ihr widerlich und doch bekannt vor. Als sie zu ihm hinübersah, wußte sie, daß sie sich nicht getäuscht hatte.

Das Haar des Ältesten hing wild um seine Schultern. Sein Bart war lang und wirr, er war abgemagert und wirkte wie ein Asket aus der Wüste. Mit der einen Hand umklammerte er eine Bibel, während er mit der anderen wilde Stechbewegungen in die Luft machte, so daß seine Kleider um ihn flatterten wie die Lumpen einer Vogelscheuche. Doch trotzdem waren seine Augen von wildem Leben erfüllt, schreckliche Augen, die mit brennendem Zorn und Vorwurf über seine Zuhörer hinwegstarrten.

»Du babylonische Hure!« schrie er mit überschnappender Stimme und schüttelte seine Faust in Richtung auf Serenas Kutsche. »Du böses Weib, das du dich unter die Unschuldigen mengst, anstatt bei deinesgleichen zu bleiben! Wie kannst du den verkommenen Frauen der Stadt helfen, anstatt sie ihrem gerechten Schicksal zu überlassen, den Krankheiten und Schmerzen, die der Lohn der Sünde sind? Man weiß, wer du bist, Serena Walsh Benedict, die du das Gute in den Menschen verkehrst! Du ziehst die Männer in ihren Untergang, zwingst sie, dem Teufel zu huldigen, jenem, der dich als erster mit seiner zweizinkigen Rute durchdrang, bevor sie zu dir kommen dürfen. Man kennt die Schwärze deiner Sünden! Ehebrecherin! Unzüchtige! Auf deinem Weg vom Geliebten zum Ehemann! Der Tag der Vergeltung ist nicht mehr fern, an dem du zu den

Hunden heruntergezogen werden wirst wie einst Isebel! Du wirst bestraft werden, entblößt, bis du nackt bist, und deine weiße Haut wird mit Skorpionen gegeißelt werden! Dein Ende wird bitter sein wie Wermut!«

Serena war totenbleich, gab aber nicht zu erkennen, daß sie ihn gehört hatte. Am liebsten wäre sie ganz schnell geflüchtet, aber sie beherrschte sich, fuhr langsam um die Zuhörerschar des Ältesten herum, die sich umgedreht hatte, um sie anzustarren, dann ließ sie die Grauen langsam weitertraben. Der Älteste rief nach wie vor mit rauher Stimme hinter ihr her und rief in den wildesten Ausdrücken den Zorn des Himmels auf sie herab. Aber er konnte ihr ja nichts anhaben.

Oder doch? Wenn er von ihren Begegnungen mit Ward wußte, wer wohl sonst noch? Wie bald nach seiner Rückkehr würde Nathan alles erfahren, wenn nicht von Pearlie, dann von jemand anderem?

Kurz bevor sie zu Hause ankam, begann es zu schneien. Mrs. Anson half ihr aus dem Mantel. Serena nahm ihren Hut lieber nicht ab, weil sie nicht sicher war, wie ihr Haar aussah. »Ist Mr. Benedict zurück?« fragte sie so entspannt wie möglich.

»Ja, Madam. Er wartet seit einer halben Stunde in seinem Arbeitszimmer auf Sie.«

Die Stimme der Frau klang kalt und mißbilligend. Serena kümmerte sich nicht darum. »Sagen Sie ihm, daß ich gleich komme. Sie können dann auch den Tee servieren.«

»Mr. Benedict hat schon Tee getrunken.«

»Aber ich noch nicht.« Serena lächelte, wandte sich ab und vergaß die Haushälterin sofort, so sehr war sie darauf bedacht, möglichst gefaßt die Treppe hinaufzugehen und nicht zu rennen. Vielleicht hatte Nathan ihre Stimme gehört und würde aus dem Arbeitszimmer treten, um sie zu begrüßen, noch bevor sie Zeit gefunden hatte, sich zu sammeln.

Eine Viertelstunde später hatte sie sich zurechtgemacht und umgezogen. Ihre ernste Eleganz gab ihr wieder etwas mehr Selbstvertrauen, und sie betrat Nathans Arbeitszimmer, nachdem sie noch einmal tief Luft geholt hatte.

»Nathan, ich wußte nicht, daß du heute zurückkommen wolltest.

Wenn du mir wenigstens ein Telegramm geschickt hättest, hätte ich dich am Bahnhof abholen oder wenigstens hier empfangen können.«

Er erhob sich, kam zu ihr, legte die Hände auf ihre Schultern und streifte ihre Stirn mit den Lippen. »So schön wie je zuvor«, sagte er und trat wieder einen Schritt zurück.

»Vielen Dank, mein Herr«, antwortete sie und lächelte. »Gut, daß du wieder da bist.« Die Worte fielen ihr leicht. Sie waren so freundlich, so herzlich, so verlogen, aber doch mußte der Schein gewahrt bleiben. Serena setzte sich in den Sessel am Kamin, der dem seinen gegenüberstand, und bedeutete ihm, daß er sich wieder setzen möge.

»Du hast zugenommen und bist wieder voller geworden.«

»Ja, Gott sei Dank. Hattest du eine gute Reise? Du siehst heiter aus. Darf man daraus schließen, daß dein Unternehmen erfolgreich war?«

Noch bevor er antworten konnte, kam Dorcas mit dem Tee herein. Als das Mädchen hinausgegangen war und Serena Tee eingeschenkt hatte, lehnte Nathan sich zurück, trank einen Schluck aus seiner Tasse und antwortete: »Ja, ich habe wirklich bekommen, was ich wollte. Sie versuchten anfangs, mich loszuwerden und behaupteten, den Förderkorb, von dem ich gehört hatte, gebe es erst als Prototyp, und ich müsse warten, bis die endgültige Produktion angelaufen sei, bevor man mir einen liefern könne. Aber damit war ich nicht zufrieden. Nun ja, es endete damit, daß ich mein Geld hingelegt und ihr Ausstellungsstück mitgenommen habe – sozusagen. Es wird in ein paar Tagen hier ankommen. Aber weil das Ding erst noch abgebaut und verpackt werden mußte, war ich solange fort.«

Er sprach weiter und erzählte von den hervorragenden Eigenschaften des neuen Förderkorbs und von dem Mechanismus, mit dem er hochgezogen und heruntergelassen wurde, und Serena spürte, wie ihre Spannung langsam nachließ. Er wußte nichts. Er hätte nicht so entspannt sein können, wenn er geahnt hätte, was geschehen war. Es war doch erstaunlich, wie betrügerisch ein Mensch sein konnte! Hier saß sie lächelnd und mit geheucheltem Interesse bei ihrem Mann und dachte die ganze Zeit an ihren Geliebten, während er, im Bewußtsein der Tatsache, daß er sie mit unlauteren Mitteln zur Ehe überredet hatte, wahrscheinlich in Gedanken noch in seinem Salonwagen bei seiner Mätresse war.

»Erzähle mir, was du während meiner Anwesenheit so alles getan hast«, sagte Nathan. »Offensichtlich warst du wieder allein unterwegs, obwohl ich das nicht wünsche.«

»Ja, und das tut mir auch wirklich leid, aber wenn ich zum Frauenhaus fahre, weiß ich nie, wie lange ich dort bin, und möchte den Stalljungen oder den Kutscher nicht solange in der Kälte warten lassen. Und sie kommen nicht gern mit hinein zu den Frauen.«

Sie hatte nicht ausdrücklich behauptet, daß sie heute dort gewesen war.

»Mir scheint, du brauchst eine Zofe, die dir mit all den neuen Kleidern hilft, sie für dich in Ordnung hält und derartiges, und die auch mit dir ausfahren kann.«

»Mrs. Anson kümmert sich hervorragend um meine Kleidung, und Dorcas erledigt alles andere. Was würde mir eine Zofe schon beim Ausfahren nützen, wenn ich in Gefahr käme?«

»Ich werde mich trotzdem nach einem passenden Mädchen für dich umsehen.«

»Wenn du mir einen Gefallen tun willst«, sagte Serena vorsichtig, »dann tue es nicht. Außer natürlich, wenn du der Ansicht bleibst, daß ich eine Anstandsdame brauche.«

»Du weißt, daß ich das nicht gemeint habe.«

»Ja. Also vergessen wir das Thema doch einfach, ja?« sagte Serena und zwang sich zu lächeln. Dann senkte sie die Wimpern. »Ich bin nicht undankbar für all die schönen Geschenke von dir, Nathan, aber laß es mich in diesem Falle doch bitte so machen, wie ich es möchte.«

»Meine liebe Serena, du weißt, daß ich dir nichts abschlagen kann, wenn du mich so bittest. Doch ich habe dir soviel weniger gegeben, als ich es gern getan hätte, und ich glaube, das weißt du.«

»Ja, ich weiß«, antwortete sie und schwieg in Erwartung dessen, daß er wie üblich hinzufügen werde, sie solle nicht mehr nur dem Namen nach seine Frau bleiben.

Aber in diesem Augenblick öffnete sich hinter ihnen die Tür. »Das Abendessen ist serviert«, sagte Mrs. Anson so förmlich wie möglich. »Genau wie Sie es gewünscht haben, Mr. Benedict.«

20. Kapitel

Das Abendessen war diesmal nicht vom Küchenchef zubereitet worden. Er hatte Nathan auf seiner Fahrt begleitet und war unterwegs von einer reichen Eisenbahnerbin und ihrem ausländischen Eheman abgeworben worden. Er hatte ihrem Geld und der Aussicht auf die Leitung der Küche in ihrem Schloß in der Normandie nicht widerstehen können. Die Geschichte von diesem Verlust und Nathans erfolglosem Versuch, seinen Koch zurückzugewinnen, unterhielt sie bis zum Dessert.

Da es trotz des gerade entzündeten Feuers noch etwas kühl war im Eßzimmer, beschlossen sie, den Kaffee im Arbeitszimmer zu nehmen.

Also zogen sie ihre Sessel wieder dicht vor das Feuer und hielten ihre kalt gewordenen Hände in die Nähe der wärmenden Flammen. Beide hatten keine rechte Lust, Kaffee zu trinken, aber Serena goß ihn dennoch in die bereitstehenden Tassen. Nathan dankte ihr abwesend, stellte die Tasse auf das Tischchen vor sich und zog seine Meerschaumpfeife hervor.

»Hast du etwas dagegen?« fragte er sie.

»Natürlich nicht.« Serena lächelte ihm zu, lehnte sich mit ihrer Tasse zurück und legte ihre Beine auf den Hocker vor ihrem Sessel.

Nathan zündete seine Pfeife an und sagte: »Es ist schön, wieder zu Hause zu sein und hier mit dir zu sitzen. Ich denke, wir werden noch viele glückliche Jahre zusammensein können.«

Wirklich? Serena dachte an Wards Bitte, zu ihm zurückzukommen. Nathan hatte, trotz seiner zweifelhaften Methoden, sie als Ehefrau für sich zu gewinnen, sich wenigstens zu einer dauerhaften Verbindung entschlossen. Er war rücksichtsvoll und freundlich, und jener Zug seines Charakters, der beinahe so stählern war wie bei Ward, konnte eigentlich auch nicht schaden.

»Ich liebe dich, Serena.«

Er sprach diese Worte einfach, leise und erinnerte sie daran, daß sie auch das noch nie aus Wards Mund gehört hatte. »Nathan, ich ...«

»Oh, ich erwarte nicht, daß du jetzt etwas dazu sagst. Ich möchte nur, daß keine Mißverständnisse zwischen uns bestehen, was meine Gefühle betrifft. Ich habe viel nachgedacht, während ich unterwegs war. Ich hätte dich damals nicht an Dinge erinnern dürfen, die wir beide lieber vergessen möchten.«

»Aber du warst immer sehr geduldig und rücksichtsvoll«, widersprach sie.

»Ich habe es versucht. Aber es fiel mir immer schwer, denn du warst hier bei mir und doch so fern, und ich konnte es kaum ertragen. Darum habe ich meine Reise gemacht, auch nachdem du dich entschlossen hattest, nicht mitzukommen.«

»Ich verstehe.« Serena fiel einfach nichts Besseres ein, denn sie wußte ja, daß er nicht allein gewesen war auf dieser Reise, die er als so ruhig und nachdenklich darstellte.

»Wie ich sagte, habe ich unterwegs nachgedacht und dabei entschieden, daß unsere Hoffnung, zusammen glücklich zu werden, sich nur erfüllen kann, wenn alles zwischen uns offen ausgesprochen wird. Wenn du mir glaubst, was ich über meine Gefühle zu dir gesagt habe, wirst du auch wissen, daß ich nichts sagen möchte, was dich vielleicht verletzen könnte. Und wenn ich dir meine Sünden eingestehe, hoffe ich, daß du erkennst, daß ich nicht den Wunsch habe oder mir das Recht anmaße, ein Urteil über dich zu fällen. Wir sind nur Menschen, und zwischen uns beiden, Serena, braucht es keine Entschuldigungen zu geben.«

»Deine Haltung ist sehr großzügig«, sagte Serena angespannt. »Es ist nicht nötig, daß du ins einzelne gehst.«

»O doch, es ist sogar sehr nötig. Ich möchte, daß du es weißt.«

»Selbst wenn ich dir nicht versprechen kann, in gleicher Weise ehrlich zu sein?«

Er lächelte. »Willst du behaupten, du hättest etwas getan, wovon ich nichts weiß? Ist es eine Kleinigkeit, dann ist es nicht von Bedeutung. Ist es wichtig, ziehe ich vor, nichts davon zu wissen. Bitte behalte deine Geheimnisse.«

»Das scheint mir dir gegenüber nicht fair«, sagte Serena und starrte auf ihre Kaffeetasse hinab.

»Warum nicht, wenn ich die Regeln mache?«

»Ich glaube sowieso nicht, daß du etwas zu bekennen hast, was ich nicht schon weiß.«

Er sah sie mit nachdenklichem Blick an. Sie hob die Wimpern und sah ihm in die Augen. »Vielleicht solltest du mir das genauer erklären«, meinte er schließlich.

»Da du gerade von deiner Reise gesprochen hast, nehme ich an, du wolltest mir erzählen, daß Consuelo dich begleitet hat.«

»Ja, das stimmt. Genaugenommen wollte ich dir sagen, daß unsere Beziehung beendet ist, seitdem wir uns heute nachmittag voneinander verabschiedet haben.«

»Das wäre nicht nötig gewesen, nicht meinetwegen«, sagte sie, bevor sie es genauer überlegt hatte, und wandte den Blick ab.

»Das war Consuelos Entscheidung, aber ich gebe zu, daß ich – erleichtert bin. Es war eine wirklich schöne Beziehung, wie man sie sich unter diesen Umständen nur wünschen kann, aber ich konnte meine Schuldgefühle nicht überwinden, da ich meine Ehegelübde brach. Und wenn ich bei ihr war, wußten wir beide nur zu gut, daß ich eigentlich dich begehrte.«

Sie fühlte sich elend, spürte aber selbst keine Gewissensbisse. Um diese Empfindungen zu überwinden, stürzte sie sich Hals über Kopf in das nächste unangenehme Thema.

»Es überrascht mich, daß dir deine Ehegelübde soviel bedeuten, wenn man bedenkt, daß du dafür bezahlen mußtest, sie machen zu dürfen. Und so weit ich das sehe, könnte man behaupten, daß du mich auch regelrecht gekauft hast.«

»Das ist nicht wahr!«

»Wie würdest du das denn nennen, daß du dich ins Eldorado eingekauft und dann Pearlie dafür bezahlt hast, daß sie mich zu einer bestimmten Zeit hinauswirft?« Sie stellte ihre Tasse ab, stand auf und stellte sich vor den Kamin.

»Ich tat, was ich für nötig hielt. Wer hätte sich um dich gekümmert, wenn Sean dort geboren worden wäre?«

»Das mag stimmen, aber ich bezweifle, daß es dir wirklich nur darum ging, mir die Geburt zu erleichtern.«

»Das habe ich auch nicht behauptet. Ich dachte, ich hätte meine Gründe klargemacht.« Er legte ärgerlich seine Pfeife zur Seite.

»Das stimmt. Aber du hättest mich doch vorher fragen können.«

»Hättest du meinen Antrag angenommen?«

»Ich weiß es nicht genau.«

»Na also. Ich konnte das Risiko nicht eingehen, daß du vielleicht ablehnst.«

»Du konntest nicht, oder du wolltest nicht?«

»Das kommt auf dasselbe heraus.«

»Wenn du damit sagen willst, daß das Ergebnis dasselbe ist, nämlich daß ich deine Frau bin, dann hast du recht.«

Er stand auf und kam einen Schritt näher zu ihr. »Ich bin froh, daß du das wenigstens akzeptierst.«

»Das wirst du vielleicht nicht immer sein«, sagte sie leise und vermied es, ihm dabei in die Augen zu sehen.

»Unmöglich«, meinte er und lächelte. Er kam noch näher. Seine Hände legten sich sanft, aber fest um ihre Arme. Er beugte den Kopf hinunter und berührte ihre Lippen mit den seinen. Sie waren weich und glatt und schmeckten ein wenig bitter nach Kaffee und Tabak. Serena fand es nicht unangenehm, sie wußte, daß sie wartete, prüfte, was in ihrem Innern geschah.

Sein Griff wurde fester, sein Kuß fordernder. Plötzlich spürte sie so etwas wie Panik in sich aufsteigen, die sie überschwemmte und zum Schaudern brachte. Sie befreite sich, drehte den Kopf zur Seite und stemmte ihn mit beiden Händen von sich.

»Bitte nicht«, flüsterte sie. »Nicht jetzt.«

Er bewegte sich nicht, sah schwer atmend auf sie hinunter, auf ihre Lippen, ihre Augen. Schließlich trat er einen Schritt zurück.

»Wie du wünschst, Serena. Ich gebe dir noch etwas Zeit, dich an den Gedanken zu gewöhnen und an das, was ich heute abend gesagt habe. Aber meine Geduld dauert nicht ewig. Eine abweisende Frau kann ich nicht gebrauchen. Ich frage mich, ob deine Ablehnung vielleicht mit etwas gutem Willen deinerseits – oder meinerseits überwunden werden kann.«

Er wandte sich ab und ging zur Tür, als dürfe er nicht wagen, in einem Zimmer mit ihr zu bleiben. Dort blieb er noch einen Augenblick stehen und sah sie mit dunklem, brennendem Blick an, dann ging er schweigend hinaus.

Serena sank vor dem Feuer in die Knie. »Nathan«, flüsterte sie, »es tut mir so leid.«

Ja, es tat ihr leid, daß sie ihn nicht lieben konnte, daß ihr gemeinsames Leben so kompliziert war. Und sie wußte, daß er recht hatte.

Sie hatte sich nicht aus Widerwillen von ihm abgewandt, sondern aus Furcht vor ihrem eigenen Bedürfnis nach Nähe und Anerkennung. Wenn sie sich bemüht oder er seine Kraft eingesetzt hätte wie damals Ward, dann hätte er bekommen, was er wollte. Und vielleicht hätte sie in seinen Armen ein wenig Trost gefunden von der Verzweiflung, die mit eisigen Fangarmen an ihrem Herzen hing.

Dorcas brachte Consuelo ins Kinderzimmer, wo Serena mit Sean spielte. Er war schon vierzehn Wochen alt und lächelte wie ein Engel, strampelte kräftig und freute sich über die Aufmerksamkeit seiner Mutter. Er hatte jedoch gerade, als Consuelo hereinkam, sich und Serena völlig durchnäßt. Serena unterbrach ihre liebevolle Mahnrede, um die Spanierin zu begrüßen. Zusammen beugten sie sich über den Rand der Wiege und standen Mary im Weg, als diese ihn zu wickeln begann. Erst als er vor Hunger zu schreien anfing, überließen sie ihn dem Kindermädchen.

»Er ist ein schönes Kind«, sagte Consuelo zärtlich.

Serena lächelte. »Und Mary ist immer so lieb zu ihm. Ich bin froh, daß ich sie habe.« Sie gingen ins Wohnzimmer hinunter.

»Du bist hier so weit weg, und der Winter war bisher immer zu kalt, um mit einem Baby hinauszugehen. Hat Ward ihn eigentlich schon gesehen?«

»Nein – noch nicht.«

»Eine traurige Sache, wenn ein Vater seinen Sohn nicht zu sehen bekommt.«

Consuelos Stimme klang irgendwie seltsam, und Serena sah sie an. »Aber bisher hat Ward auch noch nicht den Wunsch geäußert, Sean zu sehen.«

»Du weißt genau, daß das nichts zu sagen hat. Er ist nicht der Typ, der seine Gefühle offen zur Schau trägt.«

Serena nickte. »Eine praktische Eigenschaft, nicht? Bei solchen Menschen glauben alle, daß sie die richtigen Gefühle haben, ob es nun wahr ist oder nicht.«

Consuelo setzte sich. »So kann man es auch sehen. Aber bei solchen Menschen ist man oftmals versucht anzunehmen, daß sie gar keine Gefühle haben.«

»Bist du gekommen, um für Ward zu sprechen?« fragte Serena und streckte die Hände zum Feuer aus.

»Bestimmt nicht. Er braucht meine Fürsprache nicht. Aber du hast recht, es gibt einen Grund, warum ich hier bin. Und es ist vielleicht auch das letzte Mal, daß ich dich besuche. Denn ich bin gekommen, um mich zu verabschieden.«

Serena schwieg einen Augenblick und fragte dann: »Wohin wirst du gehen?«

»Ich habe immer noch den Plan, nach Mexiko zu gehen, wie ich dir, glaube ich, einmal erzählt habe. Ich werde mir eine Stadt aussuchen, einen neuen Namen nehmen, mich vielleicht als Witwe ausgeben. Und das ist auch nötig, weil ich ein Kind erwarte.«

Serenas Augen weiteteten sich. »Nathans Kind?«

»Aber natürlich!«

Serena streckte die Hand aus und sagte beschwichtigend: »Ich meinte nicht – ich war nur erstaunt. Nathan war so besorgt um Sean, daß ich mir kaum vorstellen kann, daß er dich gehen lassen würde, wenn er wüßte, daß du ein Kind von ihm erwartest.«

»Er weiß es nicht.« Consuelos Stimme war hart.

»Aber warum hast du es ihm nicht gesagt?«

»Weil ich fürchte, er würde mich dann nicht fortlassen. Nathan möchte so gern ein eigenes Kind. Ich habe Angst, er würde es mir vielleicht wegnehmen, wenn ich hierbliebe. Natürlich würde er es sehr taktvoll tun und es nur gut meinen, aber ich würde schließlich doch allein sein. Ich weiß natürlich auch, daß er für mich sorgen würde, aber wenn du erst wirklich seine Frau bist, würde ich es nicht mehr lange ertragen, von ihm – von ihm ausgehalten zu werden. Ich weiß, daß meine Eifersucht mich zerstören würde, wenn ich noch hier wäre, wenn du erst sein Bett teilst. Ich müßte wieder in die Myers Avenue zurückgehen, und mein Kind würde von seinem Vater erzogen. Du in deiner verzeihenden Art würdest ihm bestimmt auch eine gute Mutter werden. Aber ich ziehe es vor, fortzugehen und als reiche Witwe vielleicht einen Mann zu finden, der mich heiratet und meinem Kind ein Vater wird.«

»Das kann ich verstehen«, sagte Serena langsam.

»Aber es beunruhigt mich doch, daß ich eigentlich nicht das Recht habe, Nathan in Unwissenheit zu lassen. Also möchte ich dich um eines bitten: Würdest du, wenn ich weit fort bin, Nathan erzählen, daß irgendwo in Mexiko sein Kind, mit brauner Haut und schwarzen Locken, unter der heißen Sonne spielt? Sage ihm, daß ich sein Kind lieben werde, daß es ein gutes Leben haben wird, voller Stolz aufwachsen kann und eines Tages den Namen seines Vaters erfahren wird. Und sage ihm auch, daß ich es eines Tages, so Gott will, zu ihm schicken werde, damit es seinen Vater kennenlernt.«

»Bist du wirklich sicher, Consuelo, daß du das willst?«

»Ja. Aber laß dir Zeit. Es wird noch ein paar Wochen dauern, bis ich mein Haus verkauft habe und das Wetter gut genug ist für die lange Reise. Das Kind wird Ende des Sommers geboren werden. Dann kannst du ihm davon erzählen, nicht früher. Versprich mir das!«

»Das tue ich«, antwortete Serena ernst.

»Vielleicht glaubst du, daß ich Unrecht tue. Wenn ja, dann sage es jetzt gleich.«

»Das liegt in deiner Entscheidung. Ich schulde es dir, daß ich dir deinen Wunsch erfülle.«

Ein Schatten legte sich auf Consuelos Gesicht, als sie sagte: »Ich bitte dich nicht als Gegenleistung für etwas, sondern weil du Nathans Herzen nah sein wirst. Du wirst wissen, was er denkt und wie er fühlt. Du wirst wissen, wie du es ihm erklären und ihn bitten kannst, mir zu vergeben.« Ihre Stimme war nur noch ein Flüstern.

»Ja«, antwortete Serena ebenfalls leise.

»Wirst du gut zu ihm sein, Serena? Wirst du ihm erlauben – gut zu dir zu sein?«

Serena schluckte schwer und spürte die ungeweinten Tränen hinter ihren Augen. »Das werde ich wohl müssen«, sagte sie schließlich.

Der neue Förderkorb kam am nächsten Tag während eines Schneesturms an. Der junge Ingenieur, der mitgekommen war, um den Einbau zu überwachen, kümmerte sich auch um den schwierigen Transport zur Jahrhundertmine. Bis alles fertig war, hatte er hohes Fieber und mußte in einem Hotel in der Stadt mit einer Bronchitis das Bett hüten.

Serena schlug vor, ihn nach Bristlecone bringen zu lassen. Aber Nathan, der zu ungeduldig war, um zu warten, bis der Ingenieur wieder gesund war, ließ von dem Hotel zur Jahrhundertmine eine

Telefonleitung legen und beschloß, persönlich als Vermittler beim Einbau des Förderkorbes zu fungieren, mit dem so sofort begonnen werden konnte. Jetzt brauchte er nur noch ein paar gute Männer für die schwere Arbeit, und dann konnte der Förderkorb vielleicht ohne weitere Verzögerung in Betrieb genommen werden.

Deshalb war Nathan in den folgenden Tagen nicht oft zu Hause. In manchen Nächten blieb er wegen der Wetterverhältnisse sogar in der Mine. Mrs. Anson wartete, ohne Serena überhaupt zu fragen, mit dem Essen jedesmal so lange wie möglich, bis sie es ihr schließlich widerwillig allein servierte. Serena machte es nichts aus zu warten, aber die Mißachtung der Haushälterin ärgerte sie.

Trotz der Abwesenheit ihres Mannes hatte Serena seit seiner Rückkehr nichts mehr von Ward gehört. Es war, als hätte er sie aus seinen Gedanken verbannt, seit sie sich geweigert hatte, zu ihm zurückzukommen. Sie redete sich ein, er sei sicher nur vorsichtig wegen Nathan, fühlte sich aber trotzdem sehr leer.

Dann, eines Abends, mehr als eine Woche nach der Ankunft des Förderkorbes, Serena saß in ihrem Schlafzimmer und las Zeitung, während sie darauf wartete, daß das Abendessen serviert wurde, erfuhr sie aus der Zeitung, daß wieder in der Myers Avenue eine Frau erdrosselt und verstümmelt worden war. Nach Meinung des Reporters handelte es sich um denselben Täter wie bei den anderen Frauen.

Serena warf die Zeitung zur Seite. Sie saß in ihrem Sessel, die geballte Faust vor den Mund gedrückt. Also war Otto nicht der Mörder gewesen. Ihre Verzweiflung bewies, wie sehr sie gehofft hatte, es wäre so. Ohne seine Schuld an den Frauenmorden fühlte sie sich viel mehr als Mörderin, auch wenn er sie angegriffen hatte.

Doch wer sonst konnte solch grauenhafte Dinge tun? Während sie noch darüber nachdachte, öffnete sich die Tür des Schlafzimmers.

Serena schrak zusammen und drehte sich hastig um. Als sie sich gefaßt hatte, sagte sie: »Nathan, du hast mich erschreckt.«

»Entschuldige.« Er stellte sich mit dem Rücken zum Feuer, die Hände hinter sich verschränkt.

»Du bist schon gebadet und umgezogen. Ich habe dich gar nicht hereinkommen hören.«

»Ich bin schon seit einer halben Stunde wieder da.«

»Heißt das, daß du in der Mine fertig bist? Funktioniert der Förderkorb?«

»Fast. Wir brauchen noch ein paar Tage für Sicherheitskontrollen, dann können wir ihn in den Schacht fallen lassen.«

»Was für eine schreckliche Ausdrucksweise!« protestierte Serena lächelnd.

Nathan sagte nichts dazu. Dann meinte er: »Auf dem Weg durch die Stadt bin ich beim Ingenieur vorbeigegangen. Als ich aus seinem Hotel kam, bin ich jemandem begegnet, den du kennst.«

»Ach ja?« Serena sah ihn vorsichtig an. Das Gaslicht schimmerte auf ihrem blauschwarzen Haar, und ihre weißen Schultern über dem blauen Crêpekleid wirkten golden.

Nathan wandte sich ab, als tue ihm ihr Anblick weh. »Es war Pearlie.«

»Ich bin sicher, ihr hattet euch viel zu erzählen«, sagte Serena nach kurzem Schweigen.

»Könnte man sagen. Sie glaubte, ich wäre daran interessiert zu erfahren, daß meine Frau in der Zeit meiner Abwesenheit kürzlich öfters im Eldorado war, während ihre Kutsche stundenlang in einem Mietstall in der Nähe wartete.«

»Wirfst du mir vor, ich hätte mich falsch verhalten, Nathan, oder willst du wissen, warum ich dort war?«

»Ich möchte erfahren, ob sie nur versucht, dir eins auszuwischen, oder ob dieser schwerwiegende Vorwurf wirklich berechtigt ist.«

Serena spürte plötzlich keinerlei Unruhe mehr wegen des Gesprächs, das sie jetzt erwartete. »Ich gebe dir das Recht zu fragen, aber bist du wirklich sicher, daß du die Antwort wissen willst?«

»Ein Mann hat das Recht zu wissen, ob ein Kind, das seinen Namen bekommen wird, von ihm stammt.«

»Das hat dir bei Seans Geburt keine Sorgen bereitet.«

»Es hat nie eine Möglichkeit gegeben, daß er von mir hätte sein können, du hättest es nie behaupten können.«

»Du liebst Sean, als wäre er dein Kind, du hast ihn zu deinem Erben gemacht.«

»Aber er wird niemals mein Kind sein.«

Serena mußte sich beherrschen, ihm nichts von Consuelos Schwangerschaft zu sagen. Aber sie hatte es versprochen.

»Also, Serena?«

»Wenn du es wirklich wissen willst: Ja, ich war dort.«

»Serena, sieh mich an. Warum?«

Seine Stimme war rauh, sein Gesicht bleich. Serena sah ihm unverwandt in die Augen. Es kamen ihr viele Dinge in den Sinn, die sie nicht aussprechen durfte. Schließlich sagte sie: »Weil er es verlangt hat.«

Er kam zu ihrem Sessel, beugte sich vor und hielt beide Armlehnen fest. »Ist das der einzige Grund? Er hat es verlangt, und du bist sofort hingegangen? Ich flehe dich an und bekomme nichts von dir, während er nur ein Wort zu sagen braucht?«

Als seine Stimme lauter wurde, wurde Serena kurz unsicher. Vielleicht war sie zu weit gegangen. Er verdiente eine ausführlichere Antwort. Was hatte Ward noch gesagt? »Nein«, meinte sie gleich darauf. »So war es nicht. Ich mußte gehen. Er – er hat mich erpreßt.«

Nathan richtete sich erstaunt auf. »Ward hat dich erpreßt?«

Serena erzählte ihm vom Tod Ottos, von Wards Auftauchen, seiner Hilfe bei der Beseitigung der Leiche und seinen folgenden Forderungen.

»Warum hast du mir nichts davon gesagt?«

»Du warst mit Consuelo unterwegs, als ich zum ersten Mal bei Ward war.«

»Nein, ich meine von diesem Überfall? Wenn ich mir vorstelle, was alles hätte geschehen können – und du sitzt neben mir und schweigst dich aus...«

»Ich – hatte Angst.«

Er verstand nicht, was sie damit meinte, ging im Zimmer auf und ab, und fragte immer wieder, warum sie ihm nichts davon gesagt hatte, während er immer wütender schimpfte, der Sheriff passe auf Kerle wie Otto nicht genügend auf.

»In der Myers Avenue geschehen den Frauen jeden Tag schlimmere Dinge. Und das läßt sich scheinbar nicht ändern.«

»Und dann bist du immer wieder allein in die Stadt gefahren. Mein Gott, Serena, es macht mich wahnsinnig, wenn ich mir das vorstelle. Und Ward habe ich wirklich einmal meinen Freund genannt! Aber diesmal lasse ich es ihm nicht durchgehen, das steht fest.«

Serena richtete sich auf. »Was hast du vor? Du darfst nichts unternehmen, sonst geht er zum Sheriff, und alles kommt heraus.«

»Ward wird nicht zum Sheriff gehen. Wir regeln das auf eine andere Weise.«

»Wie willst du das wissen? Schließlich hat er auch dein Geld genommen und ist fortgegangen, um mich dir zu überlassen.«

Nathan blieb stehen und sah sie an. »Du meinst im letzten Winter? Ich dachte, du wüßtest, daß er das Geld abgelehnt hat.«

»Damals ja, aber im Sommer hat er es doch wohl angenommen, sonst wäre er ja nicht so lange fortgeblieben.«

»Er hat es nicht genommen, und ich habe nicht den Fehler gemacht, es ihm noch einmal anzubieten. Und weggeblieben ist er, glaube ich, wegen des Unfalls, wie er es gesagt hat.«

Serenas Gesicht wurde bleich. »Es war kein Geld im Spiel, keinerlei Bezahlung?«

»Nein.« Er sah sie an und runzelte die Stirn.

Sie hatte Ward unrecht getan. Als er von der gewonnenen Goldmine sprach, hatte sie das für eine Lüge gehalten, mit der er das Geld erklären wollte, das er von Nathan bekommen hatte. Und wenn er nicht freiwillig fortgeblieben war, mußte es für ihn genauso furchtbar sein wie für sie, daß sein Sohn den Namen eines anderen bekommen hatte. Und sie hatte ihn damit gequält, weil sie ihm einfach nicht glauben wollte. Plötzlich erwachte ein Gefühl in ihr, das sie für tot gehalten hatte, eine Mischung aus Verrat und Kummer, Scham und Verzweiflung.

»Vor ein paar Tagen bat ich dich, mir zur vertrauen«, sagte Nathan und legte den Kopf zur Seite. »Du hast abgelehnt, dir mein elendes Bekenntnis angehört und die ganze Zeit gewußt, daß du eine Mörderin und Ehebrecherin bist.«

»Nein, Nathan! Ich sagte dir damals, daß ich nicht ehrlich zu dir sein würde, und der Grund ist derselbe: Ich hatte Angst. Und du sagtest, du wolltest es nicht wissen.«

»Du lügst so gekonnt, Serena. Ich frage mich, ob du wohl jetzt die Wahrheit sagst, oder ob du nur Angst hast um Ward.«

»Ich habe schon den Tod eines Mannes auf dem Gewissen. Das reicht.« Nathan war genausowenig beeindruckt von dieser Bemerkung, wie Ward es gewesen war.

»Wenn du das glaubst, machst du dir selbst etwas vor. Außerdem habe ich nicht die Absicht, ihn zu töten. Ich wollte ihn nur aus der Stadt jagen.«

»Du hast mich mit einem Trick dazu gebracht, dich zu heiraten, und hast Wards Sohn deinen Namen gegeben. Ich war dir damals dankbar, weil ich wirklich Hilfe brauchte, aber glaubst du nicht, daß das schon genug Rache war?«

»Vielleicht, aber nur, wenn du wirklich unfreiwillig hingegangen bist und dich nicht auch noch darüber gefreut hast.«

»Das hört sich an, als wolltest du mich bestrafen, nicht Ward.«

»Das mag sein, geliebte Serena. Wenn ich dir jetzt mein Wort gebe, daß Ward nichts geschehen wird, kommst du dann in zwei Tagen mit mir nach Europa?«

Serena wußte, daß es trotz der ruhigen Worte eine Drohung war, die Nathan gerade ausgesprochen hatte. Ihre Stimme bebte, als sie sagte: »Nathan, tu das nicht.«

»Warum nicht?« fragte er. »Du scheinst derartige Methoden herauszufordern.«

»Ich nehme dir deine Bitterkeit nicht übel, aber sie ist unnötig. Ich wäre sowieso mitgegangen.«

Er schloß die Augen und wandte sich ab. »Verdammt, Serena«, flüsterte er. »Jetzt werde ich es nie wissen. Aber du wirst mir gehören, ich werde dafür sorgen, daß du Ward und das Eldorado vergißt. Und unser Anfang wird dort sein, wo alles angefangen hat, in meinem Salonwagen. Denn er gehört mir, Serena!«

»Nein«, sagte Serena und stand auf.

»Doch! Außer du ziehst es vor, jetzt gleich und hier anzufangen?« Sein Blick wanderte langsam und lustvoll über sie hinweg. So hatte er sie nicht einmal angesehen, als sie noch im Eldorado gesungen hatte. Er kam langsam auf sie zu.

»Das wird dir bestimmt irgendwann leid tun.« Serena machte einen Schritt rückwärts.

»Vielleicht, aber heute abend nicht.«

»O Nathan, bitte. Ich glaube, ich könnte dich eines Tages lieben.

Ich bin deine Frau und – und ich möchte Ward gern vergessen. Ich möchte so gern vergessen.«

Er blieb vor ihr stehen, und sein entschlossener Ausdruck verschwand. Dann hob er die Hand und berührte mit einem Finger die Tränen, die auf ihren Wimpern bebten.

»Serena, schöne Serena«, sagte er leise und gequält. »Du spielst nicht fair.«

»Es – es ist auch kein faires Spiel«, antwortete sie.

»Von deinem Standpunkt aus wohl nicht. Also gut, vielleicht war meine erste Idee besser. Laß uns zum Abendessen hinuntergehen. Ich werde Mrs. Anson sagen, sie soll anfangen zu packen. Mary und Sean sollen auf der Zugfahrt einen eigenen Wagen bekommen. Inzwischen werde ich noch ein paar Kleinigkeiten am Förderkorb in Ordnung bringen. Sobald er läuft, brechen wir auf. Aber ich warne dich. Nur der Tod wird mich daran hindern können, dich zu besitzen, wenn der Zug erst einmal den Weg in Richtung Meer begonnen hat.«

21. Kapitel

Die Haushälterin erklärte, es sei unmöglich, in so kurzer Zeit alles reisefertig zu machen. Schließlich hätten sie und Dorcas nur vier Hände. Natürlich würden auch die beiden Kerle mit den linken Händen aus dem Stall helfen können, aber schließlich mußten Wasser, Milch und Butter abbestellt und noch so viele andere Botengänge gemacht werden. Aber immerhin sei es ein Glück, daß Mr. Benedict nicht mit der Kutsche fahren wolle, denn so könnten die beiden Männer hierbleiben und auf Haus und Hof aufpassen.

Serena hatte die beiden Frauen zuerst nicht mitnehmen wollen, aber schließlich gab es niemanden sonst, der sie unterwegs versorgen und ihre Kleider in Ordnung halten würde. Jeder, der etwas auf sich hielt, reiste in Begleitung von Bediensteten. Sie wollte doch wohl nicht selbst unterwegs ihre Unterwäsche waschen? Unsinn!

Nachdem das geklärt und Mrs. Anson beruhigt war, verließ Nathan das Haus und fuhr zur Mine. Er winkte Serena zu, die auf der Veranda stand. Nathan befahl einfach und erwartete, daß die anderen seine Befehle ohne Widerspruch ausführten. Dinge, die er nicht ändern konnte, ignorierte er einfach, als gäbe es sie gar nicht. Er konnte wirklich gefühllos sein. Er war zwar großzügig, aber manche Dinge mußte er auch unbedingt besitzen, egal, welche Mittel nötig waren, um sie zu bekommen. Und er gehörte zu den wenigen Menschen, die die Mittel hatten, alles möglich zu machen.

Mrs. Anson übertraf sich selbst nach Nathans Kompliment, daß sie alles spielend schaffen würde. Sie war überall und hatte alles im Griff. Serena beschloß, da sowieso niemand wollte, daß sie half, das zu tun, was sie keinem anderen überlassen konnte. Seit dem letzten Abend hatte sie sich gewünscht, es nicht tun zu müssen, aber es ging nicht anders. Dann entschied sie sich, wenigstens den leichtesten Weg zu wählen.

Sie ging in den Salon, nahm Briefpapier und Tintenfaß und setzte sich an den Schreibtisch. Wie sollte sie Ward sagen, daß sie mit Nathan fortging? Wie konnte sie es ihm erklären? Ob er ihr Pflichtbewußtsein verstehen würde, das zusammen mit dem Versuch, ihn zu schützen, der Grund für ihre Entscheidung war? Nicht einmal sie selbst verstand ihre Gefühle. Sie konnte nicht behaupten, sie liebe zwei Männer, und doch war ihr Nathans Berührung nicht unangenehm. Er faszinierte sie nicht so wie Ward, aber sie hatte das Gefühl, sie wäre mit Nathan vollauf zufrieden gewesen, wenn sie Ward nicht gekannt hätte.

Verdiente Ward, daß sie so ehrlich zu ihm war? Hatte es irgendeinen Sinn, ihm mehr als nur die Tatsachen zu schreiben? Sie ging fort. Nathan wußte alles, und so hatte Ward nicht mehr die Macht, ihr zu schaden. Was brauchte er sonst noch zu wissen?

Serena tauchte noch einmal die Feder ein und begann zu schreiben. Sie unterschrieb das einzelne Briefblatt, als sie fertig war, steckte es in einen Umschlag und machte sich auf die Suche nach dem Stalljungen, damit er den Brief zusammen mit den anderen mitnahm. Als sie den Jungen eine Stunde später aufbrechen sah, seufzte sie erleichtert. Doch der Schmerz tief in ihrer Brust blieb der gleiche.

Am Nachmittag sah man im ganzen Haus nichts als Kisten und Koffer, und überall verschwanden Dinge aus Schränken und Regalen, die entweder mit auf die Reise gingen oder für die Zeit ihrer Abwesenheit staubdicht verpackt wurden. Das Baby spürte die Unruhe und schrie mehr als sonst. Mary war dauernd mit ihm beschäftigt und noch verschlossener als sonst. Dorcas führte mit vor Aufregung glänzenden Augen und fliegenden Röcken die Befehle ihrer Mutter aus, und der Kutscher murrte, weil er beim Transport der Kisten und Koffer helfen mußte.

Bei dem ganzen Durcheinander hörte niemand die Kutsche die Einfahrt heraufkommen. Erst als es an der Haustür laut klopfte, bemerkte man den Besucher. Dorcas ließ den Mann mit dem Hut in der Hand in der Halle stehen, da sie ihn nicht in das Durcheinander im Salon bitten konnte, und eilte die Treppen hinauf, wobei sie so laut sie konnte nach ihrer Mutter rief. Mrs. Anson kam dann zu Serena.

»Da ist ein Herr, der Sie sprechen möchte«, teilte ihr die Haushälterin streng mit und starrte zu ihr hinunter, denn sie versuchte gerade, auf dem Boden des Kinderzimmers mit dem Baby zu spielen, um seine Laune zu bessern.

»Wer ist es denn?« fragte Serena, gab Mary das Kind und glättete mit beiden Händen ihr Haar.

»Mr. Dunbar, Madam. Ich versuchte ihm klarzumachen, daß Mr. Benedict nicht zu Hause ist, aber er bestand darauf, mit Ihnen zu sprechen. Er ist im Arbeitszimmer.«

Serena erstarrte. Das hatte sie angesichts der Ereignisse bei ihrer letzten Begegnung nicht erwartet. Sie hätte eher geglaubt, daß Ward froh war, endlich aus der schwierigen Lage heraus zu sein.

»Nun gut«, sagte sie schließlich und stand auf. »Sie brauchen sich keine Mühe zu machen mit irgendwelchen Erfrischungen. Ich glaube nicht, daß der Herr lange bleiben wird.«

Serena blieb am Treppenabsatz stehen und sah an sich hinunter. Sie zog die Schürze aus, krempelte die Ärmel ihres grauen Wollkleides herunter und knöpfte die spitzengesäumten Manschetten zu. Dann hob sie das Kinn und ging die Treppe hinunter.

Ward hatte der Tür den Rücken zugekehrt und einen Fuß auf die Messingstange vor dem Kamin gestellt. Als Serena hereinkam, richtete er sich auf und drehte sich zu ihr um. Seine grünen Augen wirkten dunkel, seine Lippen bildeten eine schmale Linie.

»Bist du verrückt, einfach hierherzukommen?« Die Frage brach völlig unerwartet aus ihr heraus. Sie blieb mit verschränkten Händen mitten im Zimmer stehen.

»Es gab Zeiten, als ich hier willkommen war. Aber heute bin ich natürlich wegen deines Briefes gekommen.«

»Das hat keinen Sinn. Ich bin fest entschlossen.« Sie sah ihm mit klarem, blaugrauem Blick in die Augen.

»Also Nathan und sein Geld haben gewonnen? Und wenn ich dir jetzt erklären würde, daß ich auch reich bin? Wenn ich sagen würde, daß ich dich heiraten möchte, sobald du von Nathan geschieden sein kannst?«

»Bitte, Ward, mach es nicht noch schwerer.«

»Du glaubst mir nicht«, sagte er tonlos.

»Warum sollte ich? Wenn du mich hättest heiraten wollen, warum hast du das nicht schon längst gesagt – oder wenigstens bei unserer letzten Begegnung? Warum solltest du bis jetzt damit warten?«

»Wie könnte ich dich darum bitten, meine ungute Stellung zu teilen oder hoffen, daß du die Frau eines Spielers mit all seinen unsicheren Aussichten würdest werden wollen? Welche Chancen hatte ich denn, nachdem Nathan dich geheiratet und in Pelze und Juwelen gehüllt hatte? Ich konnte dich nur noch mit Hilfe deiner Angst halten.«

»Jetzt ist es zu spät. Ich habe Nathan mein Wort gegeben.« Was hätte sie wohl gesagt, wenn Nathan nicht gedroht hätte, Ward zu vernichten? Sie dachte lieber nicht darüber nach, das konnte sie nur ihre Selbstbeherrschung kosten.

»Es ist nie zu spät«, antwortete er. »Ich werde dich nicht einfach fortgehen lassen, Serena.«

»Du kannst mich nicht aufhalten. Ich fahre mit Nathan nach Europa. Morgen fahren wir in seinem Salonwagen ab. Es wird ein neuer Anfang für mich, und ich werde glücklich sein mit ihm, sehr glücklich.«

»Wen willst du eigentlich überzeugen, mich oder dich? Es wird nicht dazu kommen. Ich habe das alles schon viel zu weit gehen lassen. Nathan war einmal mein Freund, ich glaube, er wird mir zuhören.«

»Nein!« rief Serena und trat einen Schritt auf ihn zu. »Du darfst dich nicht einmischen. Nathan wird sich das nicht gefallen lassen.«

Wards Augen verengten sich. »Das wird er aber müssen.«

»Du verstehst nicht, worum es geht!«

»Dann erkläre mir das bitte genauer«, sagte er gedehnt.

»Er ist nicht gut auf dich zu sprechen, nicht wegen der Vergangenheit, sondern wegen der Ereignisse der letzten Wochen. Er ist zufrieden, weil ich versprochen habe, mit ihm zu gehen, aber vielleicht überlegt er es sich noch anders, wenn du ihm Schwierigkeiten machst.«

»Vielleicht werde ich mehr tun, als ihm nur Schwierigkeiten machen.«

»Nein! Du hast doch selbst gesagt, er würde dich wahrscheinlich ruinieren, wenn er von uns beiden wüßte.«

»Das hätte er vielleicht damals tun können. Jetzt soll er es ruhig versuchen. Aber warum machst du dir solche Sorgen? Wäre dir das denn nicht sowieso am liebsten?«

»Ich – ziehe meine eigenen Methoden vor«, sagte sie mit unsicherer Stimme.

Er schüttelte den Kopf. »Nein, ich gebe nicht auf. Nicht, solange ich noch Hoffnung auf einen Waffenstillstand zwischen uns habe, vielleicht sogar eine Kapitulation.«

Sie hätte wissen müssen, daß er die Gefahr nicht ernst nehmen würde. Warum hatte sie nur etwas anderes erwartet?

»Du bist verrückt, Ward Dunbar. Ich bin mit Nathan verheiratet. Verstehst du denn nicht, daß es vorbei ist?«

»Niemals. Ich werde dich nicht gehenlassen. Nichts und niemand wird dich mir wegenehmen, wenn du das nichts selbst willst. Wenn du dich freiwillig für Nathan entscheidest, werde ich dich nicht aufhalten. Du brauchst mir nur zu sagen, daß du ihn liebst, und ich werde ohne zu murren zurücktreten. Aber wenn du mir auch nur den kleinsten Hinweis darauf gibst, daß du mich vorziehst, jetzt, da du weißt, daß wir beide gleich reich sind, dann werde ich die Berge um diesen Krater herum dem Erdboden gleichmachen, die Stadt Brett für Brett auseinandernehmen und die Schienen von ihren Bohlen reißen, als wären sie Lakritze, bevor ich es zulasse, daß er dich mir wegnimmt oder mit dir verschwindet.«

Serena kam es vor, als hätte er sie geschlagen. Sie konnte ihn nur schweigend ansehen. Ihre Augen weiteten sich, als er einen Schritt auf sie zukam, nach ihren Armen griff und sie kurz schüttelte.

»Nathan ist mit dir verheiratet, aber das kann man ändern. Entweder wird er sich von dir scheiden lassen, oder ich finde einen anderen Weg, um dich von ihm zu befreien. Nicht er ist das Problem, Serena, sondern du. Welchen wählst du? Wenn du vergißt, was ich dir angetan habe und so bedeutungslose Worte wie Pflichtgefühl außer acht läßt, wenn du nur auf dein Herz hörst. Welchen würdest du wählen, Nathan oder mich?«

Sie versuchte, sich von ihm zu befreien, aber er ließ es nicht zu. Das durchdringende Grün seines Blickes hielt sie fest, forderte eine Antwort.

»Also gut«, flüsterte sie und hörte auf, sich zu wehren. »Dich, du verdammter Kerl!«

Sie sah das Aufflammen des Triumphes in seinen Augen, dann wurde sie voller Kraft an ihn gedrückt, und sein Mund preßte sich schmerzhaft fest auf den ihren. Hinter ihren Augen erschien eine weißglühende Helligkeit. Es war ein Gefühl, als würde ihr Herz bersten und das Blut in ihren Adern Feuer fangen. Sie hatte eine Entscheidung getroffen, und die Angst vor den Folgen war beinahe unerträglich.

So heftig er sie an sich gedrückt hatte, so plötzlich ließ er sie auch wieder los. Sein Gesicht glich einer Maske, als er sie noch einen Augenblick hielt, sie dann losließ, sich auf dem Absatz umdrehte und hinausging. Serena hörte, wie die Haustür hinter ihm zuschlug.

Bleich stand sie da und hob ihre Finger an die brennenden Lippen, ohne zu spüren, daß sie zitterten. In ihrem Kopf hallte immer wieder derselbe Satz: *Was habe ich nur getan?*

Aber zunächst fand sich keine Antwort darauf. Die Sonne ging hinter dem Mount Pisgah unter, aber Nathan kam nicht zurück und schickte auch keine Nachricht. Um sich zu beschäftigen, badete Serena und zog das dunkle Kleid an, das Mrs. Anson für sie herausgelegt hatte, obwohl sie die Perlen nicht leiden konnte, mit denen das Mieder bestickt war. Dorcas wollte ihr das Haar in Locken aufstecken, dafür hatte sie wirklich Talent. Aber Serena lehnte ab und band es zu einem strengen Knoten zurück. Es war doch egal, wie sie aussah.

Weil es kalt war, legte sie ein Umschlagtuch um die Schultern und ging zum Kinderzimmer. Mit ihren Gedanken war sie weit weg. Im Süden begann jetzt schon der Frühling, und die Nachtluft war voller Düfte. Sie schüttelte den Kopf und ging zum Bettchen ihres Sohnes.

Im schwachen Licht der Nachtlampe neben der Wiege betrachtete sie Sean. Die zärtlichen Gefühle für ihn verzehrten sie fast, als sie seine kleinen rosa Händchen neben seinem Gesicht liegen sah.

Dann ging sie durch den Flur zurück in ihr Zimmer. Im Arbeitszimmer brannte bestimmt ein Feuer, aber sie wollte nicht hinuntergehen. Sie wollte nicht an das denken, was dort vorher geschehen war, verdrängte es. Nach all dem, was sich in den letzten Tagen ereignet hatte, fand sie es nicht unangenehm, daß ihr das gelungen war.

Die Zeit des Abendessens verging. Serena hatte keinen Hunger, das Essen war ihr egal. Niemand störte sie. Die Minuten verstrichen. Sie überlegte sich, ob sie läuten und sich etwas Suppe bringen lassen sollte. Aber dann entschied sie sich dagegen.

Draußen ging der Mond auf und warf die Schatten eines jeden Gegenstandes auf den Schnee. Es war so hell, daß Serena erst nach ein paar Sekunden die Lichter der näherkommenden Wagen in der Einfahrt sah. Die Lampen an dem Wagen hinter der vorderen Kutsche hingen tief, so als wäre es nur ein Pritschenwagen.

Serena war schon halb die Treppe hinuntergegangen, als Mrs. Anson die Tür öffnete. Als sie die staubigen Minenarbeiter mit den bedrückten Gesichtern sah, die draußen standen, festigte sich ihr Griff um das Geländer. Dann erkannte sie in der ersten Reihe den Aufseher der Jahrhundertmine, einen älteren Mann namens Boston. Neben ihm stand ein jüngerer Mann mit schmalen, intelligenten Zügen und weniger grober Kleidung. Er trat jetzt vor.

»Ich bin Patterson, der Ingenieur, der vorübergehend in der Jahrhundertmine arbeitet. Könnte ich bitte Mrs. Benedict sprechen?« sagte er zu der Haushälterin.

Mrs. Anson erbleichte und nickte in Richtung Treppe, wo Serena stand. Mit langsamen Schritten kam sie hinunter.

»Ich bin Mrs. Benedict«, sagte sie leise und klar.

Der junge Ingenieur zögerte. Der Aufseher Boston trat neben ihn. »Ich weiß nicht, wie wir Ihnen das sagen sollen, Madam. Vielleicht sollten Sie sich besser setzen oder so etwas?«

»Was ist los, Mr. Boston?«

Jetzt sprach wieder Patterson, die Hand fest um seinen Hutrand geschlossen. »Wir hatten heute abend einen Unfall in der Mine. Mr. Benedict hatte es eilig, den neuen Förderkorb in Betrieb zu nehmen. Ich – ich habe ihm gesagt, daß er noch nicht bereit sei, daß wir ihn erst noch ein paarmal leer hinabfahren lassen sollten, aber er wollte ihn unbedingt sofort ausprobieren. Alles ging gut auf der Fahrt abwärts, aber ...«

Serena schluckte. »Ja?«

»Als wir ihn wieder hinaufzogen, ging etwas schief. Die Trommel, die das Kabel aufwickeln sollte, drehte sich plötzlich rückwärts, die Sicherheitsbremsen schalteten sich nicht automatisch ein. Noch bevor wir irgend etwas tun konnten, fiel der Korb zweihundert Meter tief bis auf die unterste Sohle hinunter, mit Mr. Benedict darin.«

Serena spürte das Grauen aufsteigen und verschwinden. Mit fast unbeweglichen Lippen sagte sie: »Ist er ...«

»Wir haben den Korb so schnell wie möglich von Hand wieder hinaufgezogen, aber es war schon zu spät.«

Mrs. Anson stieß einen Schrei aus. Serena sah sie an, dann den Aufseher und die anderen Männer vor der Tür. Es waren Angestellte der Mine, die für Nathan arbeiteten – gearbeitet hatten, Männer, die ihn gut kannten – gekannt hatten. Sie wichen ihrem Blick aus, senkten beschämt die Köpfe, als fühlten sie sich für den Unfall verantwortlich.

»Wo ist er?«

Boston nickte in Richtung der Tür. »Die Leiche liegt dort draußen auf dem Wagen. Ich – ich würde ihn mir an Ihrer Stelle nicht ansehen, Mrs. Benedict. Besser nicht.«

Serena schwankte, fing sich aber gleich wieder. Mrs. Anson ging hinüber zur Garderobe und ließ sich auf die Bank sinken. Dorcas setzte sich mit tränenüberströmtem Gesicht neben ihre Mutter.

»Ich weiß nicht, was ich tun soll«, sagte Serena mit gehetztem

Blick in den Augen, und ihre Hand klammerte sich an ihr Umschlagtuch.

»Es gibt nichts zu tun«, sagte der Ingenieur. »Wir haben den Leichenbeschauer schon bestellt. Wenn Sie uns sagen, welchen Bestatter Sie wünschen, wird ihn jemand für Sie holen.«

Serena schüttelte den Kopf. »Ich weiß es nicht.«

Vom hinteren Ende der Menge ertönte eine tiefe, männliche Stimme; weil der junge Mann hustete, konnte Serena aber nichts verstehen. Der Aufseher nickte und beauftragte einen Mann, in die Stadt zu reiten, dann wandte er sich ihr wieder zu.

»Möchten Sie, daß wir ihn hereinbringen, Mrs. Benedict?«

»Ja, das wird wohl das Beste sein«, begann Serena mit einem unsicheren Blick in Richtung oberes Stockwerk, wo Nathans Schlafzimmer gewesen war.

»Nein, wir sollten besser auf den Bestatter warten. Wenn er fertig ist, wird noch genug Zeit bleiben, ihn hineinzubringen.«

Diesmal hörte Serena die Stimme ganz klar. Sie holte tief Luft. Die Männer waren zur Seite getreten, damit der Aufseher den Mann, der gesprochen hatte, sehen konnte. Das Licht fiel hinaus bis auf die dunkle Veranda. Dort stand ein hochgewachsener Mann, die braunen Locken zerzaust vom Wind. Seine Kleider waren genauso staubig wie die der anderen, als wäre er mit ihnen von der Jahrhundertmine gekommen.

Es war Ward.

Das schwarze, mit Jettperlen bestickte Kleid, das Serena zur Beerdigung trug, brauchte sie nicht erst zu kaufen, denn Trauerkleidung gehörte zur Grundausstattung einer jeden Dame. Dazu trug sie den Zobelmantel und einen Samthut mit schwarzem Schleier, den Mrs. Anson aus einer nach Kampfer riechenden Schachtel geholt hatte, in der er seit dem Tode von Nathans erster Frau aufbewahrt worden war. Sie legte eigentlich nicht viel Wert auf derartige Äußerlichkeiten, war aber doch froh über den Schutz durch den Schleier, denn obwohl sie niemanden ansah, bemerkte sie immer mehr die vielen Blicke in ihre Richtung, die schnell abgewandt wurden, wenn sie aufsah.

Im Schutz des Schleiers konnte sie auch die Leute betrachten, die im kalten Wind auf dem Friedhof standen. Es waren Menschen aus allen Teilen der Stadt, die einflußreichen Männer der Stadt mit ihren pelzbehangenen Frauen neben Minenarbeitern und ihren Familien, Frauen aus dem Rotlichtbezirk, Spieler, Barkeeper und Gäste der verschiedensten Saloons, denen der Mann in dem Bronzesarg mehr als einmal einen Drink spendiert hatte. Consuelo, ihr Gesicht vom Schmerz gezeichnet, wurde auf einer Seite von Ward und auf der anderen von Timothy aus dem Eldorado gestützt.

Serena empfand Mitleid für die Spanierin. Sie wäre gern zu ihr gegangen, aber das Grab trennte sie voneinander. Und sie war auch nicht sicher, ob sie ohne weiteres in Wards Nähe kommen konnte, ohne die Ruhe zu gefährden, die sie jetzt so sehr brauchte.

Serena umklammerte ihr schwarzumsäumtes Taschentuch. Die Stimme des Priesters drang an ihr Ohr. Es war Gott sei Dank nicht Elder Greer, denn heute hätte sie sein wahnsinniges Gezeter nicht ertragen können, sondern der Mann, der nach Mrs. Ansons Aussage Mr. Benedicts Beichtvater gewesen war.

Der Duft der Blumen auf dem Sarg erinnerte Serena an den Tag, an dem sie Lessie beerdigt hatten. Ihr Grab lag ganz in der Nähe. Und der Mann, der ihr das Leben genommen hatte, war immer noch unter ihnen und wartete nur darauf, wieder zuschlagen zu können. Wie lange hätte man sich wohl damit abgefunden, wenn seine Opfer nicht Damen zweifelhafter Herkunft, sondern die Gattinnen der Minenbesitzer gewesen wären, die jetzt neben ihr standen? Niemand interessierte sich dafür, wenn eine Frau aus dem Rotlichtbezirk verschwand, aber das wäre sicher anders gewesen, wenn sie erfahren hätten, daß diesmal einer der reichsten Männer der Umgebung ermordet worden war.

Bis jetzt hatte es allerdings noch keine Anzeichen dafür gegeben, daß Nathans Tod für etwas anderes als einen Unfall gehalten wurde. Aber vielleicht sagte man ihr als der trauernden Witwe auch nur nichts davon. Doch Ward war schließlich ein intelligenter Mann. Vielleicht war es wirklich sein einziger Fehler gewesen, ihr zu sagen, was er vorhatte, als er erklärte, er werde einen Weg finden, sie von ihm zu befreien.

Der Sarg wurde hinuntergelassen. Mechanisch trat Serena vor, um die erste Handvoll Erde ins Grab zu werfen. Ganz in der Nähe lagen schon die Hacken und Schaufeln, mit denen sie die gefrorenen

Erdklumpen wieder ins Grab schaffen würden, das sie mit Sprengstoff hatten öffnen müssen. Serena schloß die Augen, um sie nicht sehen zu müssen, und wartete mit dumpfer Geduld darauf, daß das letzte Gebet endete.

Endlich konnte sie sich abwenden, nachdem ein paar Menschen, hauptsächlich Männer, ihr kondoliert hatten. Sie ging zurück zu ihrer Kutsche, auf deren Bock der Kutscher saß, während der mit Pomade frisierte Stalljunge ihr die Tür aufhielt.

Sie hob die Röcke, um zu Mrs. Anson und Dorcas in die Kutsche zu steigen, als ein Reiter, dessen langes Haar im Wind flatterte, den Berg heraufgaloppiert kam. Elder Greer hielt an und sah sich mit einem wilden Blick um. Dann entdeckte er Serena, stieg hastig vom Pferd und lief auf sie zu.

»Ich habe es erst spät erfahren, aber der Herr hat mich geleitet, und ich bin doch noch rechtzeitig gekommen. Ich, sein Werkzeug der Züchtigung, bin nun hier, um dich zur Rechenschaft zu rufen, Serena!« Er hob seine Hände wie beim Segen und sah sich kurz nach seinem Publikum um.

»Warum tun Sie das?« fragte Serena.

Er achtete nicht auf sie. »Du hast einen guten Mann abgewiesen, um ein Leben in Unzucht zu führen, dann einen der besten Bürger von Cripple Creek geheiratet und ihn mit deinem Geliebten betrogen! Jetzt hast du eine Möglichkeit gefunden, deine erschlichenen Reichtümer ohne die Einschränkung durch einen Gatten genießen zu können. Schande über dich! Du wirst in der Hölle schmoren für deine Sünden, du Tochter des Bösen! Du ...«

»Das reicht!«

Diese Worte schnitten sein Gezeter ab wie mit einem Messer. Serena schaute zur Seite und sah Ward neben sich. Er legte beruhigend seine Hand auf ihren Arm und führte sie zur Kutsche. »Hier ist weder der geeignete Ort noch der richtige Zeitpunkt für eine Predigt«, sagte er in scharfem Ton zu Elder Greer. »Hier gedenken wir der Toten.«

»Kein Wunder, daß du diese gefallene Frau beschützt. Sie hat dich zur Sünde verführt!«

Als Serena sich gesetzt hatte, sah sie den Spieler in stummer Verzweiflung an.

»Sie hat gar nichts getan«, sagte Ward ruhig und wandte sich dem Ältesten wieder zu. »Wir beiden haben ihr etwas zuleide getan, Elder Greer. Glauben Sie nicht, daß Sie sie jetzt lange genug verfolgt haben?«

»Wenn du sie beschützt, wirst du mit ihr in der Hölle schmoren«, sagte der Älteste krächzend.

»Das mag schon sein«, meinte Ward scharf. »Und vielleicht werden wir auch sehen, wie nah ich dem Teufel schon bin, wenn Sie noch ein einziges Wort sagen. Ich würde Ihnen raten, ebenso schnell wieder von hier zu verschwinden, wie Sie gekommen sind.«

»Du behinderst das Werk des Herrn!« erklärte der Älteste und trat zurück, als Ward einen Schritt in seine Richtung machte. »Das war noch nicht alles!« rief er und schüttelte seine Faust. »Ganz sicher nicht!«

Ward wandte sich wieder Serena zu. »Fahrt nach Hause. Ich reite hinterher, damit er keine Schwierigkeiten mehr macht. Timothy wird Consuelo zurückbringen.« Er nickte dem Stalljungen, der mit offenem Mund dastand, zu, bedeutete ihm, er solle die Tür schließen, und ging zu seinem Pferd.

Der Älteste sah zwischen Ward und Serenas Kutsche hin und her, bestieg dann murmelnd sein Pferd und ritt davon.

Serena hatte erwartet, daß Ward zurück zur Stadt reiten würde, sobald sie Bristlecone erreicht hatten. Aber er stieg vom Pferd, half Serena aus der Kutsche und begleitete sie zur Tür. Auf der Veranda wandte sie sich ihm so förmlich wie möglich zu.

»Vielen Dank, daß du mir geholfen hast.«

»Dieser Fanatiker wird langsam lästig«, sagte er. »Wir müssen etwas mit ihm unternehmen.«

»Ich wüßte nicht wie, denn er tut ja eigentlich niemandem etwas.«

»Vielleicht kann man ihn überreden, woanders nach Sündern zu suchen. Und außerdem sollte man solche Leute nicht unterschätzen. Es gibt Menschen, die ihnen glauben.«

»Es war auf jeden Fall nett von dir, mir zu helfen.«

»Nett? Wenn ich es nicht besser wüßte, würde ich behaupten, daß du gerade versuchst, mich loszuwerden.« Er lächelte ihr matt zu und kümmerte sich nicht um Mrs. Ansons verärgertes Schnauben, die darauf wartete, daß Serena vor ihr ins Haus ging.

»Ich bin ziemlich müde«, erwiderte Serena ausweichend.

»Das tut mir leid, aber wir haben etwas zu besprechen.«

»Ich weiß nicht...«

»Es wird dir sicher wieder einfallen. Außerdem kommt gleich Nathans Anwalt wegen des Testaments. Er hat mich gebeten zu kommen, da auch ich darin genannt werde.«

»Du?« fragte Serena erstaunt.

»Mach dir keine Sorgen. Wenn ich es richtig verstanden habe, bin ich nicht persönlich bedacht.«

Als Serena die Bedeutung der Bemerkung klar wurde, errötete sie. »Also gut«, sagte sie kurz angebunden. »Dann solltest du wohl besser hereinkommen.«

Nathans Anwalt war ein schmaler, unauffälliger Mann. Er sah sich unter den im Zimmer Versammelten um, rückte seinen Kneifer zurecht und räusperte sich. Dann entschuldigte er sich dafür, sich schon so bald aufgedrängt zu haben, aber seiner Erfahrung nach sei es das beste, die Formalitäten so schnell wie möglich zu erledigen.

Das eigentliche Testament erwies sich als einfach. Mrs. Anson und ihre Tochter waren mit einer ordentlichen Summe bedacht, ebenso der Kutscher und der Stalljunge. Sean Benedict erbte die Summe von einer Million Dollar, zu seinen Treuhändern wurden seine Mutter und der enge persönliche Freund des Verstorbenen, Ward Dunbar, bestimmt. Sean erbte auch Bristlecone mitsamt allem, was dazugehörte. Serena Walsh Benedict sollte ein lebenslanges Wohnrecht haben. Die Verwaltung des Anwesens gehörte ebenfalls zu den gemeinsamen Aufgaben der beiden Treuhänder, bis Sean Benedict volljährig geworden war.

An dieser Stelle warf Serena Ward, der hinten im Zimmer an der Wand lehnte, einen langen Blick zu. Er verbeugte sich spöttisch, und Serena sah wieder nach vorn. Hatte Nathan mit diesem Testament über seinen Tod hinaus versucht, sein Unrecht an Ward wiedergutzumachen? Dann hatte er es wohl verfaßt, bevor er von den Ereignissen während seiner Reise erfahren hatte.

Den verbleibenden Besitz, Goldminen, Immobilien, Eisenbahnanteile sowie das Barvermögen von drei Millionen Dollar erbte Serena Walsh Benedict und ihre Erben.

Der Anwalt ließ eine Abschrift für Serena zurück und versicherte ihr, er werde gern zu einem späteren, weniger kummervollen Augenblick alle Fragen beantworten, die eventuell noch auftreten sollten. Er werde jederzeit gern zu ihr kommen.

Der wortreiche Respekt des Anwalts war das erste Anzeichen dafür, wie reich sie plötzlich geworden war. Es war schrecklich für sie, daß Nathan ihr so viel hinterlassen hatte, denn ohne sie wäre er jetzt noch am Leben und würde sich persönlich an seinen Millionen erfreuen. Daß sie sie jetzt besaß, war furchtbar, sie hätte sich kaum schuldiger fühlen können, wenn sie Nathan deswegen ermordet oder mit Ward konspiriert hätte.

Aber sie durfte sich von diesen Gefühlen nichts anmerken lassen, sondern mußte die formvollendete Gastgeberin spielen, bis die Versammlung sich aufgelöst hatte und der Anwalt gegangen war. Sie sah, wie Ward ihn zu seiner Kutsche begleitete. Dann seufzte sie tief und ging in ihr Zimmer hinauf.

Sie hatte noch keine Gelegenheit gehabt, in Ruhe mit Ward zu sprechen, aber sie hatte ihm sowieso nichts zu sagen. Natürlich wußte sie, daß dieser Augenblick irgendwann kommen mußte, aber nicht jetzt, lieber Gott, bitte nicht jetzt.

Sie hatte Mrs. Anson gesagt, daß sie kein Abendessen wünschte. Wie lange würde die Haushälterin jetzt wohl noch bleiben, da sie genug Geld hatte, um ohne zu arbeiten leben zu können? Serena würde Dorcas vermissen, denn sie spionierte und tratschte nicht. Ihre Gegenwart konnte in ihrer einfachen Art oft tröstlich sein, und selbst wenn ihr Lächeln etwas leer wirkte, war es doch zumindest kein Stirnrunzeln.

Dorcas half ihr beim Ausziehen und ließ ein heißes Bad für sie ein, und während Serena die Wärme des Wasser genoß, kümmerte sich Dorcas um das Feuer und legte ihr Nachthemd zurecht. Als Serena aus der Wanne gestiegen war, bürstete sie ihr noch ausführlich das Haar, bis es wie ein schimmernder Umhang über ihren Schultern hing.

»Ich werde noch ein wenig lesen und dann früh schlafen gehen«, erklärte sie Dorcas.

»Mama sagt, Ihre Lampe hätte gestern die ganze Nacht lang gebrannt und auch vorgestern. Aber sie hat auch gesagt, daß Sie Mr. Benedict nicht so vermissen wie wir.«

»Das mag sein, aber ich kannte ihn auch nicht so lange wie ihr«, sagte Serena sanft. »Du kannst jetzt gehen, Dorcas.«

»Dann gute Nacht, Madam.«

»Gute Nacht, Dorcas.«

Serena strich sich mit der Hand über die Augen. Sie war erschöpft, aber nicht müde, obwohl sie seit drei Tagen nicht geschlafen hatte. Das aufgeschlagene Bett sah zwar einladend aus, aber die Unruhe ihrer Gedanken hinderte sie daran zu schlafen. Immer wieder kehrte ihre Erinnerung zu dem Gespräch mit Ward zurück, bei dem er gesagt hatte, er werde zu Nathan gehen und sie von ihm befreien. Sie war frei. Was sollte sie jetzt tun?

Sie versuchte zu lesen, aber ihre Unruhe war zu groß. Also starrte sie in die Dunkelheit vor dem Fenster hinaus, spielte alle Melodien auf ihrem Grammophon, polierte ihre Fingernägel, saß schließlich im Schaukelstuhl und starrte ins Feuer. Dann ging sie im Zimmer auf und ab, wobei ihr leichter, weiter Morgenmantel flatterte und ihr Schatten wie ein Geist an den Zimmerwänden dahinglitt. Die warme Luft im Zimmer erschien ihr schließlich zu drückend, und sie ging hinaus in den Flur. Der Luftzug blähte den Morgenrock und ließ die Rüschen am Kragen flattern. Keine Kisten und Koffer waren mehr zu sehen, Mrs. Anson hatte alles wieder weggeräumt, während sie versuchte, mit ihrem Kummer zurechtzukommen.

Das Haus war still, alle schliefen. Sie ging an der Tür zu Nathans Schlafzimmer vorüber, das völlig unverändert geblieben war und sicher noch eine Weile bleiben würde, weil sie sich nicht berechtigt fühlte, seine persönlichen Gegenstände zu entfernen. Sie war hier nur ein Eindringling, und das würde sich auch nicht ändern, sicher nicht.

Das Mondlicht erleuchtete die bunten Glasscheiben über der Haustür. Serena betrachtete sie, während sie lautlos die große Treppe hinunterging. An jenem Abend vor vier Tagen hatten die bunten Lichter auf Wards Gesicht gelegen und es seltsam verzerrt erscheinen lassen, rot, blau und goldgelb, so als wäre er geschlagen worden.

Sie konnte nicht so weitermachen. Vielleicht würde ein Glas Milch helfen. Sie blieb stehen. Ein schwaches Licht schimmerte aus dem Arbeitszimmer. Mrs Anson war doch sonst in dieser Beziehung immer sehr gründlich gewesen und hatte alle Lichter gelöscht und alle Türen und Fenster geschlossen, bevor sie zu Bett ging.

Ihr Blick wanderte zur Haustür hinüber. Sie war nicht verriegelt. Sie ging die letzten Stufen hinab. Vielleicht war die Haushälterin doch noch nicht im Bett. Aber unerledigt durften diese Dinge nicht bleiben, dazu waren die Zeiten doch zu unsicher.

Das Arbeitszimmer war leer, aber eine brennende Petroleumlampe stand auf einem der Tischchen. Aus dem Eßzimmer und der Anrichte war ebenfalls kein Laut zu hören.

Serena nahm die Lampe, um sich damit den Weg zur Küche hinunter zu erleuchten. Doch dann kehrte sie um und ging zurück in die Eingangshalle, um zuerst die Haustür zu verriegeln. Da sie für den schweren Riegel beide Hände brauchen würde, stellte sie die Lampe auf die Marmorbank bei der Garderobe und ging zur Tür. Sie griff gerade nach dem Riegel, als sie draußen ein Scharren hörte. Die Tür begann sich zu öffnen, so daß sie einen schnellen Schritt zur Seite tun mußte. Für Angst blieb keine Zeit. Schon im nächsten Augenblick stand Ward vor ihr. Die Frische der Nachtluft umgab ihn, und er war mit seinen breiten Schultern so nah, daß sie von der Dunkelheit draußen nichts mehr sehen konnte. Seine Augen schimmerten in smaragdgrünem Feuer. Die Lampe hinter ihr spuckte in der Zugluft und umgab Serenas Gestalt mit einem goldenen Schein. Ihr Rosenduft wurde zu Ward getragen und ein paar schwarze Haarsträhnen flatterten auf ihn zu.

»Serena«, sagte er atemlos.

»Warum bist du zurückgekommen?« fragte sie verwirrt, aber mit stolz erhobenem Kopf.

»Ich war gar nicht fort. Ich hatte mich nur draußen umgesehen. Es scheint, als würden wir anderes Wetter bekommen.«

Seine Worte klangen beiläufig, doch der Ausdruck seiner Augen war ganz anders.

Ihre Stimme klang angespannt. »Wie kannst du es wagen, ohne Einladung einfach hierzubleiben?«

»Ich würde noch ganz andere Dinge wagen, Serena, Liebste.«

»Ich weiß nicht, was du damit erreichen willst!«

»Nur eines«, antwortete er, und sein Gesicht wirkte wie eine Maske. »Dich.«

Er kam herein und schloß die Tür. In der Art, wie er das tat, lag so viel Entschlossenheit, daß Serena einen Schritt zurückwich. Er folgte ihr mit einem kleinen Lächeln. Sie befeuchtete ihre Lippen, wußte nicht, was sie sagen sollte.

Plötzlich drehte sie sich mit Schwung um und wollte losrennen. Aber er hatte sie gefaßt, noch bevor sie einen zweiten Schritt tun konnte. Sein Arm schloß sich um ihre Taille wie ein eisernes Band. Er bückte sich, schob den anderen Arm unter ihr Knie und hob sie zu seiner harten Brust empor. Er ignorierte ihren Widerstand und ihre Schläge mit den Fäusten, als spüre er sie gar nicht, drehte sie nur in seinen Armen so um, daß eine ihrer Hände zwischen ihnen eingeklemmt wurde. Dann wandte er sich der Treppe zu.

»Nein, Ward!«

Er stieg mühelos die Stufen hinauf, als Antwort wurde nur sein Griff noch etwas fester.

»Laß mich los, sonst schreie ich.«

»Tu das ruhig, wenn du unbedingt Publikum brauchst.«

Seine Stimme klang tief und ruhig. Die Entschlossenheit, die daraus zu hören war, ließ sie erschaudern.

»Das kannst du wirklich nicht machen«, sagte sie leiser. »Ich werde dich verabscheuen.«

»Glaubst du, daß mir das noch viel ausmacht, da du mich doch sowieso schon für einen kaltblütigen Mörder hältst?

Das hatte sie ganz vergessen. In ihrem Zorn und ihrer ängstlichen Erwartung war ihr dieses Bild von ihm völlig entglitten. Aber ob diese Worte nun wahr waren oder nicht, sie konnte sie nicht einfach hinnehmen. »Nein, das tue ich nicht.

»O doch. Ich habe den Ausdruck in deinem Gesicht gesehen, als sie Nathan hierhergebracht haben, und ich glaube schon, daß du es tust.«

Die beißende Ironie in seiner Stimme machte sie bewegungslos, bis er sie den Flur entlang und in ihr Zimmer getragen hatte. Als er die Tür mit dem Fuß zuschob und sich dem Bett zuwandte, erstarrte sie, ihre Finger klammerten sich um seinen Kragen. Er achtete nicht darauf, trat mit zwei schnellen Schritten zum Bett und ließ sie fallen.

Serena stieß einen kleinen Schrei aus, als sie fiel. Ihre an seinen Kragen geklammerte Hand brachte ihn kurz aus dem Gleichgewicht, dann ließ sie los. Sie nutzte die breite Matratze, um sich aus seiner Reichweite auf die andere Seite des Bettes zu werfen, wobei sie sich überhaupt nicht darum kümmerte, daß ihr Morgenrock und ihr Nachthemd sich bis zu ihren Schenkeln hochschoben. Er kniete aufs Bett und griff nach ihr. Seine Hand bekam ihren Morgenrock zu fassen. Das Band war nur locker zugebunden, und sie schlüpfte mit einer kleinen Seitwärtsdrehung heraus, überließ ihn Wards Griff. Doch ihr Triumph war nur von kurzer Dauer. Er erkannte, was sie vorhatte, und faßte mit der anderen Hand nach ihrem Haar, hielt sie fest, als sie schon halb vom Bett heruntergestiegen war.

Er richtete sich auf. Ohne ihr Haar loszulassen, knüllte er mit der anderen Hand den Morgenrock zusammen und warf ihn in die Ecke. Mit aufmerksamen, halb geschlossenen Augen wickelte er langsam ihr Haar um seine Hand, zog sie näher zu sich heran, zwang sie auf das Bett zurück. Ihre Kopfhaut war gespannt, tat aber nicht weh, was sich allerdings sicher ändern würde, wenn sie sich wehrte. Ihre Brust hob und senkte sich durch ihre schnellen Atemzüge, und hinter dem Trotz lag in ihren Augen ein Schatten von Erwartung, die sie sich nicht eingestehen wollte.

Ward streckte die Finger aus und zog den Ärmel des Nachthemdes über ihre Schulter, bis die Rundung der einen Brust bloßlag. Dann beugte er sich vor und strich mit den Lippen über die warme Haut. Sie wich zurück, doch er legte einen Arm um sie und spannte die Muskeln, bis sie langsam in seine Richtung gedrängt wurde.

Ihr Herz hämmerte. Sie spürte in ihrem Innern die verräterische Reaktion auf seine Berührungen. Er suchte ihren Mund und eroberte ihn, während er sie näher an sich heranzog, bis sie über seinen Knien lag. Er umfaßte ihre Brust und strich mit dem Daumen über die Brustwarze, bis sie sich aufrichtete. Dann wanderte seine Hand nach unten, zu ihrer schmalen Taille und über ihre Hüfte, bis sie auf ihrem Schenkel liegenblieb. Er schob den Saum des Nachthemds langsam höher hinauf, bis ihr Unterkörper nackt war. Dann löste er seine Finger aus ihrem Haar, so daß es sich über seinen Arm legte, wobei er sie fester an sich drückte, die Hand auf ihrem Rücken ausgebreitet. Eine süße Schwere kroch durch ihre

Adern, verzehrte ihren Widerstand, betäubte ihren Willen. Seine Berührung war zärtlich und doch besitzergreifend, vertraut und doch beunruhigend.

Es war die Berührung eines Mörders. Serena entzog ihm ihre Lippen und bäumte sich auf, um sich seinem Griff zu entziehen. Mit einem schluchzenden Atemzug stieß sie sich von ihm ab und rutschte über die glatte Seide der Decke zur Seite. Aber sie kam nicht weit. Entschlossen faßte er ihr Nachthemd, zog es nach oben über ihren Kopf, so daß ihre Arme in den Falten gefangen waren. Sein Arm schlang sich um ihre Taille, als er sie ganz auszog, und mit einer geschmeidigen Seitwärtsdrehung zog er sie unter sich.

Sie schlug nach ihm, trommelte mit den Fäusten in seine Richtung und hörte befriedigt seinen Fluch, als sie seine Lippe traf, die sofort zu bluten begann. Er versuchte nicht, sich zu wehren, sondern drückte ihre Handgelenke über ihren Kopf auf das Bett und hielt sie dort mit einer Hand fest. In dem festen Druck seiner Lippen lag der Geschmack von Blut. Sie war so endlos verletzlich, und er nahm die Gelegenheit wahr, zwang sie, die Lippen zu öffnen, eroberte ihren Mund mit seiner Zunge. Seine freie Hand wanderte über ihren Körper, und sie wand sich schwer atmend und zornig unter seinen schamlosen Zärtlichkeiten.

Er drückte sie auf das Bett, während er seine Stiefel abstreifte und eilig seine Kleidung auszog. Dann drückten sich die Muskeln seiner Schenkel auf sie, und sie spürte sein drängendes Begehren. Seine harten Finger schlossen sich über der rosigen Spitze einer Brust, und die feuchte Wärme seines Mundes bedeckte sie. Serena drehte in sinnlosem Widerstand den Kopf von einer Seite zur anderen, nicht nur wegen seiner fordernden Berührung, sondern wegen des pulsierenden Gefühls in ihren Lenden, wegen des drängenden Sehnens, das sie durchströmte und von dem sie wußte, daß es nur durch eines zu besänftigen war.

Er drückte seine Lippen in das Tal zwischen ihren Brüsten. In seinen Augen lagen dunkle Schatten, als er sich über sie hob und ihre Beine auseinanderschob. Sie spürte die suchende Härte seiner Männlichkeit und dann das elektrisierende Beben, als er tief in sie hineinglitt.

Sie fand ihren Mangel an Selbstbeherrschung erniedrigend, dennoch konnte sie sich dem wilden Ansturm der Gefühle nicht entziehen und nicht verhindern, daß ihr Körper sich ihm entgegenhob, ihre Hände sich um seine Schultern klammerten, während ihre Gedanken zerflossen und dem Pulsieren in den Adern nachgaben, ihr Körper sich nur noch dem fließenden Heben und Senken ihrer Vereinigung hingab. Es gab nichts mehr außer ihnen beiden, Mann und Frau, die sich zueinanderdrängten auf der Suche nach dem Vergessen, verbunden in einer körperlichen Vereinigung voll erhabener Transzendenz, jenseits von Gut und Böse. Er war ein Teil von ihr, sie war ein Teil von ihm. Das Feuer schimmerte golden auf dem feuchtglänzenden Spiel ihrer Körper, und rücksichtslos gaben sie sich ihrer Begegnung hin, ohne an das Morgen zu denken, schoben es von sich, während sie der strahlenden Explosion zustrebten, jenem magischen Balsam, der den Schmerz in ihrer Brust lindern und dafür sorgen würde, daß sie endlich in die dunklen Abgründe traumlosen Schlafs würden sinken können.

22. Kapitel

Es klopfte leise. Dann noch einmal etwas lauter. Serena drehte sich auf den Rücken. Ihre Wade streifte ein hartes Knie. Ihre Augen öffneten sich plötzlich, und sie drehte den Kopf, begegnete dem goldgefleckten grünen Blick des Mannes neben ihr.

»Deine Zofe?« fragte Ward leise und sah zur Tür.

Serena zog die Schultern hoch, denn normalerweise wartete Dorcas, bis sie nach dem Kaffee geklingelt hatte.

Ward fluchte leise, drehte sich um und warf die Decke zurück und stieg nackt aus dem Bett. In diesem Augenblick machte Dorcas die Tür auf und trat ein. Sie öffnete den Mund, um etwas zu sagen, aber als ihr Blick auf Ward fiel, versagte ihre Stimme. Ihre grauen Augen weiteten sich, bis sie ihr ganzes Gesicht zu erfüllen schienen.

Ward faßte sich zuerst, fluchte diesmal deutlich lauter und schlug hastig die Decke wieder zu.

Serena spürte zum ersten Mal seit Monaten wirkliches Vergnügen, dabei sah sie Ward jedoch lieber nicht an, der die Decke über seine Mitte gelegt hatte. »Es ist schon gut, Dorcas«, sagte sie, »was wolltest du?«

Das Mädchen schluckte und sah Serena weiterhin unverwandt an, als müsse sie sich beherrschen, nicht den Mann neben ihr anzustarren. »Mama hat gesagt, die Haustür war die ganze Nacht nicht verriegelt, und Mr. Dunbar ist nicht in seinem Zimmer, und – und sie will wissen, was sie tun soll.«

»Meint sie etwa, sie müsse das silberne Besteck abzählen?« fragte Ward gereizt.

»Sir?«

»Schon gut«, sagte Serena besänftigend. »Du kannst deiner Mutter sagen, daß alles in Ordnung ist, und dann kannst du uns Kaffee bringen.«

»Ja, Madam.« Dorcas knickste hastig und eilte hinaus.

Ward verzog das Gesicht und hob in einer hilflosen Geste eine Hand. »Ich wollte dich nicht in eine peinliche Lage bringen.«

»Nein? Was wolltest du denn?«

»Sicherheitshalber hierbleiben, falls du meinen Schutz brauchen würdest.«

Serena betrachtete die geballte Faust auf seinem Knie. »Du hast zweifellos ungewöhnliche Methoden dafür gewählt.«

Sein Mundwinkel verzog sich zu einem Lächeln. »Aber es hat doch funktioniert, nicht wahr? Du bist in Sicherheit.«

»Das hängt ganz davon ab, wie man die Sache sieht.«

»Wenn du eine Entschuldigung erwartest, dann wartest du vergeblich. Es tut mir nicht leid.«

Unverständlicherweise war Serena mit dieser Antwort zufrieden. Sie sah zu dem seit Stunden heruntergebrannten Aschenhaufen im Kamin. »Hast du wirklich geglaubt, ich könne in Gefahr sein?«

»Ich weiß nicht genau, aber dein Mormonenältester macht mir irgendwie Sorgen. Nicht weil er all diese Dinge sagt, sondern weil er damit vielleicht doch irgendwelche Leute aufhetzen könnte. Manche Männer strafen gern Frauen, besonders dann, wenn sie dabei die Unterstützung vieler Gleichgesinnten haben.«

»Strafen? Du meinst mit der Geißel Gottes, von der der Älteste immer spricht?«

»Ja, oder vielleicht auch mit einem Messer – ein Stück Strick oder Stacheldraht eignen sich genauso.«

Eines der Mädchen war mit einem Stück Stacheldraht erdrosselt worden. Und vielleicht wurde der Mörder durch solche Schimpfreden in ihre Richtung gelenkt? Ward hatte daran offensichtlich auch schon gedacht.

»Aber wer könnte es sein? Ich hatte gedacht, Otto wäre es gewesen, aber seit er tot ist, ist wieder ein Mädchen ermordet worden.«

»Otto war nie so geschickt. Dieser Mann ist entweder sehr klug, oder er hat unwahrscheinlich viel Glück. Außer den toten Frauen hat ihn nie jemand zu Gesicht bekommen.«

Serena schauderte. »Ein schrecklicher Gedanke. Irgend jemand muß sich doch darüber Gedanken machen.«

»Aber nicht du und nicht jetzt«, sagte Ward und zog die Decke über ihre Schulter hinauf. »Vielleicht habe ich mich getäuscht, und es besteht keinerlei Zusammenhang.«

Er stieg aus dem Bett, zog seine Hosen an, ging barfuß und ohne Hemd zum Kamin und begann Feuer zu machen. Serena betrachtete das Spiel der Muskeln auf seinem breiten Rücken, die Leichtigkeit und Sicherheit seiner Bewegungen, die kurze ungeduldige Art, wie er die Locke zurückstrich, die ihm in die Stirn gefallen war. Ohne es zu wollen, fielen ihr die Ereignisse der vergangenen Nacht wieder ein. Sie mußte wirklich sittenlos sein, wie konnte sie anders in den Armen eines solchen Mannes Vergessen finden? Wie sonst konnte sie zulassen, daß sie in ihrem gefährlichen Begehren nicht mehr bedachte, was er getan hatte? Warum konnte sie nur so leidenschaftlich auf die Berührung eines Mannes reagieren, der einen anderen getötet hatte?

»Du hast gesagt, du wolltest mit mir reden«, sagte sie plötzlich. »Worüber?«

Er zerbrach dünne Stöcke zum Anzünden des Feuers und antwortete dann: »Vielleicht war es doch keine so gute Idee.«

»Warum, weil du auch so bekommst, was du willst?«

Er schwieg einen Augenblick und zerbrach dann laut einen Zweig. »Weil ich glaube, daß es vergeblich wäre«, sagte er entschieden.

Serena holte tief Luft. »Hatte es mit Nathans Tod zu tun? Ich –

ich weiß nicht, was du erwartest, aber schließlich weiß ich, daß du an jenem Nachmittag in der Mine warst. Was soll ich anderes denken?«

»Das bestreite ich gar nicht. Aber ich habe Nathan gar nicht allein gesprochen. Er war zu beschäftigt mit seinem Förderkorb und sagte, wir würden uns später in Ruhe in seinem Büro unterhalten, sobald er den Versuch mit dem Förderkorb abgeschlossen habe.« Wieder knackte ein Zweig, Ward sah sie nicht an.

»Du denkst doch nicht, daß ich das glaube, nach deiner – deiner Drohung, mich von Nathan zu befreien?« Dann fuhr sie gnadenlos fort: »Und damals in Natchez starb ebenfalls ein Freund von dir unter seltsamen Umständen, und du bekamst seine Frau. Diesmal war es genauso.«

Ward nahm ein Streichholz und hielt die Flamme unter das Holz. Die Zweige fingen Feuer, und das Licht der Flammen züngelte über seinen nackten Oberkörper. Er warf das Streichholz in den Kamin und sagte dann: »Ich gebe zu, daß dein Verdacht nicht grundlos erscheint.« Dann stand er auf und sah sie mit auf die Hüften gestützten Händen an. »Ich habe dir alles gesagt, was willst du mehr?«

»Ich weiß es nicht«, sagte Serena hitzig. »Aber irgend etwas muß es doch geben, das mich dazu bringt, dir zu glauben.«

»Wenn es das gäbe, würde ich es sagen«, meinte er und betrachtete ihr blasses Gesicht. »Es sieht so aus, als müßtest du mir in diesem Falle einfach vertrauen.«

Serena sah ihn nachdenklich an. Vertrauen. Dieses Wort hatte sie ihm gegenüber vor noch nicht allzu langer Zeit gebraucht, als er davon gesprochen hatte, sie ganz zu besitzen, womit er vielleicht so etwas wie Liebe gemeint hatte. Ihre Gedanken führten sie zu einem anderen Punkt, an dem sie ihn falsch eingeschätzt hatte. Plötzlich sagte sie: »Nathan hat mir erzählt, daß du zu keiner Zeit Geld von ihm genommen hast, um mich ihm zu überlassen.«

Sein Gesicht spannte sich. »Wenigstens das.«

»Andererseits«, fuhr sie fort, als hätte er nichts gesagt, »war da deine Drohung, mich dem Sheriff auszuliefern, wenn ich nicht deinem Willen folge. Wie sollte ich einem Mann trauen, der mich so behandelt?«

Er sah einen Augenblick lang so aus, als denke er darüber nach, ob es sinnvoll sei, zu antworten, oder nicht. Er schwieg. Dann zuckte er resigniert mit den Schultern. »Da kann man wohl nichts machen.«

Im nächsten Augenblick wurde die Tür aufgerissen und Mrs. Anson kam herein. Sie überschaute die Lage mit einem Blick und sagte: »Ich habe nicht geglaubt, was Dorcas mir erzählte, aber ich sehe, sie hatte recht.«

Ward runzelte finster die Stirn. »Ist diese Frau nicht die Haushälterin in diesem Haus?« fragte er Serena.

»Doch«, sagte Mrs. Anson in Erwiderung auf die Herausforderung. »Ich war zehn Jahre lang bei Mr. Benedict. Er war ein guter Mensch und der beste Arbeitgeber, den man sich wünschen konnte, und ich bin entrüstet über diese Verhaltensweise in seinem Haus.«

»Vielleicht sollten Sie daran denken, daß er tot ist.«

»Wie könnte ich das vergessen, da er noch nicht einen Tag begraben ist? Es ist nicht zu fassen, daß die Frau, die er liebte, sich in seinem Haus mit ihrem Geliebten trifft, noch bevor er richtig kalt ist!«

»Die Frau, von der Sie sprechen«, sagte Ward leise, »ist jetzt Ihre Arbeitgeberin.«

Serena mischte sich in das Gespräch. »Bitte vergessen Sie nicht, Mrs. Anson, daß Mr. Dunbar Treuhänder für meinen Sohn ist und deswegen hier im Haus durchaus mitzureden hat.«

Die Frau errötete, weil sie es offensichtlich doch vergessen hatte, schnaubte aber trotzdem verächtlich.

»Ihre Loyalität gegenüber Mr. Benedict ist bewundernswert«, fuhr Serena fort, »aber Sie sind nicht mehr bei ihm angestellt, wie Mr. Dunbar schon gesagt hat. Es würde mir leid tun, Sie zu verlieren, aber wenn Sie hier nicht zufrieden sind, wäre es wohl das beste, wenn Sie gehen.«

»Allerdings! Und dank Mr. Benedicts Großzügigkeit brauche ich auch nicht einen Tag länger hier zu arbeiten. Meine Tochter und ich werden das Haus noch vor Mittag verlassen.«

Hinter ihr ertönte ein Klirren, als Dorcas, die diese Feststellung gehört hatte, das Tablett mit dem Kaffee fallen ließ. Die Haushälterin machte ein verärgertes Gesicht, ging dann aber auf ihre Tochter zu und stieg majestätisch über die Scherben hinweg. »Komm, Dorcas«, sagte sie und verschwand mit ihr in Richtung Dienstbotenzimmer.

»Schade um den Kaffee«, sagte Ward bedauernd.

»Ich hoffe, dir ist klar, daß wir jetzt kein Frühstück bekommen«, stellte Serena leicht verärgert fest und setzte sich gerader im Bett auf.

»Ich habe sowieso keinen Hunger«, antwortete er und genoß den durch die heruntergerutschte Decke freigewordenen Blick auf ihre weiße Haut.

»Mittagessen auch nicht!«

»Du hast doch irgendwann angeboten, für mich zu kochen«, erinnerte er sie.

»Das war zu Zeiten, als ich noch keine Küche hatte, die den römischen Katakomben ähnelt. Außerdem wird Mary auch Hunger haben.«

»Ich denke, für heute wird sich etwas finden lassen. Und für später habe ich auch schon eine Idee.«

Sie sah ihn mißtrauisch an. »Kenne ich sie etwa aus dem Eldorado?«

»Nein, ich glaube, ihr kennt euch nicht. Und als Zofe werde ich dir meine Dienste zum Ersatz anbieten.« Er ging zur Tür und schloß sie ab. »Soll ich dir beim Anziehen helfen?«

Serena sah in mißtrauisch näher kommen. »Nein, nein. Du kannst dich zuerst selbst anziehen.«

»Danach wirst du verlangen, daß ich fortgehe, und wer beschützt dich dann vor deiner Haushälterin?« Das hörte sich ganz so an, als wolle er auf Dauer hierblieben. Was für eine Unverschämtheit! Sie wollte ihn zuerst wegschicken, aber als sie ihn näher kommen sah, wurde ihr klar, daß das keinen Sinn haben würde.

»Gott verdamme dich, Ward Dunbar«, sagte sie nur und klammerte sich an die Decke, während sie zusah, wie er langsam seine Hosen wieder auszog.

»Das ist ziemlich wahrscheinlich, liebste Serena«, sagte er, als er zu ihr ins Bett kam. »Höchst wahrscheinlich sogar.«

Erst am nächsten Tag fuhr Ward zurück in die Stadt. In seiner Abwesenheit schickte Serena nach dem Aufseher der Jahrhundertmine. Sie hatte lange darüber nachgedacht, was es bedeutete, daß sie jetzt Eigentümerin von Bergwerken war. Bei ihren Überlegungen hatte es durchaus eine wichtige Rolle gespielt, daß ihr Vater viele Jahre lang einfacher Arbeiter gewesen war. Sie wußte, welche Ansichten er vertreten hatte, wie Arbeiter gerecht zu behandeln waren. Auch Dinge, die sie in verschiedenen Gesprächen von Ward und Nathan gelernt hatte, trugen mit zu ihrer Entscheidung bei. Sie wollte einige Veränderungen vornehmen, von denen manche schon von Nathan geplant waren. Außerdem mußte eine Entscheidung wegen des Förderkorbes getroffen werden, der immer noch den Schacht blockierte.

Als sie selbst Kaffee für Mr. Boston gemacht hatte und ihm in ihrem Trauerkleid gegenübersaß, erklärte sie ihm, was sie vorhatte. Da waren zunächst eine Lohnerhöhung, dann eine Altersversorgung, in der auch für jene gesorgt war, die bei Minenunfällen arbeitsunfähig wurden, dann verbot sie, daß Kinder unter sechzehn Jahren in ihren Minen arbeiteten, auch nicht als Treiber für die Esel und Maultiere, die die Loren zogen. Was die Tiere betraf, hatte sie beschlossen, daß es unmöglich war, sie immer unter Tage im Dunkeln zu lassen, bis sie erblindeten. Natürlich war es zuviel Aufwand, sie regelmäßig ans Tageslicht zu transportieren, aber sicher ließ sich ohne weiteres eine Lampe in ihren Unterständen anbringen, oder? Dann wollte sie noch ein Stück Weide anlegen für Tiere, wenn sie zu alt zum Arbeiten waren, anstatt sie in die Wildnis zu jagen, wo sie schließlich verhungerten.

Der Aufseher war ein freundlicher Mann. Er erzählte ihr zum Beispiel von seinem Maultier, das Big Red, der Große Rote, hieß und bei den Bergarbeitern besonders beliebt war, weil es sogar ihre schlechten Eigenschaften wie das Tabakschnupfen annahm. Es kam regelmäßig zu einem der Männer und streckte seine Unterlippe vor, auf die der Mann dann das Tabakpulver legte. Es hatte seine Lieblingsmarke, aber andere nahm es auch.

Doch schon während der Erzählung hatte Serena das Gefühl, der Aufseher versuche dadurch vor allem Zeit zum Nachdenken zu gewinnen. Also fragte sie ihn schließlich, was er von ihren neuen Ideen hielt.

Er drehte den Hut in den Händen. »Sicher wären die Bergarbeiter alle dankbar, und die Jahrhundertmine wirft auch genug dafür ab.

Das Problem sind die anderen Minenbesitzer. Erst kürzlich wurde dies alles in Folge eines Streiks geregelt, der fast schon ein Krieg war. Dabei sind sie viele Radikale losgeworden und haben alles so geregelt, wie es ihnen paßte. Sie werden nicht sehr glücklich sein, wenn Sie das alles wieder in Unruhe bringen.«

»Obwohl sie sich eine solche faire Regelung genauso leisten können wie ich?«

»Sie sagen, wenn man den Arbeitern einen Finger hinstreckt, nehmen sie die ganze Hand. Und schließlich würde niemand mehr investieren wollen, wenn der Profit nicht groß wäre. Wenn die Kosten, die erforderlich sind, um das Erz aus dem Berg zu holen und zu schmelzen, nicht mehr zum Ertrag passen, wird kein Minenbesitzer mehr investieren. Dann müssen sie zumachen, und die Bergarbeiter haben gar keine Arbeit mehr. Aber in Gelddingen sind die Menschen eben unvernünftig, die Arbeiter kennen keine Grenze. Nicht umsonst gibt es das Märchen von denen, die das Huhn schlachteten, das goldene Eier legte.«

Serena lächelte und verstand, was er meinte. »Trotzdem glaube ich, daß meine Entscheidungen nicht unvernünftig sind. Wenn die anderen Minenbesitzer sich nicht anschließen wollen, ist das ihre Sache. Schließlich gibt es nicht bei allen Minen den gleichen Lohn, oder?«

»Nein. Aber ich bin sicher, es wäre besser, wenn Sie erst noch mit ein paar anderen Minenbesitzern sprechen.«

»Dann würden sie nur versuchen, mich umzustimmen, und ich möchte mir von niemandem etwas vorschreiben lassen. Ich entscheide, was mit meiner Mine passiert. Und dann ist da noch das Problem mit dem Förderkorb. Es hat doch wohl niemand mehr versucht, damit abzufahren?«

»Nein, Madam!«

»Also was schlagen Sie vor, was wir tun sollten?«

»Ich bin froh, daß Sie das Thema angesprochen haben, aber ich weiß es auch nicht. Der junge Patterson hat mit ernster Miene alle möglichen Versuche daran vorgenommen, er ist der einzige, der Ihnen sagen kann, was passiert ist und ob man das Ding reparieren kann.«

»Könnten Sie ihn zu mir schicken?«

»Natürlich. Wollen Sie vielleicht auch noch einen Blick in die Bücher werfen, damit Sie wissen, wo Sie stehen?«

»Ja, gern.«

»Gut. Ich denke, es wird am besten sein, wenn die Männer jetzt zu Ihnen kommen, aber später würden wir uns freuen, wenn Sie einmal zur Mine kommen und sich alles ansehen. Natürlich brauche ich Sie nicht einzuladen, weil Sie die Besitzerin sind, aber ich wollte Ihnen nur sagen, daß Sie immer willkommen sind.«

Serena bedankte sich bei ihm und fragte ihn, als er ging, ganz beiläufig, ob er von einer Mine in der Gegend wisse, die einem Mann namens Ward Dunbar gehöre.

»Ja, Madam, sie wirft eine Menge ab, die Eldorado II, genausogut wie die Jahrhundertmine. Man munkelt, daß sie bis zum Ende dieses Jahres an die drei Millionen herausgeholt haben werden. Das Erstaunlichste ist, sie gab nicht viel her im letzten Jahr, und Dunbar war lange weg, um nach einer neuen Mine zu suchen. Als er zurückkam, stellte er fest, daß er plötzlich reich geworden war.«

Serena nickte und brachte ihn, etwas bleich, zur Tür.

Dort blieb der Aufseher noch einmal stehen und sagte: »Eine Menge Leute haben sich Sorgen gemacht, weil Mr. Benedict Ihnen die Mine und alles hinterlassen hat. Aber ich glaube doch, daß alles gutgehen wird, wenn die Sache mit den Löhnen klappt. Aber eins ist sicher: Wir zwei werden uns bestens verstehen.«

Er gab ihr die Hand und ging. Serena lächelte und schloß die Tür.

Lange mußte sie ihre Besucher nicht selbst zur Tür bringen, denn Ward fand tatsächlich schnell eine neue Haushälterin. Sie kam in Begleitung von Mrs. O'Hare, jener Frau, in deren Pension Serena vor vielen Monaten in Colorado Springs gewohnt hatte, und war ihre Schwester aus St. Louis. Mrs. Egan war kinderlos und erst kürzlich Witwe geworden. Da sie kein Einkommen hatte, war sie bei ihrer Schwester untergekommen, bis Ward ihnen telegrafiert hatte. Natürlich wollte sie gern selbst ihren Lebensunterhalt verdienen. Der Anblick der Küche machte ihr noch mehr Lust auf die neue Arbeit, mit fließendem Wasser, es war wirklich wunderbar. Sie schlug vor, zum Abendessen die Hühner zuzubereiten, wer wisse schon, wie lange sie sich noch halten würden, selbst wenn sie im Schnee aufbewahrt würden?

Mrs. O'Hare fuhr noch am selben Abend zurück nach Colorado Springs, denn ihre Schwester war ja jetzt gut untergebracht. Doch bevor sie ging, nahm sie Serena kurz zur Seite.

»Ich habe meiner Schwester gesagt, was zwischen Ihnen und Ward ist.«

»Ach wirklich? Vielleicht könnten Sie mir das auch sagen«, meinte Serena mit glitzernden Augen.

»Also, ich bitte Sie? Ich meine nur, Sie brauchen sich keine Sorgen zu machen, daß sie sich aufregt, weil Sie und Ward noch nicht verheiratet sind. Schließlich ist sie erst kürzlich Witwe geworden und weiß, daß nicht alle Ehen glücklich sind. Aber natürlich muß man dann warten, bevor man wieder in den Hafen der Ehe einläuft.«

»Oh, aber Mrs. O'Hare...«

»Also, ich gebe zu, daß ich Ihnen sehr böse war, als Sie einfach Nathan Benedict geheiratet haben anstatt Ward, aber sei's drum. Ich wollte nur sagen, daß ich froh bin, daß Sie vernünftig geworden sind und Ward glücklich machen wollen. Der Herr im Himmel weiß, daß er es verdient.«

»Wenn Sie damit die Ehe meinen, kann ich nur sagen, daß er mich nicht gebeten hat, ihn zu heiraten, seit Nathan tot ist.«

»Geben Sie ihm Zeit, Kind. Es gibt keinen besseren Mann auf der ganzen Welt. Er wird bestimmt das Richtige tun.«

Es hatte keinen Sinn zu streiten, denn sie konnte Mrs. O'Hare ja nichts von ihrem Verdacht erzählen.

Drei Tage später kam endlich der Ingenieur, Patterson. Er wirkte nervös und unzufrieden. Serena, die gerade im Arbeitszimmer über Nathans Papieren saß, bat Mrs. Egan, Tee zu machen, und deutete auf einen Sessel für ihren Gast.

Sie sprachen kurz über das Wetter, das Wachstum der Stadt und die zunehmende Goldförderung, was das Stichwort war für das Thema der Jahrhundertmine und den Förderkorb, der den Schacht blockierte.

Der Ingenieur faltete die Hände und runzelte die Stirn. »Ich muß Ihnen etwas mitteilen über den Förderkorb, Mrs. Benedict. Sie werden es vielleicht nicht gern hören wollen, aber Sie müssen es erfahren.«

Serena spürte, wie das Blut aus ihrem Gesicht wich. Hatte dieser

Mann herausgefunden, daß jemand den Mechanismus des Förderkorbes manipuliert hatte, vielleicht sogar wer und warum?

Er holte tief Luft, sah zur Seite und sagte dann: »Es tut mir leid, Mrs. Benedict, aber ich muß Ihnen sagen, daß ich für den Tod Ihres Mannes verantwortlich bin.«

»Sie?« flüsterte Serena.

Der Ingenieur nickte bedrückt. »Ich habe zugelassen, daß Mr. Benedict den Einbau selbst vornahm. Ich hätte niemals zulassen dürfen, daß er in Betrieb genommen wird, bevor ich ihn nicht überprüft habe.«

»Aber Sie waren doch krank«, sagte Serena. Sie erschrak, als sie die Haustür hörte. Das war wahrscheinlich Ward, der zur Zeit nur morgens ins Eldorado ging.

»Ich war krank, schon, aber das ist keine Entschuldigung. Ich hätte darauf bestehen müssen, den Förderkorb zuerst zu überprüfen, und wenn ich das getan hätte, wäre sicherlich nichts passiert.«

»Wollen Sie damit sagen, daß es sich eindeutig um ein technisches Problem gehandelt hat?«

»So ist es.«

Er erklärte viele Einzelheiten, die Serena nicht genau verstand, aber als er fertig war, fragte Serena doch noch: »Sind Sie ganz sicher, daß der Förderkorb nicht abgestürzt ist, weil sich jemand – daran zu schaffen gemacht hat?«

»Das ist ganz unmöglich, Mrs. Benedict. Ich bin zum ersten Mal aus dem Bett aufgestanden, um bei dem letzten Test dabeizusein. Ich stand direkt neben dem Schaltpult, als der Unfall sich ereignete.«

Tränen stiegen ihr in die Augen und rannen über ihre Wangen hinab.

»Es tut mir wirklich leid, Mrs. Benedict«, sagte der Ingenieur besorgt, »ich wollte Ihnen nicht weh tun.«

Serena suchte nach einem Taschentuch, putzte sich die Nase und atmete tief ein, weil sie sich plötzlich so erleichtert fühlte. »Nein, nein, es ist schon gut. Ich gebe Ihnen nicht die Schuld. Mein Mann war wohl in seiner Ungeduld wirklich selbst für das Unglück verantwortlich. Ich weiß, wie Mr. Benedict war, wenn er – etwas unbedingt wollte.«

Bei einer Tasse Tee beruhigten sie sich, und sie besprachen, wie der Förderkorb wieder in Betrieb genommen werden konnte. Und dann würde die Jahrhundertmine die erste sein, die diese Erfindung besaß, genau wie Nathan es geplant hatte.

Als der Ingenieur fort war, saß Serena allein da. Also war Ward unschuldig. Nichts von all dem, was sie ihm vorgeworfen hatte, war wahr. Er hatte sie nicht wegen Nathans Geld verlassen, wollte nicht bei ihr bleiben, weil sie eine reiche Witwe war, und er hatte auch Nathan nicht ermordet. Warum hatte sie sich nur so getäuscht? Hatte sie einfach das Schlimmste glauben wollen? Vielleicht um sich innerlich vor dem Schmerz zu bewahren, weil er sie so behandelt hatte? Sie fühlte sich plötzlich seltsam leer ohne ihre Hirngespinste. Sie wußte nicht, was sie denken oder zu Ward sagen sollte, wenn sie ihm begegnete.

Als sie ihn suchte, fand sie ihn weder in ihrem noch in seinem Zimmer, aber die Tür zum Kinderzimmer stand offen. Sie trat ein und blieb stehen. Ward stand im Dunkel der Dämmerung am Fußende der Wiege und sah mit sanfter Miene, die Hände auf den Rand des Bettchens gestützt, dem brabbelnden Kind zu. Als er den Kopf wandte, sah sie den Schatten in seinem Blick. Er richtete sich auf, strich noch einmal mit einem Finger über die rosige Wange des Babys und kam dann auf sie zu. Als Sean anfing zu weinen, tauchte Mary aus dem Schatten auf und drückte ihn an sich.

»Ob sie wohl glaubt, ich würde meinem eigenen Kind etwas zuleide tun?« fragte er und strich sich in einer müden Geste durchs Haar.

»Nein, sie kennt dich nur nicht gut, das ist alles.«

»Sie braucht sich jetzt keine Gedanken mehr zu machen, ich gehe sowieso fort.«

Serena blieb stehen. »Was tust du?«

»Es war ein Fehler, daß ich hierhergekommen bin. Anstatt dich zu beschützen, habe ich den Tratsch erst recht in Schwung gebracht und deinem verrückten Ältesten noch mehr Munition für seine Predigten gegeben.«

»Ist das – der einzige Grund?« Serena mußte sich zu diesen Worten zwingen. Schließlich war sie alles andere als entgegenkommend zu Ward gewesen.

»Nein, ist es nicht. Es gibt in der Stadt alle möglichen Gerüchte über die Veränderungen, die du in der Jahrhundertmine vornimmst. Und die Minenbesitzer glauben, daß du entweder unter meinem schlechten Einfluß stehst, weil deine Reformen denen in meiner Mine sehr ähnlich sind, oder daß du nichts vom Geschäft verstehst und deswegen nicht ernst zu nehmen bist.«

»Ich wußte gar nichts von den Veränderungen in deiner Mine.«

»Das weiß ich, denn du hast es ja nicht für nötig gehalten, mit mir darüber zu sprechen.«

»Ich wußte ja nicht, daß du daran interessiert bist.«

Er schüttelte den Kopf. »Genauer gesagt, du hattest Angst, daß ich die Sache an mich reißen würde, nicht wahr? Aber die anderen Minenbesitzer hätten von einer Frau, die so schnell nach dem Tode ihres Mannes wieder einen Mann mit ins Bett nimmt, sowieso nichts anderes erwartet.«

Serena sah ihn kühl an. »Ich hatte keine andere Wahl.«

»Das wissen sie ja nicht. Aber sie werden es wohl bemerken, wenn du mich hinauswirfst.«

»Es ist mir egal, was sie denken«, sagte Serena bissig.

»Das wird sich aber spätestens dann ändern, wenn Sean älter wird und mit den anderen reichen Söhnen zur Schule geht.«

»Bis dahin ist noch viel Zeit. Jetzt ist es mir egal. Aber vielleicht gefällt es mir nicht, dich hinauszuwerfen; vielleicht gefällt es mir überhaupt nicht!«

Er sah sie unverwandt an, die goldenen Flecken in seinen Augen leuchteten. Einen Moment lang dachte sie, er würde sie in seine Arme ziehen. Sie schwankte in seine Richtung.

Plötzlich verlosch das Licht in seinem Gesicht. »Wie dem auch sei, du hast keine andere Wahl.« Dann drehte er sich um und ging hinaus.

»Ward!« rief sie.

Aber sie hörte nur noch seine Schritte auf der Treppe und das Zufallen der Haustür.

23. Kapitel

Er war fort, und das Haus war plötzlich unglaublich leer ohne ihn. Warum war er so plötzlich fortgegangen? Diese Frage verfolgte sie tagelang, zusammen mit den Erklärungen, die er dafür abgegeben hatte. Genaugenommen bedeutete das, daß er wegen ihres Rufes fortgegangen war. Doch wenn das wirklich so war, hätte es eine ganz einfache Lösung für das Problem gegeben. Er hätte sie heiraten können. Aber er hatte ihr kein derartiges Angebot gemacht. Offensichtlich lag ihm jetzt nicht mehr so viel an ihr. Sie hatte die Gelegenheit versäumt, mehr als nur seine Bettgefährtin zu werden.

Vielleicht war es auch besser so. Nachdem soviel zwischen ihnen stand, wären sie vielleicht nie wirklich glücklich geworden. Sie würde gut ohne ihn zurechtkommen, bestimmt würde sie das. Sie war eine wohlhabende Frau, unabhängig und frei von Zwang. Sie brauchte niemanden, schon gar nicht einen Mann, der all seine Geheimnisse für sich behielt und sich lieber die schlimmsten Vorwürfe machen ließ, als auch nur einen Deut von seinem Stolz abzuweichen.

Verdammter Kerl! Wie konnte er es wagen, gerade in dem Augenblick fortzugehen. Er hätte sie wenigstens anhören und ihre Entschuldigung entgegennehmen können. Warum ließ er sie mit ihren Gefühlen einfach allein? Es war zum Verrücktwerden. Früher oder später würden sie doch noch darüber reden müssen.

Aber vielleicht doch eher später, denn im Augenblick glaubte sie nicht, daß sie in der Lage war, ruhig darüber zu reden. Sie würde sicher nicht den richtigen Eindruck von Zerknirschung vermitteln können. Heute war es so schön und warm draußen, beinahe wie im Frühling im Süden. Also würde sie zum Frauenhaus fahren und dort nach dem Rechten sehen. Sie würde sich eine Weile mit den Nonnen unterhalten, vielleicht auch noch Consuelo besuchen. Aber ganz bestimmt würde sie nicht in der Myers Avenue vorbeifahren.

Die frommen Schwestern waren höchst erfreut, sie zu sehen. Sie zeigten ihr voller Vergnügen die drei neuesten Kinder, die das Kinderzimmer mitbewohnten, und bei ihrem Anblick dachte Serena viel mehr an die göttliche Gnade, die ihre Gegenwart ermöglicht hatte, als an das Milieu von Unmoral und Sünde, aus dem sie stammten.

Beim Mittagessen hatte Serena Gelegenheit, mit den vier jungen Frauen zu sprechen, die zur Zeit in den oberen Zimmern wohnten. Die eine war die Frau eines Bergarbeiters, der ums Leben gekommen war, die jetzt hilflos mit drei Kindern allein dastand, denn ihre einzige Verwandtschaft wohnte mehr als tausend Kilometer weit weg. Doch mit Serenas Unterstützung würde sie dorthinfahren können. Den drei anderen war nicht so leicht zu helfen. Zwei davon waren hochschwangere junge Frauen aus der Myers Avenue, die vermutlich innerhalb weniger Tage niederkommen würden. Sie waren dankbar für die Hilfe, wollten aber nach der Geburt ihrer Kinder wieder zurück zu ihrer Arbeit. Die vierte Frau war Anfang Dreißig, sah aber aus wie siebzig, denn sie hatte Syphilis im fortgeschrittenen Stadium. Sie litt schon unter Lähmungen und hatte auch Gehirnschäden davongetragen, wollte aber auch mit am Tisch sein. Die anderen Frauen gingen ihr aus dem Weg, auch wenn die Schwestern ihnen versicherten, daß die Krankheit nicht mehr ansteckend war. Die Nonnen schienen zu hoffen, daß ihr Zustand den anderen vielleicht zu denken geben würde, aber davon war bisher nichts zu erkennen.

Serena war nicht gerade bester Laune, als sie das Haus verließ. Es gab so viel menschliches Elend, und sie allein konnte daran so wenig ändern, auch wenn sie sich wirklich bemühte und die Nonnen ihren Einsatz lobten.

Consuelo war nicht zu Hause. Also wendete Serena die Kutsche und machte sich auf den Heimweg. Sie war enttäuscht, daß sie die Freundin nicht angetroffen hatte, denn bald würde Consuelo die Stadt verlassen, da sie hier nichts mehr hielt. Serena würde sie sehr vermissen. Trotz ihres unbeherrschten Temperaments umgab sie eine Ausstrahlung von Zuverlässigkeit, und in der kommenden Zeit würden sie wohl beide unter ganz ähnlichen Umständen leben müssen. Serena wußte, daß der Gedanke egoistisch war, aber sie wünschte sich sehr, sie hätte Consuelo zum Bleiben überreden können. Beide würden sie ohne Mann sein, Frauen, die sich um ihre kleinen Kinder kümmerten und die zwar nicht mehr zur Myers Avenue gehörten, die aber auch den Übergang zur anderen Seite der

Gesellschaft noch nicht geschafft hatten. Sie hätten zusammenhalten können gegen all jene, die ihnen gegenüberstanden.

Serena war schon fast an der Brücke über den Bach, als sie aus der Richtung von Bristlecone eine Kutsche auf sich zukommen sah, die von einer Frau in Schwarz gelenkt wurde. Als Serena Consuelo erkannte, bremste sie, wartete, bis sie bei ihr angekommen war, lächelte und rief ihr einen Gruß zu.

»Dem Himmel sei Dank, daß ich dich noch gefunden habe«, sagte die Spanierin. »Ich hatte wirklich Angst, es könnte schon zu spät sein.«

»Aber was ist denn los?«

»Es ist die verrückte Pearlie. Sie ist völlig durchgedreht, seit Ward zu dir gezogen ist. Aber diesmal hat sie sich entschlossen, nicht mehr sich selbst zu töten, sondern lieber für deinen Tod zu sorgen!«

»Die Mühe kann sie sich sparen. Ward ist nicht mehr bei mir.« Serena sah der anderen in die Augen, und das Lächeln fiel ihr schwer.

»Das wußte ich nicht. Es tut mir leid für dich, Serena, aber ich glaube, das ist jetzt auch egal. Die Lage scheint sich schon verselbständigt zu haben.«

»Ich verstehe nicht.«

»Wußtest du, daß der Älteste, der immer auf den Straßen über dich schimpft, ein regelmäßiger Besucher bei Pearlie ist? Sie scheint ihm zugehört zu haben und zu der Überzeugung gelangt zu sein, daß er recht hat, wenn er meint, man sollte dich für deinen Lebenswandel bestrafen. Doch sie verläßt sich nicht darauf, daß der liebe Gott das für sie tut. Sie hat selbst dafür gesorgt, daß etwas passiert. Also hat sie Männer bezahlt, Säufer, Tagediebe, den Abschaum der Myers Avenue. Als Teil ihrer Bezahlung durften sie umsonst in ihr Freudenhaus. Einer der Männer hat der Frau, bei der er war, alles erzählt, und sie kam zu mir, weil sie dich damals im Eldorado immer gern hatte und meinte, daß du so etwas nicht verdient hast.«

»Aber was haben sie denn vor? Der Sheriff wird sie doch bestimmt davon abhalten können, oder?«

»Dazu bleibt keine Zeit. Sie haben sich schon zusammengerottet, machen Lärm und hören diesem Elder Greer zu, der an der Straßenecke wieder sein Gift verspritzt. Bald werden sie sich in Bewegung setzen. Um diese Tageszeit sind nicht viele Leute unterwegs, die dir helfen könnten. Sie wollen nach Bristlecone kommen und dir das Haus über dem Kopf anzünden. Dann wollen sie dich draußen nackt ausziehen, sich mit dir vergnügen und dir schließlich einen Anzug aus Teer und Federn verpassen, mit dem sie dich aus Cripple Creek hinauswerfen werden.«

Serenas Gesicht wurde fahl. »Mein Gott.«

»So ist es«, sagte die Spanierin mit finsterer Miene. »Wenn du natürlich eine derartige Behandlung nicht überlebst wie die meisten, die mit dem heißen, flüssigen Teer eingestrichen werden, dann findet Pearlie das auch nicht schlimm.«

»Aber – aber so etwas können sie doch nicht machen, bei hellichtem Tage auch noch!«

»O doch, und sie werden es auch tun, wenn wir uns nicht etwas einfallen lassen, um sie daran zu hindern. Und wir haben schon viel Zeit verloren.« Ihr Gesicht wurde nachdenklich. »Und wenn ich mir überlege, was du mir von Ward gesagt hast, dann verstehe ich manches besser.«

»Was meinst du damit?«

»Ich denke, Pearlie weiß, daß er nicht bei dir sein wird, wenn die wilde Horde kommt. Bestimmt hat sie solange damit gewartet, weil Ward auch in Bristlecone war. Sie weiß, daß Ward versuchen würde, dich zu beschützen, und möchte nicht, daß ihm etwas passiert.«

Das klang überzeugend. Serena nickte. »Aber was soll ich tun? Sean ist mit Mary und Mrs. Egan allein in Bristlecone. Wenn ich dort hingehe, führe ich die Wilden vielleicht in diese Richtung, und wenn ich es nicht tue, gehen sie womöglich trotzdem hin.«

Consuela runzelte die Stirn. »Da kann nur Ward helfen. Wenn wir ihn finden, bevor diese Horde von Verrückten losmarschiert, kann er vielleicht Pearlie dazu überreden oder zwingen, sie zurückzuhaltene.«

»Meinst du?« fragte Serena zweifelnd.

»Es mag sein, daß diese Männer so tun, als hätte der Mormone sie überzeugt, aber tatsächlich zieht sie das Geld und das Vergnügen an. Wenn man ihnen das wegnimmt, werden sie sich nur noch um ihre eigenen Sachen kümmern.«

»Und wenn Ward das nicht tun will?« Serena konnte das alles einfach nicht glauben.

»Bist du wahnsinnig? Natürlich will er! Er liebt dich, er ist ganz krank vor lauter Bewunderung für dich. Wenn dir irgend etwas geschieht, wird er die Stadt in Stücke reißen.«

»Ich glaube, ich würde den Sheriff vorziehen«, sagte Serena mit unbeweglichen Lippen.

»Nein, du Verrückte, niemals! Weißt du denn nicht, wie dein Name in den Schmutz gezogen worden ist? Vielleicht entschließt er sich, sein Leben lieber nicht für so eine aufs Spiel zu setzen. Die Damen der Gesellschaft nehmen dir übel, daß du gewagt hast, ihre Kreise zu stören, und ihre Männer, die Minenbesitzer, sind bereit, alles über dich zu glauben. Und dann ist da noch Pearlie, die das Gerücht in die Welt gesetzt hat, daß du vielleicht mit dem Tod deines Mannes etwas zu tun gehabt haben könntest, um seinen Reichtum in Ruhe und allein genießen zu können. Die Geschichten sind immer weiter gewachsen, und jetzt hält dich die halbe Stadt für ein Monstrum, während die andere Hälfte schwört, du wärest eine Heilige, und alle zusammen sind nicht sicher, ob du nicht doch Macht über einen Mann ausüben kannst wie eine Hexe. Sie lieben und hassen, beneiden und verachten dich – und es gibt nur wenige, die nicht ganz froh wären, wenn du verschwinden würdest – oder sterben.«

»Du machst mir angst, Consuelo.«

»Gut! Es ist auch höchste Zeit. Wir können nicht den ganzen Tag hier stehen und reden. Gehst du nun zu Ward oder nicht?«

Serena sah in Richtung Bristlecone, dann nickte sie schließlich entschieden. »Gehen wir«, sagte sie und wendete die Kutsche.

Wenn es Consuelo gelungen war, ungestört nach Bristlecone und wieder zurückzufahren, dann waren wohl Pearlies Schläger noch in der Myers Avenue und ließen sich von Elder Greer aufwiegeln. Die Frage war, ob es besser war, den kürzesten Weg zum Eldorado zu nehmen oder durch die Seitenstraßen zu fahren, um ihnen aus dem Weg zu gehen? Consuelo entschloß sich zur längeren Strecke, die Serena sooft bei ihren heimlichen Begegnungen mit Ward gefahren war.

Doch gerade das war ein Fehler. Die Menge hatte sich entgegen ihren Erwartungen entschlossen, die auffälligen Hauptstraßen zu meiden. Und so kamen sie alle durch die schmale Straße auf sie zu, so daß kein Platz mehr blieb. Einige waren zu Pferd, andere waren in Wagen zusammengepfercht, während die restlichen wie die Jagdhunde hinterhertrotteten. Mit geballten Fäusten schrien sie Schmähworte.

»Das ist sie!« ertönte ein Schrei. »Da! Packt sie, Jungs, laßt sie nicht entkommen!«

Consuelo tat das einzig Mögliche. Sie trieb die Pferde an und bog so schnell sie konnte in eine Seitenstraße ein. Serena folgte ihr. Die Häuser flogen vorüber. Das Eldorado war nur noch etwa zehn Häuserblocks entfernt.

Die Männer verfolgten sie und fluchten, schrien und lärmten. Der Aufruhr versetzte nicht nur die Pferde in Schrecken, Serenas Herz hämmerte wild.

Und dann waren die Reiter neben ihr, umzingelten die Kutsche, rissen ihr die Zügel grölend aus den Händen. Consuelo fuhr langsamer, die Männer kamen näher.

»Nein!« rief Serena. »Fahr weiter, Consuelo, fahr weiter!«

»Ich komme zurück!« schrie die Spanierin über den Lärm hinweg, und ihre Stimme war schrill.

Serena hörte sie kaum noch. Sie versank in einem Alptraum. Elder Greer beugte sich von einem Pferd, so daß sein Gesicht ganz nah vor dem ihren war, trotzdem waren seine Worte in dem wilden Getümmel kaum zu hören. »Deine Zeit ist gekommen, du böse Schlampe! Bereue und bereite dich auf den Untergang vor!«

Hände hoben sich, ergriffen sie, zerrten sie hin und her, während sie noch auf dem Kutschbock saß. Ihre Handtasche wurde ihr aus der Hand gerissen, bevor sie nach ihrer Pistole greifen konnte, noch bevor sie recht daran gedacht hatte. Der Ärmel wurde von ihrem Kleid gerissen. Finger zerrten an ihrem Mieder, zerfledderten es in einem glitzernden Regen von Jettperlen. Sie riß sich los und kam mit der Peitsche in der Hand auf die Beine. Sie schlug wild um sich, die Zähne zusammengebissen, während sie sich über die Schmerzensschreie freute. Die Grauen wurden wild und stiegen voller Schreck, Männer kreischten und ächzten, weil sie von den Hufen getroffen wurden oder ihre Füße unter die Kutschenräder gerieten.

»Packt sie doch, ihr Spinner!« ertönte ein Befehl, und ein Mann kletterte gekonnt auf das Rad, griff in der gleichen Bewegung nach der Peitsche und riß sie Serena aus der Hand. Jemand zog an ihrem Rock, und sie kippte aus der Kutsche. Mit einem verzweifelten Schrei fiel sie in die Menge, in die wie Krallen erhobenen Hände. Die Grauen rasten los und zerrten die leere, polternde Kutsche die Straße hinunter.

Der Hut wurde ihr vom Kopf gerissen, zusammen mit einem Büschel Haare, das durch die Hutnadel damit verbunden war. Ihre Haarnadeln lösten sich und fielen herunter, so daß ihr Haar über die Schultern und ins Gesicht fiel. Sie wehrte sich verzweifelt. Sie hatte nicht mehr genug Luft, um zu schreien, als man ihr das schwarze Witwenkleid vom Leib riß. Sie spürte, wie sie gezwickt, gedrückt und gestoßen wurde. Fingernägel rissen brennende Spuren in ihre Arme und Schenkel. Männer griffen nach ihren Brüsten und Hüften. Ihr Kopf drehte sich hin und her, während sie durch die Menge gestoßen wurde. Sie fühlte sich entehrt, ihr ganzer Körper schmerzte, ihr Geist zog sich zurück, als sie die haßerfüllte Stimme des Ältesten hörte, die sich gegen ehrlose Ehebrecherinnen erhob, die gesteinigt, von Hunden zerrissen und verschlungen und mit Peitschen gezüchtigt werden mußten.

Und dann wurde die Menge ruhiger. Man stellte sie auf die Füße, drehte sie um und stieß sie in einen Kreis von Männern, deren Münder und Augen vor freudiger Erwartung feucht glänzten. Sie stolperte, fing sich wieder, schloß die Arme über ihren nackten Brüsten. Sie trug nur noch ihr Mieder und die Teile des Unterrocks, die man nicht abreißen konnte, weil sie unter dem Mieder zusammengebunden waren. Sie schüttelte ihr Haar, es fiel schwarz und glänzend über ihren Rücken bis herunter zu den Hüften.

Dann ertönte das laute, zischende Klatschen einer geschwungenen Peitsche. Serena hob den Kopf und sah sich Elder Greer gegenüber. Er stand im Kreis der Männer, etwas vor den anderen, und auf seinem Gesicht zeigte sich der Ausdruck von Wahnsinn und leidenschaftlicher Ekstase.

»Jetzt bist du dran, Serena«, sagte er, und seine silberblassen Augen verschlangen ihren nackten Körper. »Jetzt bist du meiner Gnade ausgeliefert, so wie all die anderen. Dich wird die gleiche Strafe treffen wie sie, nur hundertmal schlimmer. Es wird eine

Züchtigung ohne Ende sein, bis du um Gnade bittest oder um den Tod.«

Die anderen. Genauso mußte er, das wußte Serena jetzt, ausgesehen haben, als er die anderen Frauen aus der Myers Avenue getötet hatte, als er sich an ihren Körpern labte, bevor er sie ermordete und verstümmelte. Oder waren sie zuerst verstümmelt worden, sterbend in einem Strom von Blut und den Säften aus dem Körper dieses Mannes? Doch in dem Zustand des Grauens, in dem sie sich jetzt befand, hatten diese Gedanken kaum noch eine wirkliche Bedeutung.

»Jawohl, es ist an der Zeit«, verkündete der Älteste, während er die Peitsche um seine Hand zusammenrollte, es war ihre eigene Peitsche. »Wenn du mich geheiratet hättest, wäre dir dies erspart geblieben, doch du hast den Weg der Sünde gewählt, und jetzt mußt du dafür bezahlen. Sieh mich an und erkenne dein Schicksal!«

Der grauhaarige Mormone nickte zwei Männern neben ihr zu. Ihre Arme wurden gepackt und hinter ihren Rücken gezogen, so daß ihre Brust bloßlag. Der Älteste schwang den Arm nach hinten und zog dabei die Peitsche über den Boden. Dann flog das Ende des Lederbandes durch die Luft, traf zischend wie eine Schlange ihre Schulter, knallte neben ihrem Ohr wie eine Explosion. Und ein brennender Schmerz durchzuckte sie von der Schulter bis zum Ansatz ihrer Brust. Sie biß sich auf die Lippen, daß sie bluteten, gab aber keinen Ton von sich. Wieder und wieder zischte die Peitsche herab. Ein Schrei stieg in ihrer Kehle auf. Sie zerrte und wand sich, wehrte sich gegen die Männer, die sie festhielten. Ein roter Nebel erschien vor ihren Augen, und sie sah, wie der Älteste wieder die Peitsche hob.

Wo war Consuelo? In ihrer blinden Verzweiflung kam ihr plötzlich der Gedanke, daß die Spanierin mehr Grund als alle anderen hatte, sie zu hassen. Vielleicht hatte Consuelo ja gar nicht gewollt, daß sie der von Pearlie angeheuerten Menge entkam, hatte gar nicht vorgehabt, Ward zu Hilfe zu holen. Wahrscheinlich hatte Consuelo sie sogar dem Ältesten in die Hände geliefert.

Die Peitsche knallte noch einmal wie ein Pistolenschuß, aber Serena spürte keinen Schmerz. Ein Schrei ertönte und erstarb ebenso plötzlich. Die Männer in ihrer Umgebung begannen zu murmeln, bewegten sich, machten den Weg frei zu einem Wagen, der schaukelnd vor ihnen zum Stehen kam. Der Knall, den Serena gehört hatte, war nicht von der Peitsche gekommen, sondern aus dem Gewehr, das rauchend in Wards Hand lag. Er stand mit einem Fuß auf dem Boden und mit einem auf dem eisernen Trittbrett der Kutsche. Consuelo hielt die Zügel, neben ihr hockte in einem flekkigen Morgenrock Pearlie, das kupferrote Haar wirr im Gesicht.

Ward lud sein Gewehr und betrachtete die Menge genau, bevor er abstieg. »Der Spaß ist vorbei«, sagte er gedehnt. »Serena?«

Die Männer ließen sie plötzlich los, als wäre sie ein heißes Eisen. Sie stolperte, als sie auf seinen Befehl auf ihn zuging und den Arm nach seiner Hand ausstreckte, die er ihr entgegenhielt.

»Halt«, knurrte Elder Greer und stellte sich vor Serena, wobei sich seine Finger um ihren Arm schlossen. »Welches Recht hast du, dich hier einzumischen?«

»Dieses hier«, antwortete Ward und hob sein Gewehr. Sein Gesicht schien aus Granit gemeißelt, seine Augen funkelten gefährlich, während sein Blick von den roten Striemen auf Serenas Körper zur Peitsche in der Hand des Ältesten wanderte.

»Sie ist in Gottes Hand, ich lasse nicht zu, daß du sie mitnimmst!«

Ward kümmerte sich nicht um die Rufe, die diese rauhen Worte begleiteten. »Von mir aus, wenn du unbedingt sterben willst.«

Die Männer direkt hinter dem Mormonen wichen zwar zurück, aber die anderen rückten mit leisem Gemurmel näher.

Da erhob Consuelo ihre Stimme und fragte laut: »Welches Recht nehmt ihr euch heraus? Wer erlaubt euch, Serena so zu behandeln? Sie hat euch nichts getan. Sie hat niemandem etwas zuleide getan!«

»Sie hat sich zur reichen Witwe gemacht, das ist es! Nennst du das gar nichts?«

Die Stimme ertönte vom Rand der Menge her, klang aber klar und deutlich, ein Zeichen dafür, daß Pearlies Schläger Verstärkung durch andere Männer aus der Stadt bekommen hatten.

»Das ist eine Lüge!« erwiderte Consuelo. »Und wer sollte die Wahrheit besser kennen als ich, denn ich war die Geliebte ihres Mannes?«

»Es kam ihr aber sehr gelegen!«

»Ist das ihre Schuld? Das war Schicksal, sonst nichts. Ihr würdet doch einen Mann nicht dafür verprügeln, daß er im Spiel gewinnt.«

»Was weißt du schon davon, du dumme Frau?«

»Ich weiß eine Menge«, sagte Consuelo wütend. »Denn zu mir hat Nathan Benedict gesagt, er fürchte, der neue Förderkorb in der Jahrhundertmine sei nicht richtig eingebaut. Ich habe ihm gesagt, er solle auf den Ingenieur warten, aber Nathan war zu ungeduldig. Er sagte, er werde ihn ausprobieren, und wenn etwas nicht in Ordnung sei, werde er das sofort herausfinden. Er sagte auch, es gäbe keine Gefahr, denn die eingebauten Sicherheitsvorkehrungen würden ein Abstürzen auf jeden Fall verhindern. Er hatte nicht daran gedacht, daß auch sie nicht funktionieren könnten.«

Der Mann, der vorher gesprochen hatte, sah sich nachdenklich um.

»Alles was hier mit Serena geschieht, entspringt nur der Rache«, fuhr Consuelo fort. »Und diese Frau hier hat sich das Ganze ausgedacht, diese Teufelin aus dem Freudenhaus, zusamen mit dem elenden Geiferer an den Straßenecken, dem Mormonenältesten, der irgendwann versucht hat, Serena zu seiner vierten Frau zu machen, obwohl er schon drei andere hatte. Weil sie Pearlie den Liebhaber weggeschnappt und sich geweigert hat, die Frau des Alten zu werden, wollen sie sich jetzt rächen. Wollt ihr ihnen dabei wirklich helfen? Wollt ihr das Blut einer Unschuldigen vergießen, indem ihr ausgerechnet diesen beiden helft? Wollt ihr wirklich auf einer Stufe stehen mit den Kerlen, die Pearlie gedungen hat, mit diesem Abschaum der Stadt, mit Männern, die ihre Seelen verkaufen würden für ein paar lumpige Dollar? Und ihr, die ihr euch darauf eingelassen habt, solltet wissen, daß es kein Geld dafür geben wird! Mehr als ihr schon erhalten habt, werdet ihr für diese Tat nicht mehr bekommen!«

Ein wilder Schrei ertönte aus der Menge. Die Stimmung unter den zusammengerotteten Männern nahe Serena und Ward wurde noch bösartiger, als sie sahen, wie andere sich zurückzogen. Fäuste wurden gehoben und wilde Flüche ausgestoßen. Nur das Gewehr in Wards Händen hielt sie noch zurück.

Consuelo griff nach der Schulter der Frau neben sich. »Sag es ihnen, Pearlie. Sag deinen gedungenen Schlägern, daß du sie nicht mehr bezahlen wirst. Sag ihnen, daß sie verschwinden und Serena nie wieder anfassen sollen.«

Pearlie hob den Kopf und stierte Ward an, der durch sie hindurchzusehen schien, während er die Menge in seiner Umgebung beobachtete. Ihre blaßblauen Augen waren voller Haß, als sie Serena ansah, die schwankend dastand, ihre nackten Brüste den gierigen Blicken der Männer ausgeliefert. Mit finsterem Blick sah sie an dem Mormonen vorbei, voller Zorn über sein Versagen, und ließ dann ihren wahnsinnigen Blick über die Menge schweifen.

Consuelo schüttelte sie noch einmal. Pearlie leckte sich die Lippen. »Es stimmt«, krächzte sie. »Ich habe es mir anders überlegt. Es gibt kein Geld mehr.«

Das war so gut wie eine Anerkennung ihrer Schuld. Die Menge stand da, und jeder wußte, was das bedeutete. Auch der Mormonenälteste war damit bloßgestellt.

»Hure«, grunzte er, den zornigen Blick auf die rothaarige Frau gerichtet.

In diesem Augenblick trat Ward einen Schritt vor, nahm Serenas Handgelenk und befreite sie. Der Älteste drehte sich um, um sie zu packen, aber der Lauf des Gewehrs an seiner Brust bremste ihn.

»Rühr dich nicht von der Stelle«, sagte Ward leise und trat langsam zurück, während er Serena hinter sich drängte. »Steig in die Kutsche«, befahl er ihr, ohne den Blick von dem Mormonen abzuwenden.

Serena setzte den Fuß auf das hohe Trittbrett und zog sich mit Mühe hinauf. Einen Augenblick war ihr Pearlie im Weg, aber Consuelo zischte sie an, und die Frau zog sich zurück. Ward kam als nächster. Er stieg auf und hielt sich an einer Strebe fest, um nicht vom Trittbrett abzurutschen, denn auf dem Sitz war kein Platz mehr. Seine Aufmerksamkeit blieb auf die Männer unter sich gerichtet.

In diesem Augenblick stürzte sich Pearlie mit einem pfeifenden Geräusch in der Kehle auf ihn und versuchte, nach dem Gewehr zu greifen. Ward geriet aus dem Gleichgewicht, und sein Fuß rutschte dabei ab. Serena wirbelte herum, als sie begriff, was geschah, beugte sich hinunter und schloß die Finger um seinen Gürtel, obwohl Pearlie sich jetzt gegen sie stemmte und ihr den Ellenbogen in die Rippen stieß, während sie Ward das Gewehr zu entreißen versuchte.

Plötzlich spuckte das Gewehr Feuer, und das Krachen hallte unter dem Dach der Kutsche wider. Ward wurde zurückgeworfen, sein Gesicht war von Schmerz verzerrt, und er hielt sich nur noch mit den Fingerspitzen fest, während Serena ihn an seinem Gürtel packte.

Die Menge brüllte wie wildgewordene Tiere und bewegte sich auf sie zu. Consuelo drosch auf die Pferde ein und ließ sie angaloppieren. Ward wankte nach vorn und fiel auf Serena und Pearlie. Pearlie kreischte, ließ das Gewehr los und hob die zitternden Hände vor das Gesicht. Mit leeren Augen starrte sie den Blutfleck an, der sich auf Wards Hemd ausbreitete. Die Kutsche schwankte um eine Kurve. Als sie wieder geradeaus fuhren, griff Consuelo nach dem Gewehr, das hinunterzufallen drohte. Sie stellte es zwischen ihre Knie und streckte dann eine Hand aus, um Serena zu helfen, Ward weiter auf den Sitz zu ziehen.

Es blieb keine Zeit für Angst. Serena schob eine Hand unter Wards Hemd und fühlte seinen Herzschlag. Sein Herz schlug schnell, aber regelmäßig.

Er hob den Kopf und sah sie mit einem angespannten Grinsen an. »Ich lebe noch, wenn du das wissen willst.«

Doch dann stöhnte er vor Schmerz, als eines der Kutschenräder durch ein Schlagloch rollte. Pearlie schnappte nach Luft und hörte gleichzeitig auf zu schreien, doch ihre Augen blieben ausdruckslos. Ward stemmte sich hoch, versuchte sein Gewicht zu verlagern. Sein Gesicht hatte einen grauen Schimmer angenommen, und Blut sikkerte zwischen den Fingern hervor, die er auf seine Brust gedrückt hatte. Hinter ihnen ertönte das Gebrüll der wilden Menge, ein beängstigendes Geschrei. Ein Mann starrte mit offenem Mund hinter ihnen her, als sie an ihnen vorbeirasten. Ein Maultier brüllte und trottete aus dem Weg. Die Stadt aber schien wie ausgestorben, so als habe sich jeder in sein Haus verkrochen, um die kommenden Ereignisse in Sicherheit abzuwarten.

Consuelo brachte die Kutsche in der Gasse zwischen dem Eldorado und dem Freudenhaus zum Stehen. Pearlie kletterte in zitternder Eile als erste über Serena hinweg aus der Kutsche; sie bemühte sich, Ward nicht zu nahe zu geraten, so als habe sie Angst vor ihm. Dann lief sie mit unsicheren Schritten zur Hintertür des Freudenhauses.

Ward schwang sich vorsichtig vom Wagen hinunter. Serena und Consuelo folgten ihm, Ward drehte sich noch einmal um und holte sein Gewehr heraus.

»Ins Freudenhaus«, sagte die Spanierin. »Das werden sie wohl als letztes anzünden, und vielleicht können wir jemand nach dem Sheriff schicken.«

Ward nickte mit zusammengebissenen Zähnen. »Das hätte ich gleich tun sollen.«

»Es war keine Zeit für Erklärungen, und außerdem sollten die Dummköpfe langsam was gemerkt haben.«

Mit wenigen Schritten waren sie bei der Tür. Consuelo öffnete und ließ Ward, der von Serena gestützt wurde, zuerst eintreten. Eine junge Frau stieg gerade die Treppe hinunter. Es war Cora. Ihre Augen weiteten sich, als sie die drei sah. Sie öffnete den Mund, um etwas zu sagen, aber Consuelo kam ihr zuvor.

»Hol Serena etwas zum Anziehen. Und zünde eine Lampe an. Warum sind in solchen Häusern eigentlich immer alle Vorhänge zugezogen. Es ist stockfinster.«

Die junge Frau zog ihren Morgenrock aus, den sie über ihrer Unterwäsche trug, gab ihn Serena und sagte: »Ich hole die Lampe aus meinem Zimmer.«

»Ja«, sagte Consuleo, während sie die Tür verriegelte. »Und bring Verbandszeug mit. Dann schick jemanden nach dem Sheriff, aber durch die Vordertür. Laß ihm ausrichten, hier wären Randalierer, eine ganze Bande, die versucht, Pearlies Freudenhaus zu stürmen.«

Die wilde Horde rückte näher. Als die junge Frau das hörte, hastete sie davon. Nach wenigen Sekunden stürmte die Empfangsdame an ihnen vorbei die Treppe hinunter und durch die Vordertür hinaus.

Consuelo schaute durch den Vorhang an der Tür. »Sie sind auf dem Weg zum Eldorado«, flüsterte sie.

In diesem Augenblick hörten sie ein Ächzen. Es kam aus der dunklen Ecke unter der Treppe. Als sie sich umdrehten, sahen sie Pearlie zusammengekauert sitzen. Ihr Blick war angstverzerrt. Oben auf der Treppe erschien Cora mit der Petroleumlampe. Pearlie verzog das Gesicht angesichts der Helligkeit. »Geh weg«, sagte sie und machte hastige Handbewegungen. »Geh weg, faß mich nicht an.«

Serena war in den Morgenrock geschlüpft. Sie warf Consuelo einen Blick zu, dann griff sie nach dem Verbandszeug, das Cora mitgebracht hatte, und schob Ward einen Stuhl hin, damit er sich setzen konnte. Aber er wollte sich nicht setzen, lehnte sich statt dessen an den Türrahmen. Sein Gesicht war wachsam, seine Hand lag fest auf dem Gewehr.

»Stell die Lampe hin, damit Serena Ward verbinden kann«, sagte Consuelo, »und dann hilf mir, ein paar Sachen vor die Tür zu schieben.«

Aber es blieb keine Zeit mehr. Rauhe Schreie wurden laut, die Männer stießen und hämmerten mit Fäusten gegen die Tür. Consuelos Gesicht wirkte versteinert. Sie zerrte Pearlie auf die Beine.

»Sag ihnen, daß wir nicht hier sind!« zischte sie. »Und daß du nicht weißt, in welche Richtung wir verschwunden sind.«

»Nein, bitte nicht«, sagte Pearlie mit leerem Blick.

»Doch«, sagte Consuelo und stellte sie vor die Tür. »Mach sie auf und sage ihnen, was ich dir gesagt habe, aber sei vorsichtig, sonst erschießen wir dich.«

Pearlie sah Ward unsicher an. Tränen stiegen ihr in die Augen, ihre Lippen zitterten, und ihr Gesicht verzog sich schmerzlich. Er machte eine Bewegung mit dem Gewehr, als das Hämmern lauter wurde. Sie legte langsam eine Hand auf den Riegel.

Plötzlich verzerrte sich ihr Gesicht zu einer häßlichen Fratze. Sie schob den Riegel zurück und riß die Tür weit auf. »Hier sind sie!« kreischte sie. »Kommt und holt sie!«

Elder Greer trat als erster über die Schwelle. Ein Schuß krachte und zerriß seinen flatternden Rock, als er sich Deckung suchend zu Boden warf. Der nächste Schuß ließ die anderen fünf oder sechs Männer draußen auseinanderlaufen. Ward lud nach und schoß vorsichtshalber noch einmal hinter ihnen her, dann nickte er Serena zu. Sie warf die Tür zu und legte schnell den Riegel wieder vor.

Pearlie drückte sich neben der Treppe an die Wand, ihre Augen waren wild und starr. Cora zog sich mit der Lampe einen Schritt weiter die Treppe aufwärts zurück, und ihre Hände zitterten so, daß die Flamme in der Lampe bebte.

Der Älteste setzte sich auf und zog sich am Treppengeländer auf die Beine. Ohne den auf ihn gerichteten Gewehrlauf zu beachten, machte er einen Schritt auf Serena zu.

Dann zog er ein langes Fleischermesser aus seiner Rocktasche. »So«, sagte er mit rauher Stimme. »Jetzt, Serena.«

Serena sah ihn voller Entsetzen an. Seit sie diesen Mann kannte, hatte er sie immer wieder angegriffen, hatte sie in aller Öffentlichkeit gedemütigt, beinahe vergewaltigt und ihr alles gestohlen, was sie besessen hatte. Sie war von ihm gejagt und bedroht worden, mit den schlimmsten Anschuldigungen überschüttet, mit den übelsten Schimpfworten belegt worden. Er hatte ihr Leben bedroht und sie verfolgt, ihr Pferde und Kutsche genommen, ihre Kleider zerrissen, sie der demütigenden und verletzenden Behandlung Dutzender von Männern ausgesetzt und schließlich bis in dieses Loch verfolgt, ein Freudenhaus, in dem es nach Schweiß, Urin und abgestandenem Tabak roch. Ihr Körper schmerzte, weil er sie ausgepeitscht hatte, und die ganze Ungerechtigkeit brannte wie ein Schnitt mit einem heißen Messer. Der Zorn kochte in ihr auf, und ihr Blick wurde wild.

»Jetzt?« fragte sie mit angespannter, aber fester Stimme. »Was meinst du damit, du Wüstling? Was habe ich dir denn getan, außer daß ich deinen übermäßigen Stolz verletzt habe?«

»Du bist die lebende Unzucht!« donnerte der Mormone.

»Weil ich mit dem Mann lebe und zusammensein möchte, den ich liebe? Das ist keine Sünde.«

Ward, der neben ihr stand, schien zu erstarren, aber sie achtete nicht darauf.

»Du Ehebrecherin!«

»Wie hätte ich eine Ehe brechen können, die niemals eine solche war, eine Ehe, der ich nie zugestimmt habe?«

»Du hast deinen Mann ermordet!«

»Sein Tod war ein Unfall. Er starb nicht durch Menschenhand.« Als Ward laut einatmete, wurde sie seiner erst wieder gewahr, aber sie sprach weiter: »Nein, du bist der Mörder, du, der Unzüchtige, du, der Ehebrecher, der seine Familie verlassen hat. Du hast mit sadistischem Genuß deine Frau Lessie ermordet, weil sie dich verlassen hat. Du hast auch die anderen armen Freudenmädchen getötet, ihre Körper mit deiner Lust beschmutzt, bevor du sie ermordet hast, und ihre Körper zerstört und verletzt in deinem wahnsinnigen Verlangen nach Rache. Warum? Was haben dir die Frauen denn getan?«

»Nein – ich bin das Werkzeug Gottes. Diese Frauen wurden reingewaschen im Blute des Lammes Gottes, wie es geschrieben steht, so daß sie rein vor seinem Angesicht erschienen sind.«

»Du bist wahnsinnig. Dein Geist ist so verwirrt und krank, daß du nicht mehr weißt, was du tust.«

Das Gesicht des Mormonen verzog sich zu einer mörderischen Fratze. »Du bist schlecht«, flüsterte er. »Ich muß dich töten, bevor du alle gegen mich aufwiegelst.«

»Du hast sie selbst aufgewiegelt.«

Der Mormone sah sich verwirrt um, sein Blick streifte Consuelo, Pearlie, die Frau mit der Lampe. Draußen ertönte Geschrei, als ob die Männer sich anschickten, die Tür einzubrechen. Ward sah hinüber, aber als der Älteste einen Schritt vorwärts tat, zeigte der Lauf der Waffe sofort wieder auf ihn.

Consuelo betrachtete Wards Gesicht, die bleiche Linie um seinen Mund. Dann griff sie nach dem Arm des Mormonen.

»Wenn du nach einer bösen Frau suchst – da drüben steht eine, die du schon kennst. Du und deine Partnerin Pearlie, ihr gebt ein gutes Paar ab.«

Die Spanierin gab ihm einen Stoß. Es hatte fast den Anschein, als wäre er erleichtert, als er sich von Serena abwandte. Er schloß seine Hand fester um sein Messer und hüllte sich in seinen gerechten Zorn wie in einen Mantel.

»Wenn du nicht gewesen wärest«, sagte er und richtete seinen Zeigefinger auf Pearlie, »dann wäre die andere Frau jetzt schon tot. Die Rettung ihrer Seele, die Geißelung ihres Körpers durch mich, die Vereinigung, alles wäre bereits vollendet. Du bist schuld, nur du.«

Pearlie löste sich mit weit aufgerissenen Augen von der Wand. »Willst du mich umbringen wie die anderen, ja?«

In ihrer Stimme lag eine Faszination, eine Herausforderung, als wolle sie, daß er sie tötete, als fordere sie ihn auf, es doch zu versuchen.

Die Augen des Mormonen glitzerten. »Hure!« rief er. »Bereust du deine Sünden!«

»Nein!« kreischte Pearlie. »Niemals!«

Noch bevor sie recht bemerkten, was geschah, stürzte Elder Greer sich auf sie. Pearlie wirbelte herum und rannte die Stufen hinauf, stieß Cora mit der Lampe zur Seite, kreischte und lachte. Der Mormone stürmte hinter ihr her und drängte Cora wieder gegen das Geländer, als er, zwei Stufen auf einmal nehmend, die Treppe hinaufraste.

Bei diesem zweiten Stoß verlor Cora den Halt. Sie schrie auf, als die Lampe aus ihrer Hand fiel und sich das Petroleum über den Teppich vor der Treppe ergoß. Die Lampe traf mit einem Klirren auf dem Boden auf, und sofort züngelten die Flammen hoch. Im nächsten Augenblick stand bereits das Treppengeländer in Flammen, und die Luft war mit beißendem Rauch erfüllt.

Die Frau kreischte und sprang mit einem Satz über das Feuer in den Flur hinunter. »Feuer!« rief sie gellend, dann drehte sie sich um und rief die Treppe hinauf: »Es brennt, Mädchen, Feuer!«

Schwarzer beißender Rauch stieg ihnen in die Augen. Ward stieß sich vom Türrahmen ab, die Hand immer noch auf seine Seite gepreßt, und ging auf die Treppe zu. Consuelo versuchte, ihn festzuhalten. »Du darfst nicht hinaufgehen! Das Haus brennt wie Zunder, so etwas habe ich schon in anderen Goldgräberstädten gesehen. Schon zu oft!«

»Ich kann doch nicht einfach tatenlos dastehen und zusehen«, sagte er finster und rannte los.

Verzweifelt blickte Consuelo auf Serena. Sie duckten sich, um dem Rauch auszuweichen, hasteten hinter ihm her, wichen den Flammen in der Mitte der Treppe aus, rannten die Stufen hinauf.

In den oberen Fluren war die Hölle los. Halbbekleidete und nackte Frauen rannten hin und her, trugen ihre Besitztümer zu den Fenstern, hatten Katzen, Kaninchen, junge Hunde auf dem Arm oder fragten verschlafen, was los sei.

Die Tür zu Pearlies Zimmer war verschlossen. Drinnen hörte man ein rauhes Schreien, dann folgte die salbungsvolle Stimme des Mormonen. Ward riß an der Türklinke, aber sie gab nicht nach. Dann nahm er Anlauf und rammte seine Schulter gegen die Tür.

Sie bewegte sich kaum. Ward schwankte nach hinten, das Gewehr immer noch in der Hand. Sein Gesicht war noch grauer als vorher, und Blut strömte aus der Wunde.

»Gibt es einen Schlüssel zu dieser Tür?« fragte Serena ein vorbeilaufendes Mädchen. Es starrte sie nur wortlos an und lief weiter.

»Komm, laß uns gehen, Ward«, flehte Consuelo ihn an. »Wir müssen hier raus. »Denk an Serena, denk an mich, wenn du schon nicht an dich selbst denken willst.«

Er antwortete nicht, sondern richtete sich noch einmal ganz gerade auf und trat gegen die Türklinke, einmal, zweimal, dreimal. Die Tür flog auf und krachte an die Wand.

Serena unterdrückte einen Schrei und preßte dabei die Hände auf den Mund. Das Zimmer war rot von Blut. Die Wände waren damit beschmiert, eine Spur führte über den Boden bis zum Bett. Auf der Decke aus Brüsseler Spitze lag Pearlie mit gespreizten Beinen, Blut tropfte von ihrem Fuß, der über den Rand des Bettes hing, auf den Boden. Ihr Haar war feucht und verklebt, ihre Augen starr. Über ihr hockte grunzend Elder Greer, mit heruntergelassenen Hosen.

»Mein Gott«, flüsterte Consuelo und wandte sich ab.

Ward sank auf die Knie. Der Mormonenälteste drehte sich knurrend um und stieg mit dem Messer in der Hand vom Bett. Als der weißhaarige, fast nackte Mann ihm gegenüberstand, hob Ward das Gewehr, legte den Kolben an die Wange und drückte ab.

24. Kapitel

Serena ging mit sicherem Schritt die Treppe hinunter und zog dabei ihre grauen Handschuhe an. Nach wochenlangem verhangenem Himmel und Schneetreiben war dies der erste schöne Tag. Das bunte Fensterglas über der Haustür leuchtete. Ihre Augen waren klar, ihre Wangen rosig, und es ging ihr endlich gut. Sie war glücklich, und das wollte sie auch bleiben. Nichts durfte den zerbrechlichen Frieden stören, den sie gefunden hatte, heute nicht und sonst auch nicht.

Sie trug ein Kleid aus rötlichgrauem Crêpe de Chine, zu dem sie noch, als Zeichen ihrer Trauer, schwarze Handschuhe und einen schwarzen, breitkrempigen Hut trug. Um ihre Schultern hatte sie den mit Biberpelz gesäumten Umhang gelegt, den Ward ihr vorletztes Jahr zu Weihnachten geschenkt hatte. Sie hielt es für einen hübschen Kompromiß, zweifelte aber daran, daß Ward es zu schätzen wußte.

Er wartete in der Kutsche auf sie, die Zügel der Grauen sicher in der Hand. Auch er sah wieder viel besser aus. Sie hatten sich große Sorgen um ihn gemacht, denn die Schußwunde, die er an jenem schrecklichen Tag davongetragen hatte, hatte auch zu Rippenbrüchen geführt und als er, wie die anderen, gezwungen gewesen war, aus dem oberen Stockwerk des Freudenhauses zu springen, hatte eine Rippe einen Lungenflügel durchbohrt. Sie hatten eine Lungenentzündung befürchtet, die aber Gott sei Dank ausgeblieben war. Er war unter seiner gebräunten Haut immer noch ein wenig bleich, aber ansonsten wieder gesund und munter.

Ein Lächeln legte sich auf Serenas Lippen, als sie an die vergangene Nacht dachte und daran, was zwischen ihnen in dem großen Bett in dem goldenen Zimmer geschehen war. Dasselbe Bett, das sie während der vergangenen vier Wochen geteilt hatten. Das war Consuelos Werk gewesen, denn als sie an jenem Nachmittag das Haus endlich erreicht hatten, waren Ward und Serena zu erschöpft und von Schmerzen gequält gewesen, um sich darüber noch Gedanken zu machen. Mrs. Egan hatte sie zu Serenas Zimmer gewiesen, und die Bergarbeiter, die sie gebracht hatten, hatten sie zusammen in das große Bett gelegt. Dort hatten sie während ihres Fiebers und im Delirium nebeneinander gelegen, dort hatten sie sich zum ersten Mal wieder zugelächelt und berührt, doch bis zur vergangenen Nacht war kaum etwas anderes geschehen.

Serena ließ ihre Gedanken zu jenem Tag voller Blut und Feuer zurückwandern. Sie erinnerte sich an die drei Schüsse des Feueralarms und daran, daß sie an einem provisorischen Seil, das man aus Laken zusammengebunden hatte, hinuntergeklettert, halb gesprungen war, um den Flammen zu entkommen, die das Freudenhaus verzehrten. Sie erinnerte sich auch noch daran, wie froh sie gewesen war, als sie bemerkt hatte, daß ein paar Goldgräber und Bergarbeiter, die sich noch an ihre Zeit als Goldschuh erinnerten, den letzten Rest von Pearlies Schlägertrupp abgewehrt hatten, der das Freudenhaus gerade stürmen wollte, als das Feuer ausbrach. Der Rest blieb verschwommen, obwohl sie noch wußte, daß jemand ihre Grauen wieder eingefangen hatte. Ein paar kräftige Minenarbeiter hatten sie dann hinaus nach Bristlecone gebracht, nicht so sehr, um sie zu beschützen, sondern um zu verhindern, daß die Kutsche gestohlen wurde, denn das Feuer hatte sich schnell auf die ganze Stadt ausgebreitet. Also versuchten die Menschen, jedes Tier oder Fahrzeug zu ergattern, dessen sie habhaft werden konnten, um ihr Eigentum außer Gefahr zu bringen. Das Eldorado war völlig abgebrannt und dazu ein großer Teil der Myers Avenue.

Ward stieg ab, als er Serena kommen sah, und half ihr in die Kutsche. Als er sich neben sie setzte und die Zügel wieder aufnahm, lächelte er noch einmal auf sie hinunter, betrachtete ihr Gesicht, und sein grüner Blick streifte kurz den Umhang, den sie trug. Etwas zögernd sah er nach vorn und ließ das Gespann lostraben.

Serena betrachtete seine Hände an den Zügeln und freute sich. Er war in den meisten Beziehungen kräftig und sicher. Ja, sie schuldete Consuelo viel.

Sie war der Spanierin nicht nur dankbar dafür, daß sie sie zusammen in ein Bett gelegt hatte. Auch für ihre Warnung vor dem Überfall, ihre Unterstützung in dem Kampf gegen die aufgebrachte Menge und dann gegen Elder Greer. Sie war auch dankbar, daß sie in Bristlecone geblieben war und geholfen hatte, sie und Ward zu pflegen und sich um Sean zu kümmern. Aber besonders, weil Consuelo verstand, was die Ehe zwischen ihr und Nathan gewesen war, und daß Serena nicht für seinen Tod verantwortlich war oder dafür, daß er nicht glücklich sein konnte.

»Woran denkst du?« fragte Ward beiläufig.

»An Consuelo. Schade, daß sie fortmußte, aber sie hatte sich eben schon lange dazu entschlossen.«

Ein paar Tage nach dem schrecklichen Tag hatte Serena gefürchtet, Consuelo könne eine Fehlgeburt haben. Aber Consuelo sagte, ihre Vorfahren seien Bauern gewesen, und mehr als nur eine wilde Menge wären nötig, um die Saat zu stören, wenn sie einmal gelegt worden war. Sie versicherte auch, daß die Krankenpflege gut für sie gewesen sei, weil sie dadurch nicht soviel an Nathan denken oder grübeln konnte, was sie wohl tun würde, wenn sie erst in Mexiko sei.

Serena hatte versucht, sie zum Bleiben zu bewegen, aber Consuelo hatte nur den Kopf geschüttelt. »Ich weiß schon, was ich tue. Nathans Kind wird unter der warmen Sonne aufwachsen. Ich werde einen Mann finden, der uns beide liebt, und nicht mehr an die Vergangenheit denken. Wir haben genug Geld zum Leben, und wenn ich manchmal von Cripple Creek träume, werde ich den Traum sicher schnell wieder vergessen. Das wird Gott bestimmt für mich tun.«

Vor einer Woche war Consuelo dann abgereist, und ihr Haus war an die neuen Eigentümer übergeben worden.

»Eigentlich hätte Consuelo Nathan heiraten sollen«, sagte Serena.

»Ich glaube nicht, daß er sie je darum gebeten hat.«

Sie warf ihm einen schnellen Blick zu und sprach weiter, obwohl seine Stimme sehr kurzangebunden klang. »Vielleicht hätte er es getan, wenn er mir nicht begegnet wäre.«

»Dann hätte ihm Consuelo vielleicht gar nicht gefallen. Wenn ich das richtig verstanden habe, fand er besonders ihre Ähnlichkeit mit dir so reizvoll.«

»Aber wir sind uns doch eigentlich gar nicht ähnlich«, protestierte Serena. »Consuelo hat einen viel stärkeren Charakter.«

»Glaubst du das wirklich?« fragte er und lächelte. »Ich meine eher, sie geht lauter damit um, aber das ist vielleicht nur Fassade, nur das, was sie der Welt von sich zeigen will. Du bist stiller, aber bei dir geht die Ader sehr tief und ist reines Gold.«

»Ward!« Serena wandte sich ihm mit erstauntem Blick zu.

»Hast du gedacht, ich könnte das nicht sehen?«

Eine solche Frage konnte sie nicht beantworten. Sie kehrte zum vorherigen Thema zurück. »Ich – ich wollte nur sagen, daß Nathan vielleicht noch am Leben wäre, wenn er mich nicht geheiratet hätte. Ich war schuld, daß er sich mit dem Einbau des Förderkorbes so beeilt hat.«

»Ich glaube, da nimmst du zuviel Verantwortung auf dich, Serena. Natürlich wollte er dich so schnell wie möglich von hier wegbringen, aber unter anderen Umständen wäre er genauso ungeduldig gewesen. Er hatte von allem immer gern das Beste, seien es nun Frauen, Pferde, Goldminen oder Förderkörbe, und je schneller, desto besser.«

Serena mußte zugeben, daß das stimmte, obwohl Wards Worte sie an Dinge erinnerten, die sie lieber vergessen hätte. Zum Beispiel Nathans Versuch, sie zu kaufen oder durch Wards Zerstörung zu erpressen. Aber sie spürte auch eine gewisse Erleichterung, als sie einen Teil ihrer Schuld ablegen konnte.

»Mr. Patterson sagt zwar, in der Mine könne bald wieder gearbeitet werden, aber wenn die anderen Minenbesitzer sich wirklich entschließen, mich zu bekämpfen, dann wird mir das nicht viel nützen.«

»Dazu müssen sie zuerst mich bekämpfen.«

Diese einfache Feststellung machte Serena schwer zu schaffen. »Das ist doch nicht dein Problem«, sagte sie unsicher.

»Alles, was dich betrifft, ist mein Problem. Außerdem glaube ich, daß du den richtigen Weg eingeschlagen hast. Ansonsten könntest du ihnen ja – vielleicht mit ein paar Tränen in den Augen – erklären, daß die Bergarbeiter nicht in den neuen Förderkorb gestiegen wären, der den Tod deines Mannes verursacht hat, wenn du ihnen nicht mehr Geld gegeben hättest.«

»Du weißt ja, daß ich in meiner Mine die Löhne ebenfalls erhöht habe und Pläne für eine Altersversorgung gemacht habe. Und ab nächster Woche werden keine Kinder mehr dort arbeiten, und die Tiere werden Licht in ihren Ställen bekommen.«

Sie drückte ihre Hand auf seinen Arm. »Wenn sie sehen, daß ich nicht die einzige Verrückte bin, wird es sicher leichter.«

»Ich tue das alles, weil es richtig und menschlich ist und nicht, um mich auf deine Seite zu schlagen.«

»Natürlich«, murmelte sie.

»Du glaubst mir nicht, aber das hast du ja noch nie getan.«

Angesichts des unheilverkündenden Tons in seiner Stimme drehte sie sich schnell zu ihm um. »Doch, ich glaube dir.«

»Manchmal, wenn dir nichts anderes übrigbleibt.«

Ihre Lippen wurden schmal. »Und du bist da natürlich anders, du glaubst alles, was ich sage, nicht wahr?«

»Gib zu, daß du geglaubt hast, ich hätte etwas mit Nathans Tod zu tun, bis Patterson dir erklärt hat, daß das völlig unmöglich ist.«

»Ich habe dir doch erklärt, daß ich mich geirrt habe. Aber du bist immer noch steif und fest davon überzeugt, daß ich Nathan wegen seines Geldes geheiratet habe. Und das alles nur, weil ich dir nicht widersprochen habe, als du mich bezichtigt hast, nur an Gold und Geld interessiert zu sein!« Sie ließ seinen Arm los und setzte sich ans andere Ende der Sitzbank.

»Nein, Serena, das glaube ich schon lange nicht mehr.« Er warf ihr einen schnellen Blick zu, und seine Stimme klang nicht mehr hart.

»Ich verstehe auch gar nicht, was daran so schlimm sein soll, wenn eine Frau wünscht, reich zu sein. Wir haben genausoviel Recht dazu wie ein Mann. Was können wir dafür, daß wir nur über einen Mann an Reichtum kommen können, wenn wir viele Berufe nicht ausüben dürfen oder wenn die Männer uns Steine in den Weg legen. Wir können uns entweder damit abfinden, arm zu sein oder die Beute der Männer, einen Mittelweg gibt es nicht!«

»Ich habe gesagt, daß ich nicht glaube, daß du Nathan seines Geldes wegen geheiratet hast.«

»Was?« Sie starrte ihn mißtrauisch an. Seine Augen funkelten.

»Du gibst das Geld viel zu leicht aus, als daß es dir etwas bedeuten könnte.«

»Also jetzt hältst du mich für eine Verschwenderin!« Sie wandte sich hastig ab, konnte aber nicht verhindern, daß sich ein Lächeln auf ihre Lippen stahl.

»Ich würde dir gern sofort zeigen, was ich von dir halte«, sagte er mit zärtlichem Ton in der Stimme, »aber hier ist nicht der geeignete Ort dafür.«

Sie hatten den Gipfel des Hügels oberhalb von Cripple Creek erreicht. Die Stadt in dem Krater unter ihnen wirkte schwarz und verkohlt, das Feuer hatte fast den ganzen Südteil vernichtet. Während die Menschen in den anderen Stadtteilen sich noch freuten, daß dieses üble Viertel vernichtet war, brach vier Tage später ein zweites Feuer aus und verzehrte fast den ganzen Rest der Stadt.

In Bristlecone waren sie die ganze Zeit sicher gewesen. Asche und Ruß waren aus den Rauchwolken auf das Dach herabgefallen, und sie hatten das Leuchten der Flammen am Himmel gesehen, aber sie waren keiner Gefahr ausgesetzt. Der Stalljunge und der Kutscher brachten viele schlimme Nachrichten aus der Stadt, wenn sie von ihren Hilfseinsätzen zurückkehrten. Am Abend nach dem Feuer waren mehr als fünftausend Menschen obdachlos gewesen.

Serena sorgte dafür, daß alles, was zu entbehren war, in die Stadt geschafft wurde. Aber das nützte nicht viel. Schließlich sorgten die Minenbesitzer in Colorado Springs für Hilfe. Sie brachten Zelte, Decken und Nahrungsmittel, Medikamente und Verbandszeug. Bis

Mitternacht hatten alle zu essen und einen Unterschlupf. In der Welle dieser Hilfsaktion wurde der alte Streit zwischen Cripple Creek und Colorado Springs endlich begraben.

Auch der finanzielle Verlust war beträchtlich. Die beiden Feuer hatten mehr als achtzig Prozent der Stadt zerstört. Doch das sollte nicht das Ende von Cripple Creek sein. Aus der Asche erhoben sich schon bald die ersten Holzgerüste. Manche Häuser näherten sich bereits der Fertigstellung. Es wurden massive Gebäude aus Ziegelsteinen errichtet, die sehr viel widerstandsfähiger waren, als die wackligen alten Häuser aus Holz es vorher gewesen waren. Auch die Myers Avenue wurde wieder aufgebaut, diesmal mit noch mehr Verzierung als vorher. Aber vielleicht hatte das Feuer auch sein Gutes gehabt. Obwohl es viel Zerstörung und Leid verursacht hatte, hatte es den Anschein, als würde an Stelle des windigen Goldgräberlagers eine solide, saubere Stadt entstehen, in der Kinder unter guten Voraussetzungen aufwachsen konnten.

Serena hatte geglaubt, sie wären losgefahren, um sich die Stadt anzusehen. Doch als Ward an der Stadt vorbei in Richtung der Bergbaustadt Victor weiterfuhr, warf sie ihm einen fragenden Blick zu. Aber wenn er ihn bemerkt hatte, kümmerte er sich nicht weiter darum.

Und eigentlich war das auch belanglos. Es war ein herrlicher Tag für eine Fahrt, in der Kutsche war es warm geworden, und die Luft war frisch und klar. Die Hügel in der Umgebung waren schon von einem Hauch Grün überzogen, und die Bäume begannen auszuschlagen. Vögel und Eichhörnchen begegneten ihnen im Vorbeifahren. Serenas Gedanken kehrten wieder zur Stadt zurück. Ein paar wenige Gebäude waren vom Feuer verschont worden: der neue Bahnhof, das Krankenhaus, einige Häuser im Westen der Stadt, sogar das Old Homestead. Auch Consuelos Haus und das Frauenhaus waren unbeschädigt geblieben.

»Es tut mir leid wegen des Eldorado«, sagte sie zu Ward und warf ihm einen kurzen Blick zu.

»Es bedeutet mir nichts mehr.«

»Wirst du es wieder aufbauen lassen?«

»Nein«, erwiderte er mit entschlossenem Kopfschütteln. »Das ist vorbei.«

»Das freut mich.« Es war vorbei, nicht nur in dieser Weise.

Consuelo war fort, Nathan, Lessie, Pearlie und Elder Greer waren tot. Mit ihnen waren für sie beide viele Gespenster der Vergangenheit verschwunden. Was würde jetzt aus ihnen werden?

»Denkst du manchmal daran, wieder zurück nach Natchez zu gehen?«

»Habe ich früher öfters getan. Jetzt nicht mehr. Das Land hier und die kühle Luft haben auch ihren Reiz, das habe ich jetzt bemerkt. Und du? Du hast doch Großeltern in Louisiana, oder?«

»Eigentlich nicht. Sie wollten noch vor zwei Jahren mit meinen Eltern und mir nichts zu tun haben. Warum sollte sich das jetzt geändert haben? Nein, in Louisiana wartet nichts mehr auf mich.«

Sie wußte das eigentlich schon länger, aber es fiel ihr immer noch schwer, es auszusprechen. Vielleicht wäre ihr das leichter gefallen, wenn Ward in letzter Zeit einmal angedeutet hätte, daß sie ihr Leben gemeinsam fortsetzen konnten. Aber er hatte es nicht getan. Er hatte darüber genauso geschwiegen wie über den Tod von Pearlie und des Mormonenältesten. Man hatte die beiden verkohlten Leichen inzwischen auf dem Friedhof beigesetzt. Sie hatte erfahren, daß Ward Blumen für Pearlies Grab geschickt hatte, aber soweit sie wußte, war er noch nicht dortgewesen. Serena glaubte eigentlich nicht, daß er für Pearlie mehr als Mitleid und eine gewisse Verantwortung empfunden hatte, aber sie fragte sich, ob er ihr gegenüber nicht vielleicht ähnlich empfand.

Eine Weile fuhren sie schweigend weiter. Schließlich sagte Serena: »Wenn ich gewußt hätte, daß du so weit fahren willst, hätte ich uns etwas zu essen einpacken lassen.«

»Es ist nicht mehr weit«, antwortete er.

Serena sah ihn mit halbgeschlossenen Augen an. Bildete sie sich das nur ein, oder wirkte sein Gesicht jetzt blasser und finsterer? Sie wollte ihn schon fragen, wohin er sie brachte, ließ es dann aber doch. Wenn seine Stimmung mit dem Ort zu tun hatte, zu dem er sie brachte, wollte sie es lieber erst dort erfahren. Sie waren von der Hauptstraße auf einen schmalen Weg abgebogen. Er führte bis auf eine Hügelkuppe und endete kurz davor. Ward stieg ab.

»Von hier aus gehen wir zu Fuß«, sagte er, und das Grün seiner Augen wirkte durchscheinend, als er jetzt zu ihr aufsah.

Er half ihr beim Aussteigen und band die Pferde an, dann stiegen sie langsam bis auf die Kuppe hinauf.

Unter ihnen breitete sich eine weite bergige Landschaft aus, und ein kleiner Bergwerksort war dazwischen zu erkennen.

In der Nähe am Abhang lag Abraum aus einer Mine, der an die Erde erinnerte, die ein Murmeltier aus seinem Bau scharrt. Darüber hingen ein paar schiefe Bretter mit einem verblichenen Namen darauf. Hier hatte sich eine Mine befunden, doch der harte Granitfelsen hatte ihrem Besitzer kein Glück gebracht.

»Weißt du, was das ist?« fragte Ward bedächtig und zeigte in die Richtung.

»Ja, eine verlassene Mine.«

»Weißt du, wie sie heißt?«

Serena trat näher zu dem Schild, konnte den Namen gerade noch erkennen. »Das Drachenloch«, las sie leise, dann weitete sich plötzlich ihr Blick. »Ist das nicht der Ort, wo...«

»Ja, genau. Willst du es dir ansehen?«

Serena hob das bleiche Gesicht. »Ich glaube nicht.«

»Ich würde es dir aber empfehlen«, sagte er und schubste sie vor. Seine Stimme klang hart wie Eisen.

Einen Augenblick lang spürte Serena so etwas wie Angst. Sie entzog ihm ihren Arm und machte einen Schritt zur Seite, dann schaute sie ihm in die Augen. Was sie sah, gab ihr den Mut, sich umzudrehen und näher zu dem Loch im Boden zu gehen.

Der Schacht war nicht tief, vielleicht knapp drei Meter. Sie konnte deutlich den Granit auf dem Grund erkennen. Von oben waren Steine und Erde hineingefallen, aber ansonsten war das Loch leer. Keine zusammengeschrumpfte Gestalt lag darin, kein verwester Körper war zu sehen. Es gab keine Anzeichen dafür, daß Otto Bruin jemals in dieser Grube namens Drachenloch gelegen hatte.

Serena drehte sich hastig um. »Wo ist er? Wo ist Otto?«

»Ich weiß es nicht. Als ich an jenem Abend zu ihm zurückkam, war er noch höchst lebendig. Ich bot ihm an, entweder für immer diesen Platz hier einzunehmen oder das Pferd zu nehmen, das ich mitgebracht hatte, um ihn hierherzutransportieren, und so weit wie möglich von hier zu verschwinden. Er war klug genug, letzteres zu wählen.«

»Also habe ich ihn nicht getötet?«

»Unglücklicherweise nicht.«

Serena wandte mit verwirrtem Blick das Gesicht ab, dann sah sie ihn wieder an. »Aber du hast mir doch genau erklärt, wann und wie du ihn hierhergebracht hast.«

»Ich muß zugeben, daß ich eine gute Geschichte daraus gemacht habe.« Trotz seiner lockeren Worte wirkte sein Gesicht immer noch finster.

»Aber – warum?«

»Hast du das noch nicht erraten? Ich wollte dich haben, Serena, egal wie. Aber du warst mit Nathan verheiratet, und ich wußte, daß du niemals bereit sein würdest, dich hinter seinem Rücken mit mir zu treffen, selbst wenn du mich gern gehabt hättest, was ich damals sehr bezweifelt habe.«

»Also hast du mich mit einer leeren Drohung erpreßt.«

»Ich hatte das Gefühl, daß es das Risiko wert war.«

Der Wind zerzauste sein Haar und ließ ihre Röcke flattern, drückte das Kleid dicht an ihren Körper.

»Du hast mich einfach glauben lassen, ich wäre eine Mörderin!«

»Um Himmels willen, Serena«, sagte er rauh. »Sieh mich nicht so an. Ich würde mein Leben dafür geben, wieder gutzumachen, was ich dir angetan habe, wenn ich das Gefühl hätte, du würdest es annehmen. Aber den Schmerz und die Schuld, die du empfunden hast, habe ich tausendfach empfunden. Mein Handel hat mir körperlichen Genuß eingebracht, aber wenn ich in deine Augen sah, sah ich die Vorwürfe, und ich wußte, daß ich dich verloren hatte, obwohl ich dich noch in den Armen hielt.«

»Wie konntest du das nur tun, wenn dir etwas an mir lag?«

»Wenn mir etwas an dir lag? Mit Worten kann man gar nicht beschreiben, was ich für dich empfinde. Ich liebe dich, Serena, wie hätte ich dich da nicht in meiner Nähe haben wollen?«

»Aber du hast mich immer wieder verlassen.«

»Ja, denn was für ein Leben hätte ich dir im Eldorado schon bieten können? Ich mußte etwas anderes finden. Beim ersten Mal bin ich nach Denver gefahren, um Geld aufzutreiben, mit dem ich die Mine hätte erschließen können. Als es dann so aussah, als sei dieses Geld zum Fenster hinausgeworfen, wollte ich in den Bergen weitersuchen. Wieder hatte ich kein Glück, doch später fand man Gold in der Mine – aber da war es zu spät. Und nach Nathans Tod mußte ich Bristlecone verlassen, weil ich dich viel zu sehr in Gefahr gebracht hatte. Ich hatte Gerüchte gehört über Pläne, die Pearlie ausheckte, aber ich wußte nichts Konkretes. Ich dachte, sie würde sie vielleicht aufgeben, wenn ich wieder im Eldorado erschiene. Doch ich hatte mich wieder geirrt, und beinahe hätte ich alles verloren, beinahe hätte ich dich verloren.«

»Daran denke ich lieber nicht.« Er selbst war ebenfalls dem Tode nahe gewesen.

»Das tue ich auch nicht gern, bis auf jenen einen bemerkenswerten Augenblick, als ich dich sagen hörte, daß du mich liebst. Bitte sag mir, Serena, sage mir bitte die Wahrheit: Waren diese Worte eine Lüge, oder hast du sie wirklich so gemeint?«

»O Ward«, erklärte sie mit schwacher Stimme. Sie machte einen unsicheren Schritt in seine Richtung, und dann lag sie in seinen Armen. Er drehte sich mit ihr im Kreis, und das Blaue des Himmels wirbelte schwindelerregend um sie herum.

»Ja, ich liebe dich wirklich«, flüsterte Serena an seinem warmen Hals.

»Und willst du meine Frau sein«, fragte er mit tiefer Stimme, »auch wenn du weißt, daß ich dich dein Leben lang verfolge mit meiner Verehrung und Bewunderung, bis du nichts mehr davon hören willst, verfolge mit meiner Anwesenheit, so daß du keine Bewegung machen kannst, ohne mir zu begegnen, und immer das Bett mit mir teilen mußt und immer meine Berührung ertragen mußt?«

»Ich glaube, ich werde das irgendwie verkraften können«, antwortete sie, und ihre Augen leuchteten.

Der Kuß, den er fest und bestimmt auf ihren Mund drückte, war wie ein Siegel.

Serena legte die Arme um seinen Nacken und rieb ihre Wange an der seinen. »Könnten wir jetzt bitte nach Hause fahren?« murmelte sie. »Der Boden hier ist einfach zu felsig und deshalb viel zu unbequem.«

»Der Boden?« fragte er, als er ihren breiten Hut abnahm, um sie besser in den Armen halten zu können.

»In Bristlecone gibt es unzählige bequeme Betten. Und ich möchte möglichst schnell herausfinden, ob ich deine Verfolgung wirklich so sehr genießen werde, wie ich annehme.«

Anmerkung der Autorin

Der Goldrausch von Cripple Creek, der letzte große Goldrausch, begann im Jahr 1891. Im Jahr 1899 gab es in der dreitausend Meter hochgelegenen Gegend 475 Goldminen und ein halbes Dutzend Städte mit insgesamt 55 000 Einwohnern. Man hatte bereits Gold im Wert von 59 000 000 Dollar gefördert, es gab sechsundvierzig Effektenhändler, einundvierzig Büros zur Metallprüfung, vierunddreißig Kirchen, zwei Opernhäuser, neunzehn Schulen, achtzig Ärzte, einundneunzig Anwälte, vierzehn Zeitungen und über hundert Frauenclubs. In der Stadt Cripple Creek gab es einen Rotlichtbezirk mit dreiundsiebzig Saloons, acht Varietétheatern, mehr als einem Dutzend Freudenhäusern, mehreren Opiumhöhlen und zahlreichen kleinen Häusern, in denen Mädchen aller Nationalitäten zu finden waren. Und das trotz des Feuers, das drei Jahre vorher die Stadt fast völlig zerstört hatte.

Tarifauseinandersetzungen, Wasser in den Minen, hohe Produktionskosten und die Neubestimmung des Goldstandards führten dann in den ersten Jahren des zwanzigsten Jahrhunderts zum Rückgang der Bergbauaktivitäten. Zu Beginn des Jahres 1920 war Cripple Creek schon dem Niedergang geweiht. Während der dreißigjährigen Blütezeit der Gegend wurden dort Goldmengen im Wert von umgerechnet 16 Milliarden Dollar gefördert, wobei wenigstens fünfzig Männer zu vielfachen Millionären wurden.

In meinem Roman habe ich versucht, die Stimmung der Goldgräberstadt zu Beginn ihrer Blütezeit wiederzugeben, und zwar so authentisch es mir nach mehreren Monaten Aufenthalt in der Gegend möglich war. In zwei Fällen allerdings bin ich von der Wirklichkeit abgewichen. Erstens bei der Entstehung des Feuers, das den Höhepunkt des Buches darstellt. In Wirklichkeit brach es am 26. April 1896 um die Mittagszeit im ersten Stock der Central-Tanzbar aus. Als mögliche Ursache kommt ein umgestürzter Ofen oder eine fallengelassene Petroleumlampe in Frage. Zweitens die Morde, die dort geschehen sein sollen. So etwas hat es meines Wissens zu jener Zeit dort nicht gegeben, obwohl durch alle Zeiten Sexualität und Gewalt oft miteinander verknüpft waren.

Die Personen in diesem Buch sind frei erfunden, obwohl ich die typische Art der Menschen berücksichtigt habe, die während des neunzehnten Jahrhunderts vom Goldrausch angelockt wurden.

Heute leben immer noch ungefähr eintausend Menschen im Gebiet von Cripple Creek, die hauptsächlich in der Touristikbranche arbeiten. Vereinzelte Gebäude aus jener Zeit stehen auch heute noch, vor allem der damals neu erbaute Bahnhof der Midland-Eisenbahn, der jetzt als Museum dient, und eines der großen Freudenhäuser, das Old Homestead, das im Stil jener Zeit wiedereingerichtet worden ist. Während der Sommermonate wird die Stadt von Tausenden von Touristen besucht.

Nach Aussagen der Geologen befinden sich achtzig Prozent des Goldes immer noch in dem harten Granit unter der Erde. Angesichts des in letzter Zeit so rasant gestiegenen Goldpreises wird darüber gesprochen, die Goldminen wieder zu eröffnen. In den Zeitungen werden Schürfrechte angeboten, und die einheimischen Makler kaufen und verkaufen fleißig. Vielleicht wird es in Cripple Creek bald wieder einen neuen Goldrausch geben!

Jennifer Blake
Green Mountain Falls, Colorado
November 1979